Guerras justas e injustas

Guerras justas e injustas
Michael Walzer

Uma argumentação moral
com exemplos históricos

Tradução
WALDÉA BARCELLOS

Martins Fontes
São Paulo 2003

*Esta obra foi publicada originalmente em inglês com o título
JUST AND UNJUST WARS por Basic Books.
Copyright © 1977 by Basic Books. Um membro do Perseus Books Group.
Copyright © 1992 by Basic Books para o prefácio à terceira edição.
Copyright © 2003, Livraria Martins Fontes Editora Ltda.,
São Paulo, para a presente edição.*

1ª edição
novembro de 2003

Tradução
WALDÉA BARCELLOS

Acompanhamento editorial
Luzia Aparecida dos Santos
Revisões gráficas
*Renato da Rocha Carlos
Ana Maria de O. M. Barbosa
Dinarte Zorzanelli da Silva*
Produção gráfica
Geraldo Alves
Paginação/Fotolitos
Studio 3 Desenvolvimento Editorial

Dados Internacionais de Catalogação na Publicação (CIP)
(Câmara Brasileira do Livro, SP, Brasil)

Walzer, Michael
  Guerras justas e injustas : uma argumentação moral com exemplos históricos / Michael Walzer ; tradução Waldéa Barcellos. – São Paulo : Martins Fontes, 2003.

  Título original: Just and unjust wars.
  Bibliografia.
  ISBN 85-336-1932-4

  1. Guerra I. Título.

03-6385   CDD-355.0201

Índices para catálogo sistemático:
1. Guerras justas e injustas : Ciência militar   355.0201

Todos os direitos desta edição para o Brasil reservados à
Livraria Martins Fontes Editora Ltda.
*Rua Conselheiro Ramalho, 330/340 01325-000 São Paulo SP Brasil
Tel. (11) 3241.3677 Fax (11) 3105.6867
e-mail: info@martinsfontes.com.br http://www.martinsfontes.com.br*

ÍNDICE

Prefácio da terceira edição.. XIII
Prefácio XXIII
Agradecimentos... XXXV

PRIMEIRA PARTE
A REALIDADE MORAL DA GUERRA

1. Contra o "realismo" 3
   A argumentação realista 4
   O diálogo de Melos 6
   Estratégia e moral.. 20
   Relativismo histórico... 25
   Três relatos de Agincourt.................................... 26
2. O crime da guerra... 34
   A lógica da guerra.. 36
   A argumentação de Carl von Clausewitz 37
   O limite do consentimento.................................. 41
   A tirania da guerra... 49
   O general Sherman e o incêndio de Atlanta 53

3. As normas de guerra 57
   A igualdade moral dos soldados 57
   O caso dos generais de Hitler 62
   Dois tipos de normas 70
   As convenções de guerra 74
   O exemplo da rendição 78

SEGUNDA PARTE
A TEORIA DA AGRESSÃO

4. Lei e ordem na sociedade internacional 85
   A agressão 85
   Os direitos das comunidades políticas............... 89
   O caso da Alsácia-Lorena 92
   O paradigma legalista 97
   Categorias inevitáveis.. 105
   Karl Marx e a Guerra Franco-Prussiana 107
   O argumento em prol do apaziguamento 112
   A Checoslováquia e o "princípio de Munique" 114
   A Finlândia... 117
5. Precauções.. 124
   A guerra preventiva e o equilíbrio do poder....... 127
   A Guerra da Sucessão Espanhola......................... 131
   Ataques preventivos 135
   A Guerra dos Seis Dias 138
6. Intervenções 145
   Autodeterminação e capacidade de autodefesa 146
   A argumentação de John Stuart Mill.................... 146
   Secessão 154
   A Revolução Húngara 154
   A guerra civil 161
   A guerra dos Estados Unidos no Vietnã 165
   A intervenção humanitária 171
   Cuba, 1898, e Bangladesh, 1971........................... 173

7. Os objetivos de guerra e a importância de vencer 185
   A rendição incondicional 188
   A política dos Aliados na Segunda Guerra Mundial 188
   A justiça nos acordos 199
   A Guerra da Coréia 200

TERCEIRA PARTE
AS CONVENÇÕES DE GUERRA

8. Os meios da guerra e a importância de lutar bem 215
   Utilidade e proporcionalidade 217
   A argumentação de Henry Sidgwick 217
   Os direitos humanos 226
   O estupro das italianas 226
9. Imunidade de não-combatentes e necessidade militar 234
   A situação de indivíduos 234
   Soldados nus 235
   A natureza da necessidade (1) 244
   Combate submarino: o caso do Laconia 249
   Duplo efeito 258
   Bombardeio na Coréia 263
   O bombardeamento da França ocupada e o ataque de Vemork 267
10. A guerra contra civis: sítios e bloqueios 272
    Coerção e responsabilidade 273
    O sítio de Jerusalém, 72 d.C. 273
    O direito de ir embora 281
    O sítio de Leningrado 281
    O uso da mira e a doutrina do duplo efeito 290
    O bloqueio britânico à Alemanha 292

11. Guerra de guerrilhas... 299
   Resistência à ocupação militar........................... 299
   Um ataque de maquis 299
   Os direitos de guerrilheiros 305
   Os direitos de simpatizantes civis 317
   As "normas de combate" americanas no Vietnã 320
12. O terrorismo.. 335
   O código político 335
   Os populistas russos, o IRA e a Stern Gang 337
   A campanha de assassinato de figuras importantes pelos vietcongues 342
   Violência e libertação 348
   Jean-Paul Sartre e A batalha de Argel............. 348
13. Represálias 352
   Dissuasão sem vingança 352
   Os prisioneiros das FFI em Annecy 353
   O problema das represálias em tempos de paz.... 368
   O ataque a Khibye e o ataque de Beirute 368

QUARTA PARTE
DILEMAS DA GUERRA

14. A vitória e o lutar bem... 381
   "Ética asinina" 381
   O presidente Mao e a Batalha do rio Hung........ 381
   A escala móvel e a argumentação a partir de situações extremas 387
15. Agressão e neutralidade....................................... 395
   O direito à neutralidade 396
   A natureza da necessidade (2)............................ 405
   A violação da Bélgica 406
   A escala móvel 410
   Winston Churchill e a neutralidade norueguesa 410

16. A extrema emergência.................................... 425
    A natureza da necessidade (3)..................... 425
    O desrespeito às normas de guerra................ 432
    A decisão de bombardear cidades alemãs........... 432
    Os limites do cálculo.............................. 446
    Hiroxima... 446
17. Dissuasão nuclear.................................... 457
    O problema de fazer ameaças imorais............ 457
    Guerra nuclear limitada............................ 467
    A argumentação de Paul Ramsey..................... 474

QUINTA PARTE
A QUESTÃO DA RESPONSABILIDADE

18. O crime da agressão: líderes políticos e cidadãos   487
    O mundo das autoridades........................... 490
    Nuremberg: "O caso dos ministérios"............. 496
    Responsabilidades democráticas.................... 503
    O povo americano e a guerra no Vietnã........... 507
19. Crimes de guerra: soldados e seus oficiais........ 517
    No calor da batalha............................... 521
    Dois relatos de execução de prisioneiros........ 521
    Ordens superiores................................. 526
    O massacre de My Lai............................ 526
    Responsabilidade de comando....................... 538
    O general Bradley e o bombardeio de St. Lô...... 541
    O caso do general Yamashita..................... 544
    A natureza da necessidade (4)..................... 550
    A desonra de Arthur Harris...................... 551
    Conclusão... 554

Posfácio: A não-violência e a teoria da guerra........ 559
Índice remissivo...................................... 571

Aux martyrs de l'Holocauste
Aux révoltés des Ghettos
Aux partisans de forêts
Aux insurgés des camps
Aux combattants de la résistance
Aux soldats des forces alliées
Aux sauveteurs de frères en peril
Aux vaillants de l'immigration clandestine
A l'éternité

Inscrição no Memorial *Yad Va-shem,*
Jerusalém

PREFÁCIO DA TERCEIRA EDIÇÃO

Escrevi este livro já há quase um quarto de século, mas, ao relê-lo agora, percebo que não está tão ultrapassado como em meados da década de 1970 eu esperava que a esta altura ele estivesse. O mundo não está menos violento. As formas de travar combate mudaram muito menos do que previam muitos líderes políticos, generais, comentaristas da mídia e intelectuais. Novas guerras refletem as velhas, praticamente como sempre o fizeram. Basta pensar na sangrenta luta entre o Irã e o Iraque que se estendeu de 1980 a 1988 e foi como uma reencenação da Primeira Guerra Mundial: grandes exércitos engajados em combates brutais numa área relativamente pequena; multidões de rapazes lançando-se contra o fogo da artilharia e de metralhadoras; generais indiferentes quanto ao número de baixas. Do mesmo modo, a guerra de 1991 no golfo Pérsico, embora travada com uma tecnologia muito mais avançada, teve a estrutura política, legal e moral da guerra da Coréia, enquanto as colunas de tanques no deserto do Kuwait faziam com que pessoas da minha idade se lembrassem de Rommel e Montgomery no norte da África na Segunda Guerra Mundial. Quando soldados americanos invadiram Granada e o Panamá na década de 1980, os rápidos confrontos foram extraordinariamente semelhantes às escaramuças coloniais do século XIX e início do século XX. A argumentação moral que precedeu essas guerras, que as acompanhou e se seguiu a elas estava muito próxima da argumentação moral de que tratava *Guerras justas e injustas.* As vozes são diferentes; as palavras, as mesmas.

Houve, porém, uma mudança de grande alcance e importância tanto nas guerras como nas palavras. As questões que examinei sob o nome de "intervenções" (capítulo 6), que eram periféricas aos principais temas do livro, passaram de modo impressionante para o centro das atenções. Não é exagero dizer que o maior perigo enfrentado pela maior parte das pessoas no mundo atual provém de seus próprios Estados; e que o principal dilema da política internacional é saber se as pessoas em perigo deveriam ser resgatadas por forças militares de fora. A idéia da "intervenção humanitária" está nos manuais de direito internacional há muito tempo, embora tenha surgido no mundo real, por assim dizer, principalmente como fundamento lógico para a expansão imperialista. Desde que os espanhóis conquistaram o México para (entre outros motivos) impedir a prática asteca do sacrifício humano, a expressão quase sempre evoca comentários sarcásticos. Sem dúvida, ainda é necessário lançar um olhar crítico sobre intervenções humanitárias, mas já não é possível descartá-las com um sarcasmo fácil.

Os processos históricos e as circunstâncias políticas imediatas que tornaram as intervenções das guerras contemporâneas as mais importantes, ou pelo menos as mais interessantes, são fáceis de enumerar, se bem que seja menos fácil, neste primeiro momento, compreendê-los. A derrubada de antigos impérios, o sucesso da libertação nacional, a proliferação de Estados, as disputas por território, a precária situação de minorias étnicas e religiosas – tudo isso produziu, principalmente nos países mais novos, um tipo muito forte de política de identidade, seguida de uma atmosfera de medo e desconfiança crescentes, para afinal cair em algo semelhante a uma "guerra de todos contra todos" na concepção hobbesiana. Na prática (também na obra de Hobbes, se lida atentamente), essa é na verdade uma guerra de alguns contra alguns; e um dos lados geralmente tem o apoio do Estado, ou é simplesmente o Estado. Às vezes, o objetivo do confronto é a supremacia política no interior de um dado território, mas costuma acontecer de o objetivo ser a posse exclusiva do que se alega ser a pátria dos antepassados; e nesse caso a "limpeza étnica" ou massacre (ou, com maior probabilidade, uma combinação dos dois) pode passar a ser a linha de ação do Estado.

A essa altura, está proposto um desafio ao resto do mundo. Quanto sofrimento humano estamos dispostos a observar antes de intervir? O desafio possui uma força especial em razão das novas tecnologias de comunicação. Na maioria dos casos, atualmente, a "observação" é concreta e é acompanhada pela audição – como escutamos, por exemplo, a voz chorosa dos sobreviventes ao massacre de Srebenica e tantos outros relatos tristes e assustadores de pais, filhos e amigos assassinados ou "desaparecidos". É fácil concordar com a noção de que a limpeza étnica e o assassinato em massa devem ser impedidos, mas não é nem um pouco fácil calcular como se poderia fazer isso. Quem deveria intervir, com que autoridade, usando força de que tipo e em que grau? Perguntas difíceis, que são agora as questões centrais da guerra e da moral.

No capítulo 6, os leitores encontrarão uma defesa da intervenção unilateral. Afirmo que, quando estejam sendo cometidos crimes que "chocam a consciência moral da humanidade", qualquer Estado que tenha condições de impedi-los deverá impedi-los – ou, no mínimo, terá o direito de assim agir. É um argumento proveniente das sociedades de Estados existentes, e eu ainda o proporia hoje. Talvez sua aplicação seja mais óbvia em casos nos quais pequenos Estados promovem intervenções locais, como quando o Vietnã invadiu o Camboja para fechar os "campos de extermínio" ou quando a Tanzânia entrou em Uganda para derrubar o regime de Idi Amin. As intervenções de grandes potências com interesses globais têm maior probabilidade de despertar suspeitas quanto a motivos ocultos. Contudo, os pequenos Estados têm motivos ocultos também. Na vida política, não há nada que se possa chamar de vontade pura. Não se tem como fazer com que as intervenções dependam da pureza moral de seus agentes.

Em anos recentes, houve quase com certeza mais intervenções unilaterais justificadas do que injustificadas. Também houve, entretanto, muitas recusas injustificadas a intervir. Talvez "injustificadas" não seja o termo exato. Em lugares como o Tibete, a Chechênia ou o Timor Leste após a anexação pela Indonésia, são plausíveis os motivos de prudência que podem ser apresentados para as recusas. Mesmo assim, elas são perturbadoras, sob o aspecto moral. O problema geral é que a intervenção, mesmo quando justificada, mesmo quando necessária para impedir crimes terríveis, mesmo quando não representa nenhuma ameaça para a estabilidade regional ou global, é um dever imperfeito – um dever que não cabe a nenhum agente em particular. Alguém deveria intervir, mas nenhum Estado específico na sociedade dos Estados está moralmente obrigado a tal. E em muitos desses casos, nenhum intervém. As pessoas são realmente capazes de observar, escutar e nada fazer. Os massacres prosseguem, e todos os países com condições de impedi-los decidem que têm tarefas mais urgentes e prioridades conflitantes. Os prováveis custos da intervenção são altos demais.

É mais essa falta de intervenção que qualquer recurso excessivo a ela que leva as pessoas a procurar uma forma de atuação melhor, mais confiável. Quero salientar que nem mesmo uma longa história de descaso afeta a correção da intervenção num caso determinado. Não é como se, tendo deixado de salvar o povo do Tibete, do Timor Leste e do sul do Sudão, também devêssemos deixar de salvar os habitantes do Kosovo, para manter nossa coerência moral. Esse argumento costuma ser apresentado, em linguagem um pouco diferente, mas ele me parece obviamente equivocado. Ainda assim, deveríamos nos preocupar com as muitas ocasiões em que a intervenção não se dá e buscar agentes que pudessem atuar com mais coerência do que a que conseguiram demonstrar até agora Estados isolados ou alianças locais de Estados.

Como a intervenção humanitária envolve uma violação da soberania do Estado, é natural procurar agentes que possuam ou que possam reivindicar de modo plausível algum tipo de autoridade entre Estados – o que significa organizações internacionais como as Nações Unidas ou o Tribunal Internacional. É possível imaginar um exército de voluntários recrutados no mundo inteiro, com seu próprio corpo de oficiais, que receba ordens, digamos, do Conselho de Segurança da ONU. Durante as próximas décadas, serão provavelmente realizados esforços experimentais para formar um exército dessa natureza e mandá-lo entrar em ação. Presume-se que o uso da força por parte da ONU tenha maior legitimidade que o uso semelhante por Estados isolados, mas não está claro se seria nem um pouco mais justo ou oportuno. A política da ONU não é mais edificante do que a política de muitos de seus membros, e a decisão de intervir, seja ela local, seja ela global, individual ou coletiva, é sempre uma decisão política. Seus motivos serão variados. A vontade coletiva de agir é com toda certeza tão impura quanto a vontade individual de agir (e é provável que seja muito mais lenta).

Não obstante, a intervenção da ONU poderia ser melhor que uma intervenção por um Estado isolado. É presumível que ela refletisse um consenso mais amplo. Na medida em que o termo se aplique à política internacional, ela seria mais democrática (como está organizado agora, o Conselho de Segurança é evidentemente uma oligarquia). Poderia ser o primeiro sinal de um emergente estado de direito cosmopolita, de acordo com o qual o massacre e a limpeza étnica seriam considerados atos criminosos a serem reprimidos rotineiramente. Mesmo um regime global com um exército global, porém, às vezes deixaria de agir com vigor no lugar certo na hora exata. E nesse caso surgiria a questão de saber se qualquer um, na prática qualquer Estado ou aliança de Estados, poderia agir legitimamente em seu lugar. Intervenções humanitárias, como as do Camboja ou de Uganda, que jamais teriam sido aprovadas pela ONU, poderiam ter sido impossíveis se a ONU efetivamente as desaprovasse, ou seja, votasse contra elas. Existem desvantagens óbvias em confiar num único agente global.

Contudo, essa dependência exclusiva não está prevista para o futuro próximo. Ela será abordada aos poucos e em termos experimentais, se chegar a sê-lo. Enquanto isso, a decisão de intervir (ou não) será tomada mais ou menos como foi a decisão sobre o Kosovo – através de debates políticos e morais em um Estado soberano ou mais. Não há como evitar a atuação do Estado e, portanto, não há como evitar a política do Estado. Inevitavelmente, a desconfiança e a inveja, que são traços comuns na sociedade internacional contemporânea, irão contaminar os debates que se realizarem em determinados Estados. No entanto, deveria ser possível para cidadãos comuns identificar quais são as questões morais e políticas centrais de uma dada intervenção e concentrar sua atenção nelas. Ajudá-los nessa tarefa é o objetivo da teoria da guerra justa e portanto, também, deste livro. A transferência de interesse da agressão e da autodefesa para o massacre e a intervenção (o que é somente parte da história; de modo algum esgotamos as guerras à moda antiga) praticamente não muda os argumentos necessários.

Eis as questões centrais:

1) Qual é o valor da soberania e da integridade territorial para os homens e mulheres que moram no território de um determinado Estado? A resposta a essa pergunta estabelece a barreira moral à intervenção. Quanto maior o valor, mais alta a barreira. Se existirem duas nações, dois grupos étnicos ou comunidades religiosas que habitam o território de um dado Estado, e os membros de uma dessas comunidades estiverem sistematicamente matando ou arrebanhando e deportando os membros da outra, o valor é pequeno, e a barreira, baixa.

2) Que grau de matança é "matança sistemática"? Que número de assassinatos constitui um massacre?

Quantas pessoas têm de ser forçadas a sair antes que se possa falar em "limpeza étnica"? Até que ponto a situação precisa se deteriorar do outro lado da fronteira para justificar uma invasão, para justificar uma guerra?

3) Se a guerra estiver justificada, quem deverá travá-la? Alguém tem o direito? Alguém tem o dever? Os argumentos de praxe sobre a intervenção terão de ser examinados nesse ponto, assim como os argumentos acerca da neutralidade. É difícil sustentar, embora eu defenda a noção no capítulo 15, que um Estado pode se manter neutro entre dois outros Estados em guerra, um lutando com justiça e o outro não. No entanto, um Estado pode reivindicar neutralidade quando uma nação ou um povo está massacrando outro?

4) Se um Estado ou grupo de Estados (ou as Nações Unidas) decidir intervir, como se deverá conduzir essa intervenção? Com que tipo de forças armadas, a que preço para os soldados do exército interventor, a que preço para os soldados e civis no país invadido? Essas últimas perguntas foram propostas com especial pertinência no decorrer da guerra do Kosovo, na qual a Otan escolheu uma forma de intervenção planejada para reduzir (a zero) os riscos a seus próprios soldados. Qualquer comandante político ou militar tem o direito de querer descobrir uma forma de luta que poupe a vida de seus soldados. Nas democracias, essa costuma ser uma ponderação crucial. Contudo, ao que me parece, não há como justificar uma linha de ação estabelecida que considera a vida *de outros* descartável mas não a *nossa* (ver os argumentos sobre a igualdade moral dos soldados no capítulo 3 e sobre a imunidade de não-combatentes no capítulo 9).

5) No planejamento e condução da intervenção, que tipo de paz as forças invasoras deveriam buscar? Susten-

to no capítulo 6 que o principal teste das intenções humanitárias dos invasores, especialmente no caso de intervenções unilaterais, está em sua presteza em ir embora assim que tenha sido obtida a vitória militar e tenham sido encerrados os massacres e a limpeza étnica. Essa é a melhor prova que eles podem apresentar de que não estão visando seus próprios interesses estratégicos ou ambições imperialistas, de que não reivindicam para si o controle do Estado cujo povo estejam salvando. Um quarto de século depois, entretanto, o teste de "entrar e sair" parece menos confiável. Em alguns casos (pensemos na Somália, na Bósnia, no Timor Leste), é provável que o humanitarismo exija a permanência, numa espécie de protetorado, com o objetivo de manter a paz e garantir a continuidade da segurança da comunidade socorrida. Entretanto, os mesmos motivos que levam alguns Estados à recusa categórica a intervir pode levar outros, como sugere a experiência recente, a entrar e sair com demasiada rapidez. Acima de tudo, eles estão interessados em evitar ou reduzir os custos da intervenção. O engrandecimento imperial não é o caso. Felizmente ou infelizmente, a maioria dos países que clamam por intervenção não é objeto de ambição imperialista. O perigo é a indiferença moral, não a ganância econômica nem o desejo de poder.

Nem todas as intervenções, nem mesmo todas as intervenções justas, são realizadas por Estados democráticos; e, com isso, nem todas as intervenções são debatidas por cidadãos. O caso aqui é o mesmo que se aplica às guerras em geral. A linguagem da teoria da guerra justa é usada praticamente em todos os lugares atualmente, por governantes tanto legítimos como ilegítimos. É difícil imaginar uma intervenção militar que não seja defendida pelos líderes que tomarem sua iniciativa nos termos das questões que acabo de examinar. Contudo, somente em Estados democráticos os cidadãos poderão participar do debate com liberdade e atitude crítica. Este livro foi escrito para eles na crença de que a teoria da guerra justa é um guia necessário para a tomada de decisões democráticas.

Muito está em risco quando debatemos se devemos enviar soldados para o combate, especialmente quando os estamos enviando para intervir em outro país. Tanto líderes como cidadãos comuns precisam preocupar-se com o que fazer, debater e até mesmo brigar (sem violência) a respeito do que fazer. E, quando se preocuparem, debaterem e brigarem, eles citarão exemplos exatamente como fiz neste livro e usarão os termos da teoria da guerra justa – com maior justiça que os tiranos porque respeitarão as discordâncias de seus concidadãos. Nesse sentido, a teoria da guerra justa é o oposto da prática da guerra justa. Ela sempre é uma argumentação, não uma invasão. Ainda assim, depreende-se da teoria que às vezes uma invasão se justifica.

MICHAEL WALZER
Agosto de 1999

PREFÁCIO

Não comecei pensando na guerra em geral, mas em guerras específicas, principalmente na intervenção americana no Vietnã. Também não comecei como filósofo, mas como ativista político e simpatizante de uma causa. Decerto, a filosofia moral e política deveria nos ajudar naquela hora difícil em que tomamos partido e assumimos compromissos. No entanto, isso ela faz apenas de modo indireto. Geralmente não somos filosóficos em momentos de crise. Na grande maioria das vezes, não temos tempo. A guerra em especial impõe uma urgência que é provavelmente incompatível com a filosofia como atividade séria. O filósofo é como o poeta de Wordsworth, que na tranqüilidade reflete sobre a experiência passada (ou sobre a experiência de outras pessoas), pensando em escolhas morais e políticas já feitas. E entretanto essas escolhas são feitas em termos filosóficos, estando disponíveis graças a reflexões anteriores. Foi, por exemplo, de enorme importância para todos nós no movimento americano de oposição à guerra no final da década de 1960 e início da de 1970 que encontrássemos uma doutrina moral à disposição, um conjunto estruturado de nomes e conceitos que todos conhecíamos – e que todas as outras pessoas conheciam. Nossa raiva e indignação foram moldadas pelas palavras que tínhamos à mão para expressá-las, e as palavras estavam na ponta de nossa língua muito embora jamais tivéssemos investigado seu significado e suas associações. Quando falávamos de agressão e neutralidade, dos direitos dos prisioneiros de guerra e dos civis, de atrocidades e crimes de guerra, estávamos recorrendo à obra de muitas gerações de homens e mulheres, dos quais em sua maioria jamais tínhamos ouvido falar. Seria melhor para nós se não precisássemos de um vocabulário semelhante; mas, considerando que precisamos, devemos ser gratos por sua existência. Sem esse vocabulário, não poderíamos ter pensado sobre a guerra do Vietnã como pensamos, e muito menos teríamos conseguido transmitir nossos pensamentos a outras pessoas.

Sem dúvida, utilizamos as palavras disponíveis com liberdade e freqüentemente sem cuidado. Às vezes isso se devia à empolgação do momento e às pressões do sectarismo, mas havia também uma causa mais grave. Tínhamos a desvantagem de uma educação que nos ensinara que essas palavras não tinham nenhum uso descritivo exato e nenhum significado objetivo. O discurso moral era excluído do mundo da ciência, até mesmo da ciência social. Ele expressava sentimentos, não percepções, e não havia razão para que a expressão de sentimentos fosse precisa. Ou melhor, qualquer precisão que fosse obtida tinha uma referência totalmente subjetiva: era o domínio do poeta e do crítico literário. Não preciso me deter nesse ponto de vista (irei criticá-lo detalhadamente adiante), embora hoje ele seja menos comum do que foi no passado. O que é crucial é que nós o questionamos, de modo consciente ou inconsciente, cada vez que criticamos a conduta americana no Vietnã. Pois nossas críticas tinham no mínimo a forma de relatos sobre o mundo real, não apenas sobre o estado de nosso temperamento. Elas exigiam provas e nos forçavam, por mais que estivéssemos treinados no uso descuidado da linguagem moral, à análise e à investigação. Mesmo os mais céticos entre nós chegaram à conclusão de que elas *poderiam* ser verdadeiras (ou falsas).

Naqueles anos de polêmica exacerbada, prometi a mim mesmo que um dia tentaria expor a argumentação moral acerca da guerra de modo tranqüilo e ponderado. Ainda quero defender (a maior parte dos) argumentos específicos nos quais se baseava nossa oposição à guerra americana no Vietnã; mas também e com maior ênfase quero defender a atividade de argumentar, como nós fizemos e como a maioria das pessoas faz, em termos morais. Daí decorre este livro, que pode ser considerado um pedido de desculpas por algum ocasional descuido nosso e uma justificação de nossa iniciativa fundamental.

Ora, a linguagem com que debatemos sobre a guerra e a justiça é semelhante à linguagem do direito internacional. Este não é, porém, um livro sobre as leis positivas da guerra. Há muitas obras sobre esse tema, e eu muitas vezes recorri a elas. Tratados legais não fornecem, entretanto, uma explicação perfeitamente plausível ou coerente de nossos argumentos morais; e as duas abordagens mais comuns à lei refletidas nos tratados necessitam de suplementação de fora do âmbito legal. Antes de mais nada, o positivismo legal, que gerou importantes obras eruditas no final do século XIX e início do século XX, vem se tornando na era das Nações Unidas cada vez menos interessante. Supostamente a Carta das Nações Unidas deveria ser uma Constituição de um mundo novo. No entanto, por motivos que já foram examinados com freqüência, o resultado foi diferente[1]. Ater-se muito ao significado preciso da Carta constitui atualmente uma espécie de atenção utópica a sutilezas. E, como a ONU às vezes finge que já é o que mal começou a ser, seus decretos não inspiram respeito moral nem intelectual – salvo entre os juristas positivistas cuja função é interpretá-los. Os juristas construíram um mundo de papel, que em pontos cruciais não corresponde ao mundo no qual todos nós ainda vivemos.

A segunda abordagem à lei é orientada em termos de metas de linha de ação. Seus defensores reagem à pobreza do regime internacional contemporâneo atribuindo propósitos a esse regime – a concretização de algum tipo de "ordem mundial" – e então reinterpretam a lei para adequá-la a esses propósitos[2]. Na realidade, eles substituem a análise legal pela argumentação utilitarista. Essa substituição sem dúvida não é desinteressante, mas requer uma defesa filosófica. Pois as convenções e costumes, os tratados e cartas que constituem as leis da sociedade internacional não se prestam à interpretação em termos de um único propósito ou conjunto de propósi-

---

1. A exposição mais concisa e vigorosa dessas razões é a de Stanley Hoffmann, "International Law and the Control of Force", em *The Relevance of International Law,* orgs. Karl Deutsch e Stanley Hoffmann (Nova York, 1971), pp. 34-66. Tendo em vista o atual estado da lei, citei com mais freqüência positivistas de uma época anterior, em especial, W. E. Hall, John Westlake e J. M. Spaight.

2. A obra pioneira sob esse aspecto é a de Myres S. McDougal e Florentino P. Feliciano, *Law and Minimum World Public Order* (New Haven, 1961).

tos. Nem os julgamentos exigidos por eles são sempre explicáveis a partir de uma perspectiva utilitarista. Juristas norteados por linhas de ação são na realidade filósofos políticos e morais, e seria melhor que se apresentassem dessa forma. Ou, como alternativa, são pretensos legisladores, não juristas nem estudiosos do direito. Estão comprometidos, ou a maioria deles está comprometida, com a reestruturação da sociedade internacional – tarefa louvável –, mas não estão empenhados em expor sua estrutura atual.

Minha própria missão é diferente. Quero dar conta dos modos pelos quais homens e mulheres que não são advogados mas simplesmente cidadãos (e às vezes soldados) debatem a guerra; e explanar os termos que geralmente usamos. Interesso-me precisamente pela atual estrutura do mundo moral. Meu ponto de partida está no fato de que nós certamente discutimos, muitas vezes com objetivos diferentes, sem dúvida, mas de uma forma mutuamente compreensível. Se não fosse assim, não faria sentido *discutir*. Justificamos nossa conduta e julgamos a conduta dos outros. Embora essas justificativas e julgamentos não possam ser estudados como os autos de um tribunal criminal, ainda assim eles são um legítimo tema de estudo. Sob exame revelam, creio eu, uma abrangente visão da guerra como atividade humana bem como uma doutrina moral mais ou menos sistemática, que às vezes, mas nem sempre, coincide com a doutrina legal estabelecida.

De fato, o vocabulário coincide mais do que os argumentos. Por esse motivo, devo dizer algo sobre meu próprio uso da linguagem. Sempre me referirei às leis da sociedade internacional (como expostas em compêndios legais e manuais militares) como leis *positivas*. Em outros casos, quando falar em lei, estarei me referindo à lei moral, àqueles princípios gerais que costumamos reconhecer, mesmo quando não podemos ou não queremos nos comportar à sua altura. Quando falar das normas de guerra, estarei me referindo àquele código mais específico que governa nossos julgamentos sobre o comportamento em combate, e que está apenas parcialmente expresso nas convenções de Haia e de Genebra. E quando falar em crimes, estarei descrevendo violações dos princípios gerais ou do código específico: de modo que homens e mulheres possam ser chamados de criminosos mesmo quando não puderem ser acusados diante de um tribunal de justiça. Como o direito internacional positivo é radicalmente incompleto, sempre é possível interpretá-lo à luz de princípios morais e fazer referência aos resultados como "direito positivo". Talvez seja isso o que precise ser feito para encorpar o sistema jurídico e torná-lo mais atraente do que é no momento. Não é isso, porém, o que fiz aqui. No livro inteiro, trato palavras como *agressão*, *neutralidade*, *rendição*, *civis*, *represália* e assim por diante como se fossem termos num vocabulário moral – o que são e sempre foram, muito embora mais recentemente sua análise e clarificação tenham sido quase exclusivamente obra de juristas.

É minha intenção recuperar a guerra justa aos olhos da teoria política e moral. Meu próprio trabalho volta portanto o olhar para aquela tradição religiosa dentro da qual a política e a moral ocidentais receberam forma pela primeira vez, para os livros de escritores como Maimônides, Tomás de Aquino, Vitoria e Suarez – e em seguida para a obra de escritores como Hugo Grócio, que adotou a tradição e começou a trabalhar para dar-lhe uma forma secular. Não empreendi, porém, uma história da teoria da guerra justa, e cito os textos clássicos apenas ocasionalmente, em benefício de alguma argumentação especialmente esclarecedora ou vigorosa[3]. Com maior freqüência, faço referência a filósofos e teólogos contemporâneos (além de soldados e estadistas), pois meu principal interesse não é a criação do mundo moral, mas seu caráter atual.

Talvez a característica mais problemática de minha exposição seja o uso dos pronomes plurais: nós, nosso, nos, nós mesmos. Já demonstrei a ambigüidade dessas palavras ao usá-las de dois modos: para descrever o grupo de americanos que condenava a guerra do Vietnã e para designar aquele grupo muito maior que compreendia a condenação (quer concordasse com ela, quer não). Daqui em diante, limitar-me-ei ao grupo maior. O fato de seus membros compartilharem uma moral comum é a pressuposição crucial deste livro. No primeiro capítulo, tento apresentar uma defesa dessa pressuposição. Trata-se porém apenas de uma defesa; ela não é conclusiva. Alguém sempre poderá perguntar: "O que é essa moral *de vocês*?" Entretanto, essa é uma pergunta mais radical do que pode imaginar quem a faz, pois ela o exclui não só do confortável mundo da concordância moral, mas também do mundo mais amplo do acordo e desacordo, da justificativa e da crítica. O mundo moral da guerra é compartilhado não porque tenhamos chegado às mesmas conclusões quanto a qual luta é justa e qual não é, mas por termos reconhecido as mesmas dificuldades no caminho para chegar a nossas conclusões, enfrentado os

---

3. Para um estudo valioso desses autores, ver James Turner Johnson, *Ideology, Reason, and the Limitation of War: Religious and Secular Concepts, 1200-1740* (Princeton, 1975).

mesmos problemas, falado o mesmo idioma. Não é fácil abandoná-lo, e somente os iníquos e os ingênuos fazem essa tentativa.

Não vou esmiuçar a moral a partir de suas bases. Se fosse começar pelos alicerces, provavelmente nunca passaria deles. Seja qual for o caso, nem sei ao certo quais são os alicerces. A subestrutura do mundo ético é uma questão de controvérsia profunda e aparentemente interminável. Enquanto isso, porém, estamos morando na superestrutura. O prédio é grande; sua construção detalhada e confusa. Aqui, entretanto, posso oferecer alguma orientação: uma visita aos aposentos, por assim dizer, um exame dos princípios arquitetônicos. Este é um livro de moral prática. O estudo de julgamentos e justificativas no mundo real talvez nos aproxime mais das questões mais profundas da filosofia moral, mas não exige um engajamento direto com essas questões. Na realidade, filósofos que buscam um engajamento desse tipo costumam deixar de ver os aspectos imediatos da controvérsia política e moral e oferecem pouca ajuda a homens e mulheres que deparam com escolhas difíceis. Pelo menos por enquanto, a moral prática está isolada de seus alicerces, e nós devemos agir como se essa separação fosse uma condição possível (já que é real) da vida moral.

Isso não quer sugerir, porém, que não podemos fazer nada além de descrever os julgamentos e justificativas que as pessoas costumam apresentar. Podemos analisar suas alegações morais, investigar sua coerência, desnudar os princípios que elas exemplificam. Podemos revelar compromissos que vão mais fundo que a fidelidade sectária e as urgências da batalha; pois a existência desses compromissos é uma questão de comprovação, não um desejo piedoso. Podemos então expor a hipocrisia de soldados e estadistas que reconhecem em público esses compromissos enquanto de fato se empenham apenas em seu próprio benefício. A revelação da hipocrisia é decerto a forma de crítica moral mais comum e pode também ser a mais importante. Raramente somos convocados a inventar novos princípios éticos. Se o fôssemos, nossa crítica não seria compreensível para as pessoas cujo comportamento desejamos condenar. Pelo contrário, cobramos dessas pessoas a adesão a seus próprios princípios, se bem que possamos estendê-los e reorganizá-los como elas não haviam pensado antes.

Existe uma disposição específica, uma visão em particular do mundo moral, que me parece ser a melhor. Quero sugerir que os argumentos que apresentamos acerca da guerra são entendidos de modo mais pleno (embora outros entendimentos sejam possíveis) como esforços para reconhecer e respeitar os direitos de indivíduos e de homens e mulheres em associação. A moral que explanarei é em sua forma filosófica uma doutrina de direitos humanos, se bem que eu nada diga aqui sobre as noções de personalidade, ação e intenção que essa doutrina provavelmente pressupõe. Ponderações de utilidade acabam se inserindo na estrutura em diversos pontos, mas não dão conta do todo. Seu papel é subsidiário ao papel dos direitos; é limitado pelos direitos. Acima de tudo, isso se aplica às formas clássicas de maximização militar: a cruzada religiosa, a revolução proletária, a "guerra para acabar com a guerra". Aplica-se também, entretanto, como tentarei demonstrar, às pressões mais imediatas da "necessidade militar". Em cada momento, os julgamentos que fazemos (as mentiras que contamos) são mais bem explicados se encararmos a vida e a liberdade como algo semelhante a valores absolutos para então tentar entender os processos políticos e morais através dos quais esses processos são questionados e defendidos.

O método correto da moral prática tem caráter casuístico. Como me interesso por julgamentos e justificativas verdadeiras, irei me voltar com regularidade para casos históricos. Minha argumentação passeia pelos casos, e é freqüente que eu renuncie a uma apresentação sistemática, para preservar os matizes e detalhes da realidade histórica. Ao mesmo tempo, os casos são necessariamente esboçados de modo sucinto. A fim de torná-los exemplares, precisei abreviar suas ambigüidades. Ao fazê-lo, procurei ser preciso e imparcial, mas os casos costumam ser controversos, e sem dúvida algumas vezes devo ter falhado. Seria útil que leitores que se irritem com minhas falhas encarem os casos como se fossem hipotéticos – inventados em vez de pesquisados –, embora seja importante para o próprio sentido de minha iniciativa que eu esteja relatando experiências pelas quais homens e mulheres realmente passaram e argumentações que realmente apresentaram. Ao escolher experiências e argumentos para exame, recorri reiteradamente à Segunda Guerra Mundial na Europa, a primeira guerra da qual tenho lembranças e, para mim, o paradigma de um conflito justificado. Quanto aos restantes, procurei escolher os casos óbvios: os que figuraram com proeminência na literatura da guerra e os que desempenham um papel em controvérsias contemporâneas.

A estrutura do livro está explicada no segundo e no terceiro capítulos, que apresentam a argumentação principal. Aqui desejo apenas dizer que minha exposição da teoria moral da guerra está focalizada nas tensões no interior dessa teoria que a tornam problemática e fazem da escolha em tempos de guerra uma tarefa difícil e penosa. As tensões estão resumidas no dilema entre ganhar e lutar bem. Essa é a versão militar do problemas dos meios e fins, a questão central na ética política. Trato do assunto diretamente, e o resolvo ou deixo de resolvê-lo, na Quarta Parte. E a resolução, se funcionar, deve ser pertinente também para as escolhas enfrentadas na política em geral. Pois a guerra é a situação mais difícil. Se julgamentos morais abrangentes e coerentes forem possíveis nela, serão possíveis em todas as outras situações.

Cambridge, Massachusetts, 1977

AGRADECIMENTOS

Ao escrever sobre a guerra, tive o apoio de muitos aliados, institucionais e pessoais. Comecei minha pesquisa durante o ano acadêmico de 1971-72, enquanto trabalhava no Centro para Estudos Avançados nas Ciências Comportamentais em Stanford, Califórnia. Escrevi uma versão do prefácio e do capítulo 1 em Mishkenot Sha'ananim (Moradas Pacíficas) em Jerusalém, Israel, no verão de 1974 – visita possibilitada pela Jerusalem Foundation. A maior parte do livro completou-se em 1975-76, com uma bolsa Guggenheim de pesquisa.

Durante os últimos nove anos, aprendi com os membros da Sociedade pela Filosofia Legal e Ética; e, embora nenhum deles seja responsável por nenhum dos argumentos contidos neste livro, coletivamente eles tiveram muito a ver com sua criação. Minha gratidão especial a Judith Jarvis Thompson, que leu todo o original e fez muitas sugestões valiosas. Com Robert Nozick discuti amigavelmente sobre algumas das questões mais difíceis na teoria da guerra; e seus argumentos, casos hipotéticos, indagações e propostas me ajudaram a moldar minha própria apresentação.

Meu amigo e colega Robert Amdur leu a maioria dos capítulos e com freqüência me forçou a voltar a refletir sobre eles. Marvin Kohl e Judith Walzer leram partes dos originais. Seus comentários sobre questões de estilo e substância com freqüência foram incorporados a estas páginas. Sou grato também a Philip Green, Yehuda Melzer, Miles Morgan e John Schrecker.

Durante um trimestre em Stanford University e ao longo de alguns anos em Harvard, dei um curso sobre a guerra justa e aprendi enquanto ensinava – tanto com colegas como com alunos. Sempre me considerarei feliz por ter sido exposto ao ceticismo moderador de Stanley Hoffmann e Judith Shklar. Também me beneficiei dos comentários e críticas de Charles Bahmueller, Donald Goldstein, Miles Kahler, Sanford Levinson, Dan Little, Gerald McElroy e David Pollack.

Martin Kessler, da Basic Books, concebeu este livro quase antes de mim e me auxiliou e estimulou em cada etapa de sua criação.

Quando eu estava quase terminando, Betty Butterfield encarregou-se de datilografar o rascunho final e impôs um ritmo espantoso, tanto a si mesma como a mim. Sem ela, a conclusão do livro teria demorado muito mais.

Uma primeira versão do capítulo 12, sobre o terrorismo, foi publicada em *The New Republic*, em 1975. Nos capítulos 4 e 16, recorri a argumentos que foram desenvolvidos pela primeira vez em *Philosophy and Public Affairs* em 1972. Nos capítulos 14 e 15, utilizei trechos de um artigo de 1974 na publicação filosófica trimestral israelense *Iyyun*. Meus agradecimentos aos editores dos três periódicos pela permissão para reproduzir esses textos.

AGRADECIMENTOS XXXVII

Sou grato aos vários editores que gentilmente me deram permissão para reproduzir material publicado pela primeira vez sob seu selo:

Rolf Hochhuth, "Little London Theater of the World/Garden", versos 38-40, em *Soldiers: An Obituary for Geneva*. Copyright © 1968 de Grove Press, Inc. Reproduzido com permissão de Grove Press, Inc.

Randall Jarrell, "The Death of the Ball Turret Gunner", verso 1, copyright © 1945 de Randall Jarrell. Copyright © renovado 1972 de Mrs. Randall Jarrell; e "The Range in the Desert", versos 21-24, copyright © 1947 de Randall Jarrell. Copyright © renovado 1974 de Mrs. Randall Jarrell. Os dois publicados em *The Complete Poems*. Reproduzidos com permissão de Farrar, Strauss & Giroux, Inc.

Stanley Kunitz, "Foreign Affairs", versos 10-17, em *Selected Poems. 1928-1958*. Copyright © 1958 de Stanley Kunitz. Esse poema foi publicado originalmente em *The New Yorker*. Reproduzido com permissão de Little, Brown and Company em conjunto com Atlantic Monthly Press.

Wilfred Owen, "Anthem for Doomed Youth", verso 1, e "A Terre", verso 6, em *The Collected Poems of Wilfred Owen*, org. de C. Day Lewis. Reproduzidos com permissão do Espólio Owen, Chatto and Windus Ltd. e New Directions Publishing Corporation.

Gillo Pontecoro, *The Battle of Algiers*, organizado e com uma introdução de PierNico Solinas. Cena 68, pp. 79-80. Reproduzido com permissão de Charles Scribner's Sons.

Louis Simpson, "The Ash and the Oak" em *Good News of Death and Other Poems. Poets of Today II.* Copyright © 1955 de Louis Simpson. Reproduzido com permissão de Charles Scribner's Sons.

PRIMEIRA PARTE
A REALIDADE MORAL DA GUERRA

1. CONTRA O "REALISMO"

Desde que homens e mulheres começaram a falar sobre a guerra, sempre foi em termos do certo e do errado. E quase todo esse tempo houve quem ridicularizasse esse tipo de conversa, considerando o assunto um exercício vazio, insistindo que a guerra está além (ou aquém) da apreciação moral. A guerra situa-se numa outra realidade, na qual a própria vida está em jogo, a natureza humana é reduzida a suas formas elementares e prevalecem o interesse pessoal e a necessidade. Nessas circunstâncias, homens e mulheres fazem o que precisam fazer para salvar a si mesmos e a suas comunidades; e não há lugar nem para a moral nem para a lei. *Inter arma silent leges*: em tempos de guerra, cala-se a lei.

Por vezes esse silêncio propaga-se até outras formas de atividade competitiva, como no ditado: "Vale tudo no amor e na guerra." Isso quer dizer que qualquer coisa é aceitável – qualquer tipo de trapaça no amor, qualquer tipo de violência na guerra. Não podemos elogiar nem culpar; não há nada a dizer. E no entanto raramente nos calamos. A linguagem que usamos para falar sobre o amor e sobre a guerra é tão rica em significado moral que dificilmente poderia ter sido desenvolvida senão por séculos de debates. Fidelidade, devoção, castidade, vergonha, adultério, sedução, traição, agressão, legítima defesa, apaziguamento, crueldade, desumanidade, atrocidade, massacre – todas essas palavras correspondem a julgamentos, e julgar é uma atividade humana tão comum quanto amar ou lutar.

É verdade, porém, que costuma nos faltar a coragem dos nossos julgamentos, e isso é ainda mais verdadeiro no caso do conflito militar. A postura moral da humanidade não está bem representada naquele ditado sobre o amor e a guerra. Seria mais aconselhável assinalarmos um contraste em vez de uma semelhança: diante de Vênus, a reprovação; diante de Marte, a timidez. Não que deixemos de justificar ou condenar ataques específicos, mas o fazemos de modo hesitante e sem firmeza (ou de modo estridente e irresponsável), como se não tivéssemos certeza de que nossas opiniões alcançam a realidade da guerra.

A argumentação realista

O realismo é a questão. Os defensores do silêncio da lei alegam ter descoberto uma verdade terrível: o que convencionamos chamar de desumanidade é simplesmente a humanidade sob pressão. A guerra arranca nossa indumentária civilizada e revela nossa nudez. Não é sem certo prazer que eles nos descrevem essa nudez: temerosa, egocêntrica, impetuosa, assassina. Em termos simples, não estão errados. Às vezes essas palavras têm teor descritivo. Paradoxalmente, a descrição costuma ser uma espécie de desculpa: é verdade, nossos soldados cometeram atrocidades em combate, mas é isso o que a guerra faz com as pessoas, é assim que a guerra é. Invoca-se o ditado de que vale tudo, para defender conduta que parece ilícita. Do mesmo modo, recomenda-se que a lei se cale quando se está empenhado em atividades que, de outra forma, seriam consideradas ilegais. Há portanto aqui argumentos que farão parte do meu próprio raciocínio: justificativas e desculpas, referências à necessidade e à coação, que podemos reconhecer como formas de discurso moral que têm ou não têm força em casos específicos. Mas existe também uma visão geral da guerra como um terreno de necessidade e coação, cujo objetivo é fazer com que o discurso sobre casos específicos pareça conversa-fiada, uma cortina de ruído com a qual ocultamos, até de nós mesmos, a verdade horrível. É essa interpretação geral que preciso questionar antes de poder começar meu próprio trabalho, e quero questioná-la na sua fonte e na sua forma mais expressiva, como é apresentada pelo historiador Tucídides e pelo filósofo Thomas Hobbes. Esses dois homens, separados por 2 mil anos, são como que colaboradores, pois Hobbes traduziu a *História da Guerra do Peloponeso** de Tucídides e depois universalizou sua argumentação na sua própria obra *Leviatã***. Não é meu objetivo escrever uma resposta filosófica completa a Tucídides e Hobbes. Desejo apenas sugerir, de início pelo raciocínio e em seguida por exemplos, que o julgamento de uma guerra e da conduta em tempos de guerra é uma atividade séria.

---

* Trad. bras., São Paulo, Martins Fontes, 1999.
** Trad. bras., São Paulo, Martins Fontes, 2003.

O diálogo de Melos

O diálogo entre os generais atenienses Cleômedes e Tísias e os magistrados da ilha-Estado de Melos constitui um dos pontos altos da *História* de Tucídides e o clímax do seu realismo.

Melos era uma colônia de Esparta, e seu povo, portanto, se "recusara a se sujeitar, como o resto das ilhas, aos atenienses; mas permaneceu a princípio neutro. Mais tarde, quando a isso foram levados pelos atenienses, com a devastação de suas terras, eles entraram em guerra declarada"[1]. Esse é um relato clássico de agressão, pois cometer agressão nada mais é do que "levar alguém a fazer alguma coisa" como descreve Tucídides. Ele parece dizer, entretanto, que uma descrição dessa natureza é meramente externa. Ele quer nos revelar o significado interno da guerra. Seus porta-vozes são os dois generais atenienses, que exigem uma negociação e falam como generais raramente falaram na história militar. Deixemos de lado as belas palavras sobre a justiça, dizem eles. De nossa parte, não teremos a pretensão de que nosso domínio seja merecido por termos derrotado os persas. Vocês não devem alegar que, não tendo prejudicado de modo algum o povo ateniense, têm o direito de ser deixados em paz. Falaremos, sim, sobre o que é viável e o que é necessário. Pois é assim que a guerra é: "os que têm vantagem de poder exigem o máximo que podem, e os fracos aceitam as condições que conseguem obter".

---

1. Esta citação e outras subseqüentes são de *Hobbes' Thucydides*, org. Richard Schlatter (New Brunswick, N.J., 1975), pp. 377-85 (*The History of the Peloponnesian War*, 5:84-116).

Nesse caso, não é somente sobre os habitantes de Melos que pesam os fardos da necessidade. Também os atenienses são forçados; precisam expandir seu império, na opinião de Cleômedes e Tísias, ou perder o que já possuem. A neutralidade de Melos "representará uma afirmação de nossa fraqueza e de seu ódio ao nosso poder, entre aqueles que estão sob nosso domínio". Ela inspirará a rebelião por todas as ilhas, onde quer que homens e mulheres se sintam "ofendidos com a necessidade da sujeição" – e quem, estando sob o jugo, não se sente ofendido, não anseia pela liberdade, não se ressente dos conquistadores? Ao afirmar que os homens "por toda parte dominarão a quem superarem pela força", os generais atenienses não estão somente descrevendo o desejo da glória e do comando, mas também a necessidade mais restrita da política entre os Estados: domine ou seja dominado. Se não conquistarem quando para isso tiverem condições, estarão apenas revelando fraqueza e atraindo um ataque. E assim, "por uma necessidade da natureza" (expressão da qual Hobbes posteriormente se apropriou), eles conquistam sempre que podem.

Os habitantes de Melos, por sua vez, são fracos demais para conquistas. Eles enfrentam uma necessidade mais espinhosa: a rendição ou o extermínio. "Pois o que se lhes apresenta não é o confronto com a bravura de um adversário em termos de igualdade... mas, sim, uma questão de segurança..." Entretanto, os governantes de Melos valorizam mais a liberdade que a segurança: "Se vocês então, para manter seu domínio e impedir que seus vassalos lhes fujam ao controle, estão dispostos a se expor ao perigo máximo, não seria enorme covardia e indignidade nossa se nós, que já somos livres, não enfrentássemos qualquer ameaça que fosse para não nos submetermos à servidão?" Embora saibam que será "difícil" opor-se ao poderio e à sorte de Atenas, acreditam que, quanto à sorte, não serão em nada inferiores, pois terão os deuses a seu lado, já que se apresentam "inocentes diante de homens injustos". E quanto ao poderio, eles têm esperanças de que chegue auxílio dos espartanos, "que necessariamente estão obrigados a nos defender em nome do parentesco e por sua própria honra, se por nenhuma outra razão". Os deuses, porém, também reinam onde podem, respondem os generais atenienses; e o parentesco e a honra nada têm a ver com a necessidade. Os espartanos pensarão (necessariamente) apenas em si mesmos: "com mais franqueza que todos os homens, eles consideram digno de honra o que agrada, e justo o que dá lucro". E assim terminou a discussão. Os magistrados se recusaram a render-se. Os atenienses puseram cerco à cidade. Os espartanos não enviaram ajuda. Afinal, depois de alguns meses de luta, no inverno do ano 416 a.C., Melos foi traída por alguns dos seus cidadãos. Quando pareceu impossível continuar resistindo, os habitantes de Melos "renderam-se incondicionalmente aos atenienses, que mataram todos os homens em idade militar, escravizaram todas as mulheres e crianças e ocuparam o lugar com uma colônia de 500 dos seus homens, para lá enviada mais tarde".

O diálogo entre os generais e os magistrados é uma criação literária e filosófica de Tucídides. Os magistrados falam como poderiam ter falado, mas seu heroísmo e devoção convencionais servem apenas para realçar o que o crítico dos clássicos Dionísio chama de "astúcia degenerada" dos generais atenienses[2]. São os generais que costumam parecer inacreditáveis. Dionísio escreve que as

---

2. Dionísio de Halicarnasso, *On Thucydides*, trad. de W. Kendrick Pritchett (Berkeley, 1975), pp. 31-3.

palavras deles "eram adequadas para monarcas orientais... mas impróprias para serem pronunciadas por atenienses..."* Talvez a intenção de Tucídides fosse que percebêssemos a impropriedade, não tanto das palavras, mas das políticas em cuja defesa eram usadas, e talvez ele tenha pensado que poderíamos deixar de ter percebido isso se ele tivesse permitido que os generais falassem como provavelmente falavam de fato, entremeando "belas dissimulações" para encobrir seus atos abjetos. Devemos entender que Atenas não é mais ela mesma. Cleômedes e Tísias não representam aquele povo admirável que combateu os persas em nome da liberdade e cuja política e cultura, como diz Dionísio, "exerceram uma influência tão humanizadora na vida cotidiana". Eles representam, sim, a decadência imperial da cidade-Estado. Não que sejam criminosos de guerra no sentido moderno; essa idéia não ocorre a Tucídides. Mas encarnam uma perda de equilíbrio ético, de comedimento e de moderação. Sua arte de governar está prejudicada, e seus discursos "realistas" proporcionam um contraste irônico com a cegueira e a arrogância com que os atenienses apenas

---

* Nem mesmo os monarcas orientais são tão tenazes quanto os generais atenienses. De acordo com Heródoto, quando Xerxes revelou seus planos para invadir a Grécia, falou em termos mais convencionais: "Transporei o Helesponto e através da Europa farei com que um exército invada a Grécia, e punirei os atenienses pela infâmia que cometeram contra meu pai e contra nós" (*As histórias*, tomo 7, trad. de Aubrey de Selincourt). A referência é ao incêndio de Sardis, que podemos considerar o pretexto para a invasão persa. O exemplo corrobora a afirmação de Francis Bacon de que "existe uma justiça gravada na natureza dos homens segundo a qual eles não travam guerras (das quais resultam tantas calamidades) a não ser por motivos e contendas que sejam no mínimo plausíveis" (Ensaio 29, "Da verdadeira grandeza de reinos e estados").

alguns meses mais tarde lançaram a desastrosa expedição à Sicília. A *História*, a partir dessa perspectiva, é uma tragédia; e a própria Atenas, o herói trágico[3]. Tucídides nos deu um auto moralizante no estilo grego. Podemos vislumbrar seu significado em *As troianas* de Eurípides, obra escrita imediatamente após a conquista de Melos, com a intenção inquestionável de sugerir a importância humana da chacina e da escravidão – e de prever a punição divina[4]:

> Como sois cegos
> Vós que pisoteais as cidades, vós que lançais
> Templos ao abandono e devastais
> Túmulos, santuários intocados onde jazem
> Os antepassados; vós, que logo haveis de morrer!

Tucídides, porém, parece estar na realidade fazendo uma asserção bem diferente e mais mundana que a sugerida por essa citação. E não tanto sobre Atenas como a respeito da própria guerra. Provavelmente não era sua intenção que a rispidez dos generais atenienses fosse considerada um sinal de depravação, mas, sim, de impaciência, tenacidade, honestidade – qualidades mentais não inconvenientes em comandantes militares. Como disse Werner Jaeger, ele está alegando que "o princípio da força gera um universo só seu, com leis próprias", distintas e separadas das leis da vida moral[5]. Sem dúvida foi assim

---

3. Veja F. M. Cornford, *Thucydides Mythistoricus* (Londres, 1907), especialmente o capítulo XIII.
4. *The Trojan Women*, tradução de Gilbert Murray (Londres, 1905), p. 16.
5. Werner Jaeger, *Paideia: the Ideals of Greek Culture*, tradução de Gilbert Highet (Nova York, 1939), I, 402. [Trad. bras. *Paidéia: a formação do homem grego*, 4.ª ed., 2001.]

que Hobbes interpretou Tucídides, e é essa a leitura que precisamos encarar de frente. Pois, se o universo da força for realmente distinto, e se esse for um relato preciso de suas leis, não seria possível criticar os atenienses por suas políticas em tempo de guerra da mesma forma que não se poderia criticar uma pedra por cair. O massacre dos habitantes de Melos está explicado pela alusão às circunstâncias da guerra e às necessidades da natureza. E mais uma vez não há o que dizer. Ou melhor, pode-se dizer qualquer coisa, chamar de cruel a necessidade e de infernal a guerra; mas, embora essas declarações possam ser verdadeiras por si mesmas, elas não tocam nas realidades políticas do caso nem nos ajudam a entender a decisão ateniense.

É importante salientar, porém, que Tucídides não nos disse absolutamente nada sobre a decisão ateniense. E se nos colocarmos, não na sala do conselho em Melos, onde uma política cruel estava sendo exposta, mas na assembléia em Atenas onde essa política foi adotada pela primeira vez, a argumentação dos generais soará diferente. Em grego, como em inglês, a palavra *necessidade* "tem o duplo significado de indispensável e inevitável"[6]. Em Melos, Cleômedes e Tísias misturaram os dois significados, salientando o segundo. Na assembléia, eles poderiam ter falado apenas sobre o primeiro, alegando, suponho eu, que a destruição de Melos era necessária (indispensável) para a preservação do império. Mas essa alegação é de cunho retórico em dois sentidos do termo. Em primeiro lugar, ela evita a questão moral de saber se a

---

6. H. W. Fowler, *A Dictionary of Modern English Usage*, segunda edição, revisão de Sir Ernest Gowers (Nova York, 1965), p. 168; cf. Jaeger, I, 397.

preservação do império é em si necessária. Havia no mínimo alguns atenienses que tinham dúvidas a esse respeito, e outros mais que duvidavam que o império tivesse de ser um sistema uniforme de dominação e sujeição (como sugeria a política adotada com relação a Melos). Em segundo, ela exagera o conhecimento e a visão dos generais.

Eles não estão afirmando com certeza que Atenas cairá se Melos não for destruída. Seu raciocínio está relacionado a probabilidade e riscos. E esse tipo de argumentação sempre é questionável. A destruição de Melos realmente reduziria os riscos corridos por Atenas? Existem linhas de ação alternativas? Quais são os custos prováveis dessa linha de ação? Seria certo agir assim? O que os outros pensariam de Atenas se essa linha de ação fosse levada a cabo?

Uma vez iniciado o debate, é provável que surjam todos os tipos de questões sobre moral e estratégia. E, para os participantes do debate, o resultado não vai ser determinado "por uma necessidade da natureza", mas pelas opiniões que eles tiverem ou que vierem a ter em conseqüência dos argumentos que ouvirem, e então pelas decisões que tomarem livremente, como indivíduos e como coletividade. Depois, os generais alegam que uma determinada decisão era inevitável; e é nisso, presumivelmente, que Tucídides quer que acreditemos. Entretanto, a alegação somente pode ser feita depois do fato, já que a inevitabilidade nesse caso é mediada por um processo de deliberação política, e Tucídides não poderia saber o que era inevitável antes que esse processo tivesse completado seu curso. Julgamentos sobre a necessidade nesse sentido são sempre de caráter retroativo – obra de historiadores, não de agentes históricos.

Ora, o ponto de vista moral deriva sua legitimidade da perspectiva do agente. Quando fazemos julgamentos de cunho moral, procuramos recapturar essa perspectiva. Repetimos o processo decisório, ou ensaiamos nossas decisões futuras, perguntando o que teríamos feito (ou o que faríamos) em circunstâncias semelhantes. Os generais atenienses reconhecem a importância dessas questões, pois defendem sua política na certeza de que os habitantes de Melos "e outros que tivessem o mesmo poder" que os atenienses "agiriam da mesma forma". No entanto, esse é um conhecimento duvidoso, mais ainda quando nos damos conta de que o "decreto referente a Melos" foi alvo de forte oposição na assembléia ateniense. Nosso ponto de vista é o de cidadãos que debatem o decreto. Como *deveríamos* agir?

Não temos nenhum relato da decisão ateniense de atacar Melos, nem da decisão (que pode ter sido tomada simultaneamente) de matar e escravizar seu povo. Plutarco afirma que Alcibíades, o principal arquiteto da expedição à Sicília, foi "o mais importante causador da chacina... tendo se pronunciado a favor do decreto"[7]. Ele representou o papel de Cléon no debate que Tucídides chegou a registrar, que ocorrera alguns anos antes, sobre o destino de Mitilene.

É interessante voltar o olhar para esse debate anterior. Mitilene era aliada de Atenas desde a época da guerra contra os persas; jamais foi uma cidade dominada em nenhum sentido formal, mas tinha um compromisso com a causa ateniense por um tratado. Em 428, a cidade

---

7. *Plutarch's Lives*, tradução de John Dryden, revisão de Arthur Hugh Clough (Londres, 1910), I, 303. Alcibíades também "escolheu para si uma das cativas de Melos...".

rebelou-se e entrou em aliança com os espartanos. Depois de combates consideráveis, a cidade foi capturada por forças atenienses e a assembléia determinou "condenar à morte... todos os homens de Mitilene que fossem maiores de idade e escravizar as mulheres e crianças: acusando-os da própria revolta, na medida em que eles teriam se rebelado sem estar em condição de sujeição como outros estavam..."[8] No dia seguinte, porém, os cidadãos "sentiram uma espécie de arrependimento... e começaram a considerar que o decreto era exagerado e cruel, já que seriam destruídos não apenas os culpados mas a cidade inteira". Foi esse segundo debate, ou parte dele, que Tucídides registrou, dando-nos dois discursos, o de Cléon em defesa do decreto original e o de Diodotus que recomendava sua revogação. A argumentação de Cléon é em geral em termos de culpa coletiva e justiça de retaliação; Diodotus apresenta uma crítica dos efeitos dissuasórios da pena capital. A assembléia aceita a posição de Diodotus, aparentemente convencida de que a destruição de Mitilene não serviria para sustentar a força de tratados nem garantiria a estabilidade do império. É o apelo ao interesse que vence – como já foi ressaltado muitas vezes – se bem que deva ser lembrado que o apelo foi ensejado pelo arrependimento dos cidadãos. A ansiedade moral, não a maquinação política, levou-os à preocupação com a eficácia do seu decreto.

No debate a respeito de Melos, as posições devem ter estado invertidas. Agora não havia nenhum argumento a favor de uma retaliação, pois os habitantes de Melos não tinham feito nenhuma ofensa a Atenas. Alcibíades pro-

---

8. *Hobbes' Thucydides*, pp. 194-204 (*The History of the Peloponnesian War*, 3:36-49).

vavelmente falou em tom semelhante ao dos generais de Tucídides, embora com a diferença importantíssima que já salientei. Quando disse a seus concidadãos que o decreto era necessário, ele não quis dizer que ele fora ordenado pelas leis que governam o universo da força; quis dizer simplesmente que era necessário (na sua opinião) para reduzir os riscos de rebelião entre as cidades súditas do império ateniense. E seus adversários provavelmente alegaram, como os habitantes de Melos, que o decreto era desonroso e injusto, e que era provável que despertasse mais ressentimento que medo pelas ilhas afora, pois Melos não ameaçava Atenas de modo algum, e outras políticas seriam mais úteis aos interesses e ao amor-próprio ateniense. Talvez eles também tenham relembrado aos cidadãos seu arrependimento no caso de Mitilene e recomendado mais uma vez que evitassem a crueldade do massacre e da escravidão. Não sabemos como Alcibíades saiu vencedor nem se a votação foi apertada. No entanto, não há motivo para imaginar que a decisão estivesse predeterminada e que o debate de nada adiantasse: não mais no caso de Melos que no de Mitilene. Se nos imaginarmos postados na assembléia ateniense, poderemos ainda ter uma sensação de liberdade.

O realismo dos generais atenienses tem, porém, mais um ponto forte. Não se trata apenas de uma negação da liberdade que torna possível a decisão moral; é uma negação também da importância do debate moral. A segunda alegação está intimamente relacionada com a primeira. Se devemos agir de acordo com nossos interesses, motivados por nosso medo uns dos outros, então conversar sobre a justiça não tem como ser nada mais que isso: conversa. Ela não se refere a propósitos que possamos considerar nossos, nem a objetivos que possamos compartilhar com outros. É por isso que os generais atenienses poderiam ter entremeado "belas dissimulações" em suas falas com tanta facilidade quanto os magistrados de Melos. Em discurso dessa natureza pode-se dizer qualquer coisa. As palavras não fazem referências claras, não possuem definições certas, não têm vinculação lógica. Elas são, como escreve Hobbes no *Leviatã*, "sempre usadas com relação à pessoa que as usa" e exprimem os apetites e medos dessa pessoa e mais nada. Só está "mais evidente" nos espartanos, mas vale para todo o mundo, que "eles consideram digno de honra o que agrada, e justo o que dá lucro". Ou, como Hobbes explicou mais tarde, os nomes dos vícios e das virtudes são de "significado incerto"[9].

> Pois o que é para um sabedoria, para outro é medo; para um, crueldade, para outro, justiça; para um, esbanjamento, para outro, generosidade... e assim por diante. Logo, termos desse tipo jamais podem servir de base para raciocínio algum.

"*Jamais*" – até que o soberano, que também é a autoridade lingüística suprema, fixe o significado do vocabulário moral; mas no estado de guerra "jamais" – sem nenhuma ressalva – porque nesse estado, por definição nenhum soberano governa. Na realidade, mesmo na sociedade civil, o soberano não tem êxito total em impor a certeza ao mundo dos vícios e das virtudes. Por esse motivo, o discurso moral é sempre suspeito, e a guerra é somente um caso extremo de anarquia dos significados morais.

---

9. Thomas Hobbes, *Leviatã,* capítulo IV.

É em geral verdadeiro, e de modo especial em tempos de conflito violento, que conseguimos entender o que outras pessoas estão dizendo somente se enxergamos o que está por trás de suas "belas dissimulações" e traduzimos o discurso moral para a moeda mais forte do discurso de interesses. Quando os habitantes de Melos insistem na justiça de sua causa, eles estão dizendo apenas que não querem se sujeitar; e, se os generais tivessem alegado que Atenas merecia seu império, eles simplesmente teriam expressado o desejo de conquista ou o temor da derrocada.

Este é um argumento vigoroso porque recorre à experiência comum da discordância moral – dolorosa, prolongada, exasperante e interminável. Apesar de todo o seu realismo, porém, ele não chega a tocar nas realidades dessa experiência nem a explicar sua natureza. Isso poderemos ver com clareza, creio eu, se voltarmos a examinar o debate sobre o decreto de Mitilene. Hobbes bem podia estar com esse debate em mente quando escreveu: "e [o que é] para um, crueldade, para outro [é] justiça". Os atenienses arrependeram-se de sua crueldade, escreve Tucídides, embora Cléon lhes dissesse que eles não tinham sido cruéis de modo algum, mas justificadamente severos. Contudo, essa não foi em nenhum sentido uma discordância quanto ao significado das palavras. Se não tivessem existido significados de aceitação comum, não poderia ter havido debate algum. A crueldade dos atenienses consistiu em tentar punir não só os autores da rebelião, mas outros também, e Cléon concordou que isso seria de fato cruel. Passou então a argumentar, como tinha de fazer considerando-se sua posição, que em Mitilene não havia "outros". "Que a culpa não seja atribuída a alguns, e o povo seja absolvido. Pois todos juntos empunharam armas contra nós..."

Não posso acompanhar mais o debate, já que Tucídides não o faz, mas há uma réplica óbvia a ser dada a Cléon, relacionada à condição das mulheres e crianças de Mitilene. Ela poderia envolver a mobilização de outros termos morais (a inocência, por exemplo); mas não dependeria de definições idiossincráticas – nem um pouco mais do que o argumento sobre a crueldade e a justiça depende. De fato, definições não estão em questão nesse caso, mas descrições e interpretações. Os atenienses compartilhavam um vocabulário moral, compartilhavam esse vocabulário com o povo de Mitilene e de Melos e, guardadas as diferenças culturais, o compartilham também conosco. Eles não tinham dificuldade nenhuma, como nós não temos, para entender a alegação dos magistrados de Melos de que a invasão de sua ilha era injusta. É na aplicação a casos reais das palavras acordadas que passamos a discordar.

Essas discordâncias são em parte geradas e sempre agravadas por interesses antagônicos e medos mútuos. Mas elas também têm outras causas, o que ajuda a explicar os modos complexos e discrepantes pelos quais homens e mulheres (mesmo quando têm interesses semelhantes e nenhuma razão para temer um ao outro) se posicionam no mundo moral. Antes de mais nada, há sérias dificuldades de percepção e de informação (na guerra e na política em geral). É assim que surgem controvérsias acerca dos "fatos do caso". Há disparidades acentuadas no peso que atribuímos até mesmo a valores que compartilhamos, como há disparidades nas ações que estamos dispostos a tolerar quando esses valores estão sob ameaça. Há compromissos e obrigações conflitantes que nos forçam a um antagonismo violento mesmo quando entendemos o ponto principal das posições uns dos outros. Tudo isso é bastante verdadeiro e bastante comum. Transforma a moral num universo de discussões de boa-fé além de num mundo de ideologia e manipulação verbal.

Seja como for, as possibilidades de manipulação são limitadas. Quer as pessoas falem de boa-fé, quer não, elas não podem simplesmente dizer qualquer coisa que lhes agrade. A conversa sobre temas morais tem um aspecto compulsório: uma coisa leva a outra. Talvez fosse por esse motivo que os generais atenienses não tivessem querido começar. Uma guerra chamada de injusta não é, parafraseando Hobbes, uma guerra desprezada; ela é uma guerra desprezada por motivos específicos, e qualquer pessoa que faça a acusação deve obrigatoriamente apresentar tipos específicos de provas. Da mesma forma, se alego que estou lutando com justiça, devo também alegar que fui atacado ("levado a isso" como os habitantes de Melos), ou ameaçado de ataque; ou ainda que vim auxiliar uma vítima do ataque de um terceiro. E cada uma dessas alegações tem seus próprios desdobramentos, que vão enveredando cada vez mais fundo num mundo de discurso em que, embora eu possa continuar a falar interminavelmente, sofro severas restrições sobre o que posso dizer. Devo dizer isso ou aquilo; e, em muitos pontos de uma longa discussão, isso ou aquilo será verdadeiro ou falso. Não precisamos traduzir o discurso sobre questões morais em discurso sobre questões de interesse para compreendê-lo. A moral refere-se a seu próprio modo ao mundo real.

Consideremos um exemplo da filosofia de Hobbes. No Capítulo XXI do *Leviatã*, Hobbes recomenda que levemos em conta o "temor natural" do ser humano. "Quando exércitos lutam, ocorre de um lado, ou de ambos os lados, alguma fuga. No entanto, quando homens agem desse modo não por traição, mas por medo, não se considera que agiram de forma injusta, mas de forma desonrosa." Ora, nesse caso há necessidade de julgamento: precisamos distinguir os covardes dos traidores. Se essas forem palavras de "significado inconstante", a tarefa será impossível e absurda. Todo traidor alegaria temor natural, e nós aceitaríamos sua alegação ou não dependendo do fato de ser o soldado amigo ou inimigo, um obstáculo ao nosso avanço ou um aliado e partidário. Suponho que às vezes realmente tenhamos esse tipo de comportamento, mas não é o caso (nem Hobbes, quando se trata de casos, supõe que seja) que os julgamentos que fazemos somente possam ser entendidos nesses termos. Quando acusamos um homem de traição, precisamos contar uma história muito específica a seu respeito, e precisamos fornecer provas concretas de que a história é verdadeira. Se o chamarmos de traidor quando não pudermos contar essa história, não estaremos usando as palavras com inconstância; estaremos simplesmente mentindo.

Estratégia e moral

Fala-se sobre a moral e a justiça da mesma forma que se fala sobre estratégia militar. A estratégia é a outra linguagem da guerra; e, apesar de ela ser geralmente considerada isenta das dificuldades do discurso moral, seu uso é igualmente problemático. Embora possam concordar quanto ao significado de termos estratégicos – cilada, retirada, manobra pelo flanco, concentração de forças, e assim por diante –, os comandantes ainda assim podem discordar quanto a condutas corretas em termos estratégicos. Eles discutem sobre o que deveria ser feito. Depois da batalha, discordam sobre o que aconteceu; e, se tiverem sido derrotados, discordam quanto a quem atribuir a culpa. A estratégia, como a moral, é uma linguagem de justificação*. Todo comandante confuso e covarde descreve suas hesitações e pânicos como parte de algum plano sofisticado; o vocabulário estratégico está tão a seu dispor como ao dispor de um comandante competente. Isso não quer dizer, porém, que seus termos não tenham significado. Seria uma grande vitória para os incompetentes se não tivessem; pois, se fosse esse o caso, não teríamos como falar de incompetência. Sem dúvida, "o que um chama de 'retirada', outro chama de 'transferência estratégica de tropas'..." Mas nós bem sabemos a diferença entre as duas; e, embora os fatos do caso possam ser difíceis de coletar e interpretar, ainda assim conseguimos fazer julgamentos críticos.

De modo semelhante, podemos fazer julgamentos morais. Conceitos morais e conceitos estratégicos refle-

---

* Portanto, podemos "desmascarar" o discurso estratégico exatamente como Tucídides desmascarou o discurso moral. Imaginemos que os dois generais atenienses, após o diálogo com os habitantes de Melos, voltassem ao acampamento para planejar a batalha iminente. O de patente mais alta fala primeiro: "Não me venha com nenhuma conversa sobre a necessidade de concentrar nossas forças ou sobre a importância da surpresa estratégica. Vamos simplesmente ordenar um ataque frontal. Os homens irão se organizar como puderem. Vai haver muita confusão de qualquer modo. Preciso de uma rápida vitória aqui para poder voltar a Atenas coberto de glória, antes que comece o debate acerca da campanha na Sicília. Vamos ter de aceitar alguns riscos; mas isso não importa já que os riscos serão seus, não meus. Se formos derrotados, farei com que você seja culpado. A guerra é assim." Por que a estratégia é a linguagem de homens obstinados? É tão fácil ler nas entrelinhas...

tem o mundo real da mesma forma. Eles não são meros termos normativos para ensinar aos soldados (que costumam não prestar atenção) como agir. São, sim, termos descritivos; e, sem eles, não teríamos uma forma coerente para falar sobre a guerra. Eis soldados afastando-se do local da batalha, marchando pelo mesmo terreno que percorreram ontem, mas em número menor agora, menos determinados, muitos sem armas, muitos feridos: isso chamamos de retirada. Eis soldados alinhando os moradores de um povoado rural, homens, mulheres e crianças para fuzilá-los: isso chamamos de massacre.

É somente quando a substância de seu conteúdo é bastante clara que os termos morais e estratégicos podem ser usados em tom imperativo, e a sabedoria que eles encarnam pode ser expressa sob a forma de normas. Nunca recusar quartel a um soldado que esteja tentando se render. Nunca avançar com os flancos desprotegidos. Seria possível criar um plano moral ou estratégico de guerra a partir desse tipo de comando, e então seria importante observar se a verdadeira conduta da guerra obedeceria ou não ao plano. Podemos pressupor que não obedeceria. A guerra é recalcitrante a esse tipo de controle teórico – qualidade que ela compartilha com todas as outras atividades humanas, mas que parece possuir em grau especialmente alto. Em *A Cartuxa de Parma*, Stendhal fornece uma descrição da batalha de Waterloo com intenção de zombar da própria idéia de um plano estratégico. Trata-se de um relato do combate como caos; portanto, não é absolutamente um relato, mas uma negação, por assim dizer, de que o combate possa ser relatado. A descrição deveria ser lida lado a lado com alguma análise estratégica de Waterloo, como a do general-de-brigada Fuller, que encara a batalha como uma série organizada de manobras e contramanobras[10]. O estrategista não deixa de perceber a confusão e desordem no campo; e não é totalmente refratário a considerar que esses sejam aspectos da guerra em si, efeitos naturais do estresse do combate. Mas ele também os vê como questões de responsabilidade de comando, falhas de disciplina ou controle. Sugere que imperativos estratégicos foram deixados de lado. E procura por lições a serem aprendidas.

O teórico da moral está na mesma posição. Ele também precisa enfrentar o fato de que as normas costumam ser violadas ou desprezadas e a percepção mais profunda de que, para os homens em guerra, as normas nem sempre parecem aplicáveis à natureza extrema da situação em que se encontram. Entretanto, não importa como o faça, ele não abdica de sua noção da guerra como um ato humano, proposital e premeditado, por cujos efeitos alguém é responsável. Confrontado com os muitos crimes cometidos ao longo de uma guerra, ou com o crime da guerra agressiva em si, ele procura os agentes humanos. E também não está sozinho na busca. Uma das características mais importantes da guerra, que a distingue de outros flagelos da humanidade, é que os homens e mulheres apanhados por ela não são apenas vítimas, mas também participantes. Todos nós nos inclinamos a responsabilizá-los pelo que fizerem (se bem que possamos reconhecer a alegação de coação em casos específicos). Reiterados pelos tempos afora, nossos argumentos e julgamentos dão forma ao que desejo chamar de realidade moral da guerra – ou seja, todas aquelas ex-

---

10. *The Charterhouse of Parma*, I, capítulos 3 e 4; J. F. C. Fuller, *A Military History of the Western World* (s.l., 1955), II, capítulo 15.

periências a respeito das quais a linguagem moral é descritiva, ou dentro das quais ela é necessariamente empregada.

É importante salientar que a realidade moral da guerra não é fixada pelas atividades reais dos soldados, mas pelas opiniões da humanidade. Isso significa, em parte, que ela é fixada pela atividade de filósofos, advogados, publicitários e divulgadores de todos os tipos. Contudo, essas pessoas não trabalham isoladas da experiência do combate, e suas opiniões têm valor somente na medida em que dêem forma e estrutura àquela experiência de modo que seja plausível para todos nós. Costumamos dizer, por exemplo, que em época de guerra soldados e estadistas precisam tomar decisões torturantes. A dor é bastante real, mas não é um dos efeitos naturais do combate. Essa tortura não é como o medo descrito por Hobbes. Ela resulta em sua totalidade de nossas opiniões morais, e somente é comum na guerra na medida em que essas opiniões sejam comuns. Não foi nenhum ateniense fora do comum que "se arrependeu" da decisão de matar os homens de Mitilene, mas os cidadãos em geral. Eles se arrependeram e foram capazes de entender o arrependimento uns dos outros porque compartilhavam uma noção do que significava a crueldade. É pela atribuição desses significados que tornamos a guerra o que ela é – o que quer dizer que ela poderia ser (e provavelmente foi) algo diferente.

E o que dizer de um soldado ou estadista que não sinta a tortura da decisão?

Dizemos que, em termos morais, ele é ignorante ou insensível, da mesma forma que poderíamos dizer, de um general que não enfrentasse nenhuma dificuldade para tomar uma decisão (realmente) difícil, que ele não entende as realidades estratégicas da sua própria posição ou que é imprudente e insensível ao perigo. E poderíamos prosseguir argumentando que, no caso do general, um homem desses não tem condições de lutar ou comandar outros homens em combate, que ele deveria saber que, digamos, o flanco direito do seu exército está vulnerável e deveria se preocupar com esse perigo e adotar medidas para evitá-lo. Mais uma vez, trata-se do mesmo caso das decisões morais: soldados e estadistas deveriam conhecer os perigos da crueldade e da injustiça, preocupar-se com eles e adotar medidas para evitá-los.

Relativismo histórico

Em contraste com essa opinião, porém, costuma ser dada uma forma histórica ou social ao relativismo hobbesiano: dir-se-ia que o conhecimento moral e estratégico muda ao longo do tempo ou varia de uma comunidade política para outra. E, assim, o que me parece ignorância pode parecer entendimento a alguma outra pessoa. Pois bem, as mudanças e variações são sem dúvida bastante reais e resultam numa história complexa de contar. Mas a importância dessa história para a vida moral normal e, acima de tudo, para o julgamento da conduta moral é facilmente exagerada. Entre culturas radicalmente isoladas e diferentes, pode-se esperar encontrar dicotomias radicais em termos de percepção e compreensão. Sem dúvida, a realidade moral da guerra não é para nós a mesma que era para Gêngis Khan; nem a realidade estratégica. No entanto, mesmo transformações sociais e políticas fundamentais dentro de uma cultura específica podem deixar o mundo moral intacto ou pelo menos suficientemente inteiro para que ainda se possa dizer que o compartilhamos com nossos antepassados. É de fato raro que não o compartilhemos com nossos contemporâneos; e em geral aprendemos a agir em meio a nossos contemporâneos através do estudo dos atos dos que nos precederam. O pressuposto desse estudo é que eles encaravam o mundo de modo muito semelhante ao nosso. Isso nem sempre é verdade, mas é verdadeiro o suficiente sobre a época para conferir estabilidade e coerência à nossa vida moral (e à nossa vida militar). Mesmo quando visões de mundo e ideais elevados tiverem sido abandonados – como a glorificação da fidalguia dos cavaleiros foi abandonada no início dos tempos modernos –, noções sobre a conduta correta são notavelmente persistentes: o código militar sobrevive à morte do idealismo do guerreiro. Terei mais a dizer sobre este assunto adiante, mas posso demonstrá-lo agora de uma forma geral examinando um exemplo da Europa feudal, uma era sob certos aspectos mais distante de nós que a Grécia das cidades-Estado, mas com a qual mesmo assim compartilhamos percepções morais e estratégicas.

Três relatos de Agincourt

Na realidade, o compartilhamento de percepções estratégicas é neste caso o mais duvidoso dos dois. Aqueles cavaleiros franceses que morreram em tão grande número em Agincourt tinham noções sobre o combate muito diferentes das nossas. Críticos modernos ainda se sentiram capazes de criticar sua "fanática adesão ao antigo método de luta" (o rei Henrique, afinal de contas, lutou de outro modo) e até mesmo de oferecer sugestões práticas: o ataque francês, escreve Oman, "deveria ter sido acompanhado de um movimento que circundasse os bosques..."[11] Se não tivesse tido "excesso de confiança", o comandante francês teria visto as vantagens da manobra. Podemos falar de modo semelhante sobre a crucial decisão moral que Henrique tomou mais para o final da batalha, quando os ingleses consideravam segura sua vitória. Eles tinham feito muitos prisioneiros, que estavam reunidos sem formalidade na retaguarda. De repente, um ataque francês dirigido às barracas de suprimentos muito atrás deu a impressão de que a luta recomeçaria. Eis o relato de Holinshed, do século XVI, sobre o que aconteceu (praticamente uma cópia de uma crônica mais antiga)[12]:

> ... certos franceses a cavalo... num total de cerca de seiscentos cavaleiros, que foram os primeiros a fugir, ao saber que os pavilhões e as barracas dos ingleses estavam a uma boa distância do exército, sem guarda suficiente para protegê-los... invadiram o acampamento do rei e ali... roubaram as barracas, quebraram arcas, carregaram cofres e mataram os criados que encontraram que lhes oferecessem alguma resistência... Mas, quando o clamor dos lacaios e rapazes que fugiam com medo dos franceses... chegou aos ouvidos do rei, ele, temendo que seus inimigos conseguissem reunir forças novamente e recomeçassem a batalha; e desconfiando ainda que os prisioneiros seriam um auxílio a seus inimigos... em atitude que divergia de sua costumeira brandura, ordenou por toque de corneta que cada homem... matasse seu prisioneiro incontinênti.

---

11. C. W. C. Oman, *The Art of War in the Middle Ages* (Ithaca, N.Y., 1968), p. 137.

12. Raphael Holinshed, *Chronicles of England, Scotland, and Ireland,* trecho citado em William Shakespeare, *The Life of Henry V* (Signet Classics, Nova York, 1965), p. 197.

O caráter moral da ordem é sugerido pelas palavras "costumeira brandura" e "incontinênti". Ela envolvia uma ruptura das limitações pessoais e convencionais (estas últimas já bem estabelecidas em 1415), e Holinshed faz algum esforço para explicá-la e desculpá-la, ressaltando o medo do rei de que os prisioneiros mantidos por suas forças estivessem a ponto de recomeçar a luta. Shakespeare, cujo *Henrique V* acompanha Holinshed de perto, vai além, ressaltando a matança dos criados ingleses pelos franceses e omitindo a afirmação do cronista de que somente os que resistiram foram mortos[13]:

> *Fluellen*. Matar os rapazes e as provisões! É um expresso desrespeito às leis das armas. É a mais deslavada patifaria que se pode apresentar, ouça o que digo.

Ao mesmo tempo, entretanto, não consegue resistir a um comentário irônico:

> *Gower*. ... queimaram e levaram tudo o que estava na barraca do rei, motivo pelo qual o rei com extrema dignidade fez com que cada soldado degolasse seu prisioneiro. Ah, quanta bravura do rei!

Um século e meio depois, David Hume faz um relato semelhante, sem a ironia, ressaltando, em vez disso, o cancelamento final da ordem por parte do rei[14]:

> ... alguns cavaleiros da Picardia... tinham investido contra as provisões inglesas e estavam executando os homens desarmados do acampamento, que fugiam diante deles.

---

13. *Henry V*, 4:7, ll. 1-11.
14. David Hume, *The History of England* (Boston, 1854), II, 358.

Henrique, ao ver o inimigo por todos os lados, começou a sentir receio de seus prisioneiros e considerou necessário emitir uma ordem geral para matá-los; mas, ao descobrir a verdade, parou a matança e ainda conseguiu salvar um grande número.

Aqui o significado moral está captado na tensão entre "necessário" e "matança". Como a matança é o abate de homens como se fossem animais – ela, segundo o poeta Dryden, "transforma em massacre o que era uma guerra" –, nem sempre pode ser considerada necessária. Se foi tão fácil assim matar os prisioneiros, era provável que eles não fossem perigosos o suficiente para justificar a matança. Quando se deu conta da verdadeira situação, Henrique, que era um homem ético (o que Hume quer que acreditemos), cancelou as execuções.

Historiadores e cronistas franceses escrevem sobre o acontecimento praticamente da mesma forma. É com eles que descobrimos que muitos dos cavaleiros ingleses se recusaram a matar seus prisioneiros – não tanto, principalmente, por sentimento de humanidade, quanto pelo resgate que esperavam; mas também "pensando na desonra que as horrendas execuções lançariam sobre eles"[15]. Escritores ingleses focalizaram a atenção mais e com maior preocupação no comando do rei. Ele era, afinal de contas, seu rei. No final do século XIX, por volta da época em que as normas de guerra com relação aos prisioneiros estavam sendo codificadas, suas críticas tornaram-se cada vez mais ásperas: "uma carnificina brutal", "assassinato em massa a sangue-frio"[16]. Hume não teria dito

---

15. René de Belleval, *Azincourt* (Paris, 1865), pp. 105-6.
16. Veja o resumo de opiniões em J. H. Wylie, *The Reign of Henry the Fifth* (Cambridge, Inglaterra, 1919), II, 171 ss.

isso, mas a diferença entre essas palavras e o que ele realmente disse é insignificante, não se tratando de uma questão de transformação moral ou lingüística.

Para julgarmos Henrique nós mesmos, precisaríamos de um relato mais detalhado da batalha do que eu posso fornecer aqui[17]. Mesmo com um relato desses, nossas opiniões poderiam divergir, dependendo de quanto estivéssemos dispostos a relevar por conta do estresse e do alvoroço do combate. Este é, porém, um nítido exemplo de uma situação comum tanto em estratégia quanto em moral, na qual nossas discordâncias mais acentuadas estão estruturadas e organizadas por nossas convenções subjacentes, pelos significados que temos em comum. Para Holinshed, Shakespeare e Hume – cronista tradicional, dramaturgo do Renascimento e historiador do Iluminismo – e para nós também, a ordem de Henrique pertence a uma categoria de atos militares que requer exame meticuloso e avaliação. Ela é *naturalmente* problemática em termos morais, pois aceita os riscos da crueldade e da injustiça. Exatamente da mesma forma poderíamos considerar o plano de batalha do comandante francês um plano problemático em termos estratégicos, pois aceitava os riscos de um ataque frontal a uma posição preparada. E mais uma vez, um general que não reconheça esses tipos de risco é acertadamente visto como alguém que ignora a moral ou a estratégia.

Na vida moral, a ignorância não é assim tão comum; a desonestidade é muitíssimo mais. Mesmo os soldados e estadistas que não sentem a tortura de uma decisão pro-

---

17. Para um relato detalhado e excelente, que sugere que a atuação de Henrique não tem como ser defendida, veja John Keegan, *The Face of Battle* (Nova York, 1976), pp. 107-12.

blemática geralmente sabem que deveriam senti-la. A categórica afirmação de Harry Truman de que nunca perdeu uma noite de sono com a decisão de lançar a bomba atômica sobre Hiroxima não é o tipo de coisa que líderes políticos digam com freqüência. Eles costumam considerar preferível salientar a dor excruciante da tomada de decisões. É uma das responsabilidades do seu posto, e é recomendável que as responsabilidades pareçam pesar sobre seus ombros. Suspeito que muitas autoridades até mesmo sintam essa dor simplesmente porque se espera que a sintam. Se não a sentem, mentem a respeito. A comprovação mais nítida da estabilidade de nossos valores ao longo do tempo é o caráter imutável das mentiras que soldados e estadistas contam.

Eles mentem para justificar a si mesmos, e com isso descrevem para nós os traços característicos da justiça. Onde quer que encontremos a hipocrisia, também encontraremos o conhecimento moral. O hipócrita é como o general russo em *Agosto de 1914* de Soljenitsyn, cujos sofisticados relatórios de combate mal conseguiam ocultar sua total incapacidade para controlar ou dirigir a batalha. Pelo menos ele sabia que havia uma história a contar, um conjunto de nomes a associar a coisas e acontecimentos, e por isso tentava contar a história e associar os nomes. Seu esforço não era mera imitação. Era, por assim dizer, o tributo que a incompetência paga ao entendimento. O mesmo se aplica à vida moral: há realmente uma história a contar, um modo de falar de guerras e batalhas que todos nós consideramos correto em termos morais. Não quero dizer que decisões específicas sejam necessariamente certas ou erradas, ou simplesmente certas ou erradas. Só estou dizendo que existe uma forma de encarar o mundo de tal modo que a tomada de decisões faça sentido. O hipócrita sabe que isso é verdade, embora possa na realidade encarar o mundo de outro modo.

A hipocrisia grassa no discurso dos tempos de guerra porque numa época dessas é especialmente importante parecer estar com a razão. Não se trata apenas de serem altos os riscos morais. O hipócrita pode não entender isso. O que é mais crucial é que seus atos serão julgados por outras pessoas, que não são hipócritas e cujos julgamentos afetarão suas políticas com relação a ele. Não haveria sentido na hipocrisia se não fosse assim, da mesma forma que não haveria sentido em mentir num mundo em que todos dissessem a verdade. O hipócrita parte do pressuposto do entendimento moral de todos nós, e não temos escolha, creio eu, a não ser acolher suas afirmações com seriedade e submetê-las ao teste do realismo moral. Ele finge pensar e agir como todos nós esperamos que pense e aja. Diz que está lutando de acordo com um plano de guerra ético: não atira em civis, dá quartel a soldados que tentem se entregar, nunca tortura prisioneiros e assim por diante. Essas alegações são verdadeiras ou falsas; e, se bem que não seja fácil julgá-las (nem um plano de guerra é realmente tão simples), é importante fazer o esforço. De fato, se nos consideramos homens e mulheres de moral, devemos fazer o esforço; e a prova disso é que regularmente agimos desse modo. Se todos tivéssemos nos tornado realistas, como os generais atenienses ou como os hobbesianos num estado de guerra, isso seria o fim tanto da moral como da hipocrisia. Simplesmente diríamos uns aos outros, de modo brutal e direto, o que queríamos fazer ou que tínhamos feito. A verdade, porém, é que uma das coisas que a maioria de nós deseja, mesmo numa guerra, é agir ou parecer agir de acordo com a moral. E temos esse desejo simplesmente porque sabemos o que a moral significa (pelo menos, sabemos o que em geral se pensa que ela significa).

É esse significado que pretendo examinar neste livro – não tanto seu aspecto geral, mas sua aplicação detalhada à conduta da guerra. Em todo o livro partirei do pressuposto de que realmente atuamos dentro de um mundo moral; de que certas decisões são mesmo difíceis, problemáticas, excruciantes, e que isso está relacionado à estrutura desse mundo; de que a linguagem reflete o mundo moral e nos dá acesso a ele; e, finalmente, que nosso entendimento do vocabulário moral é suficientemente comum e estável para possibilitar julgamentos compartilhados. Talvez haja outros mundos para cujos habitantes os argumentos que vou apresentar pareçam incompreensíveis e estapafúrdios. Mas não é provável que pessoas desse tipo leiam este livro. E, se meus próprios leitores considerarem meus argumentos incompreensíveis e estapafúrdios, isso não se dará em razão da impossibilidade do discurso moral ou do significado inconstante das palavras que uso, mas em razão da minha própria incapacidade de captar e expor nossa moral comum.

2. O CRIME DA GUERRA

A realidade moral da guerra é dividida em duas partes. A guerra é sempre julgada duas vezes: primeiro, com referência aos motivos que os Estados têm para lutar; segundo, com referência aos meios que adotam. O primeiro tipo de julgamento é de natureza adjetiva: dizemos que uma guerra determinada é justa ou injusta. O segundo é de natureza adverbial: dizemos que a guerra é travada de modo justo ou de modo injusto. Escritores medievais tornaram a diferença uma questão de preposições, fazendo a distinção entre *jus ad bellum*, a justiça do guerrear, e *jus in bello*, a justiça no guerrear. Essas distinções gramaticais indicam questões profundas. *Jus ad bellum* exige que façamos julgamentos sobre agressão e autodefesa. *Jus in bello*, sobre o cumprimento ou a violação das normas costumeiras e positivas de combate. Os dois tipos de julgamento são independentes em termos lógicos. É perfeitamente possível que uma guerra justa seja travada de modo injusto e que uma guerra injusta seja travada em estrita conformidade com as normas. Contudo, essa independência é desconcertante, muito embora nossas opiniões sobre guerras específicas costumem estar em conformidade com seus termos. É crime cometer agressão, mas a guerra de agressão é uma atividade regida por normas. É certo resistir à agressão, mas a resistência está sujeita a limitações morais (e legais). O dualismo de *jus ad bellum* e *jus in bello* está no cerne de tudo o que é mais problemático na realidade moral da guerra.

É meu objetivo examinar a guerra como um todo; mas, como seu dualismo é a característica essencial de sua totalidade, devo começar pelo exame das partes. Neste capítulo, quero sugerir o que queremos dizer quando afirmamos ser um crime começar uma guerra, e no próximo tentarei explicar por que existem normas de combate que se aplicam até mesmo a soldados cujas guerras são criminosas. Este capítulo é a introdução da Segunda Parte, na qual investigarei detalhadamente a natureza do crime, descreverei as formas corretas de resistência e refletirei sobre os fins que soldados e estadistas podem almejar legitimamente ao travar guerras justas. O capítulo seguinte é a introdução da Terceira Parte, na qual examinarei os meios legítimos de guerrear, as normas substantivas, e demonstrarei como essas normas se aplicam a condições de combate e como são modificadas pela "necessidade militar". Só então será possível tratar da tensão entre meios e fins, *jus ad bellum* e *jus in bello*.

Não sei ao certo se a realidade moral da guerra é totalmente coerente, mas por enquanto não preciso dizer nada a respeito. Basta que ela tenha uma forma reconhecível e relativamente estável, que suas partes sejam ligadas e separadas de modos reconhecíveis e relativamente estáveis. Nós a fizemos o que é, não arbitrariamente, mas por bons motivos. Ela reflete nosso entendimento de estados e soldados, os protagonistas da guerra, bem como do combate, sua experiência central. Os termos desse entendimento são meu tema imediato. Eles são ao mesmo tempo o produto histórico e a condição necessária para os julgamentos críticos que fazemos todos os dias. Eles determinam a natureza da guerra como atividade moral (e imoral).

A lógica da guerra

Por que é errado começar uma guerra? Sabemos muito bem a resposta. Pessoas acabam morrendo, e com freqüência em grande quantidade. *A guerra é o inferno.* Mas é necessário dizer mais que isso, pois nossas idéias sobre a guerra em geral e sobre a conduta de soldados dependem muito de como as pessoas são mortas e de quem são essas pessoas. Talvez, então, o melhor modo de descrever o crime da guerra seja simplesmente dizer que não há limites para nenhum desses dois pontos: as pessoas são mortas com todo tipo de brutalidade concebível; e todos os tipos de pessoas são mortas, sem distinção de idade, sexo ou condição moral. Esta opinião da guerra está brilhantemente resumida no primeiro capítulo de *Da guerra** de Carl von Clausewitz. E, embora não haja comprovação de que Clausewitz considerasse a guerra um crime, ele decerto levou outras pessoas a pensar dessa forma. Foram suas primeiras definições (mais que suas ressalvas posteriores) que moldaram as idéias de seus sucessores; e por esse motivo é interessante examiná-las mais detalhadamente.

---

* Trad. bras., São Paulo, Martins Fontes, 2.ª ed., 1996.

A argumentação de Carl von Clausewitz

"A guerra é um ato de força", escreve Clausewitz, "... que teoricamente não pode ter limite algum."[1] Para ele, a noção da guerra traz consigo a idéia de ausência de limites, não importa quais sejam as restrições de fato observadas nessa ou naquela sociedade. Se imaginarmos uma guerra travada como que num vácuo social, sem ser afetada por fatores "acidentais", ela se daria sem absolutamente nenhuma restrição quanto às armas utilizadas, às táticas adotadas, às pessoas atacadas ou a qualquer outro aspecto. Pois a conduta militar desconhece limites intrínsecos; nem é possível refinar nossas noções da guerra para incorporar aqueles códigos morais extrínsecos que Clausewitz às vezes chama de "filantrópicos". "Não podemos jamais introduzir um princípio modificador na filosofia da guerra sem cometer um absurdo." Quanto mais radical for o combate, mais generalizada e severa será a violência empregada de um lado e de outro, e mais próximo ele estará da guerra no sentido conceitual ("guerra absoluta"). E não pode haver nenhum ato de violência imaginável, por mais cruel ou traiçoeiro, que não se encaixe na guerra, que seja não-guerra, pois a lógica da guerra consiste simplesmente num impulso constante na direção dos limites da moral. É por isso que é tão pavoroso (embora Clausewitz não faça essa afirmação) dar início a esse processo: o agressor é responsável

---

1. Clausewitz deveria agora ser lido na nova tradução de Michael Howard e Peter Paret, *On War* (Princeton, 1976). No entanto, essa obra foi publicada depois que eu tinha terminado meu próprio livro. Citei Clausewitz a partir de uma versão elegante, se bem que resumida, de Edward M. Collins, *War, Politics, and Power* (Chicago, 1962), p. 65. Cf. Howard e Paret, p. 76.

por todas as conseqüências do conflito que ele iniciar. Em casos especiais, pode não ser possível conhecer essas conseqüências de antemão, mas elas sempre são potencialmente terríveis. "Quando se recorria à força", disse uma vez o general Eisenhower, "... não se sabia aonde se estava indo... Por mais fundo que se fosse, simplesmente não se encontrava limite algum a não ser... as limitações da própria força."[2]

Segundo Clausewitz, a lógica da guerra funciona desse modo: "cada um dos adversários força o outro a agir". Disso resulta uma "ação recíproca", uma escalada contínua, na qual nenhum dos dois lados é culpado, mesmo que ele tenha sido o primeiro a agir, pois cada ato pode ser considerado preventivo e quase com certeza é. "A guerra tende ao máximo emprego das forças" e isso significa o aumento da desumanidade, já que "aquele que usa a força com crueldade, que não hesita diante de nenhuma carnificina, deverá conquistar vantagem se seu oponente não agir do mesmo modo"[3]. E, com isso, seu oponente, levado pelo que Tucídides e Hobbes chamam de "necessidade de natureza", age do mesmo modo, equiparando-se à crueldade do outro lado sempre que possível. No entanto essa descrição, embora seja uma explicação útil de como a escalada funciona, está aberta à crítica já feita por mim. Assim que concentramos a atenção em algum caso concreto de tomada de decisão moral e militar, entramos num mundo que é regido não por tendências abstratas, mas pelo arbítrio humano. As pressões reais no sentido da escalada são maiores aqui, menores acolá, raramente tão avassaladoras a ponto de não

---

2. Entrevista coletiva, 12 de janeiro de 1955.
3. Clausewitz, p. 64. Cf. Howard e Paret, pp. 75-6.

deixar espaço para manobra. Sem dúvida, são freqüentes as guerras que apresentam escalada, mas existem também (às vezes) as que são travadas com níveis bem constantes de violência e brutalidade, e esses níveis (às vezes) são bastante baixos.

Clausewitz admite esse ponto, apesar de não abandonar seu engajamento com o absoluto. A guerra, escreve ele, "pode ser algo que às vezes é guerra num grau maior, às vezes num grau menor". E novamente: "Pode haver guerras de todos os níveis de importância e de energia, desde uma guerra de extermínio até um mero estado de alerta armado."[4] Suponho que, em algum ponto entre esses dois extremos, nós começamos a dizer: tudo é lícito, vale tudo e assim por diante. Quando falamos dessa forma, não estamos nos referindo à ausência de limites da guerra em geral, mas a escaladas específicas, atos de força específicos. Ninguém jamais vivenciou a "guerra absoluta". Nesse ou naquele combate, sofremos (ou cometemos) uma brutalidade ou outra, que sempre poderá ser descrita em termos concretos. O mesmo acontece com o inferno. Não consigo ter um conceito de dor infinita sem pensar em açoites e escorpiões, ferros em brasa, outras pessoas. Pois bem, no que estamos pensando quando dizemos que a guerra é o inferno? Que aspectos do guerrear nos levam a considerar sua iniciativa um ato criminoso?

As mesmas perguntas podem ser apresentadas de outro modo. Não é útil uma descrição da guerra como um ato de força sem alguma especificação do contexto no qual o ato se dá e a partir do qual deriva seu significado. Aqui o caso é o mesmo que com outras atividades

---

4. Clausewitz, pp. 72, 204. Cf. Howard e Paret, pp. 81, 581.

humanas (a política e o comércio, por exemplo): não é o que as pessoas fazem, os movimentos físicos que realizam, que são cruciais, mas as instituições, práticas, convenções que criam. Logo, as condições sociais e históricas que "modificam" a guerra não devem ser consideradas acidentais ou exteriores à guerra em si, pois a guerra é uma criação social. Em momentos específicos no tempo, ela adota forma específicas; e pelo menos às vezes por meios que resistem ao "máximo emprego das forças". O que é guerra e o que não é guerra é de fato algo que as pessoas decidem (não quero dizer que seja por votação). Como relatos tanto antropológicos quanto históricos sugerem, as pessoas podem decidir, e numa variedade considerável de ambientes culturais decidiram, que a guerra é a guerra limitada – ou seja, essas pessoas embutiram na própria idéia da guerra certas noções sobre quem pode lutar, que táticas são aceitáveis, quando o combate tem de ser interrompido e quais prerrogativas acompanham a vitória*. A guerra limitada é sempre es-

---

* É evidente que é exatamente isso o que Clausewitz quer negar. Em termos técnicos, ele está argumentando que a guerra nunca é uma atividade constituída por suas normas. A guerra jamais é semelhante a um duelo. A prática social do duelo inclui e explica apenas os atos de violência especificados no livro de normas ou no código dos costumes. Se eu ferir meu adversário, atirar no seu padrinho e então espancá-lo até a morte com um cajado, não terei duelado com ele. Terei cometido um assassinato. Contudo, brutalidades semelhantes na guerra, por mais que violem as normas, ainda são consideradas atos de guerra (crimes de guerra). Existe, portanto, um sentido formal ou lingüístico segundo o qual a ação militar não tem limites, e isso indubitavelmente influenciou nosso entendimento dessa ação. Ao mesmo tempo, porém, "guerra" e palavras associadas são pelo menos algumas vezes usadas em sentido mais restrito, como no famoso discurso de Sir Henry Campbell-Banneman, um dos líderes do Partido Libe-

pecífica a uma época e lugar, mas o mesmo vale para toda escalada, até mesmo a escalada além da qual a guerra é o inferno.

O limite do consentimento

Algumas guerras não são um inferno, e será melhor começar por elas. O primeiro exemplo, e mais óbvio, é a luta de competição de jovens aristocratas, uma justa em escala maior, sem nenhuma autoridade presente nas arquibancadas. Podem-se encontrar exemplos na África, na Grécia antiga, no Japão e na Europa feudal. Trata-se de uma "contenda armada" que costuma atrair a imaginação não só de crianças como também de adultos românticos. John Ruskin tornou-a seu próprio ideal: "a guerra criativa ou fundamental é aquela na qual a natural inquietação e amor pela disputa são disciplinados, por consentimento, e transformados em modalidades de jogos belos – se bem que possam ser fatais..."[5] A guerra criativa pode não ser terrivelmente sangrenta, embora esse não seja seu principal aspecto. Li descrições de justas que as fazem parecer bastante brutais, mas nenhuma descrição dessas levaria ninguém a dizer que era um crime organizar uma justa. O que exclui a possibilidade de semelhante alegação, creio eu, é a expressão de Ruskin

---

ral na Grã-Bretanha durante a Guerra dos Bôeres: "Quando a guerra não é guerra? Quando é travada pelos métodos da barbárie..." Nós ainda nos referimos à *Guerra* dos Bôeres, mas o argumento não é idiossincrático. Fornecerei outros exemplos mais adiante.

5. John Ruskin, *The Crown of Wild Olive: Four Lectures on Industry and War* (Nova York, 1874), pp. 90-1.

"por consentimento". Seus belos aristocratas fazem o que desejam fazer, e é por isso que nenhum poeta jamais descreveu sua morte em termos que se comparassem com os de Wilfred Owen ao escrever sobre os soldados de infantaria na Primeira Guerra Mundial[6]:

> Que dobres de finados soarão pelos que morrem como gado?

"Para os jovens que a adotam voluntariamente como profissão", escreve Ruskin, "[a guerra] sempre foi um ótimo passatempo..." Encaramos sua escolha como um sinal de que o que estão escolhendo não pode ser medonho, mesmo que assim nos pareça. Talvez eles enobreçam o conflito brutal; talvez não. Contudo, se esse tipo de guerra fosse infernal, esses rapazes bem-nascidos estariam fazendo alguma outra coisa*.

Um argumento semelhante pode ser apresentado sempre que for voluntária a disposição de lutar. Nem tem muita importância se os homens envolvidos preferirem não lutar, desde que possam decidir abandonar a luta sem conseqüências funestas. Em certas sociedades primitivas, tropas compostas de rapazes da mesma idade partem para a guerra. Os indivíduos não podem evitar o combate sem se expor à desonra e ao ostracismo. Não existe, porém, nenhuma pressão social efetiva nem dis-

---

6. Wilfred Owen, "Anthem for Doomed Youth", em *Collected Poems*, org. C. Day Lewis (Nova York, 1965), p. 44.

* Pode-se perceber a disposição de espírito do guerreiro feliz numa carta que Rupert Brooke escreveu a um amigo logo no início da Primeira Guerra Mundial, antes de saber como seria: "Venha morrer. Vai ser incrível" (citado em Malcolm Cowley, *A Second Flowering*, Nova York, 1974, p. 6).

ciplina militar aplicada ao campo de batalha em si. E então ocorrem, como diz Hobbes, "fugas de ambos os lados"[7]. Quando fugir é aceitável, como costuma ser na atividade guerreira primitiva, as batalhas obviamente serão curtas, e haverá poucas baixas. Não há nada que se assemelhe ao "máximo emprego das forças". Aqueles que, em vez de fugir, fincarem pé para lutar, agirão dessa forma não por causa das necessidades do seu caso, mas livremente, por uma questão de escolha. Eles buscam a empolgação da batalha, talvez porque a apreciem, e seu destino subseqüente, mesmo que seja muito doloroso, não pode ser chamado de injusto.

O caso de mercenários e soldados profissionais é mais complexo e precisa ser examinado com algum cuidado. Na Itália do Renascimento, as guerras eram travadas por soldados mercenários recrutados pelos grandes *condottieri*, em parte como empreitada comercial, em parte como especulação política. As cidades-Estado e principados precisavam confiar nesse tipo de homem porque não havia espaço na cultura política da época para uma coação efetiva. Não havia exércitos recrutados. Resultado, a atividade guerreira era muito limitada, já que os soldados eram caros, e cada exército representava um considerável investimento de capital. O combate passava a ser em grande parte uma manobra tática; o confronto físico era raro; relativamente poucos soldados eram mortos. As guerras tinham de ser vencidas, como dois dos *condottieri* escreveram, "mais pela engenhosidade e as-

---

7. Thomas Hobbes, *Leviatã*, capítulo XXI. Para uma descrição de práticas primitivas de guerra dessa natureza, veja Robert Gardner e Karl G. Heider, *Gardens of War: Life and Death in the New Guinea Stone Age* (Nova York, 1968), capítulo 6.

túcia que pelo próprio entrechoque das armas"[8]. Assim, a grande derrota dos florentinos em Zagonara: "nenhuma morte ocorreu [na batalha]", conta-nos Maquiavel "exceto as de Lodovico degli Obizi e dois de seus homens, que, tendo caído do cavalo, morreram afogados na lama"[9]. Mais uma vez, porém, não quero ressaltar a natureza limitada do combate, mas algo anterior a isso, de onde derivam os limites: certo tipo de liberdade em escolher a guerra. Soldados mercenários alistavam-se sob certas condições. E, se não podiam realmente escolher suas campanhas e táticas, até certo ponto podiam estabelecer o custo dos seus serviços e, desse modo, condicionar as escolhas de seus líderes. Dada essa liberdade, eles poderiam ter travado batalhas muito sangrentas, e o espetáculo não nos levaria a dizer que a guerra era um crime. Uma luta entre exércitos de mercenários é indubitavelmente uma péssima forma de resolver disputas políticas, mas nós a consideramos péssima pensando nas pessoas cujo destino está sendo determinado, não pensando nos soldados em si.

Nosso julgamento é muito diferente, entretanto, se os exércitos mercenários forem recrutados (como o são com grande freqüência) entre homens desesperadamente pobres, que não conseguem encontrar nenhum outro meio de alimentar a si mesmos e a suas famílias, a não ser pelo alistamento. Ruskin transmite perfeitamente esse ponto quando diz a seus guerreiros aristocratas: "Lembrem-se, por maior que seja o valor e a excelência

---

8. Citado em J. F. C. Fuller, *The Conduct of War, 1789-1961* (s.l., 1968), p. 16.

9. Machiavelli, *History of Florence* (Nova York, 1960), tomo IV, capítulo 1, p. 164.

nesse jogo da guerra, quando jogado com correção, não haverá nem valor nem excelência quando vocês... o empreenderem com uma multidão de pequenos peões humanos... [quando] empurrarem seus milhões de camponeses para uma guerra de gladiadores..."[10] Nesse caso, a batalha torna-se um "circo de carnificina" no meio do qual não é possível nenhuma disciplina consensual; e os que morrerem morrerão sem jamais ter tido a oportunidade de viver de outro modo. Inferno é a palavra certa para designar os riscos que eles nunca escolheram, bem como a agonia e morte que sofrem. É acertado que os responsáveis por essa agonia sejam chamados de criminosos.

Os mercenários são soldados profissionais que vendem seus serviços no mercado livre, se bem que existam outros profissionais que servem apenas ao seu próprio príncipe ou povo e que, embora ganhem o pão com a vida de soldado, desdenham o termo mercenário. "Ou somos oficiais que servem ao país e ao czar", diz o príncipe Andrey em *Guerra e paz*, "e nos alegramos com o sucesso e pranteamos a derrota da causa comum; ou somos mercenários que não sentem nenhum interesse pelos negócios de seu senhor."[11] A distinção é por demais simplista. Na realidade, existem posições intermediárias. No entanto, quanto mais um soldado lutar por estar devotado a uma "causa comum", mais provável será que consideremos um crime forçá-lo a lutar. Partimos do pressuposto de que seu compromisso seja com a segurança de seu país, que ele lute somente quando ela está ameaçada e que, nesse caso, ele precise lutar (tenha sido "levado" a

---

10. Ruskin, p. 92.
11. *War and Peace*, tradução de Constance Garnett (Nova York, s.d.), Segunda Parte, III, p. 111.

isso): é seu dever, não uma livre escolha. Ele é como um médico que arrisca a vida durante uma epidemia, usando conhecimentos profissionais que decidiu adquirir, se bem que sua aquisição não seja um sinal de que tivesse esperanças da ocorrência de epidemias. Por outro lado, os soldados profissionais por vezes são exatamente como aqueles guerreiros aristocratas que se comprazem com a batalha, impelidos mais por um desejo pela vitória que por convicção patriótica; e nesse caso é bem possível que não nos comovamos com sua morte. Pelo menos, não diremos, e eles não iam querer que disséssemos, o que Owen diz de seus companheiros nas trincheiras: "que se morre de guerra como de qualquer doença conhecida"[12]. Pelo contrário, eles morreram por sua livre e espontânea vontade.

A guerra é o inferno sempre que os homens são forçados a lutar, sempre que é desrespeitado o limite do consentimento. Isso quer dizer, naturalmente, que ela é o inferno quase sempre. Ao longo da maior parte da história registrada, houve organizações políticas capazes de dispor exércitos e empurrar soldados para a batalha. É a ausência da disciplina política ou sua ineficácia nos pormenores que abre caminho para a "guerra criativa". A melhor forma de entender os exemplos que dei é como casos delimitadores, que estabelecem as fronteiras do inferno. Nós mesmos somos antigos moradores – ainda que sejamos habitantes de Estados democráticos nos quais o governo que decide lutar ou não lutar tenha sido eleito pelo voto popular. Pois aqui não estou examinando a legitimidade desse governo. Nem estou imediatamente interessado na disposição de um soldado em po-

---

12. "A Terre", *Collected Poems*, p. 64.

tencial de votar a favor de uma guerra que foi levado a considerar necessária, ou de se apresentar como voluntário para ela. O que é importante aqui é a extensão até a qual a guerra (como profissão) ou o combate (nesse momento ou naquele) é uma escolha pessoal que o soldado faz sozinho e por motivos essencialmente particulares. Esse tipo de escolha efetivamente desaparece quando a luta se torna uma obrigação legal e um dever patriótico. Nesse caso "a perda da vida dos combatentes é uma perda", como escreve o filósofo T. H. Green, "exigida pelo poder do Estado. Isso vale tanto para o exército formado por alistamento voluntário quanto para o formado por recrutamento"*. Pois o Estado decreta que um exército de certa dimensão seja reunido e se empenha em encontrar os homens necessários, usando todas as técnicas de coação e persuasão a seu dispor. E os homens que encontrar, exatamente porque vão para a guerra à força ou por uma questão de consciência, não podem mais mo-

---

* Green está argumentando contra a proposta que até o momento defendi: de que não se comete mal nenhum na guerra se "as pessoas mortas forem combatentes voluntários". Ele nega isso com base na afirmação de que a vida de um soldado não pertence meramente a ele. "O direito que o indivíduo tem à vida é apenas o avesso do direito que a sociedade tem à continuidade da sua vida." Parece-me, no entanto, que isso somente vale para certos tipos de sociedade. É um argumento que dificilmente poderia ser apresentado a um cavaleiro feudal. Green passa a argumentar, de modo mais plausível, que na sua própria sociedade faz pouco sentido falar de soldados voluntários na luta: a guerra é atualmente uma ação do estado. O capítulo sobre "The Right of the State over the Individual in War" em *Principles of Political Obligation* [Princípios de obrigação política], de Green, fornece uma descrição especialmente clara dos modos pelos quais a responsabilidade moral é transmitida no Estado moderno. Recorri muitas vezes a esse texto neste e em outros capítulos.

derar suas batalhas. As batalhas não lhes pertencem mais. Eles são instrumentos políticos, cumprem ordens; e a prática da guerra é formulada em nível superior ao deles. Talvez sejam de fato obrigados a cumprir ordens num caso ou outro, mas a guerra é radicalmente transformada pelo fato de agirem desse modo em termos gerais. A mudança é mais bem representada para o período moderno (embora haja períodos análogos na história) pelos efeitos do recrutamento. "Até este momento, os soldados eram dispendiosos; agora eram baratos. As batalhas antes eram evitadas; agora eram procuradas. E, por mais pesadas que fossem as baixas, elas podiam ser rapidamente compensadas pela lista de convocação."[13]

Consta que Napoleão teria se gabado a Metternich, afirmando ter condições de perder 30 mil homens por mês. Talvez ele pudesse perder tantos homens e ainda manter o apoio político em seu país. Entretanto, não poderia ter conseguido isso, creio eu, se tivesse precisado consultar os homens que estava prestes a "perder". Soldados poderiam concordar com baixas tão pesadas numa guerra forçada pelo inimigo, uma guerra de defesa nacional, mas não no tipo de guerra que Napoleão travava. A necessidade de obter seu consentimento (independentemente da forma pela qual ele fosse pedido e concedido ou não) sem dúvida limitaria as ocasiões de guerra. E, se houvesse uma mínima oportunidade de reciprocidade por parte do outro lado, os meios também seriam limitados. Esse é o tipo de consentimento que tenho em mente. A julgar pela história do século XX, a autodeterminação política não é um substituto adequado, se bem que não seja fácil pensar em outro que fosse melhor. Em

---

13. Fuller, *Conduct of War*, p. 35.

qualquer caso, é quando o consentimento do indivíduo inexiste que "atos de força" perdem todo e qualquer atrativo que tinham anteriormente e passam a ser o alvo constante da condenação moral. E, daí em diante, a guerra também tende a apresentar uma escalada nos seus meios, não necessariamente ultrapassando todos os limites, mas decerto indo além daqueles limites que a humanidade normal, isenta tanto de lealdade política como de opressão política, estabeleceria se pudesse.

A tirania da guerra

Na maior parte das vezes, a guerra é uma forma de tirania. Sua melhor descrição é por uma paráfrase do aforismo de Trotski sobre a dialética: "Você pode não estar interessado na guerra, mas a guerra está interessada em você." Os riscos são altos, e o interesse que as organizações militares têm por um indivíduo que preferiria estar em outro lugar, fazendo alguma outra coisa, é de fato assustador. Daí, o horror peculiar à guerra: trata-se de uma prática social na qual a força é usada por homens e contra homens enquanto membros leais ou forçados de Estados, e não enquanto indivíduos que escolhem suas próprias atividades e negócios. Quando dizemos que a guerra é o inferno, o que temos em mente são as vítimas do conflito. Na realidade, a guerra é o oposto do inferno no sentido teológico, e é infernal somente quando a oposição é rigorosa. Pois no inferno, supõe-se, somente sofrem os indivíduos que merecem sofrer, que escolheram atividades para as quais o castigo é a reação divina adequada, com plena consciência desse fato. No entanto, de longe a maior parte dos que sofrem com a guerra não fez nenhum tipo de escolha comparável.

Não estou querendo considerá-los "inocentes". Essa palavra passou a ter um significado especial no discurso moral. Nele, ela não se refere aos participantes, mas aos circunstantes do combate. E, desse modo, a classe dos homens e mulheres inocentes é apenas um subconjunto (embora seja um subconjunto espantosamente numeroso) de todas as pessoas por quem a guerra tem interesse sem lhes pedir consentimento. As normas de guerra em geral protegem apenas o subconjunto, por motivos que terei de examinar mais adiante. Entretanto, a guerra é o inferno mesmo quando as normas são respeitadas, mesmo quando somente soldados são mortos e quando os civis são constantemente poupados. Decerto nenhuma experiência da guerra moderna ficou gravada tão fundo na nossa mente quanto a luta nas trincheiras da Primeira Guerra Mundial – e nas trincheiras a vida de civis raramente corria risco. A distinção entre combatentes e circunstantes é de enorme importância na teoria da guerra, mas nosso primeiro e mais básico julgamento moral não depende dela. Pois, pelo menos num sentido, os soldados em luta e os civis não-participantes não são assim tão diferentes: é quase certo que os soldados também seriam não-participantes se pudessem.

A tirania da guerra costuma ser descrita como se a guerra em si fosse o tirano, uma força natural como a inundação ou a fome, ou ainda personificada como um gigante brutal a perseguir suas presas humanas, como nos seguintes versos de um poema de Thomas Sackville[14]:

---

14. Thomas Sackville, Earl of Dorset, "The Induction", *Works*, org. de R. W. Sackville-West (Londres, 1859), p. 115.

E por último vinha a Guerra, trajada em reluzente couraça,
Com o semblante sinistro, ar severo e a tez negra;
Na mão direita uma espada desembainhada
Que até o punho estava de sangue empapada,
E na esquerda (por reis e reinos deplorada)
      A fome e o fogo trazia, com os quais
      Arrasava cidades e derrubava torres e tudo o mais.

Eis a imagem da Morte Implacável, de uniforme, armada com uma espada no lugar do alfanje. A imagem poética também penetra no pensamento moral e político, mas somente, creio eu, como uma espécie de ideologia, nublando nosso julgamento crítico. Pois trata-se de mistificação representar o poder tirânico como uma Força abstrata. Na guerra como na política, a tirania é sempre uma relação entre pessoas ou grupos de pessoas. A tirania da guerra é uma relação de uma complexidade singular porque a coação é comum em ambos os lados. Às vezes, porém, é possível distinguir os lados e identificar os estadistas e soldados que primeiro empunharam a espada desembainhada. As guerras não começam por si mesmas. Elas podem "eclodir", como um incêndio acidental, sob condições difíceis de analisar e nas quais a atribuição de responsabilidade parece impossível. Geralmente, porém, são mais semelhantes a incêndios criminosos que a acidentes: a guerra tem agentes humanos assim como vítimas humanas.

Quando conseguimos identificá-los, esses agentes são acertadamente chamados de criminosos. Seu caráter moral é determinado pela realidade moral da atividade na qual forçam outros a se envolver (quer eles próprios se envolvam nela, quer não). Eles são responsáveis pela dor e pela morte resultantes de suas decisões, ou no mínimo pela dor e pela morte de todas as pessoas que não escolheram a guerra como atividade pessoal. No direito internacional contemporâneo, seu crime é denominado agressão, e eu o examinarei mais adiante com esse nome. No entanto, podemos compreendê-lo inicialmente como o exercício do poder tirânico, primeiro sobre o próprio povo e depois, graças à mediação dos órgãos de convocação e recrutamento do Estado oponente, sobre o povo que foi atacado. Ora, a tirania dessa natureza raramente encontra resistência no próprio país. Às vezes, há oposição à guerra por parte de forças políticas locais, mas a oposição quase nunca chega ao efetivo emprego de força militar. Embora os motins sejam comuns na longa história da guerra, eles são mais como revoltas de camponeses, reprimidas com rapidez e de modo sangrento, que como lutas revolucionárias. Na grande maioria das vezes, a verdadeira oposição vem somente do inimigo. São os homens e mulheres do outro lado que têm maior probabilidade de reconhecer e de deplorar a tirania da guerra. E, sempre que assim o fazem, a disputa adquire uma nova importância.

Quando os soldados acreditam estar lutando contra a agressão, a guerra deixa de ser uma condição a ser tolerada. Ela é um crime ao qual podem resistir – embora sofram seus efeitos para conseguir oferecer resistência –, e podem ter esperança de uma vitória que seja algo mais que uma fuga da brutalidade imediata do combate. A experiência da guerra como inferno gera o que se pode chamar de ambição mais elevada: não se quer entrar em acordo com o inimigo, mas derrotá-lo e castigá-lo, se não para abolir a tirania da guerra, no mínimo para reduzir a probabilidade de opressão futura. E, uma vez que se esteja lutando por objetivos dessa natureza, torna-se terrivelmente importante vencer. A convicção de que a vitória é crucial em termos morais desempenha importante papel na chamada "lógica da guerra". Não chamamos a guerra de inferno por ser travada sem limitações. Seria mais acertado dizer que, quando certas limitações são desrespeitadas, a característica infernal da guerra nos leva a desrespeitar todas as outras limitações remanescentes com o objetivo de vencer. Esse é o extremo da tirania: os que resistem à agressão são forçados a imitar, e talvez mesmo a ultrapassar, a brutalidade do agressor.

O general Sherman e o incêndio de Atlanta

Temos agora condições de compreender o que Sherman tinha em mente quando declarou pela primeira vez que a guerra é o inferno. Ele não estava simplesmente descrevendo o aspecto medonho da experiência, nem estava negando a possibilidade de julgamento moral. Sherman emitia esse tipo de julgamento livremente, e sem dúvida se considerava um soldado correto. Sua máxima resume, com uma concisão admirável, todo um modo de pensar sobre a guerra – uma forma de pensar parcial e unilateral, devo admitir, mas ainda assim vigorosa. Na sua opinião, a guerra é um crime a ser atribuído total e exclusivamente a quem a inicia; e os soldados que resistem à agressão (ou à rebelião) jamais podem ser culpados por nada que façam com o objetivo de alcançar a vitória. A frase *A guerra é o inferno* é doutrinária, não descritiva. É um argumento moral, uma tentativa de justificativa dos próprios atos. Sherman estava alegando inocência quanto a todos os atos (muito embora fossem seus próprios atos) pelos quais foi alvo de ataques tão implacáveis: o bombardeio de Atlanta, a evacuação forçada de seus moradores e o incêndio da cidade, a marcha que atravessou a Geórgia. Quando deu a ordem para que evacuassem e incendiassem Atlanta, os vereadores da cidade e o comandante das tropas confederadas, general Hood, protestaram contra seus planos.

"E agora, senhor", escreveu Hood, "permita-me dizer que a medida sem precedentes que o senhor propõe ultrapassa, em crueldade estudada e premeditada, todos os atos que um dia chegaram a meu conhecimento na sinistra história da guerra." Sherman respondeu que a guerra é de fato sinistra. "A guerra é cruel, e não se pode refiná-la."[15] Logo, prosseguiu ele, "os que trouxeram a guerra ao nosso país merecem todas as pragas e maldições que um povo consiga lançar". Mas ele próprio não merece absolutamente nenhuma imprecação. "Sei que não sou responsável pela criação desta guerra." Ele somente a está travando, não por escolha, mas porque tem de fazê-lo. Foi forçado a recorrer à força; e o incêndio de Atlanta (para que a cidade não volte a servir de quartel-general para as forças confederadas) é simplesmente mais um exemplo desse recurso, uma das conseqüências da guerra. É cruel, sem dúvida, mas a crueldade não é de Sherman. Ela cabe, por assim dizer, aos homens da Confederação: "Vocês, que no meio da paz e da prosperidade mergulharam uma nação na guerra..." Os líderes confederados podem facilmente restaurar a paz reconhecendo obediência à lei federal, mas ele, Sherman, somente pode restaurá-la através da ação militar.

A argumentação de Sherman expressa a raiva que costuma ser dirigida contra os que começam uma guerra

---

15. Essa citação e as seguintes são de William Tecumseh Sherman, *Memoirs* (Nova York, 1875), pp. 119-20.

e infligem suas tiranias sobre todos nós. É claro que discordamos quando se trata de dar aos tiranos um nome adequado. No entanto, essa discordância é forte e acalorada apenas porque concordamos quanto aos riscos morais. O que está em questão é a responsabilidade pela morte e destruição; e Sherman não é o único general a sentir grande interesse por esses assuntos. Nem é ele o único general a pensar que, se sua causa é justa, ele não pode ser culpado pela morte e destruição que espalhar ao redor – já que a guerra é o inferno.

É a idéia de Clausewitz de falta de limites que está atuando nesse caso; e, se essa idéia estiver certa, na realidade não haveria como responder à argumentação de Sherman. Contudo, a tirania da guerra não é mais ilimitada que a tirania política. Da mesma forma que podemos acusar um tirano de crimes específicos que se acrescentam ao crime de governar sem o consentimento do povo, também podemos reconhecer e condenar atos criminosos específicos dentro do inferno que é a guerra. Quando respondemos à pergunta sobre quem deu início a uma guerra, não encerramos a atribuição de responsabilidades pelo sofrimento que os soldados infligem. Há outros argumentos a apresentar. É por isso que o general Sherman, embora insistisse que a crueldade da guerra não poderia ser refinada, mesmo assim alegava que a estava refinando. "Deus há de julgar...", escreveu ele, "se é mais humanitário lutar com uma cidade cheia de mulheres [e crianças] na nossa retaguarda ou removê-las a tempo para lugares seguros em meio aos seus próprios amigos e à sua gente." Esse é mais um tipo de justificativa. E, quer seja apresentada em boa-fé, quer não, ela sugere (o que deve ser verdade) que Sherman tinha alguma responsabilidade pelo povo de Atlanta, mesmo que não tivesse começado a guerra da qual esse povo era vítima. Quando concentramos a atenção exclusivamente no fato da agressão, é provável que percamos de vista essa responsabilidade e falemos como se houvesse apenas uma decisão pertinente em termos morais a ser feita no curso de uma guerra: atacar ou não atacar (resistir ou não resistir). Sherman quer julgar a guerra somente nos seus limites mais extremos. Há, porém, muito a dizer sobre suas regiões interiores, como ele próprio admite. Mesmo no inferno, é possível ser mais humanitário ou menos, lutar com ou sem moderação. Precisamos tentar compreender como isso pode acontecer.

3. AS NORMAS DE GUERRA

A igualdade moral dos soldados

Entre soldados que escolhem lutar, restrições de várias naturezas surgem com facilidade e, por assim dizer, com naturalidade, resultantes do respeito e reconhecimento mútuos. As histórias de cavaleiros fidalgos são em sua maior parte histórias, mas não resta dúvida de que no final da Idade Média estava amplamente disseminado um código militar, que por vezes era respeitado. O código foi criado para atender aos guerreiros aristocratas, mas também refletia a noção que eles tinham de si mesmos como pessoas de um certo tipo, envolvidas em atividades de sua livre escolha. A fidalguia distinguia os cavaleiros de meros bandidos ou malfeitores bem como de soldados camponeses que empunhavam armas por necessidade. Suponho que ela sobreviva na atualidade: certo sentido de honra militar ainda é o credo do soldado profissional, o descendente sociológico se não descendente linear do cavaleiro feudal. No entanto, as noções de honra e fidalguia parecem desempenhar apenas um pequeno papel no combate contemporâneo. Na literatura da guerra, o contraste entre "aquela época e agora" é traçado com freqüência – não com muita precisão, mas com certa dose de verdade, como nesse poema de Louis Simpson[1]:

> Em Malplaquet e Waterloo
> Eles eram corteses e altivos,
> Aprestavam as armas com cartas de amor
> E, quando atiravam, faziam reverência.
> Também em Appomattox, ao que parece
> Havia certos pontos de entendimento...
> Mas em Verdun e Bastogne
> Enorme foi o retrocesso,
> O sangue doía nos ossos
> O gatilho na alma....

A fidalguia, costuma-se dizer, caiu vítima da revolução democrática e da guerra revolucionária: a paixão popular sobrepujou a honra aristocrática[2]. Isso situa o limite antes de Waterloo e Appomattox, embora não com total correção. É o sucesso da coação que torna a guerra repugnante. A democracia é um fator somente na medida em que ela aumenta a legitimidade do Estado e, daí, a eficácia de seu poder coercitivo, não por ser o povo armado uma corja sedenta de sangue, insuflada pela devoção política e empenhada na guerra total (em contraste com seus oficiais, que lutariam com comedimento se pudessem). Não é o que as pessoas fazem quando entram

---

1. Louis Simpson, "The Ash and the Oak", *Good News of Death and Other Poems*, em *Poets of Today* II (Nova York, 1955), p. 162.
2. Veja por exemplo, Fuller, *Conduct of War*, capítulo II ("The Rebirth of Total War").

na arena do combate que transforma a guerra num "circo de carnificina", mas, como já ressaltei, o simples fato de que elas se encontram ali. Soldados morreram aos milhares em Verdun e no Somme simplesmente porque estavam disponíveis, a vida de cada um, por assim dizer, nacionalizada pelo Estado moderno. Lançar-se contra arame farpado e fogo de metralhadora em acessos de entusiasmo patriótico não foi escolha deles. O sangue doeu nos seus ossos, também. Eles, também, lutariam com comedimento se pudessem. Seu patriotismo é, naturalmente, uma explicação parcial de sua disponibilidade. Não se trata de que a disciplina do Estado lhes seja meramente imposta. Ela também é uma disciplina que eles aceitam, supondo que seja o que devem fazer em nome da família e do país. No entanto, os traços comuns aos combates contemporâneos: o ódio ao inimigo, a impaciência diante de quaisquer limitações, o empenho pela vitória – esses são produtos da própria guerra, onde quer que massas de homens sejam mobilizadas para a batalha. São tanto uma contribuição da guerra moderna à política democrática quanto uma contribuição da democracia à guerra.

Seja como for, o desaparecimento da fidalguia não representa o fim do julgamento moral. Ainda obrigamos os soldados a cumprir certas normas, muito embora eles lutem a contragosto – na realidade, exatamente porque partimos do pressuposto de que todos eles lutem a contragosto. O código militar é reinterpretado sob as condições da moderna prática de guerra de tal modo que acaba se baseando não na liberdade aristocrática, mas na servidão militar. Às vezes, a liberdade e a servidão coexistem, e nesses casos podemos estudar a diferença entre elas em detalhes com imparcialidade. Sempre que o jogo da guerra é reeditado, as sofisticadas cortesias da era dos fidalgos são reeditadas com ele, como entre os aviadores na Primeira Guerra Mundial, por exemplo, que se imaginavam (e que assim sobreviveram na imaginação popular) como cavaleiros aerotransportados. Em comparação com os servos no chão, eles de fato eram aristocratas. Lutavam de acordo com um rigoroso código de conduta que eles mesmos inventaram[3]. Nas trincheiras, porém, havia a escravidão; e o reconhecimento mútuo assumia uma forma muito diferente. Por um curto período, no dia de Natal em 1914, soldados alemães e franceses reuniram-se, beberam e cantaram juntos, na terra de ninguém entre suas frentes de combate. Mas momentos como esse são raros na história recente; e não são ocasiões para inventividade moral. As modernas normas de guerra dependem de uma irmandade abstrata mais do que de uma prática.

Os soldados não conseguem suportar a prática da guerra moderna por muito tempo sem culpar alguém por sua dor e sofrimento. Embora possa ser um exemplo do que os marxistas chamam de "falsa consciência" o fato de não culparem a classe dominante de seu próprio país ou do país inimigo, a realidade é que sua condenação se concentra de modo imediato nos homens contra os quais estão lutando. O nível de ódio é elevado nas trincheiras. É por isso que inimigos feridos costumam ser abandonados para morrer e prisioneiros são mortos – como assassinos linchados por justiceiros – como se os

---

3. *Fighting the Flying Circus* (Nova York, 1919) de Edward Rickenbacker é um relato animado (e típico) da fidalguia do ar. Em 1918, Rickenbacker escreveu em seu diário de vôo: "Resolvi hoje que... nunca atirarei num alemão que esteja em desvantagem..." (p. 338). Para um relato geral, veja Frederick Oughton, *The Aces* (Nova York, 1960).

soldados do outro lado fossem pessoalmente responsáveis pela guerra. Ao mesmo tempo, no entanto, sabemos que eles não são responsáveis. O ódio é interrompido ou sobrepujado por um entendimento mais reflexivo, que se encontra expresso repetidamente em cartas e memórias de guerra. É a noção de que o soldado inimigo, mesmo que sua guerra tenha uma boa possibilidade de ser criminosa, é tão isento de culpa como nós mesmos. Armado, ele é um inimigo; mas não é meu inimigo em nenhum sentido específico. A própria guerra não é uma relação entre pessoas, mas entre entidades políticas e seus instrumentos humanos. Esses instrumentos humanos não são companheiros de armas, no estilo antigo, membros da confraria dos guerreiros. São "pobres coitados, iguais a mim" apanhados numa guerra que não criaram. Encontro neles meus iguais em termos morais. Isso não quer dizer simplesmente que eu reconheça sua humanidade, pois não é o reconhecimento do próximo que explica as normas de guerra. Os criminosos também são seres humanos. É exatamente o reconhecimento de homens que não são criminosos.

Eles podem tentar me matar, e eu posso tentar matá-los. Entretanto, é errado degolar seus feridos ou abatê-los a tiros quando tentam se entregar. Esses julgamentos são bastante claros, creio eu, e sugerem que a guerra ainda é, de algum modo, uma atividade regida por normas, um universo de permissões e proibições – um mundo moral, portanto, no meio do inferno. Embora não haja permissão para os criadores de guerras, há uma permissão para os soldados, e eles a detêm não importa de que lado estejam lutando. É o primeiro e mais importante de seus direitos de guerra. Eles têm permissão para matar, *não qualquer pessoa*, mas homens que sabemos serem vítimas. Dificilmente entenderíamos um direito desses se não reconhecêssemos que eles são vítimas também. A realidade moral da guerra pode, portanto, ser resumida da seguinte forma: quando soldados lutam livremente, escolhendo-se como inimigos e planejando suas próprias batalhas, sua guerra não constitui crime. Quando lutam sem liberdade, sua guerra não é seu crime. Nos dois casos, a conduta militar é regida por normas; mas no primeiro as normas baseiam-se em reciprocidade e consentimento; no segundo, numa servidão compartilhada. O primeiro caso não apresenta dificuldade alguma; o segundo é mais problemático. Creio que poderemos examinar melhor o problema se desviarmos a atenção das trincheiras e das linhas de frente para o estado-maior na retaguarda; e da guerra contra o Kaiser para a guerra contra Hitler – pois, nesse nível e nesse conflito, o reconhecimento de "homens que não são criminosos" é realmente difícil.

O caso dos generais de Hitler

Em 1942, o general von Arnim foi capturado no norte da África, e foi proposto por membros da equipe de Dwight Eisenhower que o comandante norte-americano "observasse o costume de outrora" e permitisse que Von Arnim lhe fizesse uma visita antes de ser conduzido ao cativeiro. Sob o aspecto histórico, visitas dessa natureza não eram meramente questão de cortesia. Eram ocasiões para a ratificação do código militar. É assim que o general Von Ravenstein, capturado pelos britânicos naquele mesmo ano, relata: "Fui levado à presença... do próprio Auchinleck em seu escritório. Ele me deu um aperto de mão e disse: 'Conheço-o bem de nome. O senhor e sua divisão lutaram com honradez.'"[4] Eisenhower, porém, recusou-se a permitir a visita. Em suas memórias, explicou seus motivos[5]:

> O costume tinha origem no fato de que os soldados mercenários de outrora não sentiam nenhuma inimizade real pelos adversários. Ambos os lados lutavam por amor à luta, por um sentido de dever ou, o que era mais provável, por dinheiro... A tradição de que todos os soldados profissionais são companheiros de armas... persistiu até nossos dias. Para mim, a Segunda Guerra Mundial foi algo pessoal demais para eu ter esse tipo de sentimento. Diariamente, à medida que ela avançava, crescia dentro de mim a convicção de que, como nunca antes, ... as forças que representavam o bem para a humanidade e os direitos dos homens eram... atacadas por uma conspiração de uma malignidade total, com relação à qual nenhuma concessão poderia ser tolerada.

Por esse ponto de vista, não faz diferença se Von Arnim lutou bem ou não; seu crime foi o de ter chegado a lutar. E de modo semelhante, pode não importar como o general Eisenhower luta. Contra uma conspiração do mal, o que é essencial é vencer. A fidalguia perde seu embasamento lógico, e não resta mais limite algum a não ser "as limitações da própria sorte".

Essa também era a visão de Sherman, mas ela não dá conta dos julgamentos que fazemos de sua conduta nem da conduta de Eisenhower, nem mesmo da de Von

---

4. Citado em Desmond Young, *Rommel: The Desert Fox* (Nova York, 1958), p. 137.
5. Eisenhower, *Crusade in Europe* (Nova York, 1948), pp. 156-7.

Arnim e Von Ravenstein. Examinemos agora o caso de conhecimento mais generalizado, de Erwin Rommel: ele, também, foi general de Hitler, e é difícil que pudesse escapar à infâmia moral da guerra que travou. Contudo, tratava-se de um homem honrado, pelo que nos dizem inúmeros biógrafos. "Embora muitos de seus colegas e pares no exército alemão perdessem a honra pela conivência com as iniqüidades do nazismo, Rommel jamais se contaminou." Ele se concentrava, como profissional que era, na "missão de lutar do soldado". E, quando lutava, atinha-se às normas de guerra. Travou bem uma guerra errada, não só em termos militares como também em termos morais. "Foi Rommel quem queimou a Ordem de Comando emitida por Hitler em 28 de outubro de 1942, que determinava que todos os soldados inimigos encontrados atrás da frente de combate alemã deveriam ser mortos imediatamente..."[6] Ele era um dos generais de Hitler, mas não atirava em prisioneiros. Um homem desses é um companheiro? Pode-se tratá-lo com cortesia, pode-se dar-lhe um aperto de mão? Essas são as minúcias da conduta moral. Não sei como poderiam ser resolvidas, muito embora eu me solidarize com a resolução de Eisenhower. Mesmo assim, entretanto, tenho certeza de que Rommel deveria ser elogiado por queimar a Ordem de Comando; e todos os que escrevem sobre essas questões parecem ter uma certeza idêntica. E isso sugere algo importantíssimo a respeito da natureza da guerra.

Seria muito estranho elogiar Rommel por não matar prisioneiros a menos que simultaneamente nos recusás-

---

6. Ronald Lewin, *Rommel as Military Commander* (Nova York, 1970), pp. 294, 311. Ver também Young, pp. 130-2.

semos a culpá-lo pelas guerras agressivas de Hitler. Pois, de outro modo, ele não passa de um criminoso, e toda a sua atividade guerreira é assassinato ou tentativa de assassinato, quer seu alvo sejam soldados em combate, quer sejam prisioneiros ou civis. O principal promotor britânico em Nuremberg expôs esse argumento na linguagem do direito internacional ao dizer: "Matar combatentes é justificável... apenas nos casos em que a própria guerra é legal. No entanto, nos casos em que a guerra seja ilegal... não há nada que justifique a matança, e esses assassinatos não deverão receber tratamento distinto daquele concedido a qualquer outro bando de salteadores fora-da-lei."[7] E, por esse ponto de vista, o caso de Rommel seria exatamente igual ao de um homem que invade a casa de alguém e mata apenas alguns dos moradores, poupando as crianças, por exemplo, ou uma avó idosa: um assassino, sem dúvida, se bem que não totalmente desprovido de bondade humana. Mas nós não encaramos Rommel dessa forma. Por que não? O motivo está relacionado com a distinção entre *jus ad bellum* e *jus in bello*. Nós estabelecemos um limite entre a guerra em si, pela qual os soldados não são responsáveis, e a conduta da guerra, pela qual eles são responsáveis, no mínimo, dentro de seu próprio campo de atividade. É bem possível que os generais tenham um pé de cada lado dessa linha, mas isso apenas sugere que sabemos muito bem onde ela deveria passar. Nós a traçamos através do

---

7. Citado em Robert W. Tucker, *The Law of War and Neutrality at Sea* (Washington, 1957), p. 6 n. A análise de Tucker das questões legais é muito útil. Ver também H. Lauterpacht, "The Limits of the Operation of the Law of War", em 30 *British Yearbook of International Law* (1953).

reconhecimento da natureza da obediência política. Rommel era um subordinado, não um governante, do Estado alemão. Ele não escolheu a guerra que travou, mas, como o príncipe Andrey, serviu a seu "czar e país". Ainda temos nossas dúvidas no seu caso, e continuaremos a tê-las, já que sua sorte no que diz respeito ao "czar e país" foi extremamente infeliz. Em termos gerais, porém, não culpamos um soldado, nem mesmo um general, que luta em nome de seu próprio governo. Ele não integra um bando de salteadores, não é um malfeitor intencional, mas um cidadão e súdito leal e obediente, que às vezes se expõe a enorme risco pessoal ao agir da forma que julga correta. Nós permitimos que ele diga o que um soldado inglês diz em *Henrique V*, de Shakespeare: "Sabemos o bastante se sabemos que somos os homens do rei. Nossa obediência ao rei nos deixa limpos desse crime."[8] Não que sua obediência nunca possa ser criminosa, pois, quando ele violar as normas de guerra, ordens superiores não lhe servirão de defesa. As atrocidades que cometer cabem a ele próprio; a guerra não. Tanto no direito internacional quanto no julgamento moral comum, ela é concebida como assunto do rei – questão de política de Estado, não de vontade individual, salvo quando o indivíduo é o rei.

Poderia, entretanto, ser considerada uma questão de vontade individual que determinados homens se alistassem no exército e participassem da guerra. Escritores católicos há muito tempo afirmam que esses homens não deveriam se apresentar como voluntários, não deveriam servir de modo algum, se soubessem que a guerra é injusta. O conhecimento exigido pela doutrina católica é,

---

8. *Henry V*, 4:1, ll. 132-5.

porém, de difícil acesso. E, em caso de dúvida, argumenta o melhor dos escolásticos, Francisco de Vitoria, os súditos devem lutar – com a culpa sendo atribuída, como em *Henrique V*, a seus líderes. A argumentação de Vitoria sugere a rigidez com a qual, mesmo no estado pré-moderno, a vida política se opõe à própria idéia de volição em tempos de guerra. "Um príncipe não consegue", escreve ele, "e nem sempre deveria, apresentar a seus súditos razões para a guerra; e, se os súditos não puderem servir na guerra a menos que primeiro estejam convencidos de sua justiça, o Estado estaria correndo grave perigo..."[9] Hoje, naturalmente, a maioria dos príncipes se esforça muito para convencer os súditos da justiça de sua guerra. Eles "apresentam razões", embora nem sempre elas sejam honestas. É preciso coragem para duvidar dessas razões, ou para desafiá-las em público. E, na medida em que elas sejam alvo apenas de dúvida, a maioria dos homens se convencerá a lutar (por força de argumentos algo semelhantes aos de Vitoria). Sua rotina de cumprimento da lei, seu medo, seu patriotismo, seu investimento moral no Estado, tudo isso favorece essa decisão. Ou, como outra possibilidade, eles são tão terrivelmente jovens quando o sistema disciplinar do Estado os apanha e os manda para a guerra que mal se pode dizer que cheguem a tomar algum tipo de decisão moral[10]:

Do sono de minha mãe caí no colo do Estado.

---

9. Francisco de Vitoria, *De Indis et De Iure Belli Relationes*, org. Ernest Nys (Washington, D.C., 1917): *On the Law of War*, tradução de John Pawley Bate, p. 176.

10. Randall Jarrell, "The Death of the Ball Turret Gunner", em *The Complete Poems* (Nova York, 1969), p. 144.

E nesse caso como podemos culpá-los pelo (que percebemos ser o) caráter iníquo de sua guerra?*

Os soldados não são, entretanto, totalmente desprovidos de volição. Sua vontade é independente e efetiva somente no interior de uma esfera limitada; e, para a maioria deles, essa esfera é estreita. Salvo em casos extremos, porém, ela nunca desaparece por completo. E naqueles momentos durante o conflito em que precisam decidir, como Rommel, matar prisioneiros ou deixá-los viver, eles não são meras vítimas ou subordinados com o dever de obedecer. São responsáveis pelo que fizerem. Precisaremos delimitar essa responsabilidade quando formos examiná-la detidamente, pois a guerra ainda é o inferno, e o inferno é uma tirania na qual os soldados são sujeitos a todos os tipos de coação. Mas os julgamentos que realmente fazemos de sua conduta demonstram, creio eu, que dentro dos limites dessa tirania conseguimos esculpir um regime constitucional: até mesmo os peões na guerra têm direitos e obrigações.

---

* No entanto, esses rapazes, alega Robert Nozick, "decerto não são estimulados a pensar por si mesmos pela prática de absolvê-los de toda a responsabilidade por seus atos dentro das normas de guerra". É verdade, não são mesmo. Mas não podemos culpá-los com a intenção de estimular os outros, a menos que realmente sejam culpáveis. Nozick insiste que eles são: "É responsabilidade do soldado determinar se a causa do seu lado é justa." A recusa convencional a impor essa responsabilidade de modo categórico e abrangente é "moralmente elitista" (*Anarchy, State, and Utopia*, Nova York, 1974, p. 100). No entanto, não é elitista simplesmente reconhecer a existência de estruturas de autoridade e processos de socialização na comunidade política, e pode ser uma insensibilidade moral não fazê-lo. Concordo, porém, com Nozick que "algumas responsabilidades cabem a cada um de nós". Uma boa parte deste livro dedica-se a tentar determinar quais são essas responsabilidades.

Durante os últimos cem anos, esses direitos e obrigações foram especificados em tratados e acordos, inscritos no direito internacional. Os próprios Estados que recrutam os peões da guerra estipularam o caráter moral de sua matança mútua. De início, essa estipulação não se baseou em nenhuma noção de igualdade dos soldados, mas na igualdade de Estados soberanos, que reivindicavam para si próprios o mesmo direito de lutar (o direito de travar guerra) que cada soldado possui em termos mais óbvios. O argumento que apresentei em nome dos soldados foi apresentado em primeiro lugar em nome dos Estados – ou melhor, em nome dos seus líderes, que, ao que nos disseram, nunca são criminosos intencionais, não importa qual seja o caráter das guerras que iniciem, mas estadistas que procuram servir ao interesse nacional da melhor forma possível. Quando examinar a teoria da agressão e da responsabilidade pela agressão, terei de explicar por que essa não é uma descrição adequada do que os estadistas fazem[11]. Por enquanto, basta dizer que essa opinião da soberania e da liderança política, que nunca esteve em harmonia com o julgamento moral comum, também já perdeu sua condição legal, substituída nos anos que se passaram desde a Primeira Guerra Mundial pela designação formal da iniciativa de guerra como atividade criminosa. Contudo, as normas de combate não foram substituídas, mas ampliadas e elaboradas, de tal modo que agora temos tanto uma proibição da guerra quanto um código de conduta militar. O dualismo de nossas percepções morais está estabelecido na lei.

---

11. Ver abaixo capítulo 18. Para um tratamento histórico dessas questões, veja C. A. Pompe, *Aggressive War: An International Crime* (Haia, 1953).

A guerra é uma "condição legal que confere igual permissão a dois ou mais grupos para realizar um conflito por meio da força armada"[12]. Ela é também, e para nossas finalidades é mais importante que seja, uma condição moral, que envolve a mesma permissão, na realidade não no nível de Estados soberanos, mas no nível de exércitos e de cada soldado em si. Sem o igual direito de matar, a guerra, enquanto atividade regida por normas, desapareceria e seria substituída pelo crime e castigo, por conspirações malévolas e pela imposição da lei por meios militares. Esse desaparecimento parece estar prenunciado na Carta Magna das Nações Unidas, na qual a palavra "guerra" não está presente, mas apenas "agressão", "autodefesa", "execução da lei internacional" e assim por diante. No entanto, mesmo a "ação policial" da ONU na Coréia ainda foi uma guerra, já que os soldados que ali lutaram eram semelhantes em termos morais, mesmo que os Estados não o fossem. As normas de guerra foram tão pertinentes lá quanto em qualquer outro "conflito por forças armadas", e sua pertinência foi igual para o agressor, a vítima e a polícia.

Dois tipos de normas

As normas de guerra consistem em dois grupos de proibições associadas ao princípio crucial de que os soldados têm direitos iguais de matar. O primeiro grupo especifica quando e como podem matar; o segundo, a quem matar. Meu principal interesse é pelo segundo grupo, pois é aí que a formulação e reformulação das nor-

---

12. Quincy Wright, *A Study of War* (Chicago, 1942), I, 8.

mas atinge uma das questões mais difíceis na teoria da guerra – ou seja, como se há de distinguir essas vítimas da guerra que podem ser atacadas e mortas daquelas que não podem. Não creio que essa pergunta deva ser respondida de uma ou outra forma específica se for para a guerra ser uma condição moral. É, porém, necessário que em qualquer dado momento haja uma resposta. Somente se pode distinguir a guerra do assassinato e do massacre quando estão estipuladas restrições quanto ao alcance da batalha.

O primeiro conjunto de normas não envolve nenhuma questão fundamental semelhante. As normas que especificam como e quando os soldados podem ser mortos não são de modo algum insignificantes; e entretanto a moral da guerra não sofreria um transformação radical se elas fossem abolidas de vez. Pensemos, por exemplo, naquelas batalhas descritas por antropólogos nas quais os guerreiros lutam com arcos e flechas desprovidas de plumas. As flechas voam com menor precisão do que voariam se fossem providas de plumas. As pessoas podem desviar-se delas; poucos homens são mortos[13]. É evidente que a decisão de não emplumar as flechas é uma boa norma; e pode ser justo condenar o guerreiro que primeiro utilizar a arma superior e proibida, e com ela atingir o inimigo. Entretanto, o homem que ele matar corria o risco de ser morto de qualquer modo, e uma decisão coletiva (intertribal) de lutar com flechas providas de plumas não violaria nenhum princípio moral básico. O caso é o mesmo para todas as outras normas desse tipo: que os soldados sejam precedidos na batalha por um arauto que porte uma bandeira vermelha; que os comba-

---

13. Gardner e Heider, *Gardens of War*, p. 139.

tes sejam sempre interrompidos ao pôr-do-sol, que sejam proibidas emboscadas e ataques-surpresa e assim por diante. Qualquer norma que limite a intensidade e a duração do combate assim como o sofrimento dos soldados deve ser bem-vinda, mas nenhuma dessas restrições parece ser crucial à noção da guerra como uma condição moral. Elas são circunstanciais no sentido literal da palavra, altamente particularizadas e localizadas em momento e lugar específicos. Mesmo que na prática perdurem por muitos anos, elas sempre são suscetíveis às mudanças ocasionadas pela transformação social, inovação tecnológica e conquista por povos estrangeiros*.

O segundo conjunto de normas parece não ter suscetibilidade semelhante. Pelo menos, a estrutura geral de seus dispositivos aparenta persistir sem referência a sistemas sociais e tecnologias – como se as normas envolvidas tivessem (como imagino que tenham) uma ligação mais íntima com noções universais de certo e errado. Sua tendência é dispor certas categorias de pessoas fora do alcance permissível da prática da guerra, de tal modo que matar qualquer integrante dessas classes não é um ato legítimo de guerra, mas um crime. Se bem que os detalhes variem de uma região para outra, essas normas apontam no sentido de um conceito geral de guerra como um combate *entre* combatentes, conceito que surge reiteradamente em relatos históricos e antropológicos. Seu exemplo mais dramático é exemplificado quando a guerra é na realidade um combate entre campeões militares, como entre muitos povos primitivos, ou nos poemas épi-

---

* São também suscetíveis ao tipo de violação recíproca legitimada pela doutrina da represália: violadas por um lado, elas poderão ser violadas pelo outro. Isso não parece se aplicar, porém, ao outro tipo de norma, descrito adiante. Ver a análise de represálias no capítulo 13.

cos gregos, ou ainda na história bíblica de Davi e Golias. "Que ninguém sinta desânimo no coração", diz Davi, "teu servo irá lutar com esse filisteu."[14] Uma vez que uma contenda semelhante tenha sido combinada, os próprios soldados ficam protegidos do inferno da guerra. Na Idade Média, o combate singelo era recomendado exatamente por esse motivo. "Melhor que caia um do que um exército inteiro."[15] Com maior freqüência, porém, a proteção é oferecida não só às pessoas que não foram treinadas nem preparadas para a guerra, que não lutam ou não podem lutar: mulheres e crianças, sacerdotes, idosos, membros de tribos, cidades ou estados neutros, soldados feridos ou capturados*. O que todos esses grupos têm em comum é que no momento atual não estão engajados na atividade bélica. Dependendo de nossa perspectiva social ou cultural, matá-los pode parecer injustificável, desumano, desonroso, brutal ou assassino. Mas é muito provável que algum princípio geral esteja atuando em todos esses julgamentos, associando a imunidade ao ataque ao não-envolvimento militar. Qualquer explicação satisfatória da realidade moral da guerra deve especificar esse princípio e dizer algo a respeito da sua força. Tentarei cumprir essas duas missões mais adiante.

---

14. *1.º Livro de Samuel*, 17,32
15. Johan Huizinga, *Homo Ludens* (Boston, 1955), p. 92.

* As listas costumam ser mais específicas e mais pitorescas que isso, pois refletem o caráter de uma cultura específica. Eis um exemplo de um antigo texto indiano, segundo o qual os seguintes grupos de pessoas não deverão ser sujeitas às exigências da batalha: "Os que estiverem observando sem participar, os que estiverem aflitos de dor... os que estiverem dormindo, com sede, cansados ou que estiverem andando ao longo da estrada, ou tiverem alguma tarefa ainda por cumprir, ou ainda que forem habilidosos nas belas artes" (S. V. Viswanatha; *International Law in Ancient India*, Bombaim, 1925, p. 156).

As especificações históricas do princípio são, entretanto, de caráter convencional; e os direitos e obrigações dos soldados em guerra derivam das convenções, e não (diretamente) do princípio, qualquer que seja sua força. Mais uma vez, a guerra é uma criação social. As normas de fato observadas ou violadas nesta ou naquela época ou lugar são necessariamente um produto complexo, mediado por normas culturais e religiosas, estruturas sociais, negociações formais e informais entre as forças beligerantes e assim por diante. Por esse motivo, é provável que os detalhes da imunidade dos não-combatentes pareçam tão arbitrários quanto as normas que determinam quando as batalhas deveriam começar ou terminar, ou que armas podem ser usadas. Elas são muitíssimo mais importantes mas sujeitas, do mesmo modo, à revisão social. Exatamente como a lei na sociedade nacional, elas costumam representar uma encarnação incompleta ou deturpada do princípio moral pertinente. São então submetidas à crítica filosófica. Na realidade, a crítica é parte crucial do processo histórico através do qual as normas são criadas. Poderíamos dizer que a guerra é uma criação filosófica. Muito antes que os filósofos estejam satisfeitos com isso, porém, os soldados são submetidos a seus cânones. E são igualmente submetidos, em razão de sua própria igualdade e sem referência ao conteúdo ou à insuficiência dos cânones.

As convenções de guerra

Proponho-me chamar o conjunto articulado de normas, costumes, códigos profissionais, preceitos legais, princípios religiosos e filosóficos, e pactos mútuos que moldam nossos julgamentos da conduta militar de *con-*

venções de guerra. É importante salientar que são nossos julgamentos que estão aqui em questão, não a conduta em si. Não podemos chegar à substância das convenções através do estudo do comportamento em combate, da mesma forma que não podemos entender as normas da amizade analisando como os amigos realmente se tratam uns aos outros. Pelo contrário, as normas transparecem nas expectativas que os amigos têm, nas queixas que fazem, nas hipocrisias que adotam. Assim é com a guerra: as relações entre combatentes possuem uma estrutura normativa que é revelada no que eles dizem (e no que nós todos dizemos), em vez de no que eles fazem – muito embora o que eles fazem, como ocorre com a amizade, seja afetado pelo que dizem. Palavras ásperas são as sanções imediatas das convenções de guerra, às vezes acompanhadas ou seguidas por ataques militares, bloqueios econômicos, represálias, julgamentos de crimes de guerra e assim por diante. No entanto, nem as palavras nem os atos têm uma única fonte competente e, no final, são as palavras que são decisivas – o "julgamento da história", como se diz, o que significa o julgamento de homens e mulheres que discutam até chegar a algum tipo de consenso aproximado.

Os termos de nossos julgamentos estão expostos da forma mais explícita no direito internacional positivo: obra de políticos e advogados que atuam como representantes de Estados soberanos, e ainda de juristas que codificam seus acordos e extraem o fundamento lógico subjacente a eles. Contudo, o direito internacional deriva de um sistema legislativo radicalmente descentralizado, atravancado, insensível e desprovido de um sistema judiciário paralelo que estabeleça os detalhes específicos do código jurídico. Por esse motivo, os manuais de direito não são o único lugar para encontrar as convenções de guerra, e sua existência real é demonstrada não pela existência dos manuais, mas pelos argumentos morais que por toda parte acompanham os conflitos armados. O direito consuetudinário do combate é desenvolvido através de uma espécie de casuística prática. Daí provém o método deste livro. Recorremos aos juristas para obter fórmulas gerais, mas recorremos a casos históricos e a debates reais para obter aqueles julgamentos específicos que tanto refletem as convenções de guerra quanto constituem sua força vital. Não pretendo sugerir que nossos julgamentos, mesmo ao longo do tempo, apresentem uma forma coletiva sem ambigüidade. Nem têm eles caráter idiossincrático e particular. Seguem um modelo social, e a modelagem é religiosa, cultural e política, além de jurídica. A tarefa do teórico da moral consiste em estudar o modelo como um todo, em busca de suas razões mais profundas.

Em meio a soldados profissionais, as convenções de guerra costumam encontrar defensores de um tipo especial. Embora a fidalguia tenha morrido e o combate não seja livre, os soldados profissionais permanecem sensíveis (ou alguns deles permanecem) às limitações e restrições que distinguem o trabalho de sua vida da mera carnificina. Sem dúvida, eles sabem, como Sherman sabia, que a guerra é carnificina, mas é provável que acreditem que ela seja, ao mesmo tempo, algo diferente. É por isso que oficiais do exército e da marinha, defendendo uma longa tradição, costumam protestar contra ordens de superiores civis que exigiriam que eles violassem as normas de guerra e os transformariam em meros instrumentos de matança. Os protestos são em sua maior parte em vão – pois instrumentos é o que eles são, afinal de contas –, mas, dentro da sua própria esfera de decisão, eles muitas vezes encontram formas de defender as normas. E, mesmo quando não conseguem fazer isso, suas dúvidas na ocasião e suas justificativas após o fato constituem um guia importante para se chegar à substância das normas. Pelo menos, às vezes, faz diferença para os soldados quem exatamente eles estão matando.

Embora as convenções de guerra, como as conhecemos atualmente, tenham sido expostas, debatidas, criticadas e revistas ao longo de muitos séculos, elas ainda constituem uma das criações humanas mais imperfeitas. Reconhecidamente algo criado pelos homens, mas não algo que tenham feito bem ou com liberdade. Independentemente das deficiências da humanidade, elas são necessariamente imperfeitas, creio eu, porque estão adaptadas à prática da guerra moderna. Estabelecem os termos de uma condição moral que entra em existência apenas quando exércitos de vítimas se enfrentam (da mesma forma que o código da fidalguia estabelece os termos de uma condição moral que entra em existência apenas quando há exércitos de homens livres). As convenções aceitam essa vitimização ou pelo menos a pressupõem, e a adotam como ponto de partida. É por isso que costumam ser descritas como um programa para tolerar a guerra, quando o que é necessário é um programa para erradicá-la. Não se erradica a guerra travando-a bem; nem o fato de lutar bem torna a guerra tolerável. A guerra é o inferno, como já disse, mesmo quando as normas são rigorosamente observadas. Exatamente por esse motivo, às vezes nos irritamos com a simples idéia de normas ou encaramos com cinismo seu significado. Como afirma o príncipe Andrey naquela explosão apaixonada que evidentemente também exprime a convicção de Tolstoi, elas servem apenas para fazer com que nos esqueçamos de que a guerra é "o que há de mais abominável na vida..."[16]

    E o que é a guerra, o que é necessário para o sucesso na guerra, qual é a moral do mundo militar? O objetivo do conflito armado é matar. Os meios empregados – espionagem, traição e incentivo à traição, a destruição de um país, a espoliação de seus habitantes... mentiras e trapaças, que são denominadas estratégia militar. A moral da classe militar – total ausência de independência, ou seja, disciplina, ociosidade, ignorância, crueldade, libertinagem e embriaguez.

E, entretanto, mesmo pessoas que acreditam em tudo isso conseguem se indignar com atos específicos de crueldade e barbárie. A guerra é tão terrível que nos deixa cínicos quanto à possibilidade de moderação; e depois ela é tão pior que nos deixa indignados com a ausência de moderação. Nosso cinismo atesta o caráter falho das convenções de guerra; e nossa indignação, sua realidade e sua força.

O exemplo da rendição

As convenções costumam ser anômalas, mas, mesmo assim, têm caráter obrigatório. Examinemos por um instante a prática usual da rendição, cujas características detalhadas estão estabelecidas pelas convenções (e, na época atual, em termos legais). Um soldado que se rende está fazendo um acordo com os que o capturam. Ele

---

16. *War and Peace,* Décima Parte, XXV, p. 725.

está disposto a parar de lutar se eles lhe concederem o que os manuais jurídicos chamam de "guarida humanitária"[17]. Como é geralmente feito sob "extrema coação", esse é um contrato que não teria absolutamente nenhuma conseqüência moral em tempos de paz. Na guerra, ele tem conseqüências, sim. O soldado capturado adquire direitos e obrigações especificados pelas convenções, e esses vigoram independentemente da possível criminalidade de quem o captura ou da justiça ou urgência da causa pela qual ele esteve lutando. Prisioneiros de guerra têm o direito de tentar escapar – não podem ser punidos por tentar –, mas, se matarem um guarda para fugir, o homicídio não será um ato de guerra. Será assassinato. Pois, quando se renderam, eles se comprometeram a parar de lutar, renunciaram ao direito de matar.

Não é fácil encarar tudo isso como a simples afirmação de um princípio moral. Trata-se do trabalho de homens e mulheres (com princípios morais em mente), que se adaptam às realidades da guerra, tomam providências, conseguem acordos. Sem dúvida, a negociação é geralmente útil tanto para os cativos quanto para os que os capturaram, mas não é necessariamente útil em todos os casos para qualquer um dos dois grupos ou para a humanidade como um todo. Se nosso objetivo nessa guerra específica for vencer com a maior rapidez possível, a visão de um campo de prisioneiros deverá parecer realmente estranha. Ali estão soldados que se acomodam, que se instalam pelo período que a guerra durar, que a abandonam antes que termine e não estão propensos a

---

17. Para uma análise desse acordo, veja meu ensaio "Prisoners of War: Does the Fight Continue After the Battle?" em *Obligations: Essays on Disobedience, War and Citizenship* (Cambridge, Mass., 1970).

voltar à luta, mesmo que possam (por meio de sabotagem, inquietação constante ou seja lá o que for), porque, sob a ameaça de uma arma apontada para eles, prometeram não fazê-lo. Decerto, essas são promessas que podem às vezes ser desrespeitadas. Não se pede, porém, aos prisioneiros que calculem a utilidade relativa de cumpri-las ou descumpri-las. As convenções de guerra são escritas em termos absolutos: quem viola seus dispositivos o faz por seu próprio risco moral e físico. Mas qual é a força desses dispositivos? Em última análise, eles derivam de princípios de que tratarei mais adiante, que explicam o significado de quartel, desligamento e imunidade. Em termos imediatos e específicos, derivam do processo consensual em si. As normas de guerra, por estranhas que costumem parecer à nossa noção do que é melhor, são tornadas obrigatórias pelo consentimento geral da humanidade.

Ora, também esse é um consentimento dado sob uma espécie de coação. Somente porque não há como escapar do inferno, por assim dizer, trabalhamos para criar um mundo de normas no seu interior. Imaginemos, porém, uma tentativa de fuga, uma luta de libertação, uma "guerra para acabar com a guerra". Com toda certeza, nesse caso, seria tolice lutar de acordo com as normas. A missão de suma importância seria vencer. No entanto, vencer é sempre importante, pois a vitória sempre pode ser descrita como uma escapada do inferno. Afinal de contas, até mesmo a vitória de um agressor acaba uma guerra. Daí, a longa história de impaciência com as convenções de guerra. Essa história está muito bem resumida numa carta escrita em 1880 pelo chefe do Estado-maior da Prússia, o general Von Moltke, em protesto contra a Declaração de São Petersburgo (um dos primeiros esforços para codificar as normas de guerra): "A máxima bondade na guerra", escreveu Von Moltke, "é levá-la a um rápido fim. Com isso em mente, deveria ser permissível o emprego de todos os meios, exceto aqueles aos quais se faça objeção absoluta."[18] Von Moltke por pouco não apresenta uma negação total das convenções de guerra. Ele reconhece proibições absolutas de algum tipo não especificado. Quase todo o mundo age desse modo. Mas por que refrear-se se isso significa deixar de realizar a "máxima bondade"? Essa é a forma da discussão mais comum na teoria da guerra e do dilema moral mais comum na sua prática. Conclui-se que as convenções de guerra constituem um obstáculo à vitória e, diz-se geralmente, a uma paz duradoura. Será que seus dispositivos, será que este dispositivo específico, precisam ser cumpridos? Quando a vitória significa a derrota da agressão, a pergunta é não só importante, mas de uma dificuldade excruciante. Queremos o melhor dos mundos: decência moral no combate e vitória na guerra; respeito à lei no inferno e nós do lado de fora.

---

18. *Moltke in Seinen Briefen* (Berlim, 1902), p. 253. A carta é dirigida a J. C. Bluntschli, um renomado estudioso do direito internacional.

SEGUNDA PARTE
A TEORIA DA AGRESSÃO

4. LEI E ORDEM NA SOCIEDADE INTERNACIONAL

A agressão

Agressão é o nome que damos ao crime da guerra. Conhecemos o crime graças a nosso conhecimento da paz que ele interrompe – não a mera ausência de conflito, mas a paz-com-direitos, uma condição de liberdade e segurança que pode existir somente na ausência da agressão em si. O mal que o agressor comete é o de forçar homens e mulheres a arriscar a vida em defesa de seus direitos. É o de confrontá-los com a escolha: os direitos ou a vida (de alguns deles)! Grupos de cidadãos reagem de modos diferentes a essa escolha, alguns rendendo-se, alguns lutando, dependendo da condição material e moral de seu Estado e do exército. Mas eles sempre têm justificativa para lutar; e, na maioria dos casos, considerando-se a escolha cruel, lutar é a reação de preferência em termos morais. A justificativa e a preferência são muito importantes: elas fornecem uma explicação para as características mais notáveis do conceito de agressão e do lugar especial que ele ocupa na teoria da guerra.

A agressão é notável porque é o único crime que os Estados podem cometer contra outros Estados: tudo o mais é, por assim dizer, contravenção. Há uma estranha pobreza na linguagem do direito internacional. Os atos equivalentes na violência interna de um país a assalto à mão armada, extorsão, tentativa de homicídio, assassinato em todos os seus graus têm apenas um nome. Todas as violações da integridade territorial ou da soberania política de um Estado independente são denominadas agressão. É como se rotulássemos de assassinato todos os ataques à pessoa de um homem, todas as tentativas de coagi-lo, todas as invasões de sua casa. Essa recusa em diferenciar torna difícil delimitar a gravidade relativa de atos agressivos – distinguir, por exemplo, a anexação de uma área de terra ou a imposição de um regime-satélite, da conquista em si, da destruição da independência de um Estado (crime para o qual Abba Eban, ministro das Relações Exteriores de Israel em 1967, sugeriu o nome de "policídio"). Existe, porém, um motivo para a recusa. Todos os atos agressivos possuem um aspecto em comum: eles justificam a resistência pela força, e a força não pode ser usada entre nações, como costuma poder ser usada entre pessoas, sem que a própria vida seja posta em risco. Quaisquer que sejam os limites que impusermos aos meios e à abrangência dos conflitos armados, travar uma guerra limitada não é semelhante a bater numa pessoa. A agressão abre os portões do inferno. *Henrique V* de Shakespeare transmite a idéia com exatidão[1]:

---

1. *Henry V*, 1:2, ll. 24-8.

Pois nunca houve conflito entre dois reinos desses
Sem grande derramamento de sangue, cujas gotas inocentes
São, cada uma, uma aflição, uma queixa dolorida
Contra aquele cujos erros amolaram as espadas
Que provocam tamanha devastação na curta vida dos mortais.

Ao mesmo tempo, a agressão à qual não se oferece resistência ainda é agressão, mesmo que não haja absolutamente nenhum "derramamento de sangue". Dentro de uma sociedade, um ladrão que conseguir o que quer sem matar ninguém é obviamente menos culpado, ou seja, é culpado de um crime menos grave, do que se cometer um homicídio. Supondo-se que o ladrão esteja preparado para matar, nós permitimos que o comportamento da vítima determine sua culpa. Isso não fazemos no caso de agressão entre nações. Examinemos, por exemplo, as conquistas da Checoslováquia e da Polônia pela Alemanha em 1939. Os checos não apresentaram resistência. Perderam sua independência através da extorsão em vez de através da guerra. Nenhum cidadão checo morreu lutando contra os invasores alemães. Os poloneses preferiram lutar, e muitos foram mortos na guerra que se seguiu. No entanto, se a conquista da Checoslováquia foi um crime menos grave, não temos nome para ele. Em Nuremberg, a liderança nazista foi acusada de agressão nos dois casos e julgada culpada em ambos[2]. Mais uma vez, existe um motivo para essa igualdade de tratamento. Julgamos os alemães culpados de agressão na Checoslováquia, creio eu, em razão de nossa profun-

---

2. Os juízes fizeram distinção entre "atos de agressão" e "guerras de agressão", mas depois usaram o primeiro como o termo genérico: veja *Nazi Conspiracy and Aggression: Opinion and Judgment* (Washington, D.C., 1947), p. 16.

da convicção de que eles deveriam ter sido alvo de resistência, se bem que não necessariamente por sua vítima abandonada, isolada na sua posição.

O Estado que realmente resiste, cujos soldados arriscam a vida e morrem, age desse modo porque seus líderes e seu povo acreditam que deveriam ou que têm de revidar. A agressão é coercitiva em termos morais tanto quanto em termos físicos, e esse é um de seus aspectos mais importantes. "Um conquistador", escreve Clausewitz, "é sempre um amante da paz (como Bonaparte constantemente afirmava acerca de si mesmo); ele gostaria de entrar no nosso Estado sem oposição. Para impedir isso, devemos optar pela guerra..."[3] Se homens e mulheres comuns não costumassem aceitar esse imperativo, a agressão não nos pareceria um crime tão sério. Se o aceitassem em certos tipos de caso, mas não em outros, o conceito único começaria a se desfazer, e nós acabaríamos com uma lista de crimes mais ou menos semelhante à lista interna de uma sociedade. É fácil responder ao desafio das ruas: "A bolsa ou a vida!" Entrego meu dinheiro e desse modo me salvo de ser assassinado, além de evitar que o ladrão se torne um assassino. Parece, entretanto, que não queremos que o desafio da agressão tenha o mesmo tipo de resposta. E mesmo quando tem, nós não reduzimos a culpa do agressor. Ele violou direitos aos quais associamos uma importância enorme. Na realidade, nossa tendência é pensar que a negativa em defender esses direitos nunca é devida a uma noção de

---

3. Citado em Michael Howard, "War as an Instrument of Policy", em Herbert Butterfield e Martin Wight, orgs., *Diplomatic Investigations* (Cambridge, Mass., 1966), p. 199. Cf. *On War,* trad. Howard e Paret, p. 370.

sua falta de importância, nem mesmo a uma crença (como no caso do desafio de rua) de que esses direitos, afinal de contas, valeriam menos que a própria vida, mas apenas a uma nítida convicção de que não há esperança na defesa. A agressão é um crime único e não diferenciado porque, em todas as suas formas, ela desafia direitos pelos quais vale a pena morrer.

Os direitos das comunidades políticas

Os direitos em questão estão resumidos nos manuais jurídicos como integridade territorial e soberania política. Os dois pertencem aos Estados, mas derivam em última análise dos direitos de indivíduos, e deles extraem sua força. "Os deveres e direitos dos Estados não são nada mais que os deveres e direitos dos homens que os compõem."[4] Essa é a opinião de um advogado britânico convencional, para quem os Estados não são nem todos orgânicos nem uniões místicas. E é a visão correta. Quando Estados são atacados, seus membros é que são desafiados, não apenas em sua vida, mas também na soma de tudo o que mais valorizam, aí incluída a associação política que fizeram. Reconhecemos e explicamos esse desafio ao nos referirmos a seus direitos. Se eles não tivessem o direito moral de escolher sua forma de governo e moldar as políticas que dão forma à sua vida, a coação externa não seria um crime; nem poderia ser tão fácil dizer que eles foram forçados a resistir em defesa própria. Os direitos individuais (à vida e à liberdade) estão

---

4. John Westlake, *Collected Papers*, org. L. Oppenheim (Cambridge, Inglaterra, 1914), p. 78.

subjacentes aos julgamentos mais importantes que fazemos em relação à guerra. Como esses direitos se fundam, não tenho como tentar explicar aqui. Basta dizer que de algum modo eles estão implícitos em nosso sentido do que significa ser um ser humano. Se não forem naturais, nós os inventamos; mas, naturais ou inventados, eles são uma característica palpável de nosso mundo moral. Os direitos dos Estados são meramente sua forma coletiva. O processo de coletivização é complexo. Sem dúvida, parte da força imediata da individualidade é perdida no seu decurso. A melhor forma de compreendê-lo, porém, é aquela pela qual ele vem sendo geralmente compreendido desde o século XVII, nos termos da teoria do contrato social. Trata-se, portanto, de um processo moral, que legitima algumas reivindicações territoriais e de soberania e repudia outras.

Os direitos dos Estados baseiam-se no consentimento de seus membros. Mas esse é um consentimento de uma espécie diferente. Os direitos dos Estados não são constituídos através de uma série de transferências de indivíduos, homens e mulheres, ao soberano, nem através de uma série de trocas entre indivíduos. O que na realidade acontece é mais difícil de descrever. No decorrer de um longo período, experiências compartilhadas e atividades de cooperação de muitos tipos diferentes moldam uma vida comum. O "contrato" é uma metáfora para um processo de associação e reciprocidade, cujo caráter permanente o Estado alega proteger contra invasão de forças externas. A proteção abrange não apenas a vida e a liberdade de cada indivíduo, como também a vida e a liberdade compartilhada, a comunidade independente que criaram, pela qual indivíduos às vezes são sacrificados. A posição moral de qualquer Estado específico depende da realidade da vida em comum que ele protege e de até que ponto os sacrifícios exigidos por essa proteção são aceitos de bom grado e considerados vantajosos. Se não existir vida em comum, ou se o Estado não defender a vida em comum que realmente existe, sua própria defesa pode não ter justificativa moral. No entanto, a maioria dos Estados realmente zela pela comunidade de seus cidadãos, pelo menos até certo ponto. É por isso que pressupomos a justiça de suas guerras defensivas. E, tendo em mente um "contrato" genuíno, faz sentido afirmar que a integridade territorial e a soberania política podem ser defendidas exatamente da mesma forma que a vida e a liberdade individual*.

Também poderia ser dito que um povo pode defender seu país da mesma forma que homens e mulheres podem defender sua casa, pois o país é de propriedade coletiva como a casa é de propriedade privada. O direito ao território poderia ser derivado do direito individual à

---

* A questão de quando o território e a soberania podem ser defendidos justificadamente está intimamente relacionada à questão de quando cada cidadão tem obrigação de se juntar à defesa. As duas giram em torno de temas da teoria do contrato social. Examinei a segunda questão minuciosamente em meu livro *Obligations: Essays on Disobedience, War, and Citizenship* (Cambridge, Mass., 1970). Ver especialmente "The Obligation to Die for the State" [A obrigação de morrer pelo Estado] e "Political Alienation and Military Service" [Alienação política e serviço militar]. Mas nem naquele livro nem neste chego a tratar em detalhe do problema das minorias nacionais – grupos de pessoas que não aderem plenamente (ou não aderem de modo algum) ao contrato que constitui a nação. A exposição dessas pessoas a maus-tratos extremos pode justificar a intervenção militar (ver capítulo 6). Fora isso, porém, a presença de minorias de outras nacionalidades dentro das fronteiras de uma nação-Estado não afeta o argumento sobre a agressão e a legítima defesa.

propriedade. Contudo, a posse de vastos territórios é altamente problemática, creio eu, a menos que esteja vinculada de algum modo plausível às exigências da sobrevivência nacional e da independência política. E essas duas por si sós parecem gerar direitos territoriais que estão pouco relacionados com a posse no sentido estrito do termo. É provável que seja o mesmo caso que ocorre com as propriedades menores dentro de uma sociedade. Um homem tem certos direitos em sua casa, por exemplo, mesmo que não seja seu proprietário, porque nem sua vida nem sua liberdade estão garantidas, a menos que exista algum espaço físico dentro do qual ele se sinta a salvo de intromissões. Em termos semelhantes, o direito de uma nação ou povo de não sofrer invasão deriva da vida em comum que seus membros criaram nesse pedaço de terra – em algum lugar ela teria de ser criada –, e não da escritura formal que possuem ou não possuem. Mas essas questões se tornarão mais claras se examinarmos um exemplo de território litigioso.

O caso da Alsácia-Lorena

Em 1870, tanto a França quanto a nova Alemanha reivindicaram essas duas províncias. As duas reivindicações eram, por assim dizer, bem fundamentadas. Os alemães baseavam sua pretensão em antigos precedentes (as terras tinham pertencido ao Santo Império Romano antes de sua conquista por Luís XIV) e em afinidades culturais e lingüísticas. Os franceses, em dois séculos de posse e de efetivo governo[5]. Como se estabelece a pro-

---

5. Veja Ruth Putnam, *Alsace and Lorraine from Caesar to Kaiser*: *58 B.C. – 1871 A.D.* (Nova York, 1915).

priedade num caso desses? Existe, a meu ver, uma questão prévia relacionada à fidelidade política, em nada ligada a documentos de propriedade. O que os habitantes querem? A terra acompanha o povo. A decisão sobre qual soberania era legítima (e, portanto, qual presença militar constituía agressão) pertencia de direito aos homens e mulheres que moravam no território objeto de disputa. Não simplesmente aos que possuíam a terra: a decisão cabia também aos sem-terra, aos moradores de cidades e também aos operários fabris, em virtude da vida em comum que tinham criado. A grande maioria dessas pessoas aparentava ser leal à França, e isso deveria ter encerrado a questão. Mesmo que imaginemos que todos os habitantes da Alsácia-Lorena fossem inquilinos do rei da Prússia, a tomada de suas próprias terras pelo rei ainda teria sido uma violação da integridade territorial e, por intermédio da lealdade da população, uma violação da integridade territorial da França também. Pois o inquilinato determina somente quem recebe os aluguéis. As próprias pessoas devem decidir para onde vão seus impostos e seus recrutas.

A questão, entretanto, não foi resolvida desse modo. Depois da Guerra Franco-Prussiana, as duas províncias (na realidade, toda a Alsácia e parte da Lorena) foram anexadas pela Alemanha, com os franceses reconhecendo os direitos alemães no tratado de 1871. Durante as décadas seguintes, muitas vezes foi feita a pergunta se seria justificado um ataque francês com o objetivo de recuperar as terras perdidas. Uma das questões nesse caso é a do valor moral do tratado de paz assinado, como é assinada a maioria dos tratados de paz, sob coação; mas não vou me concentrar nesse aspecto. A questão mais importante está relacionada à permanência dos direitos ao longo do tempo. Quanto a este ponto, a argumentação correta foi apresentada pelo filósofo inglês Henry Sidgwick em 1891. Sidgwick simpatizava com os franceses e tendia a encarar a paz como uma "suspensão temporária das hostilidades, que poderia ser interrompida a qualquer momento pelo Estado injustiçado..." Mas ele acrescentou uma restrição crucial[6]:

> Devemos... reconhecer que, por meio dessa submissão temporária dos vencidos... tem início uma nova ordem política, que, embora originalmente seja desprovida de base moral, pode com o tempo adquirir uma base dessa natureza, a partir de uma mudança nos sentimentos dos habitantes do território transferido, pois sempre é possível que, através dos efeitos do tempo, do hábito e de um governo moderado – e talvez pelo exílio voluntário daqueles que sentem com maior força o antigo patriotismo –, a maioria da população transferida venha a deixar de desejar a reunião... Quando essa mudança tiver ocorrido, o efeito moral da transferência injusta deve ser considerado anulado, de tal modo que qualquer tentativa de recuperar o território transferido passa a ser ela mesma uma agressão...

Escrituras formais podem durar para sempre, sendo periodicamente renovadas e confirmadas como na política de dinastias da Idade Média. Entretanto, os direitos morais são sujeitos às vicissitudes da vida comum.

Logo, a integridade territorial não deriva da propriedade. Trata-se simplesmente de algo diferente. As duas talvez se apresentem unidas em Estados socialistas nos quais a terra é estatizada e se diz que o povo a possui.

---

6. Henry Sidgwick, *The Elements of Politics* (Londres, 1891), pp. 268, 287.

Portanto, se seu país for atacado, não é apenas a terra natal que corre perigo, mas sua propriedade coletiva – se bem que eu suspeite que a sensação do primeiro perigo seja mais profunda que a do segundo. A estatização é um processo secundário; ela pressupõe a prévia existência de uma nação. E a integridade territorial é uma função da existência nacional, não da estatização (nem da propriedade privada). É a reunião de um povo que estabelece a integridade de um território. Só então pode ser traçada uma fronteira, o desrespeito à qual é plausivelmente denominado agressão. Pouca diferença faz se o território pertence a terceiros, a menos que essa posse esteja expressa em residência e uso comum.

Essa argumentação sugere um modo de pensar sobre as enormes dificuldades apresentadas pelo assentamento e colonização forçada. Quando tribos bárbaras cruzaram as fronteiras do Império Romano, empurradas por conquistadores do leste e do norte, elas pediram terras onde pudessem se instalar e ameaçaram iniciar guerra se não obtivessem essas terras. Isso foi agressão? Considerando-se a natureza do Império Romano, a pergunta pode parecer tola, mas ela foi proposta muitas vezes desde aquela época, e com freqüência em contextos imperiais. Quando a terra está de fato vazia e disponível, a resposta deve ser a de que não se trata de agressão. No entanto, e se a terra não estiver realmente vazia, mas, como diz Thomas Hobbes no *Leviatã*, "insuficientemente habitada"? Hobbes passa então a argumentar que, num caso desses, os pretensos colonizadores não deverão "exterminar os que encontrarem lá, mas obrigá-los a morar mais próximo uns dos outros"[7]. Essa coação não é

---

7. *Leviatã*, capítulo 30.

agressão, desde que a vida dos colonizadores originais não seja ameaçada. Pois os colonizadores estão fazendo o que precisam para preservar a própria vida, e aquele "que se opuser a [isso], por motivos supérfluos, será culpado da guerra que há de se seguir"[8]. Não são os colonizadores que são culpados de agressão, segundo Hobbes, mas os naturais do lugar que se recusarem a se mudar e a abrir espaço. É evidente que há graves problemas aqui. Eu sugeriria, entretanto, que Hobbes está certo ao descartar qualquer consideração de integridade-territorial-enquanto-posse, preferindo concentrar a atenção na vida. Deve-se acrescentar, porém, que o que está em jogo não é apenas a vida de indivíduos, mas também a vida em comum que eles construíram. É em nome dessa vida em comum que atribuímos um dado valor presumível às fronteiras que delimitam o território de um povo e ao Estado que o defende.

Pois bem, as fronteiras existentes em qualquer ponto no tempo têm probabilidade de ser arbitrárias, mal traçadas, resultantes de guerras antigas. É provável que os cartógrafos fossem ignorantes, bêbados ou corruptos. Mesmo assim, essas linhas estabelecem um mundo habitável. Dentro desse mundo, homens e mulheres (suponhamos) estão a salvo de ataque. Uma vez que as fronteiras sejam transpostas, a segurança desaparece. Não quero sugerir que cada disputa por fronteiras seja um motivo para guerra. Às vezes, ajustes deveriam ser aceitos; e territórios, modelados tanto quanto possível segundo as necessidades reais das nações. Boas fronteiras resultam em bons vizinhos. Contudo, uma vez que tenha sido feita uma ameaça de invasão ou que ela de fato

---

8. *Leviatã*, capítulo 15.

tenha se iniciado, pode ser necessário defender uma fronteira inconveniente simplesmente porque não existe nenhuma outra. Veremos esse raciocínio na prática na mente dos líderes da Finlândia em 1939. Eles poderiam ter aceitado as exigências da Rússia, se tivessem tido certeza de que elas teriam um fim. Não existe, porém, certeza deste lado da fronteira, da mesma forma que não existe segurança deste lado da soleira, depois que um criminoso invadiu a casa. Trata-se apenas de senso comum, então, atribuir grande importância a fronteiras. Os direitos no mundo têm valor somente se tiverem também dimensão.

O paradigma legalista

Se os Estados realmente possuem direitos mais ou menos como os indivíduos, é possível imaginar uma sociedade entre os Estados mais ou menos semelhante à sociedade de indivíduos. A comparação da ordem internacional com a ordem civil é crucial para a teoria da agressão. Venho fazendo essa comparação com regularidade. Toda referência à agressão como o equivalente em termos internacionais ao assalto à mão armada ou ao assassinato e toda comparação entre o lar e o país ou entre a liberdade pessoal e a independência política dependem do que se chama de *analogia com a situação interna*[9]. Nossas percepções e julgamentos básicos são produto do raciocínio analógico. Quando a analogia se torna ex-

---

9. Para uma apreciação dessa analogia, veja os dois ensaios de Hedley Bull, "Society and Anarchy in International Relations", e "The Grotian Conception of International Society", em *Diplomatic Investigations*, capítulos 2 e 3.

plícita, como costuma acontecer entre advogados, o mundo dos Estados adota a forma de uma sociedade política cuja natureza é totalmente acessível através de noções como crime e castigo, legítima defesa, execução da lei e assim por diante.

Eu gostaria de ressaltar que essas noções não são incompatíveis com o fato de que a sociedade internacional no seu estado atual é uma estrutura radicalmente imperfeita. Da forma pela qual a vivenciamos, essa sociedade poderia ser equiparada a um prédio defeituoso, alicerçado em direitos, com sua superestrutura erguida, como a do próprio Estado, através do conflito político, da atividade de cooperação e das trocas comerciais; sendo o todo oscilante e instável por lhe faltar o reforço da autoridade. É como a sociedade de um dado país na medida em que homens e mulheres vivem em paz no seu interior (às vezes), determinando as condições da sua própria existência, negociando e regateando com os vizinhos. E é diferente da sociedade de um dado país na medida em que cada conflito ameaça de desmoronamento a estrutura como um todo. A agressão é um desafio direto a ela e é muito mais perigosa que o crime dentro de cada sociedade, por não existir policiamento. Isso apenas quer dizer, porém, que os "cidadãos" da sociedade internacional precisam contar consigo mesmos e mutuamente uns com os outros. Os poderes de polícia estão distribuídos entre todos os membros. E esses membros não terão feito o suficiente no exercício de seus poderes se meramente contiverem a agressão ou provocarem seu rápido fim – como se a polícia parasse um assassino depois que ele tivesse matado só uma pessoa ou duas, liberando-o depois para seguir seu caminho. Os direitos dos Estados-membros devem ser defendidos, pois é somente em razão desses direitos que chega a existir uma sociedade. Se eles não puderem ser preservados (pelo menos de vez em quando), a sociedade internacional cairá num estado de guerra ou será transformada numa tirania universal.

Desse quadro, depreendem-se duas conjecturas. A primeira, que já salientei, é a que favorece a resistência militar uma vez iniciada a agressão. A resistência é importante para que os direitos possam ser preservados e para a dissuasão de futuros agressores. A teoria da agressão reafirma a antiga doutrina da guerra justa: ela explica quando a luta constitui crime e quando é admissível, talvez até mesmo desejável em termos morais*. O Estado vítima da agressão luta em legítima defesa, mas ele não está defendendo exclusivamente a si mesmo, pois a agressão é um crime contra a sociedade como um todo. Ele luta em nome da sociedade e não apenas em seu próprio nome. Outros Estados podem legitimamente unir-se à resistência da vítima. Sua guerra tem o mesmo caráter da guerra da vítima, ou seja, esses outros Estados têm o direito não só de repelir o ataque, mas também de puni-lo. Toda resistência também é execução da lei. Daí a segunda conjectura: quando eclode o combate, sempre deve haver algum Estado contra o qual se poderá e se deverá impor a lei. Alguém deve ser responsável, pois alguém decidiu romper a paz da sociedade de Estados.

---

* Neste ponto nada direi acerca do argumento favorável à resistência não-violenta à agressão, segundo o qual lutar não é desejável nem necessário. Esse argumento não desempenhou papel importante no desenvolvimento da visão convencional. Na realidade, ele representa um desafio radical às convenções: se é possível resistir à agressão, e pelo menos às vezes com sucesso, sem guerra, a agressão pode ser um crime menos sério do que se costuma supor. Retomarei essa possibilidade e suas implicações morais no Posfácio.

Como teólogos medievais explicaram, nenhuma guerra pode ser justa dos dois lados[10].

Há guerras, porém, que não são justas de nenhum dos dois lados, porque a idéia de justiça não se aplica a elas ou porque ambos os adversários são agressores, que lutam por território ou poder em situações nas quais não têm direito algum. Ao primeiro caso, já fiz alusão quando falei sobre o combate voluntário de guerreiros aristocratas. Na história da humanidade ele é suficientemente raro para que não se precise dizer mais nada a seu respeito aqui. O segundo caso é ilustrado por aquelas guerras que os marxistas chamam de "imperialistas", que não são travadas entre conquistadores e vítimas, mas entre conquistadores e conquistadores, com cada lado procurando o domínio sobre o outro, ou dois competindo para dominar um terceiro. Por exemplo, a descrição de Lênin das lutas entre nações ricas e pobres na Europa no início do século XX: "... imaginem um senhor de escravos que possua 100 escravos em guerra contra um senhor de escravos que possua 200 escravos por uma distribuição mais 'justa' de escravos. É evidente que o emprego da expressão 'guerra defensiva' num caso desses... seria pura impostura..."[11] É importante ressaltar, porém, que conseguimos enxergar com clareza a impostura somente na medida em que possamos nós mesmos distinguir entre justiça e injustiça. A teoria da guerra imperialista pressupõe a teoria da agressão. Caso se insista que todas as guerras de todos os lados são atos de conquista ou de tentativa de conquista, ou que todos os Estados em todos os tempos conquistariam se pudessem, a argu-

---

10. Veja Vitoria, *On the Law of War,* p. 177.
11. Lenin, *Socialism and War* (Londres, 1940), pp. 10-1.

mentação em prol da justiça já estará derrotada antes de ter início, e os julgamentos morais que chegarmos a fazer serão ridicularizados como fantasias. Examinemos o seguinte trecho do livro de Edmund Wilson sobre a Guerra de Secessão nos Estados Unidos[12]:

> Considero uma grave deficiência por parte dos historiadores... o fato de ser tão raro que eles se interessem por fenômenos biológicos e zoológicos. Numa recente... filmagem que mostrava a vida no fundo do mar, vê-se um organismo primitivo chamado nudibrânquio devorando pequenos organismos através de um grande orifício numa das extremidades do seu corpo. Quando depara com outro nudibrânquio de tamanho apenas ligeiramente menor, ele engole esse também. Ora, as guerras travadas pelos seres humanos geralmente são estimuladas... por instintos semelhantes à voracidade do nudibrânquio.

Sem dúvida, há guerras para as quais essa imagem poderia ser adequada, embora ela não pareça ter grande utilidade como instrumento para abordar a Guerra de Secessão. Tampouco fornece uma explicação de nossa experiência rotineira da sociedade internacional. Nem todos os Estados são nudibrânquios dedicados a devorar seus vizinhos. Sempre há grupos de homens e mulheres que prefeririam viver, se pudessem, no gozo pacífico de seus direitos e que escolheram líderes políticos que representam esse desejo. O objetivo mais profundo do Estado não é a ingestão, mas a defesa, e o mínimo que se pode dizer é que muitos Estados verdadeiros servem a essa finalidade. Quando seu território é atacado ou sua soberania é questionada, faz sentido procurar um agres-

---

12. Edmund Wilson, *Patriotic Gore* (Nova York, 1966), p. xi.

sor, e não simplesmente um predador natural. Por esse motivo, precisamos de uma teoria da agressão mais do que de uma observação zoológica.

A teoria da agressão começa a assumir forma sob a égide da analogia com a situação interna. Vou chamar essa forma primária da teoria de *paradigma legalista,* já que ela reflete com coerência as convenções da lei e da ordem. Ela não reflete necessariamente os argumentos dos juristas, embora o debate legal, tanto quanto o moral, tenha seu ponto de partida aqui[13]. Mais adiante, apresentarei a sugestão de que nossos julgamentos sobre a justiça e injustiça de guerras específicas não são inteiramente determinados pelo paradigma. As complexas realidades da sociedade internacional levam-nos a uma perspectiva revisionista, e as revisões serão significativas. Contudo, o paradigma deve primeiro ser visto na sua forma original. Ele é nossa linha de referência, nosso modelo, a estrutura fundamental para a compreensão moral da guerra. Começamos com o conhecido universo de indivíduos e direitos, crimes e punições. A teoria da agressão pode então ser resumida em seis proposições.

1. *Existe uma sociedade internacional de Estados independentes.* Os membros dessa sociedade são Estados, não simples homens e mulheres. Por inexistir um Estado universal, homens e mulheres são protegidos e seus interesses representados somente por seu próprio governo. Embora os Estados sejam fundados em nome da vida

---

13. Vale salientar que a definição de agressão adotada recentemente pelas Nações Unidas acompanha de perto o paradigma: veja o *Report of the Special Committee on the Question of Defining Aggression* (1974), General Assembly Official Records, 29.ª sessão, suplemento n.º 19 (A/9619), pp. 10-3. A definição é reproduzida e analisada em Yehuda Melzer, *Concepts of Just War* (Leyden, 1975), pp. 26 ss.

e da liberdade, eles não podem ser desafiados em nome da vida e da liberdade por qualquer outro Estado. Daí, o princípio da não-intervenção, que analisarei mais adiante. Os direitos de indivíduos podem ser reconhecidos na sociedade internacional, como na Carta dos Direitos Humanos, das Nações Unidas, mas não se poderá fazê-los vigorar sem pôr em questão os valores predominantes nessa sociedade: a sobrevivência e independência das comunidades políticas separadas.

2. *Essa sociedade internacional tem uma lei que estabelece os direitos de seus membros – acima de tudo, os direitos da integridade territorial e da soberania política.* Mais uma vez, esses dois baseiam-se em última análise no direito de homens e mulheres de construir uma vida em comum e de arriscar a própria vida somente quando optem livremente por agir desse modo. No entanto, a lei aplicável refere-se apenas a Estados, e seus detalhes são fixados pelo trato entre os Estados, por meio de complexos processos de conflito e consentimento. Como esses processos são contínuos, a sociedade internacional não dispõe de uma forma natural; nem os direitos no seu interior chegam jamais a ser determinados com exatidão ou com a forma definitiva. A qualquer dado momento, porém, pode-se distinguir o território de um povo do território de outro e dizer algo a respeito da abrangência e limites da soberania.

3. *Qualquer uso da força ou ameaça iminente de uso da força por parte de um Estado contra a soberania política ou a integridade territorial de outro Estado constitui agressão e é um ato criminoso.* Como no caso do crime na situação interna, o argumento aqui concentra-se estritamente em passagens efetivas ou iminentes pelas fronteiras: invasões e agressões físicas. Se não fosse assim, teme-se que a

noção de resistência à agressão não teria nenhum significado determinado. Não se pode dizer que um Estado foi forçado a lutar a menos que a necessidade seja tanto óbvia quanto premente.

4. *A agressão justifica dois tipos de reação violenta: uma guerra em legítima defesa por parte da vítima e uma guerra para fazer vigorar a lei por parte da vítima e qualquer outro membro da sociedade internacional.* Qualquer um pode vir auxiliar a vítima, usar a força necessária contra um agressor e até mesmo realizar o que possa ser o equivalente internacional de uma "detenção civil"[a]. Como na situação interna de cada país, as obrigações dos circunstantes não são fáceis de delinear, mas a tendência da teoria é de solapar o direito à neutralidade e exigir ampla participação na atividade de fazer vigorar a lei. Na Guerra da Coréia, essa participação foi autorizada pelas Nações Unidas; mas, mesmo nesses casos, a própria decisão de unir-se à luta continua a ser uma decisão unilateral, cuja compreensão é facilitada pela analogia com a decisão de um simples cidadão que corre para ajudar um homem ou mulher vítima de ataque na rua.

5. *Nada a não ser a agressão pode justificar a guerra.* O principal objetivo dessa teoria é limitar as ocasiões para a guerra. "Existe uma única e exclusiva causa justa para começar uma guerra", escreveu Vitoria, "ou seja, um delito sofrido."[14] É preciso que realmente tenha ocorrido um delito, e que ele realmente tenha sido sofrido (ou que faltem, por assim dizer, minutos para que se faça sentir).

---

a. *Citizen's arrest* é a detenção de uma pessoa não por um policial mas por outra pessoa física, que deriva sua autoridade do fato de ser um cidadão. (N. da T.)

14. *On the Law of War*, p. 170.

Nada além disso justifica o uso da força na sociedade internacional – principalmente, nenhuma diferença de religião ou política. A heresia e injustiça de uma sociedade nunca são puníveis no mundo dos Estados. Daí, mais uma vez, o princípio da não-intervenção.

6. *Uma vez militarmente repelido o Estado agressor, ele também poderá ser punido.* O conceito da guerra justa como um ato de punição é muito antigo, embora nem os procedimentos nem as formas de punição tenham jamais sido estabelecidos no direito internacional positivo ou consuetudinário. Nem são perfeitamente claros seus objetivos: obter desforra, dissuadir outros Estados, conter ou corrigir esse Estado agressor? Todos os três motivos aparecem com freqüência na literatura, embora talvez seja correto admitir que a dissuasão e a contenção são os mais aceitos. Quando as pessoas falam em travar uma guerra contra a guerra, é geralmente isso o que têm em mente. A máxima na sociedade de cada país é punir o crime para evitar a violência; sua correspondente em termos internacionais é punir a agressão para evitar a guerra. Por motivos que examinarei mais adiante, é uma questão mais difícil determinar se o Estado como um todo ou somente pessoas específicas são o correto objeto da punição. A implicação do paradigma é, entretanto, clara: se os Estados são membros da sociedade internacional, sujeitos dos direitos, eles também deverão ser (de algum modo) os objetos da punição.

Categorias inevitáveis

Essas proposições moldam os julgamentos que fazemos quando eclodem guerras. Elas constituem uma vigorosa teoria, coerente e econômica, e dominam nossa consciência moral há muito tempo. Não me dedicarei a investigar sua história aqui, mas vale ressaltar que elas prevaleceram até mesmo durante os séculos XVIII e XIX, quando estadistas e juristas argumentavam regularmente que empreender guerras era a prerrogativa natural de Estados soberanos, que não estava sujeita ao julgamento legal nem ao moral. Os Estados iniciavam guerras por "razões de Estado", que, ao que se dizia, teriam uma natureza privilegiada, de tal modo que bastava que se fizesse alusão a elas, nem mesmo chegando a explaná-las, para que se encerrasse o debate. A premissa comum na literatura jurídica da época (aproximadamente desde os tempos de Vattel até os de Oppenheim) é que os Estados sempre têm, como os indivíduos de Hobbes, um direito de lutar[15]. A analogia não é da sociedade interna de cada país com a sociedade internacional, mas do Estado de natureza com a anarquia internacional. Essa opinião, entretanto, nunca atraiu a imaginação popular. "A idéia da guerra e o ato de iniciá-la", escreve o mais importante historiador da teoria da agressão, "sempre foram, para o homem comum e para a opinião pública, carregados de importância moral, com a exigência de total aprovação quando a guerra era travada com razão, e condenação e punição, quando sem razão..."[16] A importância que os homens comuns associavam era exatamente do tipo que venho descrevendo. Como Otto von Bismarck queixou-se uma vez, eles arrastavam a aterrorizante experiência da guerra para o terreno conhecido da vida do dia-a-dia. "A opinião pública", escreveu Bismarck, "infelizmente se precipita a examinar eventos e relações políticas à luz

---

15. Veja L. Oppenheim, *International Law,* vol. II, *War and Neutrality* (Londres, 1906), pp. 55 ss.

16. C. A. Pompe, *Aggressive War,* p. 152.

dos eventos e relações do direito civil e das pessoas físicas em geral... [Isso] demonstra uma total incompreensão das questões políticas[17]".

Sinto-me propenso a considerar que com isso a opinião pública revela uma profunda compreensão das questões políticas, embora nem sempre nas suas aplicações uma compreensão culta ou sofisticada. A opinião pública tende a concentrar a atenção na realidade concreta da guerra e no significado moral de matar e ser morto. Ela lida com as perguntas que os homens comuns não têm como evitar. Deveríamos apoiar esta guerra? Deveríamos lutar nela? Bismarck opera a partir de uma perspectiva mais distante, transformando as pessoas que fazem esse tipo de pergunta em peões no jogo arriscado da *realpolitik*. Em última análise, porém, as perguntas são insistentes, e a perspectiva distante, insustentável. Enquanto as guerras não forem realmente travadas com peões, objetos inanimados, e não seres humanos, a prática da guerra não poderá ser isolada da vida moral. Podemos ter uma nítida visão dos elos necessários refletindo sobre o trabalho de um contemporâneo de Bismarck e sobre uma das guerras para as quais o chanceler alemão cooperou.

Karl Marx e a Guerra Franco-Prussiana

Como Bismarck, Marx tinha um modo diferente de entender questões políticas. Ele considerava a guerra não apenas a continuação, mas a continuação necessária e inevitável da política; e descreveu guerras específicas em

---

17. Citado em Pompe, p. 152.

termos de um esquema histórico mundial. Ele não tinha nenhum compromisso com a ordem política existente, nem com a integridade territorial ou soberania política de Estados estabelecidos. A violação desses "direitos" não suscitava para ele nenhum problema moral. Ele não buscava a punição de agressores. Procurava apenas os resultados que, sem nenhuma referência à teoria da agressão, promovessem a causa da revolução proletária. É perfeitamente característico das opiniões gerais de Marx que ele tivesse esperanças de uma vitória da Prússia em 1870 porque isso levaria à unificação da Alemanha, facilitaria o curso da organização socialista no novo *Reich* e também estabeleceria a supremacia da classe operária alemã sobre a francesa[18].

> Os franceses precisam de uma derrota acachapante [escreveu ele em carta a Engels]. Se a Prússia sair vitoriosa, a centralização do poder do Estado será favorável à centralização da classe operária. A supremacia alemã deslocará o centro do movimento da classe operária na Europa Ocidental da França para a Alemanha e... a classe operária alemã é, em termos teóricos e organizacionais, superior à da França. A superioridade dos alemães com relação aos franceses... significaria ao mesmo tempo a superioridade da nossa teoria com relação à de Proudhon etc.

Essa não era, porém, uma opinião que Marx pudesse defender em público, não só porque sua publicação o deixaria em situação embaraçosa em meio aos colegas franceses, mas também por motivos que atingem direto

---

18. Citado em Franz Mehring, *Karl Marx*, tradução de Edward Fitzgerald (Ann Arbor, 1962), p. 438.

a natureza da nossa vida moral. Nem mesmo os membros mais avançados da classe operária alemã se disporiam a matar trabalhadores franceses em prol da unidade alemã, ou arriscariam a própria vida meramente para ampliar o poder de seu partido (ou da teoria de Marx!) nas fileiras do socialismo internacional. O argumento de Marx não era uma explicação *possível*, no sentido mais literal da palavra, da decisão de lutar ou do julgamento de que a guerra que os alemães travavam era, pelo menos de início, uma guerra justa. Se quisermos compreender esse julgamento, seria melhor começar com a afirmativa simplista de um britânico, integrante do Conselho Geral da Internacional. "Os franceses", disse John Weston, "invadiram primeiro."[19]

Agora sabemos que Bismarck se empenhou muito e com toda a sua costumeira desumanidade para provocar essa invasão. A crise diplomática que precedeu a guerra foi em grande parte maquinação sua. Contudo, não se pode afirmar de modo plausível que algo que ele fez teria ameaçado a integridade territorial ou a soberania política da França. Nada que ele fez forçou os franceses a lutar. Ele simplesmente tirou vantagem da arrogância e estupidez de Napoleão III e seu círculo; e conseguiu fazer com que os franceses arcassem com a culpa. Foi o tributo que prestou à opinião pública que deplorava. Por esse motivo, nunca foi necessário corrigir o argumento de John Weston ou dos membros do Partido Social Democrata dos Trabalhadores da Alemanha que declararam em julho de 1870 que foi Napoleão quem "por motivos frívolos" destruiu a paz da Europa. "A nação alemã...

---

19. *Minutes of the General Council of the First International: 1870-1871* (Moscou, s.d.), p. 57.

é a vítima da agressão. É portanto... com enorme pesar que devemos aceitar a guerra defensiva como um mal necessário."[20] O "Primeiro Manifesto" da Internacional sobre a Guerra Franco-Prussiana, redigido por Marx em nome do Conselho Geral, adotava o mesmo ponto de vista. "Por parte da Alemanha, trata-se de uma guerra de defesa" (se bem que Marx passasse à pergunta: "Quem levou a Alemanha à necessidade de se defender?" e a in-sinuações quanto ao verdadeiro caráter da política de Bismarck)[21]. Conclamavam-se os trabalhadores franceses a fazer oposição à guerra e a expulsar os bonapartistas do poder. Recomendava-se aos trabalhadores alemães que se unissem ao esforço de guerra, mas de modo que esta mantivesse "seu perfil rigorosamente defensivo".

Umas seis semanas mais tarde, estava terminada a guerra de defesa. A Alemanha saiu vitoriosa em Sedan; Bonaparte foi capturado; seu império, derrubado. A luta continuou, porém, pois o principal objetivo de guerra do governo alemão não era a resistência, mas a expansão: a anexação da Alsácia-Lorena. No "Segundo Manifesto" da Internacional, Marx com precisão descreveu a guerra posterior a Sedan como um ato de agressão contra o povo das duas províncias e contra a integridade territorial da França. Ele acreditava que nem os trabalhadores alemães nem a nova república francesa conseguiriam punir aquela agressão num futuro próximo, mas tinha esperanças de uma punição mesmo assim. "A História medirá sua

---

20. Roger Morgan, *The German Social-Democrats and the First International: 1864-1872* (Cambridge, Inglaterra, 1965), p. 206.
21. "First Address of the General Council of the International Working Men's Association on the Franco-Prussian War", em Marx e Engels, *Selected Works* (Moscou, 1951), I, 443.

represália, não pela extensão de milhas quadradas conquistadas da França, mas pela enormidade do crime de reviver, na segunda metade do século XIX, *a política de conquistas*."²² O impressionante aqui é que Marx convocou a História não a serviço da revolução proletária, mas a serviço da moral convencional. Na realidade, ele invoca o exemplo da luta da Prússia contra o primeiro Napoleão depois de Tilset e assim sugere que a represália que lhe ocorre assumirá a forma de um futuro ataque francês ao *Reich* alemão, uma guerra exatamente do tipo que Henry Sidgwick também considerou justificado pela "política de conquista" da Alemanha. Entretanto, não importa qual seja o programa de Marx, é evidente que ele está operando dentro dos termos estabelecidos pela teoria da agressão. Quando é forçado a enfrentar as realidades concretas da guerra e a descrever em público a possível forma de uma política socialista de relações exteriores, ele recai na analogia com a situação interna do país e no paradigma legalista nas suas formas mais textuais. Com efeito, ele argumentou no "Primeiro Manifesto" que era tarefa dos socialistas "defender as simples leis da moral e da justiça, que deveriam reger as relações entre indivíduos, como as normas supremas do trato entre as nações"[23].

Isso é doutrina marxista? Não tenho certeza. Ela tem pouco em comum com os pronunciamentos filosóficos de Marx sobre a moral e pouco em comum com as reflexões sobre política internacional de que estão repletas suas cartas. Marx, entretanto, não era apenas um filósofo e escritor de cartas, mas também um líder político e

---

22. "Second Address ...", *Selected Works*, I, 449 (grifo de Marx).
23. *Selected Works*, I, 441.

porta-voz de um movimento de massas. Nesses últimos papéis, sua visão histórica mundial quanto à relevância da guerra era menos importante que os julgamentos específicos que lhe eram solicitados. E, uma vez que ele estivesse empenhado no julgamento, havia uma certa inevitabilidade relativa às categorias da teoria da agressão. Não se tratava de uma questão de ajuste ao que às vezes é chamado, em tom condescendente, de "nível de consciência" de sua platéia, mas de falar em ligação direta com a experiência moral dos membros dessa platéia. Às vezes, uma nova filosofia ou religião talvez possa reformular essa experiência, mas não foi esse o efeito do marxismo, pelo menos não no que diga respeito aos conflitos armados internacionais. Marx simplesmente levava a sério a teoria da agressão e, assim, colocou-se na primeira fileira daqueles homens e mulheres comuns de quem Bismarck se queixava, que julgavam os acontecimentos políticos à luz da moral nacional.

O argumento em prol do apaziguamento

A guerra de 1870 é um caso difícil porque, com exceção daqueles liberais e socialistas franceses que desafiaram Bonaparte e dos social-democratas alemães que condenaram a anexação da Alsácia-Lorena, nenhum dos seus participantes é muito simpático. As questões morais são turvas, e não seria difícil defender o ponto de vista de que a luta foi de fato uma guerra agressiva por parte dos dois lados, em vez de a agressão de cada um suceder à do outro. Entretanto, nem sempre as questões são turvas. A História fornece exemplos maravilhosamente límpidos de agressão. O estudo histórico da guerra praticamente começa com um exemplo desses (com o qual também eu comecei): o ataque ateniense a Melos. No entanto, também os casos fáceis levantam seus próprios problemas, ou melhor, um problema característico. A agressão na maior parte dos casos assume a forma de um ataque por parte de um Estado poderoso contra um Estado fraco (é por isso que ela é reconhecível com tanta rapidez). A resistência parece imprudente, até mesmo inútil. Muitas vidas serão perdidas, e com que finalidade? Mesmo nesse caso, porém, nossa preferência moral mantém-se firme. Nós não só justificamos a resistência. Nós a consideramos heróica. Parece que não medimos o valor da justiça em termos de vidas perdidas. E mesmo assim, essas medidas nunca podem ser totalmente descabidas: quem iria querer ser governado por líderes políticos que não se importassem com os cidadãos? E assim a justiça e a prudência encontram-se numa constrangedora relação uma com a outra. Mais adiante, descreverei várias formas pelas quais o argumento em prol da justiça incorpora considerações prudentes. Por enquanto, é mais importante salientar que o paradigma legalista tende a excluí-las de uma forma radical.

O paradigma como um todo costuma ser defendido em termos utilitaristas: a resistência à agressão é necessária para dissuadir futuros agressores. No contexto da política internacional, entretanto, um argumento utilitarista alternativo quase sempre se apresenta. Trata-se do argumento em prol do apaziguamento, que sugere que ceder aos agressores é a única forma de evitar a guerra. Na sociedade de cada país, também, às vezes optamos pelo apaziguamento, negociando com seqüestradores ou extorsionários, por exemplo, quando os custos da recusa ou da resistência são maiores do que podemos suportar. Contudo, nós nos sentimos mal nesses casos, não só por termos deixado de servir ao propósito comum mais amplo da dissuasão; mas também e de modo mais imediato por termos nos rendido à coação e à injustiça. Sentimo-nos mal, muito embora tudo o que tenhamos entregue tenha sido dinheiro, ao passo que na sociedade internacional o apaziguamento é praticamente impossível, a menos que nos disponhamos a ceder valores muito mais importantes. E, mesmo assim, os custos da guerra são tais que o argumento em prol da rendição costuma poder ser colocado em termos muito veementes. O apaziguamento é uma palavra desagradável em nosso vocabulário moral, mas o argumento não é obtuso em termos morais. Ele representa o desafio mais significativo àquilo que venho chamando de presunção em prol da resistência, e agora quero examinar esse ponto um pouco mais em detalhe.

A Checoslováquia e o "princípio de Munique"

A defesa do apaziguamento em 1938 envolveu às vezes a alegação de que os alemães sudetos tinham, afinal de contas, o direito à autodeterminação. Essa é porém uma reivindicação que poderia ter sido atendida por meio de algum tipo de autonomia dentro do Estado checo ou através de alterações de fronteiras consideravelmente menos drásticas que as que Hitler exigiu em Munique. Na realidade, os objetivos de Hitler em muito ultrapassavam a reivindicação de um direito, e Chamberlain e Daladier sabiam disso. Ou deveriam ter sabido, e cederam de qualquer modo[24]. É o medo da guerra, mais

---

24. Veja os argumentos apresentados por Churchill na ocasião: *The Gathering Storm* (Nova York, 1961), capítulos 17 e 18; veja também Martin Gilbert e Richard Gott, *The Appeasers* (Londres, 1963). Para uma

que qualquer visão de justiça, que explica seus atos. Esse medo foi expresso em termos teóricos num livrinho muito inteligente, publicado em 1939, pelo escritor católico inglês Gerald Vann. A argumentação de Vann foi a única tentativa que encontrei de aplicar a teoria da guerra justa direto ao problema do apaziguamento, e por esse motivo vou examiná-lo detidamente. Vann defende o que se poderia chamar de "princípio de Munique"[25]:

> Se uma nação se encontrar na posição de ser convocada a defender outra nação que esteja sendo injustamente atacada e com a qual tenha firmado tratados, ela tem o compromisso de cumprir suas obrigações... No entanto, ela talvez tenha o direito, e até mesmo o dever, de tentar persuadir a vítima da agressão a evitar o mal maior de um conflito generalizado, com a aceitação de termos menos favoráveis que os que poderia reivindicar com justiça... desde que uma rendição desses direitos jamais significasse na realidade uma rendição de uma vez por todas ao domínio da violência.

O "dever" aqui é simplesmente "procurar a paz" – a primeira lei da natureza de Hobbes e presumivelmente uma das mais importantes também nas listas católicas, muito embora a frase de Vann em que ele fala do "mal maior de um conflito generalizado" sugira que ela está mais perto do primeiro lugar do que realmente está. Na doutrina da guerra justa, como no paradigma legalista, o triunfo da agressão é um mal maior. No entanto, é decerto um dever evitar a violência se houver alguma pos-

---

recente avaliação meticulosa, um pouco mais solidária para com Chamberlain, veja Keith Robbins, *Munich: 1938* (Londres, 1968).
25. Gerald Vann, *Morality and War* (Londres, 1939).

sibilidade. Trata-se de um dever que os governantes dos Estados devem a seu próprio povo e a outros também, e ele pode suplantar obrigações estabelecidas por tratados e convenções internacionais. A argumentação exige, porém, a cláusula restritiva no final, que eu teria imaginado aplicável ao caso de setembro de 1938. É válido examinar essa cláusula, já que seu objetivo é evidentemente nos dizer quando transigir e quando não transigir.

Imaginemos um Estado cujo governo lute para expandir suas fronteiras ou sua esfera de influência, um pouquinho aqui, um pouquinho ali, continuamente ao longo de um dado período – não exatamente o Estado nudibrânquio de Edmund Wilson, algo mais parecido com uma "grande potência" convencional. É certo que o povo contra o qual a pressão está sendo exercida tem o direito de resistir. Estados aliados e possivelmente outros Estados também deveriam apoiar sua resistência. Entretanto, o apaziguamento, por parte da vítima ou dos outros Estados, não seria necessariamente imoral – esse é o argumento de Vann e poderia até mesmo haver um dever de buscar a paz em detrimento da justiça. O apaziguamento envolveria uma rendição à violência; mas, considerando-se uma potência convencional, não envolveria, ou talvez não envolvesse, uma sujeição absoluta ao "domínio da violência". Entendo que a sujeição absoluta seja o que Vann quer dizer com a expressão "de uma vez por todas". Ele não pode ter querido dizer "para sempre", pois os governos caem, Estados entram em decadência, o povo rebela-se. Enfim, não sabemos nada sobre o "para sempre". Já o "domínio da violência" é um termo mais complexo. Vann dificilmente pode estabelecer o limite para o apaziguamento no ponto em que ele represente ceder a uma força física maior. Esse é sempre seu significado. Como limite moral, a expressão precisa indicar algo mais incomum e mais assustador: o domínio de homens dedicados ao contínuo emprego da violência, a uma política de genocídio, ao terrorismo e à escravidão. O apaziguamento corresponderia, portanto, muito simplesmente, a deixar de resistir ao mal no mundo.

Ora, foi exatamente isso o que o acordo de Munique representou. O argumento de Vann, uma vez que se tenham compreendido seus termos, derruba seu próprio raciocínio. Pois não resta nenhuma dúvida de que o nazismo representou o domínio da violência, e sua verdadeira natureza era suficientemente conhecida àquela altura. E não resta nenhuma dúvida de que a Checoslováquia foi entregue ao nazismo em 1938; os restos de seu território e soberania não poderiam ser defendidos – pelo menos não pelos checos –; e que também esse fato era conhecido naquela época. Permanece porém sem resposta a pergunta se o argumento de Vann não se poderia aplicar a outros casos. Deixarei de lado a guerra polonesa, visto que os poloneses depararam também com a agressão nazista e tinham, sem dúvida, aprendido com a experiência checa. Já a situação da Finlândia alguns meses depois foi diferente. Lá o "princípio de Munique" foi recomendado por todos os amigos da Finlândia bem como por muitos finlandeses. Não lhes parecia, a despeito da experiência checa, que uma aceitação das condições russas no final do outono de 1939 teria sido "uma rendição de uma vez por todas ao domínio da violência".

A Finlândia

A Rússia de Stálin não era uma grande potência em termos convencionais, mas seu comportamento nos meses anteriores à guerra da Finlândia estava bem ao estilo da política de poder tradicionalista. Ela procurava expandir seu território em detrimento dos finlandeses, mas as exigências que fazia eram moderadas, intimamente associadas a questões de estratégia militar, sem implicações revolucionárias. O que estava em questão, insistia Stálin, não era nada mais que a defesa de Leningrado, que naquela época estava ao alcance de artilharia localizada na fronteira com a Finlândia (ele não temia um ataque finlandês, mas um ataque alemão a partir de território finlandês). "Como não podemos mudar Leningrado de lugar", disse ele, "precisamos mudar a fronteira."[26] Os russos propuseram a cessão de um território maior (se bem que de terras menos valiosas) que o que pretendiam assumir, e essa oferta conferiu às negociações pelo menos algo da aparência de uma troca entre Estados soberanos. Logo no início das conversas, o marechal Mannerheim, que não tinha ilusões sobre a política soviética, recomendou com veemência que a proposta fosse aceita. Era mais perigoso para a Finlândia que para a Rússia que os finlandeses se encontrassem tão perto de Leningrado. Stálin bem poderia ter pretendido acabar anexando a Finlândia, ou transformá-la num Estado comunista, mas na época isso não estava evidente. A maioria dos finlandeses considerava que o perigo, embora suficientemente sério, fosse algo menos que isso. Eles temiam mais invasões e pressões de um tipo mais normal. Por esse motivo, o caso da Finlândia fornece um teste prático do "princípio de Munique". Será que a Finlândia deveria ter concordado com condições menos favoráveis do que po-

---

26. Max Jakobson, *The Diplomacy of the Winter War* (Cambridge, Mass., 1961), p. 117.

deria reivindicar com justiça, para evitar a carnificina da guerra? Seus aliados deveriam ter feito pressão para que ela aceitasse condições desse tipo?

Não se pode responder à primeira pergunta de modo categórico, nem com um sim, nem com um não. A escolha pertence aos finlandeses. No entanto, todos nós temos um interesse, e é importante tentar compreender a satisfação moral com a qual a decisão dos finlandeses de lutar foi recebida pelo mundo afora. Aqui não me refiro à empolgação que sempre acompanha o início de uma guerra e raramente dura muito, mas à sensação de que a decisão finlandesa foi exemplar (como não o foi a decisão britânica, francesa e checa de se render, acolhida com uma constrangedora mescla de alívio e vergonha). Existe, é óbvio, uma compaixão natural pelos fracos em qualquer competição, inclusive na guerra, e uma esperança de que eles possam acabar conseguindo uma vitória inesperada. No caso da guerra, porém, esse sentimento é especificamente uma solidariedade moral e uma esperança moral. Ele está associado à percepção de que os fracos são também (geralmente) vítimas ou vítimas em potencial: sua luta está certa. Mesmo que a sobrevivência nacional não esteja em jogo – como de fato estava, para os finlandeses, uma vez começada a guerra –, nós temos a esperança de que o agressor seja derrotado, da mesma forma que torcemos pela derrota de um valentão da vizinhança, mesmo que ele não seja um assassino. Nossos valores em comum são confirmados e reforçados pela luta; ao passo que o apaziguamento, mesmo quando representa o melhor que a sabedoria pode nos dar, diminui esses valores e deixa empobrecidos a todos nós.

Nossos valores também teriam sido diminuídos, entretanto, se Stálin tivesse rapidamente dominado os finlandeses para depois tratá-los como os atenienses trataram os habitantes de Melos. Mas isso sugere menos a conveniência da rendição que a importância crítica da resistência e da segurança coletiva. Se a Suécia, por exemplo, tivesse se comprometido publicamente a enviar tropas para lutar ao lado dos finlandeses, é provável que não tivesse jamais ocorrido um ataque por parte da Rússia[27]. E os planos britânicos e franceses de ir em socorro da Finlândia, por ineptos e interesseiros que fossem, podem ter desempenhado um papel decisivo, associado às inesperadas vitórias iniciais do exército finlandês, para persuadir os russos a buscar a negociação de um acordo. As novas fronteiras estabelecidas em março de 1940 eram muito piores que as que haviam sido oferecidas à Finlândia quatro meses antes; milhares de soldados finlandeses (e um número bem maior de russos) tinham morrido; centenas de civis finlandeses foram expulsos de casa. A tudo isso, entretanto, é preciso contrapor a sustentação da independência finlandesa. Não sei como chegar ao perfeito equilíbrio, menos ainda como isso poderia ter sido feito em 1939, quando essa sustentação parecia uma perspectiva improvável ou, na melhor das hipóteses, arriscada. Nem se pode mesmo agora calcular seu valor. Ele envolve o orgulho e o amor-próprio nacional tanto quanto a liberdade na criação de políticas de governo (que nenhum Estado possui em termos absolutos; e a Finlândia, desde 1940, em grau menor que muitos outros). Se costuma ser considerado que a guerra da Finlândia

---

27. Jakobson relata que o primeiro-ministro sueco teria admitido que se a Suécia tivesse se comprometido em público em ajudar a Finlândia no outono de 1939, a União Soviética provavelmente não teria atacado (p. 237).

valeu a pena, é porque a independência não é um valor que se possa negociar com facilidade*.

O "princípio de Munique" admitiria a perda ou erosão da independência em prol da sobrevivência de homens e mulheres, como indivíduos. Ele aponta na direção de um certo tipo de sociedade internacional, fundada não na defesa de direitos, mas na adaptação ao poder. Sem dúvida, há realismo nessa opinião. Contudo, o exemplo finlandês sugere que há também realismo na opinião alternativa, e em duplo sentido. Em primeiro lugar, os direitos são reais, até mesmo para as pessoas que precisarem morrer para defendê-los; e em segundo lugar, a defesa é (às vezes) possível. Não quero afirmar que o apaziguamento nunca possa ser justificado; somente ressaltar a enorme importância que nós, como coletividade, associamos aos valores que o agressor ataca. Esses valores encontram-se sintetizados na existência de Esta-

---

* Talvez seja menos importante, portanto, que esses cálculos sejam feitos corretamente (já que não podemos ter certeza do que isso significaria) do que sejam feitos pelas pessoas certas. Poderia ser útil comparar as decisões dos habitantes de Melos e dos finlandeses sob esse aspecto. Melos era uma oligarquia; e seus líderes, que queriam lutar, recusaram-se a permitir que os generais atenienses se dirigissem a uma assembléia popular. Presumivelmente, eles temiam que o povo se recusasse a arriscar a vida e a cidade por seus oligarcas. A Finlândia era uma democracia. Seu povo conhecia a exata natureza das exigências russas; e a decisão do governo de lutar teve aparentemente um apoio popular esmagador. Combinaria bem com o restante da teoria da agressão se os finlandeses fossem novamente tomados como exemplo. A decisão de rejeitar o apaziguamento é mais bem tomada pelos homens e mulheres que terão de suportar a guerra que se seguir (ou por seus representantes). É evidente que isso não diz nada sobre os argumentos que poderiam ser apresentados na assembléia popular. Eles bem poderiam ser prudentes e cautelosos em vez de desafiadores e heróicos.

dos como a Finlândia – na realidade, de muitos Estados semelhantes. A teoria da agressão pressupõe nosso comprometimento com um mundo pluralista; e esse comprometimento também é o significado interior da presunção favorável à resistência. Queremos viver numa sociedade internacional em que comunidades de homens e mulheres moldem livremente cada uma seu destino. No entanto, essa sociedade nunca está plenamente concretizada. Nunca está segura. Precisa sempre ser defendida. A guerra da Finlândia é um exemplo clássico da defesa necessária. É por isso que, apesar da complexidade das manobras diplomáticas que precederam a guerra, a luta em si apresenta uma grande simplicidade moral.

A defesa de direitos é uma razão para lutar. Agora quero ressaltar mais uma vez, e em tom definitivo, que ela é a única razão. O paradigma legalista exclui qualquer outro tipo de guerra. Guerras preventivas, guerras comerciais, guerras de expansão e conquista, cruzadas religiosas, guerras revolucionárias, intervenções militares – todas essas são proibidas e proibidas em termos absolutos, praticamente da mesma forma que seus equivalentes na área nacional são considerados ilícitos pela lei de cada país. Ou, virando o argumento ao contrário mais uma vez, todos esses constituem atos agressivos por parte de quem quer que os inicie; e justificam a resistência pela força, como seus equivalentes a justificariam nas casas e ruas da sociedade de uma nação.

Essa ainda não é, porém, uma completa caracterização da moralidade da guerra. Embora a analogia com a situação interna de um país seja uma ferramenta intelectual de importância crítica, ela não oferece um quadro totalmente preciso da sociedade internacional. Os Estados não são de fato como indivíduos (porque são conjuntos de indivíduos), e as relações entre os Estados não são semelhantes às transações pessoais entre homens e mulheres (porque não se encontram estruturadas da mesma forma pela lei oficial). Essas diferenças não são desconhecidas nem obscuras. Eu as tenho deixado de lado somente em nome da clareza analítica. Meu desejo tem sido afirmar que, como explicação de nossos julgamentos morais, a analogia com a situação interna do país e o paradigma legalista possuem vasta capacidade explanatória. A explicação está ainda incompleta, porém, e agora preciso examinar uma série de questões e casos históricos que sugerem a necessidade de revisão. Não posso ser exaustivo quanto à faixa de revisões possíveis, pois nossos julgamentos morais são enormemente sutis e complexos. No entanto, os principais pontos nos quais a argumentação em prol da justiça exige a correção do paradigma são suficientemente claros. Há muito eles são o principal objeto do debate legal e moral.

5. PRECAUÇÕES

As primeiras perguntas feitas quando Estados entram em guerra são também as de resposta mais fácil: quem atirou primeiro? Quem mandou tropas para o outro lado da fronteira? Trata-se de perguntas sobre fatos, não sobre julgamentos; e se houver questionamento quanto às respostas, isso se dará apenas em razão das mentiras que os governos contam. Seja qual for o caso, as mentiras não nos detêm por muito tempo; a verdade logo aparece. Os governos mentem para se absolverem da acusação de agressão. Mas não é de respostas a perguntas como essas que dependem nossos julgamentos definitivos sobre a agressão. Há outros argumentos a apresentar, justificativas a fornecer, mentiras a contar, antes que se enfrente direto a questão moral. Pois é comum que a agressão comece sem a deflagração de tiros ou a invasão de fronteiras.

Tanto os indivíduos como os Estados podem legitimamente defender-se da violência que esteja iminente mas ainda não seja concreta. Eles podem atirar primeiro se souberem que estão prestes a ser atacados. Esse é um direito reconhecido pelas leis nacionais e também pelo paradigma legalista para a sociedade internacional. Na maior parte dos relatos jurídicos, porém, ele sofre restrições rigorosas. Na realidade, uma vez expressas as restrições, não se tem mais certeza se o direito sequer tem alguma substância. Daí o argumento do Secretário de Estado Daniel Webster no caso do *Caroline* de 1842 (em cujos detalhes não precisamos nos deter aqui). Para justificar a violência por antecipação, Webster escreveu, é preciso que se demonstre "uma necessidade de legítima defesa... imediata, avassaladora, que não permita a escolha de meios nem um momento para deliberação"[1]. Isso nos permitiria pouco mais que reagir a um ataque *uma vez que percebêssemos sua aproximação*, mas antes que sentíssemos seu impacto. A iniciativa de defesa, segundo essa perspectiva, é semelhante a um ato reflexo, um erguer de braços para o alto, bem no último instante. Entretanto, praticamente não se requer muita "demonstração" para justificar um movimento dessa natureza. Não é provável que nem mesmo o agressor mais presunçoso insista, por uma questão de direito, que suas vítimas permaneçam imóveis até ele acertar o primeiro golpe. A fórmula de Webster parece ter a preferência dos estudiosos de direito internacional, mas não creio que sua abordagem seja útil para a experiência da guerra iminente. Costuma haver bastante tempo para deliberações, uma agonia de horas, dias, até mesmo semanas de deliberações, período em que se duvida da possibilidade de evitar a

---

1. D. W. Bowett, *Self-Defense in International Law* (Nova York, 1958), p. 59. Minha própria posição sobre o assunto foi influenciada pela análise de Julius Stone sobre o argumento legalista: *Aggression and World Order* (Berkeley, 1968).

guerra e em que se especula se o recomendável é atacar primeiro ou não. O debate coloca-se, creio eu, em termos mais estratégicos que morais. A decisão é julgada, porém, do ponto de vista moral, e a expectativa desse julgamento, dos efeitos que ele produzirá em Estados neutros e aliados bem como em meio ao próprio povo, é em si um fator estratégico. É, portanto, importante uma correta compreensão dos termos do julgamento, e isso exige alguma revisão do paradigma legalista. Pois o paradigma é mais restritivo que os julgamentos que realmente fazemos. Estamos dispostos a nos solidarizar com vítimas em potencial mesmo antes que elas enfrentem uma necessidade imediata e irresistível.

Imaginemos uma escala de medidas de precaução: numa extremidade está o reflexo de Webster, necessário e determinado; na outra, está a guerra preventiva, um ataque em reação a um perigo distante, uma questão de previsão e livre-arbítrio. Pretendo começar com a extremidade absoluta da escala, em que o perigo é uma questão de opinião e a decisão política é espontânea, para então aos poucos me aproximar do ponto em que atualmente traçamos o limite entre ataques justificados e injustificados. O que está envolvido nesse ponto é algo muito diferente do reflexo de Webster. Ainda é possível fazer escolhas: começar a lutar ou armar-se e esperar. Por esse motivo, a decisão de começar a lutar no mínimo se assemelha à decisão de travar uma guerra preventiva, e é importante distinguir os critérios pelos quais se defende essa decisão dos critérios que justificariam a prevenção, segundo se considerava no passado. Por que não fixar o limite mais para a extremidade da escala? As razões são essenciais para uma compreensão da posição que agora defendemos.

A guerra preventiva e o equilíbrio do poder

A guerra preventiva pressupõe algum padrão de comparação para que o perigo seja avaliado. Esse padrão não existe, por assim dizer, no concreto. Ele não está associado de modo algum à segurança imediata das fronteiras. Existe na imaginação, na idéia de um equilíbrio do poder, provavelmente a idéia predominante na política internacional desde o século XVII até nossos dias. A guerra preventiva é uma guerra travada para manter o equilíbrio, para impedir que o que se considerava uma distribuição equilibrada do poder passe a uma relação de supremacia e inferioridade. Costuma-se falar no equilíbrio como se ele fosse o segredo da paz entre os Estados. Isso, no entanto, ele não pode ser, senão não precisaria ser defendido com tanta freqüência pelas armas. "O equilíbrio do poder, orgulho da política moderna... inventado para preservar a paz geral bem como a liberdade na Europa", escreveu Edmund Burke em 1760, "somente preservou sua liberdade. Ele tem sido a origem de guerras inúmeras e inúteis."[2] Na realidade, é fácil enumerar as guerras às quais Burke faz referência. Se elas foram inúteis ou não depende de como se encare a ligação entre a guerra preventiva e a preservação da liberdade. Os estadistas britânicos do século XVIII e os intelectuais que os apoiavam obviamente consideravam a ligação muito íntima. Eles reconheciam que um sistema de um desequilíbrio radical teria maior probabilidade de garantir a paz, mas sentiam-se "alarmados com o perigo da monarquia

---

2. Citado do *Annual Register*, em H. Butterfield, "The Balance of Power," *Diplomatic Investigations*, pp. 144-5.

universal"*. Quando entravam em guerra em nome do equilíbrio, eles acreditavam defender não apenas o interesse nacional, mas uma ordem internacional que possibilitava a liberdade por toda a Europa.

Esse é o argumento clássico em prol da prevenção. Ele exige dos governantes de Estados, como Francis Bacon tinha afirmado um século antes, que eles se "mantenham devidamente alerta para que nenhum de seus vizinhos cresça tanto (pela expansão de território, pelo açambarcamento do comércio, por investidas ou similares) a ponto de se tornar mais capaz de perturbá-los do que antes"[3]. E, se os vizinhos realmente "crescerem", de-

---

* A frase é do ensaio de David Hume "Of the Balance of Power" [Sobre o equilíbrio do poder], no qual Hume descreve três guerras britânicas em nome do equilíbrio que teriam sido "iniciadas com justiça e até mesmo, talvez, por necessidade". Eu teria examinado sua argumentação mais detidamente se tivesse considerado possível situá-la no interior de sua filosofia. No entanto, em sua obra *Investigação a respeito dos princípios da moral* (Seção III, Parte I), Hume escreve: "A fúria e violência da guerra comum: o que representam senão uma suspensão da justiça entre as partes em guerra, que se dão conta de que essa virtude não é mais de nenhuma utilidade ou vantagem para nenhuma delas?" Nem é possível, segundo Hume, que essa suspensão em si seja justa ou injusta. Trata-se inteiramente de uma questão de necessidade, como no estado de natureza (hobbesiano) no qual os indivíduos "ouvem apenas os ditames da autopreservação". A existência de padrões de justiça paralelos às pressões da necessidade é uma descoberta dos *Ensaios*. Esse talvez seja mais um exemplo da impossibilidade de transferir certas posições filosóficas para o discurso moral comum. Seja qual for o caso, nenhuma das três guerras examinadas por Hume era necessária para a preservação da Grã-Bretanha. Ele pode tê-las considerado justas por acreditar que o equilíbrio em geral fosse útil.

3. Francis Bacon, *Essays* ("Of Empire"); ver também seu tratado *Considerations Touching a War With Spain* (1624), em *The Works of Francis Bacon*, org. James Spedding *et al.* (Londres, 1874), XIV, pp. 469-505.

verão ser combatidos, mais cedo de preferência a mais tarde, e sem que se espere pelo primeiro golpe. "Nem se deve acatar a opinião de alguns escolásticos de que não se pode empreender uma guerra justa sem que haja um precedente de afronta ou provocação. Pois não há dúvida de que um medo justificado de um perigo iminente, mesmo que nenhum golpe seja dado, é uma causa legítima para a guerra." A iminência nesse caso não é uma questão de horas ou dias. As sentinelas esquadrinham a distância geográfica tanto quanto a temporal enquanto observam o crescimento do poder do vizinho. Elas temerão esse crescimento assim que ele mudar o equilíbrio ou parecer provável que vá mudá-lo. A guerra é justificada (como na filosofia de Hobbes) pelo medo por si só, e não por qualquer coisa que outros Estados realmente façam, nem por qualquer sinal que dêem de suas intenções malévolas. Os governantes prudentes pressupõem intenções malévolas.

O argumento é utilitarista na forma e pode ser resumido em duas proposições: (1) que o equilíbrio do poder realmente preserva as liberdades da Europa (talvez também a felicidade dos europeus) e que, portanto, vale a pena defendê-lo, mesmo que se pague um preço; e (2) que lutar no início, antes que o equilíbrio pese de modo decisivo para um lado, reduz enormemente o custo da defesa; ao passo que aguardar não significa evitar a guerra (a menos que também se renuncie à liberdade), mas apenas lutar em maior escala e com piores perspectivas. A argumentação é suficientemente plausível, mas é possível imaginar uma reação utilitarista num segundo nível: (3) que a aceitação das proposições (1) e (2) é perigosa (não útil) e que seguramente levará a "guerras inúmeras e inúteis" sempre que ocorrerem mudanças nas relações de poder. No entanto, aumentos e reduções de poder são uma característica constante da política internacional, e o perfeito equilíbrio, como a perfeita segurança, é um sonho utópico. O melhor, portanto, é voltar a contar com o paradigma legalista ou alguma regra semelhante e esperar até que o crescimento do poder seja aplicado a algum uso opressor. Isso também é bastante plausível, mas é importante ressaltar que a posição para a qual somos solicitados a voltar não é uma posição preparada, ou seja, ela mesma não tem como base nenhum cálculo utilitarista. Considerando-se as radicais incertezas da política de poder, é provável que não haja nenhum modo prático para calcular essa posição – decidir quando lutar e quando não lutar – com base em princípios utilitaristas. Pensemos no que teria sido necessário saber para fazer os cálculos, as experiências que precisariam ser realizadas, as guerras que teriam de ser travadas – e abandonadas sem lutar! Seja qual for o caso, nós assinalamos linhas morais na escala da precaução de um modo totalmente diferente.

Não é realmente prudente supor a intenção malévola de nossos vizinhos. É uma atitude meramente cínica, um exemplo da sabedoria mundana em conformidade com a qual ninguém vive, nem conseguiria viver. Precisamos fazer julgamentos sobre as intenções de nossos vizinhos; e, se quisermos que esses julgamentos sejam possíveis, precisamos estipular certos atos ou conjuntos de atos que servirão como prova de malevolência. Essas estipulações não são arbitrárias. Acredito que são geradas quando refletimos sobre o que significa *ser ameaçado*. Não apenas *ter medo*, embora homens e mulheres racionais bem possam reagir com medo diante de uma ameaça genuína, e sua experiência subjetiva não seja uma parte insignificante da argumentação em prol da precaução. Mas também precisamos de um padrão objetivo, como sugere a expressão "medo justificado" de Bacon. O padrão deve referir-se aos atos ameaçadores de algum Estado vizinho, pois (deixando de lado os perigos de catástrofes naturais) eu só posso ser ameaçado por alguém que me esteja ameaçando, situação na qual "ameaçar" signifique o que o dicionário diz que significa: "apresentar ou oferecer (algum dano) por meio de uma ameaça, declarar a própria intenção de infligir dano"[4]. É com alguma noção semelhante a essa que devemos julgar as guerras travadas em nome do equilíbrio do poder. Examinemos, então, a Sucessão Espanhola, considerada no século XVIII um caso exemplar da guerra preventiva, e no entanto, a meu ver, um exemplo negativo de comportamento ameaçador.

A Guerra da Sucessão Espanhola

Escrevendo na década de 1750, o jurista suíço Vattel sugeriu os seguintes critérios para a prevenção legítima. "Sempre que um Estado der sinais de injustiça, voracidade, orgulho, ambição ou de uma sede imperiosa de dominar, ele passa a ser um vizinho suspeito, digno de ser alvo de desconfiança. E, em alguma circunstância na qual ele esteja a ponto de receber um aumento de poder de proporções amedrontadoras, podem ser solicitadas garantias. E, diante de qualquer dificuldade que ele crie para dá-las, suas intenções podem ser evitadas pelo uso

---

4. *Oxford English Dictionary*, *threaten* [ameaçar].

da força de armas."⁵ Esses critérios foram formulados com explícita referência aos acontecimentos de 1700 e 1701, quando o rei da Espanha, último de sua dinastia, jazia moribundo. Muito antes daquela época, Luís XIV já tinha dado à Europa sinais óbvios de injustiça, voracidade, orgulho e assim por diante. Sua política externa era francamente expansionista e agressiva (o que não quer dizer que não fossem apresentadas justificativas, com a revelação de antigas reivindicações e direitos de propriedade, para cada aquisição territorial pretendida). Em 1700, ele parecia prestes a receber um "aumento de poder de proporções amedrontadoras" – foi oferecido a seu neto, o duque d'Anjou, o trono espanhol. Com sua habitual arrogância, Luís XIV recusou-se a fazer promessas ou fornecer garantias aos outros monarcas. E o que foi mais importante, ele se recusou a banir Anjou da sucessão francesa, deixando, assim, aberta a possibilidade de um Estado franco-espanhol unificado e poderoso. E então, uma aliança de potências européias, liderada pela Grã-Bretanha, entrou em guerra contra o que supunha ser a "intenção" de Luís de dominar a Europa. Tendo traçado seus critérios com tanta fidelidade ao caso, Vattel conclui, porém, num tom que inspira reflexão: "desde então parece que a política (dos Aliados) foi excessivamente desconfiada". É claro que essa sabedoria surgiu após o fato, mas ainda assim ela é sabedoria, e seria de esperar algum esforço para reformular os critérios à sua luz.

---

5. M. D. Vattel, *The Law of Nations* (Northampton, Mass., 1805). Tomo III, capítulo III, parágrafos 42-4, pp. 357-78. Cf. John Westlake, *Chapters on the Principles of International Law* (Cambridge, Inglaterra, 1894), p. 120.

O mero aumento de poder, ao que me parece, não pode ser uma justificativa, nem mesmo o início de uma justificativa, para a guerra, e praticamente pelo mesmo motivo pelo qual a expansão comercial de Bacon (o "açambarcamento do comércio") é também insuficiente e de modo ainda mais evidente. Pois esses dois sugerem desdobramentos que podem não ter sido absolutamente projetados em termos políticos e, portanto, não podem ser considerados prova de intenção. Como diz Vattel, Anjou fora convidado para o trono "pela nação [espanhola], em conformidade com a vontade de seu último soberano", ou seja, embora aqui não possa haver cogitação de tomada de decisões democráticas, ele fora convidado por motivos espanhóis, não franceses. "Esses dois Reinos não têm", perguntou Jonathan Swift num panfleto em que se opunha à guerra britânica, "suas máximas separadas a respeito de Políticas...?"[6] Nem a recusa de Luís em fazer promessas relacionadas a algum tempo futuro deve ser considerada uma prova de premeditação – somente, talvez, de esperança. Se a sucessão de Anjou gerava de imediato uma aliança mais próxima entre a Espanha e a França, a resposta apropriada poderia ter sido uma aliança mais próxima entre a Grã-Bretanha e a Áustria. E então seria possível aguardar e julgar novamente as intenções de Luís XIV.

Há porém uma questão mais profunda aqui. Quando estipulamos atos ameaçadores, não procuramos apenas indicações de intenção, mas também direitos de reação. Caracterizar certos atos como ameaça é caracterizá-los

---

6. Jonathan Swift, *The Conduct of the Allies and of the Late Ministry in Beginning and Carrying on the Present War* (1711), em *Prose Works*, org. Temple Scott (Londres, 1901), V, 116.

em termos morais, e de uma forma que torne uma reação militar moralmente compreensível. Os argumentos utilitaristas em prol da prevenção não cumprem essa tarefa; não porque as guerras que geram sejam por demais freqüentes, mas porque elas são por demais comuns em outro sentido: excessivamente corriqueiras. Da mesma forma que a descrição da guerra por Clausewitz, como a continuação da política por outros meios, esses argumentos subestimam radicalmente a importância da passagem da diplomacia para a força. Eles não reconhecem o problema representado por matar e ser morto. Talvez o reconhecimento dependa de um certo modo de valorizar a vida humana, que não se aplicava aos estadistas do século XVIII. (Quantos dos soldados britânicos que zarparam para o continente europeu com Marlborough chegaram a retornar? Alguém se deu ao trabalho de contar?) No entanto, a questão é importante de qualquer maneira, pois sugere por que motivo as pessoas começaram a sentir certo constrangimento quanto à guerra preventiva. Não queremos lutar enquanto não formos ameaçados porque somente nessa hora poderemos lutar justificadamente. É uma questão de segurança moral. É por isso que é tão preocupante o comentário de conclusão de Vattel sobre a Guerra da Sucessão Espanhola, bem como a argumentação geral de Burke sobre a inutilidade de guerras semelhantes. Naturalmente é inevitável que cálculos políticos às vezes dêem errado, da mesma forma que escolhas morais. Não existe nada que se possa chamar de perfeita segurança. Mas existe, mesmo assim, uma enorme diferença entre, de um lado, matar soldados e ser morto por soldados que possam ser descritos de modo plausível como instrumentos concretos de uma intenção agressiva e, de outro lado, matar soldados e ser morto por soldados que possam representar ou não um perigo remoto a nosso país. No primeiro caso, nós nos confrontamos com um exército reconhecidamente hostil, pronto para a guerra, fixo numa postura de ataque. No segundo, a hostilidade é possível e imaginária; e sempre cairá sobre nós a acusação de termos iniciado a guerra contra soldados que estavam eles mesmos engajados em atividades perfeitamente legítimas (não-ameaçadoras). Daí, a necessidade moral de rejeitar qualquer ataque que seja de caráter meramente preventivo, que não dependa dos atos voluntários de um adversário e reaja a eles.

Ataques preventivos

Pois bem, que atos deverão ser vistos, que atos realmente são vistos como ameaça suficiente para justificar a guerra? Não é possível elaborar uma lista porque a atuação do Estado, como a atuação humana em geral, assume significado a partir de seu contexto. Há, porém, algumas situações de exclusão dignas de nota. O palavrório fanfarrão ao qual os líderes políticos costumam ser propensos não é em si ameaçador. É preciso que também se "apresente" algum dano de algum modo concreto. Da mesma forma, o tipo de preparação militar que é característico da clássica corrida armamentista não conta como ameaça, a menos que viole algum limite expresso em acordo formal ou tácito. O que os juristas denominam "ações hostis que não chegam a ser guerra", mesmo que envolvam violência, não deve ser precipitadamente considerados sinal de intenção de guerra; elas podem representar uma tentativa de refreamento, uma proposta de lutar dentro de limites. Finalmente, provocações não equivalem a ameaças. "Dano e provocação" costumam ser associados por autores escolásticos como as duas causas da guerra justa. Entretanto, os escolásticos eram por demais aquiescentes quanto às noções da época a respeito da honra dos Estados e, o que é ainda mais importante, dos soberanos[7]. A importância moral desse tipo de idéia é, na melhor das hipóteses, duvidosa. Insultos não são motivo para guerras, da mesma forma que (nos dias de hoje) não são motivo para duelos.

Quanto ao restante, alianças militares, mobilizações, movimentação de tropas, incursões pelas fronteiras, bloqueios navais – todos esses, com ou sem ameaças verbais, às vezes servem e às vezes não servem como indicação suficiente de intenções hostis. Mas é no mínimo desse tipo de ação que estamos tratando. Vamos esquadrinhar a escala da prevenção, por assim dizer, em busca de inimigos: não inimigos possíveis ou potenciais, não meramente os que agora nos desejam mal, mas Estados e nações que já estão (para usar uma expressão que voltarei a usar com relação à distinção entre combatentes e não-combatentes) *empenhados em nos prejudicar* (e que já nos prejudicaram com suas ameaças, mesmo que ainda não tenham infligido nenhum dano físico). E essa busca, embora nos leve para além da guerra preventiva, sem dúvida não chega a alcançar a violência por antecipação de Webster. A linha entre a iniciativa de ataque legítima e ilegítima não será traçada no ponto do ataque iminente, mas no ponto da ameaça suficiente. Esses termos são

---

7. Ainda no século XVIII, Vattel alegava que um príncipe "tem o direito de exigir, até mesmo pela força de armas, a reparação de um insulto". *Law of Nations*, tomo II, capítulo IV, parágrafo 48, p. 216.

necessariamente vagos. Pretendo que cubram três pontos: uma intenção manifesta de ferir, um grau de preparação ativa que torne essa intenção um perigo positivo e uma situação geral em que esperar, ou tomar qualquer outra atitude que não seja a de lutar, aumentará enormemente os riscos. Pode-se tornar mais clara a argumentação se esses critérios forem comparados aos de Vattel. Em vez de sinais prévios de voracidade e ambição, são exigidos sinais atuais e específicos. Em vez de um "aumento de poder", uma real preparação para a guerra; em vez da recusa em dar garantias futuras, a intensificação de perigos atuais. A guerra preventiva contempla o passado e o futuro; o ato reflexo de Webster, o momento imediato; ao passo que a idéia de estar sob ameaça concentra a atenção no que seria melhor chamar simplesmente de *presente*. Não tenho como estipular uma faixa de tempo; trata-se de um período em que ainda se podem fazer escolhas e no qual é possível sentir a coação[8].

Como um período desses se apresenta é mais bem demonstrado em termos concretos. Podemos estudá-lo nas três semanas que antecederam a Guerra dos Seis Dias, em 1967. Trata-se de um caso tão crucial para uma compreensão da prevenção no século XX quanto a Guerra da Sucessão Espanhola foi para o século XVIII; e um

---

8. Compare-se o argumento de Hugo Grócio: "O perigo... deve ser iminente e imediato no tempo. Admito, a bem da verdade, que, se o agressor tomar de armas de um modo que manifeste seu desejo de matar, pode-se impedir que o crime aconteça, pois, na moral como em questões materiais, não se encontra um ponto que não tenha uma determinada amplitude." *The Law of War and Peace*, tradução de Francis W. Kelsey (Indianápolis, s.d.), tomo II, capítulo 1, seção V, p. 173.

caso sugestivo de que a mudança da política de dinastias para a política nacional, cujos custos foram ressaltados com tanta freqüência, também produziu algumas vantagens morais. Pois as nações, especialmente as nações democráticas, são menos propensas que as dinastias a travar guerras preventivas.

A Guerra dos Seis Dias

A luta de fato entre Israel e o Egito começou em 5 de junho de 1967, com a iniciativa de ataque israelense. Nas primeiras horas da guerra, os israelenses não admitiram que tivessem procurado as vantagens da surpresa, mas a ilusão não foi mantida. Na realidade, eles acreditavam estar justificados em atacar primeiro pelos acontecimentos dramáticos das semanas anteriores. Devemos, portanto, concentrar a atenção nesses acontecimentos e na sua importância moral. Naturalmente seria possível voltar ainda mais o olhar para o passado, para todo o percurso do conflito entre árabes e judeus no Oriente Médio. As guerras sem a menor dúvida têm longas pré-histórias políticas e morais. Contudo, a atitude de precaução precisa ser entendida dentro de um contexto mais limitado. Para os egípcios, a fundação de Israel em 1948 tinha sido injusta, o Estado israelense não tinha existência legítima e, por esse motivo, poderia ser atacado a qualquer momento. Depreende-se daí que Israel não tinha direito algum a tomar precauções, pois não tinha direito algum à legítima defesa. No entanto, a legítima defesa parece ser o direito primordial e inquestionável de qualquer comunidade política, meramente por existir e independentemente das circunstâncias pelas quais tenha alcançado sua condição de Estado*. Talvez seja por esse motivo que os egípcios, em seus argumentos mais formais, recorreram à alegação de que um estado de guerra já existia entre o Egito e Israel, e que essa condição justificava as manobras militares que empreenderam em maio de 1967[9]. Entretanto, essa mesma condição justificaria a iniciativa de Israel no ataque. Creio ser melhor pressupor que o cessar-fogo vigente entre os dois países fosse no mínimo uma quase-paz, e que a deflagração da guerra exigisse uma explicação moral – cabendo a responsabilidade aos israelenses, que deram início à luta.

A crise pareceu ter origem em informes, circulados por altos funcionários soviéticos em meados de maio, de que Israel estaria concentrando suas forças na fronteira com a Síria. A falsidade desses informes foi quase imediatamente atestada por observadores das Nações Unidas no local. Mesmo assim, em 14 de maio, o governo egípcio pôs suas forças armadas em "alerta máximo" e deu início a um enorme incremento de suas tropas no Sinai. Quatro dias mais tarde, o Egito expulsou do Sinai e da Faixa de Gaza a Força de Emergência das Nações Unidas. Sua retirada teve início imediato, embora eu não creia que seu nome tivesse a intenção de sugerir que ela partisse com tanta rapidez na eventualidade de uma emergência. A presença militar egípcia continuou a cres-

---

* A única limitação que afeta esse direito está associada à legitimidade interna, não externa: um Estado (ou governo) estabelecido contra a vontade de seu próprio povo, que governe com violência, bem pode perder seu direito de se defender mesmo de uma invasão estrangeira. Retomarei algumas das questões levantadas por essa possibilidade no próximo capítulo.

9. Walter Laquer, *The Road to War: The Origin and Aftermath of the Arab-Israeli Conflict, 1967-1968* (Baltimore, 1969), p. 110.

cer, e em 22 de maio o presidente Nasser declarou que os estreitos de Tiran daí em diante estariam fechados à navegação israelense.

Em conseqüência da Guerra de Suez, de 1956, os estreitos haviam sido reconhecidos pela comunidade mundial como uma via navegável internacional. Isso significava que seu fechamento constituiria um *casus belli*, e os israelenses tinham afirmado naquela época, e em muitas ocasiões desde então, que assim o considerariam. A guerra poderia então ter como data inicial o dia 22 de maio, e o ataque israelense de 5 de junho poderia ser descrito simplesmente como seu primeiro incidente militar: as guerras costumam começar antes que a luta comece. Mas o fato é que, depois de 22 de maio, o ministério israelense ainda estava debatendo se deveria ou não entrar em guerra. E, seja como for, a iniciativa da violência em si é um acontecimento crucial em termos morais. Se ela às vezes pode ser justificada por referências a acontecimentos anteriores, ainda assim tem de ser justificada. Num importante discurso em 29 de maio, Nasser tornou muito mais fácil essa justificativa ao declarar que, se houvesse guerra, o objetivo do Egito seria nada menos que a destruição de Israel. Em 30 de maio, o rei Hussein da Jordânia voou até o Cairo para assinar um tratado que colocava o exército jordaniano sob comando egípcio na eventualidade da guerra, associando-se, desse modo, ao objetivo egípcio. A Síria já havia concordado com um pacto semelhante, e alguns dias depois o Iraque uniu-se à aliança. Os israelenses atacaram no dia seguinte ao pronunciamento iraquiano.

A despeito de toda a empolgação e medo que seus atos geraram, é improvável que os egípcios pretendessem eles mesmos começar a guerra. Depois de encerrado o conflito, Israel publicou documentos, obtidos no seu decurso, que incluíam planos para uma invasão do Negev, mas esses planos talvez fossem para um contra-ataque, depois que uma ofensiva israelense tivesse se desgastado no Sinai; ou para uma iniciativa de investida em algum momento futuro. Era quase certo que Nasser teria considerado uma grande vitória se pudesse ter fechado os estreitos e mantido seu exército nas fronteiras de Israel sem uma guerra. De fato, teria sido uma grande vitória, não só em razão do bloqueio econômico que ela teria estabelecido, mas também por causa da pressão que teria imposto ao sistema de defesa israelense. "Havia uma assimetria básica na estrutura de forças: os egípcios podiam mobilizar... seu numeroso exército de soldados em serviço ativo permanente diante da fronteira israelense e mantê-lo ali indefinidamente; os israelenses podiam somente enfrentar essa disposição de tropas mobilizando corpos de reserva, e reservistas não poderiam ser mantidos em uniforme por muito tempo... O Egito podia, portanto, permanecer na defensiva, ao passo que Israel teria de atacar, a menos que a crise fosse resolvida pela diplomacia."[10] *Teria de atacar*: não se pode chamar a necessidade de imediata e avassaladora. Tampouco uma decisão israelense de conceder a Nasser sua vitória teria significado mais do que uma mudança no equilíbrio do poder, que representaria possíveis perigos em algum momento no futuro. Essa vitória teria deixado Israel exposto ao ataque a qualquer instante. Teria significado uma drástica erosão da segurança israelense como somente um inimigo determinado teria esperança de obter.

---

10. Edward Luttwak e Dan Horowitz, *The Israeli Army* (Nova York, 1975), p. 212.

A reação inicial de Israel não apresentou uma determinação similar, mas foi hesitante e confusa, por motivos de política interna em parte relacionados à natureza democrática do Estado. Os líderes de Israel procuraram uma resolução política para a crise – a reabertura dos estreitos e uma desmobilização de forças de ambos os lados –, não tinham nem apoio nem força política para levá-la a cabo. Seguiu-se um período agitado por atividades diplomáticas, que serviu apenas para revelar o que poderia ter sido previsto com antecipação: a falta de disposição das potências ocidentais para exercer pressão ou coação sobre os egípcios. Sempre se quer saber que o caminho diplomático foi tentado antes de se recorrer à guerra, de tal modo que se tenha certeza de que a guerra é o último recurso. Mas seria difícil nesse caso apresentar um argumento em defesa de sua necessidade. A cada dia que passava, os esforços diplomáticos pareciam só aumentar o isolamento de Israel.

Enquanto isso, "um forte medo espalhou-se no país". O extraordinário triunfo de Israel, uma vez iniciada a luta, torna difícil relembrar as semanas de ansiedade que o precederam. O Egito estava tomado de uma febre de guerra, bastante conhecida pela história européia, uma celebração antecipada de vitórias esperadas. A disposição dos israelenses era muito diferente e sugeria o que significava viver sob ameaça. Havia uma repetição interminável de rumores sobre catástrofes iminentes; homens e mulheres apavorados invadiam lojas de mantimentos, comprando todo o estoque, apesar de declarações do governo de que havia reservas substanciais de alimentos; milhares de covas foram cavadas nos cemitérios militares; os líderes militares e políticos de Israel viviam à beira do esgotamento nervoso[11]. Já argumentei que o medo em si não estabelece nenhum direito de precaução. No entanto, a ansiedade israelense naquelas semanas parece um exemplo quase clássico de "medo justificado" – em primeiro lugar, porque Israel realmente corria perigo (como era de consenso imediato entre os observadores estrangeiros), e, em segundo lugar, porque era intenção de Nasser pôr Israel em perigo. Isso ele dizia com bastante freqüência, embora também seja verdade, e com maior importância, que suas manobras militares não tinham nenhum outro objetivo mais definido.

A iniciativa israelense é, a meu ver, um nítido caso de precaução legítima. Dizer isso é, porém, sugerir uma grande reformulação do paradigma legalista. Pois significa que a agressão pode ser detectada não só na ausência de um ataque ou invasão militar, mas também na (provável) ausência de qualquer intenção imediata de lançar um ataque ou invasão desse tipo. A fórmula geral deve ser aproximadamente como se segue: os Estados poderão usar a força militar diante de ameaças de guerra, sempre que deixar de fazê-lo possa expor a grave risco sua integridade territorial ou independência política. Nessas circunstâncias, pode-se dizer com justiça que esses Estados foram forçados a lutar e que são vítimas da agressão. Como não existe polícia alguma a quem recorrer, o momento em que os Estados são forçados a lutar talvez chegue mais cedo do que no caso de indivíduos na sociedade estabilizada de um país. Contudo, se imaginarmos uma sociedade instável, como o "velho oeste" da ficção americana, a analogia pode ser reformulada:

---

11. Luttwak e Horowitz, p. 224.

um Estado sob ameaça é como um indivíduo perseguido por um inimigo que declarou sua intenção de matá-lo ou feri-lo. Sem dúvida, uma pessoa nessa situação pode surpreender quem o persegue, se for capaz de fazê-lo.

A fórmula é permissiva, mas implica restrições que podem ser destrinchadas com utilidade somente com referência a casos específicos. É óbvio, por exemplo, que medidas que não cheguem a configurar uma guerra são preferíveis à guerra em si sempre que proporcionarem a esperança de eficácia similar ou quase similar. Mas quais poderiam ser essas medidas, ou por quanto tempo deveriam ser tentadas, não pode ser uma questão estipulada *a priori*. No caso da Guerra dos Seis Dias, a "assimetria na estrutura de forças" impôs um prazo aos esforços diplomáticos que não seria aplicável a conflitos que envolvessem outros tipos de Estados e exércitos. Uma regra geral que contenha palavras como "grave" deixa aberta uma larga brecha para o julgamento humano – brecha esta que, sem dúvida, é objetivo do paradigma legalista estreitar ou fechar totalmente. É, entretanto, um fato da nossa vida moral que líderes políticos façam julgamentos semelhantes; e que, uma vez feitos os julgamentos, nós não os condenemos de modo uniforme. Pelo contrário, sopesamos e avaliamos seus atos com base em critérios como os que tentei descrever. Quando fazemos isso, reconhecemos que há ameaças com as quais não se pode esperar que nenhuma nação conviva. E esse reconhecimento é uma parte importante do entendimento da agressão.

6. INTERVENÇÕES

O princípio de que os Estados não deveriam jamais interferir nos assuntos internos de outros Estados depreende-se facilmente do paradigma legalista e, com menos facilidade e maior ambigüidade, dos conceitos de vida e liberdade que sustentam o paradigma e o tornam plausível. No entanto, esses mesmos conceitos parecem também exigir que às vezes desconsideremos o princípio; e o que se poderia chamar de regras para essa desconsideração, mais do que o princípio em si, têm sido alvo do interesse e do debate moral. Nenhum Estado pode admitir estar lutando uma guerra de agressão e depois defender seus atos. A intervenção é, porém, entendida de outro modo. A palavra não é definida como atividade criminosa; e, se bem que a prática de intervir costume ameaçar a integridade territorial e a independência política dos Estados invadidos, às vezes ela pode ser justificada. De início, porém, é mais importante ressaltar que ela sempre precisa ser justificada. O ônus da prova cabe a qualquer líder político que tente moldar os acordos internos ou alterar as condições da vida num país estrangeiro. E, quando a tentativa se efetua com forças armadas, o ônus é ainda mais pesado – não só por causa das coações e devastações que a intervenção militar causa inevitavelmente, mas também porque o que se considera é que os cidadãos de um Estado soberano têm o direito, se é que vão chegar a ser vítima de coação e devastação, de sofrer somente nas mãos uns dos outros.

Autodeterminação e capacidade de autodefesa

A argumentação de John Stuart Mill

Presume-se que esses cidadãos sejam os membros de uma única comunidade política, detentores do direito coletivo de determinar seus próprios assuntos. A exata natureza desse direito é muito bem elaborada por John Stuart Mill num breve artigo publicado no mesmo ano do tratado *A liberdade** (1859) e de especial utilidade para nós porque a analogia entre o indivíduo e a comunidade estava muito presente na mente de Mill enquanto o escrevia[1]. Devemos tratar os Estados como comunidades providas de autodeterminação, sustenta ele, independentemente de sua organização política interna ser livre ou não; independentemente de os cidadãos escolherem o governo e debaterem abertamente as políticas executadas em seu nome ou não. Pois autodeterminação e liberdade política não são termos equivalentes. O pri-

---

* Trad. bras. *A liberdade/Utilitarismo*, São Paulo, Martins Fontes, 2000.

1. "A Few Words on Non-Intervention" em J. S. Mill, *Dissertations and Discussions* (Nova York, 1873), III, 238-63.

meiro é a idéia mais abrangente. Ele descreve não só uma organização institucional específica, mas também o processo pelo qual uma comunidade chega a essa organização – ou não. Um Estado é autodeterminado mesmo que seus cidadãos lutem e não consigam estabelecer instituições livres, mas ele terá sido privado de autodeterminação se essas instituições forem estabelecidas por um vizinho intruso. Os membros de uma comunidade política devem buscar sua própria liberdade, da mesma forma que o indivíduo deve cultivar sua própria virtude. Eles não podem ser libertados, da mesma forma que não se pode tornar o indivíduo virtuoso, por meio de nenhuma força externa. Na realidade, a liberdade política depende da existência da virtude individual; e esta os exércitos de outro Estado têm pouquíssima probabilidade de criar – a menos que, talvez, inspirem uma resistência ativa e ponham em funcionamento uma política de autodeterminação. A autodeterminação é a escola em que a virtude se aprende (ou não) e a liberdade é conquistada (ou não). Mill reconhece que um povo que teve a "infelicidade" de ser dominado por um governo tirânico apresenta uma desvantagem singular: eles nunca tiveram oportunidade de desenvolver "as virtudes necessárias para a manutenção da liberdade". Mesmo assim, ele insiste na inflexível doutrina da capacidade de autodefesa. "É durante uma árdua luta para libertar-se pelos próprios esforços que essas virtudes têm a melhor oportunidade de vir à tona."

Embora o argumento de Mill possa estar expresso em termos utilitaristas, a severidade de suas conclusões sugere que essa não é sua forma mais adequada. A visão de Mill sobre a autodeterminação parece tornar os cálculos utilitaristas desnecessários, ou pelo menos subsidiários a uma compreensão da liberdade comunitária. Ele não acredita que a intervenção deixe com muito maior freqüência de servir aos objetivos da liberdade; acredita, sim, que, considerando-se o que é a liberdade, a intervenção *necessariamente* fracasse. A liberdade (interna) de uma comunidade política pode ser conquistada apenas pelos membros dessa comunidade. O argumento é semelhante ao implícito na conhecida máxima marxista: "A liberação da classe trabalhadora somente pode se efetuar através dos próprios trabalhadores."[2] Como essa máxima, teoricamente, exclui a possibilidade de qualquer elitismo de vanguarda em nome da democracia da classe trabalhadora, também o argumento de Mill exclui a possibilidade de qualquer tipo de substituição da luta interna pela intervenção estrangeira.

A autodeterminação é, portanto, o direito de um povo "de tornar-se livre por seus próprios esforços", se for possível. E a não-intervenção é o princípio que garante que seu sucesso não seja impedido nem seu fracasso evitado pela intromissão de uma potência estrangeira. É preciso salientar que não existe nenhum direito de proteção contra as conseqüências do fracasso interno, mesmo contra uma repressão sangrenta. Em geral, Mill escreve como se acreditasse que os cidadãos conseguem o governo que merecem ou, pelo menos, o governo para o qual estão "aptos". E "o único teste... para provar se um povo se tornou apto para instituições populares consiste em que esse povo, ou uma parte dele suficiente para se sair bem no teste, esteja disposto a enfrentar grandes trabalhos e perigos por sua libertação". Ninguém pode, e ninguém deveria, fazer isso em seu lugar. Mill adota uma

---

2. Veja Irving Howe, org., *The Basic Writings of Trotsky* (Nova York, 1963), p. 397.

visão muito fria do conflito político; e, se muitos cidadãos rebeldes, orgulhosos e cheios de esperança nos próprios esforços endossaram essa visão, muitos outros não o fizeram. Não faltam revolucionários que procuraram, imploraram, até mesmo exigiram ajuda do exterior. Um recente comentarista americano, com a firme disposição de ser útil, alegou que a posição de Mill envolve "uma espécie de definição darwiniana [*A origem das espécies* também foi publicada em 1859] da autodeterminação como uma sobrevivência dos mais aptos dentro das fronteiras nacionais, mesmo que 'mais aptos' signifique os mais hábeis no uso da força"[3]. Esta última frase é injusta, pois a posição de Mill era exatamente a de que a força não poderia prevalecer, a menos que recebesse reforços do exterior, diante de um povo disposto a "enfrentar grandes trabalhos e perigos". Quanto ao restante, a acusação talvez seja verdadeira, mas é difícil ver a que conclusões ela levaria. É possível interferir internamente na luta "darwiniana" porque a intervenção é contínua e mantida ao longo do tempo. No entanto, a intervenção estrangeira, caso se trate de um fato rápido, não poderá alterar o equilíbrio do poder de nenhum modo decisivo no sentido das forças da liberdade; ao passo que, se for prolongada ou retomada de modo intermitente, representará ela própria a maior ameaça possível ao sucesso dessas forças.

O assunto pode ser diferente quando o que está em questão não é de modo algum uma intervenção, mas

---

3. John Norton Moore, "International Law and the United States' Role in Vietnam: A Reply", em R. Fal, org., *The Vietnam War and International Law* (Princeton, 1968), p. 431. Moore dedica-se especificamente à argumentação de W. E. Hall, *International Law* (5.ª edição, Oxford, 1904), pp. 289-90, mas Hall segue Mill de perto.

uma conquista. A derrota militar e o colapso de um governo podem abalar tanto um sistema social a ponto de abrir caminho para uma renovação radical de seus pactos políticos. Parece ter sido isso o que aconteceu na Alemanha e no Japão após a Segunda Guerra Mundial, e esses exemplos são tão importantes que terei de me estender mais adiante sobre como seria possível o surgimento de direitos de conquista e reformulação. É claro, porém, que eles não surgem em todos os casos de tirania interna. Portanto, não é verdade que a intervenção seja justificada sempre que a revolução o for; pois a atividade revolucionária é um exercício de autodeterminação, ao passo que a interferência estrangeira nega a um povo as capacidades políticas que somente esse tipo de exercício pode gerar.

Essas são as verdades expressas na doutrina jurídica da soberania, que define a liberdade dos Estados como sua independência em relação ao controle e coação do estrangeiro. De fato, naturalmente, nem todo Estado independente é livre, mas o reconhecimento da soberania é o único meio que temos de estabelecer um campo de ação dentro do qual seja possível lutar pela liberdade e (às vezes) conquistá-la. É esse campo de ação e as atividades que se desenvolvem no seu interior que queremos proteger; e nós os protegemos, da mesma forma pela qual protegemos a integridade individual, por meio da delimitação de fronteiras que não podem ser transpostas, direitos que não podem ser violados. Assim como com os indivíduos, também agimos com os Estados soberanos: há atos dos quais eles não podem ser alvos, mesmo que pareça ser para seu próprio bem.

E entretanto a proibição de desrespeitar fronteiras não é absoluta – em parte em razão da natureza arbitrária e acidental das fronteiras entre os Estados; em parte em conseqüência da relação ambígua da comunidade ou comunidades políticas no interior dessas fronteiras com o governo que as defende. Apesar da definição muito geral da autodeterminação por parte de Mill, nem sempre está claro quando uma comunidade possui de fato autodeterminação, quando, por assim dizer, ela preenche os requisitos para a não-intervenção. Sem dúvida, ocorrem problemas semelhantes com os indivíduos, mas esses são, a meu ver, menos graves e, seja como for, são previstos nas estruturas do direito nacional*. Na sociedade internacional, a lei não estipula nenhum veredicto categórico. Por esse motivo, a proibição à violação de fronteiras está sujeita à suspensão unilateral, especificamente no que diga respeito a três tipos de caso nos quais a proibição dá a impressão de não atender aos objetivos para os quais foi estabelecida:

---

* A analogia com a situação interna sugere que o modo mais óbvio de não preencher os requisitos para não-intervenção é o de ser incapaz (infantil, imbecil e assim por diante). Mill acreditava na existência de povos incapazes, bárbaros, para os quais ser conquistado e mantido em sujeição por estrangeiros seria de seu interesse. "Os bárbaros não têm nenhum direito enquanto nação (i. e., enquanto comunidade política)." Por esse motivo, princípios utilitaristas aplicam-se a eles; e burocratas imperialistas trabalham legitimamente para seu aprimoramento moral. É interessante observar uma opinião semelhante entre os marxistas, que também justificavam a conquista e o governo imperialista em certos estágios do desenvolvimento histórico. (Veja Shlomo Avineri, org., *Karl Marx on Colonialism and Modernization*, Nova York, 1969.) Por menor que fosse a plausibilidade desses argumentos no século XIX, atualmente eles não têm nenhuma. A sociedade internacional não pode mais ser dividida em partes civilizadas e partes bárbaras. Qualquer linha divisória traçada com base em princípios evolutivos deixa bárbaros dos dois lados. Partirei, portanto, do pressuposto de que o teste da capacidade para a autodefesa se aplica igualmente a todos os povos.

- quando um dado sistema de fronteiras contenha nitidamente duas comunidades políticas ou mais, uma das quais já esteja engajada numa luta militar em larga escala pela independência; ou seja, quando o que está em questão for uma secessão ou "libertação nacional";
- quando as fronteiras já tiverem sido violadas pelos exércitos de uma potência estrangeira, mesmo que essa violação tenha sido solicitada por uma das partes numa guerra civil, ou seja, quando o que está em questão for uma contra-intervenção; e
- quando a violação de direitos humanos no interior de um sistema de fronteiras for tão terrível que faça parecer cínica ou absurda qualquer referência a comunidade, autodeterminação ou "árdua luta", ou seja, em casos de escravidão ou massacre.

Os argumentos que são apresentados em nome da intervenção em cada um desses casos constituem a segunda, a terceira e a quarta revisão do paradigma legalista. Elas abrem caminho para guerras justas que não são travadas em legítima defesa nem contra a agressão no sentido estrito da palavra. Mas essas revisões precisam ser desenvolvidas com enorme cuidado. Considerando-se a presteza com que os Estados se dispõem a invadir outros, o revisionismo é uma tarefa arriscada.

Mill examina somente os dois primeiros desses casos, a secessão e a contra-intervenção, embora o terceiro não fosse desconhecido, mesmo em 1859. Vale salientar que ele não os considera exceções ao princípio de não-intervenção, mas, sim, demonstrações negativas das razões que o embasam. Quando essas razões não se aplicam, o princípio perde sua força. Seria mais exato, a partir da perspectiva de Mill, dar a seguinte formulação ao princípio pertinente: *sempre agir de modo que se reconheça e apóie a autonomia da comunidade*. A não-intervenção costuma estar implícita nesse reconhecimento, mas nem sempre; e, nesse caso, precisamos provar nosso compromisso com a autonomia de algum outro modo, talvez até mesmo com o envio de tropas para o outro lado de uma fronteira internacional. Contudo, o princípio exato em termos morais também é muito perigoso, e a exposição de Mill do argumento não é a esta altura uma exposição do que realmente é dito no discurso moral rotineiro. Precisamos estabelecer uma espécie de respeito teórico pelas fronteiras dos Estados. Elas são, como afirmei anteriormente, as únicas fronteiras que as comunidades chegam a ter. E é por isso que a intervenção sempre é justificada como se fosse uma exceção a uma regra geral, tornada necessária pela urgência ou extrema gravidade de um caso específico. As revisões segunda, terceira e quarta têm um quê da forma de desculpas estereotipadas. É tão freqüente que sejam empreendidas intervenções por "razões de Estado" que não estão em nada relacionadas com a autodeterminação que nos tornamos céticos diante de toda e qualquer alegação de defesa da autonomia de comunidades estrangeiras. Daí, o especial ônus da prova, com o qual comecei, mais pesado que qualquer um que cheguemos a impor a indivíduos ou a governos que aleguem legítima defesa. Os Estados agentes da intervenção deverão demonstrar que seu próprio caso é radicalmente diferente do que consideramos ser a tendência geral dos casos, em que a liberdade ou perspectiva de liberdade dos cidadãos é mais bem servida se os estrangeiros lhes prestarem apenas apoio moral. E é assim que caracterizarei a argumentação de Mill (se bem que ele a caracterize de outro modo) de que a Grã-Bretanha deveria ter intervindo em defesa da Revolução Húngara de 1848 e 1849.

Secessão

A Revolução Húngara

Por muitos anos antes de 1848, a Hungria fizera parte do Império dos Habsburgos. Embora em termos formais fosse um reino independente, com uma Dieta própria, ela era efetivamente governada pelas autoridades alemãs em Viena. A súbita derrubada dessas autoridades durante os Dias de Março – simbolizada pela queda de Metternich – abriu caminho para os nacionalistas liberais em Budapeste. Eles formaram um governo e exigiram autonomia dentro do Império. Ainda não eram separatistas. Sua exigência foi aceita de início, mas surgiu controvérsia a respeito das questões que sempre afligiram os sistemas federalistas: o controle da receita de impostos, o comando do exército. Assim que se restaurou a "ordem" em Viena, tiveram início esforços para restabelecer o caráter centralizador do regime, e esses esforços logo assumiram a conhecida forma da repressão militar. Um exército imperial invadiu a Hungria, e os nacionalistas opuseram resistência. Os húngaros eram agora rebeldes ou revoltosos. Rapidamente, eles estabeleceram o que especialistas em direito internacional chamam de direitos de beligerantes ao derrotar os austríacos e assumir controle de grande parte da antiga Hungria. No decurso da guerra, o novo governo deslocou-se para a esquerda. Em abril de 1849, foi proclamada uma república, que tinha como presidente Lajos Kossuth[4].

---

4. Para uma breve resenha, veja Jean Sigmann, *1848: The Romantic and Democratic Revolutions in Europe*, tradução de L. F. Edwards (Nova York, 1973), capítulo 10.

A revolução poderia ser descrita, em termos contemporâneos, como uma guerra de libertação nacional, salvo pelo fato de que as fronteiras da antiga Hungria encerravam uma população eslava muito grande, e os revolucionários húngaros parecem ter sido tão hostis ao nacionalismo croata e esloveno quanto os austríacos eram às próprias reivindicações dos húngaros de autonomia para seu povo. Entretanto, essa é uma dificuldade que vou pôr de lado, pois na época ela não se apresentava como tal. E não foi incluída nas reflexões morais de observadores liberais, como Mill. A Revolução Húngara foi acolhida com admiração por homens dessa linha de pensamento, especialmente na França, Grã-Bretanha e Estados Unidos. E seus emissários eram recebidos com entusiasmo. Já a reação governamental era diferente, em parte porque a não-intervenção era a regra geral à qual os três governos aderiam, em parte porque os dois primeiros também estavam comprometidos com o equilíbrio do poder europeu e, portanto, com a integridade da Áustria. Em Londres, Palmerston foi formal e frio: "O governo britânico não tem conhecimento de nenhuma Hungria a não ser como uma das partes constituintes do Império Austríaco."[5] Os húngaros buscavam apenas o reconhecimento diplomático, não a intervenção militar, mas quaisquer entendimentos dos britânicos com o novo governo teriam sido considerados, pelo governo austríaco, uma interferência em assuntos internos. O reconhecimento, além do mais, tinha conseqüências comerciais que poderiam ter atraído os britânicos mais para perto do lado da Hungria,

---

5. Charles Sproxton, *Palmerston and the Hungarian Revolution* (Cambridge, 1919), p. 48.

pois os revolucionários esperavam adquirir suprimentos militares no mercado londrino. Apesar disso, o estabelecimento de laços formais, uma vez que os húngaros tivessem demonstrado que uma "parte suficiente deles" estava empenhada na independência e disposta a lutar por ela, não teria sido difícil de justificar nos termos propostos por Mill. Não pode haver dúvida alguma quanto à existência (embora houvesse razões para duvidar das dimensões) da comunidade política húngara. Tratava-se de uma das nações mais antigas da Europa, e seu reconhecimento como Estado soberano não teria violado os direitos morais do povo austríaco. O fornecimento de suprimentos militares a exércitos revoltosos é de fato uma questão complexa; e eu voltarei a ela com relação a outro caso, mas nenhuma das complexidades transparece nesse caso. Logo, porém, os húngaros precisavam de muito mais do que armas e munições.

No verão de 1849, o imperador austríaco solicitou ajuda ao czar Nicolau I, e a Hungria foi invadida por um exército russo. Escrevendo dez anos depois, Mill defendeu a tese de que os britânicos deveriam ter reagido a essa intervenção com sua própria intervenção[6].

> Poderia não ter sido correto que a Inglaterra (mesmo desconsiderando-se a questão da prudência) apoiasse a Hungria em sua nobre luta contra a Áustria; embora o governo austríaco na Hungria fosse em certo sentido uma opressão estrangeira. No entanto, quando foi demonstrada a probabilidade de que os húngaros sairiam vitoriosos do conflito, e o tirano russo interveio, unindo suas forças às da Áustria, para entregar os húngaros de volta, de mãos

---

6. "Non-Intervention", pp. 261-2.

e pés atados, a seus opressores enfurecidos, teria sido uma atitude honrosa e louvável por parte da Inglaterra declarar que isso não deveria ocorrer e que, se a Rússia estava prestando auxílio ao lado errado, a Inglaterra auxiliaria o lado certo.

A caracterização de "em certo sentido uma opressão estrangeira" com relação ao domínio austríaco na Hungria é estranha, pois, não importa o significado que tenha, ela também deveria caracterizar a nobreza e correção da luta húngara pela independência. Como Mill não pretende esta última caracterização, não precisamos levar a sério a primeira. A nítida tendência desse argumento consiste em justificar o auxílio a um movimento separatista ao mesmo tempo em que justifica a contra-intervenção – na realidade, a de incorporar um à outra. Nos dois casos, a norma contrária à interferência é suspensa porque uma potência estrangeira, estrangeira em termos morais, se não em termos legais, já está interferindo nos assuntos "internos", ou seja, na autodeterminação de uma comunidade política.

Mill está com a razão, porém, ao sugerir que a questão é mais fácil quando a interferência inicial envolve a travessia de uma fronteira reconhecida. O problema com um movimento separatista é que não se pode ter certeza de que ele de fato represente uma comunidade distinta enquanto não tiver reunido seu próprio povo e feito algum avanço na "árdua luta" pela liberdade. O simples apelo ao princípio da autodeterminação não basta. É preciso fornecer provas de que efetivamente existe uma comunidade, cujos membros estão empenhados na busca da independência e têm disposição e capacidade para determinar as condições de sua própria existência⁷*. Daí, a necessidade da manutenção do combate político ou militar ao longo do tempo. A argumentação de Mill não abrange povos sem voz e sem representação, movimentos recém-formados ou insurreições rapidamente sufocadas. Imaginemos, porém, uma pequena nação mobilizada com sucesso para resistir a uma potência colonial, mas que aos poucos vai sendo esmagada pelo conflito desigual. Creio que Mill não insistiria que os Estados vizinhos devessem observar de braços cruzados a inevitável derrota. Sua argumentação justifica a ação militar contra a repressão imperial ou colonial, bem como contra a intervenção estrangeira. Somente os tiranos nacionais estão a salvo, pois não é nosso objetivo na sociedade internacional (nem é possível, segundo Mill sustenta) estabelecer comunidades liberais ou democráticas, mas apenas comunidades independentes.

---

7. Veja S. French e A. Gutman, "The Principle of National Self-determination", em Held, Morgenbesser e Nagel, orgs., *Philosophy, Morality, and International Affairs* (Nova York, 1974), pp. 138-53.

* Existe aqui mais uma questão, relacionada aos recursos naturais que às vezes estão em jogo em conflitos separatistas. Já defendi a tese de que "a terra acompanha o povo" (capítulo 4). Mas a vontade e a capacidade do povo para a autodeterminação pode não estabelecer um direito de separação se esta vier a retirar de alguma comunidade política maior não só a terra, mas também recursos minerais e de combustíveis de necessidade vital. A controvérsia de Katanga, do início da década de 1960, sugere as possíveis dificuldades desses casos – e nos convida a ponderar também acerca dos motivos dos Estados intervencionistas. No entanto, o que faltava em Katanga era um genuíno movimento nacional capaz de "árdua luta" por si mesmo. (Veja Conor C. O'Brien, *To Katanga and Back*, Nova York, 1962.) Dada a existência de um movimento dessa natureza, eu me inclinaria a apoiar a secessão. Seria então necessário, porém, levantar questões mais gerais sobre a justiça distributiva na sociedade internacional.

Quando é exigida em nome da independência, a ação militar é "honrosa e louvável", se bem que nem sempre seja "prudente". Eu deveria acrescentar que a argumentação também se aplica a regimes satélites e grandes potências: criada para a primeira intervenção russa na Hungria (1849), ela serve exatamente para a segunda (1956).

No entanto, a relação entre valor e prudência em casos semelhantes não é fácil de discernir. A intenção de Mill é suficientemente clara: ameaçar entrar em guerra com a Rússia poderia ter sido perigoso para a Grã-Bretanha e, portanto, incompatível "com a atenção que toda nação tem o dever de prestar à sua própria segurança". Pois bem, decidir se realmente era perigoso ou não sem dúvida cabia aos britânicos, e nós os julgaríamos com rispidez somente se os riscos que eles se recusassem a correr fossem realmente muito insignificantes. Mesmo que a contra-intervenção seja "honrosa e louvável", ela não é exigida em termos morais, exatamente em razão dos perigos que envolve. Pode-se, porém, dar importância muito maior à prudência. Palmerston estava preocupado com a segurança da Europa, não só da Inglaterra, quando decidiu apoiar o Império Austríaco. É perfeitamente possível admitir a justiça da posição de Mill, e ainda assim optar pela não-intervenção naquilo que atualmente chamamos de princípios da "ordem mundial"[8]. Assim a justiça e a prudência (com certa satisfação mundana) são dispostas em oposição mútua de uma forma que Mill nunca imaginou possível. Ele acreditava, talvez com ingenuidade, que o mundo seria mais ordeiro se nenhuma

---

8. Essa é a posição geral de R. J. Vincent, *Nonintervention and World Order* (Princeton, 1974), especialmente capítulo 9.

de suas comunidades políticas fosse oprimida pelo domínio estrangeiro. Chegava até mesmo a ter esperança de que um dia a Grã-Bretanha teria poder suficiente e o necessário "ânimo e coragem" para insistir "que nem uma arma [fosse] disparada na Europa pelos soldados de uma potência contra os súditos revoltados de outra", e para se colocar "na liderança de uma aliança de povos livres..." Atualmente, suponho, os Estados Unidos herdaram essas antiquadas pretensões liberais, embora em 1956 seus líderes, como Palmerston em 1849, considerassem imprudente pô-las em prática.

Também seria possível dizer que os Estados Unidos não tinham (e não têm) direito algum de pô-las em prática, considerando-se o modo interesseiro com que seu governo define a liberdade e a intervenção em outras partes do mundo. A Inglaterra de Mill dificilmente estava em melhor posição. Se Palmerston tivesse tencionado uma ação militar em prol dos húngaros, o conde Schwarzenberg, sucessor de Metternich, estava preparado para fazer com que ele se lembrasse da "infeliz Irlanda". "Sempre que eclode a revolta no interior do vasto território do Império Britânico", escreveu Schwarzenberg ao embaixador austríaco em Londres, "o governo inglês sabe manter a autoridade da lei... mesmo ao custo de rios de sangue. Não cabe a nós", prosseguiu ele, "culpá-lo."[9] Ele procurava apenas a reciprocidade, e esse tipo de reciprocidade entre grandes potências é indubitavelmente a própria essência da prudência.

Colocar a prudência e a justiça em oposição tão radical constitui, porém, uma interpretação equivocada da argumentação em defesa da justiça. Um Estado que es-

---

9. Sproxton, p. 109.

teja considerando uma intervenção ou uma contra-intervenção irá por prudência ponderar o risco a que estará se expondo; mas deverá também, e por motivos morais, avaliar os riscos que sua atuação irá impor ao povo que ela pretende beneficiar e a todas as outras pessoas que possam ser afetadas. Uma intervenção não é justa se sujeitar terceiros a riscos terríveis: a sujeição a riscos anula a justiça. Se Palmerston estava certo ao acreditar que a derrota da Áustria destruiria a paz da Europa, uma intervenção britânica que asseguraria essa derrota não teria sido "honrosa e louvável" (por mais nobre que fosse a luta dos húngaros). E é claro que uma ameaça americana de guerra atômica em 1956 teria sido irresponsável em termos morais tanto quanto em termos políticos. Até este ponto, a prudência pode e deve estar incluída na argumentação em defesa da justiça. Entretanto, deveria ser dito que essa deferência para com terceiros não é ao mesmo tempo uma deferência para com interesses políticos locais da grande potência. Ela também não envolve a aceitação de uma reciprocidade no estilo de Schwarzenberg. O reconhecimento por parte da Grã-Bretanha das reivindicações imperiais da Áustria não lhe dá direito a um reconhecimento semelhante. A prudente aceitação de uma esfera de influência russa na Europa Oriental não confere aos Estados Unidos carta-branca em sua própria esfera de influência. Contra a libertação nacional e a contra-intervenção, não existem direitos consagrados.

A guerra civil

Se descrevermos a Revolução Húngara como Mill descreveu, com a suposição de que Palmerston estava enganado, descartando as reivindicações de croatas e eslovenos, ela é praticamente um caso exemplar em prol da intervenção. Descrita desse modo, é também um caso de exceção em termos históricos; na realidade, agora é um caso hipotético. Pois essas circunstâncias não surgem com freqüência na história: um movimento de libertação nacional que encarna sem nenhuma ambigüidade as reivindicações de uma comunidade política única e unificada; capaz, pelo menos de início, de se sustentar no campo de batalha; desafiada por uma potência incontestavelmente estrangeira, cuja intervenção pode, no entanto, ser contida ou derrotada sem o risco de uma guerra generalizada. Com maior freqüência, a história nos apresenta um emaranhado de partidos e facções, cada um alegando ser porta-voz de uma comunidade inteira, em luta uns com os outros, atraindo potências estrangeiras para o conflito, de modo secreto, ou no mínimo não-explícito. A guerra civil propõe problemas difíceis, não porque a norma de Mill seja confusa – ela exigiria uma estrita neutralidade –, mas porque ela pode ser, e rotineiramente é, violada de forma gradual. Torna-se então muito difícil fixar o ponto a partir do qual é plausível chamar de contra-intervenção um uso aberto e inequívoco da força. E é também difícil calcular os efeitos de semelhante uso da força sobre a população já atingida do Estado dividido, bem como sobre toda a faixa de terceiros possivelmente afetados.

Em casos semelhantes, os juristas costumam aplicar uma versão com ressalvas do teste de capacidade para autodefesa[10]. Permitem auxílio ao governo estabelecido – ele é, afinal de contas, o representante oficial da autonomia da comunidade na sociedade internacional – des-

---

10. Veja, por exemplo, Hall, *International Law*, p. 293.

de que ele não enfrente nada mais que insurreição, rebeliões e dissensão internas. Contudo, assim que estabeleçam controle sobre uma área substancial do território e da população do Estado, os rebeldes adquirem direitos de beligerante e igualdade de condições com o governo. Os juristas então prescrevem uma estrita neutralidade. Ora, a neutralidade é considerada convencionalmente uma condição optativa, uma questão de escolha, não de dever. E isso vale realmente para guerras entre Estados, mas em guerras civis parece haver razões muito boas (nos termos de Mill) para torná-la obrigatória. Pois, uma vez efetivamente dividida uma comunidade, as potências estrangeiras dificilmente estarão servindo à causa da autodeterminação se atuarem militarmente no interior de seu território. A argumentação foi expressa de modo sucinto por Montague Bernard, cuja conferência em Oxford "Sobre o princípio da não-intervenção" [*On the Principle of Non-intervention*] equipara-se em importância ao ensaio de Mill: "De duas, uma: a interferência no caso suposto pode alterar o equilíbrio do poder, ou não. Nesta última eventualidade, ela não cumpre seu objetivo. Na primeira, ela confere superioridade ao lado que não teria saído vitorioso sem ela e estabelece um soberano, ou uma forma de governo, que a nação não teria escolhido se lhe tivesse sido permitido decidir por si mesma."[11]

Assim que uma potência estrangeira viola as normas da neutralidade e não-intervenção, porém, abre-se o caminho para que outras potências ajam da mesma forma. Na realidade, pode parecer vergonhoso não repetir a violação – como no caso da Guerra Civil Espanhola,

---

11. "On the Principle of Non-Intervention" (Oxford, 1860), p. 21.

em que as políticas não-intervencionistas da Grã-Bretanha, França e Estados Unidos não abriram caminho para uma decisão local, mas simplesmente permitiram que o auxílio dos alemães e italianos "fosse decisivo"[12]. É provável que alguma reação militar seja exigida em momentos semelhantes se quisermos que os valores da independência e da comunidade sejam mantidos. Entretanto, embora essa reação defenda valores compartilhados por toda a sociedade internacional, não se pode descrevê-la com exatidão como aplicação da lei. Sua natureza não se presta à rápida explicação no âmbito dos termos do paradigma legalista. Pois a contra-intervenção em guerras civis não almeja punir, nem mesmo, necessariamente, conter os Estados intervencionistas. Pelo contrário, seu objetivo é manter fechado o círculo, preservar o equilíbrio, restaurar algum grau de integridade ao conflito localizado. É como se, em vez de interromper uma briga entre duas pessoas, um policial impedisse qualquer outra pessoa de interferir ou, se não conseguisse isso, desse auxílio proporcional à parte em desvantagem. Ele teria de ter alguma noção do valor da briga; e, considerando-se as condições normais da sociedade de um país, seria estranho que ele as tivesse. No mundo dos Estados, essas noções são totalmente aceitáveis. Elas fixam os padrões pelos quais fazemos distinção entre contra-intervenções efetivas e simuladas.

---

12. Veja Hugh Thomas, *The Spanish Civil War* (Nova York, 1961), capítulos 31, 40, 48, 58; Norman J. Padelford, *International Law and Diplomacy in the Spanish Civil Strife* (Nova York, 1939) é uma defesa incrivelmente ingênua dos acordos de não-intervenção.

A guerra dos Estados Unidos no Vietnã

Duvido que seja possível contar a história do Vietnã de uma forma que inspire acordo geral. A versão oficial dos Estados Unidos – de que o conflito teria começado com uma invasão do sul por tropas norte-vietnamitas, invasão à qual os Estados Unidos reagiram em conformidade com suas obrigações previstas em tratados – segue de perto o paradigma legalista, mas é inacreditável mesmo sem um exame mais profundo. Felizmente, parece que não é aceita por praticamente ninguém, e não precisamos nos deter nela aqui. Quero examinar uma versão mais elaborada da defesa americana, que admite a existência de uma guerra civil e descreve o papel dos Estados Unidos, em primeiro lugar, como auxílio a um governo legítimo; e em segundo lugar, como contra-intervenção, uma reação a manobras militares secretas por parte do regime norte-vietnamita[13]. Os termos cruciais nesse casos são "legítimo" e "reação". O primeiro sugere que o governo em benefício do qual nossa contra-intervenção foi empreendida teria uma posição no país, uma presença política independente de nós e, portanto, que seria concebível que pudesse vencer a guerra civil se nenhuma força externa fosse acionada. O segundo sugere que nossas próprias operações militares teriam se seguido às de outra potência para compensá-las, o que se encaixaria na argumentação que apresentei. Ambas as sugestões

---

13. Uma exposição útil desse ponto de vista pode ser encontrada no ensaio de John Norton Moore já citado; veja nota 3 acima. Para um exemplo do ponto de vista oficial, veja Leonard Meeker, "Vietnam and the International Law of Self-Defense" no mesmo volume, pp. 318-32.

são falsas, mas demonstram a natureza singularmente confinada da contra-intervenção e indicam o que se deve dizer (no mínimo) quando se entra nas guerras civis de outros Estados.

O Acordo de Genebra de 1954, que encerrou a primeira guerra vietnamita, estabeleceu uma fronteira provisória entre o norte e o sul, e dois governos provisórios de cada lado da fronteira, na dependência de eleições a serem realizadas em 1956[14]. Quando se recusou a permitir essas eleições, o governo sul-vietnamita perdeu evidentemente qualquer legitimidade que lhe fora conferida pelos acordos. Não me deterei, porém, nessa perda nem no fato de que cerca de sessenta Estados mesmo assim reconheceram a soberania do novo regime no sul e abriram embaixadas em Saigon. Não acredito que Estados estrangeiros, atuem eles isoladamente ou como coletividade, quer firmem tratados quer enviem embaixadores, tenham condições de estabelecer ou anular a legitimidade de um governo. O que é crucial é o prestígio desse governo com seu próprio povo. Se o novo regime tivesse conseguido arregimentar apoio local, o Vietnã hoje teria se unido aos Estados duplos da Alemanha e da Coréia, e Genebra em 1954 seria lembrada apenas como cenário para mais uma partilha da guerra fria. Mas qual é o teste para averiguar o apoio popular num país em que se desconhece a democracia e em que as eleições são habitualmente manipuladas? O teste, para governos tanto quanto para os rebeldes, é a capacidade de autodefesa. Isso não significa que Estados estrangeiros não possam prestar auxílio. Pressupõe-se a legitimidade de regi-

---

14. Acompanharei o relato de G. M. Kahin e John W. Lewis, *The United States in Vietnam* (Nova York, 1967).

mes novos. Há, por assim dizer, um período de experiência, um prazo para reunir apoio. No Vietnã do Sul, porém, esse prazo foi mal utilizado, e a contínua dependência do novo regime em relação aos Estados Unidos é prova incriminadora contra ele. Sua solicitação urgente de intervenção militar no início da década de 1960 constitui prova ainda mais incriminadora. É preciso fazer ao presidente Diem uma pergunta levantada pela primeira vez por Montague Bernard: "Como pode personificar [representar] seu povo alguém que implora a uma potência estrangeira auxílio para submeter esse mesmo povo à obediência?"[15] Na verdade, essa personificação nunca teve sucesso.

Seria possível expor a argumentação de modo mais restrito: um governo que recebe ajuda técnica e econômica, suprimentos militares, aconselhamento tático e estratégico, e ainda assim não consegue submeter seus cidadãos à obediência, é evidentemente um governo ilegítimo. Seja a legitimidade definida em termos sociológicos, seja em termos morais, um governo semelhante não consegue cumprir os requisitos mínimos. É de estranhar como consegue chegar a sobreviver. De fato, deve sobreviver em razão do auxílio externo que recebe, e por nenhum outro motivo local. O regime de Saigon era a tal ponto uma criatura americana que é difícil entender a alegação do governo dos Estados Unidos de que estava comprometido com o regime e obrigado a assegurar sua sobrevivência. É como se nossa mão direita tivesse um compromisso com a esquerda. Não há nenhum agente independente, de caráter político ou moral, na outra ponta do compromisso e, por isso, não há nenhum compro-

---

15. "On the Principle of Non-Intervention", p. 16.

misso genuíno. As obrigações para com nossas criaturas (salvo na medida em que se relacionem à segurança de indivíduos) são tão insignificantes em termos políticos quanto as obrigações para com nós mesmos são insignificantes em termos morais. Quando os Estados Unidos intervieram militarmente no Vietnã, eles agiram, portanto, não para cumprir compromissos com outro Estado, mas para empenhar-se em políticas de sua própria invenção.

Em comparação com tudo isso, alega-se que a base popular do governo sul-vietnamita teria sido solapada por uma campanha sistemática de subversão, terrorismo e guerra de guerrilhas, em grande parte dirigida e alimentada pelo Vietnã do Norte. É realmente verdade que houve essa campanha e que o Norte estava envolvido nela, embora a extensão e a cronologia desse envolvimento sejam muito questionáveis. Se estivéssemos redigindo uma peça processual, essas questões teriam uma importância crítica para a alegação americana de que os norte-vietnamitas estariam dando apoio ilegítimo a uma insurreição local, tanto com homens quanto com material bélico, numa época em que os Estados Unidos ainda estavam fornecendo apenas auxílio econômico e suprimentos militares a um governo legítimo. Mas essa alegação, qualquer que seja sua validade legal, de algum modo não se aplica à realidade moral do caso vietnamita. Seria melhor afirmar que os Estados Unidos estavam textualmente servindo de muleta para um governo – e logo para uma série de governos – desprovidos de base política local, ao passo que os norte-vietnamitas estavam auxiliando um movimento revoltoso com raízes profundas no interior do país. Nossa importância era muito mais vital para o governo do que a dos norte-vietnamitas para os rebeldes. Na realidade, foi a fraqueza do governo, sua incapacidade de autodefesa até mesmo diante de seus inimigos internos, que forçou a escalada constante do envolvimento americano. E esse fato deve suscitar as perguntas mais sérias sobre a argumentação da defesa americana, pois a contra-intervenção é moralmente possível somente em prol de um governo (de um movimento, partido ou seja lá o que for) que já tenha passado no teste da capacidade de autodefesa.

Muito pouco posso dizer aqui sobre as razões para a força dos rebeldes no interior do país. Por que os comunistas conseguiram, e o governo não conseguiu, "encarnar" o nacionalismo vietnamita? É provável que o caráter e a abrangência da presença americana tenham tido grande influência nesse ponto. O nacionalismo não se deixa representar com facilidade por um regime tão dependente de apoio estrangeiro quanto o de Saigon. É também um fato importante que as manobras dos norte-vietnamitas não estigmatizavam como agentes estrangeiros as pessoas a quem beneficiavam. Em nações divididas, como o Vietnã era, a infiltração pela linha divisória não é necessariamente considerada interferência externa pelos homens e mulheres no outro lado. A Guerra da Coréia poderia dar uma impressão muito diferente se os norte-coreanos não tivessem cruzado o paralelo 38 com grandes contingentes, mas tivessem, sim, feito contato secreto com uma rebelião sul-coreana. Ao contrário do Vietnã, porém, não havia rebelião alguma – e havia considerável apoio ao governo – na Coréia do Sul[16]. Essas li-

---

16. Veja Gregory Henderson, *Korea: The Politics of the Vortex* (Cambridge, Mass., 1968), capítulo 6.

nhas divisórias da guerra fria geralmente têm a importância de uma fronteira internacional somente na medida em que demarquem, ou venham com o tempo a demarcar, duas comunidades políticas dentro de cada uma das quais cidadãos enquanto indivíduos sintam algum tipo de lealdade local. Se o Vietnã do Sul tivesse se moldado dessa forma, a atividade militar americana, diante da cumplicidade em larga escala do Vietnã do Norte com o terrorismo e a guerra de guerrilhas, poderia ter preenchido os requisitos para ser considerada contra-intervenção. No mínimo, teria sido possível alegar isso. Nas circunstâncias reais, não é possível.

Permanece a dúvida se a contra-intervenção americana, se realmente tivesse sido contra-intervenção, poderia legitimamente ter assumido a dimensão e a abrangência da guerra que acabamos lutando. Aqui cabe alguma noção de simetria, se bem que ela não possa ser fixada de modo absoluto em termos aritméticos. Quando um Estado se empenha em manter ou restaurar a integridade de um conflito localizado, sua atividade militar deveria ser aproximadamente equivalente à dos outros Estados intervencionistas. A contra-intervenção é um ato de restauração de equilíbrio. Já esclareci isso, mas é um ponto que vale ressaltar, pois reflete uma verdade profunda acerca do significado da disposição para a reação: *a meta da contra-intervenção não é vencer a guerra*. Que essa não é uma verdade oculta nem obscura transparece na conhecida descrição da Guerra do Vietnã pelo presidente Kennedy. "Em última análise", disse Kennedy, "a guerra é deles. São eles que terão de vencer ou ser derrotados. Podemos ajudá-los, podemos dar-lhes equipamentos, podemos enviar nossos homens na qualidade de consultores, mas quem tem de vencer são eles – o povo do Vietnã, contra os comunistas..."[17] Embora essa opinião fosse reiterada por líderes americanos posteriores, infelizmente ela não é uma exposição definitiva da política americana. Na realidade, os Estados Unidos deixaram de respeitar em termos extremamente radicais a natureza e as dimensões da guerra civil vietnamita, e deixamos de fazê-lo porque não poderíamos vencer a guerra enquanto ela mantivesse aquela natureza e fosse travada dentro daquelas dimensões. Em busca de um nível de conflito em que nossa superioridade tecnológica pudesse se impor, nós aumentamos progressivamente nossa presença no conflito até que ele afinal se transformou numa guerra americana, travada por objetivos americanos, em terra alheia.

A intervenção humanitária

Um governo legítimo é aquele que consegue travar suas próprias guerras internas. E o auxílio externo nessas guerras é acertadamente denominado contra-intervenção apenas quando compensa, e não vai além de compensar, a intervenção anterior de outra potência, tornando possível mais uma vez que as forças locais vençam ou sejam derrotadas sozinhas. O resultado de guerras civis deveria refletir não a força relativa dos Estados intervencionistas, mas o alinhamento local das forças. Existe, porém, outro tipo de caso em que não procuramos resultados desse tipo, em que não queremos que o equilíbrio local prepondere. Se as forças predominantes dentro de

---

17. Kahin e Lewis, p. 146.

um Estado estiverem empenhadas em graves violações dos direitos humanos, o recurso à autodeterminação no sentido de capacidade de autodefesa que lhe dá Mill não é muito interessante. Esse recurso está associado à liberdade da comunidade considerada como um todo. Ele não tem validade alguma quando o que está em jogo é a própria sobrevivência ou a mínima liberdade de (uma quantidade significativa de) seus membros. Contra a escravização ou o massacre de adversários políticos, minorias nacionais e seitas religiosas, é bem possível que não haja defesa, a menos que a defesa venha de fora. E, quando um governo se volta contra seu próprio povo, recorrendo a uma violência selvagem, devemos duvidar da própria existência de uma comunidade política, à qual a idéia de autodeterminação possa se aplicar.

Não é difícil encontrar exemplos. O que é embaraçoso é sua abundância. A lista de governos opressores, a lista de povos massacrados, é assustadoramente extensa. Embora um acontecimento como o Holocausto não tenha precedentes na história humana, o assassinato em escala menor é tão freqüente a ponto de ser quase comum. Por outro lado – ou talvez por esse mesmo motivo –, exemplos nítidos do que se chama "intervenção humanitária" são muito raros[18]. A bem da verdade, não encontrei nenhum, mas apenas casos variados em que a motivação humanitária é uma entre diversas. Ao que parece, os Estados não mandam soldados invadir outros

---

18. Ellery C. Stowell sugere alguns exemplos possíveis em *Intervention in International Law* (Washington, D.C., 1921), capítulo II. Para visões jurídicas contemporâneas (e exemplos mais recentes) veja Richard Lillich, org., *Humanitarian Intervention and the United Nations* (Charlottesville, Virgínia, 1973).

Estados somente para salvar vidas. A vida de estrangeiros não tem tanto peso assim na balança do processo decisório nacional. Teremos, portanto, de investigar a importância moral de motivações variadas*. Não é necessariamente um argumento contra a intervenção humanitária o fato de ser ela, na melhor das hipóteses, parcialmente humanitária, mas é uma razão para que sejamos céticos e examinemos detidamente os outros fatores.

Cuba, 1898, e Bangladesh, 1971

Esses dois casos poderiam ser abrangidos pelos conceitos de libertação nacional e contra-intervenção. Cada um tem, entretanto, uma importância maior em vista das atrocidades cometidas pelos governos espanhol e paquistanês. É mais fácil falar sobre o trabalho brutal dos espanhóis, pois ele ficou devendo pouco a um massacre sistemático. Em luta contra um exército de revoltosos cubanos que viviam da terra e pareciam ter apoio camponês em grande escala, os espanhóis de início elaboraram a política do reassentamento forçado. Sem eufemis-

---

* É óbvio que o caso é diferente quando as vidas em jogo são as de compatriotas. Intervenções projetadas para salvar cidadãos ameaçados de morte num país estrangeiro foram denominadas humanitárias por convenção, e não há nenhuma razão para negar-lhes essa descrição quando o que realmente está em questão é a vida e a morte. Parece provável que o ataque-relâmpago israelense ao aeroporto de Entebbe em Uganda (4 de julho de 1976) se torne um caso clássico. Nesse caso não há, nem deveria haver, cogitação de motivos variados: o único objetivo é o salvamento dessas pessoas para com as quais a força interventora tem um compromisso especial.

mo, ela foi denominada *la reconcentración*. Exigia a ordem do general Weyler[19]:

> Todos os moradores de áreas rurais ou de áreas que se situem fora de cidades fortificadas estarão concentrados dentro das cidades ocupadas por tropas no prazo de oito dias. Todos os indivíduos que desobedecerem ou forem encontrados fora das áreas estipuladas serão considerados rebeldes e julgados como tais.

Mais adiante questionarei se a "concentração" em si é uma política criminosa. O crime imediato dos espanhóis foi impor o plano com tão pouca consideração pela saúde das pessoas envolvidas que milhares sofreram e morreram. Essas vidas e mortes foram amplamente divulgadas nos Estados Unidos, não somente na imprensa sensacionalista, e sem dúvida estavam presentes na mente de muitos americanos como a principal justificativa para a guerra contra a Espanha. Daí, a resolução parlamentar de 20 de abril de 1898: "Considerando que as condições abomináveis que vigoram há mais de três anos na ilha de Cuba, tão perto de nossas próprias fronteiras, abalaram a consciência moral do povo dos Estados Unidos..."[20] Mas havia outros motivos para entrar em guerra.

Desses motivos, os principais eram de natureza econômica e estratégica, relacionados, em primeiro lugar, aos investimentos americanos no açúcar cubano, uma questão do interesse de uma parte da comunidade financeira; e, em segundo lugar, às vias de acesso maríti-

---

19. Citado em Philip S. Foner, *The Spanish-Cuban-American War and the Birth of American Imperialism* (Nova York, 1972), I, 111.
20. Citado em Stowell, p. 122 n.

mo ao istmo do Panamá, onde um dia se situaria o canal, uma questão do interesse de intelectuais e políticos que defendiam a causa da expansão americana. Cuba era um elemento insignificante nos planos de homens como Mahan e Adams, Roosevelt e Lodge, que estavam mais preocupados com o oceano Pacífico que com o mar do Caribe. No entanto, o canal que uniria os dois conferia a Cuba certo valor estratégico, e uma guerra para conquistá-la tinha seu valor na medida em que acostumava os americanos a aventuras imperialistas (e também levava à conquista das Filipinas). De modo geral, o debate histórico a respeito das causas da guerra concentrou-se nas diferentes formas de imperialismo econômico e político, na busca de mercados e de oportunidades de investimento, no empenho pelo "poder nacional em si e por si"[21]. Vale lembrar, porém, que a guerra também teve o apoio de políticos antiimperialistas – ou melhor, a liberdade cubana recebeu esse apoio e então, em conseqüência da brutalidade espanhola, também a intervenção humanitária das forças militares americanas o recebeu. Contudo, a guerra que realmente travamos e a intervenção recomendada pelos populistas e pelos democratas radicais foram dois fatos bastante diferentes.

Os revoltosos cubanos fizeram três pedidos aos Estados Unidos: que reconhecessem seu governo provisório como o legítimo governo de Cuba, que fornecessem suprimentos militares a seu exército e que belonaves americanas bloqueassem o litoral cubano para interromper o fornecimento de suprimentos para o exército espa-

---

21. Veja, por exemplo, Julius W. Pratt, *Expansionists of 1898* (Baltimore, 1936), e Walter La Feber, *The New Empire: An Interpretation of American Expansion* (Ithaca, 1963); também Foner, I, capítulo XIV.

nhol. Com uma ajuda dessa natureza, dizia-se, as forças rebeldes cresceriam, os espanhóis não poderiam manter suas posições por muito tempo e caberia aos cubanos reconstruir seu país (com ajuda americana) e cuidar de seus próprios assuntos[22]. Era esse também o programa dos radicais americanos. O presidente McKinley e seus assessores não acreditaram, porém, que os cubanos fossem capazes de cuidar da sua própria vida, ou talvez temessem uma reconstrução radical. Seja qual for o caso, os Estados Unidos intervieram sem reconhecer os revoltosos, invadiram a ilha e rapidamente derrotaram as forças espanholas, ocupando seu lugar. A vitória inquestionavelmente teve efeitos humanitários. Embora o esforço militar americano fosse de uma ineficiência notável, a guerra foi curta e não agravou muito as aflições da população civil. Operações de socorro, também de extraordinária ineficiência inicial, começavam assim que as batalhas eram vencidas. Em seu relato oficial da guerra, o almirante Chadwick gaba-se do derramamento de sangue relativamente baixo: "A guerra em si", escreve ele, "não pode ser o grande mal; o mal está nos horrores, muitos dos quais não são necessariamente concomitantes... A guerra que então começava entre os Estados Unidos e a Espanha foi uma guerra da qual esses horrores maiores praticamente haveriam de estar ausentes."[23] De fato os horrores estavam ausentes; muito mais, pelo menos, que nos longos anos da Insurreição Cubana. Mas a invasão de Cuba, os três anos de ocupação militar, a subseqüen-

---

22. Foner, I, capítulo XIII.
23. F. E. Chadwick, *The Relations of the United States and Spain: Diplomacy* (Nova York, 1909), pp. 586-7. Essas linhas são a epígrafe do relato de Walter Millis da guerra: *The Martial Spirit* (s.l., 1931).

te concessão de uma independência drasticamente limitada (em conformidade com o estipulado na Emenda Platt) explicam em boa parte o ceticismo com que costumam ser encaradas as afirmações americanas de interesse humanitário. Todo o desenrolar da ação, de 1898 a 1902, poderia ser considerado um exemplo de imperialismo benévolo, levando-se em conta a "pirataria" da época, mas não se trata de um exemplo de intervenção humanitária[24].

Os julgamentos que fazemos em casos como esse não dependem do fato de que considerações outras que não o sentimento humano figuravam nos planos do governo, nem mesmo do fato de que o lado humanitário não era o motivo principal. Não sei se alguma vez ele chega a ser, e a avaliação é ainda mais difícil numa democracia liberal em que os motivos variados do governo refletem o pluralismo da sociedade. Nem se trata de uma questão de resultados benéficos. Em conseqüência da vitória americana, os *reconcentrados* puderam voltar para casa. Eles teriam, entretanto, podido fazer o mesmo se os Estados Unidos tivessem entrado na guerra no lado dos espanhóis e, junto com eles, derrotado decisivamente os revoltosos cubanos. A "concentração" era uma estratégia de guerra e teria terminado junto com a guerra, qualquer que fosse o resultado. A questão crucial é outra. A intervenção humanitária envolve a ação militar em prol de um povo oprimido e exige que o Estado intervencionista, até certo ponto, se solidarize com os objetivos des-

---

24. Millis, p. 404; deve-se salientar que Millis também escreve a respeito da decisão americana de entrar em guerra: "Raramente a história pode ter registrado um caso mais nítido de agressão militar..." (p. 160).

se povo. Ele não precisa se propor atingir esses objetivos, mas também não pode impor obstáculos a sua realização. As pessoas são oprimidas, presumivelmente porque procuraram atingir algum objetivo – tolerância religiosa, liberdade nacional ou seja lá o que for – inaceitável a seus opressores. Não se pode intervir em sua defesa e ao mesmo tempo contra seus objetivos. Não quero argumentar que os propósitos dos oprimidos sejam necessariamente justos ou que seja preciso aceitá-los em sua totalidade. Ao que tudo indica, porém, eles fazem jus a uma atenção bem maior que aquela que os Estados Unidos estavam dispostos a prestar em 1898.

Essa consideração pelos objetivos dos oprimidos é diretamente análoga ao respeito pela autonomia local, que é uma característica necessária da contra-intervenção. Os dois princípios revisionistas refletem um compromisso comum: que a intervenção seja tanto quanto possível semelhante a uma não-intervenção. Num dos casos, o alvo é o equilíbrio; no outro, o socorro. Em nenhum dos dois, e sem dúvida nunca em conflitos separatistas e de libertação nacional, poderá o Estado intervencionista reivindicar com legitimidade qualquer prerrogativa política para si. E, sempre que ele fizer reivindicações dessa natureza (como fizeram os Estados Unidos quando ocuparam Cuba e novamente quando impuseram a Emenda Platt), suspeitamos que o poder político era seu objetivo desde o início.

A invasão indiana do Paquistão Oriental (Bangladesh) em 1971 é um exemplo melhor de intervenção humanitária – não por causa da especificidade ou pureza dos motivos do governo, mas porque seus diversos motivos convergiam para uma única linha de ação, que também era a linha de ação solicitada pelos bengalis. Essa convergência explica por que os indianos entraram no país e dali saíram com tanta rapidez, derrotando o exército paquistanês, mas não ocupando seu lugar, e sem impor nenhum controle político sobre o emergente Estado de Bangladesh. Sem dúvida, interesses estratégicos bem como morais estavam subjacentes a essa política. O Paquistão, antigo inimigo da Índia, foi enfraquecido em termos significativos, enquanto a própria Índia evitou tornar-se responsável por uma nação desesperadamente pobre cuja política interna tinha alta probabilidade de ser instável e explosiva por muito tempo. Mas a intervenção pode ser classificada como humanitária porque foi um *salvamento*, na acepção estrita e exata da palavra. É assim que as circunstâncias às vezes fazem com que todos nós pareçamos santos.

Não me deterei sobre a opressão paquistanesa em Bengala. Trata-se de um relato terrível e a esta altura está bastante bem documentado[25]. Vendo-se confrontado por um movimento por autonomia no que na época era sua província oriental, o governo do Paquistão, em março de 1971, literalmente soltou um exército contra seu próprio povo – ou melhor, um exército punjabi contra o povo bengali, pois a união entre o leste e o oeste já estava rompida. O massacre resultante apenas completou a ruptura e a tornou irreparável. O exército não estava totalmente sem comando. Seus oficiais portavam "listas de condenados à morte" nas quais figuravam os nomes dos líderes políticos, culturais e intelectuais de Bengala. Havia também um esforço sistemático para eliminar os segui-

---

25. Para um relato contemporâneo de autoria de um jornalista britânico, veja David Loshak, *Pakistan Crisis* (Londres, 1971).

dores dessas pessoas: estudantes universitários, ativistas políticos e assim por diante. Além desses grupos, os soldados agiam livremente, queimando, estuprando, matando. Milhões de bengalis fugiram para a Índia, e sua chegada, miseráveis, famintos e com histórias inacreditáveis a contar, estabeleceu a fundamentação moral para o posterior ataque indiano. "É uma frivolidade argumentar que nesses casos o dever do povo vizinho é de observar calmamente."[26] Seguiram-se meses de manobras diplomáticas, mas durante esse período os indianos já estavam prestando auxílio a guerrilheiros bengalis e oferecendo abrigo não só a refugiados como também a homens e mulheres combatentes. A guerra de duas semanas de dezembro de 1971 pareceu começar com um ataque aéreo paquistanês, mas a invasão indiana não exigia nenhum ataque prévio dessa natureza. Ela se justificava por outros motivos.

A força dos guerrilheiros bengalis e suas realizações entre março e dezembro são alvo de alguma controvérsia, da mesma forma que seu papel na guerra de duas semanas. Está claro, porém, que não era objetivo da invasão indiana abrir caminho para a luta dos bengalis; nem a força ou a fraqueza dos guerrilheiros afeta nossa visão sobre a invasão. Quando um povo está sendo massacrado, não exigimos que ele passe pelo teste de capacidade de autodefesa antes de ir em seu auxílio. É sua própria incapacidade que atrai nossa presença. O objetivo do exército indiano, portanto, era derrotar as forças paquistanesas e expulsá-las de Bangladesh, ou seja, vencer

---

26. John Westlake, *International Law*, vol. 1, *Peace* (2.ª edição, Cambridge, 1910), pp. 319-20.

a guerra. O objetivo era diferente daquele pertinente a uma contra-intervenção, e por uma importante razão moral. As pessoas que iniciam massacres perdem o direito de participar dos processos normais (mesmo que normalmente violentos) de autodeterminação nacional. Sua derrota militar é necessária em termos morais.

Governos e exércitos engajados em massacres são prontamente identificados como governos e exércitos criminosos (são culpados, em conformidade com o código de Nuremberg, de "crimes contra a humanidade"). Por esse motivo, a intervenção humanitária é muito mais semelhante que qualquer outro tipo de intervenção àquilo que, na sociedade de cada país, geralmente consideramos ser trabalho de polícia e de imposição do cumprimento da lei. Ao mesmo tempo, no entanto, ela exige que seja transposta uma fronteira internacional, e essas invasões são proibidas pelo paradigma legalista – a não ser que sejam autorizadas, a meu ver, pela sociedade das nações. Nos casos que examinei, o cumprimento da lei é imposto de modo unilateral, a polícia é quem se intitula polícia. Ora, o unilateralismo sempre predominou na arena internacional, mas nós nos preocupamos mais com ele quando o que está envolvido é uma reação à violência interna do que à agressão estrangeira. Nossa preocupação consiste em que Estados, sob o disfarce do humanitarismo, venham a coagir e dominar seus vizinhos. Mais uma vez, não é difícil encontrar exemplos. Por esse motivo, muitos juristas preferem ater-se ao paradigma. Isso não exige que eles, na sua opinião, neguem a (eventual) necessidade de intervenção. Eles meramente negam reconhecimento legal a essa necessidade. A intervenção humanitária "pertence ao terreno não da lei, mas da escolha moral, que as nações, como os indivíduos, precisam às vezes fazer..."[27] Contudo, essa formulação é plausível apenas se não pararmos nela, como os juristas costumam fazer. Pois as escolhas morais não são simplesmente feitas. Elas também são julgadas. Portanto, é preciso que haja critérios para o julgamento. Se esses critérios não estiverem previstos pela lei, ou se a disposição legal se esgotar em certo ponto, mesmo assim eles estão contidos em nossa moral comum, que não se esgota, e que ainda precisa ser esclarecida depois que os juristas tiverem encerrado sua atuação.

A moral, pelo menos, não é um obstáculo à ação unilateral, desde que não haja alternativa imediata disponível. No caso de Bengala, não havia nenhuma. Sem dúvida, os massacres eram uma questão de interesse universal, mas somente a Índia demonstrou interesse por eles. O caso foi levado formalmente às Nações Unidas, sem resultar em ação alguma. Nem está claro para mim que uma ação empreendida pela ONU, ou por uma coalizão de potências, teria tido necessariamente uma qualidade moral superior à do ataque indiano. O que se procura no maior número é a isenção de opiniões sectaristas e o consenso quanto às normas morais. E, para isso, não existe atualmente nenhum recurso institucional. Recorre-se à humanidade como um todo. Os Estados não perdem seu caráter sectário apenas por atuarem juntos. Se os governos possuem motivos conflitantes, o mesmo vale para coalizões de governos. Talvez alguns objetivos sejam anulados pela negociação política que constitua a coalizão, mas outros serão acrescentados; e a combina-

---

27. Thomas M. Franck e Nigel S. Rodley, "After Bangladesh: The Law of Humanitarian Intervention by Military Force", 67 *American Journal of International Law* 304 (1973).

ção resultante é tão acidental com relação à questão moral quanto o são as ideologias e interesses políticos de um Estado isolado.

A intervenção humanitária é justificada quando é uma reação (com razoáveis expectativas de sucesso) a atos "que abalam a consciência moral da humanidade". A linguagem antiquada parece-me perfeitamente correta. Em casos semelhantes, não é à consciência de líderes políticos que se recorre. Eles têm outros assuntos com que se preocupar, e é bem possível que lhes seja exigido reprimir seus sentimentos normais de indignação e afronta. Recorre-se às convicções morais de homens e mulheres comuns, adquirida ao longo de suas atividades de rotina. E, considerando-se que seja possível elaborar uma argumentação convincente nos termos dessas convicções, creio que não há nenhuma razão moral para adotar a postura de passividade que poderia ser denominada de "esperando a ONU" (esperando o Estado universal, esperando o Messias...).

> Suponhamos... que uma grande potência decidisse que a única forma pela qual poderia continuar a controlar um Estado-satélite consistiria em dizimar toda a população desse Estado e recolonizar a área com pessoas "confiáveis". Suponhamos que o governo do Estado-satélite concordasse com essa medida e instalasse a necessária aparelhagem para extermínio em massa... Seriam os demais membros da ONU obrigados a não interferir e a assistir a essa operação apenas porque a necessária decisão dos órgãos da ONU se encontrasse bloqueada e a operação não envolvesse um "ataque armado" contra qualquer [Estado-membro]...?[28]

---

28. Julius Stone, *Aggression and World Order*, p. 99.

A pergunta é retórica. Qualquer Estado capaz de impedir a carnificina tem o direito, no mínimo, de tentar reagir. O paradigma legalista de fato exclui esforços dessa natureza, mas isso apenas sugere que o paradigma, sem revisões, não tem como dar conta das realidades morais da intervenção militar.

A segunda, a terceira e a quarta revisão do paradigma têm a seguinte forma: os Estados podem ser invadidos, e guerras podem ser iniciadas com legitimidade para auxiliar movimentos separatistas (desde que eles tenham demonstrado seu caráter representativo), para contrabalançar intervenções anteriores por parte de outras potências e para salvar povos ameaçados de massacre. Em cada um desses casos, nós permitimos ou, depois do fato, louvamos ou não condenamos essas violações das normas formais de soberania, porque elas defendem os valores da vida individual e da liberdade da comunidade, valores dos quais a soberania é meramente uma expressão. A fórmula é, repito, permissiva, mas procurei em minha investigação de casos específicos indicar que os verdadeiros requisitos para intervenções justas são de fato limitados. E é preciso entender que as revisões incluem as limitações. Como as limitações costumam ser ignoradas, às vezes alega-se que seria melhor insistir numa norma absoluta de não-intervenção (como seria melhor insistir numa norma absoluta de não-precaução). Mas a norma absoluta também será desconsiderada, e nós então não teremos nenhum critério pelo qual julgar o que acontecer em seguida. Na realidade, dispomos de critérios, sim, que tentei mapear. Eles refletem compromissos com os direitos humanos que são profundos e valiosos, se bem que difíceis e problemáticos em sua aplicação.

7. OS OBJETIVOS DE GUERRA E A IMPORTÂNCIA DE VENCER

O que se pode chamar de visão modernista da guerra está resumido em tom macabro num poema de Randall Jarrell[1]:

> Os lucros e a morte tornam-se insignificantes:
> Somente os que choram e os pranteados se lembram
> Das guerras que perdemos, das guerras que vencemos;
> E o mundo é – o que sempre foi.

A guerra mata; é só isso o que faz. Mesmo suas causas econômicas não se refletem em seus resultados. E os soldados que morrem são, na expressão contemporânea, desperdiçados. Jarrell fala em nome desses homens desperdiçados, de companheiros já mortos e de outros que sabem que logo serão mortos. E é de fonte segura essa sua perspectiva: são muitos os que já se foram. Quando soldados morrem em pequenos números, em batalhas

---

1. "The Range in the Desert", *The Complete Poems*, p. 176.

concebíveis, eles podem atribuir algum significado a essas mortes. O sacrifício e o heroísmo são noções críveis. Mas a carnificina da guerra moderna satura sua capacidade de compreensão moral. O cinismo é seu último recurso. Ele não é, porém, nosso último recurso, nem a forma mais importante de nossas percepções da guerra na qual Jarrell lutou. Na verdade, a maioria de seus companheiros sobreviventes ainda iria querer afirmar que o mundo é diferente, e melhor, em decorrência da vitória aliada e da derrota do regime nazista. E a deles também é uma perspectiva abalizada: eles são muitos. Numa era em que a sensibilidade humana está em fina sintonia com todos os matizes da desesperança, ainda parece importante dizer a respeito dos que morrem na guerra que *eles não morreram em vão*. E, quando não podemos dizer isso, ou quando achamos que não podemos, incorporamos a raiva à nossa tristeza. Procuramos por culpados. Ainda temos um compromisso com um mundo moral.

O que significa não *ter morrido* em vão? Deve haver objetivos pelos quais valha a pena morrer; resultados pelos quais a vida dos soldados não seja um preço alto demais. A idéia de uma guerra justa exige a mesma pressuposição. Uma guerra justa é aquela em que a vitória é moralmente imperiosa; e o soldado que morre numa guerra justa não morre em vão. Valores de importância crítica estão em jogo: a independência política, a liberdade da comunidade, a vida humana. Se outros meios falharem (uma condição importante), as guerras em defesa desses valores são justificadas. As mortes que ocorrerem em seu decurso, de ambos os lados, são compreensíveis do ponto de vista moral, o que não quer dizer que elas não sejam também resultantes de estupidez militar e de confusão burocrática. Soldados morrem sem nenhum sentido até mesmo em guerras que não são desprovidas de sentido.

Contudo, se às vezes urge vencer, nem sempre está claro no que consiste a vitória. De acordo com a perspectiva militar convencional, o único alvo real da guerra é "a destruição das principais forças do inimigo no campo de batalha"[2]. Clausewitz fala da "derrocada do inimigo"[3]. Entretanto, muitas guerras terminam sem nenhum final dramático dessa natureza, e muitos objetivos de guerra podem ser alcançados sem que se chegue perto da destruição e da derrocada. Precisamos procurar os fins legítimos da guerra, os objetivos que podemos justificadamente almejar. Esses serão também os limites de uma guerra justa. Uma vez conquistados, ou uma vez acessíveis por meios políticos, a luta deveria parar. É desnecessária a morte dos soldados que venham a morrer depois desse ponto; e forçá-los a lutar com a possibilidade de morrer é um crime semelhante ao da própria agressão. Costuma-se dizer, porém, a respeito da teoria da guerra justa, que ela de fato não traça esse limite em nenhum ponto antes da destruição e derrocada; que a argumentação militar mais radical e a argumentação "moralista" coincidem ao exigir que a guerra seja travada até seu final absoluto. No rescaldo da Segunda Guerra Mundial, surgiu um grupo de escritores que insistia que a busca da justiça estava profundamente enredada nos horrores da guerra do século XX[4]. Eles se intitulavam "realistas", e

---

2. B. H. Liddell Hart, *Strategy* (2.ª edição revisada, Nova York, 1974), p. 339: o próprio Liddell Hart mantém uma posição diferente e muito mais sofisticada.

3. *War, Politics and Power*, p. 233; cf. a nova tradução de Howard e Paret, p. 595.

4. A obra de Reinhold Niebuhr foi a maior inspiração desse grupo; Hans Morganthau, seu teórico mais sistemático. Para obras de perti-

vou usar esse nome, embora no fundo eles não fossem seguidores de Tucídides e Hobbes. Sua argumentação era menos geral e, em última análise, menos subversiva da moral convencional. Eles alegavam que as guerras justas se transformam em cruzadas, e que a partir daí os estadistas e soldados que as travam passam a buscar a única vitória adequada à sua causa: a vitória total, a rendição incondicional. Luta-se com excesso de brutalidade e por mais tempo que o necessário. Semeia-se a justiça e colhe-se a morte. É um argumento vigoroso, embora eu queira sugerir, com referência tanto à condução da guerra como aos objetivos pelos quais ela é travada, que ele não faz nenhum sentido, a não ser como argumento moral. A solução que os realistas propunham era renunciar à justiça e aspirar a resultados mais modestos. A solução que prefiro propor é compreender melhor a justiça à qual não podemos deixar de aspirar.

A rendição incondicional

A política dos Aliados na Segunda Guerra Mundial

A posição realista poderia ser resumida da seguinte forma. É uma característica da cultura liberal ou democrática que a paz é concebida como uma condição nor-

---

nência mais imediata aos objetivos de meu capítulo, veja George Kennan, *American Diplomacy: 1900-1950* (Chicago, 1951); John W. Spanier, *The Truman-MacArthur Controversy and the Korean War* (Cambridge, Mass., 1959); Paul Kecskemeti, *Strategic Surrender: the Politics of Victory and Defeat* (Nova York, 1964). Para uma valiosa análise dos "realistas", veja Charles Frankel, *Morality and U.S. Foreign Policy*, Foreign Policy Association Headline Series, n.º 224 (1975).

mativa. Portanto, as guerras somente podem ser travadas se algum "princípio moral universal" assim o exigir: a preservação da paz, a sobrevivência da democracia e assim por diante. E, uma vez iniciada a guerra, esse princípio deve ser defendido em termos absolutos. Nada menos que a vitória total justificará o recurso ao "instrumento nefasto" da força militar. A ameaça à paz ou à democracia deve ser destruída por completo[5]. "As culturas democráticas", como escreveu Kecskemeti em seu conhecido livro sobre a rendição, "são profundamente pacíficas. Para elas, a guerra somente pode ser justificada se for travada para eliminar a guerra... Essa ideologia de cruzada... aparece refletida na convicção de que as hostilidades não podem ser encerradas antes que o sistema do inimigo funesto tenha sido erradicado."[6] O exemplo clássico dessa ideologia é o pensamento de Woodrow Wilson, e sua expressão concreta mais importante é a exigência dos Aliados de uma rendição incondicional na Segunda Guerra Mundial.

O que é passível de objeção no idealismo democrático, como os realistas o descrevem, é que ele estabelece objetivos que não podem ser atingidos de modo algum, objetivos pelos quais os soldados só podem morrer em vão. É uma objeção moral, e uma objeção importante caso tenha realmente sido pedido a soldados que morressem por objetivos tais como "a erradicação do mal". Seus esforços mais heróicos, afinal de contas, podem somente levar uma guerra específica a seu fim; eles não podem terminar com a atividade guerreira. Podem salvar a democracia de uma ameaça específica, mas não podem tornar

---

5. Spanier, p. 5.
6. Kecskemeti, pp. 25-6.

o mundo um lugar seguro para a democracia. Sou, porém, propenso a acreditar que a importância desses lemas wilsonianos foi muito superestimada na literatura realista. À altura em que Wilson fez com que os Estados Unidos entrassem na Primeira Guerra Mundial, o conflito já tinha sido levado a ultrapassar de longe os limites da justiça e da razão. Os piores daqueles "danos... à estrutura da sociedade humana que nem um século conseguirá apagar" já tinham sido infligidos, e os homens responsáveis não eram americanos inocentes, mas os inflexíveis estadistas e soldados da Grã-Bretanha, da França e da Alemanha. O programa de Quatorze Pontos de Wilson tornou possível uma rendição alemã em condições que estavam muito aquém dos objetivos de guerra de Lloyd George e Clemenceau[7]. De fato, foi a acusação alemã de que essas condições não tinham sido honradas no acordo de paz real (o que era verdade) que levou os Aliados a insistir em rendição incondicional naquela segunda vez. "Não vamos admitir nenhum argumento semelhante aos que foram usados pela Alemanha depois da última guerra", disse Churchill à Câmara dos Comuns em fevereiro de 1944[8]. "A política de rendição incondicional", escreve Kecskemeti, "representa um contraste intencional com a condução política do presidente Wilson da guerra em 1918." Se essa afirmação for válida, porém, não é fácil ver como tanto as políticas wilsonianas como as antiwilsonianas, a rendição sob condições e a rendição incondicional, podem ser atribuídas à "tradi-

---

7. Sobre a ligação entre a "visão de mundo" de Wilson e seu desejo de uma paz conciliatória, veja N. Gordon Levin, Jr., *Woodrow Wilson and World Politics: America's Response to War and Revolution* (Nova York, 1970), pp. 43, 52 ss.

8. *The Hinge of Fate* (Nova York, 1962), p. 600.

cional abordagem moralista americana do ou-tudo-ou-nada ao tratar do problema da guerra e da paz."⁹

A despeito de todo o seu idealismo, Wilson travou uma guerra limitada. Seus ideais fixaram os limites. (Se esses eram os limites certos ou não é outra questão.) Nem foi a Segunda Guerra Mundial uma guerra ilimitada, apesar da recusa dos Aliados em apresentar condições. A exigência de rendição incondicional, garantiu Churchill à Câmara dos Comuns, "não significa que tenhamos o direito de nos comportar de modo bárbaro, nem que desejemos varrer a Alemanha do mapa das nações da Europa". O que realmente significa, prosseguiu ele, é que "se estamos presos a um compromisso, estamos presos por nossa própria consciência à civilização. Não temos um compromisso com os alemães em conseqüência de uma negociação"¹⁰. Teria sido mais preciso se ele tivesse dito que os Aliados não tinham compromisso com o *governo* alemão, pois o povo alemão em sua grande maioria, seja como for, deve ser incluído na categoria de "civilização". Eles tinham direito à proteção de normas civilizadas e jamais poderiam ser postos totalmente à mercê dos que os derrotaram. Realmente não existe (no mundo moral) nada que se assemelhe à rendição incondicional de uma nação, pois as condições são inerentes à própria idéia de relações internacionais, como ocorre com a idéia de relações humanas – e elas são praticamente as mesmas tanto numa como na outra. Até mesmo criminosos no plano local, com quem as autoridades não costumam negociar, nunca se entregam incondicionalmen-

---

9. Kecskemeti, pp. 217, 241.
10. *Hinge of Fate*, p. 600; veja também o memorando de Churchill ao gabinete, datado de 14 de janeiro de 1944, p. 599.

te. Se não puderem estipular condições acima das previstas pela lei, ainda assim é verdade que a lei reconhece direitos – o direito a não ser torturado, por exemplo – que lhes pertencem enquanto seres humanos e enquanto cidadãos, não importa quais tenham sido seus crimes. As nações têm direitos semelhantes na sociedade internacional. Acima de todos, o direito de não ser "varrida do mapa", privada para sempre de soberania e liberdade*.

Em termos concretos, a política de rendição incondicional envolvia dois compromissos: em primeiro lugar, que os Aliados não negociariam com líderes nazistas, não teriam com eles nenhum acerto de natureza alguma, "exceto para instruí-los sobre os detalhes da capitulação organizada. Em segundo, que nenhum governo alemão seria reconhecido e considerado legítimo e oficial enquanto os Aliados não tivessem vencido a guerra, ocupado a Alemanha e estabelecido um novo regime. Dado o perfil do governo alemão existente, esses compromis-

---

* No passado, juristas e filósofos sustentavam que os vencedores tinham o direito de matar ou escravizar os cidadãos de um Estado derrotado. Contra essa opinião, em nome da lei natural ou dos direitos humanos, Montesquieu e Rousseau alegaram que as prerrogativas do vencedor se estendiam apenas ao Estado, não aos homens e mulheres que o compunham. "O Estado é a associação de homens, não os homens em si; o cidadão pode perecer e o homem permanecer" (*O espírito das leis*, X.3 [trad. bras., São Paulo, Martins Fontes, 2.ª ed., 1996.]). "Às vezes, é possível matar o Estado sem matar um único de seus membros; e a guerra não confere nenhum direito que não seja necessário à conquista de seu objetivo" (*O contrato social*, I.4 [trad. bras., São Paulo, Martins Fontes, 3.ª ed., 1996.]). Mas essa ainda é uma visão muito permissiva, pois os direitos dos indivíduos incluem o direito de associação política; e, se o cidadão for morto ou o Estado, destruído, alguma parte do homem morre também. Mesmo a destruição de um regime específico somente é defensável, como sustentarei, em circunstâncias excepcionais.

sos não me parecem representar um idealismo excessivo. Entretanto, eles realmente sugerem o limite extremo do que se pode pretender legitimamente numa guerra. O limite extremo é a conquista e reconstrução política do Estado inimigo; e somente contra um inimigo como o nazismo é possível ser correto ter uma pretensão desse nível. Em suas palestras sobre a diplomacia americana, George Kennan sugere que nem deveria ter havido menção à rendição incondicional, mas mesmo assim ele concorda "que Hitler era um homem com quem um acordo de paz era impraticável e inimaginável..."[11] Esse é, por assim dizer, um julgamento moral realista. Sem fazer uma afirmação explícita, ele reconhece o mal do regime nazista e acertadamente situa o nazismo fora do mundo (moral) de negociações e conciliação. Podemos entender o direito de conquista e reconstrução somente com um exemplo desses. O direito não surge em todas as guerras. Não surgiu, creio eu, na guerra contra o Japão. Ele existe apenas nos casos em que a criminalidade do Estado agressor ameace aqueles valores profundos representados simplesmente pela independência política e pela integridade territorial na ordem internacional, e quando a ameaça não seja em sentido algum acidental ou transitória, mas inerente à própria natureza do regime.

Aqui é preciso ter cuidado. É nesse ponto que as guerras justas mais se aproximam de cruzadas. Uma cruzada é uma guerra travada com objetivos religiosos ou ideológicos. Ela aspira não à defesa nem à aplicação da lei, mas à criação de novas ordens políticas e a conversões em massa. É o equivalente internacional da perseguição religiosa e da repressão política; e é obviamente

---

11. *American Diplomacy*, pp. 87-8.

proibida pela argumentação em nome da justiça. No entanto, a própria existência do nazismo leva-nos, como levou o general Eisenhower, à tentação de imaginar a Segunda Guerra Mundial como uma "cruzada na Europa". Portanto, precisamos fazer distinção entre cruzadas e guerras justas com a maior clareza possível. Examinemos a seguinte argumentação de um jurista inglês do século XIX[12]:

> A primeira limitação do direito geral, inerente a todos os Estados, de adotar a forma de governo... [que] lhe agrade é a seguinte:
> Nenhum Estado tem o direito de estabelecer uma forma de governo que tenha por base princípios declarados de hostilidade ao governo de outras nações.

Fazer esse tipo de distinção é muito perigoso, pois sugere que poderíamos empreender uma guerra contra governos cujas "declarações" tivéssemos algum motivo para ver com maus olhos ou temer. Mas declarações não vêm ao caso. Não temos nenhum conhecimento certo de quando é provável que elas sejam postas em prática e quando não. Nenhuma única forma de governo parece especificamente propensa à agressão. Sem dúvida não é verdade, como imaginavam muitos liberais do século XIX, que os Estados autoritários têm maior probabilidade de entrar em guerra que as democracias: a história dos regimes democráticos, começando por Atenas, não fornece nenhuma comprovação dessa hipótese. Nem cabe aqui falar de hostilidade a governos, salvo na medida em que esses representem as atividades de autodeter-

---

12. Robert Phillimore, *Commentaries Upon International Law* (Filadélfia, 1854), I, 315.

minação das nações. Os nazistas entraram em guerra com nações, não apenas com governos. Eles não eram hostis meramente em declarações, mas em atos que atingiam a própria existência de povos inteiros. E é somente em reação a uma hostilidade dessa natureza que passam a existir os direitos de conquista e reconstrução política.

Suponhamos, porém, que o povo alemão tivesse se sublevado contra o nazismo, como se sublevou contra o cáiser em 1918, e tivessem eles próprios criado um novo regime. Os Aliados pareciam estar empenhados em não lidar nem mesmo com um governo alemão revolucionário. "Aos Aliados norteados pela moral", escreve Kecskemeti, "qualquer abrandamento em relação às normas estritas da incondicionalidade significava que algum elemento do passado funesto sobreviveria após a rendição do derrotado, o que tornaria sua vitória sem sentido."[13] Na realidade, havia outra motivação, mais realista, para o rigor: a mútua desconfiança entre os inimigos de Hitler, as necessidades da política de coalizão. As potências ocidentais e os russos não conseguiam concordar a respeito de nada, a não ser quanto ao controle absoluto[14]. A justiça aponta no sentido oposto, por motivos muito próximos daqueles que distinguem e limitam radicalmente a prática da intervenção. Se os próprios alemães tivessem empreendido a destruição do nazismo, teria havido uma infinidade de razões para ajudá-los e nenhuma necessidade de uma reconstrução externa de sua organização política. Uma revolução alemã teria tornado a conquista da Alemanha desnecessária em termos morais. Não hou-

---

13. Kecskemeti, p. 219.
14. Veja Raymond G. O'Connor, *Diplomacy for Victory: FDR and Unconditional Surrender* (Nova York, 1971).

ve revolução, porém, e houve uma resistência dolorosamente insignificante ao domínio nazista. A oposição politicamente significativa desenvolveu-se apenas no interior do próprio quadro governante, e somente nos dias finais de uma guerra perdida; daí a tentativa de golpe de Estado pelos generais alemães em julho de 1944. Em tempos de paz, uma tentativa semelhante contaria como um ato de autodeterminação; e, se fosse bem-sucedida, outros Estados não teriam escolha além de lidar com o novo governo. Considerando-se uma guerra como a que os nazistas lutaram, e na qual os generais estavam profundamente implicados, o caso é mais difícil. Sou propenso a crer que em 1944 os Aliados já tinham o direito de esperar, e de impor, uma renovação mais meticulosa da vida política alemã. Até mesmo os generais teriam de se render incondicionalmente (como pelo menos alguns deles estavam dispostos a fazer).

A rendição incondicional é acertadamente considerada um procedimento punitivo. É importante entender com exatidão em que sentido isso se dá. O procedimento teria punido o povo alemão somente na medida em que o declarou temporariamente privado de sua liberdade política e o sujeitou a uma ocupação militar. Enquanto não se estabelecesse um regime pós-nazista e antinazista, os alemães deveriam se submeter a um período de tutela política: conseqüência de não terem eles mesmos derrubado Hitler, o principal ponto pelo qual foram responsabilizados coletivamente pelos danos que ele e seus seguidores causaram a outras nações. A privação da independência não acarreta, entretanto, mais nenhuma perda de direitos. A punição foi limitada e temporária. Ela pressupôs, como disse Churchill, a continuidade da existência de uma nação alemã. Os Aliados, porém, também almejavam punições mais específicas e de longo alcance. Eles se recusaram a fazer concessões ao regime nazista porque planejavam submeter seus principais membros a julgamento pela pena capital. Guerrear com um objetivo desses, alega Kecskemeti, significa sucumbir à "falácia pedagógica", ou seja, tentar construir um mundo pacífico no pós-guerra, "com base na lembrança imperecível de um castigo justo". Mas isso não pode ser feito porque a dissuasão não funciona na sociedade internacional como funciona na sociedade nacional: o número de agentes é muitíssimo menor; seus atos não são estereotipados e reiterados; as lições da punição são interpretadas de modo muito diferente por aqueles que as aplicam e por aqueles que as recebem; e, seja como for, elas logo se tornam descabidas à medida que as circunstâncias mudam[15]. Pois bem, o "justo castigo" é exatamente o que o paradigma legalista exigiria, e a crítica de Kecskemeti indica a necessidade de mais revisões. No entanto, ele sustenta apenas que a dissuasão é ineficaz; e sua argumentação, embora suficientemente plausível, não é de modo algum indubitavelmente verdadeira. Prefiro sugerir que o caráter especial da sociedade internacional torna moralmente inviável a plena aplicação da lei nacional e, ao mesmo tempo, que o perfil específico do nazismo de fato exigia a "punição" de seus líderes.

O que é especial a respeito da sociedade internacional é a natureza coletiva de seus membros. Cada líder que toma uma decisão representa toda uma comunidade de homens e mulheres. O impacto de suas guerras agressivas e defensivas faz-se sentir sobre um vasto território político e geográfico. A guerra afeta um número maior de

---

15. Kecskemeti, p. 240.

pessoas que o crime e a punição no nível local, e são os direitos dessas pessoas que nos forçam a limitar seus objetivos. Poderíamos examinar uma nova versão da analogia com a situação interna do país, orientada para a ação coletiva em vez de para a individual: o ataque de um Estado contra outro assemelha-se mais a uma invasão feudal que a uma agressão criminosa (mesmo quando se trata, literalmente, de uma agressão criminosa). Ele lembra uma inimizade feudal mais do que um assalto com agressão, não só por não existir nenhuma polícia de aceitação geral, mas também porque os rituais de punição terão maior probabilidade de ampliar do que de conter a violência. Se não forem tomadas as medidas mais severas e extraordinárias – o extermínio, o desterro, o desmembramento político – um Estado inimigo, como um clã aristocrático, e ao contrário de um criminoso comum, não poderá ser totalmente privado do poder de renovar atividades. Contudo, medidas semelhantes jamais podem ser defendidas, e por isso os Estados inimigos devem ser tratados, tanto em termos morais como em termos estratégicos, como futuros parceiros em algum tipo de ordem internacional.

A estabilidade entre os Estados, como entre facções e famílias aristocráticas, tem como base certos modelos de conciliação e comedimento, que seria bom que estadistas e soldados não perturbassem. Mas esses modelos não são simplesmente criações diplomáticas. Eles têm uma dimensão moral. Dependem de entendimentos mútuos. São compreensíveis somente dentro de um mundo de valores compartilhados. O nazismo foi um desafio consciente e intencional à própria existência de um mundo desse tipo: um programa de extermínio, desterro e desmembramento político. Em certo sentido, a agressão foi o menor dos crimes de Hitler. Portanto, não é perfeitamente exato descrever a vitória sobre a Alemanha, sua ocupação e o julgamento dos líderes nazistas como uma quantidade de esforços (infrutíferos) para dissuadir agressores futuros. É melhor entender esses atos como expressões de uma abominação coletiva, uma ratificação de nossos valores mais profundos[16]. E é correto dizer, como muitos disseram na ocasião, que a guerra contra o nazismo tinha de terminar com uma reafirmação dessa natureza se fosse para terminar de modo significativo.

A justiça nos acordos

Embora a política de rendição incondicional, direcionada ao governo mas não ao povo da Alemanha, tenha sido uma reação adequada ao nazismo, nem sempre ela é uma reação adequada. Fazer justiça, no sentido estrito, nem sempre é o procedimento correto a seguir. (Já afirmei que essa não pode ser a meta de contra-intervenções.) O erro fundamental dos realistas consiste em supor que quem luta por "princípios morais universais" deverá sempre lutar da mesma forma, como se os princípios universais não tivessem aplicações concretas e variadas. Precisamos, portanto, examinar um caso em que objetivos limitados tenham sido fixados, não pelas exigências de uma análise realista – pois o realismo não impõe nenhuma exigência moral; também os agressores podem ser realistas –, mas pela argumentação em defesa da justiça.

---

16. Para uma visão geral da punição como condenação pública, veja "The Expressive Function of Punishment", em Joel Feinberg, *Doing and Deserving* (Princeton, 1970), capítulo 5.

A Guerra da Coréia

A guerra americana na Coréia foi descrita oficialmente como uma "ação policial". Tínhamos ido ajudar um Estado que se defendia de uma invasão total, empenhados no árduo trabalho de fazer vigorar a lei internacional. A autorização das Nações Unidas aumentava nosso empenho, mas suas condições foram de fato elaboradas em termos unilaterais. Mais uma vez, estávamos em guerra contra a agressão em si tanto como contra um inimigo específico. Pois bem, quais eram os objetivos de guerra do governo dos Estados Unidos? Seria de esperar que a democracia americana, vagarosa para se enfurecer, mas terrível em sua ira justa, tivesse pretendido a total erradicação do regime norte-coreano. Na realidade, nossos objetivos iniciais eram de natureza limitada. No debate no Senado a respeito da decisão do presidente Truman de enviar às pressas tropas americanas para a guerra, foi afirmado repetidas vezes que nosso único objetivo era forçar os norte-coreanos a voltar à linha divisória e restaurar o *status quo* anterior à guerra. O senador Flanders insistiu que o presidente "não estaria se atendo a seus direitos se perseguisse as forças norte-coreanas... a norte do paralelo 38". O senador Lucas, um porta-voz da Presidência, "concordou plenamente"[17]. O debate concentrou-se em questões constitucionais. Não tinha havido nenhuma declaração formal de guerra e, por isso, os "direitos" do Presidente eram limitados. Ao mesmo tempo, o Senado não queria declarar a guerra e ampliar aqueles direitos. Seus integrantes estavam satisfeitos com

---

17. Glen D. Paige, *The Korean Decision* (Nova York, 1968), pp. 218-9.

o que se poderia chamar de guerra conservadora. "O Estado gananciosa", escreve Liddell Hart, "inerentemente insatisfeito, precisa alcançar a vitória para conquistar seu objetivo... O Estado conservador consegue atingir seu objetivo... frustrando o empenho do outro lado pela vitória."[18]

Essa era a meta americana até que nós mesmos, logo após a vitória de MacArthur em Inchon, atravessamos o paralelo 38. Essa decisão não é nem um pouco fácil de entender, mas parece ter sido um exemplo de arrogância militar muito mais do que de idealismo democrático. Suas implicações políticas e morais mais amplas parecem não ter sido alvo de muita reflexão na época. A manobra foi defendida principalmente em termos táticos. Dizia-se que parar na linha antiga teria concedido a iniciativa militar ao inimigo e teria permitido que ele reorganizasse seu exército para uma nova ofensiva. "As forças do agressor não deveriam ter permissão para se refugiar por trás de uma linha imaginária", disse o embaixador Austin à ONU, "porque isso recriaria a ameaça à paz..."[19] Deixarei de lado a estranha noção de que o paralelo 38 era uma linha imaginária (como então teríamos reconhecido a agressão inicial?). Não é implausível insinuar que os norte-coreanos não tinham direito algum a refúgio sob o aspecto militar e que poderiam ser justificados ataques que cruzassem o paralelo 38 com o objetivo restrito de impedir seu reagrupamento. Em resposta a uma invasão armada, pode-se legitimamente aspirar não apenas a uma resistência bem-sucedida, mas também a alguma segurança razoável contra ataques fu-

---

18. *Strategy*, p. 355.
19. Citado em Spanier, p. 88.

turos. Quando cruzamos a antiga fronteira, porém, adotamos também um propósito mais radical. Agora o objetivo americano, mais uma vez, sancionado pela ONU, era unificar a Coréia pela força de armas e criar um novo governo (democrático). E isso exigia não ataques limitados dentro das fronteiras da Coréia do Norte, mas a conquista do país inteiro. Resta saber se as guerras contra agressões necessariamente geram objetivos tão exaltados e de conseqüências tão amplas. É isso o que a justiça exige?

Se for, teria sido bom se nos contentássemos com um pouco menos. Seria, porém, estranho para os americanos responder a essa pergunta com uma afirmativa, já que nós tínhamos oficialmente tachado de agressão criminosa a tentativa da Coréia do Norte de unificar o país pela força. O Secretário de Estado Acheson parece ter sentido essa dificuldade quando declarou ao Senado (durante as audiências do caso MacArthur) que a unificação nunca tinha sido nosso objetivo *militar*. Nós pretendíamos apenas "recolher as pessoas que estavam lançando a agressão". Isso teria criado um vazio político no norte, prosseguiu ele, e a Coréia teria então de ser unificada, não pela força, mas "por eleições e esse tipo de coisa..."[20] Por artificiosa que seja essa afirmação, ela ainda assim indica o que a argumentação em defesa da justiça exige. Ao defender o aspecto moral da política americana, Acheson é forçado a insistir no caráter limitado de nosso esforço militar e a negar que ele tenha sido um dia uma cruzada contra o comunismo. Acheson realmente acreditava, porém, que o sucesso de nossa atua-

---

20. Citado em David Rees, *Korea: The Limited War* (Baltimore, 1970), p. 101.

ção policial exigia algo muito semelhante à conquista da Coréia do Norte.

É evidente que, a seu ver, a analogia era com a aplicação da lei interna de um país, casos em que não se interrompe simplesmente a atividade criminosa para restaurar o *status quo* anterior. Também se "recolhem" os criminosos, que são então levados a julgamento e punição. Mas essa característica do modelo interno de um país (e, portanto, do paradigma legalista) não é fácil de ser transposta para o cenário internacional. Pois, para recolher os agressores, com enorme freqüência o que será necessário é uma conquista militar, e a conquista tem efeitos que se estendem muito além das pessoas que são recolhidas. Ela prolonga uma guerra na qual é praticamente certo que grandes contingentes de homens e mulheres irão morrer, e submete toda uma nação, como vimos, à tutela política. E faz isso, mesmo que seus métodos sejam democráticos ("eleições livres e esse tipo de coisa"), porque ocupa o lugar de um regime que as pessoas da nação conquistada não tinham procurado substituir por si mesmas – na realidade, um regime pelo qual elas recentemente tinham lutado e morrido. A menos que as atividades desse regime sejam uma afronta permanente à consciência da humanidade, sua destruição não é um objetivo militar legítimo. E, por pior que seja a descrição da situação, o regime da Coréia do Norte não representava uma afronta semelhante. Seus programas eram mais parecidos com os da Alemanha de Bismarck que com os da Alemanha de Hitler. Seus líderes bem podem ter sido culpados de agressão criminosa, mas sua captura física e punição parece no máximo uma vantagem insignificante derivada de um certo tipo de vitória militar, não uma razão para perseguir esse tipo de vitória.

A esta altura a argumentação poderia ser colocada em termos de proporcionalidade, uma doutrina que alegadamente costuma fixar rígidos limites à duração das guerras e ao formato dos acordos. Nesse caso, teríamos de comparar os custos de continuar o conflito com o valor de punir os agressores. Tendo em vista nosso atual conhecimento da invasão chinesa e suas conseqüências, podemos dizer que os custos foram desproporcionais (e os agressores jamais foram punidos). No entanto, mesmo sem esse conhecimento, poderia ter sido apresentada uma defesa convincente de que o "recolhimento" proposto por Acheson não justificava seu custo provável. Por outro lado, é característico dos argumentos desse tipo que uma defesa igualmente convincente pudesse ter sido apresentada pelo outro lado, com a simples ampliação de nossa concepção dos objetivos de guerra. Se bem que a proporcionalidade seja uma questão de ajustar os meios aos fins, em tempos de guerra, como salientou o filósofo israelense, Yehuda Melzer, há uma tendência irresistível de, pelo contrário, ajustar os fins aos meios; ou seja, redefinir objetivos inicialmente reduzidos para que se adaptem às tecnologias e forças militares disponíveis[21]. Talvez a conquista da Coréia do Norte não pudesse ser defendida como um meio de punir agressores. Mesmo assim, ela poderia ter sido defendida como um meio para fazer isso e ao mesmo tempo abolir uma fronteira que poderia ser apenas (como de fato vem sendo) o foco de tensões futuras – com isso evitando guerras futuras. Nesse tipo de argumentação, é necessário manter os fins constantes. Mas como se consegue isso? Na prática,

---

21. *Concepts of Just War*, pp. 170-1.

é provável que a inflação dos fins seja inevitável, a não ser que seja impedida por considerações da própria justiça.

Ora, a justiça em acordos é uma noção complexa, mas possui um conteúdo mínimo que parece ter sido bastante bem compreendido pelos líderes americanos no início do conflito. Uma vez que tenha sido concretizado esse conteúdo mínimo, são os direitos do povo do país inimigo que proíbem a continuação do conflito, por maior que seja seu valor agregado*. Embora esses direitos sem dúvida estivessem mal representados pelo regime da Coréia do Norte, isso em si não constitui, como vimos, razão suficiente para uma guerra de conquista e reconstrução. O crime do agressor foi desafiar direitos individuais e comunitários, e os Estados que reagirem à

---

* Ou são os direitos de nosso próprio povo. Examinemos o clássico debate sobre a proporcionalidade na guerra em *Troilus e Cressida* (II.2) de Shakespeare. Hector e Troilus estão debatendo a renúncia a Helena:

Hector. Irmão, ela não vale o que custa:
  Mantê-la.
Troilus. E o que é alguma coisa a não ser o valor que lhe dão?
Hector. Mas o valor não reside na vontade pessoal.
  Ele contém sua estima e dignidade
  Tanto por ser precioso em si
  Como em quem o aprecia. É louca idolatria
  Tornar o culto mais importante que o deus.

Troilus rapidamente muda de assunto, da própria Helena para a honra dos guerreiros troianos, e assim vence o debate, pois o valor da honra parece residir mesmo em vontades pessoais. A manobra é típica e somente pode ser rebatida com uma alegação moral: a de que os guerreiros troianos não têm direito algum de arriscar uma cidade inteira em nome de sua honra. Não se trata de o sacrifício ser mais importante que o deus, mas de homens, mulheres e crianças com probabilidade de ser sacrificados não acreditarem necessariamente nesse deus e não participarem da adoração.

agressão não deverão repetir o desafio depois que os valores básicos tenham sido recuperados.

Posso agora reafirmar a quinta revisão do paradigma legalista. Por causa do perfil coletivo dos Estados, as convenções internas a cada país referentes à captura e punição não se ajustam com facilidade às exigências da sociedade internacional. É improvável que elas tenham efeitos dissuasórios significativos; é muito provável que aumentem, em vez de reduzir, o número de pessoas expostas a coação e riscos; e elas exigem atos de conquista que somente podem ser direcionados a comunidades políticas inteiras. Salvo quando são voltadas contra Estados de natureza semelhante à do nazista, as guerras justas são de perfil conservador. Seu objetivo não pode ser, como é o objetivo da função policial local, esmagar a violência ilegal, mas apenas tentar lidar com atos violentos específicos. Daí, os direitos e limites fixados pela argumentação em defesa da justiça: resistência, restauração, prevenção razoável. Infelizmente esses não são tão restritivos como parecem. Com freqüência, será necessária uma derrota militar bastante decisiva para persuadir Estados agressores de que eles não têm como ter sucesso em suas conquistas. Obviamente, eles não teriam iniciado o conflito se seus líderes não tivessem esperanças exageradas. E mais ações militares poderão ser necessárias até que possa ser elaborado um acordo de paz que ofereça até mesmo um mínimo de segurança à vítima: desengajamento, desmilitarização, controle de armas, arbitragem externa e assim por diante*. Alguma combinação dessas ações,

---

* A lista pode ser ampliada de modo que inclua a ocupação temporária de território inimigo, na dependência de um acordo de paz ou por algum prazo estipulado no acordo. Ela não inclui a anexação nem

adequada às circunstâncias de um caso específico, constitui um objetivo legítimo de guerra. Se não chegar a representar a "punição da agressão", deve ser dito que a derrota militar é sempre uma punição, e que as medidas preventivas que relacionei também são penalidades, na realidade, penalidades coletivas, na medida em que envolvam certa revogação da soberania do estado.

"O objetivo na guerra é um melhor estado de paz."[22] E, nos limites da argumentação em defesa da justiça, *melhor* significa mais seguro que o *status quo* anterior à guerra, menos vulnerável ao expansionismo territorial, mais a salvo para homens e mulheres comuns, bem como para sua autodeterminação nacional. As palavras-chave são todas de natureza relativa: não invulnerável, mas menos vulnerável; não a salvo, mas mais a salvo. As guerras justas são guerras limitadas. Existem razões morais para que os estadistas e soldados que as travam sejam prudentes e realistas. Ir além do necessário é, porém, comum na guerra; e muitas são as causas para isso. Não

---

mesmo como medida de segurança contra ataques futuros. E assim é em parte por motivos que Marx sugere em seu "Segundo manifesto" (com referência à Alsácia-Lorena): "Se limites tiverem de ser fixados por interesses militares, haverá uma infinidade de reivindicações porque cada linha militar é necessariamente falha e pode ser aprimorada com a anexação de algum território periférico; e além disso esses limites nunca podem ser fixados de modo definitivo e com justiça porque sempre devem ser impostos pelo conquistador aos conquistados e, conseqüentemente, trazem dentro de si as sementes de novas guerras." É verdade, porém, que algumas linhas são mais "falhas" que outras e que se pode deduzir tanto uma versão plausível como uma implausível da argumentação à qual Marx se opõe. Um argumento mais forte contra a anexação, creio eu, está nos direitos dos habitantes da terra anexada.

22. Liddell Hart, *Strategy*, p. 338.

vou negar que uma certa deturpação característica da argumentação em defesa da justiça está entre essas causas. O idealismo democrático nas formas aviltadas do fanatismo e da presunção de superioridade moral às vezes prolonga as guerras, mas isso também vale para o orgulho aristocrático, a arrogância militar, a intolerância política e religiosa. Algumas frases do ensaio de David Hume "On the Balance of Power" [Sobre o equilíbrio do poder] sugerem que deveríamos acrescentar à lista a "obstinação e paixão" com que até mesmo estadistas sofisticados, como os da Grã-Bretanha do século XVIII, defendem o equilíbrio[23].

> A mesma paz que foi mais tarde firmada em Ryswick em 1697 já tinha sido proposta no ano de 1692; a que se concluiu em Utrecht em 1712 poderia ter sido fechada em condições igualmente favoráveis... no ano de 1708; e poderíamos ter concedido em Frankfurt em 1743 os mesmos termos que recebemos de bom grado em Aix-la-Chappelle em 1748. Mais da metade de nossas guerras com a França... devem-se mais à nossa própria veemência imprudente que à ambição de nosso país vizinho.

Os realistas (de modo pouco realista) procuraram um único inimigo. Na verdade, eles já não conseguem lidar com o que têm nas mãos, sem o apoio de uma doutrina moral plenamente desenvolvida.

Nos debates acalorados a respeito da guerra americana na Coréia, as figuras militares e políticas favoráveis à ampliação do conflito com freqüência citavam a máxima: *na guerra nada substitui a vitória*. É preciso que se

---

23. Hume, *Theory of Politics*, org. Frederick Watkins (Edimburgo, 1951), pp. 190-1.

diga que é mais fácil detectar a origem dessa idéia em Clausewitz que em Woodrow Wilson. Seja como for, é uma idéia tola, visto que não fornece nenhuma definição de vitória. No caso em questão, é presumível que a palavra pretendesse descrever uma condição na qual o inimigo fosse totalmente esmagado, sem mais recurso algum. Considerando-se esse significado, pode-se dizer com segurança que a máxima é falsa tanto em termos morais como em termos históricos. Nem é sua falsidade uma doutrina oculta. Ela era amplamente aceita entre líderes americanos no início da década de 1950; e o governo conseguiu manter, por um período difícil, sua busca por uma substituta. Em outro sentido, porém, a máxima está correta. Numa guerra justa, com objetivos corretamente delimitados, de fato não há nada que se assemelhe à vitória. Há resultados alternativos, naturalmente, mas esses são aceitos somente em detrimento, até certo ponto, de valores humanos básicos. E isso significa que às vezes há razões morais para prolongar uma guerra. Pensemos naqueles longos meses em que as negociações com a Coréia permaneceram estagnadas por causa da questão da repatriação forçada de prisioneiros. Os negociadores americanos insistiam no princípio do livre-arbítrio, para que a paz não fosse tão coercitiva como a própria guerra, e aceitaram a continuação do conflito para não fazer concessões a esse respeito. É provável que estivessem com a razão, embora seja difícil de tão longe sopesar os valores envolvidos – e nesse ponto a doutrina da proporcionalidade é sem dúvida pertinente. Seja qual for o caso, depreende-se da argumentação em defesa da justiça que as guerras podem terminar cedo demais. Sempre há um impulso humanitário de interromper o conflito, e costumam ser feitas tentativas pelas grandes potências (ou pelas Nações Unidas) para impor um cessar-fogo. Entretanto, nem sempre é verdade que um cessar-fogo desse tipo atenda aos propósitos da humanidade. A menos que criem um "melhor estado de paz", eles podem simplesmente cristalizar as condições sob as quais a luta venha a ser retomada em época posterior e com força renovada. Ou poderão ratificar uma perda de valores, perda esta que, para ser evitada, tinha determinado que a guerra valeria a pena.

A teoria dos fins numa guerra é moldada pelos mesmos direitos que justificam o conflito em primeiro lugar – sendo de maior importância os direitos das nações, mesmo de nações inimigas, a uma continuação da existência nacional e, salvo em circunstâncias extremas, às prerrogativas políticas da nacionalidade. A teoria incorpora argumentos favoráveis à prudência e ao realismo. É uma proibição efetiva à guerra total e se harmoniza, creio eu, com outras características do *jus ad bellum*. Contudo, o caso é diferente com a teoria dos meios, para a qual devo agora me voltar. Aqui parece haver tensões e até mesmo contradições que se encontram no interior da argumentação em defesa da justiça. É no que diz respeito à condução da guerra – e não ao fim pelo qual ela é travada – que a necessidade imperiosa de fazer justiça parece às vezes levar estadistas e soldados a agir de modo injusto, ou seja, a lutar sem comedimento e com um fanatismo típico de uma cruzada.

Uma vez que estejamos de acordo quanto à natureza da agressão, das ameaças de guerra que constituem agressão e dos atos de opressão colonial e interferência estrangeira que justificam intervenções e contra-intervenções, também teremos tornado possível identificar inimigos no mundo: governos e exércitos aos quais pode (e talvez devesse) ser lícito oferecer resistência. As guerras que resultem dessa resistência são de responsabilidade desses governos e exércitos. O inferno da guerra é crime deles. E, se nem sempre foi verdadeiro que seus líderes devessem ser punidos por seus crimes, é de importância vital que não lhes seja permitido beneficiar-se deles. Se pode ser lícito oferecer-lhes resistência, essa resistência também deveria ser bem-sucedida. Daí a tentação de lutar com quaisquer meios – o que nos faz encarar o que descrevi na Primeira Parte como o dualismo fundamental de nossa concepção da guerra. Pois as normas do combate não tomam absolutamente conhecimento da culpa relativa de governos e exércitos. A teoria de *jus in bello,* embora também se fundamente nos direitos à vida e à liberdade, mantém-se independente e isolada da teoria da agressão. Os limites que ela impõe são impostos de modo idêntico e indiferente tanto a agressores como a seus adversários. E a aceitação desses limites – moderação no combate – bem pode dificultar a realização dos fins da guerra, mesmo que se trate de fins moderados. As normas poderão, então, ser deixadas de lado em nome de uma causa justa? Tentarei responder a essa pergunta ou sugerir alguns meios pelos quais ela poderia ser respondida, mas somente após examinar em detalhe a natureza e o funcionamento prático das próprias normas.

TERCEIRA PARTE
AS CONVENÇÕES DE GUERRA

8. OS MEIOS DA GUERRA E A IMPORTÂNCIA DE LUTAR BEM

A finalidade das convenções de guerra consiste em estipular os deveres dos Estados beligerantes, de comandantes de exércitos e de cada soldado com relação à condução das hostilidades. Já afirmei que esses deveres são exatamente os mesmos para Estados e soldados engajados em guerras de agressão bem como para os engajados em guerras de defesa. Em nossos julgamentos da luta, nós deixamos de lado toda cogitação quanto à justiça da causa. Agimos assim porque a condição moral de soldados enquanto indivíduos, de ambos os lados, é praticamente a mesma. Eles são levados a lutar por sua lealdade ao próprio Estado e por sua obediência legítima. É extremamente provável que acreditem que sua guerra é justa. E, embora a base para essa crença não seja necessariamente um questionamento racional, mas, com maior freqüência, uma espécie de aceitação irrestrita da propaganda oficial, ainda assim eles não são criminosos e se enfrentam mutuamente como iguais em termos morais.

A analogia com a situação interna de um país ajuda pouco nesse caso. A guerra enquanto atividade (a condução mais que a iniciativa da luta) não tem nenhum equivalente na sociedade civil estabelecida. Não se assemelha a um assalto à mão armada, por exemplo, mesmo que seus fins sejam de natureza semelhante. Na realidade, é o contraste, mais que a correspondência, que esclarece as convenções de guerra. O contraste é de fácil explicação. Precisamos apenas refletir sobre os seguintes tipos de caso. (1) Durante o assalto a um banco, um ladrão atira num segurança que estava sacando a arma. O ladrão é culpado de homicídio mesmo que alegue ter agido em legítima defesa. Como não tinha nenhum direito de assaltar o banco, também não tinha direito de se defender dos defensores do banco. Ele não é menos culpado por matar o guarda quanto seria por matar um circunstante desarmado, digamos, um correntista que estivesse fazendo um depósito. Os comparsas do ladrão poderiam elogiá-lo pelo primeiro homicídio, que nos termos deles era necessário, e censurá-lo pelo segundo, que teria sido injustificado e perigoso. Nós, entretanto, não o julgaremos desse modo porque a idéia de necessidade não se aplica à atividade criminosa. Para começar, não era necessário assaltar o banco.

Ora, a agressão também é uma atividade criminosa, mas nossa opinião sobre os que dela participam é muito diferente. (2) Durante uma guerra de agressão, um soldado mata outro, um membro do exército inimigo que defendia a própria pátria. Pressupondo-se um combate convencional, esse ato não é denominado homicídio; nem o soldado depois da guerra será considerado um assassino, nem mesmo por seus antigos inimigos. O caso na realidade não apresenta nenhuma diferença do que seria se o segundo soldado atirasse no primeiro. Nenhum dos dois é um criminoso, e por isso pode-se dizer que ambos agem em legítima defesa. Nós os consideramos assassinos somente quando fazem mira em não-combatentes, espectadores inocentes (civis), soldados feridos ou desarmados. Se atiram em homens que estão tentando se render ou se participam do massacre dos moradores de uma cidadezinha capturada, não hesitamos (ou não deveríamos hesitar) em condená-los. Entretanto, desde que lutem de acordo com as normas de guerra, nenhuma censura é possível.

O ponto crucial é que existem *normas* para a guerra, apesar de não existirem normas para o assalto (nem para o estupro nem para o homicídio). A igualdade moral do campo de batalha distingue o combate do crime local. Se quisermos julgar o que ocorre durante uma batalha, "devemos tratar os combatentes de ambos os lados", como escreveu Henry Sidgwick, "a partir do pressuposto de que cada um acredita estar com a razão". E devemos perguntar "como se devem determinar os deveres de um beligerante que luta em nome da justiça e se submete às restrições da moral"[1]. Ou, em termos mais diretos, sem fazer referência à justiça de sua causa, como podem os soldados lutar de modo justo?

Utilidade e proporcionalidade

A argumentação de Henry Sidgwick

Sidgwick responde a essa pergunta com uma regra dupla que resume com elegância a visão utilitarista mais comum sobre as convenções de guerra. Na condução das

---

1. *Elements of Politics*, pp. 253-4.

hostilidades, não é permissível praticar "nenhum dano que não colabore em termos concretos para o fim [da vitória], nem nenhum dano cuja utilidade para esse fim seja insignificante em comparação com a proporção do dano"[2]. O que está sendo proibido nesse caso é o mal excessivo. São propostos dois critérios para a determinação do que é excessivo. O primeiro é o da própria vitória, ou o que se costuma chamar de necessidade militar. O segundo depende de alguma noção de proporcionalidade: devemos avaliar o "dano praticado", que presumivelmente não significa apenas o mal imediato que atinge indivíduos, mas também qualquer mal aos interesses permanentes da humanidade, em comparação com a contribuição que esse dano dê para o objetivo da vitória.

Como se apresenta, entretanto, a argumentação atribui aos interesses de indivíduos e da humanidade um valor inferior ao da vitória que se procura alcançar. É provável que qualquer ato de força que contribua de modo definitivo para ganhar uma guerra seja considerado permissível. É provável que qualquer oficial que garanta a "utilidade" do ataque que está planejando consiga fazer o que bem quiser. Mais uma vez, a proporcionalidade revela-se um critério de difícil aplicação, pois não existe nenhum método pronto para estabelecer uma opinião independente ou estável sobre os valores em comparação com os quais a destruição da guerra deverá ser medida. Nossos julgamentos morais (caso Sidgwick esteja certo) seguem de perto considerações exclusivamente mili-

---

2. *Elements of Politics*, p. 254; para uma exposição contemporânea de um ponto de vista aproximadamente semelhante, veja R. B. Brandt, "Utilitarianism and the Rules of War", 1 *Philosophy and Public Affairs* 145-65 (1972).

tares e raramente se sustentarão diante de uma análise de condições de combate ou de estratégia de campanha realizada por um profissional qualificado. Seria difícil condenar soldados por qualquer coisa que fizessem durante uma batalha ou uma guerra que eles sinceramente acreditassem, e tivessem boas razões para acreditar, que fosse necessária, importante ou simplesmente útil para determinar o resultado. Sidgwick parece ter considerado essa conclusão inescapável, uma vez que concordemos em não fazer nenhum julgamento quanto à relativa utilidade de resultados diferentes. Pois, se fosse esse o caso, devemos admitir que soldados têm o direito de tentar vencer as guerras que tenham o direito de travar. Isso significa que eles podem fazer o que for preciso para ganhar, podem fazer o máximo, desde que o que façam esteja vinculado à vitória. Na realidade, eles deveriam fazer o máximo, com o objetivo de terminar a luta com a maior rapidez possível. As normas de guerra proíbem apenas a violência gratuita ou despropositada.

Essa não é, porém, uma realização insignificante. Se vigorasse na prática, ela eliminaria uma boa parte da crueldade da guerra. Pois é preciso que se diga a respeito de muitas pessoas que morrem no decorrer de uma guerra, tanto soldados como civis, que suas mortes não contribuíram "em termos concretos para o fim [da vitória]" ou que a contribuição que deram para esse fim foi realmente "insignificante". Essas mortes não passam da conseqüência inevitável do ato de colocar armas letais nas mãos de soldados indisciplinados e de colocar homens armados nas mãos de generais estúpidos ou fanáticos. Todo relato militar é uma narrativa de violência e destruição desproporcionadas com relação às exigências do combate: de um lado, massacres; e do outro, batalhas mal planejadas e devastadoras que são pouco menos que massacres.

A norma dupla de Sidgwick procura impor uma economia de forças. Ela exige disciplina e cálculo. É claro que qualquer estratégia militar inteligente impõe os mesmos requisitos. Segundo a visão de Sidgwick, um bom general é um homem moral. Ele mantém seus soldados sob controle, afinados para o combate, para que não invistam às cegas contra civis. Ele os manda lutar somente depois de ter elaborado um plano de combate; e seu plano tem como objetivo a vitória da forma mais rápida e menos dispendiosa possível. Ele é como o general Roberts na batalha de Paardeberg (na Guerra dos Bôeres), que cancelou os ataques frontais às trincheiras bôeres, ordenados por Kitchener, seu subcomandante, afirmando que a perda de vidas "não parecia... ser justificada pelas exigências da situação"[3]. Uma decisão simples, embora não tão comum na guerra como se poderia esperar. Não sei se foi tomada por algum profundo interesse pela vida humana. Talvez Roberts estivesse pensando apenas em sua honra como general (que não manda seus homens avançar para serem chacinados). Ou talvez estivesse preocupado com a capacidade das tropas de retomar o combate no dia seguinte. Seja qual for o caso, foi exatamente o tipo de decisão que Sidgwick exigiria.

No entanto, embora os limites da utilidade e da proporcionalidade sejam muito importantes, eles não esgotam as convenções de guerra. Na verdade, eles não explicam os julgamentos mais críticos que fazemos sobre soldados e seus generais. Se explicassem, a vida moral em

---

3. Byron Farwell, *The Great Anglo-Boer War* (Nova York, 1976), p. 209.

tempos de guerra seria muito mais fácil do que é. As convenções de guerra convidam os soldados a calcular custos e benefícios até certo ponto; e nesse ponto elas estabelecem uma série de normas bem definidas – fortificações morais, por assim dizer, que podem ser tomadas de assalto somente a um enorme custo em termos éticos. Nem pode um soldado justificar sua violação das normas fazendo referência às necessidades de sua situação de combate ou alegando que nada além do que ele fez teria contribuído em termos significativos para a vitória. Soldados que raciocinam desse modo jamais podem violar os limites de Sidgwick, já que tudo o que Sidgwick requer é que os soldados... raciocinem desse modo. Contudo, justificativas desse tipo não são aceitáveis, ou nem sempre são aceitáveis, seja de acordo com a lei, seja de acordo com a moral. Elas foram "rejeitadas em geral" de acordo com o manual de direito militar do exército dos Estados Unidos, "... por serem atos proibidos pelas leis consuetudinárias e convencionais da guerra, na medida em que [essas leis] foram desenvolvidas e estruturadas levando em consideração o conceito de necessidade militar"[4]. Pois bem, que tipos de atos são esses, e quais são os motivos para proibi-los, se os critérios de Sidgwick não se aplicam? Terei de explicar mais adiante como a "necessidade militar" é levada em conta na estruturação de proibições. Por enquanto, estou interessado em seu caráter geral.

Exércitos beligerantes têm o direito de tentar vencer as guerras que empreendem, mas não têm o direito de

---

4. *The Law of Land Warfare*, U.S. Department of the Army Field Manual FM 27-10 (1956), parágrafo 3. Veja o exame desse dispositivo em Telford Taylor, *Nuremberg and Vietnam* (Chicago, 1970), pp. 34-6, e Marshall Cohen, "Morality and the Laws of War", *Philosophy, Morality, and International Affairs*, pp. 72 ss.

fazer qualquer coisa que seja, ou que lhes pareça ser, necessária para a vitória. Estão sujeitos a um conjunto de restrições baseadas em parte em acordos entre Estados, mas que também têm uma fundamentação independente no princípio moral. Creio que essas restrições nunca foram explanadas em termos utilitaristas, embora sem dúvida seja bom que elas sejam explanadas e que a conduta militar se molde a suas exigências. Quando deixamos de lado a utilidade de resultados específicos, concentrando a atenção exclusivamente em *jus in bello*, os cálculos utilitaristas são radicalmente reprimidos. Seria possível afirmar que, se toda guerra numa sucessão que se estendesse indefinidamente pelo futuro afora devesse ser travada sem nenhum outro limite além daqueles propostos por Sidgwick, as conseqüências para a humanidade seriam piores do que se toda guerra na mesma sucessão fosse travada dentro de limites fixados por algum conjunto adicional de proibições*. Dizer isso, porém, não sugere quais proibições são as certas. E qualquer esforço para discernir as certas pelo cálculo dos prováveis efeitos

---

* A argumentação utilitarista alternativa é a do general Von Moltke: proibições adicionais apenas prolongam os conflitos, ao passo que "a maior bondade na guerra é levá-la a um fim rápido". Entretanto, se imaginarmos uma sucessão de guerras, é provável que esse argumento não funcione. Com qualquer dado nível de contenção, digamos, uma guerra durará tantos meses. Caso um dos beligerantes desrespeite as normas, a guerra poderia acabar mais rápido, mas somente se o outro lado deixar de reagir à altura ou for incapaz de fazê-lo. Se ambos os lados lutarem com um nível mais baixo de contenção, a guerra poderá ser mais curta ou mais longa; não haverá nenhuma regra geral. E, se as restrições tiverem ido por terra numa guerra, é improvável que venham a ser mantidas na próxima, de tal modo que quaisquer benefícios imediatos provavelmente não aparecerão no balanço ao longo do tempo.

a longo prazo de travar guerras de determinadas maneiras (tarefa de enorme dificuldade) sem dúvida entrará em conflito com argumentos utilitaristas desenfreados: de que a vitória aqui e agora encerrará a sucessão de guerras, reduzirá a probabilidade de conflitos futuros ou evitará conseqüências imediatas e horrorizantes. Logo, deve ser permitida qualquer coisa que seja útil e proporcional à vitória pretendida. É óbvio que o utilitarismo é mais eficaz quando aponta para resultados sobre os quais temos idéias (relativamente) claras. Por esse motivo, ele é mais propenso a nos dizer que as normas de guerra deveriam ser desrespeitadas nesse caso ou naquele, do que a determinar quais são essas normas – além das proibições mínimas de Sidgwick, que não podem e jamais precisam ser desrespeitadas.

Até que as restrições sejam suspensas e os efeitos substanciais da vitória e da derrota sejam postos na balança, o utilitarismo fornece apenas um endosso geral das convenções de guerra (a norma dupla e quaisquer outras de aceitação comum); a partir daí, é improvável que ele especifique normas de qualquer tipo, mas apenas linhas específicas de ação. Saber quando suspender as restrições é uma das questões mais difíceis na teoria da guerra. Tentarei respondê-la na Quarta Parte, e descreverei então o papel positivo dos cálculos utilitaristas: o de demarcar os casos em que a vitória é tão importante ou a derrota tão apavorante que se torna necessário em termos morais, tanto como em termos militares, desrespeitar as normas de guerra. Uma argumentação dessas somente é possível, porém, depois que tivermos reconhecido normas além das de Sidgwick e compreendido sua força moral.

Por enquanto, é válido determo-nos por um instante na exata natureza do endosso geral. A utilidade de travar guerras limitadas é de dois tipos. Ela está relacionada não só à redução da quantidade total de sofrimento, mas também à manutenção da abertura da possibilidade de paz e da retomada de atividades anteriores à guerra. Pois, se nos for indiferente (pelo menos em termos formais) qual dos lados vença, devemos supor que essas atividades serão de fato retomadas e com os mesmos agentes ou agentes semelhantes. Por esse motivo, é importante garantir que a vitória seja também, em certo sentido e por certo período, um acordo entre os beligerantes. E, se quisermos que isso seja possível, a guerra deverá ser travada, como diz Sidgwick, de um modo que evite "o perigo de provocar represálias e de causar um rancor que perdure por muito tempo" após o final do conflito[5]. O rancor que ocorre a Sidgwick poderia, naturalmente, ser a conseqüência de um resultado considerado injusto (como a anexação da Alsácia-Lorena em 1871), mas ele também pode resultar de conduta militar considerada desnecessária, brutal, injusta ou simplesmente "contrária às normas".

Desde que a derrota decorra do que seja amplamente reconhecido como legítimos atos de guerra, é pelo menos possível que não seja deixado para trás nenhum ressentimento dolorido, nenhuma sensação de contas por acertar, nenhuma necessidade profunda de vingança pessoal ou coletiva. (O governo ou o corpo de oficiais do Estado derrotado pode ter suas próprias razões para incentivar esses sentimentos, mas essa é outra questão.) Pode-se fazer uma analogia, mais uma vez, com uma inimizade entre famílias, sua origem há muito esquecida, sua justiça não mais em questão. Uma inimizade dessa

---

5. *Elements of Politics*, p. 264.

ordem pode prolongar-se por muitos anos, assinalada pelo ocasional assassinato de um pai, um filho adulto, tio ou sobrinho, primeiro de uma família, depois da outra. Desde que nada mais ocorra, a possibilidade de reconciliação permanece aberta. Entretanto, se alguém, num acesso de raiva ou de paixão, ou mesmo por acaso ou por engano, matar uma mulher ou uma criança, o resultado bem pode ser um massacre ou uma série de massacres incessantes até que uma das famílias seja totalmente destruída ou expulsa do local[6]. O caso é no mínimo semelhante a uma guerra intermitente entre Estados. Alguns limites precisam ser de aceitação comum, e precisam ser mantidos de modo mais ou menos coerente, se quisermos que haja uma paz melhor que a completa sujeição de um dos beligerantes.

Talvez seja verdade que quaisquer limites serão úteis nesse caso, desde que sejam de fato de aceitação comum. Nenhum limite é aceito, porém, simplesmente porque se considera que ele venha a ser útil. As convenções de guerra precisam primeiro ser plausíveis em termos morais para grandes contingentes de homens e mulheres; elas devem corresponder ao nosso sentido do que está certo. Só então vamos reconhecê-las como um sério obstáculo a essa ou aquela decisão militar; e só então poderemos debater sua utilidade nesse ou naquele caso específico. Pois, de outro modo, não saberíamos qual obstáculo da infinidade de obstáculos concebíveis, e da enorme quantidade de obstáculos incluídos nos registros históri-

---

6. Para um exemplo da "moral" da inimizade entre famílias, veja Margaret Hasluck, "The Albanian Blood Feud", em Paul Bohannan, *Law and Warfare: Studies in the Anthropology of Conflict* (Nova York, 1967), pp. 381-408.

cos, deverá ser o tema de nossos debates. Com relação às normas de guerra, falta ao utilitarismo força criadora. Além dos limites mínimos da "utilidade" e da proporcionalidade, ele simplesmente confirma nossos costumes e convenções, quaisquer que sejam, ou sugere que sejam desrespeitados; mas não nos fornece costumes e convenções. Para isso, devemos nos voltar novamente para uma teoria dos direitos.

Os direitos humanos

O estupro das italianas

Pode-se sugerir melhor a importância dos direitos se examinarmos um exemplo histórico situado, por assim dizer, à margem da argumentação de Sidgwick. Consideremos, portanto, o caso dos soldados marroquinos que lutavam ao lado das forças francesas livres na Itália em 1943. Tratava-se de tropas mercenárias que lutavam sob condições, e as condições incluíam a permissão para estupros e saques em território inimigo. (A Itália era território inimigo até o regime de Badoglio se unir à guerra contra a Alemanha em outubro de 1943. Não sei se a permissão foi revogada nessa época. Se foi, a revogação parece não ter surtido efeito.) Um grande número de mulheres foi vítima de estupro. Conhecemos o número aproximado porque o governo italiano mais tarde lhes ofereceu uma modesta pensão[7]. Ora, o argumento favo-

---

7. A história é narrada em Ignazio Silone, "Reflections on the Welfare State", 8 *Dissent* 189 (1961). O filme de De Sica, *Duas mulheres*, é baseado num incidente desse período da história italiana.

rável a conceder privilégios dessa ordem a soldados é um argumento utilitarista. Foi exposto há muito tempo por Vitoria durante um debate sobre o direito de saquear: não é ilegal saquear uma cidade, diz ele, se isso for "necessário para a condução da guerra... como um incentivo à coragem das tropas"[8]. Se esse argumento fosse aplicado ao caso em questão, Sidgwick poderia responder que "necessário" talvez seja a palavra errada aqui e que a contribuição do estupro e do saque para a vitória militar é "insignificante" em comparação com o mal causado às mulheres envolvidas. Essa não é uma resposta pouco persuasiva, mas também não chega a ser totalmente convincente, e dificilmente atinge a raiz da nossa condenação do estupro.

Qual é nossa objeção à permissão concedida aos soldados marroquinos? Decerto nosso julgamento não gira em torno do fato de ser o estupro apenas um "incentivo" trivial ou ineficiente para a coragem masculina (se é que chega a ser um incentivo: duvido que homens corajosos tenham mais probabilidade de ser estupradores). O estupro é um crime, tanto na guerra como na paz, porque viola os direitos da mulher que é atacada. Oferecê-la como isca para um soldado mercenário significa tratá-la como se não fosse de modo algum uma pessoa, mas mero objeto, um prêmio ou presa de guerra. É o reconhecimento de sua personalidade que molda nosso julgamento*. E

---

8. *On the Law of War*, pp. 184-5.

* Num vigoroso ensaio intitulado "A personalidade humana", Simone Weil atacou essa forma de falar sobre o que podemos e o que não podemos fazer com outras pessoas. A linguagem dos direitos, alega ela, transforma "o que deveria ter sido um grito de protesto do fundo do coração... numa perturbação estridente de queixas e reivindicações..." E ela aplica sua argumentação a um caso muito semelhan-

isso vale mesmo na ausência de uma concepção filosófica dos direitos humanos, como indica com clareza a seguinte passagem do Livro do Deuteronômio – a primeira tentativa que encontrei de controlar o tratamento dado às mulheres em tempos de guerra[9]:

> Quando entrares em combate com teus inimigos, e o Senhor teu Deus os entregar em tuas mãos, e tu os levares cativos; se vires entre os prisioneiros uma mulher formosa e sentires desejo por ela e quiseres tomá-la por esposa, tu a levarás então para tua casa... e ela... pranteará seu pai e sua mãe por um mês inteiro; e depois desse prazo tu poderás ir ter com ela, e ser seu marido, e ela, tua esposa. E... se não te interessares mais por ela, hás de deixá-la ir aonde quiser, mas não a venderás... por dinheiro. Não a tratarás como escrava...

Isso não chega nem perto das opiniões contemporâneas, se bem que eu creia que seria tão difícil fazer vigorar essa norma hoje como no tempo dos reis da Judéia.

---

te ao nosso: "se uma menina está sendo forçada a entrar para um bordel, ela não vai falar sobre seus direitos. Numa situação dessas, a palavra pareceria ridícula e inadequada" (*Selected Essays: 1934-1943*. org. Richard Rees, Londres, 1962, p. 21). Weil preferiria que, em vez disso, nós nos referíssemos a alguma noção do sagrado, da imagem de Deus no homem. Talvez alguma referência superior dessa natureza seja necessária, mas creio que ela está equivocada na sua alegação a respeito do "som" da linguagem dos direitos. Na realidade, argumentos sobre direitos humanos desempenharam um papel significativo na luta contra a opressão, aí incluída a opressão sexual das mulheres.

9. *Deuteronômio* 21,10-14. Essa passagem não é levada em conta na análise de Susan Brownmiller sobre o "verdadeiro conceito hebraico... de estupro" em *Against Our Will: Men, Women, and Rape* (Nova York, 1975), pp. 19-23.

Qualquer que seja a explicação apropriada da norma, em termos sociológicos ou teológicos, está claro que o que está atuando aqui é uma concepção da mulher cativa como uma pessoa que deve ser respeitada, apesar de ter sido capturada. Por esse motivo, o mês de luto antes que seja usada sexualmente, a exigência do casamento, a proibição da escravidão. Poderíamos dizer que ela perdeu alguns dos seus direitos, mas não todos. Nossas próprias convenções de guerra exigem uma compreensão semelhante. Tanto as proibições cobertas pela norma dupla de Sidgwick como as que se situam fora de seu alcance são corretamente conceituadas em termos de direitos. As normas de "lutar bem" são simplesmente uma série de percepções de homens e mulheres que têm uma postura moral independente das exigências da guerra e a ela resistentes.

Um legítimo ato de guerra é aquele que não viola os direitos do povo contra o qual for dirigido. Mais uma vez, é a vida e a liberdade que estão em questão, se bem que agora estejamos interessados nas duas como propriedade individual em vez de coletiva. Posso resumir sua essência em termos que usei antes: ninguém pode ser forçado a lutar ou a arriscar a vida, ninguém pode ser ameaçado de guerra ou ser atacado, a menos que, por algum ato próprio, tenha cedido ou perdido seus direitos. Esse princípio fundamental inspira e molda os julgamentos que fazemos da conduta em tempo de guerra. Ele está expresso de modo apenas insuficiente no direito internacional positivo, mas as proibições ali estipuladas têm nesse princípio sua fonte. Advogados às vezes falam como se as normas legais fossem simplesmente de caráter humanitário, como se a proibição ao estupro ou à matança deliberada de civis não passasse de uma generosidade[10]. Mas quando soldados respeitam essas proibições, eles não estão agindo com gentileza, delicadeza ou magnanimidade. Estão agindo com justiça. Se forem soldados humanitários, podem até fazer mais do que se exige deles – dividir suas provisões com civis, por exemplo, em vez de simplesmente não matá-los nem estuprar suas mulheres. Mas a proibição ao estupro e ao assassinato é uma questão de direito. A lei reconhece esse direito; ela o especifica, limita e às vezes o deturpa, mas não o estabelece. E nós podemos reconhecê-lo sozinho, e às vezes o fazemos, mesmo na ausência de reconhecimento legal.

Os Estados existem para defender os direitos de seus membros, mas é uma dificuldade da teoria da guerra que a defesa coletiva de direitos torna esses direitos problemáticos em termos individuais. O problema imediato consiste em que os soldados que travam combate, embora raramente se possa dizer que tenham escolhido lutar, perdem os direitos que se supõe que estejam defendendo. Eles ganham direitos de guerra como combatentes e prisioneiros em potencial, mas agora podem ser atacados e mortos à vontade pelo inimigo. Só por lutarem, não importa quais sejam suas esperanças e intenções pessoais, eles perderam seu direito à vida e à liberdade; e o perderam apesar de não terem, ao contrário de Estados agressores, cometido crime algum. "Soldados são feitos para ser mortos", como disse Napoleão uma vez. É por isso que a guerra é um inferno*. Entretanto, mesmo

---

10. Veja, por exemplo, McDougal e Feliciano, *Law and Minimum World Public Order*, p. 42 e *passim*.

* Ao citar essa frase, não pretendo endossar o niilismo militar que ela representa. Napoleão, especialmente nos últimos anos de vida, era

que nosso ponto de vista seja a partir do inferno, ainda assim podemos dizer que *ninguém mais é feito para ser morto.* Essa distinção é a base das normas de guerra.

Todos os demais mantêm seus direitos, e os Estados permanecem empenhados em defender esses direitos, e têm o direito de defendê-los, quer suas guerras sejam agressivas, quer não. Agora, porém, eles não o fazem lutando, mas firmando acordos entre si (que estabelecem os detalhes da imunidade dos não-combatentes), respeitando esses acordos e esperando um respeito recíproco, além de ameaçar punir líderes militares ou soldados isolados que os infrinjam. Este último ponto é crucial para uma compreensão das convenções de guerra. Mesmo um Estado agressor pode punir legitimamente criminosos de guerra – soldados inimigos, por exemplo, que estuprem ou matem civis. As normas de guerra aplicam-se com igual vigor a agressores e a seus adversários. E agora podemos ver que não é meramente a igualdade moral dos soldados que exige essa submissão mútua; trata-se também dos direitos dos civis. Soldados em luta por um Estado agressor não são eles próprios criminosos. Por esse motivo, seus direitos na guerra são os mesmos que os de seus oponentes. Soldados em luta contra um Estado agressor não têm nenhuma permissão para se tornar criminosos. Por esse motivo, estão sujeitos às mesmas restrições impostas a seus oponentes. A imposição des-

---

dado a afirmações desse tipo, e elas não são raras na literatura sobre a guerra. Um autor alega que elas exemplificam uma qualidade da liderança que ele chama de "robustez". A exclamação de Napoleão: "Não dou a mínima para a vida de um milhão de homens" é, segundo ele, um exemplo extremo de robustez. Seria possível pensar em termos mais adequados (Alfred H. Burne, *The Art of War on Land,* Londres, 1944, p. 8).

sas restrições é uma das formas de fazer valer a lei na sociedade internacional, e a lei pode ser aplicada até mesmo por Estados criminosos contra "policiais" que deliberadamente matam circunstantes inocentes. Pois esses circunstantes não perdem seus direitos quando seus Estados entram incorretamente em guerra. Um exército que esteja lutando contra uma agressão pode violar a integridade territorial e a soberania política do Estado agressor, mas seus soldados não podem desrespeitar a vida e a liberdade de civis inimigos.

As convenções de guerra baseiam-se primeiro numa determinada opinião sobre os combatentes, que estipula sua igualdade no campo de batalha. Mas elas têm uma base mais profunda numa determinada opinião sobre os não-combatentes, que sustenta que eles são homens e mulheres com direitos e que não podem ser usados para algum propósito militar, mesmo que se trate de um propósito legítimo. A essa altura, a argumentação não é totalmente diferente da que ocorre na sociedade interna, na qual um homem lutando em legítima defesa, por exemplo, está proibido de atacar ou ferir terceiros ou circunstantes inocentes. Ele pode atacar somente a quem o ataca. Na sociedade interna, porém, é relativamente fácil distinguir terceiros e circunstantes, ao passo que na sociedade internacional, em razão da natureza coletiva de Estados e exércitos, é mais difícil fazer essa distinção. Na realidade, é freqüente a afirmação de que ela não pode ser feita de modo algum, pois os soldados são apenas civis coagidos, e civis são simpatizantes voluntários de seus exércitos no campo de batalha. E portanto não pode ser o que se deve às vítimas, mas apenas o que é necessário para o combate, que determina nossos julgamentos da conduta em tempos de guerra. Eis então o teste crucial para qualquer um que alegue que as normas de guerra são baseadas numa teoria dos direitos: tornar plausível nos termos da teoria a distinção entre combatente/não-combatente, ou seja, fornecer uma exposição detalhada da história dos direitos individuais sob as condições da guerra e do combate – como são mantidos, perdidos, trocados (por direitos de guerra) e recuperados. Esse é meu objetivo nos capítulos que se seguem.

9. IMUNIDADE DE NÃO-COMBATENTES E NECESSIDADE MILITAR

A situação de indivíduos

O primeiro princípio das convenções de guerra é que, uma vez iniciada uma guerra, os soldados estão sujeitos a ataque a qualquer momento (a menos que sejam feridos ou capturados). E a primeira crítica à convenção é que esse princípio é injusto. É um exemplo de legislação discriminadora. Ele não leva em conta que poucos soldados são totalmente devotados à atividade bélica. Em sua maioria, eles não se identificam como guerreiros. No mínimo, essa não é sua única ou principal identidade; nem é o combate a ocupação de sua escolha. Da mesma forma, eles não passam a maior parte do tempo lutando: deixam de lado a guerra sempre que podem. Quero agora me voltar para um incidente recorrente na história militar no qual soldados, simplesmente por não estarem lutando, parecem readquirir seu direito à vida. Na realidade, eles não o readquirem, mas a aparência vai nos ajudar a compreender as bases para sustentação do direito, e os fatos do caso esclarecerão o significado de sua extinção.

Soldados nus

O mesmo relato aparece repetidas vezes em memórias de guerra e em cartas provenientes da frente de batalha. Sua forma geral é a seguinte: um soldado em patrulha ou em missão como atirador de elite apanha um soldado inimigo desprevenido, mantendo-o sob sua mira, com facilidade para matá-lo, e então precisa decidir se atira ou se deixa a oportunidade passar. Em momentos semelhantes há uma enorme relutância em atirar – nem sempre por motivos morais, mas por motivos que ainda assim são pertinentes à argumentação moral que quero apresentar. Sem dúvida, um profundo constrangimento psicológico quanto ao ato de matar tem sua participação nesses casos. Esse constrangimento já foi, na realidade, sugerido como uma explicação geral para a relutância dos soldados em lutar de qualquer forma. Durante um estudo sobre o comportamento em combate na Segunda Guerra Mundial, S. L. A. Marshall descobriu que a grande maioria de homens na frente de batalha jamais disparou sua arma[1]. Ele considerou que essa atitude resultava acima de tudo de sua criação civil, das poderosas inibições adquiridas durante essa criação contra ferir deliberadamente outro ser humano. Nos casos que vou relacionar, porém, essa inibição não parece ser um fator crítico. Nenhum dos cinco soldados que escreveram os relatos era um "não-atirador", nem, até onde eu possa discernir, o eram os outros homens que têm papel importante em suas histórias. Além do mais, eles dão razões para não matar ou para hesitar em matar; e isso os

---

1. S. L. A. Marshall, *Men Against Fire* (Nova York, 1966), capítulos 5 e 6.

soldados entrevistados por Marshall raramente conseguiram fazer.

1) O primeiro caso extraí de uma carta escrita pelo poeta Wilfred Owen a seu irmão na Inglaterra em 14 de maio de 1917[2].

> Quando estávamos seguindo por uma estrada rebaixada, levamos um susto. Sabíamos que devíamos ter passado pelos postos avançados alemães em algum ponto à esquerda da nossa retaguarda. De imediato, o grito ecoou: "Protejam o barranco." Foi um tremendo corre-corre de calar baionetas, puxar capas de culatra e abrir cartucheiras, mas quando espiamos por cima do barranco, vejam só, um alemão solitário, correndo aos saltos na nossa direção, com a cabeça baixa e os braços esticados à sua frente, como se fosse dar um salto de um trampolim para dentro da terra (que, não tenho dúvida, era o que ele gostaria de ter feito). Ninguém se ofereceu para atirar nele; era engraçado demais...

Talvez todos estivessem esperando pela ordem de atirar, mas o significado de Owen é indubitavelmente que ninguém quis atirar. Um soldado que parece engraçado não é naquele instante uma ameaça militar. Não é um combatente, mas apenas um homem; e não se matam homens. Nesse caso, de fato, teria sido supérfluo matá-lo: o alemão cômico logo se tornou um prisioneiro. No entanto, isso nem sempre é possível, como os outros casos sugerem; e a relutância em matar ou recusa em fazê-lo não está em nada relacionada à existência de uma alternativa militar. Sempre há uma alternativa não-militar.

---

2. Wilfred Owen, *Collected Letters*, orgs. Harold Owen e John Bell (Londres, 1967), p. 458 (14 de maio de 1917).

2) Em sua autobiografia *Good-bye to All That*, Robert Graves relembra a única vez que se "absteve de atirar num alemão" que nem estava ferido nem era um prisioneiro[3].

> Enquanto eu estava em tocaia numa colina na linha de apoio, onde tínhamos uma posição oculta, vi através da minha mira telescópica um alemão, a cerca de setecentos metros de distância. Ele estava tomando banho na terceira linha alemã. Não me agradou a idéia de atirar num homem nu, por isso entreguei o fuzil ao sargento que estava comigo. "Aqui, pegue esse. Você atira melhor que eu." Ele o acertou, mas eu não tinha ficado ali para ver.

Hesito em dizer que o que está envolvido nesse caso é um sentimento moral, decerto não um sentimento moral que se considere ultrapassar as distinções entre as classes. Contudo, mesmo que o descrevamos como o desdém de alguém que é oficial e cavalheiro por uma conduta que parece ser covarde ou indigna de um homem, o "desagrado" de Graves ainda depende de um reconhecimento importante em termos morais. Um homem nu, como um homem cômico, não é um soldado. E se o sargento obediente e supostamente insensível não estivesse com ele?

3) Durante a Guerra Civil Espanhola, George Orwell teve uma experiência semelhante como atirador de elite, operando a partir de uma posição avançada nas linhas republicanas. Provavelmente nunca teria ocorrido a Orwell entregar a arma a um subalterno. Fosse como fosse, seu batalhão era anarquista, não havendo, portanto, hierarquia[4].

---

3. *Good-bye to All That* (edição revisada, Nova York, 1957), p. 132.
4. *The Collected Essays, Journalism and Letters of George Orwell*, orgs. Sonia Orwell e Ian Angus (Nova York, 1968), II, 254.

Nesse instante, um homem, supostamente levando uma mensagem a um oficial, saltou da trincheira e seguiu correndo pelo alto do parapeito, bem às claras. Ele não estava totalmente vestido e segurava as calças com as duas mãos enquanto corria. Abstive-me de atirar nele. É verdade que atiro mal e que seria improvável eu acertar um homem correndo a cem metros de distância... Mesmo assim, não atirei, em parte por causa do detalhe das calças. Eu tinha vindo ali atirar em "fascistas", mas um homem que está segurando as calças não é um "fascista". Ele é visivelmente um semelhante, alguém como nós mesmos, e não se tem vontade de atirar nele.

Orwell diz "não se tem vontade" em vez de "não se deve"; e a diferença entre essas duas formas de expressão é importante. Mas a admissão fundamental é a mesma dos outros casos e verbalizada de modo mais completo. Além disso, Orwell relata que esse "é o tipo de coisa que acontece o tempo todo nas guerras", embora eu não saiba com base em que provas ele faz essa afirmação, nem se o que quer dizer é que não se tem vontade de atirar ou que não se atira "o tempo todo".

4) Raleigh Trevelyan, um soldado britânico na Segunda Guerra Mundial, publicou um "diário de Anzio" no qual relata o seguinte episódio[5].

O amanhecer foi de uma vulgaridade maravilhosa. Tudo estava da cor de gerânios cor-de-rosa, e pássaros cantavam. Nós nos sentíamos como Noé deve ter se sentido quando viu o arco-íris. De repente, Viner apontou para o outro lado do trecho de charneca esparsa. Um indivíduo,

---

5. *The Fortress: A Diary of Anzio and After* (Hammondsworth, 1958), p. 21.

trajando uniforme alemão, ia perambulando como um sonâmbulo pela nossa linha de fogo. Estava claro que naquele momento ele se esquecera da guerra e – como nós também – estava se deliciando com a promessa do calor e da primavera. "Quer que eu acabe com ele?", perguntou Viner, sem nenhum toque de expressão na voz. Precisei decidir rápido. "Não", respondi, "só lhe dê um susto."

Aqui, como no trecho de Orwell, a característica essencial é a descoberta de um homem "alguém como nós mesmos", agindo "como nós também". Naturalmente, dois soldados que estejam atirando um no outro são exatamente semelhantes. Um está fazendo o que o outro está fazendo; e os dois estão engajados no que se pode considerar uma atividade singularmente humana. Mas a sensação de ser um "semelhante" depende por motivos evidentes de um tipo diferente de identificação, uma que esteja inteiramente dissociada de qualquer atitude ameaçadora. A comunhão com a primavera (o deliciar-se ao sol) é um bom exemplo, embora nem mesmo isso esteja fora do alcance das pressões da "necessidade militar".

> Somente o sargento Chesteron não riu. Disse que deveríamos ter matado o camarada, já que agora seus amigos iriam saber exatamente onde ficavam nossas trincheiras.

Parece que é sobre os ombros dos sargentos que pesa grande parte da responsabilidade da guerra.

5) O relato mais cheio de reflexão que encontrei é de autoria de um soldado italiano que lutou contra os austríacos na Primeira Guerra Mundial: Emilio Lussu, posteriormente líder socialista e exilado por se opor ao fascismo. Lussu, na época tenente, acompanhado de um

cabo, durante a noite tinha chegado a uma posição que permitia observar do alto as trincheiras austríacas. Ele observou os austríacos tomando o café-da-manhã e sentiu uma espécie de espanto, como se não tivesse esperado encontrar nada de humano nas linhas inimigas[6].

> Aquelas trincheiras fortemente defendidas, que tínhamos atacado tantas vezes sem sucesso, acabaram nos parecendo inanimadas, como prédios desertos, desocupados, refúgio apenas de seres terríveis e misteriosos dos quais nada sabíamos. Agora eles estavam se revelando como realmente eram, homens e soldados como nós, trajados em uniforme como nós, andando de um lado para o outro, conversando e tomando café, exatamente o que nossos companheiros na retaguarda estavam fazendo naquele instante.

Um jovem oficial aparece, e Lussu faz pontaria nele. O austríaco então acende um cigarro, e Lussu estanca. "Aquele cigarro criou um vínculo invisível entre nós. Mal vi a fumaça, senti eu mesmo vontade de fumar..." Protegido por um abrigo perfeito, ele tem tempo para pensar sobre sua decisão. Para ele, a guerra era justificada, "uma dura necessidade". Reconheceu que tinha obrigações para com os homens sob seu comando. "Eu sabia que era meu dever atirar." E no entanto não atirou. Hesitou, escreve ele, porque o oficial austríaco estava tão distraído sem perceber o perigo que o ameaçava.

> Meu raciocínio foi o seguinte: liderar cem homens, até mesmo mil, no combate contra outros cem, ou mil, era

---

6. *Sardinian Brigade: A Memoir of World War I*, tradução de Marion Rawson (Nova York, 1970), pp. 166-71.

uma coisa; mas destacar um homem do resto e como que lhe dizer: "Não se mexa, vou atirar em você. Vou matá-lo" – isso era bem diferente... Lutar é uma coisa, mas matar um homem é outra. E matá-lo desse jeito é assassiná-lo.

Lussu, como Graves, recorreu a seu cabo, mas (talvez por ser socialista) com uma pergunta, não com uma ordem. "Olhe só, não vou dar um tiro num homem sozinho, assim. Você quer?"... "Também não vou querer, não." Nesse caso, está bem definida a diferença entre o membro de um exército que faz a guerra junto com seus companheiros e o indivíduo que está ali parado sozinho. Lussu fez objeção a tocaiar uma presa humana. Que outra função teria, entretanto, um atirador de elite?

Não é contrário às normas de guerra, como as interpretamos atualmente, matar soldados que pareçam engraçados, que estejam tomando banho, segurando as calças, deliciando-se com o sol, fumando um cigarro. A recusa desses cinco homens, porém, parece ir direto ao ponto crucial das convenções de guerra. Pois o que significa dizer que alguém tem direito à vida? Dizer isso é reconhecer uma criatura semelhante, que não está me ameaçando, cujas atividades lembram a paz e a camaradagem, cuja individualidade tem tanto valor como a minha. Um inimigo tem de ser descrito de outro modo; e, embora os estereótipos pelos quais ele é visto costumem ser grotescos, eles são dotados de alguma verdade. Ele se alheia de mim, e de nossa humanidade comum, quando tenta me matar. O alheamento é, porém, temporário; a humanidade, iminente. Ela é restaurada, por assim dizer, pelos atos prosaicos que derrubam os estereótipos em cada uma das cinco histórias. Por ser engraçado, estar nu e assim por diante, meu inimigo é transformado, como diz Lussu, num homem. "Um homem!"

Poderia ser diferente o caso se imaginarmos que esse homem seja um soldado convicto. No banho, enquanto fuma seu cigarro de manhã, ele só pensa na batalha por vir e em quantos inimigos irá matar. É alguém que se dedica à guerra como eu me dedico a escrever este livro. Ele pensa nela o tempo todo ou nos momentos mais estranhos. Mas essa é uma descrição improvável de um soldado comum. Para este, a guerra não é no fundo sua missão; mas, sim, sobreviver a essa batalha, evitar a seguinte. Na maior parte do tempo, ele se esconde, sente pavor, não atira, pede em suas orações para sofrer um ferimento sem gravidade, fazer uma viagem para casa, ter um longo repouso. E, quando o vemos descansando, supomos que esteja pensando em seu lar e na paz, como nós estaríamos. Se for essa a verdade, como pode ser justificado matá-lo? E entretanto é justificado, como bem compreende a maioria dos soldados nas cinco histórias. Sua recusa parece, a seus próprios olhos, um desrespeito ao dever militar. Fundamentadas por um reconhecimento moral, essas recusas são, porém, decisões baseadas mais na emoção do que em princípios. Trata-se de atos generosos; e, na medida em que acarretem absolutamente qualquer perigo ou reduzam em termos insignificantes as probabilidades de uma vitória posterior, eles podem ser comparados a atos supérfluos. Não que envolvam fazer mais do que é exigido em termos morais; eles envolvem fazer menos do que é permitido.

Os padrões de permissibilidade repousam sobre os direitos de indivíduos, mas não são definidos com exatidão por esses direitos. Pois a definição é um processo complexo, de natureza histórica tanto como teórica, e condicionado em nível significativo pela pressão da necessidade militar. Já é hora de procurar ver o que essa pressão pode e o que não pode fazer, e os casos do "soldado nu" fornecem um exemplo útil. No século XIX, foi feito um esforço para proteger um tipo de "soldado nu": o homem em missão de vigilância fora de seu posto ou no limite de suas linhas. Os motivos dados para privilegiar essa figura solitária são semelhantes aos expressos nas cinco histórias. "Nenhum outro termo além do assassinato", escreveu um inglês, estudioso da guerra, "expressa o abate de uma sentinela solitária por meio de um tiro simples disparado de grande distância. É como atirar numa presa fácil."[7] É evidente que a mesma idéia está em cogitação no código de conduta militar que Francis Lieber elaborou para o exército da União na Guerra de Secessão Americana: "Não é permitido atirar em encarregados de postos avançados, sentinelas, piquetes, a menos que seja para fazer com que recuem..."[8] Ora, é fácil imaginar uma guerra em que essa idéia fosse ampliada, de tal modo que somente soldados em luta, centenas contra centenas, milhares contra milhares, como diz Lussu, pudessem ser atacados. Uma guerra semelhante seria constituída de uma série de batalhas fixas, anunciadas formal ou informalmente com antecedência, e interrompidas de algum modo claro. Poderia ser permitida a perseguição a um exército derrotado, de modo que não fosse preciso negar a possibilidade de uma vitória decisiva a nenhum dos dois lados. Entretanto, a constante inquietação do inimigo, o uso de atiradores de tocaia, a emboscada, o ataque-surpresa – todos esses seriam proibi-

---

7. Archibald Forbes, citado em J. M. Spaight, *War Rights on Land* (Londres, 1911), p. 104.

8. *Instructions for the Government of Armies of the United States in the Field*, General Orders 100, abril de 1863 (Washington, 1898), artigo 69.

dos. Na realidade, houve guerras travadas dessa forma, mas o teor das limitações nunca foi estável porque elas dão uma vantagem sistemática ao exército que é maior e tem melhor equipamento. É o lado mais fraco que, sob a alegação de necessidade militar, se recusa persistentemente a fixar qualquer tipo de limite à vulnerabilidade de soldados inimigos (sendo a manifestação extrema dessa recusa a guerra de guerrilhas). O que isso significa?

A natureza da necessidade (1)

O apelo assume uma forma-padrão. Diz-se que essa ou aquela linha de ação "é necessária para forçar a submissão do inimigo com o dispêndio mínimo possível de tempo, vidas e dinheiro"[9]. Esse é o cerne do que os alemães chamam de *kriegsraison*, lógica da guerra. A doutrina justifica não só tudo o que for necessário para vencer a guerra, mas também tudo o que for necessário para reduzir os riscos de perdê-la, ou simplesmente para reduzir as perdas ou a probabilidade de perdas no decorrer da guerra. Na realidade, não se trata absolutamente de necessidade. É uma forma de falar em código, ou em estilo hiperbólico, sobre probabilidade e risco. Mesmo que se confira a Estados, exércitos e soldados enquanto indivíduos o direito de reduzir seus riscos, uma linha de ação com essa finalidade específica seria necessária somente se nenhum outro procedimento melhorasse de modo algum as probabilidades da batalha. Mas sempre haverá uma série de opções táticas e estratégicas que presumi-

---

9. M. Greenspan, *The Modern Law of Land Warfare* (Berkeley, 1959), pp. 313-4.

velmente poderiam melhorar as probabilidades. Haverá escolhas a fazer, e essas serão escolhas tanto morais como militares. Algumas são permitidas e algumas proibidas pelas convenções de guerra. Se as convenções não fizessem esse tipo de discriminação, elas teriam pouco impacto no combate real de guerras e batalhas. Seriam simplesmente um código de conveniência, que é o que a norma dupla de Sidgwick tem a probabilidade de se tornar, sob a pressão da guerra na prática.

A "lógica da guerra" pode somente justificar a execução de pessoas que já tivéssemos algum motivo para considerar propensas a ser mortas. O que está envolvido nesse caso não é tanto um cálculo de probabilidade e risco, mas uma reflexão sobre a situação de homens e mulheres cuja vida está em jogo. O caso do "soldado nu" é resolvido da seguinte forma: os soldados enquanto classe são isolados do universo da atividade pacífica; eles são treinados para lutar, equipados com armas, forçados a lutar em obediência a um comando. Sem dúvida, eles nem sempre lutam; nem é a guerra iniciativa pessoal sua. No entanto, ela é a iniciativa de sua classe, e esse fato faz uma distinção radical entre cada soldado e os civis que ele deixa em seu país*. Se ele for avisado de que está sempre

---

* Em seu comovente relato da derrota francesa em 1940, Marc Bloch criticou essa distinção. "Confrontados com o perigo que a nação corre e com os deveres que ela atribui a cada cidadão, todos os adultos são iguais e apenas uma mente estranhamente deturpada reivindicaria para qualquer um deles o privilégio da imunidade. Afinal, o que é um 'civil' em tempos de guerra? Não é mais do que um homem cujo peso dos anos, cuja saúde, cuja profissão... o impeça de portar armas com eficácia... Por que deveriam [esses fatores] conferir-lhe o direito de escapar ao perigo comum?" (*Strange Defeat*, tradução de Gerard Hopkins, Nova York, 1968, p. 130). Entretanto, o problema teórico não consiste em descrever como a imunidade é adquirida, mas em como é

correndo perigo, isso não provoca tanto transtorno em sua vida como provocaria no caso do civil. Na realidade, avisar ao civil corresponde de fato a forçá-lo a lutar; *mas o soldado já foi forçado a lutar*. Ou seja, ele se apresentou ao exército porque considera que seu país precisa ser defendido, ou porque foi convocado. É importante ressaltar, porém, que ele não foi forçado a lutar por um ataque direto a sua pessoa. Isso repetiria o crime da agressão no nível do indivíduo. Ele pode ser atacado como pessoa apenas por já ser um combatente. Foi transformado num homem perigoso; e, embora suas opções possam ter sido poucas, ainda assim é correto dizer que ele se permitiu ser transformado num homem perigoso. Por esse motivo, ele se encontra ameaçado. Os riscos concretos com os quais ele convive podem ser reduzidos ou agravados: nesse caso, noções de necessidade militar, bem como de bondade e magnanimidade, atuam livremente. Contudo, os riscos podem ser elevados a seu limite máximo sem violar seus direitos.

É mais difícil compreender a extensão da situação de combatente fora da classe dos soldados, se bem que na guerra moderna isso seja bastante comum. O desenvolvimento da tecnologia militar, por assim dizer, determinou essa situação, pois a guerra na atualidade é uma atividade tanto econômica como militar. Enormes contingentes de trabalhadores precisam ser mobilizados antes que um exército sequer possa aparecer no campo. E,

---

perdida. De início, todos somos imunes. Nosso direito de não sermos atacados é uma característica de relações humanas normais. Esse direito é perdido por quem portar armas "efetivamente" porque essas pessoas representam um perigo para os outros. O direito é mantido por quem não portar armas de modo algum.

uma vez engajados, os soldados dependem radicalmente de um fluxo contínuo de equipamentos, combustível, munição, alimentos e assim por diante. É, portanto, uma enorme tentação atacar o exército inimigo atrás de suas próprias linhas, especialmente se a batalha em si não estiver correndo de modo favorável. Atacar por trás das linhas é, porém, guerrear contra pessoas que, pelo menos no título, são civis. Como se pode justificar isso? Nesse caso, também, os julgamentos que fazemos dependem de nosso entendimento quanto aos homens e mulheres envolvidos. Procuramos fazer distinção entre os que perderam seus direitos em razão de suas atividades belicosas e os que não os perderam. De um lado está uma classe de pessoas, denominadas informalmente "operários do setor de munições", que fabricam armas para o exército ou cujo trabalho contribui diretamente para a atividade bélica. De outro lado estão todas aquelas pessoas que, nas palavras do filósofo britânico G. E. M. Anscombe, "não estão lutando e não estão engajadas no fornecimento aos combatentes de meios para a luta"[10].

A distinção que interessa não é a que existe entre os que trabalham em prol do esforço de guerra e os que não trabalham, mas entre os que fabricam o que os soldados precisam para lutar e os que fabricam o que os soldados precisam para viver, como todos nós. Quando assim exige a necessidade militar, trabalhadores numa fábrica de tanques podem ser atacados e mortos; mas não os trabalhadores numa fábrica de processamento de alimentos. Os primeiros são incorporados à classe dos sol-

---

10. G. E. M. Anscombe, *Mr. Truman's Degree* (edição particular, 1958), p. 7; veja também "War and Murder" em *Nuclear Weapons and Christian Conscience*, org. Walter Stein (Londres, 1963).

dados – parcialmente incorporados, eu deveria dizer, porque não são homens armados, prontos para o combate, e por esse motivo somente podem ser atacados na fábrica (não em casa), quando estiverem realmente engajados em atividades que ameacem e sejam prejudiciais a seus inimigos. Já os trabalhadores numa fábrica de processamento de alimentos, mesmo que não processem mais nada além de rações para o exército, não estão engajados em atividade semelhante. São como trabalhadores que fabricam suprimentos médicos ou artigos de vestuário, ou qualquer outro produto que seria necessário, de uma forma ou de outra, em tempos de paz tanto como em tempos de guerra. Admite-se que um exército tem uma enorme pança e que precisa ser alimentado se quisermos que lute. O que o transforma num exército, porém, não é seu estômago, mas suas armas. Os homens e mulheres que lhe fornecem nutrição não estão fazendo nada que seja característico da guerra. Daí, sua imunidade com relação ao ataque: eles estão incorporados ao restante da população civil. Nós os consideramos gente *inocente*, um termo criativo que significa que essas pessoas não fizeram nada, e não estão fazendo nada, que acarrete a perda de seus direitos.

É uma distinção plausível, creio eu, embora possa ser um pouco sutil demais. O que é mais importante é que ela é feita sob pressão. Começamos com a distinção entre soldados engajados em combate e soldados em período de descanso; passamos então à distinção entre soldados enquanto classe e civis; e em seguida admitimos esse ou aquele grupo de civis na medida em que os processos de mobilização econômica estabeleçam sua contribuição direta à atividade bélica. Uma vez que a contribuição esteja nitidamente estabelecida, somente a "necessidade militar" poderá determinar se os civis envolvidos serão atacados ou não. Eles não deveriam ser atacados se suas atividades puderem ser impedidas, ou seus produtos confiscados ou destruídos, de algum outro modo e sem risco significativo. As leis da guerra constantemente reconheceram essa obrigação. De acordo com o código naval, por exemplo, marítimos em navios de transporte de suprimentos militares eram no passado considerados civis que, apesar do trabalho que estavam realizando, tinham o direito de não ser atacados, pois era possível (e às vezes ainda é) capturar seus navios sem atirar na tripulação. No entanto, sempre que a captura sem tiros deixar de ser possível, a obrigação também cessa e o direito é extinto. Não se trata de um direito mantido, mas de um direito de guerra e repousa apenas no pacto entre Estados e na doutrina da necessidade militar. A história da guerra com submarinos ilustra bem esse processo através do qual grupos de civis são, por assim dizer, incorporados ao inferno. Ela também me permitirá sugerir o ponto em que passa a ser moralmente necessário resistir a essa incorporação.

Combate submarino: o caso do Laconia

O combate naval é por tradição a forma mais cavalheiresca de luta, possivelmente por terem tantos cavalheiros entrado para a marinha, mas também, e com maior importância, em razão da natureza do mar como campo de batalha. O único ambiente comparável em terra é o deserto. Os dois têm em comum a relativa ausência de moradores civis. Por esse motivo, a batalha é sempre pura, um combate entre combatentes, sem que mais ninguém seja envolvido – exatamente aquilo que em nossa intuição queremos que a guerra seja. Essa pureza é conspurcada, entretanto, pelo fato de ser o mar muitíssimo utilizado para transporte. Navios de guerra defrontam-se com navios mercantes. As normas que regem esses confrontos são, ou eram, bastante complexas[11]. Elaboradas antes da invenção do submarino, elas deixam transparecer seus pressupostos tanto tecnológicos como morais. Um navio mercante que esteja transportando suprimentos militares poderia ser legitimamente detido em alto-mar, abordado, confiscado e levado a algum porto por uma tripulação encarregada disso. Se a tripulação original da embarcação oferecesse resistência a esse processo em qualquer estágio, qualquer força que fosse necessária para subjugar a resistência também seria legítima. Se eles se submetessem sem conflito, nenhuma força poderia ser usada contra eles. Se fosse impossível levar o navio a um porto, ele poderia ser afundado "desde que respeitado o dever incondicional de garantir a segurança da tripulação, de passageiros e documentos". Com enorme freqüência, isso se dava através do recebimento de todos os três a bordo do navio de guerra. A tripulação e os passageiros não eram nesse caso considerados prisioneiros de guerra, pois seu encontro com a belonave não tinha sido uma batalha, mas eram considerados civis internados.

Ora, na Primeira Guerra Mundial, comandantes de submarinos (e as autoridades de Estados que os comandavam) recusavam-se abertamente a agir de acordo com

---

11. Veja Sir Frederick Smith, *The Destruction of Merchant Ships under International Law* (Londres, 1917), e Tucker, *Law of War and Neutrality at Sea*.

esse "dever incondicional", sob a alegação de necessidade militar. Eles não podiam vir à tona antes de disparar seus torpedos, pois suas embarcações dispunham apenas de armamento leve acima dos conveses e eram altamente vulneráveis a abalroamento. Não tinham como extrair de seu pequeno contingente tripulações encarregadas de seqüestrar navios, a menos que eles próprios também retornassem a algum porto. Tampouco podiam acolher a bordo a tripulação de navios mercantes, pois não havia espaço para isso. Daí sua política de "afundar à primeira vista", embora aceitassem alguma responsabilidade de prestar auxílio aos sobreviventes depois de afundado o navio. "Afundar à primeira vista" era a linha de ação, especialmente do governo alemão. Seus defensores alegavam que a alternativa consistiria em simplesmente não usar submarinos ou usá-los de modo ineficaz, o que teria concedido o controle dos mares à marinha britânica. Depois que a guerra terminou, talvez porque os alemães tivessem sido derrotados, as normas tradicionais foram confirmadas. O Protocolo Naval de Londres de 1936, ratificado por todos os principais participantes da última grande guerra e da seguinte (pelos alemães em 1939), determinava explicitamente que "em sua atuação com relação a navios mercantes, os submarinos devem agir em conformidade com as normas do direito internacional às quais os navios de superfície estão sujeitos". Esta ainda é a "norma obrigatória", de acordo com respeitadas autoridades do direito naval, embora qualquer um que defenda a norma deva fazê-lo "a despeito da experiência da Segunda Guerra Mundial"[12].

---

12. H. A. Smith, *Law and Custom of the Sea* (Londres, 1950), p. 123.

Poderemos ter melhor acesso a essa experiência se nos voltarmos de imediato para a famosa "ordem do Laconia" emitida pelo almirante Doenitz do comando de submarinos alemães em 1942. Doenitz exigiu não só que os submarinos atacassem sem aviso, mas também que não fizessem absolutamente nada para ajudar a tripulação de um navio afundado: "Deverão cessar todas as tentativas de salvar as tripulações de navios afundados, o que inclui recolher homens das águas, acertar a posição de balsas salva-vidas emborcadas e fornecer alimento e água."[13] Essa ordem provocou na época enorme indignação; e, depois da guerra, sua promulgação figurava entre os crimes dos quais Doenitz foi acusado em Nuremberg. Os juízes recusaram-se, porém, a condená-lo por essa acusação. Pretendo examinar detidamente os motivos para sua decisão. Entretanto, como seu linguajar é obscuro, também cogitarei quais poderiam ter sido os motivos e que motivos poderíamos ter para exigir ou não exigir o salvamento no mar.

Estava claro que a questão era o salvamento e nada mais. Apesar da "norma obrigatória" do direito internacional, a política de "afundar à primeira vista" não foi questionada pelo tribunal. Os juízes decidiram aparentemente que a distinção entre navios mercantes e belonaves já não fazia muito sentido[14].

> Pouco depois de deflagrada a guerra, o Almirantado Britânico... armou seus navios mercantes, em muitos casos acompanhava esses navios com uma escolta armada, deu ordens de que enviassem informes de posição quando

---
13. Tucker, p. 72.
14. Tucker, p. 67.

avistassem submarinos, desse modo integrando os navios mercantes ao sistema de vigilância do serviço de informações navais. Em 1º de outubro de 1939, o Almirantado anunciou [que] os navios mercantes britânicos tinham recebido ordens de abalroar submarinos, se possível.

O tribunal pareceu concluir que com isso as tripulações mercantes haviam sido convocadas para o serviço militar. Era, portanto, permissível atacá-las de surpresa exatamente como se se tratasse de soldados. Mas essa argumentação, por si, não é muito boa. Pois, se a convocação de tripulações mercantes foi uma reação a ataques ilegítimos por parte de submarinos (ou mesmo à forte probabilidade de ataques desse tipo), não se pode invocá-la para justificar aqueles mesmos ataques. Talvez seja o caso que a linha de ação de "afundar à primeira vista" já estivesse justificada para começar. A invenção do submarino a tornara "necessária". As antigas normas estavam suspensas em termos morais, se não em termos legais, porque o abastecimento por mar – uma empreitada militar cujos participantes sempre tinham sido passíveis de ataque – agora deixava de estar sujeito à interdição não-violenta.

A "ordem do *Laconia*" tinha um alcance muito maior que esse, porém, pois sugeria que marítimos indefesos no mar, ao contrário de soldados feridos em terra, não precisavam receber ajuda uma vez encerrada a batalha. A argumentação de Doenitz era que a batalha, na realidade, nunca estava terminada enquanto o submarino não estivesse seguro em seu porto de origem. O afundamento de um navio mercante era apenas o primeiro golpe numa luta longa e tensa. O radar e o avião tinham tornado a imensidão dos mares um único campo de batalha; e, a menos que o submarino começasse de imediato manobras evasivas, ele estaria ou poderia estar em situação dificílima[15]. No passado, os homens do mar gozavam de situação melhor que a dos soldados, sendo uma classe privilegiada de quase-combatentes tratados como se fossem civis. Agora, de repente, estavam em situação muito pior.

Aqui, mais uma vez surge a argumentação derivada da necessidade militar, e mais uma vez podemos ver que se trata acima de tudo de uma argumentação sobre o risco. A vida de cada integrante da tripulação do submarino seria colocada em perigo, alegou Doenitz, e a probabilidade de serem detectados e atacados aumentava em determinado grau se eles tentassem salvar suas vítimas. Ora, está claro que nem sempre esse é o caso: em seu relato da destruição de um comboio aliado no mar Ártico, David Irving descreve uma série de incidentes nos quais submarinos alemães vieram à tona e prestaram auxílio a tripulações mercantes em balsas salva-vidas sem aumentar os riscos aos quais eles mesmos se expunham[16].

> O U-456 do capitão-de-corveta Teichert... tinha disparado os torpedos de ataque. Teichert dispôs seu submarino próximo das balsas salva-vidas e ordenou ao comandante, o capitão Strand, que viesse a bordo. Ele foi detido. Os oficiais do submarino perguntaram aos marinheiros se tinham quantidade suficiente de água e lhes entregaram carne enlatada e pão. Disseram-lhes que seriam recolhidos por destróieres alguns dias mais tarde.

---

15. Doenitz, *Memoirs: Ten Years and Twenty Days*, tradução de K. H. Stevens (Londres, 1959), p. 261.
16. *The Destruction of Convoy PQ 17* (Nova York, s.d.), p. 157; para outros exemplos, veja pp. 145, 192-3.

Isso ocorreu apenas alguns meses antes que a ordem de Doenitz proibisse esse tipo de auxílio e foi em circunstâncias que tornavam esse auxílio perfeitamente seguro. O comboio PQ 17 tinha se dispersado, abandonado por sua escolta. Já não era em nenhum sentido uma força combatente; os alemães controlavam tanto o ar como o mar. A batalha estava nitidamente encerrada, e a necessidade militar dificilmente poderia ter justificado uma recusa em ajudar. Na minha opinião, se uma recusa dessa natureza, em circunstâncias semelhantes, pudesse ser atribuída à "ordem do *Laconia*", Doenitz de fato seria culpado de um crime de guerra. Mas nada semelhante foi demonstrado em Nuremberg.

Contudo, o tribunal também não adotou abertamente a argumentação derivada da necessidade militar: a de que, em circunstâncias diferentes, a recusa de auxílio era justificada pelos riscos que acarretava. Pelo contrário, os juízes reafirmaram a norma obrigatória: "Se o comandante não puder fazer o salvamento", alegaram eles, "... ele não poderá afundar um navio mercante..." Entretanto não fizeram valer a norma para punir Doenitz. O almirante Nimitz da marinha dos Estados Unidos, chamado a depor pelo advogado de Doenitz, disse-lhes que "os submarinos americanos [geralmente] não resgatavam sobreviventes inimigos se, ao agir desse modo, fossem expostos a riscos desnecessários ou adicionais". A política britânica tinha sido semelhante. Diante dessas considerações, os juízes declararam que "a sentença de Doenitz não é fixada com base nas violações do direito internacional da guerra de submarinos"[17]. Eles não aceitaram o argumento dos advogados de defesa de que a lei

---

17. *Nazi Conspiracy and Aggression: Opinion and Judgment*, p. 140.

tinha sido efetivamente reformulada pela conivência informal entre os beligerantes. Mas deram a impressão de considerar que essa conivência de fato tornava a lei inexeqüível (ou no mínimo inexeqüível se aplicada exclusivamente a uma das partes coniventes em sua violação) – uma decisão judicial acertada, mas que deixa aberta a questão moral.

Na realidade, Doenitz e seus colegas entre os Aliados tinham razões para a linha de ação que adotaram, e essas razões mais ou menos se encaixam na estrutura das convenções de guerra. Combatentes feridos ou indefesos não estão mais sujeitos a ataque. Nesse sentido, embora tenham recuperado o direito à vida, eles não fazem jus a auxílio enquanto a batalha continuar e a vitória dos inimigos não estiver garantida. O que é decisivo nesse caso não é a necessidade militar, mas a assimilação de tripulações mercantes à classe de combatentes. Os soldados não precisam arriscar a vida por seus inimigos, pois tanto eles como seus inimigos se expuseram à força de coação da guerra. Existem pessoas, porém, que estão a salvo dessa coação, ou que deveriam ser protegidas dela, e essas pessoas também têm um papel no caso do *Laconia*.

O *Laconia* era um navio de carreira que transportava 268 militares britânicos e suas famílias, na viagem de volta de postos anteriores à guerra no Oriente Médio, além de 1.800 prisioneiros de guerra italianos. Ele foi torpedeado e afundado ao largo da costa oeste da África por um submarino que não sabia quem eram seus passageiros (os navios de carreira eram muito usados pelos aliados para transporte de tropas). Quando Doenitz soube do afundamento e da identidade das pessoas na água, ordenou um enorme procedimento de resgate que envolveu de início uma série de outros submarinos[18]. Foi solicitado também a navios de guerra italianos que acorressem ao local; e o comandante do submarino responsável pelo afundamento transmitiu em inglês um pedido de ajuda geral. Em vez disso, porém, os submarinos foram atacados por alguns aviões aliados cujos pilotos supostamente ignoravam o que estava acontecendo nos mares lá embaixo ou não acreditaram no que estavam ouvindo. A confusão é bastante típica em tempos de guerra: desconhecimento de todos os lados, agravado pela suspeita e medo mútuos.

Na realidade, os aviões causaram poucos danos, mas a reação de Doenitz foi rigorosa. Ele ordenou aos comandantes alemães que limitassem o resgate aos prisioneiros italianos; os soldados britânicos e suas famílias deveriam ser deixados à deriva. Foi esse espetáculo de mulheres e crianças abandonadas no mar, além da ordem subseqüente que parecia exigir a repetição do quadro, que foi amplamente considerado revoltante, e com acerto, ao que me parece, muito embora a guerra de submarinos "irrestrita" já fosse àquela altura de aceitação geral. Pois estabelecemos um círculo de direitos em torno dos civis, e o que se espera é que os soldados aceitem (alguns) riscos a fim de salvar a vida de civis. Não se trata de que eles devam fazer algum esforço descomunal, nem de que sejam, ou não sejam, bons samaritanos. Para começar, são eles que põem em risco a vida de civis; e, mesmo que isso ocorra durante operações militares legítimas, ainda assim devem fazer algum esforço real para restringir a faixa do dano causado. Essa era na realidade a própria posição de Doenitz antes do ataque dos Alia-

---

18. Doenitz, *Memoirs*, p. 259.

dos, posição que manteve apesar de críticas de outros membros do alto comando alemão. "Não posso jogar essas pessoas na água. Prosseguirei [com o esforço de resgate]." O que está envolvido nesse caso não é bondade, mas dever; e é nos termos desse dever que julgamos a "ordem do *Laconia*". Um esforço de resgate empreendido em prol de não-combatentes pode ser interrompido temporariamente por causa de um ataque, mas não pode ser cancelado com antecedência só porque um ataque pode ocorrer (ou voltar a ocorrer). Pois pelo menos um ataque já ocorreu e expôs pessoas inocentes ao risco de morrer. Agora é preciso ajudar essas pessoas.

Duplo efeito

O segundo princípio das convenções de guerra é o de que não-combatentes não podem ser atacados em momento algum. Eles nunca podem ser o objeto nem o alvo da atividade militar. No entanto, como sugere o caso do *Laconia*, os não-combatentes costumam ser postos em perigo não porque alguém tenha se disposto a atacá-los, mas porque se encontram próximos de uma batalha que está sendo travada contra outros. Procurei argumentar que o que é necessário nesse caso não é que a batalha seja interrompida, mas que algum nível de cuidado seja tomado para não ferir os civis – o que significa simplesmente que reconhecemos seus direitos da melhor forma possível dentro do contexto da guerra. Mas que nível de cuidado deveria ser tomado? E a que custo para cada soldado envolvido? As leis da guerra nada dizem sobre essas questões. Elas deixam que as decisões mais cruéis sejam tomadas pelos homens que estejam no local, com referência apenas a suas noções comuns de moral ou às tradições militares do exército ao qual servem. É raro que um desses soldados escreva sobre suas próprias decisões, e, quando o faz, tem-se a impressão de uma luz que se acende num local escuro. Eis um incidente extraído das memórias de Frank Richards da Primeira Guerra Mundial, um dos poucos relatos de autoria de um soldado raso[19].

> Quando lançávamos bombas em porões ou abrigos subterrâneos, era sempre prudente jogar as bombas primeiro e depois dar uma olhada neles. Mas naquele lugarejo precisávamos ter muito cuidado, pois havia civis em alguns dos porões. Nós gritávamos para o pessoal lá embaixo para ter certeza. Um dia outro soldado e eu gritamos para dentro de um porão duas vezes e, não tendo recebido resposta, estávamos a ponto de tirar os pinos de nossas bombas quando ouvimos uma voz de mulher, e uma moça veio subindo pela escada do porão... Ela e a família... não saíam [do porão] havia alguns dias. Imaginaram que um ataque estivesse ocorrendo e, quando gritamos pela primeira vez, ficaram apavorados demais para responder. Se a moça não tivesse gritado no instante em que gritou, nós teríamos inocentemente assassinado todos eles.

Teriam *inocentemente assassinado*, porque gritaram antes. Mas, se não tivessem gritado, e com isso tivessem matado a família francesa, na opinião de Richards teria sido simplesmente assassinato. E entretanto ele estava aceitando algum risco ao gritar, pois poderia ter havido no porão soldados alemães, que poderiam ter saído às

---

19. *Old Soldiers Never Die* (Nova York, 1966), p. 198.

pressas atirando à medida que fossem saindo. Teria sido mais prudente lançar as bombas sem aviso, o que significa que a necessidade militar teria justificado sua conduta se ele assim tivesse procedido. Na realidade, ele teria sido justificado também por outros motivos, como veremos. E, mesmo assim, gritou.

A doutrina moral invocada com maior freqüência nesses casos é o princípio do duplo efeito. Elaborado por casuístas católicos na Idade Média, o duplo efeito é uma noção complexa, mas ao mesmo tempo está intimamente relacionado com nossa maneira normal de refletir sobre a vida moral. Muitas vezes já o encontrei em uso em debates políticos e militares. Oficiais costumam falar em conformidade com seus termos, intencionalmente ou não, sempre que a atividade que estão planejando tenha probabilidade de atingir não-combatentes. Os próprios escritores católicos recorrem com freqüência a exemplos militares. É um de seus objetivos sugerir o que deveríamos pensar quando "um soldado, ao disparar contra forças inimigas, prevê que acertará em alguns civis que estejam por perto"[20]. Essa previsão é bastante comum na guerra. É provável que os soldados não pudessem lutar de modo algum, exceto no deserto e no mar, sem pôr em risco civis próximos. E ainda assim não é a proximidade, mas somente alguma contribuição dada à luta que torna um civil suscetível ao ataque. O duplo efeito é um meio para conciliar a proibição absoluta contra o ataque a não-combatentes com a legítima condução da atividade militar. Vou querer argumentar, seguindo o exemplo de Frank

---

20. Kenneth Dougherty, *General Ethics: An Introduction to the Basic Principles of the Moral Life According to St. Thomas Aquinas* (Peekskill, N.Y., 1959), p. 64.

Richards, que a conciliação vem fácil demais, mas antes de mais nada precisamos ver como o princípio foi elaborado.

A argumentação é a seguinte: é permitido realizar um ato com probabilidade de ter conseqüências funestas (a morte de não-combatentes) desde que sejam cumpridas as quatro condições que se seguem[21].

1) O ato em si é bom ou no mínimo neutro, o que quer dizer, para nossos fins, que se trata de um legítimo ato de guerra.

2) O efeito direto é aceitável do ponto de vista moral – a destruição de suprimentos militares, por exemplo, ou a morte de soldados inimigos.

3) A intenção de quem executa o ato é boa, ou seja, ele almeja apenas o efeito aceitável. O efeito nocivo não é um de seus fins, nem é um meio para atingir seus fins.

4) O efeito positivo é bom o suficiente para compensar a permissão do efeito nocivo. Ele deve ser justificável de acordo com a norma da proporcionalidade de Sidgwick.

O peso da argumentação recai sobre a terceira cláusula. Os efeitos "bons" e nocivos que se unem, a matança de soldados e de civis que estejam por perto, devem ser defendidos somente na medida em que resultem de uma única intenção, voltada para os primeiros, e não para os segundos. A argumentação sugere a enorme importância de fazer pontaria em tempos de guerra. E acertadamente restringe os alvos nos quais se pode mirar.

---

21. Dougherty, pp. 65-6; cf. John C. Ford, S.J. "The Morality of Obliteration Bombing", em *War and Morality*, org. Richard Wasserstrom (Belmont, Califórnia, 1970). Aqui não tenho como fazer uma resenha das controvérsias filosóficas em torno do duplo efeito. Dougherty oferece uma descrição didática (muito simples); Ford, uma aplicação cuidadosa (e corajosa).

Precisamos no entanto nos preocupar, creio eu, com todas aquelas mortes não premeditadas mas previsíveis, pois seu número pode ser elevado. E, sujeito apenas à norma da proporcionalidade – um fraco obstáculo –, o duplo efeito oferece uma justificativa geral. Por isso, o princípio suscita uma reação irada ou cínica: que diferença faz se a morte de civis for um resultado direto ou indireto de minhas ações? Dificilmente faz diferença para os civis mortos; e, se eu sei com antecedência que é provável que mate tantas pessoas inocentes e mesmo assim eu vá em frente com meus planos, como posso não ser culpado?[22]

Podemos fazer a pergunta de um modo mais concreto. Frank Richards estaria isento de culpa se tivesse jogado as bombas sem dar aviso algum? O princípio do duplo efeito teria permitido que ele agisse dessa forma. Ele estava engajado numa legítima atividade militar, pois muitos abrigos estavam de fato sendo usados por soldados inimigos. Os efeitos de adotar como linha de ação geral o "bombardear sem aviso" teria sido a redução dos riscos de ele mesmo ser morto ou incapacitado, além de apressar a captura do lugarejo, e esses são efeitos "bons". Além do mais, estava claro que esses eram os únicos efeitos que ele pretendia. A morte de civis não teria atendido a nenhuma finalidade dele. E, finalmente, a longo prazo, as proporções teriam provavelmente se apresentado de modo favorável ou, pelo menos, de modo não desfavorável. O dano causado seria compensado pela contribuição para a vitória. E mesmo assim Richards sem

---

22. Para uma versão filosófica do argumento de que não pode fazer diferença se a matança de pessoas inocentes é direta ou indireta, veja Jonathan Bennett, "Whatever the Consequences," *Ethics*, orgs. Judith Jarvis Thomson e Gerald Dworkin (Nova York, 1968).

dúvida agiu com justeza quando deu seu aviso gritando. Agiu como um homem ético deveria agir. Esse não é um exemplo de luta heróica, acima e além do cumprimento do dever, mas simplesmente de lutar bem. É isso o que esperamos de soldados. Antes de tentar explicitar essa expectativa com maior precisão, porém, quero examinar seu funcionamento em situações mais complexas de combate.

Bombardeio na Coréia

Vou acompanhar agora o relato de um jornalista britânico de como o exército americano guerreou na Coréia. Não sei se o relato é inteiramente correto, mas estou mais interessado nas questões morais que ele suscita que em sua precisão histórica. Eis como era, portanto, um "típico" confronto na estrada até Pyongyang. Um batalhão de americanos avançava lentamente, sem encontrar oposição, à sombra de colinas baixas. "Agora já tínhamos penetrado bastante no vale, a meio caminho pela reta... enfileirados ao longo da estrada vazia, quando veio o barulho, o crepitar forte de metralhadoras levantando poeira ao redor de nós."[23] Os soldados pararam e se abaixaram em busca de abrigo. Três tanques chegaram, "martelando a encosta com seus projéteis... e estraçalhando o ar com suas metralhadoras. Nesse incrível inferno de ruído era impossível detectar o inimigo ou avaliar seu poder de fogo." Em quinze minutos, chegaram alguns caças "em mergulho sobre a encosta com seus foguetes". Essa é a nova técnica da guerra, escreve o jornalista britânico, "oriunda de imenso poderio produtivo e

---

23. Reginald Thompson, *Cry Korea* (Londres, 1951), pp. 54, 142-3.

material": "o avanço cauteloso, o fogo de armas leves do inimigo, a parada, o ataque aéreo em apoio imediato, a artilharia, o avanço cauteloso e assim por diante". A técnica é projetada para salvar a vida de soldados, e pode ter esse efeito ou não. "O certo é que mata civis, homens, mulheres e crianças, indiscriminadamente e em grande quantidade, além de destruir tudo o que eles possuem."

Ora, há outro modo de lutar, embora ele só esteja ao alcance de soldados que tenham passado por um treinamento de soldado e que não tenham por hábito estar "presos a estradas". Pode-se mandar uma patrulha avançar para flanquear a posição inimiga. No final, o resultado acaba sendo o mesmo, como aconteceu nesse caso, pois os tanques e aviões não conseguiram atingir os metralhadores da Coréia do Norte. "Afinal, depois de mais de uma hora... um pelotão da Companhia Baker começou a abrir caminho pelo mato baixo e fechado logo abaixo da crista do morro." Mas o primeiro recurso sempre era o do bombardeio. "Cada tiro do inimigo desencadeava uma enxurrada de destruição." E o bombardeio tinha, ou às vezes tinha, seu característico duplo efeito: soldados inimigos eram mortos, da mesma forma que quaisquer civis que por acaso estivessem nas proximidades. Matar civis que por acaso estivessem nas proximidades não era intenção dos oficiais que solicitavam a intervenção da artilharia e de aviões. Agiam desse modo por estarem preocupados com seus próprios homens. E essa é uma preocupação legítima. Ninguém iria querer ser comandado em tempos de guerra por um oficial que não valorizasse a vida de seus soldados. Entretanto, ele deve também valorizar vidas civis, e o mesmo se aplica a seus soldados. Ele não pode salvá-los, porque eles não podem salvar a si mesmos, com a morte de inocentes.

Não se trata apenas de eles não poderem matar uma grande quantidade de inocentes. Mesmo que as proporções demonstrem ser favoráveis, em casos específicos ou ao longo de certo período, ainda iríamos querer dizer, creio eu, que a patrulha deve ser enviada, o risco aceito, antes que os armamentos pesados sejam postos em ação. Os soldados enviados em missão de patrulha podem alegar de modo plausível que nunca escolheram fazer guerra na Coréia. Ainda assim, eles são soldados; há obrigações que acompanham seus direitos de guerra, e a primeira dessas é a obrigação de cuidar dos direitos de civis – mais precisamente, dos civis cuja vida é posta em risco por esses próprios soldados.

O princípio do duplo efeito carece, portanto, de correção. Quero sustentar que o duplo efeito é defensável somente quando os dois resultados são produto de uma *intenção dupla*: em primeiro lugar, que o aspecto "positivo" seja atingido; em segundo lugar, que o mal previsível seja reduzido na medida do possível. Portanto, a terceira das condições acima relacionadas pode ser reformulada:

> 3) A intenção de quem executa o ato é boa, ou seja, ele almeja estritamente o efeito aceitável. O efeito nocivo não é um de seus fins, nem é um meio para atingir seus fins; e, consciente do mal envolvido, ele procura reduzi-lo ao mínimo, aceitando a responsabilidade pelos custos.

É fácil demais simplesmente não pretender a morte de civis. Com enorme freqüência, nas condições de combate, as intenções de soldados concentram-se estritamente no inimigo. O que procuramos nesses casos é algum sinal de um compromisso positivo para salvar vidas de civis. Não a mera aplicação da norma da proporcionalidade, sem matar nem um civil a mais do que seja necessário do ponto de vista militar – essa norma aplica-se também aos soldados; ninguém pode ser morto por motivos triviais. Os civis têm direito a algo mais. E, se salvar a vida de civis significar arriscar a vida de soldados, o risco deve ser aceito. Existe, porém, um limite aos riscos que requeremos. Essas são, afinal de contas, mortes involuntárias e operações militares legítimas; e a norma incondicional contra o ataque a civis não se aplica. A guerra necessariamente expõe civis ao perigo. Esse é mais um aspecto de sua característica infernal. Podemos apenas pedir aos soldados que reduzam drasticamente os perigos que impuserem.

É difícil determinar até que ponto exato eles precisam ir ao fazer isso, e por esse motivo pode parecer estranho alegar que os civis têm direitos nesse tipo de questão. O que isso pode querer dizer? Os civis têm direito não só de não ser atacados, mas também de não ser expostos a riscos até um determinado grau, de tal modo que impor a eles uma chance de morte de um para dez é justificado, ao passo que impor uma chance de três para dez é injustificado? Na realidade, o grau de risco permissível irá variar com a natureza do alvo, a urgência do momento, a tecnologia disponível e assim por diante. Acredito ser melhor afirmar simplesmente que os civis têm o direito de que seja tomado o "devido cuidado"[24*]. O caso

---

24. Na reflexão sobre essas questões, tive o auxílio do exame de Charles Fried sobre "Imposing Risks on Others", *An Anatomy of Values: Problems of Personal and Social Choice* (Cambridge, Mass., 1970), capítulo XI.

* Como julgamentos sobre o "devido cuidado" envolvem cálculos de valor relativo, urgência e outros, deve ser dito que argumentos utilitaristas e argumentos baseados nos direitos (relativos pelo menos aos efeitos indiretos) não são totalmente distintos. Ainda assim, os

é o mesmo na sociedade local: quando a empresa fornecedora de gás trabalha nas tubulações que passam por baixo da minha rua, é um direito meu que seus funcionários obedeçam a normas de segurança muito rigorosas. Contudo, se o trabalho for exigido com urgência pelo perigo iminente de uma explosão numa rua vizinha, as normas poderão ser relaxadas sem que meus direitos sejam violados. Ora, a necessidade militar funciona exatamente como a emergência civil, só que na guerra as normas com as quais estamos familiarizados na sociedade local estão sempre relaxadas. Isso não quer dizer, porém, que não exista absolutamente nenhuma norma, nem direitos envolvidos. Sempre que houver probabilidade de um segundo efeito, uma segunda intenção é necessária em termos morais. Podemos avançar um pouco no sentido de definir os limites dessa segunda intenção se examinarmos mais dois exemplos de tempos de guerra.

O bombardeamento da França ocupada e o ataque de Vemork

Durante a Segunda Guerra Mundial, a força aérea da França Livre realizou ataques de bombardeio contra alvos militares na França ocupada. Inevitavelmente, suas

---

cálculos exigidos pelo princípio da proporcionalidade e os exigidos pelo "devido cuidado" não são idênticos. Mesmo depois de aceitar as normas máximas de cuidado, as prováveis perdas civis podem ainda ser desproporcionais ao valor do objetivo; nesse caso, o ataque deverá ser cancelado. Ou, com maior freqüência, os planejadores militares poderão decidir que as perdas decorrentes do ataque, mesmo se executado com um mínimo de risco para os atacantes, não são desproporcionais ao valor do objetivo; e nesse caso o "devido cuidado" é uma exigência adicional.

bombas mataram franceses que trabalhavam (sob coação) para o esforço alemão de guerra. Também inevitavelmente elas mataram franceses que simplesmente moravam na vizinhança das fábricas atacadas. Isso representava um dilema cruel para os pilotos, que eles resolveram sem desistir dos ataques nem pedir a outros que se encarregassem da tarefa, mas aceitando maiores riscos para si mesmos. "Foi... essa questão insistente de bombardear a própria França", diz Pierre Mendès-France, que serviu na força aérea depois de escapar de uma prisão alemã, "que nos levou a uma especialização cada vez maior em bombardeio de precisão – ou seja, em vôos a uma altitude muito baixa. Era mais arriscado, mas também permitia uma precisão maior..."[25] Naturalmente, as mesmas fábricas poderiam (ou talvez devessem) ter sido atacadas por esquadrões de guerrilheiros ou comandos que portassem explosivos. Sua mira teria sido perfeita, não apenas mais precisa, e nenhum civil teria sido exposto a risco, a não ser os que estivessem trabalhando nas fábricas. Esse tipo de ataque-surpresa teria sido extremamente perigoso, porém, com baixíssimas chances de sucesso, especialmente de sucesso reiterado. Riscos desse tipo eram mais do que os franceses esperavam, mesmo de seus próprios soldados. Os limites do risco são portanto fixados aproximadamente naquele ponto em que assumir qualquer risco a mais quase com certeza condenaria a missão militar ao fracasso ou a tornaria tão dispendiosa que não pudesse ser repetida.

É evidente que há algum espaço aqui para a opinião militar: estrategistas e planejadores, por seus próprios

---

25. Citado do texto publicado do documentário de Marcel Ophuls, *The Sorrow and the Pity* (Nova York, 1972), p. 131.

motivos, avaliarão a importância de seu objetivo em comparação com a importância da vida de seus soldados. Porém, mesmo que o objetivo seja muito importante e que o número de pessoas inocentes ameaçadas seja relativamente pequeno, eles precisam arriscar soldados antes de matar civis. Examinemos, por exemplo, o único caso que encontrei da Segunda Guerra Mundial em que um ataque-surpresa por comandos foi experimentado em lugar de um ataque aéreo. Em 1943, a fábrica de água pesada em Vemork na Noruega ocupada foi destruída por comandos noruegueses que operavam em nome do S.O.E. britânico (Special Operations Executive [Comando de Operações Especiais]). Era de importância vital interromper a produção de água pesada a fim de atrasar o desenvolvimento de uma bomba atômica por cientistas alemães. Autoridades britânicas e norueguesas discutiram se a tentativa deveria ser feita por ar ou por terra e optaram pela segunda abordagem por ser menos provável que ela atingisse civis[26]. Ela era, porém, muito perigosa para os comandos. A primeira tentativa fracassou, e 34 homens morreram nela. A segunda tentativa, realizada por um número menor de homens, teve êxito sem causar vítimas – para surpresa de todos os envolvidos, até mesmo os integrantes do comando. Foi possível aceitar esse tipo de risco numa única operação que, ao que se acreditava, não precisaria ser repetida. Numa "batalha" que se prolongasse no tempo e fosse constituída de muitos incidentes separados, isso não teria sido possível.

Tempos mais tarde, naquela guerra, depois que foi retomada a produção em Vemork e a segurança foi con-

---

26. Thomas Gallagher, *Assault in Norway* (Nova York, 1975), pp. 19-20, 50.

sideravelmente reforçada, a fábrica foi bombardeada por aviões americanos. O bombardeio teve êxito, mas resultou na morte de 22 civis noruegueses. A essa altura, o duplo efeito parece funcionar, justificando o ataque aéreo. Na realidade, em sua forma não revista, ele teria funcionado antes. A importância do objetivo militar e as baixas reais (supostamente previsíveis com antecedência) teriam justificado um bombardeio-surpresa já de início. No entanto, o valor especial que atribuímos à vida de civis impediu essa possibilidade.

Ora, atribui-se à vida de civis alemães o mesmo valor que à de civis franceses ou noruegueses. Naturalmente, há outros motivos morais bem como emocionais para ter essa consideração e aceitar seu preço no caso de nosso próprio povo ou de nossos aliados (e não é por acaso que meus dois exemplos envolvem ataques a território ocupado). Os soldados têm obrigações diretas para com os civis que deixam para trás, obrigações relacionadas à finalidade da atividade de soldado em si e às suas próprias lealdades políticas. Contudo, a estrutura dos direitos sustenta-se independentemente de lealdades políticas. Ela estabelece obrigações que são, por assim dizer, devidas à própria humanidade e a seres humanos em particular; não apenas a nossos concidadãos. Os direitos dos civis alemães – que não lutavam e não estavam engajados no fornecimento dos meios de luta às forças armadas – não eram diferentes dos direitos dos franceses seus semelhantes, exatamente como os direitos de guerra dos soldados alemães não eram diferentes dos direitos dos soldados franceses, qualquer que seja nossa opinião a respeito da guerra que empreendiam.

O caso da França ocupada (ou da Noruega) é, porém, complexo sob outro aspecto. Mesmo que os pilotos franceses tivessem reduzido o risco a que se expunham e voado a altitudes maiores, nós não os consideraríamos os únicos responsáveis pelo maior número de mortes de civis provocadas por eles. Essa responsabilidade eles dividiriam com os alemães – em parte porque os alemães tinham atacado e conquistado a França, mas também (e de maior importância para nossos fins) por terem os alemães mobilizado a economia francesa para atender a seus próprios objetivos estratégicos, forçando operários franceses a servir à máquina alemã de guerra, transformando fábricas francesas em alvos militares legítimos e expondo ao perigo as áreas residenciais a elas adjacentes. A questão do efeito direto e indireto é complicada pela questão da coação. Quando julgamos a matança involuntária de civis, precisamos saber como esses civis, para começar, foram parar numa área de combate. Talvez essa seja somente outra forma de perguntar quem os expôs a riscos e que esforços positivos foram envidados para salvá-los. Mas isso levanta outras questões das quais ainda não tratei e que se apresentam com maior impacto quando nos voltamos para outro tipo de guerra, muito mais antigo.

10. A GUERRA CONTRA CIVIS: SÍTIO E BLOQUEIOS

O sítio é a mais antiga forma de guerra total. Sua longa história sugere que nem o avanço tecnológico nem a revolução democrática são os fatores cruciais a forçar a guerra a se expandir além dos combatentes. Civis foram atacados junto com soldados, ou com o objetivo de atingir soldados, com tanta freqüência nos tempos antigos como nos modernos. Ataques desse tipo são prováveis sempre que um exército procurar o que se poderia chamar de proteção entre civis e lutar a partir das ameias ou a partir das construções de uma cidade; ou sempre que os habitantes de uma cidade ameaçada procurarem a forma mais imediata de proteção militar e concordarem com a ocupação militar de sua cidade. Com isso, presos no círculo fechado das muralhas, civis e soldados estão expostos aos mesmos riscos. A proximidade e a escassez igualam sua vulnerabilidade. Ou talvez ela não seja tão igualada: nesse tipo de guerra, uma vez iniciado o combate, os não-combatentes têm maior probabilidade de morrer. Os soldados lutam a partir de posições protegidas, e os civis, que absolutamente não lutam, são rapidamente transformados (numa expressão que extraí da literatura militar) em "bocas inúteis". Alimentados por último, e somente com as sobras do exército, eles morrem primeiro. Mais civis morreram no sítio de Leningrado que nos infernos modernistas de Hamburgo, Dresden, Tóquio, Hiroxima e Nagasaki, somados. É também provável que tenham morrido com mais dor, mesmo que tenha sido de modo antiquado. Diários e memórias de sítios do século XX parecem perfeitamente familiares para qualquer um que tenha lido, por exemplo, a história angustiante do sítio romano de Jerusalém, de autoria de Josephus. E as questões morais levantadas por Josephus são familiares a qualquer um que tenha refletido sobre a guerra no século XX.

Coerção e responsabilidade

O sítio de Jerusalém, 72 d.C.

A morte coletiva pela fome é um destino cruel: pais e filhos, amigos e amantes precisam ver-se morrer; e o fim é terrivelmente prolongado, destrutivo em termos físicos e morais muito antes de se encerrar. Embora pareça ser o fim do mundo, o seguinte trecho de Josephus refere-se a uma época relativamente inicial do sítio romano[1].

> A restrição à liberdade de entrar e sair da cidade tirou dos judeus toda a esperança de segurança; e a fome que agora aumentava consumia famílias e residências inteiras. As casas estavam cheias de mulheres e bebês mor-

---

1. *The Works of Josephus*, tradução de Tho. Lodge (Londres, 1620): *The Wars of the Jews*, tomo VI, capítulo XIV, p. 721.

tos; e as ruas, repletas dos cadáveres de velhos. E os rapazes, inchados como sombras de homens mortos, andavam pelo mercado e caíam mortos onde quer que fosse. E agora era tão grande a quantidade de corpos que quem estava vivo não conseguia enterrá-los nem se importava em fazê-lo, não tendo mais certeza do que lhe poderia acontecer. E muitos, na tentativa de enterrar outros, caíam eles mesmos mortos por cima... E muitos, ainda vivos, dirigiam-se a suas covas para lá morrer. Contudo, apesar dessa calamidade, não havia nem choro nem lamentações, pois a fome dominava todos os afetos. E os que ainda viviam contemplavam, sem lágrimas, os que por estarem mortos agora descansavam diante de seus olhos. Não se ouvia ruído algum dentro da cidade...

Esse não é um relato de primeira mão. Josephus estava do lado de fora das muralhas, com o exército romano. Segundo outros escritores, são as mulheres que sobrevivem mais tempo em sítios, os rapazes os que caem mais rápido naquela letargia fatal que precede a morte verdadeira[2]. Mas a descrição é bastante precisa. É assim que é um sítio. O mais importante: *é assim que se pretende que um sítio seja.* Quando uma cidade é cercada e privada de alimento, a expectativa dos agressores não é a de que a guarnição mantenha sua posição até que os soldados, um a um, como os velhos de Josephus, caiam mortos nas ruas. O que se espera é que a morte da população comum da cidade obrigue a liderança civil ou militar a ceder. O objetivo é a rendição; o meio não é a derrota do exército inimigo, mas o apavorante espetáculo dos civis mortos.

---

2. Veja, por exemplo, as notáveis memórias de Elena Skrjabina, *Siege and Survival: The Odissey of a Leningrader* (Carbonville, Ill., 1971).

O princípio do duplo efeito, seja ele interpretado da forma que for, não fornece nenhuma justificativa nesse caso. Essas são mortes intencionais. E entretanto a prática do sítio não é proibida pelas leis da guerra. "A correção de tentar reduzir (uma cidade) pela fome não é questionada."[3] Se existe uma norma geral de que não se deve ter como objetivo a morte de civis, o sítio é uma enorme exceção – e o tipo de exceção que, se for justificada em termos morais, parece destroçar a própria norma. Devemos investigar por que ela foi criada. Como pode ser considerado correto trancar civis na armadilha mortal de uma cidade cercada?

A resposta óbvia é simplesmente que a captura de cidades costuma ser um importante objetivo militar – na época da cidade-Estado, ele era o objetivo supremo – e, tendo fracassado um ataque frontal, o sítio é o único meio que resta para alcançar o sucesso. Na realidade, porém, nem mesmo é necessário que um assalto frontal fracasse para que se considere um sítio justificável. Sentar e esperar é muito menos dispendioso para o exército responsável pelo cerco do que atacar; e esses cálculos são permitidos (como vimos) pelo princípio da necessidade militar. Esse argumento não é, porém, a defesa mais interessante da guerra de sítio e não é com ele, creio eu, que os próprios comandantes aplacaram a consciência. Josephus sugere a alternativa. Tito, conta-nos ele, lamentou a morte de tantos habitantes de Jerusalém e, "erguendo as mãos aos céus... pediu a Deus que fosse testemunha de que ele não era o responsável"[4]. De quem era a responsabilidade?

---

3. Charles Chaney Hyde, *International Law* (2ª edição revisada, Boston, 1945), III, 1802.
4. *The Works*, p. 722.

Depois do próprio Tito, há somente dois candidatos: os líderes políticos ou militares da cidade, que se recusaram a render-se sob condições e forçaram os moradores a lutar; ou a própria população, que concordou com essa recusa e, por assim dizer, consentiu em correr os riscos da guerra. Tito de modo implícito e Josephus de modo explícito preferem a primeira dessas possibilidades. Jerusalém, alegam eles, foi dominada pelos zelotes fanáticos, que impuseram a guerra à massa de judeus moderados, que de outro modo estariam dispostos a se render. Talvez haja uma dose de verdade nessa opinião, mas não se trata de um argumento satisfatório. Ele torna o próprio Tito um agente impessoal de destruição, instigado pela obstinação de outros, sem planos e objetivos próprios. E sugere ser justo que cidades (e por que não países?) que não se rendam sejam expostos à guerra total. Nenhuma dessas duas é uma proposição plausível. Mesmo que as rejeitássemos, porém, a atribuição da responsabilidade numa guerra de sítio é um assunto complexo. Essa complexidade ajuda a explicar, embora eu sustente que ela não justifica, a condição singular dos sítios nas leis da guerra. Ela também nos leva a ver que há questões morais que devem ser respondidas antes que o princípio do duplo efeito entre em jogo. Como aqueles civis acabaram tão perto do campo de batalha onde agora estão sendo mortos (de modo intencional ou acessório)? Eles estão ali por escolha? Ou foram forçados a esse confronto com a guerra e a morte?

Uma cidade pode de fato ser defendida contra a vontade de seus cidadãos por um exército, derrotado no campo, que se recolhe no interior de suas muralhas; por uma guarnição estrangeira, que sirva aos interesses estratégicos de um comandante distante; por minorias militantes, de um tipo ou de outro, poderosas em termos políticos. Se fossem casuístas competentes, os líderes de qualquer um desses grupos poderiam raciocinar do seguinte modo: "Sabemos que os civis morrerão em conseqüência de nossa decisão de lutar aqui em vez de em algum outro lugar. Mas as mortes não serão por execução nossa, e de modo algum irão nos beneficiar. Elas não constituem nosso objetivo, nem parte de nosso objetivo, nem meios para atingirmos nosso objetivo. Ao recolher e racionar alimentos, faremos tudo o que pudermos para salvar vidas civis. Não somos responsáveis pelos que morrerem." Está claro que esses líderes não podem ser condenados em conformidade com o princípio do duplo efeito. Mas ainda assim podem ser condenados – desde que os moradores da cidade não queiram ser defendidos. Há muitos exemplos desse tipo de situação na história medieval: moradores de um burgo decididos a render-se, guerreiros aristocratas empenhados (não com os moradores do burgo) em prosseguir com a luta[5]. Em casos semelhantes, os guerreiros sem dúvida têm alguma responsabilidade pela morte de moradores do burgo. Eles são agentes de coerção dentro da cidade, como o exército sitiador é do lado de fora; e os civis estão apanhados entre os dois. Esses casos são porém raros atualmente, como o eram na época clássica. A integração política e a disciplina cívica asseguram a criação de cidades cujos moradores esperam ser defendidos e estão preparados, em termos morais, mesmo que nem sempre em termos

---

5. M. H. Keen, *The Laws of War in the Late Middle Ages* (Londres, 1965), p. 128 para uma exposição das obrigações aristocráticas em casos semelhantes.

materiais, para suportar as atribulações de um sítio. O consentimento isenta de culpa os defensores, e somente o consentimento tem esse poder.

E os agressores? Parto do pressuposto de que eles ofereçam a rendição sob condições. Essa é simplesmente o equivalente coletivo do perdão concedido a cada soldado que se rende, e deveria estar sempre disponível. Contudo, a rendição é recusada. Há então duas opções militares. Primeiro, os baluartes da cidade podem ser bombardeados; e as muralhas, tomadas de assalto. Sem dúvida, civis morrerão, mas por essas mortes os soldados atacantes podem legitimamente negar que a culpa seja deles. Embora sejam os agentes da matança, essas mortes, sob um aspecto importante, não são de sua "responsabilidade". Os agressores são isentos de culpa pela recusa a render-se, que é uma aceitação dos riscos da guerra (ou a responsabilidade moral é transferida para o exército defensor, que tornou impossível a rendição). Esse argumento aplica-se, entretanto, apenas às mortes que sejam de fato decorrentes de operações militares legítimas. A recusa em se render não transforma os civis em objetos diretos de ataque. Com ela, eles não entraram em guerra, embora alguns deles possam subseqüentemente ser mobilizados para atividades bélicas no interior da cidade. Eles estão simplesmente em seu "domicílio certo e permanente", e sua condição de cidadãos de uma cidade sitiada não é diferente de sua condição como cidadãos de um país em guerra. Se eles podem ser mortos, quem não pode? Mas nesse caso a impressão seria a de que a segunda opção militar está proibida: a cidade não pode ser cercada, isolada do mundo, com seu povo exposto sistematicamente à morte pela fome.

Os juristas traçaram um limite diferente, embora também eles reconheçam que questões de coerção e consentimento têm precedência sobre questões de efeito direto e indireto. Examinemos o seguinte caso da *Arte da guerra* de Maquiavel[6]:

> Alexandre, o Grande, ansioso por conquistar Leucádia, apoderou-se primeiro das cidadezinhas vizinhas e expulsou todos os moradores para Leucádia. Afinal, a cidade estava tão cheia de gente que ele a derrotou imediatamente pela fome.

Maquiavel era defensor entusiasta dessa estratégia, mas ela nunca se tornou uma prática militar aceita. Além do mais, não é aceita mesmo se o propósito da evacuação forçada for mais benévolo que o de Alexandre: simplesmente limpar os subúrbios para operações militares, digamos, ou afastar a população que o exército sitiante não tem como alimentar. Se Alexandre tivesse agido por motivos semelhantes, e depois tomado Leucádia com uma invasão-surpresa, a morte casual de qualquer uma das pessoas evacuadas ainda seria sua responsabilidade específica, já que ele pela força as teria exposto aos riscos da guerra.

A norma legal é o *status quo*[7]. Não se concebe que o comandante do exército sitiante seja responsável, nem ele próprio se considera responsável, pelas pessoas que sempre moraram na cidade – que estão ali, por assim dizer, naturalmente – nem pelas que estão ali pela própria vontade, que procuraram a proteção das muralhas da ci-

---

6. *The Art of War*, tradução de Ellis Farneworth, revisada com introdução de Neal Wood (Indianápolis, 1965), p. 193.
7. A análise de Spaight é a melhor: *War Rights*, pp. 174 ss.

dade, levadas apenas pelo temor geral da guerra. Ele está de mãos limpas com relação a essas pessoas, por horrível que sua morte possa ser, por mais que seja favorável a seus objetivos que essas pessoas tenham essa morte horrível, porque ele não as forçou a entrar no local de sua morte. Ele não empurrou essa gente para dentro dos portões dessa cidade antes de trancafiá-las ali. Suponho que esse seja um modo compreensível de fazer a distinção, mas não me parece ser o modo correto. A pergunta dificílima é se a distinção pode ser feita de outro modo sem proibir categoricamente os sítios. Na longa história da guerra de sítio, essa pergunta assume uma forma específica: deveria ser dada permissão a civis para deixar a cidade, salvando-se da morte pela fome e aliviando a pressão sobre o abastecimento coletivo de comestíveis, depois que ela tiver sido cercada? Num tom mais geral, trancá-los na cidade sitiada não equivale em termos morais a forçá-los a entrar nela? E se for esse o caso, eles não deveriam ser soltos, de tal modo que se pudesse dizer que os que permaneceram, para lutar e morrer de fome, realmente escolheram ficar? Durante o sítio a Jerusalém, Tito ordenou que qualquer judeu que fugisse da cidade deveria ser crucificado. É o único ponto na narrativa em que Josephus sente a necessidade de pedir desculpas por seu novo senhor[8]. Mas agora quero me voltar para um exemplo moderno, pois essas questões foram abordadas diretamente pelos tribunais de Nuremberg após a Segunda Guerra Mundial.

---

8. *The Works*, p. 718.

O direito de ir embora

O sítio de Leningrado

Quando seus últimos acessos rodoviários e ferroviários para o leste foram cortados por forças alemãs em avanço, em 8 de setembro de 1941, Leningrado continha mais de 3 milhões de pessoas, das quais cerca de 200 mil eram soldados[9]. Essa era aproximadamente a população da cidade em tempos de paz. Cerca de meio milhão de pessoas tinham sido evacuadas antes do início do sítio, mas o número total tinha sido recomposto por refugiados dos estados do Báltico, do istmo da Carélia e dos subúrbios ao sul e a oeste de Leningrado. Essas pessoas deveriam ter sido transferidas para outro local, e a evacuação da própria cidade deveria ter sido acelerada. As autoridades soviéticas foram de uma ineficácia assustadora. Mas a evacuação é sempre uma questão política difícil. Organizá-la cedo e em grande escala dá uma impressão de derrotismo. É uma forma de admitir que o exército não será capaz de manter sua posição adiante da cidade. Além disso, a evacuação exige um esforço imenso numa ocasião em que, costuma-se dizer, os recursos e o efetivo deveriam estar concentrados na defesa militar. E, mesmo quando o perigo é iminente, é provável que ela enfrente resistência entre os civis. A política contribui para dois tipos de resistência: dos que esperam acolher o inimigo e tirar proveito de sua vitória; e dos que não se dispõem a "desertar" da luta patriótica. Inevitavelmente,

---

9. Seguirei o relato de Leon Goure, *The Siege of Leningrad* (Stanford, 1962).

as próprias autoridades que organizam a evacuação também conduzem uma campanha de propaganda que faz com que a deserção pareça desonrosa. Entretanto, a principal resistência é de natureza não-política, profundamente arraigada em sentimentos de ligação com o lugar e os parentes: a relutância em sair de casa, em se separar de amigos e parentes, em se tornar um refugiado.

Por todos esses motivos, a grande proporção de moradores de Leningrado presos na cidade depois de 8 de setembro não é incomum na história dos sítios. Também eles não estavam totalmente presos. Os alemães jamais conseguiram fazer a ligação com forças finlandesas, fosse na margem ocidental, fosse na oriental do lago Lagoda, e assim restava uma rota de fuga para o interior da Rússia, de início pela travessia do lago de barco e depois, à medida que as águas congelaram, progressivamente a pé, de trenó e caminhão. No entanto, até que fosse possível organizar comboios em grande escala (em janeiro de 1942), somente um lento filete humano conseguiu escapar por ali. Uma rota de fuga mais imediata estava disponível – através das linhas alemãs. Pois o cerco era mantido ao longo de um amplo arco ao sul da cidade, com muitos quilômetros de comprimento e, em certos locais, bastante esparso. Era possível para civis a pé infiltrar-se pelas linhas e, à medida que o desespero crescia na cidade, milhares tentaram essa alternativa. O comando alemão reagiu a essas tentativas com uma ordem, divulgada pela primeira vez no dia 18 de setembro e repetida dois meses depois, de deter as fugas a qualquer preço. Deveria ser usada a artilharia "para impedir qualquer tentativa dessa natureza à maior distância possível de nossas próprias linhas, abrindo fogo o mais cedo possível, para poupar à infantaria... a tarefa de atirar em civis"[10]. Não consegui encontrar nenhum registro de quantos civis morreram em conseqüência direta ou indireta dessa ordem, nem sei dizer se os soldados da infantaria chegaram a abrir fogo. Contudo, se supusermos que o empenho alemão teve sucesso pelo menos parcial, muitos que pretendiam escapar, ao ouvir as granadas ou os tiros, devem ter permanecido na cidade. E ali muitos deles morreram. Antes de encerrado o cerco em 1943, mais de 1 milhão de civis tinham morrido de fome e doenças.

Em Nuremberg, o marechal-de-campo Von Leeb, que comandou o grupo de exército do norte de junho a dezembro de 1941 e que foi, portanto, responsável pelos primeiros meses das operações do cerco, foi acusado formalmente de crimes de guerra em razão da ordem de 18 de setembro. Von Leeb alegou em sua defesa que o que tinha feito era a prática habitual em tempos de guerra; e os juízes, após consulta aos manuais de direito, foram levados a concordar. Citaram o professor Hyde, autoridade americana em direito internacional: "Diz-se que, se o comandante de um local cercado expulsar os não-combatentes, para reduzir o número dos que consomem seu estoque de provisões, é lícito, embora seja uma medida extrema, forçá-los a voltar para apressar a rendição."[11] Não foi feito nenhum esforço para distinguir civis "expulsos" dos que partiam por vontade própria; e é provável que a distinção não faça diferença para a culpa ou inocência de Von Leeb. A vantagem para o exército cercado seria a mesma em qualquer dos dois casos. As leis da guerra permitem aos agressores impedir essa vanta-

---

10. Goure, p. 141; *Trials of War Criminals before the Nuremberg Military Tribunals* (Washington, D. C., 1950), XI, 563.
11. A citação é de Hyde, *International Law*, III, 1802-03.

gem se puderem. "Poderíamos desejar que a lei fosse diferente", disseram os juízes, "mas devemos aplicá-la como a encontramos." Von Leeb foi absolvido.

Os juízes poderiam ter encontrado casos em que civis tiveram permissão para sair de cidades sitiadas. Durante a Guerra Franco-Prussiana, os suíços conseguiram organizar uma evacuação limitada de civis de Estrasburgo. O comandante americano permitiu que civis saíssem de Santiago antes de ordenar que a cidade fosse bombardeada em 1898. Os japoneses ofereceram a saída livre para não-combatentes presos em Port Arthur em 1905, mas a oferta foi recusada pelas autoridades russas[12]. No entanto, todos esses foram casos em que os exércitos agressores esperavam tomar a cidade de assalto, e seus comandantes estavam dispostos a fazer um gesto humanitário – eles não teriam dito que estavam reconhecendo direitos de não-combatentes – que não lhes custaria nada. Entretanto, quando é preciso esperar pela rendição dos defensores, sujeitos à morte lenta pela fome, os precedentes são diferentes. O sítio de Plevna na Guerra Russo-Turca de 1877 é mais típico[13].

> Quando as provisões de Osman Pasha começaram a escassear, ele expulsou os velhos e velhas que estavam na cidade e exigiu passe livre para que eles chegassem a Sofia ou Rakhovo. O general Gourko [o comandante russo] negou o pedido e os mandou de volta.

E o estudioso de direito internacional que cita esse caso faz então um comentário: "Ele não poderia ter agi-

---
12. Spaight, pp. 174 ss.
13. Spaight, pp. 177-8.

do de outro modo sem prejudicar seus planos." O marechal-de-campo Von Leeb pode ter se lembrado do luminoso exemplo do general Gourko.

A argumentação que precisa ser feita em oposição tanto a Gourko como a Von Leeb é sugerida pelos termos da ordem alemã de 18 de setembro. Suponhamos que civis russos em grandes contingentes, convencidos de que morreriam se voltassem para Leningrado, tivessem persistido mesmo diante do fogo de artilharia e avançado de encontro às linhas alemãs. Teria a infantaria abatido esses civis a tiros? Seus oficiais pareciam não ter certeza. Esse tipo de missão competia a "pelotões de fuzilamento" especiais, não a soldados comuns, mesmo no exército de Hitler. Decerto teria havido alguma relutância, e até mesmo algumas recusas; e sem dúvida a recusa teria sido correta. Ou ainda, suponhamos que esses mesmos refugiados não fossem mortos, mas cercados e detidos. Teria sido aceitável segundo as leis da guerra informar ao comandante da cidade sitiada que eles seriam mantidos sem alimentação, submetidos sistematicamente à fome, até que ele se rendesse? Não há dúvida de que os juízes teriam considerado essa opção inaceitável (muito embora às vezes reconhecessem o direito de matar reféns). Eles não teriam questionado a responsabilidade de Von Leeb por essas pessoas que ele havia, na minha segunda hipótese, de fato aprisionado. Mas em que termos o cerco a uma cidade é diferente?

Os moradores de uma cidade, embora tenham feito a livre escolha de morar no interior de suas muralhas, não fizeram a escolha de morar sob o regime de sítio. O sítio em si é um ato de coação, uma violação do *status quo*, e não consigo entender como o comandante do exército agressor pode escapar da responsabilidade por seus efeitos. Ele não tem direito algum de travar uma guerra total, mesmo que os civis e soldados dentro da cidade estejam politicamente unidos na recusa em se render. A sistemática submissão à fome de civis sitiados é um daqueles atos militares que, "embora permissíveis pelo costume, constituem uma violação gritante do princípio pelo qual o costume afirma ser regido"[14].

A única prática justificável, na minha opinião, está na lei talmúdica dos sítios, resumida pelo filósofo Maimônides no século XII (cuja versão é citada por Grócio no século XVII): "Quando uma cidade é sitiada com a finalidade de captura, ela não pode ser cercada pelos quatro lados, mas apenas por três, para dar uma oportunidade de escapar aos que quiserem fugir para salvar a vida..."[15] Essa determinação parece, porém, ser de uma ingenuidade absurda. Como é possível "cercar" uma cidade por três lados? Seria possível dizer que uma frase dessas somente poderia aparecer na literatura de um povo que não tivesse nem Estado nem exército próprio. É um argumento apresentado não de uma perspectiva militar, mas de uma perspectiva de refugiados. Ele, no entanto, toca no ponto crucial: que na situação calamitosa de um sítio, as pessoas têm direito de ser refugiados. E, portanto, é preciso que se diga que cabe ao exército sitiante a responsabilidade de abrir, se lhe for possível, um caminho para essa fuga.

Na prática, muitos homens e mulheres vão se recusar a partir. Embora eu tenha descrito civis sitiados como

---

14. Hall, *International Law*, p. 398.
15. *The Code of Maimonides: Book Fourteen: The Book of Judges*, tradução de Abraham M. Hershman (New Haven, 1949), p. 222; Grotius, *Law of War and Peace,* tomo III, capítulo XI, seção xiv, pp. 739-40.

pessoas presas numa armadilha, semelhantes a reféns, a vida na cidade não é como a vida num campo de prisioneiros de guerra. Ela é ao mesmo tempo muito pior e muito melhor. Para começar, há trabalho importante a fazer; e há razões comuns para fazê-lo. Cidades sitiadas são palco para um heroísmo coletivo; e, mesmo depois que o amor normal pelo lugar tenha se esgotado, a vida emocional da cidade ameaçada dificulta a partida, pelo menos para alguns cidadãos[16]. Civis que estejam prestando serviços essenciais para o exército naturalmente não terão permissão para partir. Na realidade, eles foram recrutados. Lado a lado com os heróis civis do sítio, eles são daí em diante objetos legítimos de ataque militar. O oferecimento de saída livre transforma todas as pessoas que preferirem permanecer na cidade, ou que sejam forçadas a permanecer, mesmo que ainda estejam em seu "domicílio certo e permanente", em algo semelhante a uma guarnição militar. Elas abdicaram de seus direitos civis. É mais um exemplo do aspecto coercitivo da guerra que homens e mulheres precisem, nesse caso, deixar o lar para manter sua imunidade. Mas esse não é um julgamento que se faz do comandante do sítio. Ao abrir suas linhas para refugiados civis, ele está reduzindo a coação imediata de sua própria atividade; e, tendo feito isso, é provável que tenha o direito de prosseguir com aquela atividade (supondo-se que ela possua alguma finalidade militar significativa). O oferecimento de livre saída isenta-o de responsabilidade pela morte de civis.

A esta altura, o argumento precisa ser mais generalizado. Venho sugerindo que, quando julgamos as formas de prática de guerra que apresentam um envolvimento íntimo com a população civil, como os sítios (e,

---

16. Veja Skrjabina, *Siege and Survival*, "Leningrad".

como iremos ver, a guerra de guerrilhas), a questão da coação e do consentimento tem precedência sobre a questão do efeito direto e indireto. Queremos saber como os civis vieram a se encontrar em posição de exposição militar: que força foi usada contra eles, que escolhas foram feitas livremente. É ampla a faixa de possibilidades:

> 1) eles estão sob coação por parte dos que se dizem seus defensores, que deverão portanto dividir a responsabilidade pelas mortes resultantes, mesmo que esses mesmos defensores não matem ninguém;
> 2) consentem em ser defendidos e, com isso, isentam o comandante militar do exército defensor;
> 3) foram coagidos por seus agressores, forçados a uma posição de exposição a risco e mortos; e, nesse caso, não faz diferença se a matança é um efeito direto ou colateral do ataque, pois, seja como for, ela é um crime;
> 4) foram atacados, mas não coagidos, atacados em seu lugar "natural"; e nesse caso o princípio do duplo efeito entra em jogo e o sítio pela submissão à fome é moralmente inaceitável; e
> 5) foi-lhes oferecida a livre saída por seus agressores, após o quê aqueles que permanecerem podem ser mortos justificadamente, de modo direto ou indireto.

Dessas possibilidades, as duas últimas são as mais importantes, se bem que eu vá querer restringi-las mais adiante. Elas exigem uma inversão bem definida da lei contemporânea, como foi expressa ou reexpressa em Nuremberg, de modo que se possa estabelecer e dar substância a um princípio que é, creio eu, de aceitação comum: o de que soldados têm obrigação de ajudar civis a deixar o local de uma batalha. Quero dizer que, no caso de um sítio, é somente quando cumprem essa obrigação que a batalha em si se torna possível em termos morais.

Mas será que ela ainda é possível em termos militares? Uma vez que a livre saída tenha sido oferecida e tenha sido aceita por um número significativo de pessoas, o exército sitiante fica em certa desvantagem. As provisões da cidade agora durarão muito mais. É exatamente essa desvantagem que no passado comandantes de cercos se recusaram a aceitar. Não entendo, porém, que ela seja de natureza diferente de outras desvantagens impostas pelas convenções de guerra. Ela não torna as operações do cerco totalmente impraticáveis, apenas um pouco mais difíceis – levando-se em conta a crueldade do Estado moderno, é preciso que se diga, infimamente mais difícil; pois é improvável que se permita que a presença de grandes contingentes de civis numa cidade sitiada interfira no suprimento do exército; e, como sugere o exemplo de Leningrado, é improvável que se permita que a morte de grande número de civis interfira na defesa da cidade. Em Leningrado, soldados não passaram fome, embora civis morressem de inanição. Por outro lado, civis foram evacuados de Leningrado, depois que o lago Lagoda ficou congelado, e o abastecimento foi retomado. Em circunstâncias diferentes, a livre saída poderia fazer uma diferença maior em termos militares, forçando uma investida frontal contra a cidade (porque o exército sitiante também poderia ter problemas de suprimentos) ou um grande prolongamento do cerco. Mas essas são conseqüências aceitáveis, e elas só são "prejudiciais" aos planos do comandante do cerco se seus planos não as contemplavam. Seja como for, se ele quiser (como é provável que queira) erguer as mãos para os céus e dizer dos civis que matar: "Não é minha responsabilidade", ele não tem escolha a não ser oferecer-lhes a oportunidade de sair.

O uso da mira e a doutrina do duplo efeito

A questão é mais difícil, porém, quando todo um país está sujeito a condições de sítio, quando um exército invasor se empenha na destruição sistemática de lavouras e reabastecimento de víveres, por exemplo, ou quando um bloqueio naval intercepta importações vitais. Nesse caso, a livre saída não é uma possibilidade plausível (seria necessária a migração em massa), e a questão da responsabilidade assume uma forma um pouco diferente. Mais uma vez, deveria ser ressaltado que o esforço de garantir e negar provisões é um traço comum da guerra antiga bem como da moderna. Ele foi tema de legislação muito antes que as modernas leis da guerra fossem elaboradas. O código do Deuteronômio, por exemplo, proíbe explicitamente o corte de árvores frutíferas: "Somente as árvores que souberes não serem produtoras de alimento, essas podes destruir e derrubar, para poderes construir engenhos contra a cidade..."[17] Mas parece que poucos exércitos chegaram a respeitar a proibição. Na Grécia, ao que tudo indica, ela era desconhecida. Durante a Guerra do Peloponeso, a destruição dos olivais era praticamente o primeiro ato de um exército invasor. Dos comentários de César sobre as guerras gálicas, depreende-se que os romanos lutavam da mesma forma[18]. No início dos tempos modernos, muito antes de ser possível a destruição científica de lavouras, a doutrina de devastação estratégica era uma espécie de critério

---

17. *Deuteronômio* 20,20.
18. *Hobbes' Thucydides,* pp. 123-4 (2,19-20); *War Commentaries of Caesar,* tradução de Rex Warner (Nova York, 1960), pp. 70, 96 (*Gallic Wars* 3,3, 5,1).

convencional entre comandantes militares. "O Palatinado foi devastado [na Guerra dos Trinta Anos] para que fosse negada aos exércitos imperiais a produção agrícola da região; Marlborough destruiu as fazendas e lavouras da Baviera com propósito semelhante [na Guerra da Sucessão Espanhola]..."[19] O vale do Shenandoah foi devastado na Guerra de Secessão; e a prática de incendiar fazendas na marcha de Sherman através da Geórgia tinha, entre outros fins, a meta estratégica de esfaimar o exército da confederação sulista. Nos tempos atuais, e com uma tecnologia mais avançada, vastas regiões do Vietnã foram submetidas a uma destruição semelhante.

As leis da guerra contemporânea exigem que esforços dessa ordem sejam direcionados, quaisquer que sejam seus efeitos indiretos, somente contra as forças armadas do inimigo. Civis dentro de uma cidade já foram considerados um alvo legítimo; civis fora dos limites de cidades, não. Embora sejam muito numerosos, eles são apenas as vítimas ocasionais da devastação estratégica. O fim militar permissível nesse caso consiste em impossibilitar o abastecimento de víveres do exército inimigo. E quando generais ultrapassaram esse objetivo – tentando, como o general Sherman, acabar a guerra com a "punição" da população civil –, eles foram alvo de condenação geral. Não tenho certeza por que isso ocorre, embora seja mais fácil calcular por que deveria ocorrer. A impossibilidade da livre saída exclui qualquer ataque direto à população civil.

Isso não representa, porém, grande proteção para os civis, já que as provisões militares não podem ser des-

---

19. A. C. Bell, *A History of the Blockade of Germany* (Londres, 1937), pp. 213-4.

truídas sem que primeiro sejam destruídas as provisões civis. A norma moralmente desejável foi expressa por Spaight: "Se, em certas circunstâncias peculiares como as que existiam nos Estados da Confederação e na África do Sul [durante a Guerra dos Bôeres], ... para seu abastecimento o inimigo depender do excedente de cereais etc. mantido pela população não-combatente, um comandante estará justificado pela necessidade da guerra, quando destruir ou confiscar esse *excedente*."[20] No entanto, não se trata de o exército viver dos excedentes civis. É mais provável que os civis sejam forçados a se contentar com o que sobrar depois que o exército tiver sido alimentado. Por esse motivo, a devastação estratégica não tem, e não pode ter, como alvo os "víveres militares", mas os produtos alimentícios em geral. E os civis começam a sofrer muito antes que os soldados precisem apertar o cinto. Mas quem é que impõe esse sofrimento, o exército que destrói estoques de alimentos ou o exército que confisca para si o que resta? Essa pergunta é abordada na história oficial do governo britânico sobre a Primeira Guerra Mundial.

O bloqueio britânico à Alemanha

Em suas origens, um bloqueio era simplesmente um sítio naval, um "cerco por mar", que impedia todos os navios de entrar ou sair da área sujeita ao bloqueio (geralmente um porto importante) e interceptava, até onde fosse possível, todos os mantimentos. Contudo, não se considerava justificável em termos legais ou morais es-

---

20. Spaight, p. 138.

tender essa interdição ao comércio de um país inteiro. A maioria dos comentadores do século XIX compartilhava da opinião de que a vida econômica de um país inimigo nunca poderia ser um legítimo objetivo militar. A proibição de suprimentos militares era, naturalmente, permissível; e, considerando-se a possibilidade de deter navios em alto-mar para buscas, foram desenvolvidas normas complexas para regular o comércio em tempos de guerra. Listas de produtos classificados como "contrabando" e passíveis de confisco eram divulgadas com regularidade pelas potências beligerantes. Embora essas listas tivessem a tendência a crescer e se tornar mais abrangentes, as leis da guerra naval estipulavam a existência de uma categoria de "contrabando condicional" (que incluiria, segundo a opinião geral, alimentos e suprimentos médicos) que não poderiam ser confiscados, a menos que se soubesse que eram destinados ao uso militar. Nesse caso, o princípio pertinente era uma extensão da distinção entre combatentes e não-combatentes. "O confisco de artigos de comércio passa a ser ilegítimo no momento em que deixa de ter como alvo o enfraquecimento dos recursos navais e militares do país [inimigo] e aplica pressão imediata sobre a população civil."[21]

No decurso da Primeira Guerra Mundial, essas normas foram solapadas de duas formas. Inicialmente pela ampliação da noção de bloqueio; e depois pela presunção da utilidade militar de todo contrabando condicional. O resultado foi a guerra econômica em escala total, uma luta por suprimentos análoga em seus propósitos e em seus efeitos à devastação estratégica. Os alemães travaram essa guerra com o submarino; os britânicos, que

---

21. Hall, *International Law*, p. 656.

controlavam pelo menos a superfície do mar, usaram forças navais convencionais, bloqueando toda a costa alemã. Nesse caso, as forças convencionais saíram vitoriosas. Com o tempo, o sistema de comboios superou a ameaça dos submarinos, enquanto o bloqueio, segundo Liddell Hart, foi um fator decisivo para a derrota da Alemanha. "O espectro do lento enfraquecimento que com o tempo acabaria em colapso total", alega Hart, levou o Alto Comando a empreender a desastrosa ofensiva de 1918[22]. Conseqüências mais imediatas e de caráter menos militar também podem ter sua origem detectada no bloqueio. O "lento enfraquecimento" de um país acarreta infelizmente a morte real de indivíduos, seus cidadãos. Embora civis não tivessem morrido de fome na Alemanha durante os últimos anos da guerra, a desnutrição em massa agravou enormemente os efeitos normais de doenças. Estudos estatísticos realizados após a guerra indicam que cerca de meio milhão de mortes de civis, diretamente atribuíveis a doenças tais como a gripe e o tifo, na realidade resultaram de privações impostas pelo bloqueio britânico[23].

Autoridades britânicas defenderam o bloqueio em termos legais, caracterizando-o como uma represália pela guerra de submarinos praticada pela Alemanha. Porém, o mais importante para nossas finalidades é sua constante negação de que a interceptação de suprimentos tivesse como alvo os civis alemães. O Gabinete havia pla-

---

22. B. H. Liddell Hart, *The Real War: 1914-1918* (Boston, 1964), p. 473.

23. Os estudos foram realizados por estatísticos alemães, mas os resultados foram aceitos por Bell. Ele reluta um pouco, porém, em considerar esses resultados como sinal do "sucesso" do bloqueio britânico: veja p. 673.

nejado apenas uma "guerra econômica limitada" dirigida, como está na história oficial, "contra as forças armadas do inimigo". Mas o governo alemão manteve sua resistência "interpondo o povo alemão entre os exércitos e as armas econômicas que haviam sido apontadas contra eles e fazendo com que a população civil se submetesse ao sofrimento imposto"[24]. A frase é ridicularizável, e entretanto é difícil imaginar qualquer outro argumento em defesa do bloqueio naval (ou da devastação estratégica na guerra em terra). A forma passiva do verbo "impor" sustenta o argumento. Quem impôs? Não os britânicos, embora parassem navios e confiscassem cargas; eles tinham como alvo o exército alemão e buscavam apenas fins militares. E então, sugere o historiador oficial, os próprios alemães empurraram civis para a linha de frente da guerra econômica – é como se eles os tivessem forçado a entrar nas trincheiras avançadas na Batalha do Somme – onde os britânicos não poderiam deixar de matá-los, no decurso de operações militares legítimas.

Se quisermos prosseguir com esse raciocínio, teremos de admitir o que parece improvável: que os britânicos na realidade não tinham como alvo os benefícios que conquistaram com a lenta submissão à fome dos civis alemães. Admitindo-se essa feliz falta de visão, a alegação de que a Grã-Bretanha seja absolvida de culpa por essas mortes civis é no mínimo interessante, embora acabe sendo inaceitável. Antes de mais nada, é interessante que o historiador britânico oficial apresente a alegação dessa forma complexa, em vez de simplesmente

---

24. Bell, p. 117. Cf. o mesmo argumento apresentado por um historiador francês, Louis Guichard, *The Naval Blockade: 1914-1918*, tradução de Christopher R. Turner (Nova York, 1930), p. 304.

afirmar um direito de guerra (como nos casos de sítio) de submeter civis à fome. E é interessante, em segundo lugar, porque a absolvição dos britânicos depende em termos tão radicais da condenação dos alemães. Sem a "interposição", os britânicos não têm argumento de defesa, pois o princípio revisto do duplo efeito proíbe a estratégia que adotaram.

É evidentemente falso afirmar que o governo alemão "interpôs" a população civil entre o bloqueio e o exército. Os civis estavam onde sempre tinham estado. Se sua posição era atrás do exército na fila pelos víveres, sempre tinha sido essa a sua posição. A prioridade que o exército tinha de reivindicar recursos não foi inventada para lidar com as exigências do bloqueio. Além do mais, era provável que essa reivindicação fosse aceita pela grande maioria do povo alemão, pelo menos até os últimos meses da guerra. Quando os britânicos fizeram pontaria contra o exército inimigo, portanto, eles estavam apontando através da população civil, sabendo que os civis estavam ali e que estavam em seu local normal, "seu domicílio certo e permanente". Com relação ao exército alemão, os civis alemães estavam situados exatamente da mesma forma que os civis britânicos com relação a seu próprio exército. Pode ser que os britânicos não pretendessem matá-los; matá-los não era (se levarmos a sério a história oficial) um meio para o fim estabelecido pelo Gabinete. Contudo, se o sucesso da estratégia britânica não dependia da morte de civis, ele ainda assim exigia que absolutamente nada fosse feito para evitar essas mortes. Os civis tinham de ser atingidos antes que os soldados pudessem ser atingidos, e esse tipo de ataque é para mim inaceitável em termos morais. Um soldado deve fazer pontaria com cuidado para *acertar* seu alvo militar e para *não atingir* alvos não-militares. Ele somente pode atirar se puder fazê-lo com razoável precisão; somente pode atacar se for possível um ataque direto. Pode correr o risco de mortes acessórias, mas não pode matar civis simplesmente porque os encontra entre sua própria posição e a de seus inimigos*.

Esse princípio exclui a possibilidade da forma ampliada do bloqueio naval e de todos os tipos de devastação estratégica, salvo em casos nos quais possa ser, e seja, providenciado um abastecimento suficiente de víveres para os não-combatentes. Não se trata de um princípio que tenha tido aceitação geral na guerra, pelo menos não da parte dos combatentes. Mas é compatível, creio eu, com outros trechos das convenções de guerra e aos poucos conquistou aceitação, por motivos tanto políticos como morais, com referência a uma forma muito importante da guerra contemporânea. A destruição sistemática de lavouras e estoques de víveres é uma estratégia freqüente em lutas contra guerrilhas; e, como os governos empenhados em lutas desse tipo geralmente reivindicam a soberania sobre o território e a população envolvi-

---

* Ainda é verdade, porém, que a questão da "interposição" (ou coação) precisa ser resolvida em primeiro lugar. Examinemos um exemplo da Guerra Franco-Prussiana de 1870: durante o cerco a Paris, os franceses usaram forças irregulares por trás das linhas inimigas para atacar trens que transportavam suprimentos militares para o exército alemão. Os alemães reagiram pondo reféns civis nos trens. Agora não era mais possível dar um "tiro fácil" no que ainda era um alvo militar legítimo. Mas os civis nos trens não estavam no seu lugar normal. Eles tinham sofrido uma coação extrema; e, mesmo que suas mortes fossem de fato causadas pelos franceses, a responsabilidade por elas cabia aos comandantes alemães. Sobre esse tema, veja a discussão de Robert Nozick sobre "escudos inocentes contra ameaças" em *Anarchy, State and Utopia*, p. 35.

dos, eles estiveram inclinados a aceitar a responsabilidade pela alimentação de civis (o que não quer dizer que os civis sempre tenham sido alimentados). Exatamente o que isso envolve, examinarei no próximo capítulo. Defendi aqui o ponto de vista de que mesmo civis inimigos, sobre os quais não se reivindica soberania, são responsabilidade dos exércitos agressores, sempre que esses exércitos adotem estratégias que exponham civis a riscos.

11. GUERRA DE GUERRILHAS

Resistência à ocupação militar

Um ataque de maquis

A surpresa é a característica essencial da guerra de guerrilhas, sendo a emboscada, portanto, a tática clássica da guerrilha. Naturalmente ela é também uma tática na guerra convencional. A ocultação e camuflagem envolvidas, embora no passado fossem repudiadas por oficiais e cavalheiros, já há muito são consideradas formas legítimas de combate. Existe, porém, um tipo de emboscada que não é legítimo na guerra convencional e que ilumina com nitidez as dificuldades morais que os guerrilheiros e seus inimigos costumam enfrentar. Trata-se da emboscada preparada por trás de um disfarce político ou moral em vez de natural. Um exemplo é o do capitão Helmut Tausend, do exército alemão, no documentário de Marcel Ophuls *The Sorrow and the Pity*. Tausend relata o caso de um pelotão de soldados em marcha pelo interior da França durante os anos da ocupação alemã. Eles passaram por um grupo de rapazes, camponeses franceses, ou essa era a impressão que davam, ocupados a colher batatas. Mas na realidade não se tratava de camponeses. Eram membros da Resistência. Quando os alemães passaram por eles, os "camponeses" largaram as pás, apanharam armas que estavam ocultas no campo e abriram fogo. Quatorze soldados foram atingidos. Anos depois, seu capitão ainda estava indignado. "E isso vocês chamam de resistência por 'maquis'? Eu não. Maquis para mim são homens que podem ser identificados, homens que usam uma braçadeira especial ou um boné, algo que nos permita reconhecê-los. O que aconteceu naquele batatal foi assassinato."[1]

O argumento do capitão referente a braçadeiras e bonés é simplesmente uma citação direta da lei internacional da guerra, das convenções de Haia e de Genebra, e mais adiante terei mais a dizer sobre esse argumento. É importante frisar primeiro que os maquis nesse caso tinham adotado um duplo disfarce. Eles estavam disfarçados de camponeses pacíficos e também de franceses, ou seja, cidadãos de um Estado que se havia rendido, para o qual a guerra estava encerrada (da mesma forma que guerrilheiros numa luta revolucionária se fazem passar por civis desarmados e também por leais cidadãos de um Estado que não está em guerra de modo algum). Foi por causa desse segundo disfarce que a emboscada foi tão perfeita. Os alemães acreditavam que estavam numa zona de retaguarda, não na frente de combate, e por esse motivo não estavam preparados para a batalha; não eram precedidos por um grupo de reconhecimento; não suspeitaram dos rapazes no campo. A surpresa obtida pelos

---

1. *The Sorrow and the Pity*, pp. 113-4.

maquis foi de um tipo praticamente impossível numa situação real de combate. Ela derivou do que se poderia chamar de aparência protetora propiciada por uma rendição nacional, e seu efeito foi obviamente o de erodir os entendimentos morais e legais em que se embasa a rendição.

A rendição é um contrato explícito e uma troca: o soldado como indivíduo promete parar de lutar em troca de guarida humanitária por quanto tempo a guerra ainda durar; um governo promete que seus cidadãos deixarão de lutar em troca da restauração da vida pública normal. As exatas condições da "guarida humanitária" e de "vida pública" estão nos livros de direito; não preciso me deter nisso agora[2]. As obrigações dos indivíduos também estão especificadas: eles podem tentar fugir do campo de prisioneiros ou escapar do território ocupado. Se tiverem êxito na fuga ou escapada, estarão livres para voltar a lutar, por terem recuperado seus direitos de guerrear. Não podem, entretanto, resistir à prisão ou à ocupação. Se um prisioneiro de guerra matar um guarda durante a fuga, esse ato é um homicídio. Se os cidadãos de um país derrotado atacarem as autoridades responsáveis pela ocupação, o ato tem, ou teve no passado, um nome ainda mais sinistro: é, ou era, "traição em tempos de guerra" (ou "rebelião em tempos de guerra"), um descumprimento da lealdade política, punível, como a traição comum de rebeldes e espiões, com a morte.

No entanto, "traidor" não parece ser o termo correto para descrever aqueles maquis franceses. Na realidade, foi exatamente a experiência deles, bem como a de ou-

---

2. Para uma valiosa resenha da situação legal, veja Gerhard von Glahn, *The Occupation of Enemy Territory* (Mineápolis, 1957).

tros combatentes que recorreram à guerrilha na Segunda Guerra Mundial, que levou praticamente ao desaparecimento da expressão "traição em tempos de guerra" dos livros de direito e da idéia de descumprimento de voto de lealdade de nossos debates morais sobre a resistência em tempos de guerra (além da rebelião em tempos de paz, quando dirigida contra um domínio estrangeiro ou colonizador). Hoje em dia, temos a tendência de negar que os indivíduos estejam automaticamente subordinados às decisões de seu governo ou ao destino de seus exércitos. Agora conseguimos entender a dedicação moral que eles podem sentir para defender sua terra natal e sua comunidade política, mesmo depois que a guerra esteja oficialmente encerrada[3]. Afinal de contas, um prisioneiro de guerra sabe que a luta continuará apesar de sua captura; seu governo está firme; seu país ainda está sendo defendido. Depois de uma rendição nacional, porém, o caso é outro. E, se ainda houver valores que mereçam ser defendidos, ninguém poderá defendê-los, a não ser homens e mulheres normais, cidadãos sem nenhuma importância política ou legal. Imagino que seja um consenso geral quanto à existência, ou à freqüente existência, desses valores que nos leve a atribuir a esses homens e mulheres uma espécie de autoridade moral.

Contudo, embora essa concessão reflita sensibilidades democráticas novas e valiosas, ela também levanta sérias questões. Pois, se os cidadãos de um Estado derrotado ainda tiverem o direito de lutar, qual é o significado

---

3. Veja, por exemplo, W. F. Ford, "Resistance Movements and International Law", 7-8 *International Review of the Red Cross* (1967-1968) e G. I. A. D. Draper, "The Status of Combatants and the Question of Guerrilla War", 45 *British Yearbook of International Law* (1971).

da rendição? E que obrigações podem ser impostas a exércitos conquistadores? Não pode haver vida pública normal em território ocupado se as autoridades encarregadas da ocupação estiverem sujeitas a ataque a qualquer instante e pelas mãos de qualquer cidadão. E a vida normal é um valor, também. É por ela que a maioria dos cidadãos de um país derrotado mais anseia. Os heróis da resistência põem em risco essa vida normal, e nós devemos avaliar os riscos que eles impõem a outros para poder entender os riscos que eles próprios devem aceitar. Além do mais, se as autoridades realmente pretenderem a restauração da paz cotidiana, elas supostamente teriam o direito de gozar da segurança que proporcionam. Devem, portanto, ter o direito de considerar a resistência armada uma atividade criminosa. Logo, a história pela qual comecei poderia ter o seguinte final (no filme, ela não tem final): os soldados sobreviventes reúnem-se e rechaçam o ataque. Alguns dos maquis são capturados, julgados por assassinato, condenados e executados. Não acrescentaríamos, creio eu, essas execuções à lista dos crimes de guerra dos nazistas. Ao mesmo tempo, não nos uniríamos à condenação.

A situação pode, portanto, ser resumida como se segue: a resistência é legítima, e a punição da resistência é legítima. Isso pode parecer um simples empate e uma abdicação do julgamento ético. Na realidade, trata-se de uma reflexão precisa sobre as realidades morais da derrota militar. Desejo salientar mais uma vez que nosso entendimento dessas realidades não está de modo algum relacionado com nossa opinião sobre os dois lados. Podemos condenar a resistência, sem chamar de traidores os guerrilheiros; podemos odiar a ocupação, sem chamar de crime a execução dos guerrilheiros. Se alterarmos a história ou a ela acrescentarmos algo, naturalmente o caso muda. Se as autoridades encarregadas da ocupação não cumprirem suas obrigações previstas no acordo de rendição, perderão seus direitos. E, uma vez que a luta de guerrilha tenha atingido certo ponto de seriedade e intensidade, podemos concluir que a guerra de fato foi retomada, que uma declaração foi feita, que a frente de combate foi restabelecida (mesmo que não se trate de uma *linha* verdadeira), e que os soldados não tenham mais direito de se surpreender mesmo com um ataque-surpresa. Nesse caso, os guerrilheiros capturados pelas autoridades deverão ser tratados como prisioneiros de guerra – desde que eles mesmos tenham lutado de acordo com as convenções de guerra.

Entretanto, guerrilheiros não lutam desse modo. Sua luta é subversiva não apenas com referência à ocupação ou a seu próprio governo, mas também com referência às convenções de guerra em si. Quando usam trajes de camponeses e se escondem em meio à população civil, eles desafiam o princípio mais fundamental das normas de guerra. Pois é o objetivo dessas normas especificar para cada indivíduo uma única identidade: ou bem ele é soldado ou bem ele é civil. O *Manual da guerra militar* de origem britânica prova esse ponto com uma clareza notável: "Essas duas classes têm privilégios, deveres e limitações distintas... um indivíduo deve escolher sem ambigüidade pertencer a uma classe ou a outra, e não lhe será permitido gozar dos privilégios das duas. Em especial... não será permitido a um indivíduo matar ou ferir membros do exército da nação adversária e subseqüentemente, se for capturado ou se estiver correndo risco de vida, querer fazer-se passar por cidadão pacífico."[4] É isso, po-

---

4. Citado em Draper, p. 188.

rém, o que os guerrilheiros fazem, ou fazem às vezes. Podemos, assim, imaginar outra conclusão para a história do ataque dos maquis. Os maquis conseguem livrar-se, vão para casa, dispersando-se, e se ocupam com suas atividades normais. Quando chegam ao lugarejo naquela noite, tropas alemãs não conseguem distinguir os guerrilheiros de qualquer outro morador. O que fazem nessas circunstâncias? Se, através de buscas e de interrogatórios – trabalho de policial, não de soldado –, eles capturarem um dos maquis, deverão tratá-lo como um criminoso capturado ou como um prisioneiro de guerra (deixando agora de lado os problemas da rendição e da resistência)? E se não capturarem nenhum, poderão punir o lugarejo inteiro? Se os maquis não preservam a distinção entre soldados e civis, por que os alemães deveriam preservá-la?

Os direitos de guerrilheiros

Como sugere esse exemplo, os guerrilheiros não subvertem as convenções de guerra atacando civis. Pelo menos, não é uma característica necessária de sua luta que eles ajam dessa forma. Pelo contrário, eles convidam seus inimigos a fazê-lo. Por sua recusa em aceitar uma única identidade, eles procuram tornar impossível a seus inimigos conceder a combatentes e não-combatentes seus "privilégios... e limitações distintas". O credo político dos guerrilheiros é em sua essência uma defesa dessa recusa. As pessoas, dizem eles, não estão mais sendo defendidas por um exército. O único exército no campo de batalha é o exército dos opressores, o povo somente está se defendendo. A guerra de guerrilhas é a "guerra do povo", uma forma especial de levante em massa, autorizado de baixo para cima. "A guerra de libertação", segundo um panfleto da Frente Vietnamita de Libertação Nacional, "é travada pelo próprio povo; o povo inteiro... é a força motriz... Não só os camponeses nas regiões rurais, mas os operários e trabalhadores na cidade, bem como os intelectuais, estudantes e empresários decidiram combater o inimigo."[5] E a Frente de Libertação Nacional foi explícita ao denominar suas forças paramilitares de *Dan Quan*, textualmente, soldados civis. A imagem que o guerrilheiro tem de si mesmo não é a de um combatente solitário oculto no meio do povo, mas de todo um povo mobilizado para a guerra, ele mesmo um membro leal, um entre muitos. Se quiserem lutar contra nós, dizem os guerrilheiros, vocês terão de lutar contra civis, pois vocês não estão em guerra com um exército, mas com uma nação. Portanto, vocês não deveriam sequer lutar; e, se lutarem, serão vocês os bárbaros que matam mulheres e crianças.

De fato, os guerrilheiros mobilizam somente uma pequena parte da nação – uma parte muito pequena, quando começam seus ataques. Eles dependem de contra-ataques dos inimigos para mobilizar o restante. Sua estratégia é estruturada nos termos das convenções de guerra: eles procuram atribuir o ônus da guerra indiscriminada ao exército inimigo. Os próprios guerrilheiros têm de discriminar, ao menos para provar que são soldados de verdade (e não inimigos) do povo. Também é verdade, e talvez em grau mais importante, que é relativamente fácil para eles efetuar as discriminações pertinentes. Não quero dizer que guerrilheiros nunca empreen-

---

5. Citado em Douglas Pike, *Viet Cong* (Cambridge, Mass., 1968), p. 242.

dam campanhas terroristas (mesmo contra seus compatriotas) nem que nunca façam reféns ou incendeiem povoados. Eles fazem tudo isso, se bem que em geral ajam dessa maneira com menor freqüência que as forças contrárias à guerrilha. Pois os guerrilheiros sabem quem são seus inimigos e sabem onde eles estão. Eles lutam em pequenos grupos, com armas leves, à queima-roupa – e os soldados contra quem lutam usam uniforme. Mesmo quando matam civis, eles conseguem fazer distinções: tomam como alvo autoridades conhecidas, colaboracionistas notórios e assim por diante. Se o "povo inteiro" não é realmente a "força motriz", ele também não é o objetivo do ataque de guerrilheiros.

Por esse motivo, líderes guerrilheiros e promotores da guerrilha conseguem salientar a qualidade moral não só de seus objetivos, mas também dos meios que empregam. Examinemos rapidamente os famosos "Oito pontos para reflexão" de Mao Tsé-tung. Mao não se empenha de modo algum em respeitar a noção de imunidade de não-combatentes (como veremos), mas escreve como se, na China dos déspotas e do Kuomintang, somente os comunistas respeitassem a vida e os bens do povo. A intenção dos "Oito pontos" consiste, antes de mais nada, em distinguir os guerrilheiros de seus predecessores, os bandidos da China tradicional, e em seguida de seus inimigos contemporâneos, que saqueiam o interior do país. Eles sugerem como as virtudes militares podem ser radicalmente simplificadas para uma era democrática[6].

---

6. Mao Tse-tung, *Selected Military Writings* (Pequim, 1966), p. 343.

1. Fale com cortesia.
2. Pague o valor justo pelo que comprar.
3. Devolva tudo o que pedir emprestado.
4. Pague por tudo o que danificar.
5. Não agrida as pessoas nem use palavrões contra elas.
6. Não destrua lavouras.
7. Não tome liberdades com as mulheres.
8. Não maltrate os prisioneiros.

Este último é especialmente problemático, pois nas condições da guerra de guerrilhas ele com freqüência deve envolver a libertação de prisioneiros, algo que a maioria dos guerrilheiros sem dúvida detesta fazer. Contudo, pelo menos às vezes isso ocorre, como sugere um relato da revolução cubana, publicado originalmente no *Marine Corps Gazette*[7]:

> Naquela mesma noite, assisti à rendição de centenas de *Batistianos* da guarnição de uma cidadezinha. Eles foram reunidos no centro de um quadrado cercado de rebeldes que portavam submetralhadoras Thompson, para ouvir uma preleção de Raul Castro:
> "Esperamos que vocês fiquem conosco e lutem contra o chefe que os maltratou tanto. Se resolverem recusar este convite – e não vou repeti-lo –, serão entregues amanhã à custódia da Cruz Vermelha cubana. Uma vez que estejam novamente sob as ordens de Batista, esperamos que não voltem a empunhar armas contra nós. Mas, se o fizerem, lembrem-se do seguinte:
> "Nós os capturamos desta vez. Podemos capturá-los de novo. E, quando o fizermos, não os aterrorizaremos,

---

7. Dickey Chapelle, "How Castro Won", em *The Guerrilla – And How to Fight Him: Selections from the Marine Corps Gazette,* org. T. N. Greene (Nova York, 1965), p. 223.

não os torturaremos nem os mataremos... Se vocês forem capturados uma segunda ou mesmo uma terceira vez... nós os devolveremos exatamente como estamos devolvendo agora."

Mesmo quando guerrilheiros se comportam desse modo, no entanto, não está claro que eles próprios tenham direito à condição de prisioneiros de guerra quando capturados, ou que tenham quaisquer direitos de guerra sejam quais forem. Pois, se é verdade que não guerreiam contra não-combatentes, também parece que não guerreiam contra soldados: "O que aconteceu naquele batatal foi homicídio." Eles atacam de modo furtivo, tortuoso, sem aviso e sob disfarce. Violam a confiança implícita sobre a qual repousam as convenções de guerra: os soldados devem sentir-se em segurança entre os civis, se quisermos que os civis cheguem a se sentir em segurança diante de soldados. Não se trata, como Mao sugeriu no passado, de estarem os guerrilheiros para os civis como os peixes para o oceano. A verdadeira relação é, sim, de peixes para outros peixes; e os guerrilheiros têm tanta probabilidade de aparecer entre os barrigudinhos como entre os tubarões.

Essa, pelo menos, é a forma paradigmática da guerra de guerrilhas. Eu deveria acrescentar que essa não é a forma que esse tipo de guerra assume sempre ou necessariamente. A disciplina e a mobilidade exigidas de guerrilheiros costumam impossibilitar uma retirada interna. Suas forças principais geralmente operam a partir de bases em acampamentos localizados em áreas remotas do país. E, o que é bastante curioso, à medida que as unidades de guerrilheiros vão crescendo e se tornando mais estáveis, é mais provável que seus integrantes usem uniforme. Os rebeldes partidários de Tito na Iugoslávia, por exemplo, usavam trajes característicos, e parece que isso não representava nenhuma desvantagem no tipo de guerra que travavam[8]. Todas as provas sugerem que, em total independência com relação às normas de guerra, os guerrilheiros, como outros soldados, preferem usar uniforme. Ele estimula seu sentido de solidariedade e de pertencer a uma organização. Seja como for, soldados atacados por uma força principal de guerrilha sabem quem são seus inimigos no instante em que o ataque começa. Emboscados por homens de uniforme, eles não saberiam nem um minuto antes. Quando os guerrilheiros "somem" depois de um ataque desses, é mais freqüente que desapareçam em selvas ou montanhas que dentro de povoados, uma retirada que não levanta nenhum problema moral. Batalhas desse tipo podem facilmente ser equiparadas ao combate irregular de unidades de exército como os "Chindits" de Wingate ou os "Marauders [saqueadores] de Merrill" na Segunda Guerra Mundial[9]. Não é isso, porém, o que em sua maioria as pessoas têm em mente quando mencionam a guerra de guerrilhas. O modelo elaborado pelos promotores da guerrilha (junto com seus inimigos) concentra-se exatamente no que é difícil em termos morais na guerra de guerrilhas – e também, como veremos, na guerra contra as guerrilhas. Para lidar com essas dificuldades, simplesmente aceitarei o modelo e tratarei os guerrilheiros como eles pedem para ser tratados, como peixes entre os peixes do oceano. Quais, então, são seus direitos na guerra?

As normas legais são simples e bem definidas, embora não sejam desprovidas de seus próprios problemas.

---

8. Draper, p. 203.
9. Veja Michael Calvert, *Chindits: Long Range Penetration* (Nova York, 1973).

Para se qualificarem a ter os direitos de guerra de soldados, os guerrilheiros devem usar "um distintivo fixo visível a alguma distância" e devem "portar suas armas abertamente"[10]. É possível que nos detenhamos em minuciosa preocupação quanto ao exato significado de "distintivo", "fixo" e "abertamente", mas não creio que aprendamos muito com isso. Na realidade, esses requisitos costumam ser suspensos, especialmente no interessante caso de um levante popular para repelir uma invasão ou para opor resistência a uma tirania estrangeira. Quando o povo se revolta em massa, não é exigido que todos vistam uniforme. Eles também não portarão armas abertamente, se estiverem lutando, como geralmente lutam, por meio de emboscadas. Como se escondem, dificilmente pode-se esperar que exibam suas armas. Francis Lieber, num dos primeiros estudos legais da guerra de guerrilhas, menciona o caso da rebelião grega contra a Turquia, na qual o governo turco matou ou escravizou todos os prisioneiros. "Mas na minha opinião", escreve ele, "um governo civilizado não teria admitido que o fato de os gregos... terem empreendido [guerra de guerrilhas] nas montanhas teria influenciado sua conduta para com os prisioneiros."[11]

A principal questão moral, que a lei aborda apenas de modo imperfeito, não está relacionada com trajes identificadores nem com armas visíveis, mas com o uso de trajes civis como ardil e disfarce*. O ataque dos maquis

---

10. Draper, pp. 202-4.
11. *Guerrilla Parties Considered With Reference to the Laws and Usages of War* (Nova York, 1862). Lieber escreveu esse panfleto a pedido do general Halleck.

* O caso do uso de trajes civis é o mesmo que o do uso de uniformes inimigos. Em suas memórias da Guerra dos Bôeres, Deneys Reitz

franceses é uma perfeita ilustração desse ponto; e é preciso que se diga, creio eu, que a morte daqueles soldados alemães foi mais semelhante a um assassinato que a uma operação de guerra. Não por causa da surpresa, simplesmente, mas por causa do tipo e grau da trapaça envolvida: o mesmo tipo de trapaça que está em jogo quando uma autoridade pública ou um líder de partido é morto a tiros por algum inimigo político que assumiu a aparência de amigo e simpatizante ou mesmo de um inofensivo transeunte. Ora, pode ser o caso – estou mais que aberto a essa sugestão – que o exército alemão na França tivesse atacado civis com atitudes que justificassem o assassinato de soldados isolados, da mesma forma que poderia ser o caso que a autoridade pública ou o líder partidário fosse um tirano brutal que merecesse morrer. No entanto, assassinos não podem reivindicar a proteção das normas de guerra. Eles estão empenhados numa atividade diferente. A maioria das outras empreitadas para as quais os guerrilheiros necessitam de disfarce civil também é "diferente". Elas incluem todas as variedades possíveis de espionagem e sabotagem; e podem ser mais bem entendidas se as compararmos a atos realizados por trás das linhas inimigas pelos agentes secretos de exércitos

---

relata que guerrilheiros bôeres às vezes usavam uniformes tirados de soldados britânicos. Lorde Kitchener, o comandante britânico, avisou que qualquer um que fosse capturado usando cáqui seria morto, e uma quantidade considerável de prisioneiros foi mais tarde executada. Embora insista que "nenhum de nós jamais usou uniformes capturados com a intenção deliberada de enganar o inimigo, mas somente por pura necessidade", Reitz ainda assim justifica a ordem de Kitchener com o relato de um incidente em que dois soldados britânicos foram mortos quando hesitaram em atirar em guerrilheiros trajados em cáqui (*Commando*, Londres, 1932, p. 247).

convencionais. É de consenso geral que esses agentes não possuem nenhum direito de guerra, mesmo que sua causa seja justa. Eles conhecem os riscos que seus esforços pressupõem, e não vejo motivo algum para descrever em termos diferentes os riscos a que se expõem guerrilheiros engajados em projetos semelhantes. Os líderes guerrilheiros reivindicam direitos de guerra para todos os seus seguidores, mas faz sentido distinguir, se possível, entre os guerrilheiros que usam trajes civis como um ardil e os que dependem de camuflagem, da escuridão, das táticas de surpresa e assim por diante.

As questões levantadas pelo paradigma da guerra de guerrilhas não são resolvidas, porém, por essa distinção. Pois os guerrilheiros não se limitam a lutar *como* civis; eles lutam *entre* civis, e isso em dois sentidos. Em primeiro lugar, sua existência diária é muito mais interligada com a existência diária do povo que os cerca do que jamais ocorre com exércitos convencionais. Eles moram com as pessoas que alegam defender, ao passo que as tropas convencionais costumam ser alojadas com civis somente depois do término da guerra ou do combate. Em segundo lugar, eles lutam onde vivem. Suas posições militares não são bases, postos, acampamentos, fortes ou fortalezas, mas povoados. Por isso, dependem dos moradores do povoado em termos tão radicais, mesmo quando não conseguem mobilizá-los para a "guerra do povo". Ora, todos os exércitos dependem da população civil de sua terra natal para obter mantimentos, recrutas e apoio político. Essa dependência, entretanto, costuma ser indireta, mediada pelo aparelho burocrático do Estado ou pelo sistema de trocas da economia. Assim, o alimento passa do lavrador para a cooperativa comercial, daí para a fábrica de processamento de alimentos, para a empresa transportadora e para a intendência do exército. Já na guerra de guerrilhas, a dependência é imediata: o lavrador entrega o alimento aos guerrilheiros; e, seja ele recebido como um imposto, seja ele em conformidade com o Segundo Ponto para Reflexão de Mao, a relação entre os dois homens é cara a cara. De modo semelhante, um cidadão comum poderá votar num partido político que por sua vez apóie um esforço de guerra e cujos líderes costumam ser convocados para receber instruções militares. Na guerra de guerrilhas, porém, o apoio que um civil fornece é muito mais direto. Ele não precisa receber instruções, pois já conhece o segredo militar mais importante. Sabe quem são os guerrilheiros. Se não guardar em segredo essas informações, os guerrilheiros estão perdidos.

Seus inimigos afirmam que os guerrilheiros dependem do terror para conquistar o apoio ou no mínimo o silêncio dos moradores do povoado. Mas parece mais provável que, quando gozam de apoio popular significativo (o que nem sempre ocorre), eles têm esse apoio por outros motivos. "A violência pode explicar a cooperação de alguns indivíduos", escreve um estudioso americano da guerra do Vietnã, "mas não consegue explicar a cooperação de toda uma classe social [o campesinato]."[12] Se a matança de civis fosse suficiente para conquistar o apoio de civis, os guerrilheiros sempre estariam em desvantagem, pois seus inimigos dispõem de maior poder de fogo que eles. Mas a matança será prejudicial ao matador, "a não ser que ele já tenha atraído uma grande parte da população e passe a limitar seus atos de violência a uma minoria muito bem definida". Portanto, quando os

---

12. Jeffrey Race, *War Comes to Long An* (Berkeley, 1972), pp. 196-7.

guerrilheiros conseguem lutar em meio ao povo, o melhor é supor que eles tenham algum sério apoio político em meio ao povo. O povo, ou parte dele, é cúmplice na guerra de guerrilhas, e a guerra seria impossível sem sua cumplicidade. Isso não quer dizer que eles procurem oportunidades para ajudar. Podemos partir do pressuposto de que, mesmo quando é solidário ao objetivo dos guerrilheiros, o civil médio preferiria votar neles a escondê-los em casa. Contudo, a guerra de guerrilhas resulta em intimidade forçada, e as pessoas são atraídas para ela de uma nova forma, muito embora os serviços que prestem não sejam nada mais que o equivalente funcional dos serviços que os civis sempre prestaram aos soldados. Pois a intimidade é em si um serviço adicional, que não possui equivalente funcional. Enquanto se espera que os soldados protejam os civis que estão na retaguarda, os guerrilheiros é que são protegidos pelos civis entre os quais se encontram.

Entretanto, o fato de aceitarem essa proteção, e dependerem dela, não me parece privar os guerrilheiros de seus direitos de guerra. Na realidade, é mais plausível apresentar o argumento exatamente oposto: que os direitos de guerra que o povo teria caso se sublevasse em massa são transferidos para os combatentes irregulares que o povo apóia e protege – supondo-se que o apoio seja, no mínimo, voluntário. Pois os soldados obtêm direitos de guerra, não como guerreiros isolados, mas como instrumentos políticos, serviçais de uma comunidade que por sua vez presta serviços a seus soldados. Os guerrilheiros assumem uma identidade semelhante sempre que se encontram numa relação semelhante ou equivalente, isto é, sempre que o povo for prestativo e cúmplice dos modos que descrevi. Quando o povo não fornece esse reconhecimento e apoio, os guerrilheiros não fazem jus a nenhum direito de guerra, e seus inimigos podem legitimamente tratá-los como "bandidos" ou criminosos, quando capturados. Entretanto, qualquer grau significativo de apoio popular habilita os guerrilheiros à guarida humanitária oferecida habitualmente aos prisioneiros de guerra (salvo quando eles forem culpados de atos específicos de assassinato ou sabotagem, pelos quais também soldados podem ser punidos)*.

Esse argumento estabelece com clareza os direitos dos guerrilheiros. Ele levanta, porém, as questões mais sérias, sobre os direitos do povo; e essas são as questões cruciais sobre a guerra de guerrilhas. Os envolvimentos da luta expõem o povo de um novo modo aos riscos do combate. Na prática, a natureza dessa exposição, bem como sua intensidade, será determinada pelo governo e seus aliados. Assim, o peso das decisões é transferido dos guerrilheiros para seus inimigos. São seus inimigos que deverão avaliar (como nós devemos) a importância moral do apoio popular do qual os guerrilheiros tanto usufruem

---

* O argumento que estou propondo aqui é análogo ao apresentado por advogados com referência ao "reconhecimento de beligerantes". A que altura, perguntaram eles, um grupo de rebeldes (ou separatistas) deveria ser reconhecido como uma potência beligerante, sendo-lhe conferidos os direitos de guerra que habitualmente cabem apenas a governos estabelecidos? A resposta geralmente é que o reconhecimento se segue ao estabelecimento de uma base territorial segura por parte dos rebeldes. Pois nesse caso eles realmente atuam como um governo, assumindo responsabilidade pelas pessoas que vivem na terra que eles controlam. Mas isso pressupõe uma guerra convencional ou quase-convencional. No caso de uma luta de guerrilha, podemos ter de descrever a correta relação entre os rebeldes e o povo em termos diferentes: não é quando os guerrilheiros cuidam do povo que eles passam a fazer jus a direitos de guerra, mas quando o povo "cuida" dos guerrilheiros.

quanto tiram vantagem. Praticamente não se pode lutar contra homens e mulheres que lutam eles próprios no meio da população civil sem expor a risco vidas civis. Esses civis teriam perdido o direito à imunidade? Ou, apesar de sua cumplicidade em tempos de guerra, eles ainda teriam direitos diante das forças de combate à guerrilha?

Os direitos de simpatizantes civis

Se os civis não tivessem absolutamente nenhum direito, ou se fosse considerado que eles não têm nenhum direito, de pouco adiantaria ocultar-se entre eles. Em certo sentido, portanto, as vantagens que os guerrilheiros buscam dependem dos escrúpulos de seus inimigos – embora haja outras vantagens a auferir se seus inimigos não tiverem escrúpulos. É por isso que a prática do combate à guerra de guerrilhas é tão difícil. Pretendo sustentar que esses escrúpulos na realidade têm uma base moral, mas vale sugerir primeiro que eles também têm uma base estratégica. É sempre do interesse das forças contrárias à guerrilha insistir na distinção entre soldados/civis, mesmo quando os guerrilheiros agem (como sempre agirão se puderem) de forma que apaguem a diferença. Todos os manuais sobre "contra-insurreição" apresentam o mesmo argumento: é necessário isolar os guerrilheiros da população civil, apartá-los de sua proteção e ao mesmo tempo resguardar os civis do combate[13]. O último ponto é mais

---

13. Veja *The Guerrilla – And How to Fight Him*; John McCuen, *The Art of Counter-Revolutionary War* (Londres, 1966); Frank Kitson, *Low Intensity Operations: Subversion, Insurgency, and Peacekeeping* (Harrisburg, 1971).

importante na guerrilha que na guerra convencional, pois na guerra convencional pressupõe-se a hostilidade de "civis inimigos", ao passo que num combate de guerrilha é preciso angariar sua simpatia e apoio. A guerra de guerrilhas é um conflito político, até mesmo ideológico. "Nossos reinos estão na mente de cada homem", escreveu T. E. Lawrence a respeito dos guerrilheiros árabes que liderou na Primeira Guerra Mundial. "Uma província estaria conquistada quando tivéssemos ensinado os civis que ali habitavam a morrer por nosso ideal de liberdade."[14] E ela somente poderá ser reconquistada se esses mesmos civis aprenderem a viver por algum ideal contrário (ou, no caso de uma ocupação militar, a aceitar o restabelecimento da ordem e da vida normal). É isso o que se quer dizer quando se afirma que a batalha é pelos "corações e mentes" do povo. E não é possível sair vitorioso de uma batalha dessas se tratarmos o povo como um amontoado de inimigos a serem atacados e mortos junto com os guerrilheiros que vivem em seu meio.

E se não for possível isolar os guerrilheiros do povo? E se o levante em massa for uma realidade e não mera propaganda? Caracteristicamente, os manuais militares não propõem perguntas desse tipo, nem lhes dão respostas. Existe, porém, um argumento moral a ser apresentado se esse ponto for atingido: o combate à guerra de guerrilhas não poderá mais ser travado; e não só porque, de um ponto de vista estratégico, ele não poderá mais sair vitorioso. Ele não poderá ser travado porque não se trata mais de um combate à guerrilha, mas de uma guerra contra uma sociedade, uma guerra contra um povo in-

---

14. *Seven Pillars of Wisdom* (Nova York, 1936), tomo III, capítulo 33, p. 196.

teiro, na qual não seria possível fazer nenhuma distinção na luta real. Esse é, porém, o caso extremo da guerra de guerrilhas. De fato, os direitos do povo entram em jogo mais cedo, e agora devo tentar dar-lhes alguma definição plausível.

Examinemos mais uma vez o caso do ataque dos maquis na França ocupada. Se, depois da emboscada, os maquis forem se esconder num povoado próximo, quais serão os direitos dos camponeses entre os quais eles estiverem escondidos? Digamos que soldados alemães cheguem naquela noite, em busca dos homens e mulheres diretamente envolvidos ou implicados na emboscada e também procurando algum meio de impedir ataques futuros. Os civis que encontram são hostis, mas isso não os torna *inimigos* no sentido das convenções de guerra, pois na verdade eles não oferecem resistência aos esforços dos soldados. Comportam-se exatamente como cidadãos às vezes se comportam diante de interrogatórios policiais: são passivos, inexpressivos, cheios de evasivas. Devemos imaginar um estado de emergência interna e nos perguntar como a polícia poderia reagir legitimamente a essa hostilidade. Os soldados não poderão fazer nada além disso quando o que estiverem fazendo for trabalho de polícia; pois a condição dos civis hostis não é em nada diferente. Interrogatórios, buscas, apreensão de bens, toques de recolher – todos esses parecem ser de aceitação geral (não tentarei explicar por que motivo); mas o mesmo não ocorre com a tortura de suspeitos, a retenção de pessoas como reféns ou a detenção de homens e mulheres que sejam ou possam ser inocentes[15].

---

15. Para uma descrição explícita de soldados ultrapassando esses limites, veja o romance de Victor Kolpacoff sobre a guerra do Vietnã, *The Prisoners of Quai Dong* (Nova York, 1967).

Nessas circunstâncias, os civis ainda possuem direitos. Se sua liberdade pode ser temporariamente reduzida de uma variedade de modos, ela não está inteiramente perdida, nem sua vida está em risco. A argumentação seria muito mais difícil, porém, se a emboscada tivesse atingido as tropas enquanto os soldados atravessavam o próprio lugarejo, sendo alvo de tiros provenientes da proteção de casas e celeiros de camponeses. Para entender o que acontece nesse caso, é preciso examinar outro exemplo histórico.

As "normas de combate" americanas no Vietnã

Eis um típico incidente da guerra do Vietnã. "Uma unidade americana que seguia pela Rota 18 [na província de Long An] foi atacada por fogo de armas leves proveniente de um povoado, e em resposta o comandante tático ordenou ataques aéreos e de artilharia contra o próprio povoado, o que resultou em grande número de vítimas entre os civis bem como em extensa destruição física."[16] Algo semelhante deve ter acontecido centenas, até mesmo milhares de vezes. O bombardeio e metralhamento de povoados camponeses era uma tática comum das forças americanas. É de especial interesse para nós que essa tática fosse permitida pelas "normas de combate" do exército dos Estados Unidos, normas elaboradas, supostamente, para isolar os guerrilheiros e minimizar baixas entre os civis.

O ataque ao povoado próximo à Rota 18 dá a impressão de ter como objetivo único o de minimizar as

---

16. Race, p. 233.

baixas do exército. Parece ser mais um exemplo de uma prática que já examinei: o uso indiscriminado do moderno poder de fogo para poupar inconvenientes e riscos aos soldados. Nesse caso, porém, os inconvenientes e riscos são muito diferentes de qualquer coisa que seja encontrada na linha de frente de uma guerra convencional. É extremamente improvável que uma patrulha do exército que entrasse no povoado tivesse conseguido localizar e destruir uma posição inimiga. Os soldados teriam encontrado... um povoado, com a população taciturna e muda, os guerrilheiros escondidos, as "fortificações" da guerrilha indistinguíveis das casas e abrigos dos moradores. Eles poderiam ter atraído mais tiros hostis; com maior probabilidade teriam perdido homens atingidos por minas e armadilhas, cuja localização exata todos no povoado conheciam e ninguém revelaria. Nessas circunstâncias, não era difícil para os soldados se convencerem de que o povoado era uma fortaleza militar e um alvo legítimo. E se era de seu conhecimento que se tratava de uma fortaleza, sem dúvida ela poderia ser atacada, como qualquer outra posição inimiga, mesmo antes que se enfrentasse artilharia hostil. Na verdade, essa tornou-se a política americana logo no início da guerra: povoados dos quais fosse razoável que se esperasse artilharia hostil eram alvo de bombardeio antes que os soldados americanos chegassem e mesmo que nenhuma movimentação estivesse planejada. Como, então, reduzir ao mínimo as perdas entre civis, isso para não falar em conquistar a confiança da população civil? Foi em resposta a essa pergunta que as normas de combate foram elaboradas.

O ponto crucial das normas, conforme foram descritas pelo jornalista Jonathan Schell, era que os civis deveriam, com antecedência, ser avisados da destruição de seus povoados para que pudessem romper com os guerrilheiros, expulsá-los ou ir embora dali eles mesmos[17]. O objetivo era forçar a separação de combatentes e não-combatentes, e o meio era o terror. A cumplicidade com a guerra de guerrilhas implicava um risco enorme, mas esse era um risco que podia ser imposto somente a povoados inteiros. Nenhuma outra diferenciação era possível. Não se trata de civis terem sido mantidos reféns para permitir as atividades dos guerrilheiros. Eles eram, sim, responsabilizados por sua própria atividade, mesmo quando essa atividade não fosse declaradamente militar. O fato de que às vezes a atividade era obviamente militar, de que meninos de dez anos de idade lançavam granadas de mão contra soldados americanos (a incidência desse tipo de ataque foi provavelmente exagerada pelos soldados, em parte para justificar sua própria conduta para com os civis), contribui para nublar a natureza de sua responsabilidade. No entanto, deve-se ressaltar que um povoado era considerado hostil não porque suas mulheres e crianças estivessem preparadas para o combate, mas porque não estavam preparadas para negar apoio material aos guerrilheiros, para revelar seu paradeiro ou a localização de suas minas e armadilhas.

As normas de combate eram as seguintes: (1) Um povoado podia ser bombardeado por ar ou por terra sem aviso se tropas americanas tivessem sido atingidas por fogo dele proveniente. Partia-se do pressuposto de que os moradores fossem capazes de impedir o uso de seu povoado como base de tiro; e, fossem eles capazes ou não, sem dúvida sabiam com antecedência se o povoado seria

---

17. Jonathan Schell, *The Military Half* (Nova York, 1968), pp. 14 ss.

usado com essa finalidade. Fosse como fosse, o ataque em si era uma advertência, já que deveria se esperar fogo de retaliação – embora seja improvável que os moradores imaginassem que a resposta fosse tão desproporcional como geralmente era, pelo menos até o padrão se tornar familiar. (2) Qualquer povoado reconhecidamente hostil poderia ser bombardeado por terra ou por ar se seus moradores fossem avisados com antecedência, por meio de lançamento de folhetos ou pelo alto-falante de um helicóptero. Esses avisos eram de dois tipos. Às vezes eram de caráter específico, efetuados imediatamente antes de um ataque, para que os moradores tivessem apenas tempo de sair (e nesse caso os guerrilheiros poderiam sair junto), ou eram de caráter geral, com uma descrição do ataque que poderia ocorrer se os moradores não expulsassem os guerrilheiros.

> Os fuzileiros dos Estados Unidos não hesitarão em destruir imediatamente qualquer povoado ou lugarejo que abrigue os vietcongues... Cabe a vocês escolher. Se vocês se recusarem a permitir aos vietcongues o uso de seus povoados e lugarejos como campo de batalha deles, suas casas e vidas serão poupadas.

E se não se recusarem, não terão suas vidas e casas poupadas. Apesar da ênfase dada à escolha, não se trata exatamente de um pronunciamento liberal, pois a escolha em questão é essencialmente coletiva. É claro que o êxodo continuava a ser uma opção individual: as pessoas podiam sair de povoados em que o vietcongue tivesse se estabelecido, refugiando-se com parentes em outros povoados, nas cidades ou em campos de refugiados administrados pelo governo. Com maior freqüência, porém, elas somente faziam isso depois de iniciado o bombardeio, fosse por não terem compreendido os avisos, por não terem acreditado neles, fosse simplesmente por terem a esperança desesperada de que sua própria casa fosse de algum modo poupada. Por esse motivo, às vezes era considerado humanitário descartar a escolha de uma vez e expulsar à força moradores de áreas que se considerava que estivessem sob controle do inimigo. Então entrava em vigor a terceira norma de combate. (3) Uma vez que a população civil tivesse sido retirada do local, o povoado e a região circunvizinha poderiam ser declarados "zona de combate sem restrições" que poderia ser bombardeada à vontade por terra ou por ar. Partia-se do pressuposto de que qualquer pessoa que ainda estivesse na área era um guerrilheiro ou um "empedernido" simpatizante da guerrilha. A expulsão tinha destruído a proteção proporcionada pelos civis da mesma forma que a aplicação de desfolhante tinha destruído a cobertura natural, deixando o inimigo exposto[18].

Quando examinamos essas normas, o primeiro aspecto a observar é que elas eram de uma ineficácia radical. "Minha investigação revelou", escreve Schell, "que os procedimentos para a aplicação dessas restrições foram modificados, deturpados ou ignorados a tal ponto que na prática as restrições desapareceram por completo..."[19] De fato, muitas vezes nenhum aviso era dado; os folhetos de pouco adiantavam para camponeses que não sabiam ler; a evacuação forçada deixava para trás grandes contingentes de civis; ou não eram feitos preparativos adequados para acolher as famílias de refugiados, o

---

18. Para um relato de deportação compulsória, veja Jonathan Schell, *The Village of Ben Suc* (Nova York, 1967).
19. *The Other Half*, p. 151.

que fazia com que elas acabassem voltando para casa e para suas terras. É claro que nada disso afetaria o valor das normas em si, a menos que a ineficácia fosse de algum modo intrínseca a elas ou à situação em que eram aplicadas. Esse foi nitidamente o caso no Vietnã. Pois, onde os guerrilheiros contam com importante apoio popular e estabeleceram uma organização política nos povoados, não é realista imaginar que os moradores dos povoados irão expulsá-los ou poderão fazê-lo. Isso não está em nada relacionado com as características do comando da guerrilha. Teria sido igualmente fantasioso acreditar que os trabalhadores alemães, embora tivessem a casa bombardeada e a família morta, fossem derrubar os nazistas. Portanto, a única proteção que as normas proporcionam consiste em aconselhar ou forçar a partida não de guerrilheiros de povoados pacíficos, mas de civis daquilo que provavelmente há de se tornar um campo de batalha.

Ora, numa guerra convencional, retirar civis de um campo de batalha é obviamente algo recomendável. O direito positivo internacional o exige sempre que possível. De modo similar, no caso de uma cidade sitiada, os civis devem ter permissão para partir; e, caso se recusem (como argumentei), poderão ser atacados junto com os soldados que a defendem. Entretanto, um campo de batalha e uma cidade são áreas definidas; e uma batalha e um sítio costumam ter duração limitada. Os civis saem; e depois voltam. É provável que a guerra de guerrilhas seja muito diferente. O campo de batalha estende-se por grande parte do país, e a luta é, como Mao escreveu, "prolongada". Nesse caso, a analogia adequada não é com uma cidade sitiada, mas com o bloqueio ou a devastação estratégica de uma área muito mais ampla. A política subjacente às normas de combate americanas realmente pretendia desenraizar e reassentar uma parte substancial da população rural do Vietnã: milhões de homens, mulheres e crianças. Essa é, porém, uma tarefa inimaginável; e, deixando de lado por enquanto o provável aspecto criminoso do projeto, nunca houve mais que um simulacro de que recursos suficientes seriam postos à disposição para realizá-lo. Era então inevitável, e era de conhecimento geral ser inevitável, que civis estariam morando nos povoados que eram bombardeados por terra e por ar.

Uma rápida descrição do que acontecia[20]:

> Em agosto de 1967, durante a Operação Benton, os campos de "pacificação" ficaram tão cheios que unidades do exército receberam ordens de não "gerar" mais nenhum refugiado. O exército obedeceu. Contudo, as operações de busca e destruição continuaram. Só que agora os camponeses não eram avisados antes que fosse ordenado um ataque aéreo a seu povoado. Eram mortos em seus povoados porque não havia espaço para eles nos campos de pacificação lotados.

Eu deveria acrescentar que esse tipo de coisa nem sempre acontece, mesmo no combate à guerra de guerrilhas – se bem que a política de reassentamento forçado ou "concentração", derivada de suas origens na Insurreição Cubana e na Guerra dos Bôeres, raramente foi conduzida de modo humanitário ou com recursos adequados[21]. Po-

---

20. Orville e Jonathan Schell, carta a *The New York Times*, 26 de novembro de 1969; citada em Noam Chomsky, *At War With Asia* (Nova York, 1970), pp. 292-3.

21. Veja a descrição dos campos que os britânicos instalaram para os fazendeiros bôeres: Farwell, *Anglo-Boer War*, capítulos 40, 41.

dem-se, porém, encontrar exemplos do contrário. No início da década de 1950, na península Malaia, onde os guerrilheiros tinham o apoio de apenas uma parte relativamente pequena da população rural, parece ter funcionado um reassentamento limitado (para novos povoados, não para campos de concentração). Seja como for, comentou-se que, encerrada a luta, poucos dos moradores reassentados quiseram voltar para sua casa de origem[22]. Não se trata de um critério suficiente para avaliar o sucesso moral, mas é um sinal de um programa permissível. Como é de consenso geral que os governos têm o direito de reassentar seus próprios cidadãos (em números relativamente pequenos) em nome de algum objetivo social de aceitação corrente, não se pode desconsiderar totalmente essa política em tempos de guerra de guerrilhas. Porém, a menos que os números sejam reduzidos, será difícil defender essa idéia para aceitação geral. E nesse caso, como em tempos de paz, existe alguma exigência de fornecimento de apoio econômico adequado e espaço vital comparável. No Vietnã, isso nunca foi possível. A abrangência da guerra era ampla demais. Não era possível construir novos povoados. Os campos eram lúgubres. E centenas de milhares de camponeses desalojados apinhavam-se nas cidades, formando ali um novo lumpemproletariado, infelizes, doentes, desempregados, ou rapidamente explorados em empregos mal pagos e servis ou como criados, prostitutas e outros.

Mesmo que tudo isso tivesse funcionado, no sentido restrito de que mortes de civis tivessem sido evitadas, as normas de combate e a política que elas encarnavam di-

---

22. Sir Robert Thompson, *Defeating Communist Insurgency* (Nova York, 1966), p. 125.

ficilmente poderiam ser defendidas. Tudo isso parece violar até mesmo o princípio da proporcionalidade – o que não é fácil de modo algum, como já vimos repetidamente, já que os valores em comparação com os quais a destruição e o sofrimento devem ser medidos se prestam a ser inflados com tanta facilidade. Nesse caso, porém, o argumento é claro, pois a defesa do reassentamento resume-se afinal a uma alegação até certo ponto semelhante à feita por um oficial americano com referência à cidadezinha de Ben Tre: tivemos de destruir a cidadezinha para salvá-la[23]. Para salvar o Vietnã, tínhamos de destruir a cultura rural e a sociedade dos povoados vietnamitas. Sem dúvida, a equação não funciona, e a política não pode ser aprovada, pelo menos não no contexto da própria luta no Vietnã. (Sempre se pode passar, suponho eu, para a matemática superior da arte internacional de governar.)

Entretanto, as normas de combate levantam uma questão mais interessante. Suponhamos que os civis, devidamente advertidos, não só se recusem a expulsar os guerrilheiros, mas também se recusem a ir embora, eles mesmos. Podem eles ser atacados e mortos, como está implícito nas normas? Quais são seus direitos? Eles podem sem dúvida ser expostos a riscos, já que é provável que sejam travadas batalhas em seus povoados. E os riscos com os quais devem conviver serão consideravelmente maiores que os do combate convencional. O aumento do risco resulta da intimidade que já descrevi. Eu agora sugeriria que esse é o único resultado dessa intimidade, pelo menos no reino moral. E já é suficientemente grave. O combate à guerra de guerrilhas é uma

---

23. Don Oberdorfer, *Tet* (Nova York, 1972), p. 202.

terrível tensão para as tropas convencionais; e, mesmo que os soldados sejam disciplinados e cuidadosos, como deveriam ser, é certo que civis morrerão por suas mãos. Um soldado que, desde que esteja em combate, simplesmente atire em todos os moradores de povoados entre as idades de 15 e 50 anos (digamos) provavelmente está justificado em agir dessa forma, como não estaria numa batalha comum. A responsabilidade pelas mortes inocentes que resultarem desse tipo de combate caberá aos guerrilheiros e seus simpatizantes civis; os soldados são isentos pela doutrina do duplo efeito. É preciso salientar, porém, que os próprios simpatizantes, desde que dêem apenas apoio político, não são alvos legítimos, seja como grupo, seja como indivíduos identificáveis. É concebível que alguns deles possam ser acusados de cumplicidade (não na guerra de guerrilhas em geral, mas) em atos específicos de assassinato e sabotagem. Esse tipo de acusação precisa, no entanto, ser provado diante de algum tribunal imparcial. No que diz respeito ao combate, não é permitido atirar nessas pessoas só por terem sido avistadas, quando nenhum tiroteio estiver em andamento. Do mesmo modo, seus povoados não podem ser atacados simplesmente porque poderiam ser usados como base para artilharia ou porque se imagina que venham a ser usados dessa forma. Eles também não poderão ser bombardeados por terra e por ar aleatoriamente, mesmo depois que tenha sido dado aviso.

As normas americanas têm apenas a aparência de reconhecer a distinção entre combatente/não-combatente e de dar atenção a ela. Na verdade, elas criam uma nova distinção: entre não-combatentes leais e desleais, ou amigos e hostis. Pode-se ver a aplicação da mesma dicotomia nas afirmações feitas por soldados americanos acerca dos povoados que atacaram: "Esse lugar está sob controle quase total do vietcongue, ou é simpatizante do vietcongue." "Consideramos que praticamente todo mundo aqui é um vietcongue de linha-dura, ou pelo menos algum tipo de simpatizante."[24] Não são as atividades militares dos moradores que estão sendo salientadas em declarações desse tipo, mas sua lealdade política. Mesmo levando-se em conta esse ponto, as declarações são nitidamente falsas, já que pelo menos alguns moradores são crianças de quem não se pode dizer que teriam absolutamente qualquer tipo de lealdade. Seja como for, como já sustentei no exemplo dos moradores de lugarejos na França ocupada, a hostilidade política não transforma as pessoas em inimigos no sentido das convenções de guerra. (Se transformasse, não haveria imunidade alguma para os civis, exceto quando a guerra fosse travada em países neutros.) Eles nada fizeram para perder seu direito à vida, e esse direito deve ser respeitado da melhor forma possível no decurso de ataques dirigidos contra os combatentes irregulares com os quais os moradores se assemelham e a quem dão abrigo.

É importante agora dizer algo sobre a possível forma desses ataques, se bem que eu não possa falar a seu respeito como estrategista militar. Posso apenas relatar algumas das afirmações feitas por estrategistas. O bombardeio a distância foi indubitavelmente defendido em termos de necessidade militar. Mas esse é um argumento fraco tanto em termos estratégicos como morais. Pois existem meios de combate diferentes e mais eficazes. É assim que um especialista britânico em contra-insurreição escreve que o uso de "helicópteros fortemente arma-

---

24. Schell, *The Other Half,* pp. 96, 159.

dos" contra povoados de camponeses "somente pode ser justificado se a campanha tiver se deteriorado a tal ponto que seja praticamente impossível distingui-la da guerra convencional"[25]. Duvido que possa ser justificado mesmo nesse caso, mas quero mais uma vez ressaltar o que esse especialista captou: que a contra-insurreição exige uma estratégia e tática de discriminação. Os guerrilheiros podem ser derrotados (e, do mesmo modo, podem sair vitoriosos) somente em combate corpo a corpo. Com relação aos povoados de camponeses, a afirmação sugere dois tipos diferentes de campanha, tendo ambas sido amplamente examinadas na literatura. Em áreas de "operações de baixa intensidade", os povoados devem ser ocupados por pequenas unidades especialmente treinadas para o trabalho político e policial necessário para descobrir informantes e simpatizantes da guerrilha. Em áreas nas quais os guerrilheiros detenham o controle efetivo e a luta seja acirrada, os povoados deverão ser cercados e invadidos à força. Bernard Fall relatou com certo detalhe um ataque francês desse tipo no Vietnã na década de 1950[26]. O que está envolvido nesse caso é um esforço para fazer com que os números, o conhecimento específico e a tecnologia exerçam pressão, forçando os guerrilheiros a combater numa situação em que o fogo pode ter uma precisão relativa, ou expulsando-os para uma rede de soldados dispostos num cerco. Se os soldados forem bem preparados e estiverem bem equipados, não precisarão aceitar riscos insuportáveis nesse tipo de luta, e não precisarão causar destruição indiscriminada. Como Fall ressalta, para essa estratégia é exigido um nú-

---

25. Kitson, p. 138.
26. *Street Without Joy* (Nova York, 1972), capítulo 7.

mero muito considerável de homens: "Nenhum isolamento de uma força inimiga poderia ter sucesso se a proporção entre atacantes e defensores não fosse de 15 para 1 ou mesmo de 20 para 1, pois o inimigo tinha a seu favor um íntimo conhecimento do terreno, as vantagens da organização defensiva e a solidariedade da população." Essas proporções costumam, porém, ser atingidas na guerra de guerrilhas, e a estratégia de "cerco e invasão" seria eminentemente viável se não houvesse uma segunda e mais grave dificuldade.

Como os povoados não são (ou não deveriam ser) destruídos quando são invadidos, e como os moradores não são reassentados, sempre é possível que os guerrilheiros retornem uma vez que a força-tarefa especialmente reunida siga adiante. O sucesso exige que a operação militar se faça acompanhar de uma campanha política – e isso nem os franceses no Vietnã nem os americanos que vieram em seguida conseguiram estruturar com um mínimo de seriedade. A decisão de destruir povoados de certa distância foi uma conseqüência desse fracasso, que não é de modo algum idêntico à "deterioração" da guerrilha em guerra convencional.

A certa altura no avanço militar da rebelião, ou no declínio da capacidade política do governo que se opõe a ela, pode bem tornar-se impossível a luta de corpo a corpo com os guerrilheiros. Não há homens em número suficiente ou, o que é mais provável, o governo não tem poder de sustentação, embora possa vencer batalhas específicas. Assim que a luta termina, os moradores acolhem de volta as forças rebeldes. Ora, o governo (e seus aliados estrangeiros) enfrentam o que de fato é, ou melhor, o que se tornou, uma guerra do povo. Esse nome honorífico somente poderá ser aplicado, entretanto, depois que o movimento guerrilheiro tiver conquistado um apoio popular muito significativo. E de modo algum isso ocorre o tempo todo. Basta que se estude a campanha abortada de Che Guevara nas selvas da Bolívia para se perceber como é fácil destruir um bando de guerrilheiros que não tenha nenhum apoio popular[27]. A partir desse caso, seria possível traçar uma linha de dificuldade crescente: em algum ponto dessa linha, os guerrilheiros adquirem direitos de guerra; e em algum ponto mais adiante, o direito do governo de continuar a lutar deve ser posto em questão.

Este último não é um ponto que os soldados tenham a probabilidade de reconhecer ou admitir. Pois é um axioma das convenções de guerra (e uma restrição imposta às normas de guerra) que, se o ataque for moralmente possível, não será possível descartar o contra-ataque. Não pode ser o caso que guerrilheiros possam abraçar a população civil para com isso tornar-se invulneráveis. No entanto, se sempre é moralmente possível lutar, nem sempre é possível fazer o necessário para ganhar. Em qualquer luta, convencional ou não, as normas de guerra podem a certa altura tornar-se um obstáculo à vitória de um lado ou de outro. Se nessa hora elas pudessem, porém, ser deixadas de lado, não teriam absolutamente valor algum. É exatamente nessa hora que as restrições impostas por elas são mais importantes. Isso podemos ver com clareza no caso do Vietnã. Era concebível que as estratégias alternativas que descrevi sucintamente fossem um caminho para a vitória (como a dos britânicos na península Malaia) até os guerrilheiros con-

---

27. Veja o relato de Regis Debray, *Che's Guerrilla War*, trad. Rosemary Sheed (Hammondsworth, 1975).

solidarem sua base política nos povoados. Foi essa vitória que encerrou efetivamente a guerra. Parece-me que não se trata de uma vitória que possa ser isolada de modo definitivo da luta política e militar que a precedeu. Pode-se dizer, porém, com alguma segurança que ela ocorreu sempre que soldados comuns (que não são monstros morais e que lutariam de acordo com as normas se pudessem) se convenceram de que velhos, mulheres e crianças eram seus inimigos. Pois, depois disso, é improvável que se possa travar uma guerra a não ser que se adote a decisão sistemática de matar civis ou de destruir sua sociedade e cultura.

Sinto-me inclinado a dizer mais que isso. Na teoria da guerra, como vimos, as considerações sobre *jus ad bellum* e *jus in bello* são logicamente independentes; e os julgamentos que fazemos em termos de uma e da outra não são necessariamente os mesmos. Mas nesse caso eles se unem. Não se tem como vencer, e não se deveria vencer a guerra. Não se tem como vencê-la porque a única estratégia disponível envolve uma guerra contra civis; e ela não deveria ser vencida porque o nível de apoio de civis que impede estratégias alternativas também torna os guerrilheiros os legítimos governantes do país. A luta contra eles é uma luta injusta, além de ser uma luta que somente pode ser travada de forma injusta. Se travada por estrangeiros, trata-se de uma guerra de agressão; se travada por um regime local isolado, trata-se de um ato de tirania. A posição das forças contrárias à guerrilha tornou-se duplamente insustentável.

12. O TERRORISMO

O código político

A palavra "terrorismo" é utilizada com maior freqüência para descrever a violência revolucionária. Essa já é uma pequena vitória para os defensores da ordem, entre os quais os usos do terror não são de modo algum desconhecidos. A sistemática aterrorização de populações inteiras é uma estratégia tanto da guerra convencional como da guerra de guerrilhas, e de governos estabelecidos tanto como de movimentos radicais. Seu objetivo consiste em destruir o moral de uma nação ou de uma classe, solapar sua solidariedade. Seu método é o assassinato aleatório de pessoas inocentes. A aleatoriedade é a característica crucial da atividade terrorista. Caso se deseje que o medo se espalhe e aumente com o passar do tempo, não é conveniente matar pessoas específicas de algum modo identificadas com um regime, um partido ou uma política. A morte deve chegar por acaso para indivíduos franceses, alemães, protestantes irlandeses ou judeus, simplesmente porque são franceses, alemães, protestantes irlandeses ou judeus, até que eles se sintam mortalmente expostos e exijam que seus governos entabulem negociações por sua segurança.

Na guerra, o terrorismo é um modo de evitar o combate direto com o exército inimigo. Ele representa uma forma extrema da estratégia da "abordagem indireta"[1]. É uma abordagem tão indireta que muitos soldados se recusam terminantemente a considerá-la guerra. Essa é uma questão tanto de orgulho profissional quanto de julgamento moral. Examinemos a declaração de um almirante britânico na Segunda Guerra Mundial, em protesto contra o bombardeio aterrorizante de cidades alemãs: "Nossa nação é irremediavelmente desprovida de espírito militar se imagina que [podemos] ganhar uma guerra bombardeando mulheres e crianças alemãs em vez de derrotar seu exército e sua marinha."[2] A expressão-chave aqui é "desprovida de espírito militar". O almirante acertadamente encara o terrorismo como uma estratégia civil. Talvez fosse possível dizer que ele representa a continuação da guerra por meios políticos. Aterrorizar homens e mulheres comuns é, antes de mais nada, a tarefa da tirania interna, como escreveu Aristóteles: "A primeira meta e objetivo [de tiranos] consiste em alquebrar o ânimo de seus súditos."[3] Os britânicos descreveram da mesma forma a "meta e objetivo" do bombardeio de terrorismo: o que pretendiam era a destruição do moral dos civis.

---

1. No entanto, Liddell Hart, o principal estrategista da "abordagem indireta", opôs-se constantemente a táticas terroristas; veja, por exemplo, *Strategy*, pp. 349-50 (a respeito de bombardeios de terror).

2. O contra-almirante L. H. K. Hamilton, citado em Irving, *Destruction of Convoy PQ 17*, p. 44.

3. *Politics*, tradução de Ernest Barker (Oxford, 1948), p. 288 (1314a).

Os tiranos ensinaram o método aos soldados; e os soldados, aos revolucionários modernos. Essa é uma história superficial. Apresento-a apenas para sustentar uma noção histórica mais precisa: a de que o terrorismo no sentido estrito da palavra, o assassinato aleatório de pessoas inocentes, surgiu como estratégia de luta revolucionária somente no período posterior à Segunda Guerra Mundial, ou seja, somente depois de se ter tornado uma característica da guerra convencional. Nos dois casos, na guerra e na revolução, uma espécie de honra de guerreiro impedia esse desdobramento, em especial entre oficiais profissionais e "revolucionários profissionais". O uso cada vez mais freqüente do terror por parte de movimentos ultranacionalistas e da extrema esquerda representa o colapso de um código político elaborado pela primeira vez na segunda metade do século XIX e mais ou menos análogo às leis da guerra elaboradas na mesma época. A adesão a esse código não impediu que militantes revolucionários fossem chamados de terroristas, mas na realidade a violência que eles cometiam apresentava pouca semelhança com o terrorismo contemporâneo. Não se tratava de homicídio aleatório, mas assassinato de figuras importantes, e envolvia o estabelecimento de um limite que teremos pouca dificuldade em reconhecer como o paralelo político da linha que separa os combatentes dos não-combatentes.

Os populistas russos, o IRA e a Stern Gang

A melhor forma que tenho para descrever o "código de honra" revolucionário consiste em dar alguns exemplos de supostos terroristas que agiam ou procuravam agir de acordo com suas normas. Escolhi três casos históricos. O primeiro será reconhecido facilmente, pois Albert Camus fez dele a base para sua peça *Os assassinos justos*.

1) No início do século XX, um grupo de revolucionários russos decidiu matar uma autoridade czarista, o grão-duque Sergei, homem envolvido pessoalmente na repressão à atividade de radicais. Pretendiam fazê-lo explodir no interior de sua carruagem, e no dia marcado um dos revolucionários estava a postos ao longo do trajeto costumeiro do grão-duque. À medida que a carruagem ia se aproximando, o jovem revolucionário, com uma bomba escondida debaixo do casaco, percebeu que sua vítima não estava só; no colo trazia duas criancinhas. O rapaz que pretendia ser o assassino olhou, hesitou e então afastou-se às pressas. Esperaria por outra ocasião. Camus faz com que um de seus camaradas diga ao aceitar sua decisão: "Mesmo na destruição, existe uma forma certa e uma errada; e existem limites."[4]

2) Durante os anos de 1938-39, o Exército Republicano Irlandês empreendeu uma campanha de bombardeio na Grã-Bretanha. No decurso dessa campanha, um militante republicano recebeu ordens de carregar uma bomba-relógio pré-configurada até uma estação de energia elétrica em Coventry. Ele foi de bicicleta, com a bomba na cesta, errou o caminho e se perdeu num labirinto de ruas. À medida que se aproximava a hora da explosão, ele entrou em pânico, deixou cair no chão a bicicleta e saiu correndo. A bomba explodiu, matando cinco tran-

---

4. *The Just Assassins*, em *Caligula and Three Other Plays*, tradução de Stuart Gilbert (Nova York, 1958), p. 258. O acontecimento na história real está descrito em Roland Gaucher, *The Terrorists: from Tsarist Russia to the OAS* (Londres, 1965), pp. 49, 50 n.

seuntes. Ninguém no IRA (como era na época) considerou o fato uma vitória para a causa. Os homens imediatamente envolvidos ficaram horrorizados. O ataque tinha sido cuidadosamente planejado, segundo um historiador recente, para evitar a morte de transeuntes inocentes[5].

3) Em novembro de 1944, lorde Moyne, Ministro de Estado britânico no Oriente Médio, foi assassinado no Cairo por dois integrantes da Stern Gang, um grupo sionista de direita. Os dois assassinos foram apanhados minutos mais tarde por um policial egípcio. No julgamento, um deles descreveu a captura: "Estávamos sendo seguidos pelo policial de motocicleta. Meu companheiro estava atrás de mim. Vi o policial aproximar-se dele... Eu teria conseguido matar o policial com facilidade, mas me contentei em... atirar diversas vezes para o alto. Vi meu companheiro cair da bicicleta. O policial estava praticamente com as mãos nele. Mais uma vez, eu poderia ter eliminado o policial com uma única bala, mas não o fiz. E então fui apanhado."[6]

O que é comum a esses casos é uma distinção moral feita pelos "terroristas", entre pessoas que podem e pessoas que não podem ser mortas. A primeira categoria não é composta de homens e mulheres que portam armas e representam uma ameaça imediata em razão de sua formação militar e sua dedicação. Ela é composta, sim, de autoridades, os agentes políticos de regimes considerados opressores. Naturalmente, essas pessoas estão protegidas pelas convenções de guerra e pelo direito positivo internacional. De modo característico (e nada tolo),

---

5. J. Bowyer Bell, *The Secret Army: A History of the IRA* (Cambridge, Massachusetts, 1974), pp. 161-2.
6. Gerald Frank, *The Deed* (Nova York, 1963), pp. 248-9.

os juristas desaprovam o assassinato de figuras importantes, e autoridades políticas foram designadas para a classe de pessoas não-militares, que nunca são o alvo legítimo de ataque[7]. No entanto, essa designação representa de modo apenas parcial nossos julgamentos morais comuns. Pois julgamos o assassino pela vítima; e, quando a vítima é semelhante a Hitler em caráter, é provável que louvemos o trabalho do assassino, mesmo que ainda não o chamemos de soldado. A segunda categoria é menos problemática: cidadãos comuns, não envolvidos em danos políticos – ou seja, na administração ou na aplicação de leis consideradas injustas – estão livres de ataque quer apóiem essas leis, quer não. Desse modo, as crianças aristocráticas, os pedestres de Coventry, até mesmo o policial egípcio (que não estava de modo algum associado ao imperialismo britânico na Palestina) – essas pessoas são como civis em tempos de guerra. São inocentes em termos políticos como os civis são inocentes em termos militares. Contudo, são exatamente essas as pessoas que os terroristas contemporâneos tentam matar.

As convenções de guerra e o código político são estruturalmente semelhantes, e a distinção entre autoridades e cidadãos é paralela àquela entre soldados e civis (embora as duas não sejam idênticas). O que está por trás das duas, creio eu, e lhes confere plausibilidade é a diferença moral entre mirar e não mirar – ou, para ser mais exato, entre apontar armas para certas pessoas por causa do que fizeram ou estão fazendo e apontar para grupos inteiros de pessoas, indiscriminadamente, em razão de quem elas são. O primeiro tipo de pontaria é ade-

---

7. James E. Bond, *The Rules of Riot: Internal Conflict and the Law of War* (Princeton, 1974), pp. 89-90.

quado para uma luta limitada dirigida contra regimes e políticas. O segundo ultrapassa todos os limites. É infinitamente ameaçador a povos inteiros, cujos indivíduos estão sistematicamente expostos à morte violenta a todo e qualquer momento ao longo da vida (em grande parte inócua). Uma bomba plantada numa esquina de rua, escondida numa rodoviária, lançada no interior de um café ou de um bar – isso é matar a esmo, exceto pela probabilidade de que as vítimas tenham em comum o que não podem evitar, uma identidade coletiva. Como algumas dessas vítimas devem ter imunidade ao ataque (a menos que a responsabilidade derive do pecado original), qualquer código que direcione e controle o poder de fogo de militantes políticos vai despertar no mínimo um pequeno interesse. Trata-se de um grande progresso em comparação com a aleatoriedade proposital dos ataques terroristas. É possível até que matar autoridades cause menos constrangimento que matar soldados, já que o Estado raramente convoca seus agentes políticos como convoca os militares. Os agentes políticos escolheram a função de autoridade como carreira.

Soldados e autoridades são, porém, diferentes sob outro aspecto. A natureza ameaçadora das atividades do soldado é um ponto pacífico. A natureza injusta ou opressora das atividades da autoridade é uma questão de avaliação política. Por esse motivo, o código político nunca atingiu o mesmo patamar que as convenções de guerra. Os assassinos de figuras importantes também não podem reivindicar nenhum direito, mesmo com base na mais rigorosa adesão a seus princípios. Aos olhos daqueles de nós cujos julgamentos sobre a opressão e a injustiça sejam diferentes dos deles, os assassinos políticos são simplesmente homicidas, exatamente como os assassinos de cidadãos comuns. O mesmo não ocorre com os soldados, que não são julgados em termos políticos de modo algum e que são chamados de assassinos somente quando matam não-combatentes. O assassinato político impõe riscos totalmente diferentes dos riscos do combate, riscos cuja natureza é revelada com maior nitidez pelo fato de não existir guarida humanitária enquanto durar a luta política. Assim, o jovem revolucionário russo, que acabou matando o grão-duque, foi julgado e executado por assassinato, da mesma forma que os assassinos de lorde Moyne, integrantes da Stern Gang. Todos os três foram tratados exatamente da mesma forma que os militantes do IRA, também capturados, que foram responsabilizados pela morte de cidadãos comuns. Esse tratamento parece-me apropriado, mesmo que compartilhemos das opiniões políticas dos homens envolvidos e defendamos seu recurso à violência. Por outro lado, mesmo que não compartilhemos de suas opiniões, esses homens, por terem imposto limites a seus atos, fazem jus a uma espécie de respeito moral que não é devido a terroristas.

A campanha de assassinato de figuras importantes pelos vietcongues

Como no caso da imunidade de não-combatentes, os limites exatos são difíceis de definir. Mas talvez possamos nos aproximar de uma definição através do exame de uma guerra de guerrilhas na qual autoridades foram atacadas em grande escala. A partir de àlgum momento no final da década de 1950, a frente de libertação nacional começou uma campanha com o objetivo de destruir a estrutura governamental do meio rural sul-vietnamita.

Entre 1960 e 1965, cerca de 7.500 autoridades de povoados e distritos foram assassinadas por militantes vietcongues. Um estudioso americano dos vietcongues, descrevendo essas autoridades como os "líderes naturais" da sociedade vietnamita, afirma que "por qualquer definição, essa atuação da Frente de Libertação Nacional... equivale a genocídio"[8]. Isso pressupõe que todos os líderes naturais do Vietnã fossem autoridades governamentais (mas, nesse caso, quem estava liderando a Frente de Libertação Nacional?) e, portanto, que autoridades governamentais fossem literalmente indispensáveis para a existência nacional. Como essas pressuposições nem de longe conseguem ser plausíveis, é preciso que se diga que "por qualquer definição" o assassinato de líderes não equivale à destruição de povos inteiros. O terrorismo pode prenunciar o genocídio, mas o assassinato de autoridades, não.

Por outro lado, a campanha da Frente de Libertação Nacional sem dúvida forçou os limites da noção de autoridade como eu a venho usando. A Frente costumava incluir entre as autoridades qualquer pessoa que fosse paga pelo governo, mesmo que o trabalho que estivesse realizando – por exemplo, como profissional de saúde pública – não estivesse de modo algum relacionado com as políticas específicas às quais a Frente se opunha[9]. E também era sua tendência enquadrar na noção de autoridade pessoas como sacerdotes e proprietários de terras que

---

8. Pike, *Viet Cong*, p. 248.
9. Race, *War Comes to Long An*, p. 83, que sugere que eram exatamente os *melhores* funcionários da saúde pública, professores e assim por diante que eram atacados – porque constituíam uma possível liderança anticomunista.

usavam sua autoridade não-governamental de modo específico em prol do governo. Aparentemente, não matavam ninguém só por ser sacerdote ou proprietário de terras. A campanha de assassinato de autoridades era planejada com uma atenção considerável aos detalhes da atuação do indivíduo, e existia um esforço orquestrado "para garantir que não houvesse mortes inexplicadas"[10]. Mesmo assim, a faixa de vulnerabilidade foi ampliada de modo perturbador.

Seria possível argumentar, imagino, que qualquer autoridade está por definição engajada nos esforços políticos do regime (supostamente) injusto, exatamente como qualquer soldado, esteja ele lutando ou não, está engajado no esforço de guerra. No entanto, é extraordinária a variedade de atividades patrocinadas e remuneradas pelo Estado moderno, e parece desmesurado e extravagante tornar todas essas atividades motivos para assassinato. Partindo-se do pressuposto de que o regime seja de fato opressor, seria recomendável procurar agentes da opressão, e não simplesmente agentes do governo. Quanto às pessoas enquanto indivíduos, elas me parecem ter imunidade total. É claro que estão sujeitas às formas convencionais de pressão social e política (que são convencionalmente intensificadas nas guerras de guerrilha), mas não estão sujeitas à violência política. Aqui ocorre com cidadãos o mesmo que ocorre com civis: se seu apoio ao governo ou à guerra fosse motivo permissível para matá-los, a fronteira que separa as pessoas imunes das vulneráveis desapareceria rapidamente. Vale ressaltar que os assassinos políticos geralmente não querem que essa distinção desapareça. Eles têm motivos para fa-

---

10. Pike, p. 250.

zer uma pontaria cuidadosa e para evitar o assassinato indiscriminado. "Disseram-nos", relatou um guerrilheiro vietcongue a seus carcereiros americanos, "que em Cingapura os rebeldes em certos dias dinamitavam o 67º bonde que passasse... no dia seguinte poderia ser o trigésimo, e assim por diante; mas que isso endurecia o coração das pessoas contra os rebeldes porque muita gente morria desnecessariamente."[11]

Até agora evitei a observação de que em sua maioria os militantes políticos não se consideram assassinos de modo algum, mas apenas carrascos. Eles estão engajados, ou é o que alegam com regularidade, numa versão revolucionária da justiça pelas próprias mãos. Isso sugere mais uma razão para matar apenas algumas autoridades e não outras, mas não passa de uma autodescrição. Os justiceiros no sentido comum aplicam conceitos convencionais de criminalidade, embora de uma forma tosca. Os revolucionários defendem um novo conceito, a respeito do qual é improvável que haja amplo consenso. Eles afirmam que as autoridades são vulneráveis porque são, ou na medida em que realmente sejam, culpadas de "crimes contra o povo". A verdade mais impessoal é que elas são vulneráveis, ou mais vulneráveis que cidadãos comuns, simplesmente porque suas atividades estão abertas a esse tipo de descrição. O exercício do poder político é uma atividade perigosa. Ao dizer isso, não estou querendo defender o assassinato político. Na maioria das vezes ele é uma política deplorável, da mesma forma que a justiça pelas mãos de justiceiros costuma ser um tipo nocivo de aplicação da lei. Seus agentes costumam ser gângsteres e às vezes loucos, disfarçados de políticos. E

---

11. Pike, p. 251.

entretanto "assassinatos justos" são no mínimo possíveis; e os homens e mulheres que se voltam para esse tipo de assassinato, renunciando a todos os outros tipos, precisam ser apartados dos que matam aleatoriamente – não necessariamente como executores da justiça, pois é possível haver discórdia quanto a isso, mas como revolucionários com honra. Eles não querem que a revolução, como diz uma das personagens de Camus, "seja odiada por toda a espécie humana".

Não importa de que modo o código político esteja especificado, o terrorismo é a deliberada violação de suas normas. Pois cidadãos comuns são mortos, e não se apresenta nenhuma defesa – nenhuma defesa poderia ser oferecida – em termos de suas atividades individuais. Os nomes e ocupações dos mortos não são conhecidos com antecedência. Eles são mortos simplesmente para transmitir uma mensagem de medo a outros que lhes sejam semelhantes. Qual é o teor da mensagem? Suponho que possa ser absolutamente qualquer um, mas na prática o terrorismo, por ser direcionado contra povos ou classes inteiras, costuma comunicar as intenções mais extremas e brutais – acima de tudo, a tirania da repressão, da remoção ou do extermínio em massa da população sob ataque. Por esse motivo, campanhas terroristas contemporâneas costumam com enorme freqüência ter como foco pessoas cuja existência nacional tenha sido radicalmente desvalorizada: os protestantes da Irlanda do Norte, os judeus de Israel e assim por diante. A campanha divulga a desvalorização. É por esse motivo que é tão improvável que as pessoas sob ataque acreditem na possibilidade de uma solução de compromisso com seus inimigos. Na guerra, o terrorismo está associado à exigência de rendição incondicional e, de modo semelhante, tem a tendência de excluir a possibilidade de qualquer tipo de acordo com concessões mútuas.

Em suas manifestações modernas, o terror é a forma totalitária da guerra e da política. Ele reduz a pó as convenções de guerra e o código político. Desrespeita limites morais além dos quais parece ser impossível qualquer outra limitação, pois, no interior das categorias de civil e de cidadão, não existe nenhum grupo menor para o qual se possa reivindicar imunidade (exceto as crianças, mas, na minha opinião, não se pode considerar que as crianças tenham imunidade se seus pais forem atacados e mortos). Seja como for, os terroristas não fazem nenhuma reivindicação semelhante: eles matam qualquer um. Apesar disso, o terrorismo tem sido defendido, não só pelos próprios terroristas, mas também por apologistas filosóficos que escrevem em seu nome. As defesas políticas em sua maioria equiparam-se às que são apresentadas sempre que soldados atacam civis. Elas representam uma versão ou outra do argumento derivado da necessidade militar*. Diz-se, por exemplo, que não há

---

* Entre revolucionários como entre autoridades do governo, esse argumento costuma passar de uma análise de casos específicos de coação e necessidade (que raramente são convincentes) para a alegação geral de que a guerra é o inferno e, portanto, vale tudo. A opinião do general Sherman é corroborada, por exemplo, por Franco Solinas, um italiano de esquerda, que escreveu o roteiro para o filme *A batalha de Argel* de Pontecorvo e defendeu o terrorismo da organização argelina FLN: "Há séculos eles tentam provar que a guerra é um jogo limpo, como os duelos, mas a guerra não é e, por isso, qualquer meio usado para lutar é bom... Não se trata de uma questão de ética ou de jogo limpo. O que precisamos atacar é a guerra em si e as situações que conduzem a ela" (*The Battle of Algiers*, edição e tradução de Pier-Nico Solinas, Nova York, 1973, pp. 195-6). Compare-se o mesmo argumento apresentado por oficiais americanos em defesa do bombardeio de Hiroxima, capítulo 16.

348   *GUERRAS JUSTAS E INJUSTAS*

alternativa à atividade terrorista se quisermos que povos oprimidos sejam libertados. Diz-se ainda que sempre foi assim: o terrorismo, por ser o único meio, é o meio comum para destruição de regimes opressores e para a fundação de novas nações[12]. Os casos que já examinei sugerem a falsidade dessas afirmativas. Quem as sustenta, creio eu, perdeu o contato com o passado histórico; sofre de uma amnésia maligna, que apaga todas as distinções morais junto com os homens e mulheres que as elaboraram com enorme esforço.

Violência e libertação

Jean-Paul Sartre e A batalha de Argel

Existe porém outro argumento que, em razão da popularidade conquistada, deve ser abordado aqui, muito embora não tenha nenhum análogo imediato nos debates em tempos de guerra. Ele foi proposto na sua forma mais radical por Sartre numa justificativa do terrorismo da FLN na Argélia, publicada como prefácio do livro de Franz Fanon *Os desgraçados da terra*. É o seguinte o resumo da argumentação de Sartre[13]:

Abater um europeu a tiros é matar dois coelhos com uma cajadada: destruir um opressor e ao mesmo tempo o homem que ele oprime. O que sobra é um morto e um homem livre.

---

12. O argumento, suponho remonta a Maquiavel, embora a maioria de suas descrições da necessária violência de fundadores e reformadores esteja relacionada à execução de pessoas específicas, integrantes da antiga classe dominante. Para exemplos, veja *The Prince*, capítulo VIII, e *Discourses* I:9.

13. *The Wretched of the Earth*, tradução de Constance Farrington (Nova York, s.d.), pp. 18-9.

Com seu próprio estilo e certa queda pelo melodrama hegeliano, Sartre está aqui descrevendo o que considera ser um ato de libertação psicológica. Somente quando se revoltar contra o senhor, enfrentá-lo fisicamente e matá-lo, poderá o escravo criar a si mesmo como ser humano livre. O senhor morre; o escravo renasce. Mesmo que essa fosse uma descrição crível do ato terrorista, o argumento não é convincente. Ele está aberto a duas perguntas óbvias e frustrantes. Em primeiro lugar, a relação unívoca é necessária? Era preciso um europeu morto para libertar um argelino? Se assim fosse, não haveria na Argélia europeus em quantidade suficiente. Teriam de ser trazidos mais europeus se fosse desejado que o povo argelino se libertasse pelos meios sartrianos. Se não fosse assim, deve-se depreender que mais alguém além do homem-que-mata pode ser libertado... Como? Presenciando a morte? Lendo a respeito do assassinato no jornal? É difícil entender como a experiência de terceiros pode desempenhar um papel importante num processo de libertação pessoal (conforme descrito por um filósofo existencialista).

A segunda pergunta levanta questões mais familiares: qualquer europeu serve? A menos que Sartre pense que todos os europeus, até mesmo as crianças, são opressores, ele não pode acreditar que qualquer europeu sirva. Porém, se somente for libertador atacar e matar um agente da opressão, estamos de volta ao código político. A partir da perspectiva de Sartre, isso não pode estar certo, já que os homens e mulheres que ele está defendendo tinham rejeitado explicitamente esse código. Eles mataram europeus a esmo, como na conhecida cena do filme *A batalha de Argel* (fiel em termos históricos), na qual uma bomba é detonada numa sorveteria onde adolescentes franceses estão tomando vitamina e dançando[14].

> SORVETERIA. EXPLOSÃO. AR LIVRE. DIA. A *jukebox* é atirada no meio da rua. Vê-se sangue, tiras de carne, material... a fumaça branca e gritos, choro, berros histéricos de meninas. Uma delas não tem mais um braço e corre de um lado para o outro uivando em desespero; é impossível controlá-la... Ouve-se o som de sirenes... As ambulâncias chegam...

Um acontecimento desses não é facilmente reinterpretado como um encontro existencialista entre senhores e escravos.

Sem dúvida há momentos históricos em que a luta armada é necessária em nome da liberdade humana. No entanto, se quisermos que a dignidade e o amor-próprio sejam o resultado dessa luta, ela não poderá consistir em ataques terroristas a crianças. Pode-se alegar que ataques desse tipo são o produto inevitável da opressão; e em certo sentido suponho que essa alegação esteja certa. O ódio, o medo e o desejo de dominação são traços psicológicos tanto do oprimido como do opressor; e pode-se dizer que sua manifestação, de ambas as partes, é radicalmente determinada. No entanto, a marca de uma luta revolucionária contra a opressão não é essa fúria destrutiva e violência aleatória, mas a moderação e o autocontrole. O revolucionário revela sua liberdade da mesma forma pela qual a conquista, enfrentando diretamente seus inimigos e abstendo-se de atacar qualquer outra

---

14. *Gillo Pontecorvo's The Battle of Algiers*, org. Piernico Solinas (Nova York, 1973), pp. 79-80.

pessoa. Não foi apenas para salvar os inocentes que os militantes revolucionários elaboraram a distinção entre autoridades e cidadãos comuns, mas também para se pouparem de matar os inocentes. Não importa qual seja seu valor estratégico, o código político está intrinsecamente associado à libertação psicológica. Entre homens e mulheres envolvidos numa luta sangrenta, ele é o segredo para o amor-próprio. O mesmo pode ser dito a respeito das convenções de guerra: no contexto de uma coação terrível, os soldados afirmam sua liberdade com maior clareza quando obedecem à lei moral.

13. REPRESÁLIAS

Dissuasão sem vingança

Quando os britânicos impuseram seu bloqueio à Alemanha em 1916, chamaram-no de represália; quando os alemães começaram o bombardeio sistemático de Londres em 1940, defenderam-se da mesma forma. Nenhuma parte das convenções de guerra é tão suscetível ao abuso, sofre abuso de modo tão explícito, como a doutrina das represálias. Pois a doutrina é, ou no passado se considerou que fosse, permissiva em relação ao restante das convenções. Ela legitima atos que em outras circunstâncias seriam considerados criminosos, se esses atos forem executados em reação a crimes cometidos previamente pelo inimigo. "Represália", escreve um crítico pacifista das normas de guerra, "significa fazer o que se considera errado sob o pretexto de que a outra parte fez aquilo antes."[1] E ele prossegue dizendo que a outra

---

1. G. Lowes Dickinson, *War: Its Nature, Cause, and Cure* (Londres, 1923), p. 15.

parte sempre o fará antes. Por esse motivo, as represálias criam uma corrente de iniquidades ao final da qual cada agente responsável pode apontar para algum outro agente e dizer *"tu quoque"*.

O objetivo explícito das represálias é, porém, interromper a corrente, parar as iniquidades aqui, com esse ato definitivo. Às vezes – se bem que se deva admitir, não com frequência – esse objetivo é atingido. Quero começar com um caso em que o objetivo foi alcançado, para que pelo menos possamos extrair algum sentido do que por muitos anos foi a opinião convencional – conforme expressa por um advogado francês do século XIX: "As represálias são um meio de impedir que a guerra se torne totalmente bárbara."[2]

Os prisioneiros das FFI em Annecy

No verão de 1944, grande parte da França era um campo de batalha. Exércitos aliados estavam lutando na Normandia. Grupos de maquis, àquela altura incorporados às Forças Francesas do Interior e em contato tanto com os Aliados como com o governo gaullista provisório na Argélia, atuavam em grande escala em muitas partes do país. Usavam insígnias de combate; portavam abertamente suas armas. Estava claro que o armistício de 1940 tinha sido efetivamente anulado e que a luta militar tinha sido retomada. Mesmo assim, as autoridades alemãs continuavam a tratar os maquis capturados como traidores ou rebeldes de guerra, sujeitos a execução sumária. No

---

2. H. Brocher, "Les principes naturels du droit de la guerre", 5 *Revue de droit international et de legislation comparée* 349 (1873).

dia seguinte aos desembarques dos Aliados, por exemplo, 15 maquis capturados em Caen foram fuzilados imediatamente[3]. E as execuções continuaram, enquanto aumentava o ritmo da luta, ao longo dos meses seguintes. As FFI queixaram-se dessas execuções ao Governo Provisório, que por sua vez enviou uma nota formal de protesto aos alemães. Como não reconheciam o Governo Provisório, os alemães recusaram-se a aceitar o protesto. Na nota, os franceses tinham feito a ameaça de represálias contra prisioneiros alemães. A continuidade da matança não provocou, porém, nenhuma resposta semelhante, talvez porque tropas diretamente sujeitas ao Governo Provisório, recrutadas fora da França ocupada, regularmente recebessem o tratamento de prisioneiro de guerra por parte dos alemães.

Em agosto de 1944, soldados alemães no sul da França começaram a se render em grandes números a grupos de maquis, e a liderança das FFI de repente se viu em condições de cumprir a ameaça do Governo. "Quando... se soube que os alemães... tinham executado 80 prisioneiros franceses, e que outras execuções eram iminentes, o comando das FFI em Annecy decidiu que 80 dos prisioneiros sob sua responsabilidade seriam por sua vez executados."[4] A essa altura, a Cruz Vermelha interveio, conseguiu um adiamento das execuções e procurou obter dos alemães um acordo para que daí em diante os maquis capturados fossem tratados como prisioneiros de guerra. Os maquis esperaram seis dias, ao fim dos quais,

---

3. Robert B. Asprey, *War in the Shadows: The Guerrilla in History* (Nova York, 1975), I, 478.
4. Frits Kalshoven, *Belligerent Reprisals* (Leyden, 1971), pp. 193-200.

sem uma resposta dos alemães, os 80 prisioneiros foram executados*. Não é fácil avaliar os efeitos da represália, pois o exército alemão estava sob forte pressão, e muitos outros fatores devem ter pesado em suas decisões. Parece ser verdade, porém, que nenhum maqui foi executado depois do fuzilamento de Annecy.

Ora, em certo sentido, é fácil julgar esse caso. A Convenção de Genebra de 1929, que os franceses tinham assinado e as próprias FFI ratificaram, proibia expressamente represálias contra prisioneiros de guerra[5]. A nenhum outro grupo de homens e mulheres inocentes foi concedida imunidade semelhante; os prisioneiros foram privilegiados em razão do pacto implícito na rendição, segundo o qual são-lhes garantidas a vida e uma guarida humanitária. Matá-los seria um abuso de confiança bem como uma violação das leis positivas da guerra. Não vou me deter, porém, nessa exceção à norma geral das represálias, pois ela não suscita a questão maior, se deveria existir a possibilidade de se declarar lícita ou justificada em termos morais a matança deliberada de homens e mulheres inocentes. E duvido muito que queiramos afirmar, em resposta a essa pergunta, que alguns inocentes podem ser mortos e outros não. O caso dos prisioneiros das FFI é útil porque fornece um clássico exemplo de represália, um exemplo em que é provável que nossa soli-

---

* Nunca entendi por que motivo, em casos como esse, os homens não são simplesmente escondidos quando da divulgação das mortes. Por que eles precisam ser mortos de verdade? Como o engano de vários tipos é aceito nos termos das convenções de guerra, ele sem dúvida não deveria ser proibido nessas circunstâncias. No entanto, não consegui encontrar nenhum caso em que uma artimanha dessas tivesse sido usada.

5. Kalshoven, pp. 78 ss.

dariedade seja atraída, pelo menos de início, para o lado dos "retaliadores".

Represálias dessa natureza têm como objetivo fazer vigorar as convenções de guerra. Na sociedade internacional, como no estado de natureza de Locke, cada indivíduo (cada potência beligerante) arroga-se o direito de fazer vigorar a lei. O conteúdo desse direito é o mesmo da sociedade de um país: em primeiro lugar, é um direito de retaliação, o de punir culpados e culpadas; em segundo lugar, é um direito de dissuasão, de proteger a si mesmo e a outros da atividade criminosa. Na sociedade nacional, os dois aspectos devem na maior parte das vezes andar juntos. Há uma dissuasão da atividade criminosa decorrente da punição ou da ameaça de punição de indivíduos culpados. Essa é, pelo menos, a doutrina de aceitação geral. Já na sociedade internacional, e em especial em tempos de guerra, os dois direitos não apresentam a mesma capacidade de aplicação. Costuma ser impossível ter acesso a indivíduos culpados, mas sempre é possível impedir ou tentar impedir a continuidade da atividade criminosa, pagando na mesma moeda, como fizeram os maquis franceses, ou seja, "punindo" gente inocente. O resultado poderia ser descrito como uma aplicação da lei de modo unilateral: dissuasão sem retaliação.

Ele também poderia ser descrito como um ótimo exemplo de utilitarismo radical – na verdade, de um utilitarismo tão radical que os filósofos utilitaristas tiveram interesse em negar sua existência. Entretanto, ele é bastante comum tanto na teoria como na prática da guerra. Uma das críticas apontadas com maior freqüência contra o utilitarismo é a de que seus cálculos na presença de certas circunstâncias exigiriam que as autoridades "punissem" uma pessoa inocente (que a matassem ou a prendessem, sob o pretexto de punição). A resposta habitual tem sido a de ajustar os cálculos para que eles gerem resultados diferentes e mais aceitáveis em termos convencionais[6]. Na história do direito internacional e nos debates sobre o comportamento em tempos de guerra, porém, a tentativa de ajuste teve resultados previsíveis em grande parte. As represálias foram defendidas, com uma franqueza admirável, com base em motivos estritamente utilitaristas. Nas condições especiais de combate, pelo menos, cálculos utilitaristas de fato exigiram a "punição" de inocentes. Os líderes políticos ou militares de potências beligerantes geralmente invocaram a necessidade, sob a alegação de que não havia nenhum outro meio disponível para controlar os excessos criminosos de seus adversários. E observadores imparciais, estudiosos da lei, juristas respeitáveis geralmente acataram esse argumento como um argumento possível "em casos extremos" (os casos, naturalmente, costumam ser alvo de questionamento). Por esse motivo, trata-se de um "princípio das leis da guerra", de acordo com uma eminente autoridade no assunto: "Para cada ofensa, punir alguém; os culpados, se possível, mas alguém."[7]

Não é um princípio atraente, e não seria correto explicar a tradicional aceitação de represálias apenas fazendo referência a ele. Em tempos de guerra, afinal de contas, gente inocente costuma ser atacada e morta em nome da utilidade, com o objetivo de, segundo dizem, encurtar a guerra, salvar vidas e assim por diante. Contudo,

---

6. Veja, por exemplo, os ensaios de H. J. McCloskey e T. L. S. Sprigge em *Contemporary Utilitarianism*, org. Michael D. Bayles (Garden City, Nova York, 1968).

7. Spaight, *War Rights*, p. 120.

esses ataques não têm as mesmas características que represálias. Não é sua utilidade, pressupondo-se agora que elas de fato sejam úteis, que torna as represálias diferentes, mas alguma outra qualidade. Essa qualidade é mal compreendida, acredito, pelos autores que descrevem a represália como a característica mais primitiva das convenções de guerra, um resquício da antiga lei de talião[8]. Pois a pena de talião consiste em pagar o mal com o mal, e o que é crucial acerca da represália é exatamente o fato de que o mal, embora possa ser repetido, não volta a quem o originou. O novo crime tem uma nova vítima, que não é o criminoso original, se bem que provavelmente tenha a mesma nacionalidade. A escolha específica é (no que diz respeito à utilidade) totalmente impessoal. Nesse sentido, a represália é de uma modernidade arrepiante. Sobrevive, porém, algo do talião: não a idéia de revide, mas a de reação. A represália é caracterizada por certa postura de retrospectiva, de agir depois, o que sugere uma disposição a não agir de modo algum, a respeitar algum tipo de refreamento. "Foram eles que começaram." Essa frase inclui um argumento moral. Não creio que seja um argumento muito forte nem que nos seja de muita ajuda. Mas serve para distinguir a represália de outras violações igualmente úteis das convenções de guerra. Ninguém tem direito algum de cometer crimes para encurtar uma guerra, mas existe um direito, ou pelo menos era o que se acreditava no passado, de cometer crimes (ou melhor, atos que em outras circunstâncias seriam considerados crimes) para fazer frente à prévia atividade criminosa dos inimigos.

    O caráter de retrospecção das represálias é confirmado pela norma de proporcionalidade que as refreia. A

---

8. Spaight, p. 462.

norma é totalmente diferente e muito mais precisa do que a que figura, por exemplo, na doutrina do duplo efeito. Os comandantes dos maquis em Annecy atuaram em rigorosa obediência a seus dispositivos quando decidiram matar 80 alemães em resposta à matança de 50 franceses. As represálias são limitadas com referência a crimes anteriores, não com referência aos crimes que elas pretendam interromper (não com referência a seus efeitos nem a seus efeitos esperados). Esse ponto é às vezes questionado por escritores engajados com modos de pensar utilitaristas. Assim McDougal e Feliciano afirmam, em estilo característico, "que o tipo e a quantidade de... violência permissível são aqueles razoavelmente projetados para afetar as expectativas do inimigo quanto aos prejuízos e vantagens da reiteração ou continuação de seu ato criminoso inicial de modo que induzam à interrupção desse ato e futura abstenção dele"[9]. Eles admitem que a quantidade de violência, determinada desse modo, pode ser maior que a violência originalmente infligida pelo inimigo. No caso de Annecy, bem poderia ter sido menor: a execução de 40, 20 ou 10 alemães poderia ter surtido o mesmo efeito que a execução de 80. Entretanto, quaisquer que sejam os resultados dos cálculos, esse tipo de proporcionalidade voltada para o futuro nunca foi aceito pela maioria dos teóricos que escrevem sobre a guerra nem pelos homens comuns envolvidos na prática da guerra. Durante a Segunda Guerra Mundial, a bem da verdade, os alemães costumavam reagir à atividade da resistência nos Estados ocupados da Europa

---

9. McDougal e Feliciano, *Law and Minimum World Public Order*, p. 682.

com a execução de dez reféns para cada alemão morto[10]. Essa proporção pode ter refletido uma noção peculiar sobre o valor relativo da vida de um alemão, ou pode ter sido "razoavelmente projetada para afetar as expectativas do inimigo etc.". Seja qual for o caso, a prática era alvo de condenação universal.

Era condenada, naturalmente, não só em razão da real desproporção envolvida, mas também porque em muitos casos não se considerava que a prévia atividade de resistência tivesse violado as convenções de guerra. Por esse motivo, a reação alemã era apenas dissuasão utilitarista, não aplicação da lei. Outro aspecto da natureza retrospectiva das represálias reside no fato de que os atos aos quais elas representam reação devem ser crimes, violações das normas reconhecidas da guerra. Além disso, as normas precisam ser de reconhecimento geral de ambos os lados da frente de batalha, se quisermos que seja mantido o caráter especial das represálias. Quando o exército britânico recorreu a represálias durante a Guerra de 1812, um representante da oposição na Câmara dos Comuns, que considerou selvagem semelhante conduta, perguntou por que os soldados de Sua Majestade não escalpelavam os prisioneiros quando lutavam com os indígenas americanos nem os escravizavam em suas guerras com os corsários berberes[11]. Suponho que a resposta seja a de que escalpelar e escravizar não eram atos considerados ilegítimos pelos indígenas e pelos corsários. E desse modo a imitação dessas práticas por parte dos britânicos não teria sido compreendida

---

10. Veja Robert Katz, *Death in Rome* (Nova York, 1967), para um relato de uma das represálias nazistas mais brutais.

11. Spaight, p. 463 n.

como aplicação da lei (nem teria tido nenhum efeito dissuasório). Ela teria apenas confirmado a noção que seus inimigos tinham do correto comportamento em tempos de guerra. As represálias podem envolver a dissuasão sem retaliação, mas ainda assim ela precisa ser uma dissuasão reativa. E aquilo a que ela reage é uma violação das *convenções* de guerra. Se não há nenhuma convenção, não pode haver represália.

Ao mesmo tempo, sentimos certo constrangimento quanto às represálias exatamente porque existe uma convenção, que proíbe categoricamente os atos que a represália costuma exigir. Se é errado, e errado pelos motivos mais profundos, matar inocentes, como pode estar certo matá-los? Em tratados de direito internacional, a defesa da represália sempre aparece com restrições, em primeiro lugar com uma grande demonstração de relutância e ansiedade e em segundo lugar com algumas palavras sobre a natureza extrema do caso[12]. Entretanto, não é fácil saber o que essa última restrição significa; e na realidade tem-se a impressão de que qualquer violação das normas seja suficientemente "extrema" para justificar uma reação proporcional. A proporcionalidade em retrospectiva é um limite genuíno: ela teria proibido, por exemplo, as duas supostas represálias com que iniciei este capítulo. No entanto, o caráter extremo não é um limite de modo algum. Sem dúvida não é verdade que sejam adotadas represálias somente quando os crimes do inimigo representam um drástico perigo para o esforço de guerra como um todo ou para a causa pela qual a guerra está

---

12. Greenspan é típico: "Somente em casos extraordinariamente graves, deveria haver recurso a represálias." *Modern Law of Land Warfare,* p. 411.

sendo travada. Pois o objetivo da represália não é o de vencer a guerra nem o de impedir a derrota da causa, mas simplesmente o de fazer vigorar as normas. Talvez o significado do apelo à noção de medidas extremas seja semelhante ao da demonstração de relutância: os dois sugerem uma visão da represália como um último recurso. Na prática, novamente, o único ato exigido antes que se chegue a esse último recurso é um protesto formal, como o que os franceses apresentaram aos alemães em 1944, e uma ameaça de reagir na mesma moeda se persistir uma atividade criminosa ou outra. Mas muito mais que isso poderia ser necessário, tanto sob o aspecto de aplicação da lei como sob o aspecto da ação militar. As FFI poderiam, por exemplo, ter proclamado que tratariam como criminosos de guerra os soldados alemães envolvidos na execução de maquis capturados. Poderiam até mesmo ter começado a publicar os nomes dos que seriam acusados. Considerando-se a situação militar do exército alemão em 1944, uma declaração dessas bem poderia ter tido um efeito significativo. Ou os maquis poderiam ter tentado um ataque-relâmpago às prisões ou campos em que seus companheiros estivessem detidos. Esse tipo de ataque não era impossível, se bem que eles tivessem envolvido riscos totalmente inexistentes quando se executam a tiros soldados capturados.

Se a noção de último recurso fosse levada a sério, ela limitaria radicalmente a represália. Imaginemos, porém, que os maquis tivessem feito o pronunciamento e empreendido os ataques-relâmpagos sem desistir da execução dos alemães. Nesse caso, eles estariam justificados por abater prisioneiros a tiros? "Um inimigo irresponsável costuma deixar ao adversário *nenhum outro modo* de se proteger contra a repetição de atrocidades bárbaras."[13] A verdade, porém, é que sempre há outros modos, mais perigosos ou menos, mais eficazes ou menos. Apresentar argumentos contrários às execuções não equivale a negar aos maquis um último recurso. Equivale a dizer apenas, por exemplo, que ataques-relâmpagos de natureza militar são seu último recurso. Se esses ataques fracassarem, o que se pode fazer é tentar de novo. Não resta mais nada a ser feito. (As represálias poderiam fracassar também – elas geralmente fracassam –, e o que vem depois?) Essa é a conclusão que pretendo defender; e vou defendê-la, mais uma vez, refletindo sobre a condição e a natureza dos prisioneiros.

Quem são esses homens? Um dia foram soldados; agora estão desarmados e indefesos. Talvez alguns deles sejam criminosos de guerra; talvez alguns tenham estado envolvidos no assassinato de maquis capturados. Nesse caso, sem dúvida, deveriam ser levados a julgamento, não executados sumariamente. Vamos querer ouvir as provas contra eles e nos certificar de punir os indivíduos certos. Somente um julgamento pode demonstrar nosso próprio compromisso com as normas de guerra. Nesse caso, porém, suponhamos que se trate de prisioneiros comuns que nem tomaram decisões criminosas nem as executaram. Suas atividades de rotina eram muito semelhantes às atividades de seus inimigos. Como podem ser executados sumariamente, submetidos a uma crueldade maior do que a que impomos a suspeitos de crimes? Parece inacreditável que alguns sejam arbitrariamente separados dos outros e mortos, apenas para que nós possamos anunciar suas mortes, e tudo isso em nome da justiça! Matá-los seria cometer assassinato: a designação

---

13. Lieber, *Instructions*, artigo 27 (grifo nosso).

é exata, por maiores que sejam os crimes que pretendamos evitar ao nos tornarmos assassinos. Pois esses homens não são mera matéria com cujas vidas podemos moldar uma estratégia de dissuasão. Mesmo como prisioneiros, ou precisamente por serem prisioneiros, eles possuem direitos que os protegem de nós.

A tendência atual da lei internacional consiste em condenar represálias contra inocentes e, na essência, pelos motivos que venho propondo: o aspecto indefeso das vítimas impede que elas sejam alvo de ataque militar; e seu não-envolvimento em atividades criminosas impede que sejam alvo de retaliação violenta. A Convenção de Genebra de 1929, como vimos, declarou os prisioneiros imunes; as Convenções de 1949 fizeram o mesmo para os membros das forças armadas feridos, enfermos e náufragos, bem como para civis em território ocupado[14]. Este último dispositivo proíbe efetivamente o assassinato de reféns, caso paradigmático do uso de inocentes para nossos próprios fins militares. A única categoria de homens e mulheres não-combatentes contra a qual as represálias ainda são defensáveis em termos legais é a população civil do país inimigo. Seus integrantes ainda podem ser mantidos como reféns, embora somente a distância, em troca do bom comportamento de seu governo e exército. Já foi sustentado que esse modo de julgar represálias é uma extensão lógica do princípio geral de "que pessoas cuja utilidade como bases do poder inimigo é impossibilitada... pelo controle de beligerantes ou pela captura deixam de ser alvos legítimos de violência"[15]. Contudo, essa seria uma deturpação do princípio geral. Ela permitiria não só represálias, mas também iniciativas

---

14. Kalshoven, pp. 263 ss.
15. McDougal e Feliciano, p. 684.

de ataque contra civis inimigos. Afinal, por pacíficos que sejam seus interesses, esses civis continuam a ser uma "base significativa de poder inimigo", que proporciona apoio político e econômico às forças armadas. Até mesmo crianças não são "impossibilitadas" de servir àquele poder: elas hão de crescer para se tornarem soldados, operários da indústria de munições e assim por diante. Contudo, pessoas desse tipo estão protegidas pelas convenções de guerra. Admite-se que pertençam à classe dos inocentes ao lado de prisioneiros e de soldados feridos. A intenção subjacente a recentes evoluções na lei não consiste em forçar a ampliação de um princípio geral, que (em princípio) já tem sua interpretação plena, mas proibir sua violação nas circunstâncias especiais que no passado davam a impressão de justificar represálias. E, se há bons motivos para tal, aparentemente não haveria nenhuma boa razão para traçar o limite onde está traçado atualmente*.

---

* Não é difícil, porém, dar conta da atual situação legal. A ameaça de adotar represálias contra civis inimigos é uma característica crucial do sistema contemporâneo de dissuasão nuclear; e estadistas e soldados não estão preparados para denunciar esse sistema com seriedade. Ademais, embora a dissuasão nuclear tenha por base somente ameaças, e os atos que constituem a ameaça sejam de tal natureza que homens e mulheres com moral bem poderiam se recusar a executá-los no último instante, ninguém está disposto a admitir com antecedência que tenha inibições. "Qualquer ato de crueldade a inocentes", escreveu um jurista americano da era pré-atômica, "em especial, qualquer ato pelo qual se faça com que não-combatentes sintam a pressão da guerra, é o que faz com que homens corajosos recuem, se bem que eles possam se sentir obrigados a usá-lo em ameaças" (T. D. Woolsey, *Introduction to the Study of International Law*, Nova York, 1908, p. 211). No entanto, é possível que a ameaça seja eficaz se for sabido com antecedência que os que recorreram a ela se esquivarão do ato em si? Retomarei os problemas da dissuasão nuclear no capítulo 17.

Portanto, resume-se facilmente o julgamento necessário: devemos condenar todas as represálias contra inocentes, estejam ou não essas pessoas "sujeitas ao controle de beligerantes". Isso equivale a impor limites radicais a uma prática que no passado era amplamente defendida, e não com argumentos inconseqüentes ou superficiais. Não quero afirmar, porém, que esses antigos argumentos não tenham absolutamente nenhum valor. Eles indicam corretamente uma determinada diferença moral entre o crime inicial e a represália em reação a ele. A partir de uma posição de grande distanciamento, esses dois podem parecer constituir um círculo vicioso – um círculo perfeitamente explicado pelos altos princípios da máxima de que "a violência gera a violência". Às vezes, porém, a máxima está errada e, o que é mais importante, ela deixa de distinguir entre a violência que é contida e fruto de reação e a violência que não é nem uma coisa nem outra. Basta que nos coloquemos ao lado dos comandantes franceses em Annecy para que o círculo apresente outro aspecto. Nesse caso, a culpa dos alemães é maior que a dos franceses porque os alemães agiram primeiro, desrespeitando as regras convencionais para obter alguma vantagem militar; os franceses reagiram, repetindo as violações com o objetivo declarado de restabelecer as regras. Não sei como avaliar a diferença entre eles. Talvez não seja grande, mas vale salientar que existe uma diferença, mesmo que designemos seus crimes por um nome único.

Com relação às mais importantes das normas de guerra, exclui-se a possibilidade da violação das regras em nome da aplicação da lei. A doutrina da represália refere-se, portanto, somente às partes menos importantes das convenções de guerra, nas quais os direitos dos inocentes não estão em jogo. Examinemos, por exemplo, a proibição ao uso de gás tóxico. Winston Churchill estava perfeitamente justificado quando, logo no início da Segunda Guerra Mundial, advertiu ao governo alemão que o uso de gás pelas forças alemãs provocaria uma represália imediata por parte das forças aliadas[16]. Pois os soldados têm apenas um direito de guerra, e nenhum direito mais fundamental, de serem atacados com determinadas armas e não com outras. A norma a respeito do gás tóxico está estabelecida em lei, mas não é uma exigência moral. Logo, quando ela é desrespeitada, violações paralelas e proporcionais, com o estrito propósito de restabelecer a norma e sem nenhum objetivo militar mais amplo, são permissíveis em termos morais. E são permissíveis porque as pessoas contra as quais elas forem direcionadas já são alvos legítimos de ataque militar. Aplica-se o mesmo aos acordos informais e pactos de reciprocidade que limitam a extensão e a intensidade da prática bélica. Nesse caso, a ameaça da represália é o principal meio de fazê-los vigorar, e não há motivo algum para hesitação quanto a fazer a ameaça ou executá-la. Seria possível a alegação de que quando restrições dessa natureza são violadas elas simplesmente desaparecem, não havendo, então, nenhuma razão para limitarmos nossas próprias violações em cumprimento à norma da proporcionalidade. Isso é verdade, porém, somente se a represália deixar de restaurar os antigos limites. É pre-

---

16. Churchill, *The Grand Alliance* (Nova York, 1962), p. 359. Uma distinção semelhante à que estou defendendo aqui foi sugerida por Westlake: "... as leis da guerra estão por demais enraizadas na humanidade e na moral para que sejam examinadas apenas em termos do contrato, a não ser talvez algumas partes de menor importância que as convenções poderiam ter estabelecido de modo diferente." *International Law*, II, 126.

ciso primeiro ter como alvo essa restauração: nesse sentido, ainda utilizamos as represálias como um obstáculo à barbárie da guerra.

O problema das represálias em tempos de paz

Tudo isso pressupõe, entretanto, que já esteja em andamento alguma guerra do tipo tradicional. O que está em questão é o modo ou meio de ataque. No caso de represálias em tempo de paz, o que está em questão é o próprio ataque. Ele veio do outro lado de uma fronteira: algum tipo de ataque-surpresa. O Estado vítima reage com um segundo ataque, que não tem como objetivo reafirmar as normas de guerra, a mas restabelecer a paz violada. O crime que é repetido é o ato de força, a violação da soberania. Será chamado de agressão e estará justificado como legítima defesa – ou seja, será feita referência a ele na linguagem de *jus ad bellum* –, mas ele continua sendo uma "medida militar logo abaixo da guerra", desde que sejam mantidas as restrições adequadas a represálias, estabelecidas pela teoria de *jus in bello*. E é assim que é melhor examiná-lo aqui, no contexto dessas restrições[17].

O ataque a Khibye e o ataque de Beirute

A expressão "represálias em tempo de paz" não é totalmente precisa. Os manuais jurídicos dividem o tema entre "guerra" e "paz", mas grande parte da história é

---

17. Veja Kalshoven sobre "represálias de não-beligerantes", pp. 287 ss.

um mundo duvidoso que nenhum dos dois termos descreve adequadamente. É a esse mundo duvidoso que as represálias na maior parte das vezes pertencem. Elas são uma forma de atuação adequada a períodos de insurreição, luta fronteiriça, cessar-fogo e armistício. Ora, uma característica desses períodos é que os atos de força nem sempre são atos do Estado em nenhum sentido simples. Não se trata da ação de autoridades reconhecidas, nem de soldados em cumprimento de ordens oficiais, mas (com freqüência) são atos de bandos de guerrilheiros e organizações terroristas – toleradas, talvez patrocinadas, pelas autoridades, mas não diretamente sujeitas a seu controle. É assim que Israel, desde sua criação em 1948, vem sendo repetidamente atacado por guerrilheiros e terroristas palestinos que operam com base em Estados árabes vizinhos, mas que não são afiliados formalmente a seus exércitos. Em resposta a esses ataques, as autoridades israelenses experimentaram ao longo dos anos praticamente todas as formas concebíveis de contra-ataque – testando, por assim dizer, a política e a moral da ação de represália. É uma história cruel e extraordinária, que fornece ao estudioso do assunto todos os exemplos que ele poderia desejar (e mais alguns). E, embora não sugira que as represálias em tempo de paz propiciem a paz, ela também não indica nenhuma resposta alternativa a ataques ilegítimos.

A maioria dos ataques palestinos é obra de terroristas, não de guerrilheiros; ou seja, de acordo com a argumentação dos dois últimos capítulos, eles foram dirigidos aleatoriamente contra alvos civis: agricultores que trabalhavam perto da fronteira, ônibus em estradas rurais, casas e escolas de lugarejos e assim por diante. Logo, não há nenhuma dúvida quanto a sua ilegitimidade, qualquer que seja nossa opinião acerca do conflito árabe-israelense mais amplo. Também não pode haver nenhum questionamento quanto ao fato de os israelenses terem um direito de reagir de algum modo. O direito existe no caso de qualquer incursão que atravesse uma fronteira, mas ele fica ainda mais claro quando a incursão tem como alvo civis, que não têm como oferecer nenhuma resistência imediata. Não obstante, reações específicas por parte de Israel foram sem dúvida questionáveis, pois é dificílimo saber o que fazer em casos semelhantes. Terroristas abrigados por Estados vizinhos com os quais não estejamos abertamente em guerra não se configuram como alvo fácil. Qualquer reação militar será assinalada por uma espécie de assimetria característica da represália em tempo de paz: a incursão original não é oficial; o contra-ataque é o ato de um Estado soberano, que desafia a soberania de outro Estado. Como julgamos esse tipo de desafio? Quais são as normas que regem as represálias em tempos de paz?

A primeira norma é bem conhecida. Embora o ataque terrorista tenha tido civis como alvo, a represália não pode ter o mesmo objetivo. Ademais, os "empreendedores da represália" precisam tomar cuidado para que civis não acabem sendo vítimas de seu ataque. No que diz respeito a sua condução, a represália em tempos de paz é exatamente como a guerra, e, assim, determinados julgamentos nossos são bastante óbvios. Examinemos, por exemplo, a incursão israelense em Khibye[18]:

> Em seguida ao assassinato de uma mulher e seus dois filhos num lugarejo próximo do aeroporto de Lod, os israelenses lançaram um ataque noturno sobre o povoado

---

18. Luttwak e Horowitz, *The Israeli Army*, p. 110.

jordaniano de Khibye em 14 de outubro de 1953... [Eles] invadiram o povoado a força, arrebanharam os moradores e explodiram 45 casas. Nem todas as casas foram evacuadas a tempo, e mais de 40 moradores foram soterrados pelos escombros... A brutalidade da incursão gerou fortes protestos em Israel e no exterior...

É provável que não se possam chamar essas mortes de "não-intencionais", e decerto não se pode dizer que foi tomado o devido cuidado para evitá-las. Por isso, os protestos foram justificados; a matança foi criminosa. No entanto, e se nenhum civil tivesse morrido? Ou, como na maioria das represálias israelenses no solo, somente um pequeno número tivesse morrido durante um tiroteio com soldados regulares do exército jordaniano? O que havemos de dizer sobre a incursão em si, sobre os soldados jordanianos mortos no seu decorrer (soldados que não tinham participado do assassinato de civis israelenses), sobre as casas destruídas? Não se trata de uma operação militar padrão, embora seja a forma mais comum de represália em tempos de paz. Seu propósito é coercitivo: forçar as autoridades de um Estado vizinho a manter a paz e reprimir guerrilheiros e terroristas do seu próprio lado da fronteira. A coação não é, porém, direta ou contínua; pois nesse caso seria necessária uma invasão total. As represálias assumem a forma de uma advertência: se nossos povoados forem atacados, os seus também o serão. Logo, elas sempre se darão em resposta a incursões anteriores. E, depois da norma da imunidade de não-combatentes, elas serão regidas pela norma da proporcionalidade em retrospectiva. Embora não se possa contrabalançar uma vida com outra, a segunda incursão deverá ser semelhante à primeira em natureza e abrangência.

Minha tendência é defender contra-ataques dessa natureza, quando essas duas restrições são aceitas. Eu deveria salientar que a defesa não depende de modo algum das noções de caso extremo ou último recurso. Em tempos de paz, a guerra é o último recurso (e uma longa série de incursões terroristas poderia justificar uma guerra, se não parecesse provável que nenhum outro meio encerrasse a série). A represália é um primeiro recurso à força, uma vez que a diplomacia se tenha revelado ineficaz. Mais uma vez, ela é uma "medida militar logo abaixo da guerra", uma alternativa à guerra, e essa descrição é um argumento importante a favor dela. Porém, o argumento geral continua sendo difícil, como poderemos ver se nos voltarmos para outro exemplo histórico, no qual (ao contrário do caso de Khibye) as normas da imunidade e da proporcionalidade foram escrupulosamente respeitadas.

Em 1968, o foco de atenção do terrorismo palestino desviou-se de Israel em si para a linha aérea nacional israelense e seus passageiros. No dia 26 de dezembro daquele ano, dois terroristas atacaram um avião israelense que se preparava para decolar do aeroporto de Atenas[19]. Havia cerca de 50 pessoas a bordo na ocasião e, embora apenas uma tenha sido morta, ficou claro que o objetivo dos terroristas era matar tantas quanto fosse possível. Eles apontavam as armas para as janelas do avião, na altura das poltronas. Os dois homens foram capturados pela polícia ateniense, e descobriu-se que eram integrantes

---

19. Para relatos e avaliações do ataque, veja Richard Falk, "The Beirut Raid and the International Law of Reprisal", 63 *American Journal of International Law* (1969) e Yehuda Blum, "The Beirut Raid and the International Double Standard: A Reply to Professor Falk", 64 *A. J. I. L.* (1970).

da Frente Popular para a Libertação da Palestina, organização com sede em Beirute. Estavam viajando com documentos libaneses. Ao longo dos meses anteriores, Israel tinha repetidamente avisado ao governo libanês que este não poderia "fugir à responsabilidade" pelo apoio dado a grupos como a FPLP. Naquela ocasião, os israelenses empreenderam uma represália dramática.

Dois dias depois do ataque a Atenas, comandos israelenses pousaram de helicóptero no aeroporto de Beirute e destruíram 13 aviões pertencentes a linhas aéreas civis com permissão para operar no Líbano. De acordo com um comunicado israelense à imprensa, os comandos, "correndo enorme risco pessoal... exerceram as mais rigorosas precauções para impedir que houvesse vítimas civis. Os aviões foram evacuados de passageiros e do pessoal de terra, e as pessoas nas proximidades foram conduzidas para um local a uma distância segura". Por maiores que tenham sido os riscos envolvidos, ninguém foi morto. As autoridades libanesas afirmaram mais tarde que dois soldados israelenses foram feridos durante o ataque. De um ponto de vista militar, o ataque foi um sucesso espetacular e, creio eu, de um ponto de vista moral, também. Ele foi nitidamente uma resposta ao incidente em Atenas; foi paralelo e proporcional nos meios utilizados (pois pode-se destruir uma grande quantidade de bens em resposta à destruição da vida humana); e foi executado de modo que evitasse a morte de civis.

Não obstante tudo isso, a incursão ao aeroporto de Beirute foi muito criticada na época (e condenada nas Nações Unidas) – principalmente, em razão da seriedade do ataque à soberania libanesa. Também no caso de Khibye teria sido o ataque à soberania jordaniana que teria sobressaído, se a vida de civis tivesse sido poupada. A matança de civis é uma afronta à humanidade, mas ataques a instalações militares e a destruição de bens de civis representam um desafio mais direto e estrito ao Estado. Na realidade, é esse o objetivo dos ataques; e a vulnerabilidade dos soldados, por um lado, e de aviões, embarcações, prédios etc., por outro, dependem da vulnerabilidade do Estado soberano. Os soldados são vulneráveis, se o Estado o for, porque eles são os símbolos visíveis e os agentes atuantes da autoridade do Estado. E o patrimônio de civis é vulnerável porque a inocência de seus proprietários cobre apenas suas pessoas, não (ou não necessariamente) seus bens. O valor que atribuímos à vida humana é tal que os direitos à vida são perdidos somente quando determinados homens e mulheres realmente se engajam na prática da guerra ou na defesa nacional. Já o valor inferior do patrimônio é tal que os direitos à propriedade são perdidos sempre que o Estado que protege o patrimônio, e que cobra impostos sobre ele, estiver ele próprio sendo alvo de ataque. Pode-se cobrar imposto de indivíduos sem transformá-los em alvos legítimos; mas o patrimônio, ou certos tipos de patrimônio, podem ser alvos legítimos mesmo que seus proprietários não o sejam*. Esse argumento depende, entretanto, da responsabilidade do Estado, e essa continua sendo uma questão controvertida.

---

* É provavelmente isso o que os juristas têm em mente quando argumentam que, em casos de represália, considera-se que o cidadão comum "esteja identificado com seu Estado". A identificação não é de modo algum total; ela não elimina os direitos pessoais. E, ao que me parece, esse efeito não é extensivo à residência particular de cada um, que aparentemente goza da mesma inocência de seus moradores (a menos que tenha sido usada como base terrorista).

A argumentação israelense seguiu o modelo do direito positivo (ou pelo menos do direito positivo anterior à era das Nações Unidas). Israel insistiu que o governo libanês tinha obrigação de impedir o uso de seu território como base para ataques terroristas. Aparentemente, ninguém nega a realidade da obrigação, mas foi alegado em defesa dos libaneses (embora não por eles) que o governo em Beirute era de fato incapaz de cumpri-la. Os acontecimentos desde 1968 podem ter corroborado essa alegação; e, se ela for correta, seria difícil defender o ataque israelense. Sem dúvida alguma é errado destruir os bens de inocentes para pressionar outras pessoas que, seja como for, não conseguem agir de modo diferente de como agem. Contudo, nunca deveríamos nos precipitar em negar a competência de um governo estabelecido, pois uma determinada perda de soberania é o resultado legal e moral da impotência política. Se um governo não consegue literalmente controlar os moradores do território supostamente regido por ele, nem consegue policiar suas fronteiras, e se outros países sofrem em decorrência dessa incapacidade, nesse caso o controle e o policiamento por terceiros são nitidamente permissíveis. E esses bem podem ultrapassar os limites geralmente aceitos no caso de incursões em represália. A essa altura, a represália é semelhante à punição retaliatória na sociedade de cada país: assim como a punição pressupõe uma intervenção moral, a represália pressupõe uma responsabilidade política. É valioso apegar-se às duas pressuposições tanto quanto possível.

A questão crucial é se um Estado soberano pode ser forçado por outro a cumprir suas obrigações. A posição oficial das Nações Unidas é que esse tipo de imposição da lei é ilegal, mesmo quando moderado pelas normas de guerra[20]. Essa posição tem por base não apenas a reivindicação geral da ONU de proclamar a lei (positiva), mas também sua presteza e capacidade, pelo menos em parte do tempo, de aplicar a lei por si mesma. Estava claro, porém, que a organização mundial não estava disposta ou não tinha capacidade para fazer vigorar a lei em 1968; nem esteve disposta ou não teve essa capacidade em nenhuma ocasião desde aquela época. Também não há nenhuma prova de que membros isolados da ONU, não importa como votem em ocasiões rituais, estejam dispostos a renunciar a represálias quando a vida de seus próprios cidadãos está em jogo. As represálias são nitidamente sancionadas pela prática das nações, e a razão (moral) por trás da prática parece continuar tão forte como sempre. Nada que a ONU tenha realmente feito, nenhum efeito que ela possa vir a ter, sugere uma centralização da autoridade moral ou legal na vida internacional*.

---

20. Veja a censura geral votada pelo Conselho de Segurança em 9 de abril de 1964, citada em Sydney D. Bailey, *Prohibitions and Restraints in War* (Londres, 1972), p. 55.

* Quanto às costumeiras censuras por parte da ONU às represálias israelenses, Richard Falk escreveu: "Podem-se apresentar argumentos contrários à justiça dessas restrições ao discernimento de Israel nessas circunstâncias, mas trata-se em essência de um recurso extrajudicial, já que os órgãos da ONU têm competência para autorizar ou proibir usos específicos da força, e é o exercício dessa competência que distingue com maior clareza o que é 'legal' do que é 'ilegal'... na sociedade internacional." Não tenho certeza se qualquer órgão legislativo, nacional ou internacional, possa abolir a capacidade de autodefesa, a menos que ele forneça outros meios de defesa, mas deixarei essas questões para os juristas. Partindo do pressuposto de que Falk esteja com a razão, é preciso dizer que o recurso extrajudicial é um recurso moral, cujo sucesso provavelmente irá, e decerto deveria, solapar a 'lei' recém-editada." Veja "International Law and the US Role

Contudo, a total falta de realismo da posição da ONU não estabelece em si a legitimidade de represálias em tempos de paz. Em sua edição de *Principles of International Law*, de Kelsen, Robert Tucker sustenta que qualquer pessoa que defenda represálias deverá demonstrar "que na grande maioria das vezes o uso independente da força por parte de Estados atendeu aos objetivos da lei..."[21] Isso significa mudar de perspectiva: da eficácia da ONU para a utilidade da própria represália e suscitar um exame histórico, cujos resultados provavelmente não serão favoráveis aos "empreendedores de represálias" sob nenhum aspecto decisivo. O fundamento da represália não é, porém, sua eficácia geral. É o direito de, nas difíceis condições do mundo duvidoso, buscar certos efeitos. Enquanto existirem as condições, o direito deverá também existir, mesmo que essas mesmas condições (como no estado de natureza de Locke) tornem improvável que ações acertadas tenham conseqüências plenamente satisfatórias. Se, num caso específico, for certo que a represália fracasse, é óbvio que nesse caso ela não deveria ser empreendida. Porém, sempre que houver alguma significativa possibilidade de sucesso, ela é o recurso legítimo de um Estado atingido, pois não se pode exigir que Estado algum tolere ataques contra seus cidadãos.

A represália é uma prática transferida das convenções de guerra para o mundo "em tempos de paz", por fornecer uma forma adequadamente limitada de ação militar. Acredito ser melhor defender as limitações que

---

in Vietnam: A Response," em Falk, org., *The Vietnam War and International Law*, Princeton, 1968, p. 493.

21. Hans Kelson, *Principles of International Law*, 2.ª edição, revisão de Robert W. Tucker (Nova York, 1967), p. 87.

tentar abolir a prática. Soldados engajados numa incursão de represália poderão atravessar uma fronteira internacional, mas farão rapidamente o caminho de volta. Eles poderão agir de modo destrutivo, mas só até certo ponto. Violarão a soberania, mas também a respeitarão. E, finalmente, cuidarão dos direitos de pessoas inocentes. As represálias são sempre respostas limitadas a transgressões específicas: crimes contra as normas de guerra, pequenas violações da paz. Embora tenham com freqüência sido usadas como disfarce para invasões, intervenções ou agressões contra a vida de inocentes, legitimamente elas não podem ter essa finalidade. Pode ser que haja momentos extremos e de crise em que os direitos do Estado e os direitos humanos tenham de ser violados; mas momentos dessa natureza não são gerados pelos crimes específicos de nossos inimigos: e geralmente não é útil chamar as violações de represálias. Nenhum dos casos de represália que consegui encontrar nos manuais de direito e nos relatos históricos militares é um caso extremo em nenhum sentido significativo dessa expressão. Do mesmo modo, as convenções de guerra não prevêem casos extremos. As medidas extremas ficam, por assim dizer, fora do alcance das disposições convencionais. Examinarei sua natureza e origem na Quarta Parte deste livro. A análise das represálias conclui o estudo dos meios normais da guerra. Devo agora me voltar para os meios extraordinários que a urgência moral de nossos fins às vezes parece exigir.

QUARTA PARTE
DILEMAS DA GUERRA

14. A VITÓRIA E O LUTAR BEM

"Ética asinina"

O presidente Mao e a Batalha do rio Hung

No ano de 638 a.C., durante o período da história da China conhecido como a Era do Outono e da Primavera, os dois Estados feudais de Sung e Ch'u travaram combate no rio Hung na região central da China[1]. O exército de Sung, sob o comando de seu governante, o duque Hsiang, estava em formação de combate na margem norte do rio; o exército de Ch'u precisava vadeá-lo. Quando os soldados tinham atravessado metade do rio, um dos ministros de Hsiang veio até ele e disse: "Eles são muitos; e nós, poucos. Vamos atacá-los, senhor, antes que todos tenham atravessado." O duque negou permissão. Quando o exército inimigo tinha chegado à margem norte, mas não estava ainda disposto em formação, o minis-

---

1. *The Chinese Classics*, tradução e organização de James Legge, vol. V: *The Ch'un Ts'ew with The Tso Chuen* (Oxford, 1893), p. 183.

tro mais uma vez pediu permissão para dar início à luta. Mais uma vez, o duque recusou-se a dar permissão. Somente depois que os soldados de Ch'u estavam devidamente organizados, ele deu o sinal para o ataque. E então, na batalha que se seguiu, o próprio duque foi ferido e seu exército, posto em debandada. Segundo as crônicas, o povo de Sung culpou seu governante pela derrota, mas ele disse: "O homem superior não provoca um segundo ferimento e não faz prisioneiro ninguém de cabelos grisalhos. Quando os antigos estavam com o exército no campo de batalha, não atacavam um inimigo quando ele estivesse num desfiladeiro. E, embora eu não passe de um pobre representante de uma dinastia derrubada, não farei soar meus tambores para atacar uma tropa que ainda não esteja em formação."

Esse é o código de um guerreiro feudal, nesse caso um guerreiro obscuro até Mao Tsé-tung extrair sua história das crônicas para defender um ponto de vista moderno. "Nós não somos o duque de Sung", proclamou ele numa de suas palestras sobre o prolongamento da guerra [*On Protracted War*] (1938), "e sua ética asinina de nada nos serve."[2] A palestra de Mao foi uma análise inovadora da tática de guerrilha. Seu argumento contrário ao duque de Sung era, entretanto, bastante conhecido para leitores chineses tanto como para leitores ocidentais. Trata-se de um argumento comum entre homens práticos, como o ministro de Hsiang, para quem a vitória é sempre mais importante que a honra aristocrática. No entanto, ele somente entra de modo significativo na teoria da guerra quando a vitória é considerada importante em termos morais, ou seja, somente quando o resultado

---

2. *Military Writings*, p. 240.

da luta é concebido em termos de justiça. Cerca de 200 anos depois da batalha no rio Hung, mais de dois milênios antes da revolução comunista, o filósofo Mo Tzu descreveu perfeitamente o ponto de vista de Mao, como ele próprio devia entendê-lo[3].

> Suponhamos que exista um país que esteja sendo perseguido e oprimido por seus governantes, e um Sábio... para livrar o mundo dessa praga reúna um exército e parta para punir os malfeitores. Se, quando tiver conquistado a vitória, ele obedecer à doutrina dos confucianos, irá dar a seguinte ordem a suas tropas: "Fugitivos não deverão ser perseguidos; um inimigo que tiver perdido o elmo não poderá ser alvejado; se um carro de guerra for virado, vocês deverão ajudar os ocupantes a endireitá-lo" – se isso for feito, os violentos e desordeiros escaparão com vida, e o mundo não estará livre da praga.

Mo Tzu acreditava na doutrina da Guerra por Motivos Elevados. Mao Tsé-tung introduziu na China a teoria ocidental da guerra justa. Sem dúvida, há diferenças minuciosas entre essas duas idéias, que não poderei examinar aqui; mas elas não são diferentes sob nenhum aspecto importante. Elas apresentam de modo semelhante a tensão entre sair vitorioso e lutar bem; e para Mo Tzu e o presidente Mao indicam a mesma solução: as normas feudais da boa luta são simplesmente descartadas. A tensão é superada no instante em que é reconhecida. Isso não quer dizer que não haja absolutamente nenhuma norma de combate. Já citei os "Oito pontos para reflexão", que recapitulam em estilo democrático o antigo

---

3. Citado em Arthur Waley, *Three Ways of Thought in Ancient China* (Garden City, Nova York, s.d.), p. 131.

código cavalheiresco. Para o próprio Mao, porém, os "Oito pontos" parecem refletir somente as exigências utilitárias da guerra de guerrilhas e não podem ser mantidos em comparação com a utilidade maior da vitória – que Mao tem a tendência a descrever em termos extravagantes, uma combinação de idealismo wilsoniano e visão apocalíptica marxista: "O objetivo da guerra é eliminar a guerra... A era de guerras da humanidade há de se encerrar por nossos próprios esforços, e sem dúvida a guerra que travamos faz parte da batalha final."[4] E, na batalha final, ninguém irá insistir nos "Oito pontos". Exceções serão feitas prontamente sempre que o conflito parecer crítico. Examinemos, por exemplo, o último dos Oito: "Não maltrate os prisioneiros." Mao também afirmou que bandos de guerrilheiros em movimentação não podem fazer prisioneiros. "O melhor procedimento é em primeiro lugar exigir que os prisioneiros entreguem suas armas e então dispersá-los ou executá-los."[5] Como os prisioneiros não são considerados homens-com-direitos, a escolha entre dispersá-los e executá-los é de mero teor tático; e insistir em todos os casos na norma que proíbe os maus-tratos seria presumivelmente um exemplo de "ética asinina".

Também não se acreditava que os direitos estivessem em jogo nos antigos códigos dos guerreiros. O duque Hsiang considerava indigno e aviltante atingir um soldado ferido ou atacar um exército que ainda não estivesse em formação. O combate somente era possível entre iguais. Do contrário, a guerra não seria uma ocasião para a exibição das virtudes aristocráticas. Não é difícil enten-

---

4. *Military Writings*, pp. 81, 223-4.
5. *Basic Tactics* (Nova York, 1966), p. 98.

der como qualquer pessoa convicta da necessidade moral da vitória se impacientaria com idéias desse tipo. De que adianta a (inquestionada) virtude do duque de Sung se o mundo é regido pela violência e pela agressão? Na realidade, uma guerra em que a virtude do duque fosse mais importante que algum triunfo militar daria a impressão de ser uma guerra muito insignificante. Daí o argumento do ministro de Hsiang após a derrota do exército de Sung: "Se relutamos em infligir um segundo ferimento, seria melhor não chegar a infligir o primeiro. Se quisermos poupar os velhos, seria melhor nos rendermos ao inimigo."[6] Trave uma guerra total ou não trave guerra alguma.

Costuma-se dizer que esse argumento é típico do pensamento americano, mas na realidade ele é universal na história da guerra. Uma vez que os soldados estejam realmente engajados, e em especial se estiverem travando uma guerra por motivos elevados ou uma guerra justa, uma pressão constante começa a se acumular contra as convenções de guerra e a favor de violações específicas de suas normas. E então, com freqüência maior do que as potências beligerantes estão dispostas a admitir – o que em si já é uma questão interessante –, as normas são desrespeitadas. Elas não são desrespeitadas em nome da necessidade militar pura e simples. Essa justificativa é por demais abrangente e não faz referência à causa pela qual a guerra está sendo travada. As normas são desrespeitadas em nome da causa. É com alguma versão do argumento em prol da justiça que se defendem as violações.

Sob esse aspecto, as normas não têm serventia alguma em nenhuma guerra digna de ser travada. Elas são na

---

6. *The Chinese Classics*, V, 183.

melhor das hipóteses "normas empíricas", preceitos gerais de honra (ou utilidade) a serem observados somente até o momento em que observá-los entre em conflito com os requisitos para a vitória. Isso equivale, porém, a interpretar mal o papel das convenções de guerra. Se levarmos em conta a imunidade dos não-combatentes em vez da honra do guerreiro, e a proteção aos direitos humanos em vez do oportunismo da guerra de guerrilhas – ou seja, se dermos atenção ao que é realmente fundamental nas normas de guerra –, o conflito entre vencer e lutar bem não se resolve com tanta facilidade. Se reconhecermos, por exemplo, que a proteção proporcionada pelos "Oito pontos" é uma exigência moral, e que homens e mulheres têm razão em sua indignação se forem assaltados e saqueados por bandos de guerrilheiros, as normas de Mao adquirem uma importância muito maior do que seu autor lhes atribui. Elas não podem simplesmente ser postas de lado; nem podem ser contrabalançadas, em estilo utilitarista, em comparação com esse ou aquele resultado desejável. Pois os direitos dos inocentes possuem a mesma eficácia moral, seja diante de soldados justos, seja de injustos.

E ainda assim a defesa do desrespeito às normas e da violação desses direitos é apresentada com freqüência suficiente, e por soldados e estadistas que nem sempre podem ser chamados de iníquos, de tal modo que devemos supor que ela não seja totalmente sem sentido. Seja como for, conhecemos até bem demais seu ponto principal. Sabemos como às vezes pode ser grave o que está em jogo na guerra e como a vitória pode ter uma importância imperiosa. "Pois há povos", como Simone Weil escreveu, "[que] nunca se recuperaram depois de terem sido conquistados uma vez."[7] A própria existência de uma comunidade pode estar em jogo, e nesse caso como poderemos deixar de considerar resultados possíveis ao julgar o andamento da luta? É nesse ponto e em nenhum outro que a restrição imposta aos cálculos utilitaristas deve ser suspensa. Mesmo que estejamos propensos a suspendê-la, porém, não podemos nos esquecer de que os direitos violados em nome da vitória são direitos genuínos, profundamente enraizados e, em princípio, invioláveis. E não há nada de asinino nesse princípio: é a própria vida de homens e mulheres que está em jogo. Logo, a teoria da guerra, quando compreendida em sua plenitude, apresenta um dilema, que todos os teóricos (embora, felizmente, nem todos os soldados) precisam resolver da melhor forma possível. E nenhuma solução é séria, a menos que reconheça a força tanto de *jus ad bellum* como de *jus in bello*.

A escala móvel e a argumentação a partir de situações extremas

A questão imediata é se deveríamos discriminar entre soldados que travam uma guerra justa e soldados que travam uma guerra injusta. Naturalmente, são os que alegam estar inclusos no primeiro grupo que levantam a questão, fazendo o que se poderia chamar de apelo contra a igualdade dos combatentes. Embora apelos dessa natureza tenham teor particular, sua forma é geral. Todos eles envolvem a alegação de que a igualdade que

---

7. *The Need for Roots*, tradução de Arthur Wills (Boston, 1955), p. 159.

venho defendendo é meramente convencional e que a verdade acerca dos direitos de guerra é mais bem expressa em termos de uma escala móvel: quanto maior a justiça, maiores os direitos. Parece ser algo semelhante o que o filósofo John Rawls tem em mente quando diz: "Mesmo numa guerra justa, certas formas de violência são rigorosamente inadmissíveis; e quando o direito de guerrear de um país é questionável e incerto, as restrições aos meios que ele poderá usar serão ainda mais severas. Atos permissíveis numa guerra legítima de autodefesa, quando necessários, podem ser categoricamente proibidos numa situação mais duvidosa."[8] Quanto maior a justiça de minha causa, maior o número de normas que poderei violar em nome da causa – embora algumas normas sejam sempre invioláveis. Pode-se propor o mesmo argumento em termos de resultados: quanto maior a injustiça que provavelmente resultará de minha derrota, maior o número de normas que poderei violar para evitar a derrota – embora algumas normas... e assim por diante. A vantagem dessa posição está em que ela admite a existência de direitos (de alguma natureza) ao mesmo tempo em que deixa o caminho aberto para que soldados que oferecem resistência à agressão façam o que (ou parte do que) acreditarem ser necessário para a vitória. Ela permite que a justiça de nossa causa tenha influência em nosso modo de lutar. Exatamente que diferença é permitida é, porém, radicalmente vago, e o mesmo se aplica à condição dos homens e mulheres que agora são arrasta-

---

8. *A Theory of Justice* (Cambridge, Mass., 1971), p. 179. Compare-se com Vitoria: "... qualquer coisa que seja feita em nome do direito da guerra recebe a interpretação mais favorável às alegações dos que estão engajados numa guerra justa". *On the Law of War*, p. 180.

dos para o inferno da guerra para que a justiça possa triunfar. É provável que os efeitos práticos do argumento sejam muito mais abrangentes do que seus proponentes gostariam, mas não vou me pronunciar acerca desses efeitos enquanto não puder examinar uma série de casos históricos. Antes, porém, é preciso fazer mais uma colocação sobre a estrutura do argumento.

Segundo as convenções de guerra como as descrevi, não existe nenhuma faixa de ações, ao longo da qual a escala móvel poderia se situar, entre o combate legítimo e a violência inadmissível. Há apenas uma linha, não totalmente nítida, mas destinada simplesmente a indicar a separação entre um e outro. Levando-se em conta essa opinião, o argumento extraído de Rawls poderia ser interpretado como se quisesse dizer que casos limítrofes deveriam ser decididos sistematicamente de modo desfavorável ao país cujo "direito de guerrear seja questionável", ou mesmo que líderes políticos e militares desse país deveriam manter-se afastados desse limiar, nunca somando a qualidade duvidosa de sua causa à qualidade duvidosa de seus métodos. Este último seria simplesmente um apelo ao escrúpulo, o que sempre é positivo. Mas existe outro significado que se pode extrair da argumentação de Rawls (se bem que não me pareça ser o significado que ele próprio pretendia): que a classe de atos "rigorosamente inadmissíveis" deveria ser mantida muito pequena, e que deveriam ser abertos espaços nas normas de guerra nos quais a escala móvel pudesse ser aplicada. Deve-se dizer que o efeito de mover a escala até o ponto "x" dentro desse espaço não consiste em remover todas as restrições a ações militares até aquele ponto, mas, sim, de deixar apenas as restrições da utilidade e da proporcionalidade. A escala móvel abre caminho para aqueles cálculos utilitaristas que as normas e direitos pretendem coibir. Ela cria uma nova classe de atos geralmente inadmissíveis e de quase-direitos, sujeitos à erosão paulatina por soldados cuja causa seja justa – ou por soldados que acreditem que sua causa seja justa. E assim ela permite que esses soldados cometam atrocidades horríveis; e defendam na própria consciência e em meio a colegas e seguidores as atrocidades que cometerem.

Ora, a forma extrema do argumento da escala móvel é a alegação de que soldados que estejam travando uma guerra justa podem fazer absolutamente qualquer coisa que seja útil durante o combate. Isso efetivamente anula as convenções de guerra e nega ou suspende os direitos que a convenção foi criada para proteger. Os direitos de guerra dos justos são totais, e qualquer culpa resultante de seus atos recairá sobre os líderes do outro lado. O general Sherman adotava essa visão da guerra, como vimos, e eu a chamei de doutrina da "guerra como inferno". Não se trata tanto de uma solução da tensão entre vencer e lutar bem, mas de uma negação de sua importância moral. O único tipo de justiça que importa é *jus ad bellum*. Afora isso, existem somente aquelas considerações às quais homens racionais sempre darão atenção: eles não se desgastarão em matança inútil de inocentes, muito embora se disponham prontamente a matá-los se a vitória parecer exigir isso. Pode ser que seja a isso que a escala móvel se resuma em qualquer caso, mas seus defensores pelo menos alegam reconhecer a existência de normas e direitos, e assim seu argumento exige uma análise separada.

Costuma-se dizer que a única alternativa à escala móvel é uma posição de absolutismo moral. Para resistir à escala, é preciso sustentar que as normas de guerra são uma série de proibições categóricas e incondicionais, e que elas nunca podem ser violadas com legitimidade nem mesmo com o objetivo de derrotar um agressor[9]. Essa é, porém, uma linha difícil de adotar, e ainda mais nos tempos atuais, em que a agressão assumiu formas tão assustadoras. Talvez o duque de Sung estivesse certo em não descumprir o código do guerreiro para salvar sua dinastia. Mas se o que está sendo defendido é o próprio Estado e a comunidade política que ele protege, bem como a vida e a liberdade dos membros dessa comunidade... *Fiat justicia ruat coelum*, faça-se a justiça mesmo que caiam os céus, não é para a maioria das pessoas uma doutrina moral plausível.

Há uma doutrina alternativa que beira o absolutismo e que tentarei defender nos capítulos que se seguem. Ela poderia ser resumida com a máxima: faça-se a justiça a menos que os céus (realmente) estejam a ponto de cair. Esse é o utilitarismo dos casos extremos, pois ele admite que em certas circunstâncias muito especiais, se bem que jamais como líquido e certo mesmo em guerras justas, as únicas restrições à ação militar são as da utilidade e da proporcionalidade. Em toda a minha análise das normas de guerra, estive resistindo a essa visão e negando sua força. Argumentei, por exemplo, contra a idéia de que civis possam ser trancafiados numa cidade sitiada ou que se possam adotar represálias contra pessoas inocentes "em casos extremos". Pois a idéia do que é extremo não tem lugar na elaboração das convenções de guerra – ou caso se diga que o combate é sempre extremo, a idéia passa a ser natural dentro da convenção. As nor-

---

9. Essa parece ser a posição de G. E. M. Anscombe nos dois ensaios já citados: *Mr. Truman's Degree* e "War and Murder".

mas ajustam-se às medidas extremas de rotina na guerra, não sendo possível mais nenhum ajuste se quisermos ter algum tipo de norma e se quisermos cuidar dos direitos dos inocentes. Agora, porém, não se trata de uma questão de elaboração de normas, mas de desrespeito a normas. Conhecemos a forma e a substância do código moral. Precisamos decidir, num momento de desespero e catástrofe iminente, se queremos viver (e talvez morrer) de acordo com suas normas.

A escala móvel corrói as convenções aos poucos, e assim facilita a tarefa do detentor do poder decisório, que se acredita "forçado" a violar direitos humanos. A argumentação que alega situações extremas permite (ou exige) uma violação mais súbita das convenções, mas somente depois de se manter firme muito tempo diante do processo da corrosão. Os motivos para essa resistência estão associados à natureza dos direitos em questão e à condição dos homens e mulheres que os detêm. Argumentarei que esses direitos não podem ser corroídos nem solapados. Nada os diminui. Eles ainda estão de pé no exato instante em que são derrubados: é por isso que têm de ser *derrubados*[10]. Por esse motivo, desrespeitar as normas é sempre uma questão difícil; e o soldado ou estadista que o fizer deverá estar preparado para aceitar as conseqüências morais e a carga de culpa que seus atos acarretarem. Ao mesmo tempo, pode bem ser que ele não tenha escolha a não ser a de desrespeitar as normas: ele enfrenta afinal o que se pode chamar de necessidade, em seu pleno significado.

---

10. Para uma análise do que significa "desrespeitar" um princípio moral, veja Robert Nozick, "Moral Complications and Moral Structures", 13 *Natural Law Forum* 34-35 e notas (1968).

Pode-se lidar com a tensão entre as normas de guerra e a teoria da agressão, entre *jus in bello* e *jus ad bellum*, de quatro modos diferentes:

1) as convenções de guerra são simplesmente descartadas (ridicularizadas como "ética asinina") sob a pressão do argumento utilitarista;
2) as convenções cedem lentamente à importância moral da causa: os direitos dos que têm razão são valorizados, e os de seus inimigos, depreciados;
3) as convenções são mantidas, e os direitos, rigorosamente respeitados, não importa quais sejam as conseqüências; e
4) as convenções são derrubadas, mas somente diante de uma catástrofe iminente.

Desses, o segundo e o quarto são os mais interessantes e os mais importantes. Eles explicam como ocorre que homens e mulheres moralmente sérios, que possuem alguma noção do que são direitos, mesmo assim chegam a violar as normas de guerra, a aumentar sua brutalidade e a ampliar sua tirania. O quarto parece-me ser o argumento correto. Ele apresenta a melhor explicação dos dois tipos de justiça e reconhece de modo mais pleno a força de cada um. Concentrarei a atenção nele nos capítulos que se seguem, mas tentarei ao mesmo tempo sugerir as deficiências e perigos da escala móvel. Examinarei em primeiro lugar uma série de casos que envolvem a prática da neutralidade, talvez a característica mais debatida das convenções de guerra. Como os direitos dos neutros constituem uma espécie de imunidade de não-combatentes, eles poderiam ter sido abordados mais cedo. As controvérsias que geraram levantam, entretanto, questões menos relacionadas ao conteúdo que à força e capacidade de resistência dos direitos na guerra. Quanto tempo se deve esperar antes de desrespeitar as normas? A resposta que pretendo defender está mais bem expressa com a inversão da declaração do presidente Mao: com relação às nossas próprias convenções, e até o último instante, *nós todos somos o duque de Sung*.

15. AGRESSÃO E NEUTRALIDADE

A doutrina da neutralidade tem uma forma dual, que se expressa melhor (e que convencionalmente é expressa) na linguagem dos direitos. Os Estados possuem, de início, *o direito a ser neutro*, que é simplesmente um aspecto de sua soberania. Em qualquer conflito em perspectiva ou em andamento entre outros dois Estados, eles têm liberdade de optar pelo que se poderia chamar de condição de "terceiro". E, se o fizerem, possuirão então *direitos de neutralidade*, especificados minuciosamente no direito internacional positivo. Como ocorre geralmente com as convenções de guerra, o direito inicial e os direitos subseqüentes existem independentemente do caráter moral das potências beligerantes ou do provável resultado da guerra. Contudo, quanto mais convencidos estivermos de que um dos beligerantes é um agressor ou de que o resultado será desastroso, maior será nossa propensão a negar a própria possibilidade de não-envolvimento. Como é possível que um Estado fique parado enquanto observa a destruição de um vizinho? Como pode o resto da humanidade respeitar seu direito de não agir e apenas observar, se a violação desse direito poderia impedir a destruição?

Essas perguntas vêm sendo propostas com uma insistência especial desde a época da Segunda Guerra Mundial, mas na realidade o argumento implícito nelas é antigo. Examinemos, por exemplo, uma proclamação britânica emitida em 1793: as medidas políticas e militares do governo revolucionário da França supostamente expunham "todas as potências vizinhas a um perigo comum... dando-lhes o direito... *impondo-lhes o dever*, de impedir o avanço de um mal que existe somente através da sucessiva violação de toda lei e de toda propriedade..."[1] A conseqüência prática desse tipo de atitude é óbvia. Se os Estados não cumprirem seu dever, poderão ser forçados a cumpri-lo. Afirma-se o caráter imperioso da luta, e solapa-se ou nega-se o direito à neutralidade, com o objetivo de preparar o caminho para a violação dos direitos de neutralidade. A história da neutralidade fornece muitos exemplos de violações dessa natureza, defendidas com alguma versão do argumento sobre a condição extrema da situação ou com a escala móvel, e farei referência a essa história para analisar essas defesas. Antes, porém, devo dizer algo sobre a natureza da neutralidade em si e sobre seu papel nas convenções de guerra.

O direito à neutralidade

A neutralidade é uma forma coletiva e voluntária de não combater. É coletiva na medida em que seus benefícios valem para todos os membros de uma comunidade

---

1. Philip C. Jessup, *Neutrality: Its History, Economics, and Law* (Nova York, 1936), IV, 80 (grifo nosso).

política, independentemente da condição dos indivíduos. Soldados e civis são igualmente protegidos, desde que seu Estado "não esteja engajado em guerrear". Os direitos de não combater são distribuídos uniformemente entre todos os cidadãos. A neutralidade é voluntária na medida em que é uma postura que pode ser assumida à vontade por qualquer Estado com relação a uma guerra, ou a uma guerra em perspectiva, entre quaisquer outros Estados. Os indivíduos podem ser convocados, mas os Estados não. Eles podem solicitar que outras potências reconheçam formalmente sua neutralidade, mas a condição é assumida em termos unilaterais; e o reconhecimento, desnecessário. O "pedaço de papel" que a Alemanha descartou quando invadiu a Bélgica em 1914 não estabelecia a neutralidade belga; os próprios belgas é que a estabeleciam. E, se os alemães tivessem repudiado formalmente sua garantia ou tivessem esperado que ela expirasse, sua invasão ainda teria sido o crime que foi considerado ser na ocasião. Teria sido um crime, quer dizer, desde que os belgas não apenas reivindicassem seus direitos, mas também cumprissem os deveres de um Estado neutro.

Esses deveres podem ser resumidos com muita simplicidade, embora o direito internacional referente a esse assunto seja sofisticado e detalhado: eles exigem uma estrita imparcialidade para com os beligerantes, independentemente da justiça de sua causa ou de quaisquer sentimentos de urbanidade, afinidade cultural ou harmonia ideológica[2]. Não é só o combate de um lado ou do outro que é proibido, mas qualquer tipo de discriminação ofi-

---

2. W. E. Hall, *The Rights and Duties of Neutrals* (Londres, 1874) é a melhor exposição das leis da neutralidade.

cial. Essa norma é muito rigorosa. Se for violada, os direitos à neutralidade estarão perdidos; e o Estado neutro estará sujeito a represálias de qualquer beligerante que seja prejudicado pelas violações. A norma aplica-se, porém, somente à atuação do Estado. Cidadãos particulares permanecerão livres para escolher quem apoiar de diversos modos: fazendo campanha política, levantando dinheiro, até mesmo arregimentando voluntários (se bem que não possam lançar incursões que cruzem a fronteira). E o que é mais importante, práticas mercantis normais poderão ser mantidas com ambos os beligerantes. Por esse motivo, a neutralidade de qualquer Estado tem a propensão a ser mais proveitosa para um lado que para o outro. No que diz respeito às potências em conflito, a neutralidade raramente é questão de benefícios equivalentes, pois não é provável que nem a proporção entre a solidariedade e o esforço pessoal nem a balança de pagamentos sejam equiparáveis entre eles*. No entanto, nenhum dos dois poderá queixar-se da ajuda não-oficial que o outro receber. Trata-se de um auxílio que não pode ser evitado; ele decorre da própria existência do Estado neutro, de sua geografia, economia, idioma, religião e assim por diante, somente podendo ser proibido por uma coação rigorosíssima de seus cidadãos. Contudo, não é exigido do Estado neutro que coaja seus próprios cidadãos. Desde que não empreenda nenhuma ação positiva para ajudar nem a um dos beligerantes nem a outro, ele

---

* Estados neutros às vezes procuraram uma neutralidade mais perfeita por meio do embargo a todo comércio com potências beligerantes. Isso porém não parece ser um procedimento plausível. Pois, se a balança comercial normal privilegiar um beligerante, um embargo total tem a probabilidade de favorecer o outro. Não existe ponto zero. O *status quo* anterior à guerra parece ser a única norma razoável.

estará cumprindo seu dever de não se envolver; e com isso automaticamente fará jus ao pleno gozo de seu direito de não se envolver.

A fundamentação moral do direito não está inteiramente clara, porém, em grande parte porque seu análogo nas relações internas do país é muito pouco atraente. Na vida política tanto como na moral, o "neutro" não é uma pessoa de quem se goste instintivamente. Talvez ele tenha um direito de evitar, se puder, as brigas de seus vizinhos, mas o que dizer de seus problemas? Devemos nos perguntar novamente: ele pode ficar parado assistindo a um vizinho ser agredido na rua? O vizinho não poderia dizer numa hora dessas: "Ou você está a meu favor ou contra mim"? Como *slogan* revolucionário, essa frase talvez sugira uma pressão injustificada e uma ameaça de retaliações no porvir. No caso em questão, porém, sua mensagem é mais simples e menos censurável. Sem dúvida, nesse caso uma neutralidade rigorosa, uma recusa em discriminar de qualquer forma em favor da vítima, seria inquietante e estranha. Vizinhos não são meros espectadores, que examinam os infortúnios uns dos outros a partir de alguma distância enorme. A vida social que eles compartilham implica um grau de interesse mútuo. Por outro lado, se sou obrigado a ser "a favor de" meu vizinho, não sou obrigado a correr para salvá-lo – primeiro, porque essa pode não ser a forma mais eficaz de ser a favor dele; e em segundo lugar porque essa atitude pode ser desastrosa para mim. Tenho o direito de sopesar os riscos de me unir ao combate. Suponhamos, porém, que os riscos sejam insignificantes: que sejamos muitos a observar e eu possa contar com o apoio dos outros se tomar a iniciativa; ou talvez haja um policial logo ali na esquina, e eu possa ter confiança de que ele tomará a iniciativa. Nesse caso, não tenho nenhum direito à neutralidade, e quaisquer esforços de minha parte para escapar, arrumar desculpas, enterrar a cabeça na areia, sem dúvida serão considerados repreensíveis.

Já o direito de um Estado é diferente, e não só porque não há nenhum policial logo ali na esquina. Pois pode bem haver uma maioria de Estados e um predomínio avassalador de força disponível, pelo menos em termos potenciais, para agir em defesa de um Estado sob ataque, que se considere ser vítima de agressão. Tudo o que impede a mobilização dessa força bem podem ser as convenções de guerra e o direito à neutralidade. Mesmo num caso semelhante, o direito mantém-se porque o risco na guerra é muito diferente do que o existente em lutas internas. Anos atrás, John Westlake afirmou que "a neutralidade não é moralmente justificável a menos que seja improvável que a intervenção na guerra promova a justiça ou somente consiga esse feito a um custo desastroso para o neutro"[3]. Deve-se evitar a destruição, mas essa é apenas a destruição de Estados? Quando um Estado entra em guerra, ele arrisca sua sobrevivência em certo nível, dependendo da natureza do conflito, do poderio de seus aliados, do estado de prontidão e da capacidade de luta de seu exército; e esses riscos podem ser aceitáveis ou não. Ao mesmo tempo, entretanto, ele condena um número indeterminado de seus cidadãos à morte certa. E isso ele faz, por sinal, sem saber quais serão esses cidadãos. A decisão em si é, porém, irrevogável. Uma vez iniciada a luta, é certo que soldados (e provavelmente civis também) morrerão. O direito à neutralidade deriva desse fato. Como outras disposições das convenções

---

3. Westlake, *International Law*, II, 162.

de guerra, ele representa um limite sobre a coercitividade da guerra. Pelo menos esse grupo de homens e mulheres, cidadãos do Estado neutro que preferiram não arriscar a vida, estará protegido da obrigação de arriscá-la.

Entretanto, por que esses homens e mulheres deveriam estar livres e imunes quando tantos outros são forçados a combater? Sob que aspecto é possível que eles tenham direito a essa neutralidade? A pergunta tem uma importância especial se imaginarmos uma situação em que a decisão de um Estado específico de manter-se neutro resultará na morte de mais pessoas do que as que seriam mortas se ele entrasse em guerra, pois a participação de suas tropas poderia mudar o curso dos acontecimentos e abreviar os combates em tantas semanas ou meses. Contudo, não é exigido dos líderes desse Estado que façam cálculos como se cada vida humana tivesse o mesmo peso moral para todos os detentores do poder de decisão em todos os momentos. A vida de seu povo não constitui recursos internacionais a serem distribuídos na guerra com a finalidade de compensar os riscos ou reduzir as perdas de outros povos. Trata-se de vidas inocentes. Com relação aos soldados do Estado neutro, isso significa apenas que eles ainda não foram atacados e forçados a lutar. Mesmo assim, eles não estão travando combate, e ninguém tem o direito de questionar sua desobrigação. Talvez essa desobrigação seja uma questão de sorte. E costuma ser, em casos de neutralidade bem-sucedida, uma questão de geografia. No entanto, as pessoas têm direito à sorte nesses assuntos, da mesma forma que os Estados têm, ou supõe-se que tenham, direito à sua localização geográfica*.

---

* Esse argumento não parece funcionar, porém, no que diz respeito à propriedade e prosperidade (mais do que à vida) dos cidadãos.

Os cidadãos neutros são, portanto, imunes ao ataque. A coercitividade da guerra não pode jamais ser estendida pela vontade além dos limites fixados pelas causas materiais do conflito e pela organização militar dos Estados envolvidos. Os líderes de um Estado neutro têm o direito de manter essa imunidade. Na verdade, podem ser obrigados a isso, considerando-se as conseqüências dessa perda para seus concidadãos. A mesma solidariedade que torna o não-envolvimento moralmente questionável em situações internas pode torná-lo obrigatório no cenário internacional. Esse grupo de homens e mulheres deve primeiro salvar a vida uns dos outros. Não podem fazer isso matando terceiros, a menos que esses terceiros os estejam atacando. As normas da neutralidade sugerem, porém, que eles podem fazê-lo ao permitir que outras pessoas morram em vez de morrerem eles mesmos. Se tiverem incorrido em obrigações para com algumas dessas pessoas – talvez em defesa da segurança coletiva – nesse caso, naturalmente não podem permitir que elas morram. Em qualquer outra circunstância, o direito vale, mesmo que sua imposição pareça ignóbil.

Se um Estado puder empreender uma discriminação econômica contra um agressor, mesmo que os custos para si mesmo sejam consideráveis, ele parece propenso a agir desse modo, a menos que haja probabilidade de que a discriminação o envolva na luta. Naturalmente, os Estados agressores têm o direito de reagir a medidas discriminatórias, pela força, se necessário. Mas nem sempre eles estarão em condições de reagir; e, se não estiverem, as medidas poderão ser exigidas em termos morais. Quando a Liga das Nações invocou sanções econômicas contra a Itália na Guerra da Etiópia de 1936, ela também conferiu legitimidade à exigência. Na minha opinião, porém, a obrigação moral teria se imposto mesmo que tivesse havido apenas um apelo da Etiópia, sem nenhuma resolução da Liga. Seja qual for o caso, o exemplo sugere o *status* relativo dos direitos de propriedade na teoria da guerra.

Existe, entretanto, um caso em que esse direito poderia ser negado. Imaginemos (o que é fácil de imaginar) que alguma grande potência lance uma campanha de conquista, voltada não meramente contra esse Estado ou aquele, mas com algum objetivo ideológico ou imperialista maior. Por que uma campanha dessas deveria enfrentar somente a resistência de suas primeiras vítimas, quando de fato muitos outros Estados serão ameaçados se a resistência inicial fracassar? Ou consideremos o freqüente argumento de que a agressão em qualquer lugar ameaça a todos. A agressão é como o crime: se não for erradicada, irá se espalhar. Nesse caso, também, não há nenhum motivo para que as vítimas imediatas lutem sozinhas. Elas estão lutando em prol de vítimas futuras, ou seja, de todos os outros Estados, e os outros colherão os benefícios decorrentes de sua luta e morte. Como podem manter-se afastados? O presidente Wilson adotou essa posição em sua declaração sobre a guerra, em 2 de abril de 1917: "A neutralidade não é mais viável nem desejável quando o que está envolvido é a paz mundial e a liberdade dos povos."[4] É presumível que ele tenha querido dizer viável em termos morais, já que existia nitidamente uma alternativa prática à guerra, ou seja, a manutenção da neutralidade. O argumento contrário a essa alternativa deveria ser mais ou menos semelhante ao seguinte raciocínio. Se imaginarmos um agressor específico que vai avançando de uma vitória para outra, ou se imaginarmos um aumento radical na incidência de agressão em conseqüência dessa vitória específica, é preciso

---

4. O discurso está reproduzido em *The Theory and Practice of Neutrality in the Twentieth Century*, org. Roderick Ogley (Nova York, 1970), p. 83.

dizer que a paz e a liberdade correm um perigo geral. E, nesse caso, a neutralidade não é moralmente viável; pois enquanto um Estado neutro tem ou pode ter o direito de permitir que outros morram em suas próprias brigas, ele não pode deixar que eles morram em sua defesa. Qualquer perigo que seja compartilhado por todos os membros da sociedade internacional é moralmente coercitivo, mesmo que ainda não esteja presente em termos materiais para todos eles.

Essa argumentação, entretanto, repousa de modo constrangedor em "situações imaginadas" sobre as quais não há consenso geral e que costumam parecer lamentavelmente implausíveis depois do fato consumado. Nos dias de hoje, por exemplo, parece muito estranho que qualquer resultado concebível para a Primeira Guerra Mundial pudesse ter sido considerado uma ameaça universal à paz e à liberdade (ou uma ameaça maior do que a apresentada pelo resultado real). E isso se aplica mesmo que se admita o fato de que a guerra começou com um ato ou uma série de atos de agressão. O mero reconhecimento de um ataque criminoso, sem alguma visão profundamente pessimista ou, como nesse caso, altamente exagerada de suas prováveis conseqüências, não requer que os líderes de um Estado neutro cheguem às conclusões do presidente Wilson. Eles poderão sempre se recusar a fazê-lo, imaginando por sua vez que seu próprio país e o mundo inteiro não correm nenhum perigo verdadeiro. Essa é uma visão unilateral da situação, sem dúvida, e é possível debater (como eu com freqüência me inclinaria a fazer) com os líderes que a propõem. Entretanto, eles e seu povo têm o direito de agir de acordo com ela. É esse o verdadeiro direito à neutralidade.

A natureza da necessidade (2)

A esta altura, porém, a crucial decisão de natureza moral pode não caber ao Estado neutro. Também os beligerantes têm uma escolha: respeitar os direitos dos neutros ou não. Costuma-se considerar que violações desses direitos são um tipo de agressão especialmente censurável – com base no princípio, suponho, de que é pior atacar Estados não envolvidos do que atacar Estados com os quais já estejamos em conflito. A menos que adotemos uma visão bastante permissiva do primeiro recurso à violência, esse me parece um princípio ambíguo. Por outro lado, ataques a neutros geralmente configuram um tipo de agressão de especial clareza, ao passo que a responsabilidade pela própria guerra pode ser difícil de avaliar. Quando tropas cruzam a fronteira de um Estado que vem mantendo rigorosa imparcialidade, não nos é muito difícil reconhecer que a manobra é um ato criminoso. Violações que não cheguem ao ataque armado são mais difíceis de reconhecer mas são quase tão repreensíveis como as outras, pois atraem e justificam respostas militares por parte do outro lado. Se a neutralidade sucumbir e a guerra for estendida a um território e povo novos, o crime cabe ao primeiro violador (pressupondo-se uma reação proporcional do segundo).

Entretanto, e se a neutralidade for violada por uma boa causa: em defesa da sobrevivência nacional e para derrotar a agressão, ou, em termos mais abrangentes, em nome da "civilização como a conhecemos" ou da "paz e liberdade" do mundo inteiro? Essa é a forma paradigmática do confronto entre *jus ad bellum* e *jus in bello*. A potência beligerante acredita-se pressionada pelas exigências de uma guerra justa. O Estado neutro defende com firmeza seus direitos: seus cidadãos não são obrigados a se sacrificar pelas necessidades de outros. A potência beligerante fala da importância vital dos objetivos pelos quais está lutando. O Estado neutro invoca as normas de guerra. Nenhum dos lados é totalmente convincente, embora em casos específicos devamos escolher entre eles. Tentei apresentar a defesa mais forte possível dos direitos dos neutros. Sua violação quase com certeza resulta na morte (ou na causa da morte) de pessoas inocentes, não se tratando, portanto, de uma questão superficial, mesmo quando o objetivo visado é muito importante. De fato, temos a propensão a reconhecer que são bons os homens que lutam por fins importantes, por sua relutância a invadir Estados neutros e forçar seus cidadãos a lutar. O valor dessa relutância ficará evidente se examinarmos dois casos em que os direitos de neutros foram violados injustamente: o primeiro, sob o pretexto da necessidade; e o segundo com o argumento de *quanto mais justiça, mais direitos*. O primeiro é a mais famosa violação da neutralidade desde o ataque ateniense a Melos, e eu lhe dou o nome que lhe foi originalmente atribuído pela propaganda dos tempos de guerra.

A violação da Bélgica

O ataque alemão à Bélgica em agosto de 1914 é incomum na medida em que foi descrito de modo franco e aberto pelos próprios alemães como uma violação de direitos de neutralidade. O discurso do chanceler Von Bethmann Hollweg ao *Reichstag* no dia 4 de agosto merece ser relembrado[5].

---

5. *Theory and Practice of Neutrality*, p. 74.

Senhores, estamos agora num estado de necessidade, e a necessidade desconhece as leis. Nossas tropas já entraram em território belga.

Senhores, trata-se de um desrespeito à lei internacional. É verdade que o governo francês declarou em Bruxelas que a França respeitaria a neutralidade belga desde que seu adversário a respeitasse. Sabemos, porém, que a França estava pronta para a invasão. A França podia esperar. Nós, não. Um ataque francês a nosso flanco no curso inferior do Reno poderia ter sido desastroso. Fomos, assim, forçados a desconsiderar os protestos justificados do governo da Bélgica. O ato ilícito – estou falando abertamente – o ato ilícito que desse modo cometemos tentaremos corrigir assim que conseguirmos atingir nossos objetivos militares.

Quem está sob ameaça como estamos e está lutando por seu bem maior consegue pensar apenas em como abrir caminho de qualquer modo (*durchhauen*).

Isso é franqueza, embora não seja exatamente igual à "franqueza" dos generais atenienses em Melos. Pois o chanceler não sai dos limites do mundo moral quando defende a invasão alemã. Ele admite que um ato ilícito foi cometido e promete corrigi-lo depois de terminada a luta. Essa promessa não foi levada a sério pelos belgas. Tendo sido sua neutralidade violada e suas fronteiras invadidas, eles não tinham motivo algum para esperar nada de bom dos invasores; também não acreditavam que sua independência fosse ser respeitada. Decidiram resistir à invasão; e, uma vez que seus soldados estavam lutando e morrendo, é difícil imaginar como o ato ilícito cometido pelos alemães poderia jamais ser corrigido.

O ponto principal do argumento de Von Bethmann Hollweg reside não na promessa de reparação, mas na alegação de necessidade. Essa será uma ocasião útil para mais uma vez examinar o que essa alegação poderia significar – e para sugerir que nesse caso, como em geral na história militar, ela significa muito menos do que aparenta. Podemos ver com clareza no discurso do chanceler os dois níveis em que o conceito atua. Primeiro, vem o nível instrumental ou estratégico: alega-se que o ataque à Bélgica foi necessário para evitar a derrota alemã. Esse é, porém, um argumento improvável. Havia muito tempo que o ataque parecia ao estado-maior o modo mais conveniente de aplicar um duro golpe nos franceses e obter uma rápida vitória no Ocidente (antes que a Alemanha se engajasse em pleno combate com os russos na frente oriental)[6]. De modo algum, entretanto, era essa a única forma de defender o território alemão. Afinal, uma invasão francesa ao longo do curso inferior do Reno poderia apenas flanquear o exército alemão se os alemães estivessem mobilizados para ação mais ao norte (ao longo da fronteira com a Bélgica). A verdadeira alegação do chanceler era que as probabilidades de vitória alemã melhorariam e vidas alemãs seriam salvas se os belgas fossem sacrificados. Mas essa expectativa, que acabou se revelando equivocada, não tinha nada a ver com a necessidade.

O segundo nível do argumento é moral: não só o ataque é necessário para vencer, mas a própria vitória é necessária, já que a Alemanha está lutando por seu "bem maior". Não sei o que Von Bethmann Hollweg considerava ser o bem maior da Alemanha. Talvez ele tivesse em mente alguma noção de honra ou glória militar, que somente poderia ser mantida por meio da vitória sobre os inimigos da nação. A honra e a glória pertencem, po-

---

6. Liddell Hart, *The Real War*, pp. 46-7.

rém, ao reino da liberdade, não da necessidade. Somos propensos a considerar que a vitória da Alemanha seria moralmente necessária (essencial, exigida) apenas se sua sobrevivência como nação independente ou se a própria vida de seu povo estivesse em jogo. E, na melhor interpretação da causa da Alemanha, o que estava em jogo era a Alsácia-Lorena, as colônias alemãs na África e assim por diante. Logo, o argumento não se sustenta em nenhum dos dois níveis. Ele precisaria ser válido nos dois níveis, creio eu, para que se pudesse defender a violação da neutralidade belga.

O chanceler alemão apresenta exatamente o tipo de argumentação que seria adequado numa situação de real necessidade de medidas extremas. Ele rejeita toda espécie de falsidade. Não finge que os belgas teriam deixado de cumprir seu dever de imparcialidade. Não sustenta que os franceses já teriam violado a neutralidade belga, nem mesmo afirma que estejam ameaçando fazê-lo. Não alega que a Bélgica não poderá eximir-se justificadamente no caso de agressão (francesa). Reconhece a validade das convenções de guerra e, portanto, do direito à neutralidade; e defende a idéia de desrespeitar esse direito. Entretanto, ele quer desconsiderá-lo não no último minuto, mas logo no início; e não quando a sobrevivência da Alemanha corre perigo, mas quando os perigos são de uma natureza mais comum. Portanto, sua defesa não é plausível. A estrutura está correta, mas o conteúdo não. Nem foi considerada plausível na época. A invasão alemã da Bélgica foi alvo de condenação quase universal (também por parte de muitos alemães). Foi também uma importante razão para a determinação e o elevado moral com que os britânicos entraram na guerra e para a simpatia com que a causa dos Aliados era encarada em outros países neutros – principalmente nos Estados Unidos[7]. Até mesmo Lênin, que liderava a oposição de esquerda à guerra, considerou a defesa da Bélgica um motivo para lutar: "Suponhamos que todos os Estados interessados na observação de tratados internacionais declarassem guerra contra a Alemanha, com a exigência da libertação e indenização da Bélgica. Em caso semelhante, as simpatias dos socialistas estariam naturalmente do lado dos inimigos da Alemanha."[8] No entanto, prosseguiu ele, esse na realidade não é o motivo dessa guerra. Lênin estava certo. A guerra como um todo não se presta a uma descrição fácil em termos de justiça e injustiça. Mas o ataque à Bélgica, sim. Voltemos nossa atenção agora e de forma muito mais detalhada para um caso mais difícil.

A escala móvel

Winston Churchill e a neutralidade norueguesa

No dia seguinte à declaração de guerra pela Grã-Bretanha e França contra a Alemanha em 1939, o rei Haakon VII proclamou formalmente a neutralidade da Noruega. A linha de ação do rei e do governo não se baseava em indiferença política nem ideológica. "Nunca tivemos neutralidade de pensamento na Noruega", escreveu o Ministro das Relações Exteriores, "e eu nunca a desejei." Os laços culturais e políticos da Noruega eram com os Aliados, e parece não haver razão para duvidar

---

7. Para um exemplo da reação americana, veja James M. Beck, *The Evidence in the Case: A Discussion of the Moral Responsibility for the War of 1914* (Nova York, 1915), especialmente o capítulo IX.
8. *Socialism and War*, p. 15.

do que os historiadores do período nos relatam: "Os noruegueses acreditavam firmemente nos altos ideais da democracia, da liberdade individual e da justiça internacional."[9] Não estavam, entretanto, preparados para lutar por esses ideais. A guerra era uma luta entre as grandes potências da Europa, e a Noruega era na realidade uma pequena potência, tradicionalmente afastada da *machtpolitik* européia, e àquela altura praticamente desarmada. Por maior que fosse a importância moral das questões pelas quais a guerra estava sendo travada, o governo norueguês dificilmente poderia intervir de modo decisivo. Tampouco poderia chegar a intervir sem aceitar riscos enormes. Sua primeira missão era garantir que no final a Noruega continuasse intacta e seus cidadãos vivos.

Com esse objetivo em mente, o governo adotou uma rigorosa política de "neutralidade de fato". Levando-se tudo em consideração, essa política favorecia os alemães, muito embora a maior parte do comércio exterior da Noruega se desse com as potências aliadas, em especial a Grã-Bretanha. É que os alemães dependiam da Noruega para uma parte substancial de seu abastecimento de minério de ferro. O ferro provinha de minas em Gallivare no norte da Suécia, e durante os meses de verão era transportado em navios que partiam da cidadezinha sueca de Lulea no mar Báltico. No inverno, porém, o Báltico congelava; o minério era então transportado por ferrovia até Narvik no litoral norueguês, o porto de águas temperadas mais próximo. Ali, navios alemães carregavam o minério e o transportavam ao longo do litoral, mantendo-se nas águas territoriais norueguesas

---

9. Nils Oervik, *The Decline of Neutrality: 1914-1941* (Oslo, 1953), p. 241.

para evitar a marinha britânica. Os carregamentos alemães de minério eram, portanto, protegidos pela neutralidade norueguesa (e sueca), e por esse motivo a invasão da Noruega não fazia parte do plano estratégico original de Hitler. Pelo contrário, "[ele] salientou repetidas vezes que na sua opinião a atitude mais conveniente para a Noruega bem como para o resto da Escandinávia seria uma de total neutralidade"[10].

A visão britânica era muito diferente. Durante os longos meses da "falsa guerra", a neutralidade escandinava era um tópico constante em debates do Ministério. Winston Churchill, na época Ministro da Marinha, propunha um plano atrás do outro para impedir os embarques de minério de ferro. Ali estava uma chance, alegava ele, ali estava a única chance de atingir a Alemanha com um golpe rápido. Em vez de esperar por um ataque alemão na França e nos Países Baixos, os Aliados poderiam forçar Hitler a dispersar seus exércitos e a lutar – Churchill jamais duvidou que os alemães lutariam por seu suprimento de minério – numa parte do mundo em que a força da marinha britânica poderia ser aplicada com maior eficácia[11]. Os franceses também não estavam propensos a aguardar um ataque contra seu próprio solo. Sir Edward Spears escreve a respeito do primeiro-ministro Daladier que "suas opiniões sobre questões militares restringiam-se a manter as operações bélicas tão longe da França quanto fosse possível"[12]. O primeiro-ministro norueguês sem dúvida tinha em mente idéia semelhan-

---

10. Oervik, p. 223.
11. Churchill, *The Gathering Storm* (Nova York, 1961), tomo II, capítulo 9.
12. *Assignment to Catastrophe* (Nova York, 1954), I, 71-2.

te. Havia, porém, a seguinte diferença: a guerra que os noruegueses desejavam ver travada na França e que os franceses estavam dispostos a travar na Noruega era uma guerra da França, não da Noruega. Churchill enfrentava a mesma dificuldade. A neutralidade norueguesa era um obstáculo para cada um de seus planos. Talvez fosse um obstáculo apenas moral e legal, já que ele não esperava que os noruegueses lutassem com muita garra por sua neutralidade, mas mesmo assim era um obstáculo importante, pois a propensão dos britânicos era distinguir-se dos inimigos por seu respeito à justiça e à lei internacional. "Todas as cartas estão contra nós quando jogamos com esses neutros", confidenciou a seu diário o general Ironside, Chefe do Estado-Maior Imperial. "A Alemanha não pretende respeitá-los se assim lhe convier, e nós precisamos respeitá-los."[13] O caso apresentava uma dificuldade especial porque na realidade convinha aos alemães, mas não aos britânicos, respeitar os direitos da Noruega à neutralidade.

A Guerra Russo-Finlandesa abriu uma nova possibilidade para os estrategistas (e para os moralistas) aliados. A Liga das Nações, que não se pronunciara a respeito do ataque alemão à Polônia, agora condenava os russos por empreenderem uma guerra de agressão. Churchill, que "tinha uma ardorosa solidariedade pelos finlandeses", propôs enviar tropas à Finlândia em cumprimento das obrigações da Grã-Bretanha em conformidade com o Pacto – e enviá-las por Narvik, Gallivare e Lulea. Segundo o plano elaborado pelo Estado-maior, somente um batalhão de soldados teria realmente chegado à

---

13. *Time Unguarded: The Ironside Diaries 1937-1940*, org. Roderick Macleod e Dennis Kelly (Nova York, 1962), p. 211.

Finlândia, enquanto três divisões teriam permanecido para proteger as "linhas de comunicação" que atravessavam a Noruega e a Suécia, não só parando os embarques de minério de ferro, mas confiscando o minério na origem e se preparando para resistir a uma reação alemã prevista para a primavera[14]. Tratava-se de um plano audacioso que quase com certeza teria levado a uma invasão alemã da Suécia e da Noruega, bem como a operações militares em grande escala nos dois países. "Temos mais a ganhar que a perder", alegou Churchill, "com um ataque alemão à Noruega." De imediato, tem-se vontade de perguntar se os noruegueses tinham mais a ganhar que a perder. Aparentemente eles achavam que não, pois rejeitaram repetidas solicitações de permissão para o livre trânsito de tropas britânicas. O Gabinete britânico decidiu pela incursão de qualquer forma, mas as instruções elaboradas para seu comandante teriam permitido que ele prosseguisse apenas se enfrentasse "resistência simbólica". O general Ironside preocupava-se com a inexistência da vontade política necessária para o sucesso. "Precisamos... manter um cinismo total com relação a qualquer coisa, exceto a interrupção do fornecimento de minério de ferro."[15] O Gabinete parece ter sido cínico o suficiente acerca de seu pretexto finlandês. O que acabou acontecendo, porém, foi que seus membros não estavam dispostos a desistir dele; e, quando os finlandeses solicitaram a paz em março de 1940, o plano foi arquivado.

Churchill agora apresentava uma proposta mais modesta. Recomendava que as águas territoriais norue-

---

14. *Ironside Diaries*, p. 185.
15. *Ironside Diaries,* p. 216.

guesas fossem minadas para forçar os navios mercantes alemães a sair para o Atlântico onde a marinha britânica poderia capturá-los ou afundá-los. Era uma proposta que ele havia feito imediatamente após o início da guerra e que voltava a apresentar sempre que seus planos maiores pareciam correr perigo. Porém, mesmo esse "pequeno ato cortês de belicosidade" enfrentou oposição. Embora o Gabinete parecesse favorável à apresentação original de Churchill (em setembro de 1939), "os argumentos do Ministério das Relações Exteriores sobre a neutralidade," disse ele, "eram importantes, e eu não consegui persuadi-los. Continuei... a insistir em meu ponto de vista por todos os meios e em todas as ocasiões". É interessante salientar, como faz Liddell Hart, que um projeto semelhante tinha sido apresentado em 1918 e rejeitado pelo comandante-chefe, lorde Beatty. "[Ele] disse que causaria enorme repugnância aos oficiais e aos homens da Grande Esquadra invadir com sua força avassaladora as águas de um povo pequeno porém brioso para coagi-los. Se os noruegueses resistissem, como era provável que resistiriam, haveria derramamento de sangue. Isso, disse o comandante-chefe, 'constituiria um crime tão iníquo quanto qualquer outro que os alemães tivessem cometido em outras partes'."[16] As palavras têm um leve tom arcaico (e deveria ser dito que a última frase de Beatty, se repetida em 1939-40, não teria refletido a verdade), mas muitos ingleses ainda sentiam uma repugnância semelhante. Era mais provável que esses fossem diplomatas profissionais e soldados que políticos civis. O general Ironside, por exemplo, nem sempre o cínico que fingia ser, escreveu em seu diário que o lança-

---

16. *History of the Second World War* (Nova York, 1971), p. 53.

mento de minas em águas norueguesas, embora pudesse ser descrito como uma "represália ao modo pelo qual a Alemanha tinha tratado navios neutros... bem pode detonar alguma forma de guerra totalitária"[17].

É presumível que Churchill acreditasse que a Grã-Bretanha estava se envolvendo nesse tipo de guerra de qualquer modo, considerando-se o caráter político de seu inimigo. Ele defendeu sua proposta com um argumento moral que se concentrava na natureza e nos objetivos a longo prazo do regime nazista. Não era só que ele não se solidarizasse com a repugnância de Beatty. Ele disse ao Gabinete que sentimentos daquele tipo eram um convite ao desastre, não para a Grã-Bretanha em si, mas para toda a Europa[18].

> Estamos lutando para restabelecer o primado do direito e para proteger a liberdade de pequenos países. Nossa derrota significaria uma era de violência selvagem e seria fatal, não somente para nós mesmos como também para a vida independente de cada pequeno país da Europa. Agindo em nome do Pacto e como mandatários, para todos os efeitos, da Liga e de tudo o que ela representa, temos o direito de revogar por um período algumas das convenções das próprias leis que procuramos consolidar e reafirmar. Na realidade o dever nos obriga a assim agir. As pequenas nações não devem atar nossas mãos quando estamos lutando por seus direitos e por sua liberdade. A letra da lei não deve em casos de extrema emergência obstruir a atuação dos que estão encarregados de sua proteção e aplicação. Não seria correto nem racional que a potência agressora ganhasse um conjunto de van-

---

17. *Ironside Diaries,* p. 238.
18. *The Gathering Storm*, p. 488.

tagens ao rasgar todas as leis e outro conjunto ao se abrigar por trás do respeito à lei inato a seus adversários. A humanidade, mais que a legalidade, deve ser nosso guia.

Essa é uma argumentação forte, embora sua retórica seja às vezes enganosa. E requer um exame meticuloso. Quero começar aceitando a descrição que Churchill faz dos britânicos como defensores do estado de direito. (Na realidade, eles fizeram valer sua reivindicação a esse título ao se recusar a adotar as propostas de Churchill por meses a fio.) Pode até ser exato falar na Grã-Bretanha como "mandatária, para todos os efeitos" da Liga das Nações, desde que se entenda que essa expressão indica que ela não era a "mandatária efetiva". A decisão da Grã-Bretanha de invadir as águas da Noruega foi tão unilateral quanto a decisão da Noruega de permanecer fora da guerra. O problema reside nas conseqüências que Churchill acredita decorrerem da justiça da causa britânica.

Ele propõe uma versão do que chamei de argumento da escala móvel: quanto maior a justiça da causa, mais direitos se têm no combate*. Churchill finge, entretanto, que esses são direitos contra os alemães. Os britânicos, diz ele, têm o direito de violar as convenções legais por trás das quais a Alemanha está abrigada. As conven-

---

* Hugo Grotius, que em geral é a favor da escala móvel, é especialmente claro no que se refere à questão da neutralidade: "Do que foi dito podemos entender como é permissível que alguém que esteja travando uma guerra justa se apodere de um local situado num país que esteja livre das hostilidades." Ele impõe três condições, a primeira das quais não chega a se encaixar no caso norueguês: "que haja um perigo não imaginário mas real de que o inimigo capture o local e cause danos irreparáveis". Churchill poderia ter alegado, porém, que os alemães gozavam de todas as vantagens da captura sem o esforço. Ver *Of the Law of War and Peace*, Book II, Chapter ii, Section x.

ções legais, porém, têm (ou às vezes têm) suas razões morais. O propósito das leis da neutralidade não é basicamente proteger as potências beligerantes, mas salvar a vida de cidadãos neutros. Na verdade, eram os noruegueses que estavam protegidos pela "letra da lei". Os alemães eram apenas beneficiários secundários. Esse ordenamento sugere a dificuldade crucial com a escala móvel. Por mais que os direitos dos britânicos sejam ampliados pela justiça de sua causa, eles dificilmente poderiam adquirir o direito de matar *noruegueses* ou de pôr em risco sua vida, a menos que os direitos dos noruegueses fossem de algum modo diminuídos simultaneamente.

A argumentação da escala móvel pressupõe e requer alguma simetria semelhante, mas não vejo como ela poderia ser gerada. Não é suficiente alegar que o lado justo pode fazer mais. É preciso que se diga algo sobre os objetos assim como sobre os sujeitos desses feitos militares. Quem será objeto dessa atividade? Nesse caso, os objetos são os noruegueses, que não são em sentido algum responsáveis pela guerra para a qual foram arrastados. Eles não desafiaram o estado de direito nem a paz da Europa. Como se tornaram passíveis de ataque?

Uma resposta implícita a essa pergunta está no memorando de Churchill ao Gabinete. Está evidente que ele acredita que os noruegueses deveriam se envolver na luta contra a Alemanha, não só porque seu envolvimento seria positivo para a Grã-Bretanha, como também porque, se a Grã-Bretanha e a França fossem forçadas a uma "paz vergonhosa", os noruegueses decerto estariam entre as "próximas vítimas". Os direitos dos neutros desaparecem, argumenta Churchill, quando confrontados com a agressão e a violência ilegal de um lado e a resistência legítima do outro. Ou pelo menos eles desaparecem sempre que o agressor representar uma ameaça geral: ao estado de direito, à independência de pequenas nações e assim por diante. A Grã-Bretanha está lutando para proteger as futuras vítimas da Alemanha, e elas devem sacrificar seus direitos em vez de prejudicar a luta. Considerada como exortação moral, essa defesa me parece, nas circunstâncias de 1939-40, totalmente justificada. Permanece, porém, a questão de saber se o sacrifício deve ser exigido porque os noruegueses reconhecem a ameaça alemã ou porque os britânicos a reconhecem. Churchill está repetindo a argumentação de Wilson em 1917: a neutralidade não é viável em termos morais. Contudo, esse é um argumento perigoso quando apresentado não pelo líder de um Estado neutro, mas pelo líder de um dos beligerantes. Não se trata agora da renúncia voluntária aos direitos à neutralidade, mas de sua revogação "por um período". E até mesmo essa frase é um eufemismo. Como estão em jogo vidas humanas, a revogação não é temporária, a menos que Churchill planeje ressuscitar os mortos quando acabada a guerra.

Na maioria das guerras, pode-se dizer plausivelmente que um lado luta com justiça, que é provável que lute ou, ainda, que luta com maior justiça que o outro. E, em todos esses casos, o inimigo contra o qual ele luta bem pode representar uma ameaça geral. O direito de terceiros à neutralidade é uma capacidade moral de desconsiderar essas distinções e reconhecer ou não reconhecer essa ameaça. Pode bem ser que eles tenham de lutar se reconhecerem um perigo para si mesmos, mas não podem legitimamente ser forçados a lutar se não o reconhecerem. Talvez sejam cegos em termos morais, obtusos ou egoístas, mas esses defeitos não os transformam em recursos dos que se julgam cheios de razão. Esse é, entretanto, o exato efeito da argumentação de Churchill: a escala móvel é um modo de transferir os direitos de terceiros para os cidadãos e soldados de um Estado cuja guerra é, ou se diz ser, justa.

Há, porém, mais um argumento no memorando de Churchill que não exige a aplicação da escala móvel. Ele está sugerido com maior clareza na expressão "extrema emergência". Numa emergência, os direitos dos neutros podem ser desrespeitados. E, quando os desrespeitamos, não fazemos nenhuma alegação de que eles teriam sido reduzidos, enfraquecidos ou perdidos. Eles precisam ser desrespeitados, como já afirmei, exatamente porque ainda estão ali, em pleno vigor, obstáculos a algum importante (necessário) triunfo para a humanidade. Para os estrategistas britânicos, a neutralidade norueguesa era um obstáculo exatamente dessa natureza. Agora parece que eles exageraram enormemente os efeitos que a interrupção do fornecimento de minério de ferro poderia ter tido sobre o esforço de guerra da Alemanha. Contudo, suas estimativas foram feitas com honestidade e eram compartilhadas pelo próprio Hitler. "Em nenhuma circunstância temos condição de perder o minério sueco", disse ele ao general Falkenhurst em fevereiro de 1940. "Se o perdermos, logo estaremos guerreando com varas de pau."[19] Essa atraente perspectiva deve ter pesado bastante nas decisões do Gabinete britânico. Eles dispunham agora de um simples argumento utilitarista, reforçado por uma teoria da justiça, para violar os direitos da Noruega à neutralidade: as violações eram militarmente necessárias para derrotar o nazismo, e era moralmente essencial que o nazismo fosse derrotado.

---

19. Oervik, p. 237.

Eis novamente a argumentação em dois níveis; e nesse caso ela funciona no segundo nível: a necessidade moral é clara (tentarei explicar no próximo capítulo por que isso ocorre). É por esse motivo que temos a probabilidade de ser muito mais solidários com a posição de Churchill que com a de Bethmann Hollweg. No entanto, a alegação instrumental ou estratégica é tão questionável no exemplo da Noruega quanto no da Bélgica. Os exércitos aliados ainda não tinham travado uma batalha sequer. A força da *blitzkrieg* ainda não tinha sido sentida no Ocidente. A importância militar do avião ainda não era compreendida. Os britânicos ainda tinham total confiança na Marinha Real. O Ministro da Marinha decerto tinha essa confiança: todos os seus planos para a Noruega dependiam do poderio naval. Somente um Churchill, tendo chamado a situação de "extrema emergência" no início de 1940, poderia ainda encontrar palavras para descrever o perigo que a Grã-Bretanha corria seis meses depois. A verdade é que, quando os britânicos finalmente decidiram "invadir com sua força avassaladora as águas de um povo pequeno, porém brioso para coagi-los", eles não estavam pensando em evitar a derrota, mas (como os alemães em 1914) em obter uma vitória rápida.

Portanto, a manobra britânica é mais um exemplo de desrespeito no primeiro instante em vez de no último. Nós a julgamos com menor severidade que o ataque alemão à Bélgica, não só em razão do que sabemos sobre o caráter do regime nazista, mas também porque olhamos em retrospectiva para os acontecimentos dos meses seguintes que com tanta rapidez levaram a Grã-Bretanha à beira do colapso como nação. Deve-se ressaltar mais uma vez, porém, que Churchill não tinha nenhuma previsão daquela derrocada. Para entender e avaliar as ações defendidas por ele, precisamos nos colocar a seu lado naqueles primeiros meses da guerra e procurar seguir sua linha de pensamento. E assim a pergunta é simplesmente a seguinte: pode-se fazer qualquer coisa, violando os direitos dos inocentes, a fim de derrotar o nazismo? Vou argumentar que se pode de fato fazer o que for necessário, mas a violação da neutralidade norueguesa não era necessária em abril de 1940; era apenas um ato conveniente. Pode-se tentar reduzir os riscos de combater o nazismo à custa de inocentes? Sem dúvida não se pode fazer isso, por justa que seja a luta. A argumentação de Churchill gira em torno da realidade e da natureza extrema da crise, mas nesse caso (na própria opinião dele) não havia crise alguma. A "falsa guerra" ainda não era uma extrema emergência. A emergência adveio inesperadamente, como é a propensão das emergências, com seus perigos revelados pela primeira vez pelos combates na Noruega.

A decisão definitiva dos britânicos foi tomada no final de março, e os canais de navegação foram minados em 8 de abril. No dia seguinte, os alemães invadiram a Noruega. Burlando a marinha britânica, desembarcaram tropas ao longo de todo o litoral, chegando até mesmo a um ponto tão setentrional quanto Narvik. Foi uma resposta não tanto ao lançamento das minas como aos meses de planos, debates e hesitações, nenhum dos quais foi ocultado dos agentes e analistas estratégicos de Hitler. Foi também a resposta que Churchill previra e pela qual esperava, embora viesse cedo demais e com surpresa total. Os noruegueses lutaram com bravura e por pouco tempo. Os britânicos estavam tragicamente despreparados para defender o país que eles haviam tornado vulnerável ao ataque. Houve uma série de desembarques de tropas britânicas; Narvik foi capturada e mantida por pouco tempo; mas a marinha nada conseguia contra a força aérea alemã. E Churchill, ainda Ministro da Marinha, presidiu a uma série de evacuações humilhantes[20]. O fornecimento de minério da Alemanha estava garantido por toda a duração da guerra, da mesma forma que estaria se a neutralidade da Noruega tivesse sido respeitada. A Noruega era agora um país ocupado, com um governo fascista. Muitos de seus soldados tinham morrido. A "falsa guerra" estava encerrada.

Em Nuremberg, em 1945, líderes alemães foram acusados de ter planejado e empreendido uma guerra de agressão contra a Noruega. Liddell Hart considera "difícil entender como os governos britânico e francês tiveram a coragem de aprovar... essa acusação"[21]. Sua indignação deriva de sua crença em que os direitos dos neutros são tão invulneráveis às reivindicações de beligerantes justos quanto às de injustos. E são mesmo. Teria sido melhor se, depois da guerra, os britânicos tivessem reconhecido que minar os canais tinha sido uma violação da lei internacional e que os alemães tinham o direito, se não de invadir e conquistar a Noruega, pelo menos de reagir militarmente de algum modo. Não quero negar a irregularidade da argumentação de que a Alemanha de Hitler pudesse ter absolutamente qualquer direito em

---

20. Para um relato da campanha, veja J. L. Moulton, *A Study of Warfare in Three Dimensions: The Norwegian Campaign of 1940* (Athens, Ohio, 1967).

21. *History of the Second World War*, p. 59. Cf. o registro do general Ironside para o dia 14 de fevereiro de 1940: "Winston agora está insistindo em sua idéia de minar as águas neutras da Noruega como o único meio de forçar os alemães a violar a Escandinávia e assim dar-nos uma chance de entrar em Narvik." *The Ironside Diaries*, p. 222.

suas guerras de conquista. Entretanto, as vantagens da Alemanha chegavam a ela através dos direitos da Noruega e, na medida em que se reconheça a prática da neutralidade, não há como evitá-los. Numa extrema emergência, pode de fato ser necessário "abrir o caminho à força", se bem que não constitua virtude alguma o excesso de disposição ou a precipitação, pois num caso semelhante não é em meio ao exército inimigo que se abre o caminho à força, mas em meio a homens e mulheres inocentes, cujos direitos estão intactos, cuja vida está em jogo.

16. A EXTREMA EMERGÊNCIA

A natureza da necessidade (3)

As dificuldades de cada um constituem uma crise. "Emergência" e "crise" são palavras desgastadas, usadas para preparar nossa mente para atos de brutalidade. Existe, porém, o que se pode chamar de momentos críticos na vida de homens e mulheres e na história de Estados. Decerto, a guerra é uma ocasião dessas. Toda guerra é uma emergência, toda batalha um possível momento de virada. No combate, o medo e a histeria sempre estão latentes, com freqüência são reais, e nos empurram na direção de medidas apavorantes e comportamento criminoso. As convenções de guerra são um obstáculo a essas medidas, nem sempre eficazes, mas ainda assim existem. Pelo menos em princípio, como vimos, elas oferecem resistência às crises comuns da vida militar. A descrição de Churchill da difícil situação da Grã-Bretanha em 1939 como uma "extrema emergência" foi um exemplo de exagero retórico destinado a superar a resistência. Contudo, a expressão também contém um argumento: o de que existe um medo maior que o temor normal (e o nervoso oportunismo) da guerra, um perigo ao qual esse medo corresponde, e esse medo e esse perigo bem podem exigir exatamente aquelas medidas proibidas pelas convenções de guerra. Ora, muito está em jogo, tanto para os homens e mulheres levados a adotar tais medidas como para suas vítimas. Por isso, precisamos prestar cuidadosa atenção ao argumento implícito da "extrema emergência".

Embora seu uso costume ser ideológico, o significado da expressão é uma questão de senso comum. Ela se define por dois critérios, que correspondem aos dois níveis em que o conceito de necessidade atua: o primeiro está relacionado à iminência do perigo, e o segundo, à sua natureza. Ambos os critérios devem ser aplicados. Nenhum dos dois por si só é suficiente como exposição de uma situação extrema nem como defesa das medidas extraordinárias que se considera que a situação extrema exija. Próxima mas não grave, grave mas não próxima – nenhum dos dois se configura como extrema emergência. Contudo, como as pessoas em guerra raramente concordam quanto à gravidade dos perigos que enfrentam (ou que representam umas para as outras), a idéia de iminência às vezes é forçada a cumprir a missão sozinha. E então o que nos oferecem é o que poderíamos chamar de modo mais acertado de argumento do acuado: que, quando os meios convencionais de resistência não surtirem efeito ou estiverem esgotados, vale tudo (qualquer coisa que seja "necessária" para vencer). Assim, o primeiro-ministro britânico Stanley Baldwin escrevia em 1932 sobre os perigos do bombardeio terrorista[1]:

---

1. Citado em George Quester, *Deterrence Before Hiroshima* (Nova York, 1966), p. 67.

Permanecerá em vigor na guerra alguma forma de proibição do bombardeio, seja por convenção, tratado, acordo ou seja lá o que for? Francamente, duvido. E, ao duvidar, não estou criticando a boa-fé de qualquer outro país ou de nós mesmos. Se um homem dispõe de uma arma de grande potencial, se está acuado contra a parede e vai ser morto, ele há de usar essa arma, qualquer que ela seja e sem se importar com os compromissos que tenha firmado a seu respeito.

O primeiro ponto a ser dito sobre essa declaração é que Baldwin não pretende que sua analogia com uma situação interna seja aplicada textualmente. Soldados e estadistas costumam afirmar que estão acuados contra a parede sempre que parece iminente uma derrota militar; e Baldwin está endossando essa visão do que é uma situação extrema. A analogia passa da sobrevivência no próprio país para a vitória na esfera internacional. Baldwin alega que as pessoas necessariamente (inevitavelmente) adotarão medidas extremas se essas medidas forem necessárias (essenciais), seja para escapar à morte, seja para evitar a derrota militar. No entanto, o argumento está equivocado nos dois extremos. Simplesmente não é o caso que indivíduos sempre ataquem homens e mulheres inocentes em vez de aceitar riscos pessoalmente. Nós até dizemos, com muita freqüência, que é seu dever aceitar riscos (e talvez morrer). E aqui, como na vida moral em geral, "dever" pressupõe "poder". Fazemos a exigência sabendo ser possível que as pessoas consigam cumpri-la. Podemos fazer a mesma exigência de líderes políticos, que agem não por si mesmos, mas por seus concidadãos? Isso dependerá dos perigos que seus concidadãos enfrentam. O que será que a derrota acarretará? Algum ajuste territorial insignificante, alguma perda de prestígio (para os líderes), o pagamento de pesadas indenizações, a reconstrução política de um tipo ou de outro, a renúncia à independência nacional, o exílio ou assassinato de milhões? Em casos semelhantes, está-se acuado contra a parede, mas os perigos que se enfrentam assumem formas muito diferentes, e as formas diferentes fazem diferença.

Se quisermos adotar ou defender a adoção de medidas extremas, o perigo deverá ser de um tipo insólito e horrorizante. Suponho que descrições desse tipo sejam bastante comuns em tempos de guerra. O inimigo costuma ser considerado insólito e horrorizante – pelo menos é assim que se costuma descrevê-lo[2]. Os soldados são incentivados a lutar com ferocidade se acreditam estar lutando pela sobrevivência do país e das famílias, se acreditam que a liberdade, a justiça, a própria civilização correm risco. Contudo, esse tipo de visão só ocasionalmente é plausível para o observador imparcial; e suspeita-se que seu teor de propaganda também seja compreendido por muitos dos participantes. A guerra nem sempre é um combate a respeito de valores absolutos, no qual a vitória de um lado representaria uma catástrofe humana para o outro. É necessário nutrir um ceticismo diante dessas questões, cultivar uma cautelosa descrença da retórica de tempos de guerra e então procurar alguma pedra de toque em comparação com a qual os argumentos sobre situações extremas possam ser avaliados. Precisamos criar um mapa das crises humanas e delimitar as regiões de desespero e calamidade. Essas e somente essas constituem o reino da necessidade, em sua verdadei-

---

2. Veja J. Glenn Gray, *The Warriors: Reflections on Men in Battle* (Nova York, 1967), capítulo 5: "Images of the Enemy".

ra acepção. Mais uma vez, vou usar a experiência da Segunda Guerra Mundial na Europa para sugerir pelo menos os contornos aproximados do mapa. Pois o nazismo se situa nos limites extremos da opressão, num ponto em que é provável que nos descubramos unidos no medo e no repúdio.

Seja como for, é isso o que vou pressupor em nome de todos os que acreditaram na época, e que ainda acreditam um terço de século depois, que o nazismo constituía uma ameaça suprema a tudo o que é decente na vida, uma ideologia e prática de dominação tão assassina, tão degradante mesmo para os que sobrevivessem, que as conseqüências de sua vitória final estavam literalmente fora do alcance de nossa capacidade de cálculo, incomensuravelmente horrendas. Nós o consideramos – e não estou usando a expressão de modo leviano – como o mal encarnado no mundo, e de uma forma tão poderosa e aparente que jamais poderia haver outra coisa a fazer a não ser lutar contra ele. Evidentemente não posso oferecer uma explanação do nazismo nestas páginas. Entretanto, tal explanação é praticamente desnecessária. Basta chamar a atenção para a experiência histórica do domínio nazista. Tratou-se de uma ameaça tão radical aos valores humanos que sua iminência sem dúvida constituiria uma extrema emergência; e esse exemplo pode nos ajudar a entender por que ameaças menos importantes talvez não constituíssem.

Para conseguir que o mapa saia certo, porém, devemos imaginar um perigo semelhante ao nazismo, algo diferente do perigo que os nazistas realmente representavam. Quando Churchill disse que uma vitória alemã na Segunda Guerra Mundial "seria fatal, não só para nós mesmos, mas para a vida independente de cada pequeno país na Europa", essa era a pura expressão da verdade. O perigo era geral. Suponhamos, porém, que ele tivesse existido somente para a Grã-Bretanha. Pode uma extrema emergência ser constituída de uma ameaça específica – uma ameaça de escravidão ou extermínio dirigida a uma única nação? Podem soldados e estadistas desrespeitar os direitos de pessoas inocentes em benefício de sua própria comunidade política? Sinto-me inclinado a dar uma resposta afirmativa a essa pergunta, sem bem que não sem hesitação e preocupação. Que escolha eles têm? Poderiam sacrificar a si mesmos a fim de fazer vigorar a lei moral, mas não podem sacrificar seus concidadãos. Defrontando-se com algum horror absoluto, tendo esgotado suas opções, eles farão o que for preciso para salvar seu próprio povo. Isso não quer dizer que sua decisão seja inevitável (não tenho como saber isso), mas o sentido de obrigação e de urgência moral que é provável que sintam numa ocasião dessas é tão avassalador que é difícil imaginar um resultado diferente.

Ainda assim, a questão é difícil, como sugere sua correspondente em situações internas. Apesar de Baldwin, não se costuma dizer a respeito de indivíduos na sociedade de um país que eles necessariamente se disponham a atacar inocentes nem que moralmente possam fazê-lo, mesmo na extrema emergência da defesa própria[3]. Eles podem atacar somente quem os ataca. As comunidades, porém, em emergências, parecem ter prerrogativas maiores e diferentes. Não sei ao certo se tenho

---

3. No entanto, a alegação de que não se pode jamais matar uma pessoa inocente evita questões de coação e consentimento: veja os exemplos citados no capítulo 10.

como dar conta da diferença sem atribuir à vida em comunidade uma espécie de transcendência que não acredito que ela possua. Talvez seja apenas uma questão de aritmética: indivíduos não podem matar outros indivíduos para se salvar; no entanto, para salvar uma nação podemos violar os direitos de um número de pessoas determinado, porém menor. Contudo, as nações grandes e as pequenas teriam direitos diferentes em casos desse tipo, e duvido muito que seja esse o caso. Talvez fosse melhor dizer que é possível viver num mundo em que às vezes indivíduos são assassinados, mas um mundo em que povos inteiros são escravizados ou massacrados é literalmente insuportável. Pois a sobrevivência e a liberdade de comunidades políticas – cujos membros compartilham um modo de vida, desenvolvido por seus antepassados, a ser transmitido a seus filhos – são os maiores valores da sociedade internacional. O nazismo desafiou esses valores em escala monumental, mas desafios concebidos de modo mais estreito, *se forem do mesmo tipo*, terão conseqüências morais semelhantes. Eles nos submetem ao domínio da necessidade (e a necessidade não conhece normas).

Quero salientar mais uma vez, porém, que o mero reconhecimento de uma ameaça semelhante não é em si coercitivo. Ele nem força nem permite ataques aos inocentes, desde que outros meios de lutar e vencer estejam disponíveis. O perigo compõe apenas metade do argumento. A iminência compõe a outra metade. Consideremos agora um período em que as duas metades se uniram: os dois anos terríveis que se seguiram à derrota da França, do verão de 1940 ao verão de 1942, quando os exércitos de Hitler eram vitoriosos por toda parte.

O desrespeito às normas de guerra

A decisão de bombardear cidades alemãs

Houve poucas decisões mais importantes que essa na história da guerra. Em conseqüência direta da adoção de uma política de bombardeio de terror por parte dos líderes da Grã-Bretanha, cerca de 300 mil alemães, em sua maioria civis, foram mortos, e outros 780 mil foram feridos com gravidade. Sem dúvida, esses números são baixos em comparação com os resultados do genocídio nazista; mas foram, afinal de contas, obra de homens e mulheres em guerra com o nazismo, que odiavam tudo o que ele representava e que supostamente não deveriam imitar seus efeitos, nem mesmo em ritmo mais moderado. E a linha de ação britânica teve outras conseqüências. Ela foi o precedente crucial para o bombardeio de Tóquio e outras cidades japonesas com bombas incendiárias e mais adiante para a decisão de Harry Truman de lançar bombas atômicas sobre Hiroxima e Nagasaki. A perda de vidas civis decorrente do terrorismo dos Aliados na Segunda Guerra Mundial deve ter superado o meio milhão de homens, mulheres e crianças. Como poderia a escolha inicial dessa arma suprema jamais ter sido defendida?

A história é complexa e já foi tema de algumas análises em monografias[4]. Posso examiná-la apenas rapidamente, com atenção especial aos argumentos apresentados na ocasião por Churchill e outros líderes britânicos, e

---

4. Veja Quester, *Deterrence*, e F. M. Sallagar, *The Road to Total War: Escalation in World War II* (Rand Corporation Report, 1969); também a história oficial de Sir Charles Webster e Noble Frankland, *The Strategic Air Offensive Against Germany* (Londres, 1961).

sempre recordando como era a época em que se vivia. A decisão de bombardear as cidades foi tomada mais para o final de 1940. Uma diretriz editada em junho daquele ano tinha "determinado especificamente que os alvos fossem identificados e que fosse feita pontaria. Estava proibido o bombardeio indiscriminado". Em novembro, depois do ataque alemão sobre Coventry "o Comando de Bombardeiros recebeu instruções de simplesmente mirar no centro de uma cidade". O que antes era classificado como bombardeio indiscriminado (e geralmente condenado) era agora exigido. E, no início de 1942, mirar em alvos militares ou industriais já estava proibido: "os pontos de mira deverão ser as áreas de aglomeração de construções, não, por exemplo, estaleiros ou estabelecimentos da indústria aeronáutica"[5]. Estava explicitamente declarado que o propósito dos ataques era a destruição do moral dos civis. Em seguida ao famoso memorando de lorde Cherwell em 1942, os meios para conseguir essa destruição do moral foram especificados: os alvos de preferência eram as áreas residenciais da classe trabalhadora. Cherwell considerava possível deixar um terço da população alemã desabrigada já em 1943[6].

Antes que Cherwell fornecesse sua fundamentação "científica" para o bombardeio, uma série de razões já havia sido oferecida para a decisão britânica. Desde o início, os ataques eram defendidos como represália pela guerra-relâmpago alemã. Essa é uma defesa muito problemática, mesmo que deixemos de lado as dificuldades

---

5. Noble Frankland, *Bomber Offensive: The Devastation of Europe* (Nova York, 1970), p. 41.
6. A história do memorando de Cherwell está contada com extrema frieza em C. P. Snow, *Science and Government* (Nova York, 1962).

da doutrina de represálias (que já examinei). Antes de mais nada, como um estudioso afirmou recentemente, parece possível que Churchill tenha deliberadamente provocado os ataques alemães a Londres – bombardeando Berlim – com o objetivo de aliviar a pressão sobre as instalações da RAF, até então o principal alvo da Luftwaffe[7]. Tampouco era intenção de Churchill, uma vez iniciada a guerra-relâmpago, sustar os ataques alemães ou estabelecer uma linha de ação de moderação mútua[8].

> Nenhum favor pedimos ao inimigo. Deles não queremos nenhum arrependimento. Pelo contrário, se hoje à noite fosse solicitado ao povo de Londres que votasse para decidir se deveríamos firmar um pacto para interromper o bombardeio a todas as cidades, a maioria esmagadora clamaria: "Não! Nós queremos castigar os alemães na medida, e mais do que na medida do que eles nos castigaram."

Desnecessário dizer que o povo de Londres não foi de fato solicitado a votar a respeito de um pacto dessa natureza. Churchill partia do pressuposto de que o bombardeio de cidades alemãs fosse necessário para o moral do povo e que eles quisessem ouvir (o que ele lhes disse em transmissão radiofônica em 1941) que a força aérea britânica estava fazendo "o povo alemão provar e engolir a cada mês uma dose mais forte das aflições que eles haviam derramado sobre a humanidade"[9]. Esse argumento foi aceito por muitos historiadores. Havia "um

---

[7]. Quester, pp. 117-8.
[8]. Citado em Quester, p. 141.
[9]. Citado em Angus Calder, *The People's War: 1939-1945* (Nova York, 1969), p. 491.

clamor popular" por vingança, escreve um deles, que Churchill precisava satisfazer se quisesse manter o espírito de luta de seu próprio povo. É de especial interesse salientar, portanto, que uma pesquisa de opinião de 1941 revelou que "a exigência mais determinada de [reides de represália] provinha de Cumberland, Westmoreland e da divisão norte de Yorkshire, áreas rurais esparsamente atingidas por bombardeio, onde cerca de três quartos da população eram a favor da represália. No centro, em Londres, pelo contrário, a proporção era de apenas 45 por cento"[10]. Homens e mulheres que tinham sofrido os bombardeios de terror eram menos propensos a apoiar a linha de ação de Churchill do que os que não tinham passado por essa experiência – uma estatística alentadora, que sugere que o moral do povo britânico (ou talvez, melhor dizendo, sua moral convencional) tinha espaço para uma liderança política diferente da que Churchill oferecia. A notícia de que a Alemanha estava sendo bombardeada constituía sem dúvida boas-novas na Grã-Bretanha; mas mesmo em 1944, segundo outras pesquisas de opinião, a maioria avassaladora dos britânicos ainda acreditava que os ataques eram dirigidos exclusivamente contra alvos militares. É presumível que fosse nisso que quisessem acreditar. Àquela altura, já havia boa quantidade de provas do contrário. Mais uma vez, porém, isso diz algo acerca da natureza do moral britânico. (Também deveria ser dito que a campanha contra os bombardeios de terror, organizada em grande parte por pacifistas, atraiu pouquíssimo apoio popular.)

---

10. Calder, p. 229; a mesma pesquisa é citada por Vera Brittain, uma corajosa opositora da política britânica de bombardeamento: *Humiliation with Honor* (Nova York, 1943), p. 91.

A represália era um argumento falho. A vingança era pior. Devemos nos concentrar agora nas justificativas militares para o bombardeio de terror, que supostamente eram proeminentes na cabeça de Churchill, não importava o que ele dissesse no rádio. Posso examiná-las apenas de modo geral. Havia muita polêmica na época; em parte, técnica; em parte, de natureza moral. Os cálculos do memorando de Cherwell, por exemplo, foram alvo de ataques acirrados por um grupo de cientistas cuja oposição ao terrorismo podia bem ter tido embasamento moral, mas cuja posição, ao que eu saiba, nunca foi exposta em termos morais[11]. A discordância moral explícita surgiu em termos mais importantes entre soldados profissionais envolvidos no processo decisório. Essas discordâncias são descritas, em estilo característico, por um historiador e analista estratégico que investigou a escalada britânica: "O... debate tinha sido toldado pela emoção de um lado, por parte dos que, por questão de princípio, faziam objeção a guerrear contra civis."[12] O cerne dessas objeções parece ter sido alguma versão da doutrina do duplo efeito. (Os argumentos tinham, na opinião do analista estratégico, "um tom curiosamente pedante".) No auge das ofensivas alemãs, muitos oficiais britânicos ainda eram da firme opinião de que seus próprios ataques aéreos deveriam mirar alvos militares e de que sérios esforços deveriam ser envidados para reduzir

---

11. "... não era a impiedade [de Cherwell] que nos preocupava mais; eram seus cálculos". Snow, *Science and Government*, p. 48. Cf. a análise dos bombardeios elaborada por P. M. S. Blackett no pós-guerra, em termos estritamente estratégicos: *Fear, War, and the Bomb* (Nova York, 1949), capítulo 2.

12. Sallagar, p. 127.

ao mínimo as baixas civis. Eles não queriam imitar Hitler, mas diferenciar-se dele. Até mesmo oficiais que aceitavam a conveniência da morte de civis ainda procuravam manter sua honra profissional: essas mortes, insistiam eles, eram convenientes "apenas na medida em que não passassem de um subproduto da intenção primária de atingir um alvo militar..."[13] Um argumento tendencioso, sem dúvida, que entretanto teria limitado drasticamente a ofensiva britânica às cidades. Todas as propostas semelhantes iam, porém, de encontro aos limites operacionais da tecnologia de bombardeio disponível na época.

Bem cedo na guerra, tornou-se claro que os bombardeiros britânicos conseguiam voar com eficácia somente à noite e, considerando-se os aparelhos de navegação com que estavam equipados, não podiam fazer uma mira razoável em alvo nenhum que fosse menor que uma cidade de bom tamanho. Um estudo realizado em 1941 indicou que dos aviões que de fato chegavam a atacar seu alvo (cerca de dois terços da força de ataque), somente um terço lançava suas bombas num raio de oito quilômetros do ponto que pretendia[14]. Uma vez conhecido esse fato, seria desonesto afirmar que o alvo pretendido era, digamos, uma fábrica de aviões e que a destruição indiscriminada à sua volta havia sido apenas uma conseqüência involuntária, embora previsível, da tentativa justificada de parar a produção de aviões. Na realidade, o que era involuntária, porém previsível, era a probabilidade de a fábrica em si permanecer incólume. Caso se quisesse manter algum tipo de ofensiva de bombardeio

---

13. Sallagar, p. 128.
14. Frankland, *Bomber Offensive*, pp. 38-9.

estratégico, seria preciso planejar a destruição que se pudesse causar e que efetivamente se causasse. O memorando de lorde Cherwell foi um esforço para esse tipo de planejamento. Na verdade, é evidente que ocorreu um rápido aperfeiçoamento dos equipamentos de navegação à medida que a guerra prosseguia, e o bombardeio de alvos militares específicos foi uma parte importante da ofensiva aérea total da Grã-Bretanha, tendo recebido alta prioridade em certas ocasiões (antes da invasão da França em junho de 1944, por exemplo) e tendo se valido dos recursos destinados aos ataques a cidades. Atualmente, muitos estudiosos são da opinião de que a guerra poderia ter terminado mais cedo se tivesse havido uma maior concentração de poderio aéreo contra alvos do tipo das refinarias de petróleo da Alemanha[15]. Contudo, a decisão de bombardear cidades foi tomada numa época em que não se conseguia visualizar a vitória e em que o espectro da derrota estava sempre presente. E foi tomada quando nenhuma outra decisão parecia possível caso se quisesse que houvesse algum tipo de ofensiva militar contra a Alemanha nazista.

O Comando de Bombardeiros era a única arma ofensiva disponível aos britânicos naqueles anos apavorantes, e espero que haja alguma verdade na idéia de que ele foi utilizado simplesmente porque estava à disposição.

"Ele era a única força no Ocidente", escreve Arthur Harris, chefe do Comando de Bombardeiros do início de 1942 até o final da guerra, "que tinha condições de empreender ação ofensiva... contra a Alemanha, nosso único meio de atingir o inimigo de uma forma que chegasse

---

15. Frankland, *Bomber Offensive*, p. 134.

a feri-lo."[16] A ação ofensiva poderia ter sido postergada até (ou na esperança de) alguma ocasião mais favorável. Essa decisão era a que as convenções de guerra exigiriam, e havia também considerável pressão militar pelo adiamento. Harris esforçou-se ao máximo para impedir que seu Comando fosse dissolvido, diante de pedidos insistentes de apoio tático aéreo – que teria sido coordenado com os combates terrestres, em sua maior parte de natureza defensiva, já que os exércitos alemães ainda estavam avançando por toda parte. Às vezes, em suas memórias, Harris se assemelha a um burocrata que defende seu posto e função, mas é evidente que também estava defendendo uma certa concepção de como travar melhor a guerra. Ele não acreditava que as armas sob seu comando devessem ser usadas só porque ele as comandava. Acreditava que o uso tático dos bombardeiros não tinha condições de impedir o avanço de Hitler, ao passo que a destruição de cidades, sim. Mais adiante na guerra, ele afirmou que somente a destruição de cidades poderia levar os combates a um fim rápido. O primeiro desses argumentos, pelo menos, merece um exame cuidadoso. Aparentemente ele foi aceito pelo Primeiro-Ministro. "Somente os bombardeiros", dizia Churchill já em setembro de 1940, "proporcionam os meios para a vitória."[17]

Somente os bombardeiros – essa expressão apresenta a questão de modo muito categórico, e talvez equivocado, considerando-se as disputas acerca de estratégia às quais já fiz referência. A declaração de Churchill sugeria uma

---

16. Sir Arthur Harris, *Bomber Offensive* (Londres, 1947), p. 74.
17. Calder, p. 229.

certeza à qual nem ele nem mais ninguém tinha direito. A questão pode, entretanto, ser apresentada de modo que admita certo grau de ceticismo e permita que mesmo os mais sofisticados entre nós se entreguem a uma fantasia comum e importante em termos morais. Suponhamos que eu estivesse entronizado no poder e tivesse de decidir se deveria usar o Comando de Bombardeiros (da única forma que ele poderia ser usado de modo sistemático e eficaz) contra cidades. Suponhamos ainda que, a menos que os bombardeiros fossem usados dessa forma, a probabilidade de que a Alemanha acabasse sendo derrotada seria radicalmente reduzida. A essa altura, não faz sentido quantificar as probabilidades. Não tenho nenhuma noção clara de quais as probabilidades eram na realidade, nem mesmo de como seria possível calculá-las, com base em nosso conhecimento atual. Nem mesmo tenho certeza como números diferentes, a não ser que fossem muito diferentes, afetariam a argumentação moral. Parece-me, porém, que quanto mais certa uma vitória alemã aparentasse estar, na ausência de uma ofensiva de bombardeios, mais justificável seria a decisão de lançar a ofensiva. Não apenas porque uma vitória era assustadora, como também porque naquela época ela parecia iminente. Não apenas por parecer iminente, como também por ser tão assustadora. Eis uma extrema emergência, diante da qual seria possível exigir que se desrespeitassem os direitos de pessoas inocentes e se despedaçassem as convenções de guerra.

Considerando-se a visão do nazismo que estou adotando, a questão assume a seguinte forma: deveria eu cometer esse crime restrito (a matança de pessoas inocentes) contra aquele mal incomensurável (um triunfo nazista)? Obviamente, se houver algum outro modo de evitar o mal ou mesmo uma chance razoável de haver outro modo, devo me engajar de outra forma ou em outro lugar. Nunca, porém, posso ter esperança de ter certeza; um engajamento não é um experimento. Mesmo que eu me arrisque e vença, ainda é possível que estivesse errado, que meu crime fosse desnecessário para a vitória. Posso alegar, porém, que estudei o caso com a máxima atenção de que fui capaz, que aceitei o melhor aconselhamento que pude encontrar, que investiguei alternativas disponíveis. E, se tudo isso for verdade, e minha percepção do mal e do perigo iminente não for histérica nem interesseira, então sem dúvida devo agir. Não há opção. De outro modo, o risco é demasiado. Minha própria ação é restrita, naturalmente, apenas quanto a suas conseqüências diretas, ao passo que a norma que proíbe esses atos se baseia numa concepção de direitos que transcende todas as considerações imediatas. Ela procede de nossa história comum e é o código de acesso a nosso futuro comum. Eu ousaria dizer, porém, que nossa história será anulada e nosso futuro condenado se eu não aceitar o peso da criminalidade aqui e agora.

Não se trata de um argumento fácil de fazer, e entretanto devemos resistir a todo esforço para torná-lo mais fácil. Muitas pessoas indubitavelmente encontraram algum consolo no fato de serem alemãs as cidades sob bombardeio; e nazistas, algumas das vítimas. Elas de fato aplicaram a escala móvel e negaram ou reduziram os direitos dos civis alemães para negar ou reduzir o horror de sua morte. É um procedimento tentador, como podemos entender com maior clareza se refletirmos mais uma vez sobre o bombardeio da França ocupada. Pilotos aliados mataram muitos franceses, mas isso eles fizeram enquanto bombardeavam o que eram (ou pareciam ser) alvos militares. Não fizeram pontaria deliberadamente em áreas de "aglomeração de construções" em cidades francesas. Imaginemos que uma linha de ação semelhante tivesse sido proposta. Tenho certeza de que todos consideraríamos a iniciativa mais difícil de empreender e de defender se, através de alguma estranha combinação de circunstâncias, ela exigisse a matança deliberada de franceses. Pois tínhamos compromissos especiais com os franceses; estávamos lutando em seu nome (e às vezes os bombardeiros eram pilotados por franceses). Contudo, a condição dos civis não é diferente nos dois casos. A teoria que distingue combatentes de não-combatentes não distingue não-combatentes aliados de não-combatentes inimigos, pelo menos não em relação à questão de seu assassinato.

Suponho que faça sentido dizer que nas cidades alemãs havia mais pessoas que eram responsáveis (até certo ponto) pelo mal do nazismo que nas cidades francesas, e nós bem poderíamos sentir relutância em conceder-lhes todo o leque dos direitos de civis. Mesmo que essa relutância seja justificada, porém, não há modo pelo qual os bombardeios possam procurar as pessoas certas. E para todas as outras, o terrorismo apenas reitera a tirania que os nazistas já haviam estabelecido. Ele incorpora homens e mulheres comuns ao governo, como se o povo e o governo realmente formassem um todo; e os julga de modo totalitário. Se alguém for forçado a bombardear cidades, ao que me parece, o melhor será reconhecer também que se está sendo forçado a matar inocentes.

Mais uma vez, entretanto, quero impor limites radicais à noção de necessidade mesmo como eu próprio a venho utilizando. Pois a verdade é que a extrema emergência tinha passado muito antes que os bombardeios britânicos atingissem seu auge. De longe o maior número de civis alemães mortos pelo bombardeio de terror foi morto sem motivo moral (e provavelmente também sem motivo militar). O ponto decisivo foi esclarecido por Churchill em julho de 1942[18]:

> Nos tempos em que lutávamos sós, respondíamos à pergunta de como iríamos vencer a guerra, dizendo: "Vamos destruir a Alemanha com bombardeios." Desde então, os enormes danos infligidos ao exército e ao efetivo humano alemão pelos russos e o acréscimo dos homens e munições dos Estados Unidos abriram outras possibilidades.

Logo, sem dúvida estava na hora de parar de bombardear cidades e passar a mirar, em termos táticos tanto como estratégicos, alvos militares legítimos. Não era essa, porém, a opinião de Churchill: "Não obstante, seria um erro descartar nosso pensamento original... que o bombardeio severo e implacável da Alemanha numa escala sempre crescente não só prejudicará seus esforços de guerra... como também criará condições intoleráveis para a massa da população alemã." Assim, prosseguiram os ataques, culminando na primavera de 1945 – quando a guerra estava praticamente vencida – num ataque selvagem sobre a cidade de Dresden no qual algo em torno de 100 mil pessoas morreram[19]. Só então Churchill pensou melhor. "Parece-me chegada a hora de reexaminar a questão de bombardear cidades alemãs para aumentar o terror, embora com outros pretextos... A destruição de

---

18. *The Hinge of Fate*, p. 770.
19. Para um relato detalhado desse ataque, veja David Irving, *The Destruction of Dresden* (Nova York, 1963).

Dresden persiste como um sério questionamento à conduta de bombardeios aliados."[20] É verdade, mas o mesmo vale para a destruição de Hamburgo, Berlim e todas as outras cidades atacadas simplesmente para aumentar o terror.

A argumentação usada entre 1942 e 1945 em defesa dos bombardeios de terror era de teor utilitarista, sendo sua ênfase não na vitória em si, mas na demora e no custo da vitória. Homens como Harris alegavam que os ataques às cidades encerrariam a guerra mais rápido do que qualquer outro modo e a um custo menor em termos de vidas humanas, apesar do grande número de baixas entre civis que eles infligiriam. Partindo-se do pressuposto de que essa alegação seria a expressão da verdade (já mencionei que alegações no sentido exatamente oposto foram apresentadas por alguns historiadores e estrategistas), ainda assim ela não é suficiente para justificar os bombardeios. Não é suficiente, creio eu, mesmo que não façamos mais nada além de cálculos utilitaristas. Pois cálculos desse tipo não precisam dizer respeito somente à preservação da vida. Há muito mais que seria plausível querermos preservar: a qualidade de nossa vida, por exemplo, nossa civilização e moral, nossa aversão coletiva ao assassinato, mesmo quando ele parece servir a algum propósito, como sempre parece. Logo, a matança deliberada de homens e mulheres inocentes não pode ser justificada simplesmente por salvar a vida de outros homens e mulheres. Suponho que seja possível imaginar situações nas quais essa última afirmativa possa se revelar questionável, de uma perspectiva utilitarista, nas quais o número de pessoas envolvidas seja pequeno, as pro-

---

20. Citado em Quester, p. 156.

porções sejam certas, os acontecimentos estejam ocultos do público e assim por diante. Os filósofos adoram inventar casos desse tipo para testar nossas doutrinas morais. No entanto, suas invenções de algum modo são expulsas da nossa cabeça pela simples escala dos cálculos necessários na Segunda Guerra Mundial. Matar 278.966 civis (número fictício) para evitar a morte de um número desconhecido, porém provavelmente maior de civis e soldados, é decerto um ato fantástico, próprio de uma divindade, assustador e horrendo*.

Já disse que é provável que atos desse tipo possam ser proibidos com base em razões utilitaristas, mas também é verdade que o utilitarismo como costuma ser entendido, na realidade como Sidgwick o compreende, estimula a contabilidade absurda que os torna possíveis (em termos morais). Podemos nos dar conta de seu horror somente quando reconhecemos a personalidade e valor dos homens e mulheres que destruímos ao cometer esses atos. É o reconhecimento de direitos que dá um

---

* George Orwell sugeriu um fundamento lógico alternativo de teor utilitarista para o bombardeio de cidades alemãs. Numa coluna escrita para o jornal de esquerda *Tribune* em 1944, ele afirmou que os bombardeios faziam com que a verdadeira natureza do combate contemporâneo fosse compreendida por todas as pessoas que apoiavam a guerra, até mesmo a apreciavam, só porque nunca haviam sentido seus efeitos. Eles destruíam "a imunidade de civis, um dos aspectos que tornava a guerra possível", e desse modo tornavam a guerra menos provável no futuro. Ver *The Collected Essays, Journalism and Letters of George Orwell*, org. Sonia Orwell e Ian Angus, Nova York, 1968, vol. 3, pp. 151-2. Orwell pressupõe que os civis realmente haviam sido imunes no passado, o que é falso. Seja como for, duvido que sua argumentação levasse qualquer um a começar a bombardear cidades. É uma justificativa depois do fato, e não muito convincente.

basta a esses cálculos e nos força a perceber que a destruição de inocentes, qualquer que seja seu objetivo, é uma espécie de blasfêmia contra nossos compromissos morais mais profundos. (Isso vale mesmo numa extrema emergência, quando não podemos fazer mais nada.) Quero examinar, porém, mais um caso antes de concluir minha argumentação – um caso em que a contabilidade utilitarista, por absurda que fosse, parecia tão radicalmente precisa aos detentores do poder decisório a ponto de não lhes deixar, acreditavam eles, nenhuma escolha a não ser atacar os inocentes.

Os limites do cálculo

Hiroxima

"Todos eles aceitaram a 'missão' e produziram A Bomba", escreveu Dwight Macdonald em agosto de 1945 a respeito dos cientistas especializados em energia atômica. "Por quê?" É uma pergunta importante, mas Macdonald a propõe mal e depois dá a resposta errada: "Porque eles se consideravam especialistas, técnicos, não homens por inteiro."[21] Na verdade, eles não aceitaram a missão. Eles a procuraram, tomando a iniciativa, convencendo o Presidente Roosevelt da importância crucial de um esforço americano que se equiparasse ao trabalho sendo realizado na Alemanha nazista. E agiram assim exatamente porque eram "homens por inteiro", muitos deles refugiados europeus, com uma aguçada noção do

---

21. *Memoirs of a Revolutionist* (Nova York, 1957), p. 178.

que uma vitória nazista significaria para sua terra natal e para toda a humanidade. Eram movidos por uma profunda ansiedade moral, não (ou não em termos mais cruciais) por qualquer tipo de fascinação científica. Sem dúvida, não se tratava de técnicos servis. Pelo contrário, eram homens e mulheres sem poder político nem seguidores; e uma vez terminado o trabalho, não tiveram como controlar seu uso. A descoberta em novembro de 1944 de que cientistas alemães tinham tido pouco sucesso encerrou sua própria extrema emergência, mas não encerrou o programa que eles tinham ajudado a lançar. "Se eu tivesse sabido que os alemães não conseguiriam construir a bomba atômica", disse Albert Einstein, "não teria movido uma palha."[22] Quando ele descobriu esse fato, porém, os cientistas tinham em grande parte terminado seu trabalho. Agora com efeito eram os técnicos que estavam no comando; e os políticos no comando dos técnicos. E o que acabou acontecendo foi que a bomba não foi usada contra a Alemanha (nem para dissuadir Hitler de seu uso, que era o que homens como Einstein tinham em mente), mas contra os japoneses, que nunca tinham representado uma ameaça à paz e à liberdade semelhante à ameaça nazista*.

---

22. Robert C. Batchelder, *The Irreversible Decision: 1939-1950* (Nova York, 1965), p. 38. O de Batchelder é o melhor relato histórico da decisão de lançar a bomba, e o único que trata das questões morais de modo sistemático.

* Em seu romance *The New Men*, C. P. Snow descreve os debates entre cientistas especializados em energia atômica quanto à recomendação de usar ou não a bomba. Alguns, diz seu narrador, responderam a essa pergunta com "um categórico não", por acreditarem que, se a arma fosse usada para matar centenas de milhares de pessoas inocentes, "nem a ciência nem a civilização da qual a ciência é o principal sustentáculo, jamais se sentiriam livres de culpa", Entretan-

Mesmo assim, foi uma importante característica da decisão americana que o Presidente e seus assessores acreditavam que os japoneses estavam travando uma guerra de agressão e, ainda mais, que a estavam lutando de modo injusto. Por esse motivo, o discurso de Truman ao povo americano em 12 de agosto de 1945:

> Usamos [a bomba] contra os que nos atacaram sem aviso em Pearl Harbor, contra os que esfaimaram, espancaram e executaram prisioneiros de guerra americanos, contra os que abandonaram todo e qualquer simulacro de obediência às leis internacionais da guerra. Nós a usamos para abreviar a agonia da guerra...

Aqui, mais uma vez, a escala móvel está sendo usada para abrir caminho para cálculos utilitaristas. Os japoneses perderam (alguns dos) seus direitos, e desse modo não podem se queixar a respeito de Hiroxima, desde que a destruição da cidade realmente abrevie, ou desde que se possa razoavelmente esperar que ela abrevie, a agonia da guerra. Se, entretanto, os japoneses tivessem lançado uma bomba atômica sobre uma cidade americana, matando dezenas de milhares de civis, e, com isso, abreviado a agonia da guerra, o ato teria nitidamente sido um crime, mais um para a lista de Truman. Essa distinção apenas é plausível, porém, se sentenciarmos não só os líderes japoneses mas também todo o povo de Hiroxima

---

to, a opinião mais comum era a que venho defendendo: "Muitos, provavelmente a maioria, responderam com um não parcial, com praticamente o mesmo sentimento subjacente; mas, se não houvesse *nenhum outro* modo de vencer a guerra contra Hitler, eles estariam dispostos a lançar a bomba." *The New Men* [Os novos homens], Nova York, 1954, p. 177 (grifo de Snow).

e se insistirmos ao mesmo tempo que não é possível aplicar nenhuma sentença semelhante ao povo de San Francisco, digamos, ou Denver. Como disse antes, não vejo como defender um procedimento desses. De que modo o povo de Hiroxima veio a perder seus direitos? Talvez seus impostos tivessem pago parte dos navios e aviões utilizados no ataque a Pearl Harbor. Talvez tivessem mandado os filhos para a marinha ou para a força aérea com orações para seu sucesso. Talvez tivessem comemorado o feito em si, depois de lhes ser informado que seu país tinha obtido uma importante vitória diante de uma iminente ameaça americana. Sem dúvida, não há nisso nada que torne essas pessoas passíveis de um ataque direto. (Embora esse fato não se aplique ao julgamento da decisão quanto ao bombardeio de Hiroxima, vale ressaltar que o ataque a Pearl Harbor foi totalmente dirigido contra instalações navais e do exército, sendo que apenas algumas bombas perdidas caíram sobre a cidade de Honolulu[23].)

Contudo, se a argumentação de Truman em 12 de agosto era falha, a que lhe era subjacente era ainda pior. Ele não pretendia aplicar a escala móvel com nenhuma precisão, pois parece ter sido da opinião de que, tendo em vista a agressão japonesa, os americanos poderiam fazer absolutamente qualquer coisa para vencer (e abreviar a agonia da guerra). Assim como a maioria de seus consultores, ele aceitava a doutrina de que a "a guerra é o inferno". Essa é uma alusão constante nas defesas da decisão sobre Hiroxima. Segundo Henry Stimson[24],

---

23. A. Russell Buchanan, *The United States and World War II* (Nova York, 1964) I, 75.
24. "The Decision to Use the Atomic Bomb", *Harpers Magazine* (fevereiro de 1947), reproduzido em *The Atomic Bomb: The Great Decision*, org. Paul R. Baker (Nova York, 1968), p. 21.

Quando me recordo dos cinco anos em que fui Ministro da Guerra, vejo uma quantidade excessiva de decisões graves e excruciantes para me sentir disposto a fingir que a guerra é diferente do que realmente é. O semblante da guerra é o semblante da morte. A morte é parte inevitável de todas as ordens dadas por um líder em tempos de guerra.

E James Byrnes, amigo de Truman e seu Secretário de Estado[25]:

... a guerra continua sendo o que o general Sherman disse que ela era.

E Arthur Compton, consultor-chefe para assuntos científicos do governo[26]:

Quando se pensa nos arqueiros montados de Gêngis-Khan... na Guerra dos Trinta Anos... nos milhões de chineses que morreram durante a invasão japonesa... na destruição em massa do oeste da Rússia... percebe-se que, qualquer que seja o modo pelo qual ela for travada, a guerra é exatamente o que o general Sherman disse que era.

E o próprio Truman[27]:

Não nos preocupemos tanto com as armas a ponto de perder de vista o fato de que é a guerra em si que é o verdadeiro vilão.

---

25. *Speaking Frankly* (Nova York, 1947), p. 261.
26. *Atomic Quest* (Nova York, 1956), p. 247.
27. *Mr. Citizen* (Nova York, 1960), p. 267. Devo esse grupo de citações a Gerald McElroy.

A culpa é da guerra em si, mas também dos homens que a iniciam... enquanto os que lutam com justiça meramente participam do inferno da guerra, sem possibilidade de escolha, e não há decisão moral pela qual eles possam ser responsabilizados. Essa não é, ou não é necessariamente, uma doutrina imoral; mas é radicalmente unilateral. Ela evita a tensão entre *jus ad bellum* e *jus in bello*; derruba a necessidade de julgamentos difíceis; relaxa nosso sentido de moderação moral. Truman relata que, quando estava escolhendo um alvo para a primeira bomba, perguntou a Stimson quais cidades japonesas se dedicavam "exclusivamente à produção bélica"[28]. A pergunta demonstrava introspecção. Truman não queria violar as "leis da guerra". Não era, porém, séria. Quais cidades americanas se dedicavam exclusivamente à produção bélica? Só é possível fazer uma pergunta dessas quando a resposta não tem importância. Se a guerra é um inferno independentemente de como seja travada, que diferença faz como a travamos? E se a guerra em si é o vilão, que riscos nós corremos (fora os riscos estratégicos) quando tomamos decisões? Os japoneses, que começaram a guerra, podem também terminá-la. Somente eles podem terminá-la. E tudo o que podemos fazer é lutar, suportando o que Truman chamou de "tragédia diária da guerra acirrada". Não duvido que essa fosse realmente a visão de Truman. Não se tratava de uma questão de conveniência, mas de convicção. É, porém, uma visão deturpada. Ela confunde o verdadeiro aspecto infernal da guerra, que é de caráter específico e aberto a uma definição precisa, com as dores infinitas da mitologia religiosa. As dores da guer-

---

28. Batchelder, p. 159.

ra são infinitas somente se as tornamos infinitas – somente se ultrapassarmos, como Truman ultrapassou, os limites que nós e outros estabelecemos. Às vezes, creio eu, precisamos agir assim, mas não o tempo todo. Agora, devemos nos perguntar se era necessário agir desse modo em 1945.

A única defesa possível do ataque a Hiroxima é um cálculo utilitarista efetuado sem a escala móvel, um cálculo efetuado, portanto, num caso em que não havia espaço para ela, uma reivindicação de desrespeitar as normas de guerra e os direitos de civis japoneses. Quero expor esse argumento com a maior eloqüência possível. Em 1945, a linha de ação americana estava fixa na exigência da rendição incondicional do Japão. Os japoneses àquela altura já haviam perdido a guerra, mas não estavam de modo algum dispostos a aceitar essa exigência. O comando de suas forças armadas previa uma invasão às principais ilhas japonesas e estava se preparando para uma resistência desesperada. Eles dispunham de mais de 2 milhões de soldados prontos para o combate e acreditavam que poderiam tornar a invasão tão dispendiosa que os americanos concordariam com uma paz negociada. Os consultores militares de Truman também acreditavam que o preço seria alto, embora os registros públicos não indiquem que eles em momento algum tenham recomendado negociações. Eles acreditavam que a guerra poderia se estender até quase o final de 1946 e que haveria mais 1 milhão de baixas entre os americanos. As perdas japonesas seriam muito maiores. A captura de Okinawa numa batalha que durou de abril a junho de 1945 tinha custado quase 80 mil baixas americanas enquanto praticamente toda a guarnição japonesa de 120 mil homens morreu (foram feitos apenas 10.600

prisioneiros)²⁹. Se as ilhas principais fossem defendidas com ferocidade semelhante, centenas de milhares, talvez milhões, de soldados japoneses morreriam. Enquanto isso, a luta continuaria na China e na Manchúria, onde em breve haveria um ataque dos russos. E o bombardeio do Japão também continuaria, talvez até se intensificando, com a incidência de baixas nem um pouco diferente da prevista para o ataque atômico. Pois os americanos tinham adotado no Japão a política britânica do terrorismo. Um pesado ataque de bombas incendiárias a Tóquio no início de março de 1945 tinha provocado um enorme incêndio e matado cerca de 100 mil pessoas. Em comparação com tudo isso, na cabeça dos americanos com poder decisório, via-se o impacto da bomba atômica – não mais destruidora em termos materiais, mas mais apavorante em termos psicológicos, e que acenava com a promessa, talvez, de um fim rápido para a guerra. "Evitar uma carnificina geral e ilimitada... ao custo de algumas explosões", escreveu Churchill em apoio à decisão de Truman, "parecia, depois de todos os nossos perigos e atribulações, um livramento milagroso."³⁰

"Uma carnificina geral e ilimitada" envolvendo com grande probabilidade a morte de alguns milhões de pessoas. Sem dúvida, esse é um grande mal; e se esse mal era iminente, seria razoável alegar que para evitá-lo medidas extremas poderiam ser justificadas. O Ministro da Guerra, Stimson, considerava que se tratava do tipo de caso que já descrevi, no qual era preciso agir. Não havia outra opção. "Nenhum homem, na nossa posição e sujeito às nossas responsabilidades, que tivesse na mão uma

---

29. Batchelder, p. 149.
30. *Triumph and Tragedy* (Nova York, 1962), p. 639.

arma com possibilidades semelhantes para... salvar aquelas vidas, poderia ter deixado de utilizá-la."[31] Esse não é de modo algum um argumento incompreensível ou abominável, pelo menos na aparência. Não é, porém, idêntico ao argumento que sugeri no caso da Grã-Bretanha em 1940. Ele não tem a seguinte forma: se não fizermos *x* (bombardear cidades), eles farão *y* (ganhar a guerra, estabelecer um domínio tirânico, assassinar seus adversários). O que Stimson argumentou é muito diferente. Levando-se em conta a verdadeira linha de ação do governo americano, ele se resume ao seguinte: se não fizermos *x*, faremos *y*. As duas bombas atômicas causaram "muitas vítimas", admitiu James Byrnes, "mas nem de longe a quantidade que teria ocorrido se nossa força aérea tivesse continuado a lançar bombas incendiárias sobre cidades japonesas"[32]. Nosso objetivo, portanto, não era evitar uma "carnificina" que algum outro país estivesse ameaçando realizar, mas uma que *nós* estávamos ameaçando e que já tínhamos começado a executar. Ora, que grande mal, que extrema emergência, justificava os ataques incendiários a cidades japonesas?

Mesmo que tivéssemos estado lutando em estrita conformidade com as convenções de guerra, a continuidade da luta não era algo imposto a nós. Ela estava relacionada a nossos objetivos de guerra. A estimativa militar de baixas era baseada não só na crença de que os japoneses lutariam quase até o último homem, mas também no pressuposto de que os americanos não aceitariam nada menos que a rendição incondicional. Os objetivos de guerra do governo americano exigiam uma invasão das

---

31. "The Decision to Use the Bomb", p. 21.
32. *Speaking Frankly*, p. 264.

ilhas principais, com enormes perdas de soldados americanos e japoneses, bem como de civis japoneses apanhados nas zonas de combate, ou o uso da bomba atômica. Levando-se em conta essa escolha, bem que se poderia reconsiderar aqueles objetivos. Mesmo que suponhamos que uma rendição incondicional fosse desejável em termos morais em razão do caráter do militarismo japonês, ela ainda seria indesejável em termos morais por causa dos custos humanos que acarretaria. Eu sugeriria, porém, um argumento mais forte que esse. O caso japonês é diferente do alemão o suficiente para que uma rendição incondicional nunca fosse solicitada. Os governantes do Japão estavam empenhados num tipo mais comum de expansão militar, e tudo o que era exigido sob o aspecto moral era que fossem derrotados, não que fossem subjugados e totalmente aniquilados. Poderiam ser justificadas algumas restrições a seu poderio bélico, mas sua autoridade interna era uma questão de interesse apenas do povo japonês. Seja como for, se matar milhões (ou muitos milhares) de homens e mulheres era militarmente necessário para sua sujeição e aniquilamento, conclui-se que era moralmente necessário – para não matar essas pessoas – contentar-se com um objetivo menor. Apresentei esse argumento antes (no capítulo 7). Este é mais um exemplo de sua aplicação prática. Se as pessoas têm o direito de não ser forçadas a lutar, elas também têm o direito de não ser forçadas a continuar lutando além do ponto em que a guerra poderia ser encerrada de modo justo. Além desse ponto, não pode haver emergências extremas, argumentos sobre necessidade militar, nem contabilização do custo em vidas humanas. Forçar a guerra a prosseguir além daí é voltar a cometer o crime da agressão. No verão de 1945, os americanos vitoriosos deviam ao povo japonês uma tentativa de negociação. Usar a bomba atômica para aterrorizar e matar civis, sem sequer experimentar uma negociação, foi um duplo crime[33].

São esses, portanto, os limites do reino da necessidade. Os cálculos utilitaristas podem nos forçar a violar as normas de guerra somente quando estamos cara a cara não só com a derrota, mas com uma derrota capaz de provocar uma calamidade numa comunidade política. Esses cálculos, entretanto, não têm efeitos semelhantes quando o que está em jogo é somente a rapidez ou a abrangência da vitória. Eles são pertinentes apenas ao conflito entre vencer e lutar bem, não aos problemas internos do próprio combate. Sempre que esse conflito for inexistente, o cálculo será refreado pelas normas de guerra e pelos direitos que elas se destinam a proteger. Confrontando-nos com esses direitos, não devemos calcular conseqüências, avaliar riscos relativos nem estimar baixas prováveis, mas simplesmente estacar e mudar de direção.

---

33. O caso seria ainda pior se a bomba fosse usada por motivos políticos em vez de por motivos militares (tendo em mente os russos em vez dos japoneses). A esse respeito, veja a cuidadosa análise de Martin J. Sherwin, *A World Destroyed: The Atomic Bomb and the Grand Alliance* (Nova York, 1975).

17. DISSUASÃO NUCLEAR

O problema de fazer ameaças imorais

Truman usou a bomba atômica para terminar uma guerra que lhe parecia sem limites em seus horrores. E com isso, durante alguns minutos ou horas em agosto de 1945, a população de Hiroxima foi submetida a uma guerra que na realidade não teve limites em seus horrores. "Nessa última grande ação da Segunda Guerra Mundial", escreveu Stimson, "foi-nos dada a comprovação final de que a guerra é a morte."[1] Comprovação final é exatamente a expressão errada, pois a guerra antes nunca tinha se assemelhado ao que ocorreu ali. Em Hiroxima, nascia um novo tipo de guerra, e o que nos foi dado foi um primeiro vislumbre de sua letalidade. Embora tivessem morrido menos pessoas que no bombardeio incendiário de Tóquio, elas foram mortas com uma facilidade monstruosa. Um avião, uma bomba: com arma se-

---

1. "The Decision to Use the Bomb", em *The Atomic Bomb*, org. Baker, p. 21.

melhante, os 350 aviões que atacaram Tóquio teriam praticamente exterminado a vida humana das ilhas japonesas. A guerra atômica era mesmo a morte, indiscriminada e total. E, depois de Hiroxima, a primeira missão dos líderes políticos no mundo inteiro passou a ser impedir sua recorrência.

O meio que adotaram é a promessa de pagamento na mesma moeda. Diante da ameaça de um ataque imoral, eles contrapõem a ameaça de uma represália imoral. Essa é a forma básica da dissuasão nuclear. Na sociedade internacional como na nacional, a dissuasão funciona por evocar dramáticas imagens de dor humana. "No mundo acadêmico *deles*", escreveu Edmund Burke acerca dos teóricos liberais do crime e castigo, "no fundo de cada panorama, não se vê nada a não ser a forca."[2] A descrição não é elogiosa, pois Burke acreditava que a paz nacional deveria repousar sobre algum outro alicerce. No entanto, existe algo a dizer a favor da forca. Pelo menos, em princípio, somente os culpados precisam temer a morte que ela traz. A respeito dos teóricos da dissuasão, porém, é preciso que se diga: "No mundo acadêmico *deles*, no fundo de cada panorama, não se vê nada a não ser o cogumelo atômico" – e o cogumelo simboliza a matança indiscriminada, a morte dos inocentes (como em Hiroxima) numa escala impressionante. Sem dúvida, a ameaça dessa matança, caso se acredite nela, torna o ataque nuclear uma linha de ação radicalmente indesejável. Quando repetida por um inimigo em potencial, a ameaça produz um "equilíbrio de terror". Os dois lados ficam tão apavorados que não é necessário mais nenhum terrorismo.

---

2. *Reflections on the Revolution in France* (Everyman's Library, Londres, 1910), p. 75.

Mas será que a ameaça em si é permissível em termos morais?

Trata-se de uma pergunta difícil. Ela gerou nos anos desde o ataque a Hiroxima um volume significativo de literatura que investigou a relação entre a dissuasão nuclear e a guerra justa[3]. Essa vem sendo principalmente a obra de teólogos e filósofos, mas alguns dos estrategistas da dissuasão também estiveram envolvidos. Eles se preocupam com o ato de aterrorizar tanto como os soldados convencionais se preocupam com o ato de matar. Não posso resumir aqui a literatura, embora vá recorrer a ela à vontade. O argumento contrário à dissuasão é bastante conhecido. Qualquer um envolvido com a distinção entre combatentes e não-combatentes deve ficar estarrecido com o espectro de destruição evocado, e evocado de modo proposital, pela teoria da dissuasão. "Como uma nação pode conviver com sua consciência", perguntou John Bennett, "e saber que está se preparando para matar 20 milhões de crianças em outra nação, se o pior vier a acontecer?"[4] E entretanto já há décadas que convivemos com esse conhecimento. Como conseguimos? O motivo para nossa aceitação da estratégia de dissuasão, diria a maioria das pessoas, reside no fato de que preparar-se para matar, até mesmo ameaçar com a morte, não é de modo algum o mesmo que matar. E na realidade não é, mas é algo assustadoramente próximo – ou a dis-

---

3. Veja, por exemplo, *Nuclear Weapons and Christian Conscience*, org. Stein; *Nuclear Weapons and the Conflict of Conscience*, org. John C. Bennett (Nova York, 1962); *The Moral Dilemma of Nuclear Weapons*, org. William Clancy (Nova York, 1961); *Morality and Modern Warfare*, org. William J. Nagle (Baltimore, 1960).

4. "Moral Urgencies in the Nuclear Context", em *Nuclear Weapons and the Conflict of Conscience*, p. 101.

suasão não "funcionaria" –, e é na natureza dessa proximidade que se encontra o problema moral.

O problema costuma ser descrito equivocadamente – como na seguinte analogia para a dissuasão nuclear sugerida pela primeira vez por Paul Ramsey e desde então repetida com freqüência[5]:

> Suponhamos que num feriado longo do Dia do Trabalho ninguém morresse nem ficasse mutilado por acidentes nas estradas; e que o motivo para a extraordinária moderação aplicada à irresponsabilidade de motoristas de automóveis decorresse de todos eles de repente terem descoberto que estavam dirigindo com um bebê amarrado no pára-choque dianteiro! Esse não seria um modo aceitável de impor regras de trânsito, *mesmo que conseguisse* regular o trânsito com perfeição, pois um sistema desses torna vidas humanas inocentes o *objeto imediato* do ataque e as usa como simples meio para refrear motoristas de automóveis.

É claro que ninguém jamais propôs controlar o trânsito desse modo criativo, ao passo que a estratégia da dissuasão foi adotada praticamente sem nenhuma oposição. Esse contraste deveria nos alertar para o que está errado na analogia de Ramsey. Embora a dissuasão transforme civis russos e americanos em meros meios para evitar a guerra, ela o faz sem tolher nenhum de nós de modo algum. Ramsey repete a estratégia dos oficiais alemães durante a Guerra Franco-Prussiana que forçavam a presença de civis em trens militares com o objetivo de dissuadir sabotadores. Ao contrário desses civis,

---

5. *The Just War: Force and Political Responsibility* (Nova York, 1968), p. 171.

porém, somos reféns que levam vidas normais. Faz parte da natureza da nova tecnologia a possibilidade de sermos ameaçados sem que sejamos mantidos cativos. É por isso que é tão fácil conviver com a dissuasão, embora em princípio ela seja tão assustadora. Ela não pode ser culpada por nada que faça a seus reféns. Está tão longe de matá-los que nem mesmo os fere nem os confina. Ela não envolve nenhuma violação direta ou concreta de seus direitos. Os críticos da dissuasão que também são conseqüencialistas convictos tiveram de imaginar danos psíquicos. Assim escreveu Erich Fromm, em 1960: "Viver qualquer período sob a ameaça constante de destruição cria certos efeitos psicológicos na maioria dos seres humanos – pavor, hostilidade, insensibilidade... e uma conseqüente indiferença para com todos os valores que prezamos. Tais condições hão de nos transformar em bárbaros..."[6] Não conheço, porém, nenhuma comprovação que corrobore a afirmativa ou a previsão. Sem dúvida, não somos mais bárbaros agora do que éramos em 1945. Na realidade, para a maioria das pessoas, a ameaça de destruição, embora constante, é invisível e passa despercebida. Viemos a conviver com ela despreocupadamente – como nunca poderiam conviver os bebês de Ramsey, com toda a probabilidade traumatizados pelo resto da vida; e como os reféns em guerras convencionais jamais conviveram.

Se a dissuasão fosse mais dolorosa, poderíamos ter encontrado outros meios para evitar a guerra nuclear – ou poderíamos não ter conseguido evitá-la. Se tivéssemos de privar milhões de pessoas de sua liberdade para

---

6. "Explorations into the Unilateral Disarmament Position", em *Nuclear Weapons and the Conflict of Conscience*, p. 130.

manter o equilíbrio do terror, ou se precisássemos matar milhões de pessoas (de tempos em tempos) para convencer nossos adversários de estarmos falando sério, a dissuasão não seria aceita por muito tempo[7]. A estratégia funciona porque é fácil. Na verdade, ela é fácil num duplo sentido: não só não fazemos nada contra outras pessoas, também não acreditamos que jamais tenhamos de fazer alguma coisa. O segredo da dissuasão nuclear está em que ela é uma espécie de blefe. Talvez estejamos enganando somente a nós mesmos, recusando-nos a reconhecer os terrores reais de um equilíbrio precário e provisório. No entanto, nenhuma descrição de nossa experiência será precisa se deixar de admitir que, apesar de todo o seu potencial medonho, a dissuasão até agora foi uma estratégia sem derramamento de sangue.

No que diz respeito às conseqüências, portanto, a dissuasão e o assassinato em massa estão separados por uma distância enorme. Sua proximidade é uma questão de intenção e de postura moral. Mais uma vez, a analogia de Ramsey deixa de atingir o cerne da questão. Os bebês não são realmente "o objeto imediato do ataque", pois, não importa o que aconteça naquele feriado do Dia do Trabalho, ninguém sairá com a determinação de matá-los. Já a dissuasão depende de uma disposição para fazer exatamente isso. É como se o Estado procurasse impedir assassinatos ameaçando matar a família e amigos de cada assassino – uma versão nacional da política de "retaliação em massa". Essa seria sem dúvida uma linha de ação repugnante. Nós não admiraríamos os policiais que

---

7. Veja o romance *Fail-Safe* [À prova de erro] de Eugene Burdick e Harvey Wheeler (Nova York, 1962), para a descrição de uma possível situação.

a planejassem nem os que se comprometessem a executá-la, mesmo que nunca chegassem a matar ninguém. Não quero dizer que esses indivíduos seriam necessariamente transformados em bárbaros. Eles bem poderiam ter um sentido aguçado de como o assassinato é horrível e um forte desejo de evitá-lo. Poderiam detestar o trabalho que se comprometeram a realizar; e poderiam esperar com fervor que nunca tivessem de executá-lo. Ainda assim, a iniciativa é imoral. A imoralidade está na própria ameaça, não em suas conseqüências atuais ou mesmo prováveis. Algo semelhante ocorre com a dissuasão nuclear: é com nossas próprias intenções que temos de nos preocupar e com as vítimas em potencial (já que não há vítimas reais) dessas intenções. Nesse ponto, Ramsey colocou a questão muito bem: "Qualquer coisa que seja errado fazer é errado ameaçar, se este último significar 'pretender fazer'... Se a guerra contra a população constitui assassinato, as ameaças de dissuasão feitas à população são assassinas."[8] Sem dúvida, matar milhões de inocentes é pior do que ameaçar matá-los. Também é verdade que ninguém quer matá-los, e bem pode ser verdade que ninguém imagine que vá fazê-lo. Entretanto, pretendemos a matança sob certas circunstâncias. Essa é a política declarada de nosso governo; e milhares de homens, treinados nas técnicas de destruição em massa e programados para a obediência instantânea, estão de prontidão para executá-la. E, do ponto de vista da moral, a prontidão é tudo. Podemos traduzi-la em graus de perigo, alto e baixo, e nos preocupar com os riscos que

---

8. Paul Ramsey, "A Political Ethics Context for Strategic Thinking", em *Strategic Thinking and Its Moral Implications*, org. Morton A. Kaplan (Chicago, 1973), pp. 134-5.

estamos impondo a pessoas inocentes, mas os riscos dependem da prontidão. O que condenamos no nosso próprio governo, como na polícia em minha analogia com a situação interna de um país, é o compromisso de matar*.

Contudo, também essa analogia pode ser questionada. Não impedimos assassinatos da mesma forma que não controlamos o trânsito com esses meios absurdos e desumanos. Mas conseguimos dissuadir ou procuramos dissuadir as potências nucleares nossas adversárias. Talvez a dissuasão seja diferente por causa do perigo que seus defensores alegam evitar. Mortes no trânsito e assassinatos eventuais, por mais que sejam deploráveis, não ameaçam nossas liberdades comuns nem nossa sobrevivência coletiva. A dissuasão, ao que nos foi dado saber, protege-nos de um duplo perigo: primeiro, da chantagem atômica e dominação por país estrangeiro; e, segundo, da destruição nuclear. Os dois perigos andam juntos, pois, se não temêssemos a chantagem, poderíamos adotar uma política de apaziguamento ou rendição, evitando assim a destruição. A teoria da dissuasão

---

* Faria alguma diferença se esse compromisso fosse fixado de modo mecânico? Suponhamos que instalássemos um computador que reagisse automaticamente a qualquer ataque inimigo, com a liberação de um míssil. Informaríamos então a nossos inimigos em potencial que, se eles atacassem nossas cidades, as deles seriam atacadas. E eles seriam responsáveis pelos dois ataques, poderíamos dizer, já que no intervalo entre os dois, não seria possível de nosso lado nenhuma decisão política, nenhum ato voluntário. Não quero tecer comentários sobre a possível eficácia (ou sobre os perigos) de um esquema desse tipo. Vale insistir, porém, que ele não resolveria o problema moral. Os homens e mulheres que criaram o programa de computador ou os líderes políticos que lhes ordenaram que assim agissem seriam responsáveis pelo segundo ataque, pois o teriam planejado, organizado e pretendido que ele ocorresse (sob certas condições).

foi elaborada no auge da guerra fria entre os Estados Unidos e a União Soviética. E os que a elaboraram estavam acima de tudo interessados nos usos políticos da violência – que não são cabíveis nem na analogia do trânsito nem na da polícia. Subjacente à doutrina americana, parecia estar oculta alguma versão do lema "Melhor morto que comunista" (Não conheço o equivalente em russo). Ora, esse lema não é realmente crível. É difícil imaginar que um holocausto nuclear fosse realmente considerado preferível à expansão do poder soviético. O que tornou a dissuasão interessante foi sua aparência de ser capaz de evitar tanto um como o outro.

Não precisamos nos deter na natureza do regime soviético para compreender as virtudes dessa argumentação. A teoria da dissuasão não depende de uma visão do stalinismo como um grande mal (embora essa seja uma opinião altamente plausível) da mesma forma que minha argumentação sobre os bombardeios de terror dependia de uma afirmação sobre os males do nazismo. Ela requer apenas que nós consideremos que o apaziguamento ou a rendição implicam uma perda de valores centrais à nossa existência como uma nação-Estado independente. Pois não é tolerável que avanços tecnológicos deixem nossa nação, ou qualquer nação, à mercê de uma grande potência disposta a ameaçar o mundo ou a expandir a área de influência de sua autoridade com o espectro de uma ameaça implícita. Aqui o caso é muito diferente do que ocorre comumente na guerra, em que *nossa* adesão às convenções de guerra nos colocam, ou nos colocariam, em desvantagem em relação a *eles*. Pois desvantagens dessa natureza são parciais e relativas. Sempre estão disponíveis várias contramedidas ou procedimentos compensatórios. No caso nuclear, porém, a desvantagem é absoluta.

Contra um inimigo realmente disposto a usar a bomba, a legítima defesa é impossível, e faz sentido dizer que o único procedimento compensatório é a ameaça (imoral) de pagar na mesma moeda. Nenhum país com potencial para fazer uma ameaça dessas seria capaz de se recusar a fazê-la. O que não é tolerável não será tolerado. Por isso, qualquer Estado confrontado por um adversário nuclear (faz pouca diferença o tipo do relacionamento antagônico ou que formas ideológicas ele assuma) e capaz de desenvolver sua própria bomba tem propensão a desenvolvê-la, buscando a segurança num equilíbrio de terror*. O desarmamento mútuo seria nitidamente uma alternativa preferível, mas trata-se de uma alternativa disponível apenas a dois países que trabalhem unidos para esse fim, ao passo que a dissuasão é a escolha provável para qualquer um deles isoladamente. Eles se preocuparão com a prontidão do outro para o ataque. Cada um partirá do pressuposto de seu próprio empenho em resistir. E os dois perceberão que o maior perigo de um confronto dessa natureza não seria a derrota de um lado ou do outro, mas a total destruição dos dois – e possivelmente do mundo inteiro também. Esse é de fato o perigo com que a humanidade depara desde 1945, e nossa compreensão da dissuasão nuclear deve ser desenvolvida com referência à sua abrangência e iminência. A ex-

---

* Essa é evidentemente a lógica sinistra da proliferação nuclear. No que diz respeito à questão moral, cada novo equilíbrio de terror criado pela proliferação é exatamente igual ao primeiro, justificado (ou não) do mesmo modo. Entretanto, a criação de equilíbrios regionais bem pode ter efeitos gerais sobre a estabilidade do equilíbrio entre as grandes potências, apresentando com isso novas considerações morais que não posso abordar aqui.

trema emergência tornou-se uma condição permanente. A dissuasão é um modo de lidar com essa condição; e, embora seja um modo condenável, é bem possível que não haja nenhum outro que seja viável num mundo de Estados soberanos e cheios de suspeitas. Ameaçamos fazer o mal para não fazê-lo; e o cumprimento da ameaça seria tão terrível que, em comparação, a ameaça em si parece ser moralmente defensável.

Guerra nuclear limitada

Se a bomba chegasse a ser usada, a dissuasão teria fracassado. Uma característica da retaliação em massa é que, embora haja ou possa haver algum objetivo racional em ameaçá-la, não poderia haver nenhum em executá-la. Se um dia "pagassem para ver" e nossos grandes centros fossem subitamente atacados, a guerra resultante não poderia (em nenhum sentido comum da palavra) ser *vencida*. Nós poderíamos apenas arrastar nossos inimigos conosco para o precipício. O uso de nossa capacidade de dissuasão seria um ato de pura destruição. Por esse motivo, a retaliação em massa, se não literalmente impensável, sempre pareceu impraticável, e esse fato é uma fonte de considerável ansiedade para os estrategistas militares. A dissuasão somente funciona, alegam eles, se cada um dos lados acreditar que o outro possa realmente cumprir sua ameaça. Mas nós a cumpriríamos? George Kennan apresentou recentemente o que deve ser a resposta moral[9]:

---

9. George Urban, "A Conversation with George F. Kennan", 47 *Encounter* 3:37 (setembro, 1976).

Suponhamos que houvesse algum tipo de ataque nuclear neste país e que milhões de pessoas fossem mortas e feridas. Suponhamos ainda que tivéssemos a capacidade de retaliar contra os centros urbanos do país que nos tivesse atacado. Você ia querer isso? Eu não... Não tem nenhuma solidariedade minha o homem que exige olho por olho num ataque nuclear.

Uma posição humanitária – embora uma posição que provavelmente devesse ser sussurrada, em vez de divulgada, caso se quisesse que o equilíbrio de terror fosse mantido. O argumento poderia, porém, ter um aspecto muito diferente se o ataque original ou a resposta planejada evitasse cidades e pessoas. Se fosse possível uma guerra nuclear limitada, ela também não seria praticável? E o equilíbrio do terror não poderia ser então restabelecido com base em ameaças que não fossem nem imorais nem pouco convincentes?

Durante um curto período, no final da década de 1950 e início da de 1960, essas perguntas foram respondidas com uma extraordinária profusão de especulações e argumentos estratégicos, que coincidem sob aspectos importantes com a literatura sobre a moral que descrevi anteriormente[10]. Pois o debate entre os estrategistas concentrou-se na tentativa (embora isso raramente ficasse explícito) de encaixar a guerra nuclear na estrutura das convenções de guerra, de aplicar o argumento em prol da justiça como se esse tipo de conflito fosse semelhante a qualquer outro. A tentativa envolveu, primeiro, uma de-

---

10. Para uma resenha crítica dessa literatura, veja Philip Green, *Deadly Logic: The Theory of Nuclear Deterrence* (Ohio State University Press, 1966).

fesa do uso de armas nucleares táticas na dissuasão e, se essa falhasse, na resistência a ataques convencionais ou a ataques nucleares em pequena escala. E envolveu em segundo lugar o desenvolvimento de uma estratégia de "neutralização da força inimiga" dirigida contra as instalações militares do inimigo e também contra importantes alvos econômicos (mas não contra cidades inteiras). Esses dois tinham um objetivo semelhante. Ao acenar com a promessa de uma guerra nuclear limitada, eles possibilitavam imaginar que uma guerra dessas fosse realmente travada – possibilitavam imaginar *vencê-la* – e assim reforçaram a intenção subjacente à ameaça de dissuasão. Transformaram o "blefe" numa opção plausível.

Até o final da década de 1950, a tendência da maioria das pessoas era considerar a bomba atômica e suas sucessoras termonucleares como armas proibidas. Elas eram tratadas por analogia com o gás tóxico, embora a proibição de seu uso não tivesse sido estabelecida juridicamente. "Proíbam a bomba" era a linha de ação de todos, e a dissuasão era simplesmente um modo prático de impor a proibição. Agora, porém, os estrategistas sugeriam (acertadamente) que a distinção crucial na teoria e na prática da guerra não era entre armas proibidas e aceitáveis, mas entre alvos proibidos e aceitáveis. Era doloroso e difícil contemplar a retaliação em massa porque ela se moldava no exemplo de Hiroxima. As pessoas que estávamos planejando matar eram inocentes, sem envolvimento militar, tão distantes e desinformadas das armas com as quais seus líderes nos ameaçavam como nós, das armas com que nossos líderes as ameaçavam. Essa objeção desapareceria, no entanto, se pudéssemos refrear nossos inimigos com a ameaça de uma destruição limitada e moralmente aceitável. Na realidade, ela poderia desaparecer de modo tão completo que seríamos tentados a desistir da dissuasão e a empreender nós mesmos a destruição sempre que nos parecesse vantajoso. Essa foi sem dúvida a tendência de muitas argumentações estratégicas, e alguns autores pintaram quadros bastante atraentes da guerra nuclear limitada. Henry Kissinger equiparou-a à guerra naval – o melhor tipo de guerra já que ninguém mora no mar. "A analogia acertada... não é com a guerra terrestre tradicional, mas com a estratégia naval, em que unidades autônomas [de alta mobilidade] com enorme poder de fogo vão aos poucos conquistando vantagem com a destruição gradual de seus equivalentes inimigos, sem que se ocupe território nem se estabeleça uma linha de frente."[11] A única dificuldade é que Kissinger imaginou travar uma guerra desse tipo na Europa*.

A guerra tática e de neutralização da força inimiga atende aos requisitos formais de *jus in bello*, e a ela recorreram com avidez certos teóricos morais. Isso não quer dizer, porém, que ela faça sentido em termos morais. Permanece a possibilidade de que a nova tecnologia da guerra simplesmente não se encaixe e não possa ser encaixada à força nos antigos limites. Essa proposição pode

---

11. *Nuclear Weapons and Foreign Policy* (Nova York, 1957), p. 180.

* Kissinger mais tarde afastou-se dessas opiniões, e elas praticamente desapareceram dos debates estratégicos. No entanto, esse quadro de uma guerra nuclear limitada está desenvolvido em nítidos detalhes num romance de autoria de Joe Haldeman (*The Forever War*, Nova York, 1974 [A guerra eterna]), em que a luta transcorre não no mar, mas no espaço sideral. Muitas das especulações estratégicas das décadas de 1950 e 1960 acabaram na ficção científica. Isso quer dizer que os estrategistas tinham imaginação em excesso ou que os autores de ficção científica têm falta de imaginação?

ser defendida de dois modos diferentes. O primeiro consiste em alegar que os danos colaterais com probabilidade de serem causados mesmo por um uso "legítimo" de armas nucleares são tão graves que violariam os dois limites de proporcionalidade estabelecidos pela teoria da guerra: o número de pessoas mortas na guerra como um todo não seria justificado pelos objetivos de guerra – especialmente porque entre os mortos estariam incluídas muitas, se não a maioria, das pessoas em cuja defesa a guerra estava sendo travada; e o número de pessoas mortas em ações individuais seria desproporcional (nos termos da doutrina do duplo efeito) ao valor dos alvos militares atacados diretamente.

"A desproporção entre o custo dessas hostilidades e os resultados que elas conseguiriam atingir", escreveu Raymond Aron, pensando numa guerra nuclear limitada na Europa, "seria colossal."[12] Seria colossal, mesmo que os limites formais quanto aos alvos fossem de fato observados. Entretanto, o segundo argumento contrário à guerra nuclear limitada é que esses limites quase com certeza não seriam respeitados.

A esta altura, naturalmente, pode-se apenas tentar adivinhar a possível forma e desenrolar das batalhas. Não há nenhuma história a ser estudada. Nem os moralistas nem os estrategistas podem fazer referência a casos. Em vez disso, eles criam simulações. A cena está vazia. Pode-se preenchê-la de muitos modos diferentes, e não é impossível imaginar que os limites pudessem ser mantidos mesmo depois que armas nucleares tivessem sido usadas na batalha. A perspectiva de que os limites

---

12. *On War,* tradução de Terence Kilmartin (Nova York, 1968), p. 138.

fossem mantidos e que a guerra se prolongasse é tão apavorante para os países sobre cujo solo é provável que essas guerras fossem travadas que eles em geral se opuseram a novas estratégias e insistiram na ameaça de retaliação em massa. Assim, como escreveu André Beaufre, "os europeus prefeririam arriscar-se a uma guerra geral no esforço de evitar a guerra de qualquer modo, a que a Europa se tornasse o teatro de operações para a guerra limitada"[13]. De fato, porém, os riscos de escalada serão enormes, não importa quais sejam os limites adotados, simplesmente em razão do imenso poder destrutivo das armas envolvidas. Ou melhor, há duas possibilidades: ou as armas nucleares serão mantidas em níveis tão baixos que não serão significativamente diferentes ou de maior utilidade militar que explosivos convencionais, e nesse caso não há nenhum motivo para sequer usá-las; ou seu próprio uso irá eliminar a distinção entre alvos. Uma vez que uma bomba tenha sido lançada na direção de um alvo militar, mas, como efeito colateral, tenha destruído uma cidade, a lógica da dissuasão exigirá que o outro lado faça pontaria contra uma cidade (em nome de sua seriedade e credibilidade). Não é necessariamente o caso que toda guerra se torne uma guerra total, mas o perigo da escalada é tão grave que exclui a possibilidade do primeiro uso de armas nucleares – a não ser por alguém disposto a encarar seu uso final. "Quem chegaria a lançar essas hostilidades", perguntou Aron, "se não estivesse determinado a persistir até as últimas conseqüências?"[14] Entretanto, uma determinação desse calibre

---

13. Veja o artigo "Warfare, Conduct of" na *Encyclopaedia Britannica* (15.ª edição, Chicago, 1975), *Macropaedia*, vol. 19, p. 509.

14. *On War,* p. 138.

não é imaginável num ser humano lúcido, muito menos num líder político responsável pela segurança de seu próprio povo. Ela envolveria nada menos que o suicídio nacional.

Esses dois fatores, a extensão até mesmo da destruição limitada e os perigos da escalada, parecem excluir a possibilidade de qualquer tipo de guerra nuclear entre as grandes potências. É provável que também excluam a possibilidade de uma guerra convencional em grande escala, aí incluída a guerra convencional específica com a qual mais se preocupavam os estrategistas das décadas de 1950 e de 1960: uma invasão da Europa ocidental por parte da Rússia. "O espetáculo de um grande exército soviético de campanha cruzando com violência a fronteira para invadir a Europa ocidental na esperança *e expectativa* de que armas nucleares não seriam usadas contra ele – e com isso expondo a risco a si mesmo e a totalidade da URSS enquanto deixava a escolha de armas a nosso critério – dificilmente pareceria merecer melhor consideração..."[15] É importante salientar que o impedimento está na totalidade do risco, não na possibilidade do que os estrategistas chamaram de "resposta flexível", meticulosamente ajustada ao âmbito do ataque, mas na dura realidade do horror absoluto, caso os ajustes fracassassem. Pode bem ser que a "resposta flexível" aumentasse o valor de uma dissuasão contra a população tornando possível que se atingisse aquele ponto final em estágios "suaves", mas também é verdade, e com maior importância, que nunca demos início a essa escalada em estágios e que somos capazes de jamais iniciá-la, por

---

15. Bernard Brodie, *War and Politics* (Nova York, 1973), p. 404 (grifo do autor).

causa do que nos aguarda no final. Daí a persistência da dissuasão contra a população; e daí também a extinção praticamente total do debate estratégico, que foi se esgotando em meados da década de 1960. Creio que àquela altura tornou-se claro que, dada a existência de grandes números de armas nucleares e sua relativa invulnerabilidade, e salvo importantes avanços tecnológicos, *qualquer estratégia imaginável* tem a probabilidade de impedir uma "guerra central" entre as grandes potências. Os estrategistas ajudaram-nos a entender isso; mas, uma vez entendido, tornou-se desnecessário adotar qualquer uma de suas estratégias – ou pelo menos qualquer estratégia específica. Continuamos, portanto, a conviver com o paradoxo que preexistia ao debate: as armas nucleares são inutilizáveis em termos políticos e militares apenas porque pode ser plausível, e na medida em que seja plausível, nossa ameaça de usá-las de algum modo extremo. E é imoral fazer ameaças dessa natureza.

A argumentação de Paul Ramsey

Antes de decidir conviver com esse paradoxo (ou recusar-me a isso), quero examinar com alguma minúcia a obra do teólogo protestante Paul Ramsey, que ao longo de anos alegou existir uma estratégia de dissuasão justificável. Desde o início dos debates morais e estratégicos, Ramsey foi um adversário ferrenho dos defensores da dissuasão contra cidades bem como dos críticos que acreditam ser essa a única forma de dissuasão e, por isso, optam pelo desarmamento nuclear. Ele condenou ambos os grupos pelo caráter inflexível de seu modo de pensar: ou a destruição total e imoral, ou uma espécie de inércia "pacifista". Ele argumenta que essas perspectivas paralelas estão em conformidade com a tradicional visão americana da guerra como um conflito geral que deve, portanto, ser evitado sempre que possível. Para mim, o próprio Ramsey é um soldado protestante numa tradição diferente. Ele prefereria que os americanos se preparassem para uma luta contínua, prolongada, com as forças do mal[16].

Ora, se há de haver uma estratégia justificada de dissuasão, é preciso que haja uma forma justificada de guerra nuclear, e Ramsey apresenta uma argumentação escrupulosa em defesa de "tornar a guerra justa possível" nos tempos modernos. Ele demonstra um interesse dinâmico e bem-informado pelos debates estratégicos e em várias ocasiões defendeu o uso de armas nucleares táticas contra exércitos invasores, bem como o de armas estratégicas contra instalações nucleares, bases militares convencionais e objetivos econômicos isolados. Mesmo esses alvos são permissíveis apenas "condicionalmente", já que a norma da proporcionalidade teria de ser aplicada caso a caso, e Ramsey não acredita que seus critérios sejam sempre cumpridos. Como todos (ou quase todos) que escrevem sobre essas questões, ele não se entusiasma com o combate nuclear. Seu principal interesse está na dissuasão. Ele precisa, no entanto, pelo menos da possibilidade da guerra legítima se quiser sustentar uma postura de dissuasão sem fazer ameaças imorais. Esse é seu principal objetivo, e o esforço para atingir esse objetivo faz com que Ramsey se envolva numa aplicação al-

---

16. A maior parte dos artigos, ensaios e panfletos de Ramsey está compilada em seu livro *The Just War*; veja também sua obra anterior *War and the Christian Conscience: How Shall Modern War Be Justly Conducted?* (Durham, 1961).

tamente sofisticada da teoria da guerra justa aos problemas da estratégia nuclear. No melhor sentido da palavra, Ramsey está engajado com as realidades de seu mundo. Mas nesse caso as realidades são intratáveis, e seu modo de circundá-las acaba sendo por demais complexo e tortuoso para fornecer uma explanação plausível de nossos julgamentos morais. Ele multiplica distinções como um astrônomo ptolemaico com seus epiciclos e no final chega muito perto do que G. E. M. Anscombe denominou "visões contraditórias sobre o duplo efeito"[17]. Sua obra é, porém, importante. Ela sugere os limites extremos da guerra justa e os perigos de tentar estendê-los.

A alegação central de Ramsey é que é possível impedir o ataque nuclear sem a ameaça de bombardear cidades em resposta a ele. Na sua opinião, "os danos colaterais aos civis que resultariam da guerra de neutralização da força inimiga em sua forma máxima" seriam suficientes para dissuadir agressores em potencial[18]. Como os civis com probabilidade de morrer numa guerra dessas seriam as vítimas eventuais de ataques militares legítimos, a ameaça da guerra de contraposição, somada aos danos colaterais, é também moralmente superior à dissuasão em sua forma atual. Não se trata de reféns que pretendemos assassinar (sob certas circunstâncias). Também não estamos planejando sua morte. Estamos apenas salientando para nossos possíveis inimigos as conseqüências inevitáveis mesmo de uma guerra travada com justiça – que é o único tipo de guerra que estamos nos preparando para travar, o que poderíamos dizer com franqueza se adotássemos a proposta de Ramsey. Os danos

---

17. "War and Murder", p. 57.
18. *The Just War*, p. 252; veja também p. 320.

colaterais são simplesmente uma característica feliz da guerra nuclear. Eles não têm nenhum objetivo militar, e nós os evitaríamos se conseguíssemos, embora esteja claro que é positivo o fato de não conseguirmos. E, como o dano é justificável em perspectiva, ele também é justificável aqui e agora para trazer à mente aquela perspectiva em nome de seus efeitos dissuasórios.

Há, porém, dois problemas com essa argumentação. Primeiro, não é provável que o perigo do dano indireto funcione como elemento de dissuasão, a menos que o dano previsto seja radicalmente desproporcional aos fins da guerra ou a esse ou aquele alvo militar. Por esse motivo, Ramsey é levado a sustentar que "a ameaça de algo desproporcional nem sempre é uma ameaça desproporcional"[19]. Isso significa o seguinte: a proporcionalidade no combate é medida, digamos, em comparação com o valor de uma base de mísseis específica, ao passo que a proporcionalidade na dissuasão é medida em comparação com o valor da paz mundial. Logo, o dano pode não ser justificável em perspectiva (segundo a doutrina do duplo efeito), e mesmo assim a ameaça de um dano semelhante ainda pode ser permitida em termos morais. Talvez essa argumentação esteja certa, mas devo ressaltar que sua conseqüência é a de anular a norma da proporcionalidade. Agora não há nenhum limite quanto ao número de pessoas que podemos ameaçar matar, desde que essas mortes sejam causadas "indiretamente", e não pela pontaria direta. Como vimos antes, a idéia de proporcionalidade, uma vez que se trabalhe um pouco com ela, tende a desaparecer. E com isso todo o peso da argu-

---

19. *The Just War*, p. 303.

mentação de Ramsey recai sobre a idéia da morte por ação indireta. Trata-se de fato de uma idéia importante, essencial para as permissões e restrições da guerra convencional. Aqui, porém, sua posição é solapada pelo fato de Ramsey depender tanto das mortes que ele supostamente não pretende. Como outros teóricos da dissuasão, ele quer impedir um ataque nuclear, ameaçando de morte enorme quantidade de civis inocentes; mas ao contrário de outros teóricos da dissuasão, ele espera matar essas pessoas sem mirar nelas. Essa pode ser uma questão de alguma importância moral, mas não parece significativa o suficiente para servir como pedra angular de uma dissuasão justificada. Se a guerra de neutralização da força nuclear inimiga não tivesse efeitos indiretos, ou se tivesse efeitos ínfimos e controláveis, ela não poderia desempenhar nenhum papel na estratégia de Ramsey. Considerando-se os efeitos que realmente tem e o papel central que lhe foi atribuído, o termo "indireto" parece ter perdido grande parte de seu significado. Sem dúvida, qualquer um que planeje uma estratégia dessa natureza deverá aceitar a responsabilidade moral pelos efeitos dos quais depende de modo tão radical.

Contudo, ainda não vimos o todo do projeto de Ramsey, pois ele não se retrai diante das perguntas mais difíceis. E se o provável dano indireto de uma guerra nuclear justa não for suficiente para dissuadir um agressor em potencial? E se o agressor fizer ameaças de um ataque contra cidades? A rendição seria intolerável; e ainda assim não podemos nós mesmos responder com ameaças de assassinato em massa. Felizmente (mais uma vez), não temos de fazê-lo. "Não precisamos... ameaçar usar [armas nucleares] em caso de ataque", escreveu Bernard Brodie. "Não precisamos fazer nenhuma ameaça. Só o fato de elas existirem já basta."[20] E o mesmo acontece, de acordo com Ramsey, com ataques contra cidades: a mera posse de armas nucleares constitui uma ameaça implícita que ninguém na realidade precisa fazer. Se a imoralidade reside em pronunciar a ameaça, na prática ela pode ser evitada, embora seja possível certo assombro diante da facilidade dessa solução. As armas nucleares, escreve Ramsey, têm uma certa ambigüidade inerente: "elas podem ser usadas contra forças estratégicas ou contra centros de população", e isso significa que *"independentemente da intenção*, sua capacidade de dissuasão não pode ser removida delas... Por maior que seja a freqüência e a sinceridade com que declaremos que nossos alvos são as forças de um inimigo, ele nunca pode ter certeza de que no frenesi ou na confusão da guerra suas cidades não venham a ser destruídas"[21]. Ora, a posse de armas convencionais é tanto inocente como ambígua, exatamente da mesma forma, sugere Ramsey. O fato de que estou brandindo uma espada ou um fuzil não significa que vou usar a arma contra pessoas inocentes, se bem que seja perfeitamente eficaz contra elas. A arma convencional tem o mesmo "duplo uso" que Ramsey descobriu nas armas nucleares. Mas a bomba é diferente. Em certo sentido, como Beaufre afirmou, ela não foi de modo algum projetada para a guerra[22]. Foi projetada para matar populações inteiras, e seu valor dissuasório depende desse fato (seja a matança direta, seja indireta). Ela serve ao propósito de impedir a guerra somente em virtude da ameaça implícita que representa, e nós a possuímos por causa

---

20. *War and Politics*, p. 404.
21. *The Just War*, p. 253 (grifo do autor); veja também p. 328.
22. "Warfare", p. 568.

desse propósito. E homens e mulheres são responsáveis pelas ameaças de acordo com as quais vivem, mesmo que não as expressem em voz alta.

Ramsey insiste. Talvez a mera posse de armas nucleares não seja suficiente para dissuadir um agressor imprudente. Nesse caso, sugere ele, devemos distinguir "entre a aparência e a realidade de se... comprometer a chegar a trocas de cidades... Nesse caso, somente a aparência deveria ser cultivada"[23]. Não tenho certeza do significado exato desse trecho, e Ramsey (pelo menos dessa vez) parece relutar em dizer, mas presumivelmente isso nos permitiria fazer alusão à possibilidade de retaliação em massa sem realmente fazer planos para ela ou sem pretender executá-la. Assim, oferecem-nos um *continuum* de perigo moral crescente ao longo do qual quatro pontos estão assinalados: a perspectiva expressa de mortes indiretas (e desproporcionais) de civis; a ameaça implícita de ataques contra cidades; a aparência "cultivada" de um compromisso com ataques contra cidades; e o verdadeiro compromisso. Esses bem podem ser pontos distintos, no sentido de ser possível imaginar linhas de ação centradas em torno deles, e que sejam linhas de ação diferentes. Sou propenso, porém, a duvidar de que as diferenças façam diferença. Proibir o último por razões morais, enquanto se permitem os três primeiros, pode apenas tornar as pessoas cínicas quanto às próprias razões morais. Ramsey pretende esclarecer nossas intenções sem proibir as políticas que ele considera necessárias (e que provavelmente são necessárias nas condições atuais) para a dupla prevenção da guerra e da conquista. Entretanto, a verdade inevitável é que todas essas políticas no

---

23. *The Just War*, p. 254; veja também pp. 333 ss.

fundo repousam sobre ameaças imorais. A menos que desistamos da dissuasão nuclear, não podemos desistir desse tipo de ameaça; e é melhor que reconheçamos francamente o que estamos fazendo.

A verdadeira ambigüidade da dissuasão nuclear reside no fato de que ninguém, nem nós mesmos, pode ter certeza de que um dia levará a cabo as ameaças que faz. Em certo sentido, tudo o que fazemos é "cultivar a aparência". Nós nos esforçamos por inspirar credibilidade, mas o que supostamente estamos planejando e pretendendo fazer permanece inacreditável. Como já propus, isso ajuda a tornar a dissuasão tolerável em termos psicológicos, e talvez também torne uma postura de dissuasão infimamente melhor a partir de um ponto de vista moral. Contudo, ao mesmo tempo, a razão para nossa hesitação e incerteza é a monstruosa imoralidade que nossa linha de ação prevê, uma imoralidade que nunca podemos esperar harmonizar com nosso entendimento da justiça na guerra. As armas nucleares mandam pelos ares a teoria da guerra justa. Das inovações tecnológicas da humanidade, elas são as primeiras que simplesmente não são passíveis de inserção no mundo moral conhecido. Ou melhor, nossas noções conhecidas sobre *jus in bello* exigem que condenemos até mesmo a ameaça de usar essas armas. E, entretanto, há outras noções, também conhecidas, relacionadas à agressão e ao direito de autodefesa, que parecem exigir exatamente essa ameaça. E assim ultrapassamos constrangidos os limites da justiça em nome da justiça (e da paz).

Segundo Ramsey, essa é uma manobra perigosa. Pois, se nos "convencermos", escreve ele, "de que no que diz respeito à dissuasão muitos aspectos são desumanos que não o são", então, não vendo meio de evitar a desumanidade, não "lhe imporemos nenhum limite"[24]. Mais uma vez, essa argumentação está corretíssima em referência à guerra convencional. Ela capta o erro central do que chamei de doutrina da "guerra como inferno". É, porém, convincente no caso da guerra nuclear somente se pudermos descrever limites plausíveis e significativos em termos morais, o que Ramsey não fez, nem conseguiram fazer os estrategistas da "resposta flexível". Todos os seus argumentos giram em torno da desumanidade absoluta de ataques contra cidades. Fingir que isso não é verdade gera seus próprios perigos. Traçar fronteiras insignificantes, manter as categorias formais do duplo efeito, do dano indireto, da imunidade de não-combatentes e assim por diante, quando resta tão pouco conteúdo moral, é corromper a argumentação em defesa da justiça como um todo e torná-la suspeita mesmo nas áreas da vida militar às quais ela se aplica perfeitamente. E essas áreas são vastas. A dissuasão nuclear assinala seus limites extremos, forçando-nos a contemplar guerras que nunca podem ser travadas. Dentro desses limites, há guerras que podem ser travadas, que serão e talvez até devessem ser travadas, e às quais as normas antigas se aplicam plenamente. O espectro de um holocausto nuclear não nos instiga a agir de modo desumano em guerras convencionais. Na realidade, é provável que ele seja um fator de dissuasão também nelas. É difícil imaginar uma repetição de Dresden ou de Tóquio numa guerra convencional entre potências nucleares. Pois a destruição em tal escala detonaria uma resposta nuclear e uma escalada drástica e inaceitável da luta.

---

24. *The Just War*, p. 364. Ramsey está parafraseando a crítica de Anscombe do pacifismo: veja "War and Murder", p. 56.

A guerra nuclear é e continuará sendo inaceitável, sem que haja nenhuma argumentação em defesa de sua reabilitação. Por ser ela inaceitável, devemos procurar meios para impedir que ocorra; e, como a dissuasão é um meio condenável, devemos procurar outros. Não é meu objetivo neste livro propor como as alternativas poderiam ser. Estive mais interessado em reconhecer que a dissuasão em si, apesar de toda a sua criminalidade, por enquanto se insere ou pode se inserir na categoria da necessidade. Contudo, o que vale para o bombardeio de terror também se aplica à ameaça de terrorismo: a extrema emergência nunca é uma posição estável. O reino da necessidade é sujeito a mudanças históricas. E, o que é mais importante, estamos sob a obrigação de aproveitar oportunidades para escapar dessa situação, até mesmo de assumir riscos por essas oportunidades. Assim, a disposição de assassinar é equilibrada, ou deveria sê-lo, pela disposição de não assassinar, de não ameaçar com o assassinato, logo que sejam encontrados caminhos alternativos para a paz.

QUINTA PARTE
A QUESTÃO DA RESPONSABILIDADE

18. O CRIME DA AGRESSÃO:
LÍDERES POLÍTICOS E CIDADÃOS

A atribuição de responsabilidade é o teste crítico da argumentação em prol da justiça. Pois se a guerra é travada não sob a égide da necessidade, mas, com maior freqüência, sob a da liberdade, tanto os soldados como os estadistas são forçados a fazer escolhas que às vezes são de cunho moral. E, quando agem desse modo, deve ser possível identificá-los tanto para o louvor como para a culpa. Se existem crimes de guerra reconhecíveis, é preciso que haja criminosos reconhecíveis. Se existe algo que se possa chamar de agressão, é preciso que haja agressores. Não se trata de podermos indicar um culpado ou grupo de culpados para cada violação dos direitos humanos em tempos de guerra. As condições da guerra fornecem uma infinidade de desculpas: medo, coação, ignorância, até mesmo loucura. A teoria da justiça deveria, porém, nos indicar o caminho até os homens e mulheres de quem podemos acertadamente exigir uma explicação; e ela deveria moldar e controlar os julgamentos que fizermos das desculpas que eles oferecerem (ou que forem oferecidas em seu nome). A teoria da justiça não designa as pessoas por seu nome próprio, naturalmente, mas por seu cargo público e pelas circunstâncias. Descobrimos os nomes (às vezes) quando estamos procurando destrinchar casos, com atenção aos detalhes da atuação moral e militar. Na medida em que definirmos os nomes certos ou, pelo menos, na medida em que nossas imputações e julgamentos estiverem em harmonia com a real experiência da guerra e forem sensíveis a toda a sua dor, a argumentação em prol da justiça será enormemente reforçada. Não pode haver justiça na guerra se não houver homens e mulheres responsáveis em última instância.

Nesse caso, a questão é de responsabilidade moral. Estamos interessados na culpabilidade de indivíduos, não em sua inocência ou culpa nos termos da lei. Grande parte do debate sobre a agressão e sobre os crimes de guerra concentra-se, porém, nesta última questão, não na primeira. E, enquanto vamos lendo essas argumentações, ou quando as escutamos, costuma parecer que o que está sendo dito é o seguinte: que, se um indivíduo não for responsabilizável em termos legais por algum ato ou omissão em particular, mas se esse ato ou omissão for, por assim dizer, meramente imoral, não se poderá afirmar muito que seja útil a respeito de sua culpa. Pois a responsabilidade legal é uma questão de normas definidas, procedimentos bem conhecidos e juízes detentores de autoridade, ao passo que a moral nada mais é que uma conversa interminável, na qual cada interlocutor possui direitos iguais a suas opiniões. Examinemos, por exemplo, o ponto de vista de um professor de direito contemporâneo que acredita que os "elementos essenciais" da "questão dos crimes de guerra" podem ser expostos com "concisão e clareza toleráveis", desde que se aceite uma advertência: "Não farei nenhuma tentativa de dizer o que é imoral – não por acreditar que a moral não tenha importância, mas porque minhas opiniões a seu respeito não têm direito a nenhum peso maior que as de Jane Fonda, Richard M. Nixon ou que as suas."[1] Naturalmente, a moral *não tem* importância se todas as opiniões forem iguais porque nesse caso nenhuma opinião específica tem força alguma. A autoridade moral é sem dúvida diferente da autoridade legal. Ela é conquistada por meios diferentes; mas o professor Bishop está enganado ao considerar que ela não existe. Ela está relacionada com a capacidade de evocar princípios de aceitação comum de modo convincente e aplicá-los a casos específicos. Ninguém pode raciocinar sobre a justiça e a guerra, como venho fazendo, sem lutar por uma voz de autoridade e sem reivindicar um determinado "peso".

A argumentação moral tem especial importância em tempos de guerra porque, como já disse, e como a concisão de Bishop deixa claro, as leis da guerra são radicalmente incompletas. Juízes de reconhecida competência raramente são chamados a julgar. Na realidade, costuma haver motivos de prudência para não convocá-los, pois mesmo decisões judiciais bem elaboradas, em certos momentos na história da sociedade internacional, têm probabilidade de ser entendidas apenas como atos de crueldade e vingança. Julgamentos como os que se realizaram em Nuremberg após a Segunda Guerra Mundial parecem-me defensáveis além de necessários. A lei deve fornecer algum recurso quando nossos valores morais mais profundos estão sendo atacados com selvageria. No entanto, esses processos de modo algum esgotam o terreno do julgamento. Ainda resta mais a fazer no que diz respeito a essas questões, e é meu objetivo tratar disso aqui: apontar para criminosos e possíveis criminosos em toda

---

1. Joseph W. Bishop, Jr., "The Question of War Crimes", 54 *Commentary* 6:85 (dezembro, 1972).

a faixa da atividade guerreira, embora não para sugerir, a não ser indiretamente, como deveríamos lidar com essas pessoas[2]. O crucial é que elas possam ser identificadas. Sabemos onde procurá-las, se nos dispusermos a tal.

O mundo das autoridades

Começarei pelas imputações e julgamentos que são exigidos pelo próprio crime da guerra. Isso quer dizer começar pela política em vez de pelo combate, com civis no lugar de soldados, pois a agressão é antes de mais nada obra de líderes políticos. Devemos (ingenuamente) imaginá-los sentados em torno da mesa elegante de uma chancelaria antiquada ou na velocidade eletrônica de uma moderna sala de comando, planejando intervenções, conquistas e ataques ilegítimos. Sem dúvida, nem sempre é assim, embora a história recente forneça provas abundantes de planejamento criminoso direto e sem disfarces. Os "estadistas" são mais dissimulados, almejando a guerra somente de modo indireto, como Bismarck em 1870, e adotando uma visão muito complexa de seus próprios esforços. Portanto, talvez não seja fácil isolar os agressores, embora eu creia que deveríamos partir do pressuposto de que sempre é possível. Os homens e mulheres que levam seu povo à guerra devem a esse povo e a nós uma explicação. Pois cada pessoa que é morta, cada gota de sangue derramado é

> ... uma queixa dolorida
> Contra aquele cujos erros amolaram as espadas.

---

2. Veja a sugestão de Sanford Levinson, "Responsibility for Crimes of War", 2 *Philosophy and Public Affairs* 270 ss. (1973).

Escutando as desculpas e mentiras, bem como as explicações verdadeiras, de líderes políticos, procuramos pelos "erros" que se escondem por trás da luta e que constituem sua causa moral.

Os juristas nem sempre incentivaram essa busca. Até época muito recente, pelo menos, eles sustentaram que "atos de Estado" não podem ser crimes de indivíduos. As razões legais para essa recusa encontram-se na teoria da soberania, como era compreendida no passado. Argumentava-se que Estados soberanos por definição não reconhecem nada que lhes seja superior e não aceitam julgamentos externos. Por esse motivo, não há como provar a criminalidade de atos atribuídos ao Estado, ou seja, efetuados por autoridades reconhecidas no cumprimento de seus deveres oficiais (a menos que a lei interna da nação forneça procedimentos para fazer com que essas provas tenham valor)[3]. Esse argumento é desprovido de efeito moral, porém, pois sob esse aspecto os Estados nunca foram soberanos em termos morais, mas apenas em termos legais. Todos nós somos capazes de julgar atos de líderes políticos, e é comum que o façamos. A soberania legal também não proporciona mais nenhuma proteção contra julgamentos externos. Nesse caso, Nuremberg é o precedente decisivo.

Existe, entretanto, outra versão, mais informal, da doutrina do "ato de Estado", que não se refere à soberania da comunidade política, mas, sim, à representatividade de seus líderes. Costuma ser recomendado que não

---

3. Para uma valiosa exposição dessa doutrina, que detecta suas origens na jurisprudência de John Austin, veja Stanley Paulson, "Classical Legal Positivism at Nuremberg", 4 *Philosophy and Public Affairs* 132-58 (1975).

condenemos os atos dos estadistas, ou que não nos precipitemos a condená-los, já que, afinal de contas, essas pessoas não estão agindo por egoísmo nem por motivos particulares. Como escreveu Townsend Hoopes a respeito dos líderes americanos durante a guerra do Vietnã, eles estão "lutando de boa-fé... para servir ao interesse nacional geral de acordo com sua inteligência"[4]. Estão agindo pelo bem de outras pessoas ou em nome delas. A mesma afirmação pode ser feita a respeito de oficiais militares, exceto quando os crimes que cometerem forem determinados pela paixão ou pelo egoísmo. Ela também poderia ser feita a respeito de militantes revolucionários que matarem inocentes em nome de sua causa (não em razão de algum rancor pessoal), embora a causa não tenha nenhuma ligação oficial, mas apenas presumida, com o interesse nacional. Esses também são líderes. Podem ter galgado a seu "posto" por meios não muito diferentes dos adotados por autoridades mais convencionais, e podem às vezes dizer que atos do movimento ou da revolução são tão representativos como atos do Estado. Se esse argumento for aceitável no caso de estadistas e oficiais, não vejo nenhuma razão para rejeitá-lo no caso de revolucionários. Contudo, o argumento não se sustenta em nenhum desses casos, pois é falso sugerir que funções de representatividade sejam isentas de risco moral. Elas oferecem, sim, um risco especial, exatamente porque estadistas, oficiais e revolucionários atuam em nome de outras pessoas e com efeitos de ampla abrangência. Às vezes eles agem de um modo que põe em perigo as pessoas que representam; às vezes, de um modo que põe

---

4. Citado em Noam Chomsky, *At War With Asia*, p. 310.

em risco a todos nós. Dificilmente poderiam se queixar se os considerarmos sujeitos ao julgamento moral.

O poder político é um bem que as pessoas buscam. Elas aspiram a altos postos, maquinam para obter controle e liderança, competem por posições a partir das quais possam fazer tanto o bem como o mal. Se esperam elogios pelo bem que fazem, não podem fugir à culpa pelo mal. Ainda assim, a culpa sempre causa ressentimento, mesmo quando acreditamos que seja merecida, e é importante tentar dizer por que isso ocorre. A crítica moral vai muito fundo. Ela põe em questão a boa-fé de um líder e sua retidão pessoal. Como os líderes políticos raramente são cínicos a respeito de seu trabalho, e nunca podem se dar ao luxo de aparentar ser cínicos, eles levam a sério esse tipo de crítica, encarando-a com forte desagrado. Eles podem aceitar a discordância (se forem líderes democráticos), mas não acusações de criminalidade. Na realidade, é provável que tratem toda crítica moral como um deslocamento ilegítimo da controvérsia política. Suponho que tenham razão ao reconhecer que a moralidade costuma ser um disfarce para a política. O mesmo vale para a lei. As acusações de teor legal podem ser uma forma muito poderosa de ataque político. Entretanto, embora elas sejam com freqüência usadas desse modo, e com freqüência sejam aviltadas nesse uso, ainda é verdade que os líderes políticos estão submetidos ao código legal e podem ser legitimamente acusados de atos criminosos e punidos por eles. O mesmo ocorre com o código moral: embora os termos de elogios e culpas sejam universalmente disponíveis e com freqüência sejam mal utilizados, o código ainda tem força de obrigação, e assim o elogio e a culpa são pelo menos às vezes adequados. O mau uso da lei e da moral é comum em tempos de guerra, e por isso precisamos ter cuidado não só ao punir líderes políticos pelas guerras que travam, mas também ao estigmatizá-los. Eles não têm, porém, nenhum direito a reivindicar isenção do estigma da agressão quando violam os direitos de outro povo e forçam os soldados desse outro povo a lutar.

Atos de Estado também são atos de pessoas enquanto indivíduos e, quando assumem a forma de guerra de agressão, determinados indivíduos são criminalmente responsáveis. Nem sempre transparece quem exatamente são essas pessoas e quantas são. Mas faz sentido começar pelo chefe do Estado (ou pelo chefe efetivo) e pelos homens e mulheres de seu círculo imediato, que realmente controlam o governo e tomam as principais decisões. Sua responsabilidade é clara, como é a dos comandantes de uma campanha militar pela estratégia e tática que adotarem, pois eles são a origem, não os cumpridores, de ordens superiores. Quando se defendem, não olham para o alto na hierarquia política, mas para o outro lado da frente de combate. Culpam seus adversários por forçá-los a lutar. Indicam a intricada complexidade das manobras prévias à guerra bem como as extravagantes exigências e atos de hostilidade de seus adversários. São longas as histórias que contam[5]:

> Quem atacou primeiro? Quem ofereceu a outra face?
> A agressão cometida é logo negada,
> E o insulto incorporado à violação
> Por agentes especializados nesses assuntos,
> Com quem é risco puro, não pise no meu calo,

---

5. Stanley Kunitz, "Foreign Affairs", em *Selected Poems: 1928-1959* (Boston, 1958), p. 23.

Eu o desafio, não se aproxime e beije minha mão.
A cólera poderia afiar facas, e afia; vivemos
Em estados de provocação.

Para conseguirmos nos orientar em meio a alegações e alegações em contrário, precisamos de uma teoria como a que tentei estipular na Segunda Parte deste livro. Com muita freqüência, apesar dos agentes especializados, a teoria é prontamente aplicada. Vale mencionar alguns casos a respeito dos quais não temos, creio eu, nenhuma dúvida: o ataque alemão à Bélgica em 1914, a conquista da Etiópia pela Itália, o ataque japonês à China, as intervenções da Alemanha e da Itália na Espanha, a invasão russa da Finlândia, a conquista da Checoslováquia, Polônia, Dinamarca, Bélgica e Holanda pelos nazistas, as invasões russas da Hungria e da Checoslováquia, o desafio egípcio a Israel em 1967 e assim por diante – o século XX proporciona uma lista fácil. Já defendi o ponto de vista de que a guerra dos Estados Unidos no Vietnã pertence à mesma classe. Às vezes, sem dúvida, a história é mais turva; os líderes políticos nem sempre estão no controle de suas próprias provocações; e chegam a eclodir guerras sem que ninguém planeje ou pretenda violar os direitos de outros. Contudo, na medida em que reconheçamos a agressão, não deveríamos ter dificuldade para culpar chefes de Estado. Os problemas difíceis e interessantes surgem quando perguntamos como a responsabilidade pela agressão se difunde por todo um sistema político.

Em Nuremberg, afirmou-se que o crime da agressão ("crime contra a paz") envolvia "o planejamento, preparação, iniciativa e combate de uma guerra [agressiva]". Essas quatro atividades eram consideradas diferentes do planejamento e preparação de campanhas militares específicas e do verdadeiro combate da guerra, que (acertadamente) foram considerados de caráter não-criminoso. Ora, "o planejamento, preparação, iniciativa e combate" seriam aparentemente trabalho de uma boa quantidade de pessoas. Na realidade, porém, os tribunais restringiram a faixa de responsabilização de tal modo que as condenações obtidas atingissem apenas as autoridades que faziam parte do "círculo mais íntimo de assessores de Hitler" ou que desempenhavam um papel tão importante na criação ou execução das políticas que seus protestos e recusas teriam provocado um impacto significativo[6]. Pessoas em postos inferiores na hierarquia burocrática, se bem que sua contribuição fosse significativa em termos cumulativos, não foram consideradas responsáveis em termos individuais. Não está nem um pouco claro, porém, exatamente onde deveríamos traçar o limite. Também não está claro se deveríamos atribuir a culpa da mesma forma que atribuímos a culpabilidade legal. O melhor modo de lidar com essas questões é examinar imediatamente um caso crítico.

Nuremberg: "O caso dos ministérios"

Em importante artigo a respeito da responsabilidade pelos crimes de guerra, Sanford Levinson analisou os veredictos de Nuremberg, com atenção especial voltada

---

6. *Trials of War Criminals Before the Nuremberg Military Tribunals*, vol. 11 (1950), pp. 488-9; veja a análise em Levinson, pp. 253 ss. e em Greenspan, *Modern Law of Land Warfare*, pp. 449-50.

para o julgamento de Ernst von Weizsaecker, que foi Secretário de Estado do Ministério das Relações Exteriores da Alemanha de 1938 a 1943, sendo subalterno apenas de Von Ribbentrop (um dos integrantes do "círculo mais íntimo") na hierarquia da política externa. Vou acompanhar o relato de Levinson e depois extrair algumas conclusões a partir dele. Von Weizsaecker foi acusado de crimes contra a paz e de início foi condenado, mas a condenação foi anulada após revisão. Sua defesa ressaltava dois pontos: primeiro, que ele não teve nenhuma participação no verdadeiro planejamento de políticas; e segundo, que no interior do Ministério das Relações Exteriores ele se opunha à agressão nazista. Von Weizsaecker também estava envolvido, pelo menos superficialmente, com a oposição clandestina ao regime de Hitler. O tribunal de recursos aceitou sua defesa, salientando a segunda parte: a atividade diplomática de Von Weizsaecker, que "auxiliou e foi cúmplice" dos planos de guerra da Alemanha, era tão importante que teria sido motivo para acusá-lo se ele não tivesse criticado as políticas de Hitler dentro de seu próprio ministério e passado informações para oponentes mais ativos fora do governo. Desse modo, a linha de fronteira da responsabilidade criminal foi traçada de modo que incluísse autoridades semelhantes a Von Weizsaecker, enquanto ele próprio foi absolvido porque, embora tivesse nitidamente cumprido um papel na "preparação" de uma guerra de agressão, ele também se "opunha e fazia objeções" a essa guerra.

A promotoria alegou a insuficiência dessa oposição. Como tinha conhecimento dos planos para agressão, dizia-se, ele tinha o dever de revelar esses planos às vítimas em potencial. O tribunal rejeitou, porém, esse argumento por causa dos riscos que um ato desses teria acarretado e também porque isso poderia ter causado um número maior de baixas alemãs no campo de batalha[7].

> Pode-se lutar e fazer oposição até o ponto da violência e do assassinato de figuras importantes, quando se combate um tirano cujos programas representem a derrocada do país. Mas ainda não chegou a hora em que qualquer homem veria com satisfação a destruição de seu próprio povo e a perda de seus jovens. Aplicar qualquer outro padrão de conduta significa impor uma prova que nunca se sugeriu que fosse adequada e que, sem dúvida, não estamos preparados para considerar sábia ou proveitosa.

Essa posição é forte demais, a meu ver, pois é evidente que não se trata de "ver com satisfação" as baixas de combate de nosso próprio lado. Seria possível sentir uma enorme tristeza por elas e ainda considerar ser moralmente correto proteger o povo inocente do Estado vítima. E decerto ainda consideraríamos tanto sábio como proveitoso, na realidade heróico, se algum alemão adversário de Hitler tivesse avisado os dinamarqueses, os belgas ou os russos dos ataques iminentes. É provável que não haja nenhuma obrigação legal ou moral de agir desse modo. Não só o risco mas também a dor interior que um homem poderia sentir numa hora dessas é mais do que se requer. Por outro lado, os atos alternativos de Von Weizsaecker, embora satisfizessem os juízes, podem ter representado menos do que se requer. Pois ele continuou a servir ao regime cujas políticas não aprovava. Não se demitiu.

---

7. *Trials of War Criminals,* vol. 14 (s.d.), p. 383; veja Levinson, p. 263.

A questão da demissão surgiu de modo mais direto em associação a acusações de que Von Weizsaecker era culpado de crimes de guerra e crimes contra a humanidade, estes últimos relacionados ao extermínio de judeus. Aí também, alegou ele, "a possibilidade de até mesmo uma participação mínima sua deveria ser excluída pelo fato de ele se opor ao que estava sendo feito". Nesse caso, porém, a oposição no interior do governo não foi considerada suficiente. A SS tinha feito uma solicitação formal das opiniões do Ministério das Relações Exteriores quanto à sua política referente à questão dos judeus. E Von Weizsaecker, apesar de saber qual era essa política, não tinha manifestado nenhuma objeção. Aparentemente considerava seu silêncio o preço de seu posto e queria manter o posto para "poder estar numa posição que permitisse iniciar tentativas de negociar a paz ou auxiliar nelas" e para que pudesse continuar a transmitir informações aos oponentes clandestinos de Hitler. O tribunal sustentou, porém, que "não se pode permitir... a prática de assassinato a alguém que acredite que, ao agir dessa forma, acabará conseguindo livrar a sociedade do principal assassino. O primeiro é um crime de concretização iminente enquanto o segundo não passa de uma esperança futura". Para o tribunal, a recusa em demitir-se não era em si uma questão de responsabilidade criminal. Embora pudesse ser verdade que nenhum "homem decente poderia continuar a ocupar um alto posto na estrutura de um regime que cometia... barbaridades dessa natureza em grande escala", a falta de decência não é crime. No entanto, ocupar um alto posto e manter-se calado era um delito punível, e Von Weizsaecker foi condenado a sete anos na prisão[8].

---

8. *Trials of War Criminals*, vol. 14, p. 472; veja Levinson, p. 264.

Ora, os critérios de "contribuição significativa" ou a possibilidade de "protesto significativo" parecem perfeitamente apropriados na decisão referente a julgamento e punição. As normas da culpa, porém, são muito mais rigorosas. Precisamos dizer mais acerca da falta de decência. Se Von Weizsaecker estava obrigado a demitir-se em protesto, não vejo por que autoridades de nível inferior com conhecimento semelhantes não estavam obrigadas do mesmo jeito. Nos Estados Unidos, durante os anos da guerra do Vietnã, somente um número pequeno de funcionários das Relações Exteriores se demitiu, a maioria deles com cargos de baixo nível. Mesmo assim, essas demissões foram animadoras em termos morais (pelo menos, para aqueles de nós que conheciam seus motivos) de uma forma que sugere que deveriam ter sido imitadas[9]. A coragem exigida para pedir demissão na Alemanha no final da década de 1930 ou início da de 1940 era muito maior que a necessária nos Estados Unidos três décadas mais tarde, quando a oposição à guerra era pública e vociferante. Entretanto, não era uma coragem em desafio à morte que era necessária, nem mesmo na Alemanha, mas algo menor, que estava bem ao alcance de pessoas comuns. Muitas autoridades que deixaram de renunciar apresentaram desculpas por não fazê-lo, o que sugere que reconheciam o imperativo, por mais vago que fosse esse reconhecimento. Em sua maioria, essas desculpas eram semelhantes às de Von Weizsaecker, voltadas para benefícios distantes. Mas também havia homens que permaneciam no posto com o objetivo de se dedicar a atos concretos e imediatos de bene-

---

9. Para um exame dos casos do Vietnã, veja Edward Weisband e Thomas M. Franck, *Resignation in Protest* (Nova York, 1976).

volência ou sabotagem, freqüentemente expondo-se a enorme risco pessoal. Desses, o mais extraordinário foi o tenente Kurt Gerstein da SS, cujo caso foi cuidadosamente documentado por Saul Friedlander[10].

> Gerstein representou o tipo de homem que, em razão de suas convicções mais profundas, renegava o regime nazista, até o odiava no íntimo, mas colaborava com ele para poder combatê-lo de dentro e para impedir que coisas piores acontecessem.

Não posso relatar aqui a história de Gerstein; basta dizer que ela demonstra ser possível viver uma vida pautada pela moral até mesmo na SS, se bem que a um preço em tormento pessoal (Gerstein acabou cometendo suicídio) que podemos imaginar que poucas pessoas paguem. O pedido de demissão é muito mais fácil, e às vezes, creio eu, devemos considerá-lo como o sinal mínimo de decência moral.

O caso de Von Weizsaecker convida-nos a refletir sobre mais um problema. O Secretário de Estado era um diplomata que realizava negociações com países estrangeiros, em obediência a instruções de seus superiores. Contudo, ele também era consultor desses mesmos superiores, sendo suas próprias opiniões solicitadas com freqüência. Ora, os consultores encontram-se numa posição estranha em relação ao julgamento moral tanto como ao legal. Seus conselhos mais importantes costumam ser dados verbalmente, murmurados no ouvido do governante. O que está escrito pode estar incompleto,

---

10. *Kurt Gerstein: The Ambiguity of Good*, tradução de Charles Fullman (Nova York, 1969).

adequado às exigências da correspondência burocrática. Sentimos falta dos matizes e restrições, dos sutis sinais de dúvida, das hesitações e ênfases pessoais. Se houver documentação suficiente disponível, poderemos avançar e fazer julgamentos de qualquer modo. Sem a menor dúvida, não se trata de apenas oficiais de combate, e nunca oficiais de estado-maior, poderem ser considerados responsáveis por decisões tomadas. É, porém, problemático murmurar no ouvido do governante. É mais fácil sugerir o que deveria ser dito do que o que deveríamos fazer se suspeitarmos que não tenha sido dito.

O que Von Weizsaecker disse foi provavelmente insuficiente, pois, segundo seu próprio relato, ele não salientou mais nada além da probabilidade de derrota alemã. Sua oposição às políticas de Hitler sempre se expressaram em termos do que seria oportuno[11]. Talvez esses fossem os únicos termos com probabilidade de surtir efeito na Alemanha daquele período. É provável que isso se aplique também a outros casos, mesmo com governos com uma dedicação menos explícita a um programa de conquistas. Costuma ser importante, porém, usar a linguagem da moral, nem que seja só para derrubar as formas de eufemismo e silêncio com as quais as autoridades ocultam até de si mesmas a extensão e natureza dos crimes que cometem. Às vezes, o melhor meio de um consultor dizer "não" consiste em dar um nome preciso ao plano de ação cuja aprovação lhe é solicitada. Esse argumento é apresentado de modo primoroso num discurso em *Vida e morte do rei João*, de Shakespeare. Com insinuações e indiretas, João tinha ordenado o assassina-

---

11. *Trials of War Criminals*, vol. 14, p. 346.

to de seu sobrinho Artur, duque da Bretanha. Mais tarde, sentiu remorso pelo assassinato e voltou-se contra seu cortesão, Hubert de Burgh, que executara o ato[12].

Se tiveste apenas negado com a cabeça, ou feito uma pausa,
Quando falei sinistro do que pretendia;
Ou lançado de volta um olhar de dúvida,
Como se pedisses para eu pôr em palavras claras minha história,
Profunda vergonha ter-me-ia emudecido, ter-me-ia calado...
Mas tu me entendeste por meus sinais,
E mais uma vez por sinais concordaste com o pecado;
É, sem demora, permitiste que teu coração consentisse,
E conseqüentemente que tua bruta mão agisse,
No ato que minha língua e a tua consideravam abjeto mencionar.

O discurso é hipócrita, mas capta a qualidade comum da aquiescência burocrática; e sugere com veemência que consultores e agentes, quando têm oportunidade, devem se manifestar "em palavras claras", usando a linguagem moral que todos conhecemos. Eles podem ser considerados insuficientemente agressivos ou até broncos se falarem desse jeito. Mas ser suficientemente "agressivo" para levar a cabo planos de ação que são literalmente indignos de ser mencionados é ser muito covarde ou muito perverso.

Responsabilidades democráticas

E o que dizer de todos nós – cidadãos, digamos, de um Estado engajado numa guerra de agressão? A responsabilidade coletiva é uma noção difícil, embora valha

---

12. *King John* 4:2, ll. 231-41.

a pena salientar de uma vez que temos menos problemas com a punição coletiva. A resistência à agressão é em si "punitiva" para o Estado agressor e costuma ser descrita nesses termos. Em relação ao combate real, como já argumentei, os civis dos dois lados são inocentes, igualmente inocentes, e nunca alvos militares legítimos. Eles são, porém, alvos políticos e econômicos depois que a guerra termina. Ou seja, são vítimas da ocupação militar, da reconstrução política e da cobrança de pagamentos de reparação. Podemos considerar o último desses o caso mais simples e nítido de punição coletiva. Sem dúvida são devidas reparações às vítimas de uma guerra de agressão, e não se pode esperar que elas sejam recolhidas apenas dos cidadãos do Estado derrotado que apoiaram ativamente a agressão. Em vez disso, os custos são distribuídos pelo sistema tributário, e pelo sistema econômico em geral, entre todos os cidadãos, muitas vezes ao longo de um período que se estende até gerações que não tiveram absolutamente nada a ver com a guerra[13]. Nesse sentido, a cidadania é um destino comum, e ninguém, nem mesmo seus opositores (a menos que se tornem refugiados políticos, o que também tem seu preço), pode escapar dos efeitos de um regime nocivo, de uma liderança ambiciosa ou fanática, ou de um nacionalismo exacerbado. Entretanto, se homens e mulheres precisam aceitar esse destino, às vezes eles podem fazê-lo de consciência limpa, pois a aceitação nada diz sobre sua responsabilidade individual. A distribuição dos custos não equivale a uma distribuição de culpa.

Pelo menos um autor tentou sustentar que o destino político é uma espécie de culpa: existencial, inevitável,

---

13. Para a lei contemporânea de reparações, veja Greenspan, pp. 309-10, 592-3.

assustadora. Pois o soldado ou cidadão de um Estado em guerra, escreve J. Glenn Gray em suas filosóficas memórias da Segunda Guerra Mundial, é membro de uma comunidade "grosseira, vulgar, insensata e violenta" e, mesmo a contragosto, participa de uma iniciativa "cujo espírito é o de vencer a qualquer preço". Disso ele não tem como se dissociar[14].

> Sua tendência é pensar que sua nação lhe deu refúgio e sustento, que lhe proporcionou instrução e qualquer bem que ele considere de sua propriedade. Em certo sentido, ele pertence e sempre pertencerá a ela, não importa aonde vá nem o afinco com que tente alterar sua herança cultural. Portanto, ele não tem como ser indiferente aos crimes que sua nação, ou uma de suas unidades, cometer. Compartilhará da culpa como compartilha da satisfação pelos atos generosos e produtos valiosos da nação ou exército. Mesmo que não os tenha desejado conscientemente e que tenha sido incapaz de impedi-los, ele não pode fugir totalmente à responsabilidade por atos coletivos.

Talvez sim, mas não é uma passagem fácil da "dor da culpa", que Gray descreve quase com carinho, para uma conversa séria acerca da responsabilidade. Talvez fosse melhor dizer dos cidadãos leais, que só ficam olhando enquanto seu governo ou exército (ou companheiros de armas) faz coisas terríveis, que eles sentem ou deveriam sentir vergonha mais do que responsabilidade – a menos que realmente sejam responsáveis em razão de sua participação ou aquiescência pessoal. A vergonha é o tributo que pagamos à herança que Gray descreve. "Uma

---

14. *The Warriors*, pp. 196-7.

causticante sensação de vergonha diante da atuação de seu governo e dos atos de horror cometidos pela polícia e soldados alemães era a característica de um alemão consciencioso na época do final da guerra." Essa é a pura verdade, mas nós mesmos não vamos culpar o alemão consciencioso nem chamá-lo de responsável. Ele também não precisa se culpar, a menos que houvesse algo que ele devesse ter feito, e pudesse ter feito, diante do horror.

Talvez sempre se possa dizer a respeito de uma pessoa dessas que ela poderia ter feito mais do que fez. Homens e mulheres conscienciosos têm sem dúvida a probabilidade de pensar desse modo acerca de si mesmos. É um sinal de que são conscienciosos[15].

> Nessa ocasião ou naquela, ele se calou quando deveria ter se pronunciado. Em seu próprio círculo de influência de tamanho maior ou menor, ele não fez valer seu peso. Se tivesse reunido a coragem civil para protestar a tempo, algum ato específico de injustiça poderia ter sido evitado.

Reflexões dessa natureza são interináveis e interminavelmente desanimadoras. Elas levam Gray a sustentar que, por trás da responsabilidade coletiva, está a "culpa metafísica", que deriva de "enquanto seres humanos, não conseguirmos viver de acordo com nossas potencialidades e nossa visão do bem". O fracasso de alguns de nós é, porém, sem dúvida mais entristecedor que o de outros; e é necessário, com toda a devida cautela e humildade, delimitar padrões em relação aos quais possamos

---

15. *The Warriors*, p. 198.

medir os respectivos fracassos. Gray sugere o padrão correto, embora rapidamente passe a insistir que nunca podemos aplicá-lo a ninguém além de nós mesmos. Mas esse tipo de reflexão sobre si mesmo não é possível na política e na moral. Quando nos julgamos, necessariamente julgamos outras pessoas com quem dividimos uma vida em comum. E como é possível criticar e culpar nossos líderes, como às vezes precisamos fazer, sem envolver seus entusiasmados simpatizantes (nossos concidadãos)? Embora a responsabilidade seja sempre pessoal e particular, a vida moral sempre tem caráter coletivo.

Eis o princípio de Gray, que pretendo adotar e explanar: "*Quanto maior a possibilidade de liberdade de ação na esfera comunitária, maior o grau de culpa por atos nocivos cometidos em nome de todos.*"[16] O princípio convida-nos a voltar a atenção para regimes democráticos em vez de autoritários. Não que a liberdade de ação seja impossível, mesmo no pior dos regimes autoritários. No mínimo, as pessoas podem pedir demissão, retirar-se, fugir. Nas democracias existem, porém, oportunidades para reação positiva; e nós precisamos perguntar até que ponto essas oportunidades determinam nossas obrigações, quando atos nocivos são cometidos em nosso nome.

O povo americano e a guerra no Vietnã

Se a argumentação nos capítulos 6 e 11 estiver correta, a guerra dos Estados Unidos no Vietnã foi, em primeiro lugar, uma intervenção injustificada; e, em segundo lugar, foi travada de modo tão brutal que, mesmo que de

---

16. *The Warriors*, p. 199.

início tivesse sido defensável, teria de ser condenada, não sob um aspecto ou outro, mas como um todo. Não vou retomar aquela descrição, mas presumi-la para podermos examinar detidamente a responsabilidade de cidadãos democráticos – e de um grupo específico de cidadãos democráticos, ou seja, nós mesmos[17].

A democracia é uma forma de distribuir a responsabilidade (exatamente como a monarquia é uma forma de recusa em distribuí-la). Isso não quer dizer, porém, que todos os cidadãos adultos tenham participação igual na culpa que atribuímos por uma guerra de agressão. Nossas verdadeiras imputações irão variar muito, dependendo da exata natureza da ordem democrática, da posição de uma pessoa específica nessa ordem e do modelo de suas próprias atividades políticas. Mesmo numa democracia perfeita, não se pode dizer que cada cidadão é autor de cada política do Estado, muito embora cada um deles possa legitimamente ser chamado a prestar contas. Imaginemos, por exemplo, uma pequena comunidade na qual todos os cidadãos sejam informados plenamente e com precisão a respeito dos assuntos públicos, na qual todos eles participem, discutam, votem questões de interesse comunitário, e na qual todos se revezem na ocupação de cargos públicos. Digamos, então, que essa comunidade inicie e trave uma guerra injusta contra seus vizinhos – em nome de alguma vantagem econômica, talvez, ou no afã de expandir seu (admirável) sistema político. Não se trata de legítima defesa; ninguém a atacou nem planeja fazê-lo. Quem é responsável por essa guerra? Sem dúvida, todos esses homens e mulheres que vota-

---

17. Em minha reflexão sobre essas questões, foram-me extremamente úteis os ensaios de Joel Feinberg em *Doing and Deserving*.

ram a favor dela e que colaboraram para planejá-la, iniciá-la e travá-la. Os soldados que se empenham na luta física não são responsáveis na qualidade de soldados; mas, como cidadãos, eles são, presumindo-se que tivessem idade suficiente para ter participado da decisão de lutar*. Todos eles são culpados do crime da guerra de agressão e de nenhuma acusação menos importante; e num caso semelhante não hesitaríamos em culpá-los em público. Nem faria nenhuma diferença se sua motivação fosse o egoísmo econômico ou um fanatismo político que a seus olhos parecesse totalmente desinteressado. De um modo ou do outro, o sangue de suas vítimas constituiria uma queixa contra eles.

Os que votassem contra a guerra ou que se recusassem a cooperar na luta não poderiam ser culpados. Mas o que pensaríamos de um grupo de cidadãos que não ti-

---

* Por que eles não são responsáveis enquanto soldados? Se têm a obrigação moral de votar contra a guerra, por que não têm também a obrigação de se recusar a lutar? A resposta é que eles votam como indivíduos, cada um decidindo por si, mas lutam como membros da comunidade política, depois que a decisão coletiva foi tomada, sujeitos a todas as pressões morais e materiais que descrevi no capítulo 3. Agem muito bem quando se recusam a lutar, e nós deveríamos homenagear aqueles – que provavelmente serão poucos – que têm a segurança interior e a coragem de se opor a seus companheiros. Em outros textos, afirmei que as democracias deveriam respeitar essas pessoas e sem dúvida tolerar sua recusa. (Ver o ensaio sobre a *"Concious Objection"* em *Obligations*.) Isso não quer dizer, porém, que os outros podem ser chamados de criminosos. O patriotismo pode ser o último refúgio dos canalhas, mas ele é também o refúgio normal de homens e mulheres normais, e exige de nós outro tipo de tolerância. Devemos porém esperar que opositores de uma guerra se recusem a assumir postos de autoridade ou a ser promovidos a oficiais, mesmo quando se sintam forçados a dividir os riscos do combate com seus compatriotas.

vessem votado? Se tivessem votado, digamos, a guerra talvez pudesse ter sido evitada, mas eles sentiram preguiça, pouco se importaram ou tiveram medo de investir contra um lado ou o outro numa questão de ânimos acirrados. O dia da decisão crucial foi dia de folga do trabalho. Eles o passaram no jardim. Sinto-me propenso a dizer que eles têm alguma culpa, embora não sejam culpados da guerra de agressão. Decerto seus concidadãos que compareceram à assembléia e se opuseram à guerra podem culpá-los por sua indiferença e apatia. Esse parece ser um nítido exemplo a contrapor à afirmativa de Gray de que "nenhum cidadão de uma terra livre pode legitimamente acusar seu vizinho... de não ter feito tudo o que deveria para impedir o estado de guerra ou a prática desse ou daquele crime por parte do Estado. Mas cada um pode... acusar a si mesmo..."[18] Numa democracia perfeita, saberíamos muito a respeito de nossos deveres, e acusações justas não seriam impossíveis.

Imaginemos agora que a minoria dos cidadãos que foi derrotada poderia ter vencido (e impedido a guerra) se, em vez de apenas votar, eles tivessem realizado comícios do lado de fora da assembléia, tivessem feito passeatas e manifestações, organizado uma segunda votação. Suponhamos que nenhuma dessas atividades tivesse sido terrivelmente perigosa para eles, mas que eles preferiram não adotar essas medidas porque sua oposição à guerra não era assim tão forte. Eles a consideravam injusta, mas não se horrorizavam com a perspectiva; esperavam uma rápida vitória e assim por diante. Nesse caso eles também têm certa culpa, embora em grau me-

---

18. *The Warriors*, p. 199.

nor do que a dos cidadãos preguiçosos que nem se deram ao trabalho de comparecer à assembléia.

Esses dois últimos exemplos assemelham-se aos casos de bons samaritanos na sociedade de um país, em que costumamos dizer que, se for possível fazer o bem, sem riscos ou alto preço, é recomendável que se faça o bem. No entanto, quando o assunto é guerra, a obrigação é mais forte, pois não se trata de fazer o bem, mas de impedir um grave mal, e um mal que será cometido em nome de minha própria comunidade política, portanto, em certo sentido, em meu próprio nome. Aqui, supondo-se ainda que a comunidade seja uma democracia perfeita, tem-se a impressão de que um cidadão se exime de culpa somente se retirar seu nome. Não creio que isso signifique que ele deve se tornar um revolucionário ou se exilar, de fato renunciando a sua cidadania ou a sua lealdade. Ele deve, porém, fazer o possível, que não o leve a aceitar riscos assustadores, para impedir ou bloquear a guerra. Ele deve dissociar seu nome desse ato (a política da guerra), embora não necessariamente de todos os atos da comunidade, pois ainda pode, como provavelmente deveria, valorizar a democracia que ele e seus concidadãos conseguiram alcançar. Esse é, então, o significado da máxima de Gray: quanto mais se têm condições de fazer, mais se é obrigado a fazer.

Podemos agora abandonar o mito da perfeição e pintar um quadro mais realista. O Estado que entra em guerra é, como o nosso, um Estado enorme, governado a enorme distância dos cidadãos comuns por autoridades poderosas e com freqüência arrogantes. Essas autoridades, ou pelo menos as principais entre elas, são escolhidas através de eleições democráticas, mas na época da escolha sabe-se pouquíssimo sobre seus programas e compromissos. A participação política é ocasional, intermitente, limitada em seus efeitos e mediada por um sistema de divulgação de notícias que é controlado em parte por aquelas autoridades distantes e que, seja como for, permite distorções consideráveis. Pode ser que uma política desse tipo seja a melhor que podemos esperar ter (embora eu não acredite nisso), uma vez que a comunidade política tenha atingido um determinado tamanho. De qualquer modo, já não é tão fácil impor a responsabilidade como numa democracia perfeita. Não se quer considerar aquelas autoridades distantes como se fossem reis; mas, para certos tipos de ação do Estado, preparadas em segredo ou lançadas repentinamente, essas autoridades tomam para si uma espécie de responsabilidade de majestade.

Quando um Estado semelhante se empenha numa campanha de agressão, é provável que seus cidadãos (ou muitos deles) sigam junto, como fizeram os americanos durante a guerra do Vietnã, alegando que a guerra pode afinal de contas ser justa; que não é possível que eles tenham certeza se é justa ou não; que seus líderes sabem o que estão fazendo e lhes dizem isso ou aquilo, o que parece bastante plausível; e que nada que possam fazer terá grande impacto mesmo. Esses não são argumentos imorais, embora deponham mal sobre a sociedade no interior da qual são apresentados. E sem dúvida podem ser apresentados precipitadamente por cidadãos dispostos a evitar as dificuldades que poderiam surgir se eles pensassem na guerra por si mesmos. Essas pessoas são ou podem ser culpáveis, não pela guerra de agressão, mas pela má-fé como cidadãos. Essa é, porém, uma acusação difícil de fazer, já que a cidadania desempenha um papel tão pequeno em sua vida diária. "A liberdade de ação na esfera da comunidade" é uma possibilidade para homens e mulheres num Estado desses somente no sentido formal de não existir uma séria coibição, uma verdadeira repressão, por parte do governo. Talvez também devesse ser dito que não existe a "esfera da comunidade", pois é somente a presunção diária da responsabilidade que gera essa esfera e lhe confere significado. É provável que até mesmo a empolgação patriótica, a febre da guerra, entre essas pessoas seja mais bem entendida como um reflexo da distância, uma identificação desesperada, estimulada, talvez, por um falso relato do que está acontecendo. Pode-se dizer dessas pessoas o que se diz dos soldados no combate, que não lhes cabe a culpa da guerra, já que a guerra não é deles*.

Para dar conta, porém, de todos os cidadãos, mesmo num Estado desses, isso é sem dúvida um exagero. Pois existe um grupo de homens e mulheres mais bem informados, membros do que os cientistas políticos chamam de elites da política externa, que não se encontram a uma distância tão radical da liderança nacional; e algum subconjunto dessas pessoas, junto com outras que estão em contato com elas, tem a probabilidade de formar uma "oposição" ou talvez até mesmo um movimento de oposição à guerra. Pareceria possível considerar todo o

---

* Vejamos porém a nota no *Diário* de Anne Frank: "Não acredito que só os governos e os capitalistas sejam culpados de agressão. Não mesmo, o joão-ninguém sente exatamente o mesmo entusiasmo por ela, pois, se não fosse assim, o povo do mundo já teria se insurgido em revolta há muito tempo." Tenho certeza de que ela tem razão quanto ao entusiasmo, e não quero desculpá-lo. Mesmo assim, não chamamos o joão-ninguém de criminoso de guerra, e estou tentando explicar por que não o fazemos (*The Diary of a Young Girl*, trad. de B. M. Mooyaart-Doubleday, Nova York, 1953, p. 201).

grupo de pessoas bem informadas, no mínimo, potencialmente culpáveis se essa guerra for de agressão e se elas não se tiverem unido à oposição[19]. Afirmar isso é contar demais com o conhecimento que elas possuem e com seu sentido pessoal de possibilidade política. Contudo, se nos voltarmos para um caso real de democracia imperfeita, como o dos Estados Unidos no final da década de 1960 e início da de 1970, essa presunção não parece descabida. Havia sem dúvida conhecimento e oportunidade suficiente entre as elites do país, os líderes nacionais e locais de seus partidos políticos, seus estabelecimentos religiosos, suas hierarquias empresariais e, talvez acima de tudo, seus porta-vozes e professores intelectuais – os homens e mulheres que Noam Chomsky, em tributo ao papel que desempenham no governo contemporâneo, chamou de "os novos mandarins"[20]. Decerto muitas dessas pessoas foram cúmplices morais em nossa agressão ao Vietnã. Suponho que também se possa dizer a seu respeito o que muitas delas disseram de si mesmas: que simplesmente estavam equivocadas em seus julgamentos sobre a guerra, deixaram de perceber isso ou aquilo, acharam que algo era verdade quando não era, ou esperavam por um resultado que nunca se concretizou. Na vida moral em geral, dá-se algum desconto para crenças falsas, desinformação e equívocos honestos. Chega porém uma hora em qualquer história de agressão e atrocidades em que esse tipo de desconto não pode mais

---

19. Veja Richard A. Falk, "The Circle of Responsibility", em *Crimes of War*, orgs. Falk, G. Kolko e R. J. Lifton (Nova York, 1971), p. 230: "O círculo de responsabilidade é traçado em torno de todos os que têm ou deveriam ter conhecimento do caráter ilegal e imoral da guerra."

20. *American Power and the New Mandarins* (Nova York, 1969).

ser dado. Não posso definir aqui que hora é essa. Tampouco estou interessado em denunciar pessoas específicas, nem sei ao certo se tenho condições de fazê-lo. Quero apenas insistir que existem pessoas responsáveis, mesmo quando, sob as condições da democracia imperfeita, a prestação de contas em termos morais for difícil e imprecisa.

A verdadeira carga moral da guerra americana recaiu sobre o subconjunto de homens e mulheres cujo conhecimento e senso de possibilidade se manifestaram por sua atividade de oposição. Eles eram os mais propensos a censurar a si mesmos e uns aos outros, perguntando-se continuamente se estavam fazendo o suficiente para parar a luta, dedicando tempo e energia suficientes, trabalhando com bastante afinco, trabalhando com a maior eficácia possível. Para a maioria de seus concidadãos, ansiosos, apáticos e alienados, a guerra era apenas um espetáculo feio ou emocionante (até serem forçados a participar dela). Para os dissidentes, ela era uma espécie de tortura moral – autotortura, como Gray a descreve, embora eles também se torturassem uns aos outros, em vão, em ferozes conflitos mutuamente destrutivos sobre o que deveria ser feito. E essa autotortura gerou uma atitude de superioridade moral diante dos outros, defeito endêmico na esquerda, embora seja bastante compreensível nas circunstâncias de uma guerra de agressão e de aquiescência em massa. A expressão dessa suposta superioridade moral não é, entretanto, um método útil para fazer com que nossos concidadãos pensem a sério sobre a guerra ou se unam à oposição. Também nesse caso não foi útil. Não é fácil saber que linha de ação poderia ter servido a esses propósitos. A política é árdua nesse tipo de ocasião. Há, porém, trabalho intelectual a fazer que é menos difícil. Deve-se descrever com a maior nitidez possível a realidade moral da guerra, falar sobre o que ela representa para as pessoas que lutam, analisar a natureza das responsabilidades democráticas. Essas, pelo menos, são tarefas abrangíveis, e são moralmente exigidas dos homens e mulheres que foram treinados para desempenhá-las. Também não é perigoso levá-las a cabo num Estado democrático que está travando uma guerra num país distante. E os cidadãos de um Estado semelhante têm tempo para escutar e refletir. Eles também não estão expostos a nenhum perigo iminente. A guerra impõe cargas muito mais espinhosas que qualquer uma que essas pessoas precisem suportar – como veremos quando examinarmos, afinal, a vida moral dos combatentes.

19. CRIMES DE GUERRA: SOLDADOS E SEUS OFICIAIS

Vamos tratar agora da condução da guerra, não de sua justiça geral. Pois os soldados, como já argumentei, não são responsáveis pela justiça geral das guerras que travam. Sua responsabilidade é limitada à faixa de sua própria atividade e autoridade. Dentro dessa faixa, entretanto, ela é bastante real e costuma ser levada em conta. "Não houve um único soldado", diz um oficial israelense que lutou na Guerra dos Seis Dias, "que em algum momento não precisasse decidir, escolher, tomar uma decisão moral... por mais rápida e moderna que fosse [a guerra], o soldado não foi transformado num mero técnico. Ele precisou tomar decisões que eram de verdadeira relevância."[1] E, quando confrontados com decisões dessa natureza, os soldados têm obrigações claras. Eles têm o dever de aplicar os critérios de utilidade e proporcionalidade até se encontrarem investindo contra os direitos básicos das pessoas que estão ameaçando matar

---

1. *The Seventh Day: Soldiers Talk About the Six Day War* (Londres, 1970), p. 126.

ou ferir; e então é seu dever não matá-las nem feri-las. Contudo, julgamentos sobre a utilidade e a proporcionalidade são muito difíceis para soldados no campo. É a doutrina dos direitos que representa o limite mais eficaz à atividade militar, e isso ela faz precisamente por excluir a possibilidade de cálculo e estabelecer normas firmes e inflexíveis. Por esse motivo, em meus casos iniciais, concentrarei a atenção em violações específicas dos direitos e nas defesas que os soldados geralmente apresentam para esse tipo de violação. As defesas são basicamente de duas naturezas. A primeira faz referência ao calor da batalha e ao entusiasmo ou comoção que ele gera. A segunda faz alusão ao sistema disciplinar do exército e à obediência exigida por ele. São defesas sérias. Elas sugerem a perda de identidade que está envolvida na prática da guerra e nos relembram que na maior parte do tempo a maioria dos soldados não escolheu o combate e a disciplina que eles suportam. Onde estão sua liberdade e responsabilidade?

Há, no entanto, uma questão afim que devo examinar antes de tentar isolar o reino da liberdade das coações e da histeria da guerra. As convenções de guerra exigem que os soldados aceitem riscos pessoais para não matar pessoas inocentes. Essa exigência assume formas diferentes em diferentes situações de combate, e eu já examinei essas formas em considerável detalhe. Meu interesse agora é pela exigência em si. A regra é absoluta. A autopreservação diante do inimigo não é desculpa para violações das regras da guerra. Seria possível dizer que soldados estão para os civis como a tripulação de um transatlântico para seus passageiros. É sua obrigação arriscar a própria vida para proteger a dos outros. Sem dúvida, falar é fácil; agir desse modo é mais difícil. Contudo, se a regra é absoluta, os riscos não são. É uma questão de intensidade. O ponto crucial é que soldados não podem aumentar sua própria segurança em detrimento de homens e mulheres inocentes*. Pode-se dizer que essa é uma obrigação da função de soldado, mas é difícil determinar se é correto afirmar que alguém contrai obrigações dessa natureza quando assume o posto com tanta relutância como a maioria dos soldados o faz. Imaginemos um transatlântico tripulado por marinheiros se-

---

* Telford Taylor sugere uma possível exceção a essa regra, citando um caso hipotético que já foi examinado muitas vezes na literatura especializada. Um pequeno destacamento de tropas numa missão especial ou isolado da força principal faz prisioneiros "em circunstâncias tais que não seja possível designar homens para lhes fazer guarda... e levá-los junto aumentaria enormemente o risco ao sucesso da missão ou à segurança daquela unidade". É provável que os prisioneiros sejam mortos, diz Taylor, em conformidade com o princípio da necessidade militar (*Nuremberg and Vietnam*, Nova York, 1970, p. 36). No entanto, se for apenas a segurança da unidade que importar (a missão pode já ter sido cumprida), a alegação correta seria a da autopreservação. O argumento baseado na necessidade, apesar de Taylor, não tem sido aceito por autores que tratam do tema; já o argumento baseado na autopreservação conquistou apoio bem maior. Em seu código militar para o exército da União, por exemplo, Francis Lieber escreve que "é permitido a um comandante ordenar a seus soldados que não dêem cartel... quando sua própria salvação tornar impossível que eles se sobrecarreguem com prisioneiros" (Taylor, p. 36n). Mas sem dúvida, em caso semelhante, os prisioneiros deveriam ser desarmados e depois libertados. Mesmo que seja "impossível" levá-los junto, não é impossível soltá-los. Pode haver riscos nessa conduta, mas são exatamente esses os tipos de riscos que os soldados têm o dever de aceitar. Os riscos envolvidos em deixar para trás homens feridos são da mesma natureza, mas não constituem razão satisfatória para matá-los. Para uma valiosa análise dessas questões, veja Marshall Cohen, "Morality and the Laws of War" em Held, Morgenbesser e Nagel, orgs., *Philosophy, Morality, and International Affairs*, Nova York, 1974, pp. 76-8.

qüestrados. Será que os integrantes de uma tripulação dessas, quando o navio estivesse afundando, estariam obrigados a cuidar da segurança dos passageiros antes de cuidar da própria segurança?

Não sei ao certo como responder a essa pergunta, mas existe uma diferença crucial entre o trabalho de uma tripulação coagida e o de recrutas militares: o primeiro grupo não se dedica à atividade de afundar navios; o segundo, sim. Soldados recrutados impõem riscos a pessoas inocentes. Eles próprios são a fonte imediata do perigo e são sua causa efetiva. Portanto, a questão não se resume a salvar a si mesmo, deixando que outros morram; mas, sim, matar outros para melhorar suas próprias chances de vitória. Ora, isso eles não podem fazer porque homem nenhum pode agir desse modo. Na prática, sua obrigação não é mediada pela função de soldado. Ela deriva diretamente da atividade em que estão engajados, seja essa atividade voluntária ou não; ou no mínimo ela deriva na medida em que consideremos os soldados sujeitos éticos, e mesmo que os consideremos sujeitos éticos coagidos[2]. Eles não são meros instrumentos. Não estão para o exército como suas armas estão para eles. É exatamente porque (às vezes) decidem matar ou não, impor riscos ou aceitá-los, que exigimos deles que façam certos tipos de escolha. Essa exigência dá forma a todo o modelo de seus direitos e deveres no combate. E, quando rompem com esse modelo, tem alguma importância o fato de em geral eles não negarem a exigência. Alegam, sim, que literalmente não conseguiram cumpri-la; que, no instante do "crime", não estavam sendo sujeitos éticos de modo algum.

---

2. Devo essa colocação a Dan Little.

No calor da batalha

Dois relatos de execução de prisioneiros

Em suas belas memórias da Primeira Guerra Mundial, Guy Chapman conta a seguinte história. Depois de um avanço insignificante, porém sangrento, de uma linha de trincheiras à seguinte, ele encontrou um oficial colega seu com a expressão "atônita e desvairada, mas não de cansaço". Chapman perguntou-lhe qual era o problema[3].

> – Ai, não sei. Nada... Pelo menos... Veja só, fizemos muitos prisioneiros naquelas trincheiras ontem de manhã. No exato momento em que entramos na linha deles, um oficial saiu de um abrigo de trincheira. Estava com uma das mãos acima da cabeça, e um par de binóculos na outra. Estendeu a mão com os binóculos para S____, ... e disse: "Pronto, sargento. Eu me rendo." S____ disse: "Obrigado, senhor", e apanhou os binóculos com a mão esquerda. Ao mesmo tempo, fincou a coronha do fuzil na axila e deu um tiro direto na cabeça do oficial. O que eu deveria fazer numa hora dessas?
>
> – Não me parece que você pudesse fazer nada – respondi, sem me apressar. – O que se pode fazer? Além do mais, não creio que S____ realmente tenha culpa. Ele devia estar meio perturbado de tanta empolgação quando afinal chegou àquela trincheira. Acho que ele nem mesmo pensou no que estava fazendo. Quando se faz com que um homem comece a matar, não se pode desligá-lo como se desliga um motor. Afinal de contas, ele é um bom camarada. Provavelmente estava fora de si.

---

3. Guy Chapman, *A Passionate Prodigality* (Nova York, 1966), pp. 99-100.

– Não foi só ele. Outro agiu exatamente da mesma forma.

– Seja como for, já é tarde demais para fazer qualquer coisa. Imagino que você devesse ter atirado nos dois na mesma hora. O melhor agora é esquecer.

Esse tipo de coisa costuma acontecer na guerra e geralmente é desculpado. O argumento de Chapman faz algum sentido. Na realidade, é uma alegação de insanidade temporária. Sugere uma espécie de matança descontrolada que tem início no combate e termina em assassinato, com a perda da linha que separa os dois na mente de cada soldado. Ou sugere um medo descontrolado em tal grau que o soldado não consegue reconhecer o momento em que não corre mais perigo. É verdade, ele não é uma máquina que possa ser simplesmente desligada. Seria de um puritanismo desumano não contemplar sua aflição com compaixão. E entretanto, embora seja fato que soldados inimigos costumem ser mortos quando tentam se render, também é verdade que um número relativamente pequeno de homens cometem execuções "a mais". Os outros parecem bastante dispostos a parar assim que possível, não importa qual tenha sido o estado de espírito que tenham conseguido atingir durante a batalha em si. Esse fato é decisivo em termos morais, pois sugere uma admissão comum do direito a cartel e prova que o direito pode, sim, ser reconhecido, já que com freqüência o é, mesmo no caos do combate. Simplesmente não se aplica aos soldados, como escreveu recentemente um filósofo, que "a guerra... sob alguns aspectos importantes faz de todos eles psicopatas"[4]. O ar-

---

4. Richard Wasserstrom, "The Responsibility of the Individual for War Crimes", em *Philosophy, Morality, and International Affairs*, p. 62.

gumento tem de ser mais particularizado. Quando somos tolerantes com o que soldados enquanto indivíduos fazem "no calor da batalha", deve ser em razão de algum conhecimento que temos que distingue esses soldados dos outros ou suas circunstâncias das circunstâncias normais. Talvez eles tenham deparado com tropas inimigas que simularam uma rendição para matar seus captores. Nesse caso, os direitos de guerra de outros soldados tornam-se problemáticos sob um novo aspecto, pois não se pode ter certeza de quando a execução é "a mais". Ou talvez eles tenham passado por alguma tensão especial, estejam lutando por um período longo demais e estejam próximos de um colapso nervoso. Não existe, porém, nenhuma norma geral que exija de nós a atitude tolerante; e, pelo menos às vezes, soldados deveriam ser censurados ou punidos por execuções que ocorram depois de encerrada a batalha (muito embora a execução sumária talvez não seja a melhor forma de punição). Decerto, eles nunca deveriam ser levados a crer que uma total falta de comedimento possa ser desculpada simplesmente com uma referência às paixões que a causarem.

Contudo, há oficiais que incentivam exatamente essa crença, não por compaixão, mas por cálculo, não em razão do calor da batalha, mas para elevar o ardor dos homens em combate. Em seu romance *The Thin Red Line* [Além da linha vermelha], um dos melhores relatos de luta na selva na Segunda Guerra Mundial, James Jones narra outro incidente de execução "a mais"[5]. Ele descreve uma unidade nova do exército, cujos integrantes ainda não viram sangue e não têm confiança na própria capacidade para lutar. Depois de uma marcha difícil pela sel-

---

5. *The Thin Red Line* (Nova York, 1964), pp. 271-8.

va, eles deparam com a retaguarda de uma posição japonesa. A luta é rápida e brutal. A certa altura, soldados japoneses começam a tentar se render, mas alguns dos americanos não conseguem ou não querem parar de matar[6]. Mesmo depois de terminado definitivamente o tiroteio, os japoneses que conseguiram se render são tratados com brutalidade – por homens que estão, como Jones deseja sugerir, dominados por uma espécie de embriaguez, de repente sem mais nenhuma inibição. O oficial comandante observa tudo isso e nada faz. "Ele não queria abalar a nova firmeza de espírito que se instilara nos homens depois do sucesso ali. Essa disposição de espírito era mais importante do que o fato de alguns soldados japoneses terem sido maltratados ou mortos."

Suponho que soldados devam ser "homens de brio", como os guardiães de Platão, mas o coronel de Jones se equivocou quanto à natureza desse brio. É praticamente certo que os homens lutam melhor quando são mais disciplinados, quando têm mais controle sobre si mesmos e quando se comprometem a cumprir as restrições que se aplicam à atividade. A execução "a mais" é menos um sinal de firmeza do que de histeria, e a histeria é o tipo errado de disposição de espírito. Entretanto, mesmo que os cálculos do coronel estivessem corretos, ainda seria seu dever impedir as execuções se pudesse, pois ele não pode treinar seus homens e dar-lhes fibra à custa de prisioneiros japoneses. Ele também tem o dever de agir de modo que impeça execuções semelhantes no futuro. Esse é um aspecto crucial do que se chama de "responsabilidade de comando", e eu o retomarei para um exame de-

---

6. Quanto às dificuldades da rendição em meio a uma batalha moderna, veja John Keegan, *The Face of Battle*, p. 322.

talhado mais adiante. Por enquanto, é importante ressaltar que se trata de uma grande responsabilidade; pois o procedimento geral do exército, manifestado por seus oficiais, o clima que eles criam através de seus atos diários, está muito mais relacionado com a incidência de execuções "a mais" do que a intensidade do combate em si. Isso não quer dizer, porém, que soldados enquanto indivíduos devam ser perdoados. Na realidade, sugere-se mais uma vez que a questão não é o calor da batalha, mas a atitude assassina; e por sua própria disposição assassina os indivíduos sempre são responsáveis, mesmo quando, por estarem sujeitos à disciplina militar, a responsabilidade não seja exclusivamente sua.

É uma característica da responsabilidade criminal que ela possa ser atribuída sem ser dividida. Quer dizer, podemos culpar mais de uma pessoa por um ato específico sem repartir a culpa que lhes atribuímos[7]. Quando soldados são executados a tiros enquanto tentam se render, os homens que realmente dão os tiros são totalmente responsáveis pelo que fazem, a menos que reconheçamos circunstâncias atenuantes específicas. Ao mesmo tempo, o oficial que tolera e incentiva os assassinatos também é totalmente responsável, se estava ao seu alcance impedir esses atos. Talvez consideremos o oficial mais culpado por sua frieza, mas o que tentei sugerir é que os combatentes também devem obedecer a critérios elevados no que diz respeito a essas questões (e sem dúvida eles hão de querer que seus inimigos obedeçam a critérios semelhantes). O caso tem outro aspecto, porém,

---

7. Veja a análise desse ponto feita por Samuel David Resnick, *Moral Responsibility and Democratic Theory*, tese de doutorado não publicada (Harvard University, 1972).

quando os combatentes de fato recebem ordens de não fazer prisioneiros, de matar os prisioneiros que capturarem ou de apontar as armas para a população civil do inimigo. Nessas circunstâncias, não é sua própria tendência assassina que está em questão, mas a de seus oficiais. Eles somente poderão agir de acordo com a moral se desobedecerem a ordens. Em caso semelhante, é provável que dividamos a responsabilidade além de atribuí-la. Consideramos que soldados que estejam cumprindo ordens são homens cujos atos não são inteiramente seus e cuja responsabilidade pelo que fazem fica de algum modo reduzida.

Ordens superiores

O massacre de My Lai

O incidente é de triste fama e praticamente dispensa ser relatado. Uma companhia de soldados americanos entrou num povoado vietnamita onde esperava encontrar combatentes inimigos, encontrou apenas civis, velhos, mulheres e crianças, e começou a matá-los, fuzilando-os isoladamente ou reunindo-os em grupos, sem dar atenção a seu óbvio desamparo e a seus pedidos de misericórdia, só parando depois de ter assassinado entre quatrocentas e quinhentas pessoas. Foi alegado em defesa desses soldados que eles agiram, não no calor da batalha (já que não houve batalha) mas no contexto de uma guerra brutal e brutalizante que era de fato, embora não em termos oficiais, uma guerra contra o povo vietnamita como um todo. Nessa guerra, prossegue a argumentação, esses soldados tinham sido incentivados a matar sem discriminar com cuidado – incentivados por seus próprios oficiais e levados a isso pelos inimigos, que lutavam e se escondiam em meio à população civil[8]. Essas afirmações são verdadeiras, ou parcialmente verdadeiras; e no entanto o massacre é algo radicalmente diferente da guerra de guerrilhas, mesmo de uma guerra de guerrilhas travada com brutalidade; e há provas consideráveis de que os soldados em My Lai sabiam a diferença. Pois, embora alguns demonstrassem presteza para se unir aos assassinatos, como se estivessem ansiosos por matar sem correr riscos, houve alguns que se recusaram a atirar e outros que tiveram de receber duas ou três vezes a ordem de atirar antes de conseguir se forçar a cumpri-la. Outros simplesmente fugiram. Um homem deu um tiro no próprio pé para se livrar da cena; um oficial subalterno tentou impedir o massacre, interpondo-se heroicamente entre os camponeses vietnamitas e seus colegas americanos. Sabemos que muitos de seus companheiros passaram mal e se sentiram cheios de culpa nos dias que se seguiram. Não se tratou de uma extensão apavorante e descontrolada do combate, mas de uma matança sistemática e "desenfreada". E os homens que participaram dela dificilmente poderiam dizer que estavam nas garras da guerra. Podem alegar, porém, que estavam seguindo ordens, nas garras do exército dos Estados Unidos.

As ordens do capitão Medina, comandante da companhia, tinham de fato sido ambíguas. Pelo menos, os homens que as escutaram não conseguiram mais tarde

---

8. Seymour Hersh, *My Lai 4: A Report on the Massacre and its Aftermath* (Nova York: 1970); veja também David Cooper, "Responsibility and the 'System'" em *Individual and Collective Responsibility: The Massacre at My Lay*, org. Peter French (Cambridge, Mass., 1972), pp. 83-100.

chegar a um acordo quanto a ter ele dito que "eliminassem" os moradores de My Lai. Segundo citações, ele teria dito à companhia que não deixasse para trás nada que tivesse vida e que não fizesse prisioneiros. "São todos vietcongues. Vão lá e acabem com eles." Entretanto, também se diz que ele teria ordenado apenas a execução de "inimigos" e, quando lhe foi indagado quem seria o inimigo, ele teria oferecido a seguinte definição (nas palavras de um dos soldados): "Qualquer um que estivesse fugindo de nós, se escondendo de nós ou que nos parecesse ser um inimigo. Se um homem estivesse correndo, que atirássemos nele. Às vezes mesmo se uma mulher com um fuzil estivesse correndo, que atirássemos nela."[9] Essa é uma péssima definição, mas não é insensata em termos morais. À exceção de uma interpretação frouxa da "aparência" do inimigo, ela teria excluído a maioria das pessoas que foram mortas em My Lai. O tenente Calley, que de fato comandou a unidade que invadiu o povoado, deu ordens muito mais específicas, exigindo que seus homens matassem civis indefesos que não estavam nem fugindo nem se escondendo, muito menos portando fuzis, e repetindo a ordem com insistência quando eles hesitavam em obedecer*. O sistema jurídico do exército

---

9. Hersh, p. 42.

* Pode ser útil sugerir os tipos de ordens que deveriam ser dadas numa ocasião semelhante. Eis um relato de uma unidade israelense que entrou em Nablus durante a Guerra dos Seis Dias. "O oficial comandante do batalhão veio ao telefone de campanha e disse: 'Não toquem nos civis... só atirem se atirarem em vocês e não toquem nos civis. Ouçam, vocês foram avisados. Que o sangue deles caia sobre os ombros de vocês.' Nessas palavras exatas. Os rapazes na companhia não paravam de falar nisso depois... Não paravam de repetir as palavras... 'Que o sangue deles caia sobre os ombros de vocês.'" *The Seventh Day: Soldiers Talk About the Six Day War*, Londres, 1970, p. 132.

atribuiu exclusivamente a ele a culpa e a punição, muito embora ele alegasse que estava fazendo apenas o que Medina lhe ordenara. Os recrutas que cumpriram as ordens de Calley nunca foram acusados.

Deve ser um enorme alívio obedecer a ordens. "Tornar-se soldado", escreve J. Glenn Gray, "era como fugir da própria sombra." O mundo da guerra é apavorante. As decisões são difíceis, e é reconfortante despir o manto da responsabilidade e simplesmente fazer o que mandam. Gray relata que soldados falavam com insistência nesse tipo especial de liberdade. "Quando ergui a mão direita e prestei o [juramento do exército], libertei-me das conseqüências de meus atos. Farei o que me mandarem, e ninguém poderá me culpar."[10] O treinamento no exército encoraja essa perspectiva, muito embora os soldados também sejam informados de que devem se recusar a cumprir ordens "ilegais". Nenhuma força militar tem condições de funcionar com eficácia sem uma obediência de rotina, e é a rotina que recebe ênfase. Ensinam-se os soldados a obedecer mesmo a ordens insignificantes e tolas. O processo de ensino assume a forma de um exercício interminável, com o objetivo de aniquilar no indivíduo sua capacidade de pensar, sua resistência, hostilidade e obstinação. Existe porém alguma humanidade absoluta que não pode ser destruída, cujo desaparecimento não aceitaremos. Em sua peça *The Measures Taken* [As medidas tomadas], Bertolt Brecht descreve militantes comunistas como "páginas em branco nas quais a Revolução escreve instruções"[11]. Imagino que haja muitos sargentos que sonham com um vazio mental semelhante. No entanto, a

---

10. *The Warriors*, p. 181.
11. *The Measures Taken*, em *The Jewish Wife and Other Short Plays*, tradução de Eric Bentley (Nova York, 1965), p. 82.

descrição é falsa, e o sonho, uma fantasia. Não que os soldados às vezes não obedeçam como se fossem vazios em termos morais. O crucial é que todos nós os responsabilizamos pelo que fazem. Apesar de seu juramento, nós os culpamos pelos crimes que decorrem da obediência "ilegal" ou imoral.

Soldados nunca podem ser transformados em meros instrumentos de guerra. O gatilho é sempre parte da arma, não parte do homem. Se eles não são máquinas que possam simplesmente ser desligadas, também não são máquinas que possam ser simplesmente ligadas. Treinados para obedecer "sem hesitação", eles mesmo assim continuam capazes de hesitar. Já citei exemplos de recusa, demora, dúvida e aflição em My Lai. Essas são confirmações internas de nossos julgamentos externos. Sem dúvida podemos fazer esses julgamentos rápido demais, sem hesitações e dúvidas próprias, prestando pouquíssima atenção à violência do combate e à disciplina do exército. Contudo, é um erro tratar soldados como se fossem autômatos que não fazem absolutamente nenhum julgamento. Em vez disso, devemos examinar detidamente as características particulares de sua situação e tentar entender o que poderia significar, nessas circunstâncias, nesse momento, acatar um comando militar ou desafiá-lo.

A defesa que remete a ordens superiores divide-se em dois argumentos mais específicos: a alegação de ignorância e a alegação de coação. As duas são alegações-padrão sob o aspecto legal e moral, e parecem funcionar na guerra praticamente como funcionam na sociedade nacional[12]. Não é portanto o caso, como foi alegado com

---

12. A melhor exposição da situação legal corrente é de Yoram Dinstein, *The Defense of Obedience to Superior Orders in International Law* (Leiden, 1965).

freqüência, que, ao julgar soldados, devamos sopesar as necessidades da disciplina militar (de que a obediência seja rápida e sem questionamentos) em relação às exigências da humanidade (de que as pessoas inocentes sejam protegidas)[13]. Pelo contrário, encaramos a disciplina como uma das condições das atividades dos tempos de guerra e levamos em consideração suas características particulares ao determinar a responsabilidade individual. Não desculpamos indivíduos com o objetivo de manter ou reforçar o sistema disciplinar. O exército pode encobrir os crimes de soldados ou procurar limitar a responsabilidade deles com esse fim (ou com a intenção desse fim) em vista, mas esses esforços não representam a delicada elaboração de uma concepção de justiça. O que a justiça requer é, em primeiro lugar, que nos empenhemos em defender os direitos e, em segundo lugar, que prestemos muita atenção às defesas específicas dos homens acusados de violar direitos.

A ignorância é a sina comum aos soldados e constitui uma defesa fácil, especialmente quando são necessários cálculos de utilidade e proporcionalidade. É plausível que o soldado diga que não sabe e que não pode saber se a campanha em que está engajado é realmente necessária para a vitória, ou se ela foi projetada de modo que mantenha dentro de limites aceitáveis as mortes involuntárias de civis. A partir de seu ponto de vista estreito e confinado, até mesmo violações claras dos direitos humanos – como na condução de um sítio, por exemplo, ou na estratégia de uma campanha contra guerrilhas – podem não ser vistas e permanecer invisíveis. Também

---

13. McDougal e Feliciano, *Law and Minimum World Public Order*, p. 690.

não é seu dever procurar informações. A vida moral de um soldado combatente não é um trabalho de pesquisa. Poderíamos dizer que sua posição diante de suas campanhas é semelhante à posição que ocupa diante de suas guerras: ele não é responsável por sua justiça geral. Quando a guerra é travada a distância, ele pode não ser responsável até pelas pessoas inocentes que ele mesmo matar. Integrantes da artilharia e pilotos costumam ser mantidos desinformados dos alvos para os quais sua mira é direcionada. Se fizerem perguntas, receberão geralmente a confirmação de que os alvos são "objetivos militares legítimos". Talvez eles devessem ser sempre céticos, mas não creio que devamos culpá-los se aceitarem as tranqüilizadoras afirmações de seus comandantes. Em seu lugar, culpamos os comandantes, que vêem mais longe. Como o exemplo de My Lai sugere, porém, a ignorância de soldados comuns tem seus limites. Os soldados no povoado vietnamita dificilmente poderiam ter duvidado da inocência das pessoas que eles tinham recebido ordens de matar. É numa situação dessas que queremos que eles desobedeçam: quando recebem ordens que, como disse um juiz do exército no julgamento de Calley, "um homem de entendimento e senso normais, naquelas circunstâncias, saberia que eram ilegais"[14].

Ora, isso implica um entendimento não só das circunstâncias, mas também da lei; e foi alegado em Nuremberg, como vem sendo alegado desde então, que as leis da guerra são tão vagas, tão imprecisas e incoerentes que nunca se pode dizer que houve desobediência[15]. Na

---

14. Citado na análise de Kurt Baier do julgamento de Calley, "Guilt and Responsibility", *Individual and Collective Responsibility*, p. 42.
15. Veja Wasserstrom, "The Responsibility of the Individual".

realidade, o estado do direito positivo não é muito bom, especialmente no que se relaciona às exigências do combate. Entretanto, a proibição do massacre é bastante clara, e creio ser justo afirmar que soldados comuns foram acusados e condenados somente pelo assassinato consciente de pessoas inocentes: sobreviventes de naufrágio lutando na água, por exemplo, prisioneiros de guerra ou civis indefesos. Nem se trata aqui de uma questão exclusiva da lei, pois esses são atos que não só "violam regras inquestionáveis da prática da guerra", como declara o manual britânico de campanha de 1944, mas que também "insultam os sentimentos gerais de humanidade"[16]. O senso moral e o entendimento comum excluem a possibilidade de matanças como as de My Lai. Um dos soldados ali presentes lembra-se de ter pensado de si para si que a carnificina foi "igualzinha a algum tipo de ação nazista". Esse julgamento está corretíssimo, e não há nada em nossa moral convencional que o torne duvidoso.

A desculpa da coação, entretanto, pode se sustentar mesmo num caso como esse, se a ordem de matar for reforçada por uma ameaça de execução. Argumentei que soldados em combate não podem alegar a autopreservação em sua defesa quando violam as normas de guerra. Pois os perigos do fogo inimigo são simplesmente os riscos da atividade na qual estão engajados, e eles não têm nenhum direito de reduzir esses riscos à custa de outras pessoas que não estejam engajadas. Contudo, uma ameaça de morte dirigida não aos soldados em geral, mas a um soldado específico – uma ameaça, como dizem os juristas, "iminente, real e inevitável" – muda o caso, extraindo-o do contexto do combate e dos riscos da guerra.

---

16. Citado em Telford Taylor, *Nuremberg and Vietnam*, p. 49.

Agora ela se assemelha àqueles crimes da sociedade de um país nos quais um homem força outro, sob ameaça de morte imediata, a matar um terceiro. Está claro que o ato é um assassinato, mas é provável que consideremos que o homem intermediário não seja o assassino. Ou, se realmente o considerarmos um assassino, é provável que aceitemos a desculpa da coação. Sem dúvida, alguém que se recuse a matar numa circunstância dessas, e morra por esse motivo, não está apenas cumprindo seu dever. Está agindo como um herói. Gray fornece um exemplo paradigmático[17]:

> Nos Países-Baixos, os holandeses contam a história de um soldado alemão que era integrante de um pelotão de execução sob ordens de fuzilar reféns inocentes. Ele de repente saiu da fileira e se recusou a participar da execução. De imediato, foi acusado de traição pelo oficial no comando e colocado com os reféns, sendo prontamente executado por seus companheiros.

Eis um homem de extraordinária nobreza, mas o que dizer de seus (ex-) companheiros? Que estarão cometendo assassinato quando abrirem fogo e que não são responsáveis pelo assassinato que cometerem. O oficial no comando é o responsável, bem como seus superiores que determinaram a política de execução de reféns. A responsabilidade não atinge os integrantes do pelotão de fuzilamento, não em razão de seus juramentos, não em razão das ordens recebidas, mas em razão da ameaça direta que os leva a agir como agem.

A guerra é um mundo de coação, de ameaças e contra-ameaças, de tal modo que precisamos ter clareza acer-

---

17. *The Warriors*, pp. 185-6.

ca dos casos em que a coação vale, e daqueles em que ela não vale, como desculpa por conduta que de outro modo condenaríamos. Soldados são recrutados e forçados a lutar, mas o recrutamento em si não os força a matar pessoas inocentes. Soldados são atacados e forçados a lutar, mas nem a agressão nem uma violenta investida inimiga os força a matar pessoas inocentes. O recrutamento e o ataque fazem com que deparem com sérios riscos e escolhas difíceis. No entanto, por mais cerceada e assustadora que seja sua situação, ainda dizemos que eles têm livre escolha e são responsáveis pelo que fazem. Só um homem com uma arma encostada na cabeça não é responsável.

Nem sempre, porém, as ordens superiores são impostas com uma arma apontada. A disciplina no exército no real contexto da guerra costuma ser muito mais aleatória do que sugere o exemplo do pelotão de fuzilamento.

"Uma grande vantagem das posições na linha de frente", escreve Gray, "é que... a desobediência costuma ser possível, já que a supervisão não é muito exata quando o perigo de morte está presente."[18] E nas posições de retaguarda, tanto como na linha de frente, há modos de reagir a uma ordem sem obedecê-la totalmente: a procrastinação, o subterfúgio, o equívoco deliberado, a interpretação pouco rigorosa, a interpretação excessivamente ao pé da letra e assim por diante. Pode-se não dar atenção a um comando imoral ou responder com perguntas ou protestos. Às vezes até mesmo uma recusa categórica provoca apenas uma repreensão, um rebaixamento de posto ou uma detenção. Não há risco de morte. Sempre que essas possibilidades se apresentarem, homens de

---

18. *The Warriors*, p. 189.

moral se agarrarão a elas. A lei parece exigir uma presteza semelhante, pois é um princípio legal que a coação serve de desculpa apenas se o mal que o soldado infligir não for desproporcional ao mal com que ele está sendo ameaçado[19]. A ameaça de rebaixamento não é desculpa para o assassinato de pessoas inocentes.

É preciso que se diga, porém, que os oficiais são muito mais capazes do que os recrutas de avaliar os perigos que enfrentam. Telford Taylor descreveu o caso do coronel William Peters, um oficial no exército confederado durante a Guerra de Secessão nos Estados Unidos, que se recusou a obedecer a uma ordem direta de incendiar a cidadezinha de Chambersburg, na Pensilvânia[20]. Peters foi substituído no posto de comando e detido, mas nunca foi levado a uma corte marcial. Podemos admirar sua coragem; mas, se ele previu que seus superiores evitariam um julgamento ("com prudência", como disse outro oficial confederado), sua decisão foi relativamente fácil. É muito mais difícil a decisão de um soldado comum, que bem pode ser submetido a uma justiça sumária e que tem pouco conhecimento do temperamento de seus superiores mais distantes. Em My Lai, os homens que se recusaram a atirar nunca sofreram punição por essa recusa e aparentemente não esperavam sofrer. E isso sugere que devemos culpar os outros por sua obediência. Em casos mais ambíguos, a coação de ordens superiores, embora não seja "iminente, real e inevitável" e não possa ser considerada uma defesa, costuma ser vista como um fator atenuante. Essa parece ser a atitude correta a adotar, mas quero salientar mais uma vez que, quando a adotamos, não estamos fazendo concessões à necessi-

---

19. McDougal e Feliciano, pp. 693-4 e notas.
20. *Nuremberg and Vietnam,* p. 55n.

dade de disciplina, mas apenas reconhecendo a difícil situação do soldado comum.

Há mais uma razão para as circunstâncias atenuantes, não mencionada na literatura jurídica, mas proeminente em explicações da desobediência em termos morais. O caminho que assinalei como o correto costuma ser muito solitário. Sob esse aspecto, também, o caso do soldado alemão que abandonou a formação do pelotão de execução e foi imediatamente executado pelos companheiros é raro e extremo. Contudo, mesmo quando as dúvidas e ansiedades de um soldado são amplamente compartilhadas, elas ainda são tema de reflexão pessoal, não de debate público. E, quando ele age, age sozinho, sem nenhuma garantia de que seus companheiros irão apoiá-lo. A desobediência e o protesto civil geralmente brotam de uma comunidade de valores. Mas o exército é uma instituição, não uma comunidade; e a comunhão de soldados rasos é moldada pela natureza e pelos objetivos da instituição, não pelos compromissos pessoais desses soldados. A deles é a solidariedade bruta de homens que enfrentam um inimigo comum e toleram uma disciplina comum. Nos dois lados de uma guerra, a união é espontânea, não intencional nem premeditada. A desobediência constitui um rompimento desse acordo fundamental, uma alegação de diferença moral (ou de superioridade moral), um desafio aos companheiros, talvez mesmo uma intensificação dos perigos que eles enfrentam. "Essa é a parte mais difícil", escreveu um soldado francês que foi à Argélia e então se recusou a lutar, "ser excluído da fraternidade, ficar trancado num monólogo, ser incompreensível."[21]

---

21. Jean Le Meur, "The Story of a Responsible Act", em *Political Man and Social Man*, org. Robert Paul Wolff (Nova York, 1964), p. 204.

Ora, *incompreensível* talvez seja um termo forte demais, pois em ocasião semelhante um homem apela para padrões morais comuns. No contexto de uma instituição militar, porém, esse apelo costuma não ser ouvido; e assim ele envolve um risco que pode bem ser maior do que o da punição: o risco de um isolamento profundo e perturbador em termos morais. Isso não quer dizer que se possa participar de um massacre em nome da união com os colegas, mas sugere que a vida moral está enraizada numa espécie de associação que a disciplina militar proíbe ou elimina temporariamente, e também esse fato precisa ser levado em consideração nos julgamentos que fizermos. Ele deve ser levado em consideração em especial no caso de soldados comuns, pois os oficiais são mais livres em suas associações e se envolvem mais em discussões sobre planos de ação e estratégias. Eles têm alguma influência na forma e na natureza da instituição que comandam. Daí, mais uma vez, a importância crítica da responsabilidade de comando.

Responsabilidade de comando

Ser oficial não é em nada semelhante a ser um soldado raso. A patente é algo pelo qual os homens competem, a que aspiram, com que se regozijam; e por isso, mesmo quando oficiais de início tiverem sido recrutados, não precisamos nos preocupar se os responsabilizarmos com rigor pelos deveres de seu posto. Pois é possível evitar a patente, mesmo quando não se pode evitar o serviço militar. É alta a incidência de morte de oficiais subalternos em combate, mas mesmo assim há soldados que querem ser oficiais. É uma questão dos prazeres do comando. Na vida civil, não há nada que se assemelhe (ao que me disseram). O outro lado do prazer é, porém, a responsabilidade. Os oficiais assumem enormes responsabilidades, mais uma vez sem nada que lhes seja semelhante na vida civil, pois eles têm sob seu controle os meios da morte e da destruição. Quanto mais alto o posto e maior o alcance de seu comando, maiores são as responsabilidades. Eles planejam e organizam campanhas; tomam decisões sobre estratégia e tática; optam por lutar aqui e não lá; ordenam aos homens que entrem em combate. Sempre devem ter como meta a vitória e cuidar das necessidades de seus próprios soldados. Mas têm ao mesmo tempo um dever mais alto: "O soldado, seja ele amigo ou inimigo", escreveu Douglas MacArthur quando confirmou a sentença de morte do general Yamashita, "é responsável pela proteção dos fracos e desarmados. Essa é a própria essência e razão de sua existência... [uma] confiança sagrada."[22] Exatamente porque, de arma em punho, com a artilharia e aviões de bombardeio à disposição, ele representa uma ameaça para os fracos e desarmados, é que ele precisa tomar medidas para protegê-los. Deve lutar com comedimento, aceitando riscos, alerta para os direitos dos inocentes.

É obvio que isso significa que ele não pode ordenar massacres. Também não pode aterrorizar civis com bombardeios por ar ou por terra, nem desalojar populações inteiras para criar "zonas de combate irrestrito", nem adotar represálias contra prisioneiros, nem ameaçar matar reféns. No entanto, o significado vai mais além. Os comandantes militares têm mais duas responsabilidades cruciais do ponto de vista moral. Em primeiro lugar, ao

---

22. Citado em A. J. Barker, *Yamashita* (Nova York, 1973), pp. 157-8.

planejar suas campanhas, eles devem adotar medidas positivas para limitar até mesmo as mortes não-planejadas de civis (e devem se certificar de que o número de mortos não seja desproporcional às vantagens militares esperadas). Nesse sentido, as leis da guerra são de pouca valia; nenhum oficial vai ser acusado criminalmente de matar um excesso de gente se ele não chegar ao ponto do massacre. A responsabilidade moral é, entretanto, clara, e não pode ser localizada em mais nenhum lugar além do posto de comandante. A campanha pertence ao comandante como não pertence aos combatentes comuns. Ele tem acesso a todas as informações disponíveis bem como aos meios para gerar mais informações. Ele tem (ou deveria ter) uma visão panorâmica da soma dos atos que está ordenando e dos efeitos que espera deles. Se, então, não forem cumpridas as condições estabelecidas pela doutrina do duplo efeito, não deveríamos hesitar em considerá-lo responsável por esse descumprimento. Em segundo lugar, ao organizar suas forças, os comandantes militares deverão adotar medidas positivas para fazer vigorar as convenções de guerra e forçar os homens sob seu comando a respeitar suas normas. Eles precisam cuidar do treinamento de seus homens nesse sentido, emitir ordens claras, estabelecer procedimentos de inspeção e garantir a punição de cada soldado e oficial subalterno que mate ou fira pessoas inocentes. Se houver muitas ocorrências desse tipo de morte ou ferimento, presume-se que os comandantes sejam responsáveis, pois supomos que estivesse a seu alcance impedir esses atos. Considerando-se o que realmente acontece na guerra, os comandantes militares têm muita responsabilidade sobre os ombros.

O general Bradley e o bombardeio de St. Lô

Em julho de 1944, Omar Bradley, no comando das tropas americanas na Normandia, estava empenhado no planejamento de uma penetração em solo francês a partir das cabeças-de-praia estabelecidas na invasão no mês anterior. O plano que ele elaborou, com o codinome COBRA e aprovado pelos generais Montgomery e Eisenhower, previa um bombardeio de cobertura de uma área de mais ou menos 5,5 km de largura e 2,5 km de profundidade, ao longo da estrada de Périers, na periferia da cidade de St. Lô. "O bombardeio aéreo, como calculávamos, destruiria ou atordoaria o inimigo na área coberta", permitindo, assim, um rápido avanço. Mas ele também apresentava um problema moral, que Bradley examina em sua autobiografia. No dia 20 de julho, ele descreveu o ataque vindouro a alguns jornalistas americanos[23]:

> Os correspondentes escutaram em silêncio a descrição de nosso plano, esticaram o pescoço quando apontei para a área em questão e... calculei o apoio aéreo que nos havia sido designado. No encerramento da palestra, um dos jornalistas perguntou se nós daríamos aviso do bombardeio com antecedência aos franceses que moravam no interior da área de cobertura. Abanei a cabeça como se quisesse fugir à necessidade de dizer não. Se mostrássemos nossa mão aos franceses, também a estaríamos mostrando aos alemães... O sucesso do COBRA dependia da surpresa. Era essencial que contássemos com a surpresa, mesmo que isso resultasse na morte de inocentes também.

---

23. Omar N. Bradley, *A Soldier's Story* (Nova York, 1964), pp. 343-4.

Bombardeios dessa natureza, ao longo da linha de combate e em íntimo apoio a tropas combatentes, são permitidos pelo direito internacional positivo. Mesmo o fogo indiscriminado é permitido no interior da verdadeira zona de combate[24]. Considera-se que os civis estejam avisados pela proximidade da luta. Porém, como sugere a pergunta do correspondente, isso não resolve a questão moral. Nós ainda queremos saber que medidas positivas podem ter sido adotadas para evitar "a matança de inocentes" ou reduzir os danos provocados. É importante insistir nessas medidas porque, como esse exemplo mostra com nitidez, a regra da proporcionalidade costuma não ter absolutamente nenhum efeito inibidor. Mesmo que um grande número de civis morasse naqueles 12 quilômetros quadrados próximos a St. Lô, e mesmo que houvesse a probabilidade de todos eles morrerem, ainda pareceria um pequeno preço a pagar por uma penetração no território francês que bem poderia significar o fim da guerra. Dizer isso, entretanto, não equivale a dizer que aquelas vidas inocentes estão perdidas, pois pode haver meios de salvá-las sem que seja necessário adiar o ataque. Talvez os civis ao longo de toda a linha de frente pudessem ter sido avisados (sem desistir da surpresa num setor específico). Talvez o ataque pudesse ter sido redirecionado através de alguma área menos populosa (mesmo a um risco maior para os soldados envolvidos). Talvez os aviões, em vôos rasantes, pudessem ter mirado em alvos específicos do inimigo, ou a artilharia pudesse ter sido usada em seu lugar (já que naquela época era possível mirar obuses com mais precisão do que bom-

---

24. Para a lei pertinente, veja Greenspan, *Modern Law of Land Warfare*, pp. 332 ss.

bas), tropas de pára-quedistas, lançadas, ou ainda patrulhas, enviadas para tomar posições importantes antecipando-se ao ataque principal. Não cabe a mim recomendar nenhuma dessas linhas de ação, embora, no caso, qualquer uma das últimas pudesse ter sido preferível, mesmo de um ponto de vista militar. Pois as bombas deixaram de atingir a área de cobertura e mataram ou feriram centenas de soldados americanos. Quantos civis franceses morreram ou foram feridos, Bradley não diz.

Não importa quantos civis tenham morrido, não se pode dizer que suas mortes tenham sido intencionais. Por outro lado, a menos que Bradley tenha examinado os tipos de possibilidades que relacionei, também não se pode dizer que *era sua intenção não matá-los*. Já expliquei por que essa intenção negativa deveria ser exigida dos soldados. Ela é o equivalente na guerra daquilo que os advogados chamam de "devido cuidado" na sociedade de um país. Com referência a ações militares específicas e em pequena escala (como o lançamento de bombas nos porões descrito por Frank Richards), as pessoas de quem se pode exigir o cuidado são os soldados comuns e seus superiores imediatos. Em casos como o da campanha COBRA, os indivíduos em questão encontram-se em posição mais alta na hierarquia. É para o general Bradley que acertadamente voltamos nossa atenção, bem como para seus superiores. Mais uma vez, devo dizer que não posso especificar o ponto exato em que as exigências de "devido cuidado" teriam sido cumpridas. Quanta atenção é necessária? Quanto risco deve ser aceito? A linha não é clara[25]. Mas ela é clara o suficiente para que a maioria das campanhas seja planejada e executada bem

---

25. Veja Fried, *Anatomy of Values*, pp. 194-9.

abaixo dela. Pode-se, portanto, culpar comandantes que não fazem um mínimo de esforço, mesmo que não se saiba exatamente o que um esforço máximo implicaria.

O caso do general Yamashita

O mesmo problema de especificação de normas surge quando se examina a responsabilidade de comandantes pelos atos de seus subordinados. Como já disse, os comandantes têm o dever de fazer vigorar as convenções de guerra. Contudo, nem mesmo o melhor sistema possível de aplicação das convenções consegue impedir violações específicas. Ele se revela o melhor sistema possível ao captar essas violações de modo sistemático e punir os indivíduos que as cometem, com o intuito de dissuadir os outros. É somente se ocorre um forte colapso desse sistema disciplinar que exigimos explicações dos oficiais que o comandam. Essa foi, na realidade, a exigência apresentada formalmente ao general Yamashita por uma comissão militar americana após a campanha nas Filipinas em 1945[26]. Afirmou-se acerca de Yamashita que ele era responsável por um grande número de atos de violência e assassinato especificados que foram infligidos a prisioneiros de guerra e civis desarmados. Que esses atos realmente tinham sido cometidos por soldados japoneses, ninguém negava. Por outro lado, não foi apresentada nenhuma prova de que Yamashita tivesse ordenado a violência e o assassinato, nem mesmo de que ele tivesse tido conhecimento de qualquer um dos atos

---

26. Acompanharei o relato de A. Frank Reel, *The Case of General Yamashita* (Chicago, 1949).

especificados. Sua responsabilidade residia em não ter conseguido "cumprir seu dever de comandante no controle das operações dos que lhe eram subordinados, permitindo que eles cometessem atrocidades brutais..." Em sua defesa, Yamashita alegou que tinha sido totalmente incapaz de exercer controle sobre suas tropas. O sucesso da invasão americana tinha destruído sua estrutura de comunicações e de comando, deixando-o no comando efetivo apenas das tropas que liderou pessoalmente, em retirada, em meio às montanhas da região norte de Luzon. E essas tropas não haviam cometido atrocidades. A comissão recusou-se a aceitar essa defesa e condenou Yamashita à morte. Ele recorreu ao Supremo Tribunal dos Estados Unidos, que se recusou a reexaminar o caso, apesar dos memoráveis votos contrários dos juízes Murphy e Rutledge. Yamashita foi executado em 22 de fevereiro de 1946.

Há dois modos de descrever o critério de acordo com o qual Yamashita foi julgado pela comissão e pela maioria do Supremo. Os advogados de defesa alegaram que o critério era o de responsabilidade objetiva, radicalmente impróprio em casos de justiça criminal. Isso quer dizer que Yamashita foi condenado sem referência a qualquer ato que ele tivesse cometido ou mesmo a qualquer omissão que pudesse ter evitado. Foi condenado por ter tido um cargo, em razão dos deveres supostamente inerentes àquele posto, muito embora os deveres fossem de fato inexeqüíveis nas circunstâncias em que ele se encontrava. O juiz Murphy foi além: os deveres eram inexeqüíveis por causa das condições que o exército americano tinha criado[27].

---

27. Reel, p. 280: no apêndice desse livro está reproduzida a decisão do Supremo Tribunal.

... interpretadas em relação ao pano de fundo dos acontecimentos militares ocorridos nas Filipinas após o dia 9 de outubro de 1944, essas acusações resumem-se ao seguinte: "Nós, as forças americanas vitoriosas, fizemos tudo o que fosse possível para destruir e desorganizar suas linhas de comunicação, seu efetivo controle de seu pessoal, sua capacidade de guerrear. Quanto a esses aspectos, tivemos sucesso... E agora nós o acusamos e o condenamos por não ter conseguido manter suas tropas sob controle durante o período em que estávamos com tanta competência atacando e eliminando suas forças e obstruindo sua capacidade de manter o comando efetivo."

É provável que essa seja uma descrição precisa dos fatos do caso. Yamashita não só não conseguiu fazer o que os comandantes deveriam fazer, mas, se estendermos o argumento um pouco mais, ele de modo algum foi o autor das condições que tornaram aquela sua atuação impossível. Eu deveria acrescentar, porém, que os outros juízes não acreditaram, ou não admitiram, que estivessem impondo o princípio da responsabilidade objetiva. De acordo com o ministro Stone, a questão era "se a lei da guerra impõe ao comandante de um exército o dever de tomar as medidas adequadas que *estejam ao seu alcance*, para controlar as tropas sob seu comando..." É fácil dar uma resposta afirmativa a essa pergunta, mas nem um pouco fácil dizer quais medidas são "adequadas" sob as condições adversas do combate, da desorganização e da derrota.

Quer-se estabelecer padrões muito elevados, e o argumento em prol da responsabilidade objetiva é de natureza utilitarista. Considerar oficiais automaticamente responsáveis por grandes violações das regras da guerra força-os a fazer tudo o que podem para evitar essas violações, sem nos forçar a especificar o que deveriam fazer[28]. Há nisso, porém, dois problemas. Em primeiro lugar, no fundo não queremos que os comandantes façam tudo o que puderem, pois essa exigência, interpretada literalmente, iria deixar-lhes pouco tempo para fazer qualquer outra coisa. Esse ponto nunca fica tão evidente no caso de comandantes em guerra como no caso de líderes políticos e do crime na sociedade de um país. Nós não exigimos que nossos líderes façam tudo o que puderem (mas apenas que tomem "medidas apropriadas") para impedir roubos e assassinatos, pois eles têm outras coisas a fazer. É presumível, entretanto, que eles não tenham armado e treinado as pessoas que cometem roubos e assassinatos, e essas pessoas não se encontram sob sua responsabilidade. O caso dos comandantes militares é diferente. Por esse motivo, devemos esperar que eles dediquem muito tempo e atenção à disciplina e ao controle dos homens-com-armas que soltarem pelo mundo afora. Mesmo assim, nem todo o seu tempo e atenção, nem todos os recursos a seu dispor.

O segundo argumento contra a responsabilidade objetiva em casos criminais é mais conhecido. Fazer "tudo" não é o mesmo que ter sucesso ao fazê-lo. Tudo o que podemos exigir é que sejam envidados sérios esforços de tipos específicos; não podemos exigir o sucesso, já que as condições da guerra são tais que o sucesso nem sempre é possível. E a impossibilidade de sucesso é necessariamente uma desculpa – levando-se em conta um sério esforço, uma desculpa inteiramente satisfatória – para o fracasso. Recusar-se a aceitar a desculpa é recu-

---

28. A respeito de responsabilidade objetiva, veja Feinberg, *Doing and Deserving*, pp. 223 ss.

sar-se a encarar o réu enquanto sujeito ético: pois faz parte da natureza dos sujeitos éticos (dos seres humanos) a eventual possibilidade de fracasso de seus melhores esforços. A recusa desconsidera a humanidade do réu, transforma-o em exemplo, *pour encourager les autres*; e isso não temos o direito de fazer com ninguém.

Esses dois argumentos parecem-me corretos, e eles absolvem o general Yamashita, mas também nos deixam sem absolutamente nenhum critério nítido. Na realidade, não há modo filosófico ou teórico de fixar esse tipo de critério. Isso também se aplica ao planejamento e organização de campanhas militares. Não há nenhuma norma garantida em comparação com a qual se possa avaliar a conduta do general Bradley. A análise do duplo efeito nos capítulos 9 e 10 indicou apenas de um modo bastante incipiente os tipos de considerações que são pertinentes quando fazemos julgamentos sobre esse tipo de questão. Os padrões adequados podem surgir apenas como resultado de um longo processo de raciocínio casuístico, ou seja, ao cuidar de um caso após o outro, em termos morais ou legais. O principal erro da comissão militar e do Supremo Tribunal em 1945, além do fato de não terem agido com justiça no caso do general Yamashita, foi o de não terem feito nenhuma contribuição a esse processo. Não especificaram as medidas que Yamashita poderia ter adotado; não sugeriram que grau de desorganização poderia servir como um limite para a responsabilidade de comando. Somente fazendo especificações desse tipo, repetidas vezes, poderemos traçar os limites que as convenções de guerra exigem.

Podemos dizer mais que isso, creio eu, se nos voltarmos rapidamente para o caso de My Lai. As provas apresentadas no julgamento do tenente Calley e os materiais coletados por jornalistas que realizaram sua própria investigação a respeito do massacre sugerem com clareza a responsabilidade de oficiais superiores tanto a Calley como a Medina. A estratégia da guerra americana no Vietnã, como já sustentei, tinha a tendência a pôr civis em risco em termos inaceitáveis, e soldados rasos dificilmente poderiam desconhecer as implicações dessa estratégia. My Lai em si ficava numa zona de combate sem restrições, alvo rotineiro de bombas e obuses. "Se é permitido lançar a artilharia... contra o lugar todas as noites", perguntou um soldado, "como é que as pessoas dali podem ter tanto valor?"[29] Com efeito, era ensinado aos soldados que a vida de civis não tinha muito valor, e parece ter havido pouquíssimo esforço para contrabalançar esse ensinamento, a não ser por uma instrução extremamente formal e superficial sobre as normas de guerra. Se quisermos atribuir plenamente a culpa pelo massacre, há uma grande quantidade de oficiais que teríamos de condenar. Não tenho como elaborar uma lista aqui e duvido que todos eles pudessem ter sido ou devessem ter sido acusados e processados legalmente, embora essa pudesse ter sido uma ocasião útil para aplicar e aperfeiçoar o precedente de Yamashita. Parece certo, porém, que muitos oficiais são moralmente passíveis de acusação, e sua culpabilidade não é menor que a dos homens que realmente praticaram as execuções. Na verdade, existe a seguinte diferença entre eles: no caso dos soldados rasos, o ônus da prova cabe a nós. Como em qualquer caso de assassinato, devemos provar sua participação consciente e intencional. Os oficiais, entretanto, são presumivelmente culpados. O ônus da prova, se quiserem demonstrar sua inocência, cabe a eles. E enquanto não tivermos descoberto algum modo de im-

---

29. Hersh, p. 11.

por esse ônus, não teremos feito tudo o que podemos em defesa dos "fracos e desarmados", as inocentes vítimas da guerra.

A natureza da necessidade (4)

Deixei a pergunta mais difícil por último. O que havemos de dizer dos comandantes militares (ou líderes políticos) que atropelam as normas de guerra e matam pessoas inocentes numa "extrema emergência"? Sem dúvida, queremos ser liderados em ocasiões semelhantes por homens e mulheres prontos para fazer o que precisar ser feito – o que for necessário. Pois é só aqui que a necessidade, em seu verdadeiro sentido, entra na teoria da guerra. Por outro lado, não podemos desprezar nem nos esquecer do que eles fazem. A execução deliberada de inocentes é assassinato. Às vezes, em condições extremas (que tentei definir e delimitar), comandantes precisam cometer assassinato ou ordenar que outros o cometam. E nesse caso eles são assassinos, se bem que por uma boa causa. Na sociedade de um país, e especialmente no contexto da política revolucionária, dizemos dessas pessoas que suas mãos estão sujas de sangue. Já sustentei que, mesmo que seja o caso de terem agido bem e feito o que seu posto exigia, homens e mulheres de mãos sujas devem ainda assim arcar com o peso da responsabilidade e da culpa[30]. Eles mataram de modo injusto, digamos, em nome da própria justiça, mas a própria justiça exige que execuções injustas sejam condena-

---

30. "Political Action: The Problem of Dirty Hands", 2 *Philosophy and Public Affairs* (1973), pp. 160-80.

das. É óbvio que aqui não há cogitação de punição legal, mas de alguma outra forma de atribuir e impor a culpa. É radicalmente incerto, porém, que forma é essa. É provável que todas as respostas disponíveis nos deixem constrangidos. A natureza desse constrangimento ficará evidente se nos voltarmos mais uma vez para o caso dos bombardeios britânicos de terror na Segunda Guerra Mundial.

A desonra de Arthur Harris

"Talvez ele fique para a história como um gigante entre os líderes de homens. Ele deu ao Comando de Bombardeiros coragem para superar suas provações..." Assim escreve o historiador Noble Frankland a respeito de Arthur Harris, que comandou o bombardeio estratégico da Alemanha de fevereiro de 1942 até o final da guerra[31]. Como vimos, Harris era um obstinado defensor do terrorismo, tendo resistido a todas as tentativas de usar seus aviões para outras finalidades. Ora, o bombardeio de terror é uma atividade criminosa e, depois que tinha passado a ameaça imediata representada pelas vitórias iniciais de Hitler, passou a ser uma atividade totalmente indefensável. Por esse motivo, o caso de Harris não é realmente um exemplo do problema das mãos sujas. Ele e Churchill, que era o responsável final pela política militar, não tinham pela frente nenhum dilema moral: simplesmente deveriam ter interrompido a campanha de bombardeio. Apesar disso, podemos usá-la como exemplo, pois parece que era assim que ela se apresentava na

---

31. Frankland, *Bomber Offensive*, p. 159.

cabeça dos líderes britânicos, até mesmo do próprio Churchill no final. Foi por isso que depois da guerra, embora naturalmente não lhe fosse feita nenhuma acusação por crime, Harris não foi tratado como um gigante entre os líderes de homens.

Ele tinha feito o que seu governo considerava necessário, mas o que tinha feito era feio, e parece ter havido uma decisão consciente de não comemorar os feitos do Comando de Bombardeiros nem de homenagear seu líder. "Por esses atos", escreve Angus Calder, "Churchill e seus pares afinal demonstraram aversão. Depois do encerramento da ofensiva aérea estratégica em meados de abril [de 1945], o Comando de Bombardeiros foi tratado com descortesia e desdém. E Harris, ao contrário de outros comandantes de renome, não foi premiado com um título de par do reino." Nessas circunstâncias, não honrar equivalia a desonrar, e foi exatamente assim que Harris interpretou o ato (ou omissão) do governo[32]. Esperou algum tempo por uma recompensa e então, ressentido, deixou a Inglaterra, voltando para sua terra natal, a Rodésia. Os homens que comandou receberam tratamento semelhante, embora o desdém não fosse tão pessoal. Na Abadia de Westminster, há uma placa em homenagem aos pilotos do Comando de Caças que morreram durante a guerra, com uma relação do nome de todos eles. Já os pilotos de bombardeiros, embora tivessem sofrido baixas muito mais numerosas, não têm nenhuma placa. Seus nomes não estão registrados. É como se os britânicos tivessem levado a sério a pergunta de Rolf Hochhuth[33]:

---

32. Calder, *The People's War*, p. 565; Irving, *Destruction of Dresden*, pp. 250-7.

33. *Soldiers: An Obituary for Geneva*, tradução de Robert David MacDonald (Nova York, 1968), p. 192.

Será que um piloto que bombardeia
centros urbanos sob ordens
ainda pode ser chamado de *soldado*?

Tudo isso prova alguma coisa, embora de forma tão indireta e confusa que não se pode deixar de perceber sua estranheza em termos morais. Harris e seus homens têm uma queixa legítima: eles fizeram o que lhes foi ordenado e o que seus líderes consideravam ser necessário e correto, mas são desprezados por isso; e de repente surge a sugestão (o que mais o desprezo poderia significar?) de que aquilo que era necessário e correto também era errado. Harris percebeu que estava sendo transformado em bode expiatório; e sem dúvida é verdade que, se há de se distribuir culpa pelos bombardeios, Churchill merece plena participação. Contudo, o sucesso de Churchill em se dissociar da política de terrorismo não é de grande importância. Sempre há um conserto para isso na crítica retrospectiva. O importante é que sua dissociação fez parte de uma dissociação nacional – uma política deliberada que tem valor e importância moral.

E, no entanto, a política parece cruel. Expressa em termos gerais, ela se resume ao seguinte: que uma nação que esteja travando uma guerra justa, quando está desesperada e quando sua própria sobrevivência está em risco, deve utilizar soldados sem escrúpulos ou ignorantes em termos morais; e assim que sua utilidade tiver sido esgotada, a nação deve repudiá-los. Eu preferiria dizer algo diferente: que homens e mulheres decentes, sob a enorme pressão da guerra, às vezes precisam fazer coisas terríveis, e então eles próprios têm de procurar algum meio de reafirmar os valores que desrespeitaram. Mas a primeira afirmação é provavelmente a mais realista. Pois é muito raro, como Maquiavel escreveu em seus *Discursos*, "que se encontre um homem bom disposto a empregar meios perversos", mesmo quando esses meios são exigidos em termos morais[34]. E então precisamos procurar pessoas que não sejam boas, usá-las e desprezá-las. Talvez haja algum modo melhor de fazer isso do que o método que Churchill escolheu. Teria sido melhor se ele tivesse explicado a seus compatriotas o custo moral de sua sobrevivência; e se tivesse elogiado a coragem e a resistência dos pilotos do Comando de Bombardeiros, mesmo enquanto estivesse sustentando a impossibilidade de sentir orgulho pelo que eles houvessem feito (uma impossibilidade que muitos deles sentiram). A verdade é que Churchill não fez isso. Ele jamais admitiu que o bombardeio constituiu um erro. Como não houve uma admissão desse teor, a recusa em homenagear Harris foi pelo menos um pequeno passo no sentido de restabelecer um compromisso com as normas de guerra e os direitos que elas protegem. E esse, a meu ver, é o significado mais profundo de todas as atribuições de responsabilidade.

Conclusão

O mundo da necessidade é gerado por um conflito entre a sobrevivência coletiva e os direitos humanos. Nós nos encontramos nesse mundo com menos freqüência do que imaginamos, sem dúvida com menos freqüência do que afirmamos; mas, sempre que estamos lá, vivenciamos a tirania máxima da guerra – e também, seria possível afirmar, a incoerência máxima da teoria da guerra. Num ensaio perturbador intitulado "Guerra e

---

34. *The Discourses*, tomo I, capítulo XVIII.

massacre", Thomas Nagel descreveu nossa situação numa ocasião semelhante em termos de um conflito entre modos de pensar utilitaristas e absolutistas: sabemos que há alguns resultados que precisam ser evitados a qualquer custo e sabemos que há alguns custos que não podem nunca ser pagos com legitimidade. Devemos encarar a possibilidade, alega Nagel, de "que essas duas formas de intuição moral não podem ser reunidas num único sistema moral coerente, e que o mundo pode nos apresentar situações em que não há nenhuma atitude honrosa ou ética que um homem possa tomar, nenhum procedimento isento de culpa e responsabilidade pelo mal provocado"[35]. Procurei evitar a crua indeterminação dessa descrição sugerindo que os líderes políticos dificilmente podem deixar de escolher o lado utilitarista do dilema. É para isso que eles existem. Eles precisam optar pela sobrevivência coletiva e superar os direitos que de repente avultam como obstáculos à sobrevivência. Mas não quero dizer, não mais do que Nagel, que eles estejam isentos de culpa quando agem desse modo. Se não houvesse nenhuma culpa envolvida, as decisões que tomam seriam menos angustiantes do que são. E eles somente podem provar sua honra ao assumir a responsabilidade por essas decisões e ao viver plenamente essa angústia. Uma teoria moral que facilitasse sua vida ou que escondesse seu dilema do resto de nós poderia alcançar maior coerência, mas ela deixaria de cobrir ou reprimiria a realidade da guerra.

Diz-se às vezes que o dilema deveria ser disfarçado, que deveríamos puxar um véu (como Churchill tentou fazer) para ocultar os crimes que soldados e estadistas não

---

35. 1 *Philosophy and Public Affairs* (1972), p. 143.

podem evitar. Ou deveríamos desviar o olhar – para proteger nossa inocência, suponho, bem como as certezas morais. Mas essa é uma atividade perigosa. Depois de afastar o olhar, como saberemos quando olhar de novo? Logo, desviaremos o olhar diante de tudo o que acontece em guerras e batalhas, sem condenar nada, como o segundo macaco da estátua japonesa, que não vê o mal. E ainda assim há muito a ser visto. Soldados e estadistas vivem em sua maioria a um passo das crises supremas de sobrevivência coletiva. De longe, a maior proporção dos crimes que eles cometem não pode ser nem defendida nem desculpada. Trata-se simplesmente de crimes. Alguém precisa tentar vê-los com clareza e descrevê-los em "palavras explícitas". Mesmo os assassinatos chamados necessários devem ser descritos de modo semelhante. Olhar para o outro lado duplica o crime, pois nesse caso não temos como fixar os limites da necessidade, recordar as vítimas nem fazer nossos próprios julgamentos (constrangidos) das pessoas que matam em nosso nome.

Na maior parte dos casos, a moral é testada somente pelas pressões normais do conflito militar. Na maior parte dos casos é possível, mesmo quando não é fácil, pautar-se pelas exigências da justiça. E na maior parte dos casos, os julgamentos que fazemos dos atos de soldados e estadistas são únicos e bem definidos. Quaisquer que sejam as hesitações, dizemos sim ou não, dizemos certo ou errado. Em emergências supremas, porém, nossos julgamentos são duplos, refletindo a natureza dual da teoria da guerra e a complexidade mais profunda de nosso realismo moral. Dizemos sim *e* não, certo *e* errado. Esse dualismo deixa-nos constrangidos. O mundo da guerra não é um lugar plenamente compreensível, muito menos satisfatório em termos morais. Dele não se pode, entretanto, escapar, se não houver uma ordem universal em que a existência de nações e povos jamais possa ser ameaçada. São inúmeras as razões para trabalhar por uma ordem dessas. A dificuldade é que às vezes não temos escolha a não ser lutar por ela.

POSFÁCIO: A NÃO-VIOLÊNCIA E A TEORIA DA GUERRA

O sonho de uma guerra para acabar com a guerra, o mito do Armagedon (a última batalha), a visão do leão deitado ao lado do cordeiro – todas essas imagens indicam uma era de paz definitiva, uma era distante que se estende por um intervalo de tempo desconhecido, sem luta armada e sem matança sistemática. Ao que nos foi dito, essa era só virá quando as forças do mal tiverem sido derrotadas em termos decisivos e quando a humanidade estiver livre para sempre do desejo de conquista e dominação. Em nossos mitos e visões, o final da guerra também é o final da história secular. Aqueles de nós que se encontram presos nessa história, que não conseguem ver seu fim, não têm escolha além de continuar a lutar, defendendo os valores pelos quais estamos empenhados, a menos que ou até que se possa encontrar algum meio alternativo de defesa. A única alternativa é a defesa não-violenta, a "guerra sem armas", como foi chamada por seus defensores, que procuram ajustar nossos sonhos a nossas realidades. Eles sustentam que podemos fazer valer os valores da liberdade e da vida em comum sem lutar e matar, e essa reivindicação levanta questões importantes (questões seculares e práticas) sobre a teoria da guerra e o argumento em prol da justiça. Tratar delas como elas merecem exigiria mais um livro. Aqui posso apenas oferecer um ensaio sucinto, uma análise parcial e provisória das formas pelas quais a não-violência se relaciona, em primeiro lugar, com a doutrina da agressão e, em segundo, com as normas de guerra.

A defesa não-violenta difere das estratégias convencionais na medida em que ela admite a invasão do país que está sendo defendido. Ela não estabelece nenhum obstáculo capaz de bloquear um avanço militar ou de impedir uma ocupação militar. "Embora sejam possíveis pequenas ações retardadoras contra as incursões de tropas e autoridades estrangeiras", escreve Gene Sharp, "a defesa por parte de civis... não tenta deter essa invasão e não tem como conseguir esse feito."[1] Essa é uma concessão radical, e eu creio que nenhum governo jamais a fez por sua própria vontade. A não-violência foi praticada (diante de uma invasão) somente depois que a violência ou a ameaça de violência não surtiu efeito. E então seus protagonistas pretendem negar ao exército vitorioso os frutos de sua vitória através de uma sistemática política de não-cooperação e resistência política: eles conclamam o povo conquistado a tornar-se ingovernável. Quero salientar que não foi a guerra mas a resistência civil que geralmente foi considerada um último recurso, porque a guerra oferece pelo menos a possibilidade de evitar a ocupação que evoca ou exige a resistência. Poderia-

---

1. *Exploring Nonviolent Alternatives* (Boston, 1971), p. 93; cf. Andres Boserup e Andrew Mack, *War Without Weapons: Non-Violence in National Defense* (Nova York, 1975), p. 135.

mos porém reverter essa ordem se decidíssemos que a resistência tem tanta probabilidade de encerrar a ocupação quanto a ação militar teve para impedi-la, e a um custo muito mais baixo em vidas humanas. Por enquanto, não há nenhuma comprovação de que essa proposição seja verdadeira, "nenhum caso em que... a defesa por parte de civis tenha provocado a retirada de um invasor"[2]. Contudo, nenhum esforço de não-violência jamais foi empreendido por um povo treinado antecipadamente nesses métodos e preparado (como os soldados são no caso da guerra) para aceitar seus custos. Portanto, talvez isso seja verdade; e, se for, deveríamos encarar a agressão de modo muito diferente de nosso modo atual.

Seria possível dizer que a não-violência elimina a guerra agressiva simplesmente por meio da recusa em enfrentar o agressor militarmente. A invasão não constitui uma coação moral nos termos descritos no capítulo 4; homens e mulheres não podem ser forçados a lutar se chegaram à conclusão de que podem defender seu país de algum outro modo, sem matar e sem ser mortos. E, se realmente existir algum outro modo, pelo menos potencialmente eficaz, nesse caso o agressor não pode ser acusado de forçá-los a lutar. A não-violência reduz a escala do conflito e diminui sua criminalidade. Ao adotar os métodos de desobediência, não-cooperação, boicote e greve geral, os cidadãos do país invadido transformam a guerra agressiva numa luta política. Eles tratam o agressor na realidade como um usurpador ou tirano nacional e transformam os soldados do agressor em policiais. Se o invasor aceitar esse papel e se reagir à resistência que enfrenta com toques de recolher, multas, detenção e nada

---

2. Sharp, p. 52.

mais, está aberta uma perspectiva de luta a longo prazo, não sem suas dificuldades e tormentos para os civis, mas muito menos destrutiva que até mesmo uma guerra curta; e capaz de ser vencida (ao que supomos) por aqueles mesmos civis. Os Estados aliados não teriam nenhum motivo para intervir militarmente numa luta dessas, o que é bom, pois se também estivessem empenhados em defesa não-violenta, não teriam como intervir. Eles poderiam, porém, exercer pressão moral e talvez econômica contra os invasores.

Seria então a seguinte a posição dos invasores: eles deteriam o país que tivessem "atacado", poderiam instalar bases militares onde bem entendessem e se valer de quaisquer vantagens estratégicas que elas lhes proporcionassem (em relação a outros países, supostamente). No entanto, seus problemas de logística seriam graves, pois, a menos que trouxessem junto seu próprio pessoal, eles não poderiam contar com os sistemas de transportes e de comunicações do país. E, como dificilmente poderiam trazer toda a mão-de-obra necessária, teriam enorme dificuldade para explorar os recursos naturais e a produtividade industrial do país invadido. Portanto, os custos econômicos da ocupação seriam elevados. Os custos políticos poderiam ser ainda mais altos. Por toda parte, seus soldados deparariam com civis taciturnos, ressentidos, arredios e indispostos a cooperar. Embora esses civis jamais empunhassem armas, eles fariam comícios, manifestações e greves; e os soldados teriam de reagir pela força, como os odiosos instrumentos de um regime tirânico. Seu entusiasmo militar bem poderia fenecer, seu moral deteriorar-se, sob as tensões da hostilidade civil e de um confronto constante no qual eles nunca experimentariam o alívio de uma luta aberta. Com o tempo, talvez, a ocupação se tornasse insustentável, e os invasores simplesmente tivessem de ir embora. Eles teriam vencido e depois perdido uma "guerra sem armas".

Esse é um quadro atraente, embora não seja utópico. De fato, ele é atraente exatamente por não ser utópico, mas concebível no mundo que conhecemos. Entretanto, ele é apenas concebível, pois o sucesso que descrevi somente é possível se os invasores estiverem empenhados em cumprir as convenções de guerra – e nem sempre eles estarão empenhados. Embora a não-violência em si substitua a guerra de agressão pela luta política, ela não pode por si determinar os meios da luta. O exército invasor sempre pode adotar os métodos comuns aos tiranos nacionais, que vão bem além de toques de recolher, multas e detenções; e seus líderes, apesar de serem soldados, podem se sentir tentados a agir desse modo para obter uma "vitória" rápida. É claro que tiranos não sitiarão suas próprias cidades, nem as bombardearão por terra ou por ar. Também não agirão dessa forma invasores que não enfrentem nenhuma oposição armada[3]. Existem, porém, outros meios, provavelmente mais eficazes, de aterrorizar um povo cujo país se controla e de alquebrar sua resistência. Em suas "Reflexões sobre Gandhi", George Orwell salienta a importância da liderança exemplar e da ampla publicidade numa campanha não-violenta; e se pergunta se uma campanha dessa natureza chegaria a ser possível num Estado totalitário. "É difícil ver como os métodos de Gandhi poderiam ser aplicados

---

3. É possível, porém, que um Estado inimigo ameaçasse bombardear em vez de invadir. A respeito dessa possibilidade, veja Adam Roberts, "Civilian Defense Strategy", em *Civilian Resistance as a National Defense*, org. Roberts (Hammondsworth, 1969), pp. 268-72.

num país em que opositores ao regime desapareçam no meio da noite e nunca mais se ouve falar neles."[4] Tampouco a resistência civil conseguiria funcionar bem contra invasores que mandassem patrulhas de soldados matar líderes civis, que prendessem e torturassem suspeitos, estabelecessem campos de concentração e exilassem grandes contingentes de pessoas de áreas em que a resistência fosse forte para regiões remotas e desertas do país. A defesa pela não-violência não constitui defesa nenhuma contra tiranos ou conquistadores dispostos a adotar medidas dessa natureza. Gandhi demonstrou essa verdade, creio eu, pelo conselho desarrazoado que deu aos judeus da Alemanha: que eles deveriam cometer suicídio em vez de lutar contra a tirania nazista[5]. Nesse caso, a não-violência, em condições extremas, acaba se transformando em violência voltada contra si mesmo em vez de contra os assassinos, se bem que eu não consiga entender por que motivo ela deveria tomar essa direção.

Quando se enfrenta um inimigo como os nazistas, e se a resistência armada é impossível, é praticamente certo que os homens e mulheres do país ocupado – os que tenham sido selecionados para sobreviver, de qualquer forma, e talvez até mesmo os que tenham sido designados para morrer – cedam diante de seus novos senhores e obedeçam a seus decretos. O país irá calar-se. A resistência será uma questão de heroísmo individual ou do heroísmo de pequenos grupos, mas não de luta coletiva.

O sucesso da resistência não-violenta exige que, em algum momento inicial, antes que se esgote a capacidade

---

4. *Collected Essays, Journalism, and Letters,* vol. 4, p. 469.
5. Louis Fischer, *Gandhi and Stalin,* citado em "Reflections" de Orwell, p. 468.

de resistir dos civis, os soldados (ou seus oficiais ou líderes políticos) se recusem a executar ou a apoiar uma política terrorista. Como na guerra de guerrilhas, a estratégia consiste em forçar o exército invasor a arcar com o ônus da morte de civis. Nesse caso, porém, deve-se tornar o ônus especialmente claro (especialmente insuportável) pela dramática ausência de qualquer tipo de luta armada da qual civis possam ser cúmplices. Eles serão hostis, sem dúvida, mas nenhum soldado morrerá por atos seus ou por atos de guerrilheiros que contem com seu apoio secreto. No entanto, caso se queira que sua resistência seja anulada em termos decisivos e rápidos, os soldados terão de estar dispostos a matá-los. Como eles nem sempre estão dispostos a isso, ou como seus oficiais nem sempre têm certeza de que eles agirão desse modo repetidas vezes, como poderia ser necessário, a defesa por parte de civis teve uma eficácia limitada – não na expulsão de um exército invasor, mas na prevenção da consecução de determinados objetivos por seus líderes. Como Liddell Hart argumentou, porém, esses efeitos somente foram possíveis[6]

> contra oponentes cujo código de ética fosse fundamentalmente semelhante [ao dos civis em defensiva], e cuja crueldade fosse por esse motivo contida. É muito duvidoso que a resistência não-violenta tivesse surtido efeito contra um conquistador tártaro no passado, ou contra um Stálin em tempos mais recentes. A única impressão que ela parece ter causado em Hitler foi a de acionar seu impulso de esmagar o que, a seu ver, era uma fraqueza desprezível – embora haja provas de que sem dúvida deixou

---

6. "Lessons from Resistance Movements – Guerrilla and Non-Violent", em *Civilian Resistance*, p. 240.

constrangidos muitos de seus generais, educados de acordo com um código melhor...

Caso fosse possível contar com esse "código melhor" e ter esperança de uma prova não-violenta entre vontades – a solidariedade civil contra a disciplina militar – não haveria, a meu ver, motivo algum para o combate: a luta política é melhor do que o combate, mesmo quando a vitória não é garantida. Pois a vitória na guerra também é incerta. E aqui seria possível dizer, como não se pode dizer com facilidade no caso da guerra, que os cidadãos do país ocupado vencerão se merecerem vencer. Como na luta interna contra a tirania (desde que a luta não degenere em massacre), nós os julgamos por sua capacidade de autodefesa, ou seja, por sua determinação coletiva de defender sua liberdade.

Quando se pode contar com o código ético, a não-violência é uma forma disfarçada de rendição ou um modo minimalista de sustentar valores de uma comunidade após uma derrota militar. Não é meu desejo subestimar a importância dessa segunda opção. Embora a resistência de civis não desperte nenhum reconhecimento moral entre os soldados invasores, ela ainda pode ser importante para os que a praticam. Ela expressa a vontade comunitária de sobreviver. E, mesmo que a expressão seja breve, como na Checoslováquia em 1968, é provável que seja lembrada por muito tempo[7]. O heroísmo de civis é ainda mais comovente do que o de soldados. Por outro lado, não se deveria esperar de civis que se defrontam com um exército terrorista ou potencialmente terro-

---

7. Para um breve relato da resistência checa, veja Boserup e Mack, pp. 102-16.

rista muito mais do que uma resistência abreviada ou esporádica. É fácil dizer que "a ação não-violenta não é um procedimento para covardes. Ela exige capacidade e determinação para insistir na luta por maior que seja o preço em sofrimento..."[8] Entretanto, esse tipo de exortação não é nem um pouco mais interessante que o de um general que manda seus soldados lutarem até o último homem. Na realidade, prefiro a exortação do general, já que ele pelo menos se dirige a um número limitado de homens, não a uma população inteira. O caso é semelhante ao da guerra de guerrilhas, que tem a seguinte vantagem sobre a resistência civil: ela recapitula a situação militar na qual se pede somente a um número relativamente pequeno de pessoas que "insistam na luta" – embora outros também venham a sofrer, como já vimos, a menos que o exército adversário lute em conformidade com as convenções de guerra.

Vale examinar mais a comparação com a guerra de guerrilhas. Numa insurreição armada, a coação e execução de civis por soldados inimigos surte o efeito de mobilizar outros civis e trazê-los para o lado dos revoltosos. A violência indiscriminada de seus opositores é uma das fontes mais importantes de recrutamento de guerrilheiros. A resistência não-violenta, por outro lado, é possível em escala significativa somente se os civis já estiverem mobilizados e preparados para atuar em conjunto. A resistência é simplesmente a expressão concreta dessa mobilização, diretamente, nas ruas, ou indiretamente, através de desaceleração econômica e passividade política.

---

8. Sharp, p. 66; mas ele acredita que a intensidade e a extensão do sofrimento seriam "muitíssimo menores" que na guerra convencional (p. 65).

Ora, a coação e execução de civis têm a probabilidade de romper a solidariedade da resistência, espalhando o terror por todo o país e acabando por produzir uma aquiescência apática. Ao mesmo tempo, ela pode abater o moral dos soldados que são convocados a fazer o que lhes parece – se é que lhes parece – trabalho ignóbil, e pode também prejudicar o apoio à ocupação entre os amigos e parentes desses soldados. A guerra de guerrilhas pode produzir um abatimento semelhante do moral, mas o efeito é agravado pelo medo que os soldados devem sentir diante de homens e mulheres hostis em meio aos quais eles são forçados a lutar (e a morrer). No caso de defesa pela não-violência, não ocorre nenhum medo. Ocorre apenas repulsa e vergonha. O sucesso da defesa depende inteiramente das sensibilidades e convicções morais dos soldados inimigos.

A defesa pela não-violência depende da imunidade do não-combatente. Por esse motivo, não é nenhum serviço à causa ridicularizar as normas de guerra ou insistir (como Tolstoi insistiu) que a violência é sempre e necessariamente irrestrita. Quando se trava uma "guerra sem armas", apela-se para a moderação dos homens com armas. Não é provável que esses homens, soldados sujeitos à disciplina militar, venham a ser convertidos ao credo da não-violência. Nem tem importância crítica para o sucesso da "guerra" que eles se convertam, mas apenas que se exija deles o cumprimento de suas supostas normas. O apelo que é feito a eles assume a seguinte forma: "Você não pode atirar em mim porque eu não estou atirando em você. E também não vou atirar em você. Sou seu inimigo e continuarei a sê-lo enquanto você estiver ocupando meu país. Mas sou um inimigo não-combatente, e você deve me coagir e me controlar, se puder, sem recorrer à violência." Esse apelo simplesmente reafirma o argumento referente aos direitos dos civis e aos deveres dos soldados que é subjacente às convenções de guerra e que fornece sua substância. E isso sugere que a transformação da guerra numa luta política tem como condição prévia a moderação da guerra enquanto luta militar. Se quisermos almejar a essa transformação, como deveríamos, precisamos começar insistindo nas normas de guerra e exigindo que os soldados obedeçam rigorosamente às regras por elas estabelecidas. A moderação na guerra é o início da paz.

ÍNDICE REMISSIVO

Absolutismo moral, 390, 555
Acheson, Dean, 202-4
Agincourt, batalha de, 26-31
Agressão, 34-5, 52-3, 210;
  definição, 85-9; paradigma
  legalista da, 102-5; e
  apaziguamento, 112-22;
  teoria da, pressuposto da,
  122; e ameaças, 144; e
  neutralidade, 395-24;
  responsabilidade pela, 487-
  516; e a não-violência, 561
Alcibíades, 13-5, 13*n*
Alemanha, 87, 150, 497, 500,
  506; e Alsácia-Lorena, 92-7;
  409; e Guerra Franco-
  Prussiana, 107-12, 297*n*; e
  Guerra Civil Espanhola, 164,
  495; rendição incondicional
  da, 191-9; ocupação da
  França na Segunda Guerra
  Mundial, 299-305, 354-5;
  represálias na Segunda
  Guerra Mundial, 359-61; e a
  neutralidade belga, 397, 406-
  10, 409; e a neutralidade
  norueguesa, 411-24;
  bombardeio da, na Segunda
  Guerra Mundial, 432-46;
  veja também Nazismo
Alsácia-Lorena, 92-7, 110,
  112, 409
Ameaças: agressivas, 130-7,
  143; imorais, 462-3, 474,
  477-8
Anexação, 206*n*
Anscombe, G. E. M., 247,
  247*n*, 476, 482*n*
Apaziguamento, 112-22
Aquino, Santo Tomás de,
  XXVIII
Argel, batalha de, 348-51
Aristóteles, 336
Aron, Raymond, 472
Assassinato político, 311-2,
  314-5, 329, 337-48

Ataques preventivos, 124-5, 135-44
Atenas, 6-19, 194
Atlanta, incêndio de, 53-6
Austin, Warren, 201
Autodefesa, capacidade de 146-53, 161, 172, 376*n*
Autodeterminação, 48, 157, 162, 181; defesa da, por Mill, 146-53

Bacon, Francis, 9*n*, 128
Baldwin, Stanley, 427
Bangladesh, 178-83
Bárbaros, 151*n*
Batchelder, Robert, 447*n*
Beatty, Almirante David, 416
Beaufre, André, 472, 479
Beirute, reide de, 372-5
Bélgica: neutralidade da, 397-9, 406-10, 495
Beligerantes, direitos dos, 154, 163, 316*n*
Bell, A. C.: citação, 295
Bennett, John, 459
Bennett, Jonathan, 262
Bernard, Montague, 163, 167
Bethmann Hollweg, Theobold von, 407-8, 421
Bishop, Joseph W., Jr., 489
Bismarck, Otto von, 106-12
Bloch, Marc, 245*n*
Bloqueio, 75, 292-8
Bôeres, Guerra dos, 41*n*, 220, 292, 311-2*n*, 326
Bradley, general Omar, 541-4, 548
Brecht, Bertold, 529

Brittain, Vera, 435*n*
Brocher, H.: citação, 353
Brodie, Bernard: citação, 473, 478
Brooke, Rupert, 42*n*
Bull, Hedley, 97*n*
Burke, Edmund, 127, 134, 458
Byrnes, James, 450, 454

Calley, tenente William, 528-9, 532, 548
Campbell-Bannerman, Henry, 40*n*
Camus, Albert, 337-8, 346
Castro, Raul: citação, 308
César, Júlio, 290
Chadwick, Almirante F. E., 176
Chapman, Guy, 521-2
Checoslováquia: na Segunda Guerra Mundial, 87; Munique, 114-7; invasão russa da, 495, 566
Cherwell, lorde (F. A. Lindemann), 433-8
"Chindits", 310
Chomsky, Noam, 514
Churchill, Winston: e a rendição incondicional, 190-1; e represálias, 367; e a neutralidade norueguesa, 410-24; e a "extrema emergência", 420, 425, 429; e a decisão de bombardear as cidades alemãs, 432-44, 551-6; e a bomba atômica, 453
Civis: *veja* Direitos dos civis

Clausewitz, Carl von, 36-41, 40*n*, 88, 134, 209
Cléon, 13
Coação, 530-4; *veja também* Coerção
Coerção: e responsabilidade, 279-80, 285-8, 297*n*; *veja também* Coação
Cohen, Marshall, 519*n*
Colonização, 95-6
Comando de Bombardeiros (R.A.F.), 432-46, 551-4
Comando de Caças (R.A.F.), 552
Combatente/não-combatente, distinção entre, 50, 233, 329, 442, 459; formulação da, 245-9; *veja também* Inocência, Imunidade dos não-combatentes, Direitos.
Compton, Arthur, 450
Conquista, 111, 150, 193
Consentimento: na guerra em geral, 41-2, 48-9, 90-1; em situações de sítio, 278-89; *veja também* Recrutamento, Liberdade, Contrato social
Contrato social, 90-1, 91*n*
Cruzada, XXXI, 122, 189, 194
Cuba: insurreição contra a Espanha, 173-8; revolução em, 308
Culpa, 504-7; *veja também* Responsabilidade moral

Daladier, Edouard, 412
Davi e Golias, 73
Declaração de São Petersburgo, 80

Democracia, 166; e fidalguia, 58-62; e rendição incondicional, 188-91, 208; e responsabilidade, 507-16
Deuteronômio, 228-9, 290
Devastação estratégica, 293, 254-6
Devido cuidado, 266, 266-7*n*, 543
Dickinson, G. Lowes: citação, 352
Diodotus, 14
Dionísio de Halicarnasso, 8-9
Direito Internacional, XXV, 102-3, 125, 229, 300, 411, 542; e responsabilidade, 65-8, 532-4; e as convenções de guerra, 74-8; e a guerra de guerrilhas, 310-1, 325-6, 339; e a represália, 359, 361-5, 373-8, 376*n*; e a neutralidade, 396-9, 407; *veja também* Julgamentos de Nuremberg, Nações Unidas
Direitos, XXXI; individuais, 89-90, 192*n*, 228-30, 242; forma coletiva dos, 89-90, 192*n*; à vida e à liberdade, 89, 229-30, 234; à propriedade, 90-7, 374, 374*n*, 401-2*n*; na sociedade internacional, 102; de conquista, 192-3; como fundamentos das convenções de guerra, 228-33; dos soldados, 60-2, 242-5, 245-6*n*; dos civis, 231-2, 245-6*n* 246-7, 256-71, 286-8, 317-34; de marítimos,

249-58; de guerrilheiros, 305-17; desrespeito a, 392, 420-1, 440; *veja também* Direitos dos beligerantes, Inocência, Neutralidade, Imunidade dos não-combatentes, Prisioneiros de guerra, Soberania e Integridade territorial

Dissuasão nuclear, 365*n*, 457, 83

Doenitz, almirante Karl, 252-8

Doutrina do ato de Estado, 490-3

Dresden, bombardeio de, 273, 443, 482

Dryden, John, 29

Duelo, 40*n*, 136

Duplo efeito, doutrina do, 436, 471, 477-8, 482, 540, 548; exposta e revista, 258-71

Eban, Abba, 86

Egito: e a Guerra dos Seis Dias, 137-44, 495

Einstein, Albert, 447

Eisenhower, general Dwight D., 38, 194, 541; e os generais de Hitler, 62-4

Emboscada, 243, 299

Equilíbrio de terror, 458-9, 466, 468

Equilíbrio do poder, 127-35, 208

"Escala móvel", 387-94, 418, 448

Escalada, 37-41, 472

Espanha: Guerra Civil, 163, 237, 495; e a Insurreição Cubana, 173-7; *veja também* Sucessão Espanhola, Guerra da

Esparta, 8, 14

Espionagem, 311-2

Estados Unidos: Guerra de Secessão, 101, 243, 291, 536; e a Revolução Húngara (1956), 159-61; e a Guerra Civil Espanhola, 163; e o Vietnã, 165-71, 320-34, 492, 495, 507-16, 526-37, 549; e a Insurreição Cubana, 173-8; e a Guerra da Coréia, 200-8; e o general Yamashita, 544-50

Estratégia, linguagem da, 20-5

Estupro, 226-32, 228*n*

Eurípides, 10

Execução da lei, 59, 104, 164, 181, 232; represália como, 355-60; *veja também* Punição

Exército Republicano Irlandês (IRA), 338, 342

Extrema emergência, 442, 454-5, 466-7, 550, 556-7; argumentação de Churchill, 416-7, 420-4; definição, 425-31

Falk, Richard, 376-7*n*, 514*n*

Fall, Bernard, 331

Fanon, Franz, 348

Feinberg, Joel, 199*n*, 508*n*

Feliciano, Florentino P., XXVI*n*; citação, 359, 364

Fidalguia, 26, 57-9, 63; *veja também* Honra
Filipinas, 175, 544
Finlândia: e guerra com a Rússia, 97, 117-23, 413-4, 495
Forbes, Archibald: citação, 243
Forças Francesas do Interior, 353-4, 362
Ford, John C., S.J., 261*n*
França: e a Alsácia-Lorena, 92-7; e a Guerra da Sucessão Espanhola, 131-5; e a Guerra Civil Espanhola, 163; bombardeio da, pelos Aliados, na Segunda Guerra Mundial, 270-1, 441; resistência à ocupação alemã, 299-305; *veja também* Forças Francesas do Interior
Franck, Thomas, M.: citação, 181-2
Frank, Anne, 513*n*
Frankland, Noble, 551
Frente de Libertação Nacional (Vietnã), 306, 342-3
Frente de Libertação Nacional (Argélia), 348-51
Fried, Charles, 266*n*
Friedlander, Saul, 201
Fromm, Erich, 461
Fronteiras, importância das, 96-7, 153
Fuller, J. F. C., 22; citação, 48

Gandhi, Mohandas, 563-4
Gás venenoso, 367, 469
Genebra, Acordo de (1954), 166
Genebra, Convenções de (1929 e 1949), XXVIII, 300, 355, 364
Gêngis Khan, 25
Gerstein, Kurt, 501
Grã-Bretanha: e Guerra Russo-finlandesa, 120; e Guerra da Sucessão Espanhola, 133-5; e Revolução Húngara, (1848-49), 154-61; e Guerra Civil Espanhola, 163; e neutralidade norueguesa na Segunda Guerra Mundial, 410-24; e bombardeio de cidades alemãs, 432-46
Graves, Robert, 237
Gray, J. Glenn, 505-7, 515, 529, 534
Green, T. H., 47, 47*n*
Greenspan, Morris: citação, 244, 244*n*
Grega, rebelião, 311
Grócio, Hugo, XXVIII, 137*n*, 286, 417*n*
Guarida humanitária, 79, 301, 316, 343
Guerra, convenções de: definição das, 74-8; fundamentos das, 217-33; conflito com a teoria da agressão, 384-94; desrespeito às, 393-3
Guerra, crimes de, XXVIII; responsabilidade por, 518-54
Guerra: limitada, 40-1, 48, 56; imperialista, 100;

revolucionária, 122;
preventiva, 122, 126-5; civil,
161-71; de guerrilhas, 299,
305-34, 565, 568; "do povo",
306, 333; nuclear, 467-83;
veja também Agressão,
Cruzada
Guerra da Coréia, 70, 104, 169;
objetivos dos Estados
Unidos na, 200-11;
bombardeios na, 263-7
Guerra de 1812, 360
Guerra dos Seis Dias, 138-44,
517, 528*n*
Guerra Franco-Prussiana, 107-
12, 284, 297, 460
Guerrilheiros, *veja* Direitos dos
guerrilheiros; guerra de
guerrilhas
Guerrilheiros iugoslavos, 309-
10
Guevara, Che, 353

Haldeman, Joe, 470*n*
Hall, W. E., XXVI*n*: citação,
286, 293
Hamilton, almirante L. H. K.:
citação, 336
Harris, marechal-do-ar
Arthur, 438-9, 444, 551-4
Henrique V, da Inglaterra, 26-
9
Heródoto, 9*n*
Hipocrisia, XXXI, 31-3
Hiroxima, 31, 273, 347*n*, 432,
446-58
Hispano-Americana, Guerra,
174-8, 284
Hitler, Adolf, 62, 114, 193, 195,
412, 420, 447, 496-7, 502;
veja também Nazismo
Hobbes, Thomas, 38, 43, 96,
115, 129; e o realismo, 5, 7,
11, 16-20
Hochhuth, Rolf, 552
Hoffmann, Stanley, XXVI*n*
Holinshed, Raphael, 27-8, 30
Honra, 8, 57, 337, 346, 390;
veja também Fidalguia
Hood, general John, 54
Hoopes, Townsend, 492
Horowitz, Dan: citação, 141,
370-1
Hsiang, duque de Sung, 381-
5, 394
Hume, David, 29, 30, 128*n*,
208
Hungria: revolução de 1848-
1849, 154-61; invasão russa
da (1956), 159, 495
Hyde, Charles Chaney:
citação, 275, 283

Igualdade dos soldados, 59-
70, 215, 230-3, 387-8
Império Austríaco: e a
revolução húngara, 154-60
Imunidade dos não-
combatentes: nas
convenções de guerra, 74-5,
228-3; quem tem direito,
231-71; na guerra de
guerrilhas, 316-29; e o
terrorismo, 343, 347; e a
represália, 364-5; na teoria
da dissuasão, 481-2; e a
não-violência, 568-9; *veja
também* Direitos dos civis

Índia: intervenção no
  Paquistão Oriental, 178-80
Inimizade, 198, 224
Inocência: definição de, 50,
  248
Integridade territorial, 86, 89-
  97, 103-4; *veja também*
  Direitos; ao patrimônio,
  Secessão
Intenção: e guerra preventiva,
  127-35, 137; e duplo efeito,
  260-5, 275; na dissuasão
  nuclear, 462, 478
Intervenção, 145-84, 209-10;
  contra-intervenção, 152,
  163-4; humanitária, 171-84;
  veja também Não-
  intervenção,
  Autodeterminação,
  Autodefesa
Ironside, general Edmund,
  413-5, 414*n*
Irving, David, 254
Israel: e a Guerra dos Seis
  Dias, 137-44, 517, 528*n*; e o
  ataque a Entebbe, 173*n*;
  política de represália de,
  368-75

Jaeger, Werner, 10
Japão: na Segunda Guerra
  Mundial, 150, 193, 446-56;
  na Guerra Russo-Japonesa,
  284
Jarrell, Randall, 67, 185-6
Jerusalém, sítio de, 273-80
Jones, James, 523
Josephus, 272-6, 280

Judeus, 273, 346, 499, 564
Julgamentos de Nuremberg,
  87, 181, 423, 489, 491, 533;
  Doenitz, 252-5; Von Leeb,
  281-5, 288; "Caso dos
  Ministérios", 495-503
Justiça: significado de, 15-7; da
  guerra e na guerra (*jus ad
  bellum* e *jus in bello*),
  distinção entre, 34-5;
  paradigma legalista da, 97-
  105; opinião de Marx sobre
  a, 111-2; e prudência, 112-4,
  159-61; nos acordos, 199-
  211; tensões na teoria da,
  210, 386-7; e as convenções
  de guerra, 216-7; pelas mãos
  do justiceiro, 345-6; e
  responsabilidade, 487-9;
  veja também Agressão,
  Direitos, Convenções de
  guerra

Kecskemeti, Paul, 189-91,
  195-7
Keegan, John, 30*n*
Kelsen, Hans, 377
Kennan, George, 193, 467
Kennedy, John, 170
Khibye, ataque a, 368-71
Kissinger, Henry, 470, 470*n*
Kitchener, general H. H., 220,
  312*n*
Kossuth, Lajos, 154
Kunitz, Stanley: citação, 494

Laconia, caso do, 249-58
Lawrence, T. E., 318

Le Meur, Jean: citação, 537
Leeb, marechal-de-campo R. von, 283-5
Legítima defesa, 90-1, 98-105, 125, 138-9, 152
Legitimidade, 90-1, 139n, 165-6, 334
Lei de Talião, 358
Lênin, V. I., 100, 410
Leningrado, sítio de, 281-9
Levinson, Sanford, 469-9
Líbano, 372-5
Liberdade: e o discurso moral, 12-4; e as regras da guerra, 59-67; e a responsabilidade moral, 487; *veja também* Coerção, Consentimento, Coação, Tirania
Libertação nacional, 152, 155; *veja também* Revolução, Secessão
Liddell Hart, B. H., 201, 207, 294, 316n, 415, 423, 565
Lieber, Francis, 243, 311, 519n; citação, 363
Liga das Nações, 402n, 413, 417
Locke, John, 356, 377
Luís XIV, da França, 132-3
Lussu, Emilio, 239-41
Luttwak, Edward: citação, 141-3, 370

MacArthur, general Douglas, 201, 539
Macdonald, Dwight, 446
Maimônides, Moisés, XXVIII, 286
Malaia, península, 327, 333

Mannerheim, marechal K. G., 118
Mao Tsé-tung, 307-8, 314, 325, 382-6, 394; seus "Oito Pontos para reflexão", 307
Maquiavel, Nicolau, 44, 279, 348n, 553-4
"Marauders de Merrill", 310
Marshall, S. L. A., 235
Marx, Karl, 107-12, 151n, 207n
McDougal, Myres, S., XXVIn; citação, 359, 364
McKinley, William, 176
Medina, capitão Ernest, 327, 549
Melos, 6-20, 113, 120, 121n
Melzer, Yehuda, 204
Mendès-France, Pierre, 268
Mercenários: *veja* Soldados mercenários
Metternich, K. von, 48, 154
Mill, John Stuart, 146-63
Millis, Walter, 177n
Minorias nacionais, 91n
Mo Tzu, 383
Moltke, general H. C. B. von, 81, 222n
Montesquieu, barão de, 192n
Moore, John Norton: citação, 149
Moral, linguagem da, 16-25
Morganthau, Hans, 187n
Moyne, lorde (W.E. Guinness), 339, 342
Murphy, Frank, 545
My Lai, massacre de, 526-37, 548-9

Nações Unidas, XXV-XXVI, 182; na Coréia, 70, 104, 200-2; e represálias de Israel, 374-7, 376n
Nagel, Thomas, 555
Não-intervenção, 103-4, 146n, 164; defesa de Mill da, 145-53
Napoleão Bonaparte, 48, 88, 109, 230, 231n
Napoleão III, da França, 109
Nasser, Gamal Abdel, 140
Nazismo, 117, 172, 186, 420, 565; e rendição incondicional, 191-9; como ameaça extrema, 429-31, 439-41, 465
Necessidade, XXXI, 35; em Tucídides, 5, 11; e as convenções de guerra, 217-8, 221; militar, definição, 244, 253; alegação de, criticada, 406-8; e extrema emergência, 425-31, 446, 455, 483; e responsabilidade, 550-4
Neutralidade, 395-424; direito de, 103-4, 399-404; violações da, 405-7, 420, 424
Nicolau I, da Rússia, 156
Niebuhr, Reinhold, 187n
Nimitz, almirante Chester, 255
"Normas de combate," no Vietnã, 320-4
Normas de guerra, 217; duas variedades, 70-4; desrespeito às, 432-46; *veja também* Guerra, convenções de

Noruega: e o reide de Vemork, 267-9; neutralidade na Segunda Guerra Mundial, 410-24
Nozick, Robert, 68n, 297n, 392n

Objetivos de guerra, 186-209; resumo, 206
Ocupação, 196, 206-7n, 504; e resistência por guerrilha, 304-5; e resistência não-violenta, 560-2
Okinawa, batalha de, 452-3
Oman, C. W. C., 26-7
Operações de guerra: trincheiras, 50-60; submarinos, 249-58; sítio, 272; neutralização da força do inimigo, 468-71, 476, 478; contra cidades, 473, 478-80
Ophuls, Marcel, 299
Oppenheim, L., 106
"Ordem de Comando", 64
Ordens superiores, 526-38
Orwell, George, 237, 445n, 563
Owen, Wilfred, 45, 46, 236

Paardeberg, batalha de, 220
Palestinos, 368-73
Palmerston, Henry John Temple, 155, 160-1
Paquistão: e Bangladesh, 178-82
Paradigma legalista: exposto, 102-5; revisto, 143, 152, 184, 206

Paz, 225-6, 569; como condição normativa, 85, 188-9; como objetivo de guerra, 207
Pearl Harbor, 449
Peloponeso, Guerra do, 6-19, 290
Peters, coronel William, 536
Phillimore, Robert, 194
Pilhagem, 227
Platão, 524
Platt, Emenda, 178
Plutarco, 13
Polônia: na Segunda Guerra Mundial, 87, 117
Pompe, C. A.: citação, 106
Positivismo legal, XXVII, 491n
"Princípio de Munique", 114-7
Prisioneiros de guerra: execução de, em Agincourt, 26-8; em represálias, 355-6, 364; no calor da batalha, 521-6; direitos dos, 80-1, 302; na guerra de guerrilhas, 308, 311, 315, 384
Proporcionalidade, regra da, 204-5, 328, 540; nas convenções de guerra, 217; e o duplo efeito, 260-6, 266-7n; em represálias, 357-8, 368-9, 371-2; na dissuasão nuclear, 470-1, 474-8
Protocolo Naval de Londres (1936), 251
Prudência, 113, 159-60
Punição: guerra justa como, 104-5; e rendição incondicional, 196-7; coletiva, 207, 504; e represália, 356-7, 375

Race, Jeffrey: citação, 314, 320
Ramsey, Paul, 460-4, 474-83
Rawls, John, 388
Realidade moral da guerra: definição, 24
Realismo, 4-20
Realistas, 187, 188n, 199, 208
Rebelião em situação de guerra, 301, 353
Recrutamento, 47-9, 520
Reféns, 285, 307, 360, 364-5
Reitz, Deneys, 311-2n
Relativismo moral, 15-32
Remoção forçada da população, 173-4, 325-7
Rendição: de um soldado isolado, 78-81, 301, 524-6, 524n; incondicional, 188-99, 452-3; de cidade sitiada, 278-80; nacional, 301-2
Reparações, 504-5
Represália, 72n, 75, 435; de beligerantes, fundamento lógico de, 352-9; vítimas de, 361-8; em tempos de paz, 368-78
Resistência não-violenta, 99n, 559-69; em comparação com a guerra de guerrilhas, 565-8
Responsabilidade legal, 490-2
Responsabilidade moral, 60-1, 64-9, 68n, 487-9; em sítios e bloqueios, 281-98; pela agressão: a autoridades,

490-503, a cidadãos democráticos, 504-16; coletiva, 504-7; por crimes de guerra: de soldados, 517-38; de oficiais (responsabilidade de comando), 538-49
Responsabilidade objetiva, 544-9
Retaliação pesada, 462, 470-2
Revolução, XXXI, 150, 335-7, 350
Richards, Frank, 260-3, 543
Rickenbacker, Edward, 60*n*
Risco, 244, 253, 265-7
Roberts, marechal-de-campo Frederick Sleigh, 220
Rodley, Nigel S.: citação, 181-2
Rommel, general Erwin, 64-8
Rousseau, Jean-Jacques, 192*n*
Ruskin, John, 41-5
Rússia: e Finlândia, 117-8, 495; e revolução húngara de 1848, 156-7; de 1956, 159, 495; e a dissuasão nuclear, 464-5; *veja também* Leningrado, sítio de
Russo-Finlandesa, Guerra, 117-22, 413, 495
Russo-Japonesa, Guerra, 284, 413
Russo-Turca, Guerra, 284

Sabotagem, 312, 316, 329
Sackville, Thomas, 50
Sallagar, F. M.: citação, 437
Sartre, Jean-Paul, 348-51
Schell, Jonathan, 321-2
Secessão catanguesa, 158*n*

Secessão, 154-61, 158*n*; *veja também* Integridade territorial
Sedan, batalha de, 110
Segurança coletiva, 120, 402
Shakespeare, William: *Henrique V*, 27-30, 67, 86; *Troilus and Cressida*, 205*n*; *Vida e morte do rei João*, 502
Sharp, Gene, 560, 567, 567*n*
Sherman, general William Tecumseh, 76, 291; e doutrina "A guerra é o inferno", 53-4, 347*n*, 390, 450
Sidgwick, Henry, 94, 111, 261, 445; e a interpretação utilitarista das convenções de guerra, 217-33
Simpson, Louis, 57-8
Sítio: *veja* Operações de guerra, sítio
Situação interna, analogia com a, 97-8, 111, 122; apaziguamento, 112-4; prevenção, 143; ataque feudal de surpresa, 198; recolhimento de criminosos, 203; assalto à mão armada, 215-6; inimizade entre famílias, 224-5; legítima defesa, 232; devido cuidado, 266; neutralidade, 399; controle de trânsito, 462-4; instinto de sobrevivência, 533
Snow, C. P., 436*n*, 447
Soberania, 87-91, 102-5;

definição, 150-1; e
responsabilidade, 490-2
Sobrevivência, instinto de,
  518-20, 519*n*, 533
Sociedade internacional, 98-9,
  102-3, 197
Soldados: aristocráticos, 42-5,
  57, 100, 382-5; mercenários,
  43-5; profissionais, 45-6, 57,
  76, 336; recrutas, 47-8, 58,
  520; *veja também* Direitos,
  dos soldados
Solinas, Franco, 347*n*
Soljenitsyn, Alexander, 31
Spaight, J. M., XXVI*n*, 292, 357
Spears, Edward, 412
Stálin, Iosif: stalinismo, 119-
  20, 465
Stendhal (Marie-Henri Beyle),
  22
Stern Gang, 339, 342
Stimson, Henry, 451, 453-4,
  457
Stone, Harlan Fiske, 546
Stone, Julius, 125*n*; citação, 183
Suarez, Francisco, XXVIII
Sucessão Espanhola, Guerra
  da, 131-5, 291
Suécia, 120
Suez, Guerra de, 140
Swift, Jonathan, 133

Talmude: lei dos sítios, 286
Tausend, capitão Helmut, 279
Taylor, Telford, 519*n*, 536
Terrorismo, 307, 314, 322, 335-
  51, 369

Thompson, Reginald: citação,
  262-3
Tilset, batalha de, 111
Tirania da guerra, 49-53, 554-5
Tito, imperador de Roma, 280
Tolstoi, Leon, 45, 77-8, 568
Tóquio, bombardeio de, 273,
  432, 453, 482
Traição em situação de guerra,
  301, 353
Trevelyan, Raleigh, 238-9
Trinta Anos, Guerra dos, 291
Trotski, Leon, 49; citação, 148
Truman, Harry: e a decisão de
  Hiroxima, 31, 448-57; e a
  Guerra da Coréia, 200
Tucídides, 4-20, 21*n*, 38
Tucker, Robert W., 65*n*, 377
Turquia, 284, 311

Último recurso, 142, 362-3,
  372
Utilitarismo, XXVII, 113, 147,
  151*n*, 555; e guerra
  preventiva, 129-35; e as
  convenções de guerra, 217-
  26, 222*n*, 382-7; e a
  represália, 356-60; e a escala
  móvel, 390-1; utilitarismo
  em situações extremas, 391;
  e o bombardeio de terror,
  444-6; e a responsabilidade
  objetiva, 546

Vann, Gerald, 115-7
Vattel, Emmerich de, 106, 131-
  4, 132*n*, 136
Vemork, reide de, 267-9

Vergonha, 505-6
Vietnã, Guerra do, XXIII, XXV; intervenção americana, 165-71, 495; "Normas de combate" na, 320-34; responsabilidade pela, 492, 508-16; My Lai, 526-38, 549
Vitoria, Francisco de, XXVIII, 104, 227, 388*n*

Wasserstrom, Richard: citação, 522
Waterloo, batalha de, 22
Webster, Daniel, 136-7
Weil, Simone, 227*n*, 386
Weizsaecker, Ernst von, 497-501
Westlake, John, XXVI*n*, 367*n*, 400; citação, 89, 180
Weston, John, 109
Weyler y Nicolau, general, 174
Wilson, Edmund, 101, 116
Wilson, Woodrow, 189-90, 206, 404
Woolsey, T.D., 365*n*

Xerxes, 9*n*

Yamashita, general Tomoyuki, 539, 544-50

Zagonara, batalha de, 44

Cromosete
Gráfica e editora ltda.

Impressão e acabamento
Rua Uhland, 307 - Vila Ema
03283-000 - São Paulo - SP
Tel./Fax: (011) 6104-1176
Email: cromosete@uol.com.br